BASTEI
LÜBBE

PAUL KEARNEY IM
TASCHENBUCH-PROGRAMM:

20 259 Der magische Wald

DIE KÖNIGREICHE GOTTES
20 299 Band 1: Hawkwoods Reise
20 315 Band 2: Die Ketzerkönige

PAUL KEARNEY

DIE KETZERKÖNIGE

Die Königreiche Gottes

Fantasy-Roman

Ins Deutsche übertragen
von Michael Krug

BASTEI LÜBBE

BASTEI-LÜBBE-TASCHENBUCH
Band 20315

Erste Auflage: September 1997

First published by
Victor Gollancz Ltd. London

Deutsche Lizenzausgabe 1997 by
Bastei-Verlag Gustav H. Lübbe GmbH & Co.,
Bergisch Gladbach
Originaltitel: The Heretic Kings
Lektorat: Wolfgang Neuhaus/Stefan Bauer
Titelbild: Steve Crisp
Kartenzeichnung: Markus Fabian
Umschlaggestaltung: QuadroGrafik, Bensberg
Satz: Fotosatz Schell, Hagen a.T.W.
Druck und Verarbeitung:
Brodard & Taupin, La Flèche, Frankreich
Printed in France
ISBN 3-404-20315-1

Der Preis dieses Bandes versteht sich einschließlich der
gesetzlichen Mehrwertsteuer.

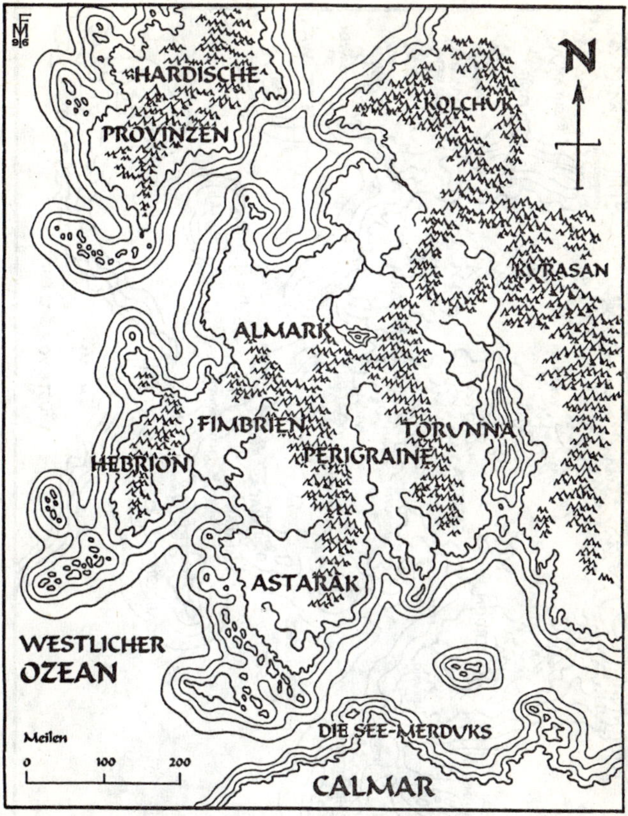

DIE FÜNF KÖNIGREICHE GOTTES

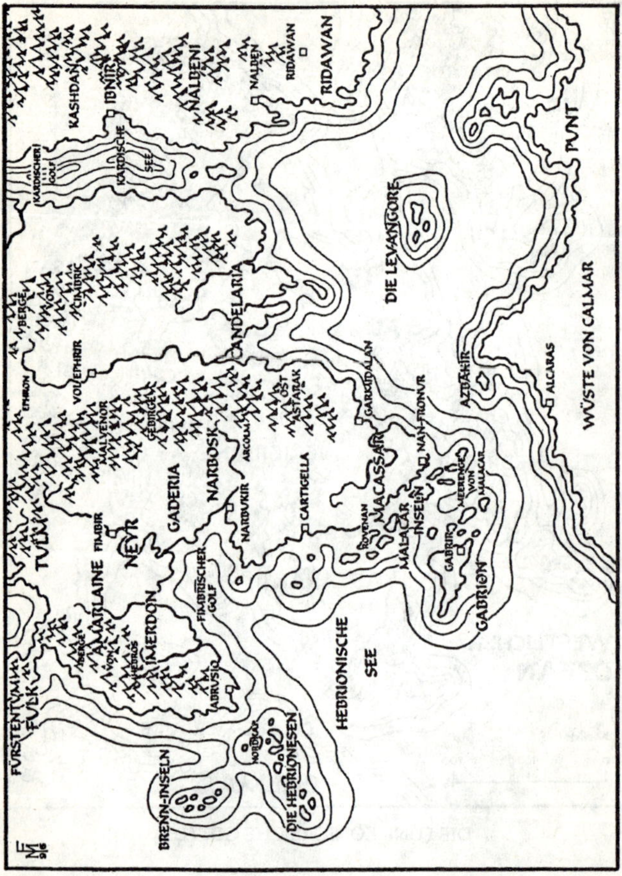

DIE FÜNF KÖNIGREICHE UND DIE SIEBEN SULTANATE — SÜDTEIL

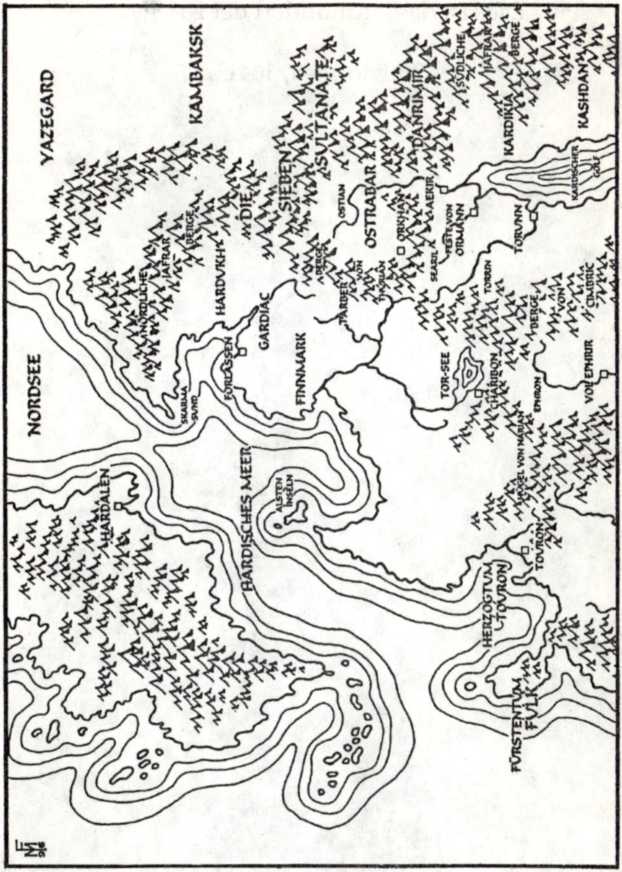

DIE FÜNF KÖNIGREICHE UND DIE SIEBEN SULTANATE — NORDTEIL

Dies ist das Jahrhundert der Krieger

Fulvio Testi, 1641

Was bisher geschah ...

Mehr als ein halbes Jahrtausend liegt die Geburt des Heiligen Ramusio zurück, jenes Mannes, der das Licht des wahren Glaubens in die westliche Welt brachte. Das Imperium der Fimbrier, das sich einst über den gewaltigen Kontinent Normannien erstreckte, gibt es nur noch als verschwommene Erinnerung. Es zersplitterte in eine Reihe mächtiger Königreiche, und die fimbrischen Kurfürstentümer existieren seit über vier Jahrhunderten abgeschottet hinter ihren Grenzen, teilnahmslos gegenüber Ereignissen außerhalb ihrer Welt.

Nun aber setzen Veränderungen ein, die niemanden unberührt lassen. Aekir, die Heilige Stadt an der Ostgrenze Normanniens und Sitz des Pontifex Maximus Macrobius, Oberhaupt der Kirche, wird von den kriegerischen Heerscharen der heidnischen Merduks erobert, die seit Jahrzehnten die östliche Grenze der ramusischen Königreiche bestürmen.

In den Wirren des Untergangs der Stadt flieht Corfe Cear-Inaf als einer der wenigen überlebenden Verteidiger nach Westen. Auf der vor Flüchtlingen wimmelnden Straße freundet er sich mit einem alten Mann an, dem die Merduks das Augenlicht raubten. Bald findet Corfe heraus, daß es sich dabei um keinen Geringeren als Macrobius höchstpersönlich handelt, dem die Flucht gelang, unerkannt von den Truppen des Shahr Baraz, General der Merduks. Corfe hat mit eigenem Kummer zu kämpfen: Er ließ in Aekir seine Frau zurück, die er für tot hält. Doch sie überlebte den Sturmangriff, womit Corfe nie gerechnet hätte, und wurde gefangengenommen. Als Kriegsbeute wird sie an den Hof des Sultans geschickt, um dessen Harem zu bereichern. Mit Tausenden anderen ziehen Corfe und Macrobius gen Westen, um in der uneinnehmbaren Festung an der Senke von

Ormann Schutz zu suchen, der letzten Verteidigungslinie des Westen, nach dem Fall Aekirs.

Mittlerweile kehrt am gegenüberliegenden Ende des Kontinents der Seefahrer Richard Hawkwood von einer Reise zurück und muß feststellen, daß in dieser Zeit der Furcht und Ungewißheit die kriegerische Faust des Ordens vom Ersten Tage in der großen Hafenstadt Abrusio, der Hauptstadt des Königreiches Hebrion, auf jeden niederfährt, der über magische Fähigkeiten verfügt oder fremdländischer Herkunft ist. Da Hawkwoods halbe Besatzung außerhalb der Grenzen Hebrions geboren wurde, wirft man sie ins Verlies, wo sie der Scheiterhaufen erwartet. Abeleyn, König von Hebrion, tut, was er kann, um die Zahl der Hinrichtungen durch Verbrennen in der derben, alten Hafenstadt gering zu halten; zugleich muß er sich in einem Willenskrieg gegen Himerius behaupten, seinen obersten Vertreter der Kirche, der die Inquisition ins Leben rief und die Kirche ersuchte, ihm Unterstützung in Form von zweitausend Ordensrittern zu gewähren, dem fanatischen militärischen Arm der Kirche.

Auch den Zauberer Bardolin betrifft die Säuberungsaktion. Er freundet sich mit einem jungen, weiblichen Gestaltwandler an, den er vor einer Stadtpatrouille rettet, was jedoch höchstwahrscheinlich nur eine kurze Gnadenfrist bedeutet. Dann erzählt ihm sein alter Lehrmeister Golophin, der weise (und geächtete) Berater des Königs, von einem möglichen Ausweg. Der hebrionische König ist im Begriff, eine Erkundungs- und Kolonisationsfahrt in den Westen zu finanzieren, und die Schiffe bieten Platz für ein stattliches Kontingent der *Dweomer*, die im Augenblick überall im Land verfolgt werden.

Der Kapitän dieser Reise ist kein Geringerer als Richard Hawkwood, der von einem ehrgeizigen Vertreter des niederen Adels, Murad von Galiapeno, zur Übernahme dieser Aufgabe erpreßt wurde. Murad will sich ein eigenes Königreich schaffen; er glaubt, daß sich irgendwo in den Weiten des großen Westlichen Ozeans ein vergessener Kontinent befindet. Er ist im Besitz eines alten Schiffstagebuches, das die Beschreibung einer lange zurückliegenden Reise zu diesem Kontinent enthält. Er verrät weder König Abeleyn noch Hawkwood, daß die damalige Reise in den Westen in Tod und Wahnsinn endete, da sich ein Werwolf an Bord des Schiffes befand.

Die Expedition sticht in See, nachdem Hawkwood sich von seiner leidenschaftlichen, blaublütigen Geliebten Jemilla und seiner farblosen, hysterischen Gattin Estrella verabschiedet hat. Doch im letzten Augenblick schließt sich ein unliebsamer Fahrgast der Reisegesellschaft an. Ortelius, ein Mönch der Brüder vom Ersten Tage, schifft sich mit den Entdeckern ein – zweifellos mit der Absicht, der Kirche von dieser gottlosen Fahrt zu berichten.

Derweil überschlagen sich im Osten die Ereignisse. Corfe und Macrobius erreichen endlich die Feste von Ormann, wo man Macrobius erkennt und willkommen heißt. Corfe wird wieder in den Rang eines Offiziers der torunnischen Armee erhoben. Der Sultan der Merduks, Aurungzeb, befiehlt gegen den Rat seines alten Generals, Shahr Baraz, einen unverzüglichen Angriff auf die Festung: Zwei aufeinanderfolgende Sturmversuche schlagen fehl, der zweite wird vor allem aufgrund Corfes militärischer Brillanz zurückgeschlagen. Als der Sultan mittels eines Homunkulus einen dritten Angriff anordnet, verweigert Shahr Baraz den Befehl und tötet den Homunkulus, wodurch er Aurungzebs Hofmagier, Orkh, verkrüppelt und entstellt. Danach flieht Shahr Baraz in die östlichen Steppen, und der Feldzug wird wegen des Wintereinbruchs verschoben. Vorerst ist die Feste von Ormann in Sicherheit. Nachdem Corfe vom

Kommandanten der Feste, Martellus dem Löwen, zum Oberst befördert wird, erhält er den Auftrag, Macrobius in die torunnische Hauptstadt, Torunn, zu begleiten, wo der alte Pontifex neue Bedeutung erlangt.

Denn mittlerweile ist die Kirche gespalten. Während Macrobius' Abwesenheit haben die Kirchenoberen der fünf Königreiche den unbarmherzigen Prälaten von Hebrion, Himerius, zum neuen Pontifex gewählt, und dieser weigert sich anzuerkennen, daß Macrobius noch am Leben ist. Beim Konklave der Könige in Vol Ephrir, dem sämtliche Herrscher des ramusischen Normannien beiwohnen, kommt es schließlich zum Eklat. Auf dieser Zusammenkunft anerkennen drei Könige – Abeleyn von Hebrion, Mark von Astarak (Abeleyns Verbündeter und künftiger Schwager) sowie Lofantyr von Torunna – Macrobius als rechtmäßigen Pontifex, wohingegen sich alle übrigen ramusischen Regenten des Kontinents auf Himerius' Seite stellen. Die Folge ist eine religiöse Spaltung ungeahnten Ausmaßes und die Gefahr eines bevorstehenden Bruderkrieges zwischen den ramusischen Staaten – und das zu einer Zeit, als die Bedrohung durch die Merduks ihren Höhepunkt erreicht hat. Doch dies ist nicht das einzige bedeutsame Ereignis während des Konklaves.

Die Fimbrier, die sich so lange abgekapselt hatten, entsenden Vertreter zu der Versammlung, um ihre Truppen jedem Staat anzubieten, der sie benötigt – gegen bare Münze. Lofantyr von Torunna, der unter großem Druck steht, nimmt die Gesandten sogleich beim Wort und ersucht sie, eine fimbrische Streitmacht zur Unterstützung seiner abgekämpften Truppen an der Senke von Ormann zu schicken. Abeleyn jedoch beschleicht ein ungutes Gefühl, da er überzeugt davon ist, daß die Fimbrier etwas im Schilde führen und womöglich gar von der Wiedererrichtung des Imperiums träumen.

Als das Konklave in Verbitterung und Feindseligkeit

auseinanderbricht, erfährt Abeleyn eine weitere bedeutsame Neuigkeit. Fürstin Jemilla, erst seit kurzem seine Geliebte, teilt ihm mit, daß sie von ihm schwanger sei. Abeleyn macht sich auf die Heimreise – mit dem Wissen, daß die Kirche Himmel und Hölle in Bewegung gesetzt hat, während seiner Abwesenheit sein Königreich an sich zu reißen, und daß in Kürze ein uneheliches, von ihm gezeugtes Kind das Licht der Welt erblickt.

Während Krieg und religiöse Unstimmigkeiten Normannien spalten, segeln die zwei Schiffe Hawkwoods beständig nach Westen. Sehr zu Hawkwoods Ärger bestimmt Murad zwei der weiblichen Fahrgäste zu seinen Dienerinnen und Bettgefährtinnen. Eine der beiden ist Bardolins Mündel, die junge Gestaltwandlerin Griella. Sie haßt Murad, doch irgend etwas in ihrem Innern findet Gefallen an seiner Grausamkeit – genau so, wie Murad auf das seltsame, ungezähmte Wesen anspricht, das er in ihr fühlt. Bardolin ist gleichermaßen eifersüchtig wie besorgt über die Folgen der Beziehung dieser beiden, doch ihm sind die Hände gebunden.

Das Schiff übersteht einen schweren Sturm, wird dabei jedoch weit vom Kurs abgetragen. Als eine Flaute einsetzt, bedient Hawkwood sich der Fähigkeiten des Pernicus, eines Wettermachers, der einen Wind herbeizaubern soll – ungeachtet der Einwände des Priesters Ortelius, der beharrlich behauptet, die Reise sei verflucht. Der Wind kommt auf, hält jedoch nicht lange an, denn bald wird Pernicus ermordet im Laderaum aufgefunden. Seine Wunden scheinen von einer Art Tier zu stammen.

Während die Schiffe sich weiter nach Westen quälen, verlieren sie den Kontakt zueinander. Hawkwood weiß nicht, ob sein zweites Schiff noch fährt oder gesunken ist. Er hat auf dem eigenen Kahn mit genügend Problemen zu kämpfen. Das nächste Mordopfer wird der Erste Maat, dann verschwindet ein Kabinenjunge. Bardolin, der überzeugt davon ist, daß Griella hinter den Untaten steckt, teilt ihr seine Vermutung mit, stellt jedoch fest, daß die Gestaltwandlerin unschuldig ist. Bardolin steht vor einem Rätsel, und das Schiff ähnelt zunehmend einem Kerker. Überall sind Wachen postiert, die Besatzung zeigt sich ungehorsam und angsterfüllt. Nur Hawkwoods Befehlsgewalt und Murads eiserne Disziplin halten Fahrgäste und Mannschaft im Zaum.

Doch eines Nachts fällt die Bestie an Bord über Hawkwood, Murad und Bardolin her. An dem Angriff sind zwei Werwölfe beteiligt. Der eine erweist sich als Ortelius, der andere als der vermißte Kabinenjunge, der nie verschmerzen konnte, daß Hawkwood ihn neuerdings verschmähte. In dem Kampf, der nun entbrennt, verwandelt Griella sich in ihr anderes Ich, um ihren Liebhaber Murad zu beschützen. Den anderen Wolfsmenschen besiegt Bardolin mit der Macht des *Dweomer*. Griella aber erliegt ihren Verletzungen, was Murad mit Entsetzen und Trauer erfüllt.

Das glücklose Schiff segelt weiter, und endlich meldet der Ausguck Land in Sicht. Sie haben tatsächlich den Westlichen Kontinent erreicht, machen jedoch eine traurige Entdeckung: An dem Riff, das sich rings um die seltsame Küste erstreckt, sind Wrackteile von Hawkwoods zweitem Schiff zu erkennen, jedoch keine Anzeichen von Überlebenden.

Hawkwoods Reise endet damit, daß die Entdecker schließlich die Ufer des neuen Landes betreten. Sie haben keine Ahnung, was sie erwartet, doch sie wissen, daß Ortelius ihre Ankunft verhindern wollte. Schon seit über drei Jahrhunderten will *irgend etwas* verhindern, daß Schiffe die Reise in den Westen heil überstehen. Hawkwood und seine Mannschaft sind die ersten, die es dennoch geschafft haben. Sie vermuten, daß diese neue Welt bewohnt ist. Doch von wem oder von was?

Prolog

Ständig zieht es die Menschen nach Westen. Ob es etwas mit dem Weg der Sonne zu tun hat? Sie scheinen von ihr angezogen wie Motten von der Flamme einer Kerze.

Viele lange Jahre sind vergangen, und nur ich bin noch übrig: der letzte der Gründerväter. Längst besitzt mein Körper kaum noch seine ursprüngliche Gestalt. Vier Jahrhunderte sah ich verstreichen, vier Jahrhunderte, in deren Verlauf das Land sich kaum veränderte, das ich mir zur Heimat machte. Die Menschen ändern sich – und sie neigen zu dem Glauben, die Welt ändere sich mit ihnen. Aber das ist nicht der Fall. Sie läßt sie lediglich gewähren und geht ihren eigenen, geheimnisvollen Weg.

Und doch liegt etwas in der Luft, gleich dem Duft eines Winters in diesem Land ohne Jahreszeiten. Ich fühle, daß eine Veränderung bevorsteht.

Sie folgten dem safrangelben und scharlachroten Kurs der untergehenden Sonne, wie wir es immer geahnt hatten, mit großen Schiffen, deren wurmzerfressene Rümpfe Seetangstreifen hinter sich herzogen.

Wir beobachteten sie vom Dschungel aus. Männer in salzverkrusteten Rüstungen, die Gesichter von Skorbut verschwollen, mit Schwertern und Speeren bewaffnet, in späteren Zeiten auch mit Hakenbüchsen, deren stinkende Lunten im Wind glommen und zischten. Ausgemergelte Gestalten aus Hebrion, Astarak oder Gabrion; die Freibeuter der Alten Welt. Brutale Seeräuber mit funkelnden Augen.

Wir waren hierher gekommen, weil wir vor etwas flohen; sie kamen, weil sie nach etwas suchten. Doch statt Speis und Trank tischten wir ihnen Angst auf, statt Gold und Edelsteinen stopften wir ihnen blankes Entsetzen in die Taschen. Wir verwandelten die Jäger in die Gejagten und nahmen von ihnen, was immer wir wollten.

Langsam verrotteten ihre Kähne an den Anlegeplätzen, menschenleer, doch voller Geister. Einige wenige ließen wir am Leben, auf daß sie in den Königreichen Gottes von uns erzählen konnten. Auf diese Weise wurde der Mythos geboren. Wir verbargen unser Land hinter einem Schleier aus geheimnisvollen Geschichten und furchteinflößenden Gerüchten. Wir überlagerten die Wahrheit mit einer Hyperbel des Wahnsinns. Wie die Klinge eines Schwertes auf dem Amboß schmiedeten wir eine Legende. Und wir tränkten sie in Blut.

Doch die Veränderung ist nahe. Seit vier Jahrhunderten verstecken wir uns hier, und genau nach Plan reisten unsere Leute zurück in den Osten, nach und nach. Mittlerweile leben sie über ganz Normannien verstreut. Sie befehligen Soldaten, predigen vor Menschenmassen und wachen über Kinder. Einigen leihen sogar Könige ihr Ohr.

Die Zeit ist reif für uns, den Westlichen Ozean neuerlich zu überqueren und zu fordern, was uns zusteht. Letzten Endes wird die Bestie herrschen. Der große Tag der Wölfe steht bevor.

Erster Teil

Die Spaltung

Kapitel 1
Im Jahre des Heiligen 551

Schon vor geraumer Zeit war zur Vesper geläutet worden, doch Bruder Albrec hatte vorgetäuscht, es überhört zu haben. Er kaute auf dem Kielende, so daß feuchte Federklümpchen auf die Bank tropften, was er jedoch gar nicht bemerkte. Wie er so mit zusammengekniffenen Augen im trüben Schein der gezogenen Kerze saß, glich sein Antlitz dem einer kurzsichtigen Wühlmaus – spitz und neugierig. Mit zitternder Hand blätterte er eine Seite eines alten Pergamentschriftstückes um, das vor ihm lag. Wenn gelegentlich eine Ecke durch die behutsame Berührung seiner Finger brach, winselte er leise, gleich einem Hund, der zusehen muß, wie sein Herr ohne ihn den Raum verläßt.

Die Worte auf dem Pergament waren in wunderschöner Schrift verfaßt, doch die Tinte war verblaßt. Ein seltsames Dokument, dachte Albrec. Jedwede Schnörkel fehlten, die als geradezu unabdingbares Zierwerk der heiligen Texte Ramusios galten. Lediglich Worte, deutlich, schmucklos und in eleganten Schwüngen geschrieben, prangten auf den Seiten, doch die Tinte ergab sich allmählich der Last der Jahre.

Das Pergament an sich war von geringer Qualität. Besaß man damals noch kein Velinpapier? fragte sich Albrec, denn der Text war handgeschrieben und entstammte keiner der berühmten Druckerpressen von Charibon. Das Schriftstück mußte uralt sein.

Und doch schien es, als wollte der Autor keine allzu große Aufmerksamkeit auf das Werk ziehen. Dies wurde durch den Umstand erhärtet, daß man das Pergament als zusammengerolltes Bündel loser Seiten in einer Mauerspalte gefunden hatte, in einem der untersten Kellergewölbe der Bibliothek. Bruder Columbar hatte die Schriftrollen zu Albrec gebracht und gemeint, man könne sie vielleicht als Löschpapier im Skriptorium verwenden, denn in Charibon wurden nach wie vor auch handgeschriebene Bücher hergestellt. Die blasse, aber deutlich erkennbare Schrift auf dem Papier ließ Albrec zögern und erregte die Aufmerksamkeit des Hilfsbibliothekars. Seine angeborene Neugier tat den Rest.

Beinahe war er geneigt, innezuhalten, aufzustehen und Bruder Commodius davon zu berichten, dem Oberbibliothekar. Doch irgend etwas ließ den kleinwüchsigen Mönch wie gebannt weiterlesen, während die übrigen Brüder zweifelsohne bereits beim Abendmahl saßen.

Der Pergamentbogen war fünf Jahrhunderte alt. Fast so alt wie Charibon selbst, das seit Aekirs Untergang das heiligste Ausbildungskloster des gesamten Kontinents darstellte. Als der unbekannte Autor den Text verfaßte, war der Heilige Ramusio gerade erst in den Himmel emporgefahren – vermutlich hatte dieses großartige Ereignis sogar zu Lebzeiten des Verfassers stattgefunden.

Als das hauchdünne Pergament an Albrecs verschwitzten Fingern klebenblieb, hielt der Mönch den Atem an. Er wagte kaum, es anzuhauchen, aus Angst, der antike, unersetzliche Text könnte verwischen und zerlaufen oder gar davonwehen wie Sand in einem plötzlich auftosenden Sturm.

… und wir flehten ihn an, uns nicht in dieser zunehmend düsteren Welt allein zu lassen. Der Heilige aber lächelte nur. »Mittlerweile bin ich ein alter Mann«, meinte er. »Was ich begonnen, sollt ihr fortsetzen; meine Zeit hier ist vorüber. Ihr alle seid Männer des Glaubens. So ihr an das glaubt, was ich euch gelehrt, und euer Leben in Gottes Hand legt, gibt es keinen Grund zur Furcht. Wohl verfinstert sich die Welt, doch dies ist

nicht Gottes, sondern der Menschheit Werk. Dennoch ist der Lauf der Geschichte umkehrbar – das haben wir bewiesen. Denkt in den kommenden Jahren daran, daß wir die Geschichte nicht erleben, sondern sie erschaffen. In jedem Menschen steckt die Macht, die Welt zu verändern. Jedem Menschen ist eine Stimme gegeben, die er erheben kann – und bringen jene, die nicht hören wollen, diese Stimme zum Schweigen, so wird sich eine weitere Stimme erheben und wieder eine weitere. Eine Zeitlang läßt sich die Wahrheit unterdrücken, doch gewiß nicht für immer …

Der Rest der Seite fehlte; er war weggerissen. Albrec blätterte die nächsten, unleserlichen Pergamentfetzen durch. Tränen traten ihm in die Augen. Er mußte sie wegblinzeln, als er begriff, daß die fehlenden Abschnitte unwiederbringlich verloren waren. Es war, als hätte man einem Verdurstenden in der Wüste einen Tropfen Wasser gegeben, damit er den staubtrockenen Mund benetzen konnte, und dann vor seinen Augen einen Becher in den Sand geleert.

Schließlich erhob sich der kleine Geistliche von der harten Bank und kniete sich auf den Steinboden, um zu beten.

Das Leben des Heiligen, ein authentischer Text, den nie zuvor ein Auge erblickt hatte. Er erzählte die Geschichte eines Mannes namens Ramusio, der geboren worden war, der gelebt hatte und alt geworden war, der gelacht und geweint und manch schlaflose Nacht verbracht hatte. Die Geschichte der Galionsfigur des Glaubens der Westlichen Welt, geschrieben von einem Zeitgenossen – vielleicht sogar von jemandem, der Ramusio persönlich gekannt hatte …

Obwohl von dem Werk große Teile fehlten, ließ sich doch sehr viel daraus entnehmen. Es war ein Wunder, und es wurde Albrec zuteil. Auf Knien dankte er Gott für diese Offenbarung. Und er betete zu Ramusio, dem Heiligen, den er nun mehr und mehr als Mann betrachtete, als menschliches Wesen, wie er selbst eines war. Natürlich, Ramusio war weit über ihn erhaben, dennoch betrachtete Albrec ihn nicht mehr als die Ikone, als die ihn die Kirche darstellte, sondern als Menschen. Und das verdankte er einzig und allein dem unschätzbaren Dokument, das vor ihm lag.

Er setzte sich wieder, schneuzte sich in den Kuttenärmel und küßte sein schmuckloses Heiligensymbol aus Torfmooreichenholz. Der zerfledderte Text war nicht mit Gold aufzuwiegen. Er war vergleichbar auf dem *Buch der Taten*, das der Heilige Bonneval im ersten Jahrhundert verfaßt hatte. Doch wieviel davon war übrig? Wieviel noch lesbar?

Abermals beugte Albrec sich über die Schrift, ungeachtet der Schmerzen, die durch die verkrampften Halswirbel und Schulterblätter zuckten.

Es gab weder ein Titelblatt noch einen Einband – nichts, das einen Hinweis auf die Identität des Autors oder dessen Auftraggebers liefern konnte. Wie Albrec wußte, besaß die Kirche vor fünf Jahrhunderten, anders als heute, noch kein Monopol, was die Gelehrsamkeit betraf. Weite Teile der Welt waren damals noch nicht zum wahren Glauben bekehrt, und in Hunderten von Städten bezahlten reiche Adelige Schriftsteller und Künstler dafür, alte, heidnische Schriften zu kopieren oder gar neue zu ersinnen. Die Kunst des Lesens und Schreibens war zu jener Zeit weiter verbreitet als in den heutigen Tagen. Erst mit dem Aufstieg der Brüder vom Ersten Tage vor etwa zweihundert Jahren setzte der neuerliche Verfall ein; das Lesen und Schreiben wurden zu einem Vorrecht des Gelehrtenstandes. Wie es hieß, konnten alle fimbrischen Imperatoren sowohl lesen als auch schreiben, wohingegen bis vor kurzem kein einziger westlicher König mehr als seinen Namen zu buchstabieren vermochte. Mit der neuen Herrschergeneration änderte sich dies, doch die älteren Monarchen zogen ein Siegel immer noch einer Unterschrift vor.

Albrecs Augen brannten. Er rieb sie, und Funken stoben in der Dunkelheit unter den geschlossenen Lidern auf. Sein Freund Avila hatte ihn beim Abendmahl bestimmt vermißt und würde ihn vielleicht sogar suchen kommen. Des öfteren schalt er Albrec dafür, Mahlzeiten zu versäumen. Unwichtig. Sobald Avila dieses wiederentdeckte Juwel erblickte …

Das leise Rumpeln einer sich schließenden Tür erklang. Albrec blinzelte und wandte sich um. Mit einer Hand zog er ein paar lose Blätter über das alte Dokument, während er mit der anderen nach der Lampe griff.

»Ist da wer?«

Keine Antwort. Der Archivraum war langgezogen und vollgestellt mit Regalen, in denen sich Bücher und Schriftrollen stapelten und die den Raum in Abteilungen gliederten. Außerdem herrschte hier pechschwarze Finsternis – von dem Fleckchen abgesehen, das der flackernde Schein von Albrecs Lampe in warmes, gelbes Licht tauchte.

Nichts.

Gewiß, es spukten ein paar Gespenster durch die Bibliothek, wie wohl durch jedes antike Bauwerk. Mitunter spürten Geistliche, die bis spät in die Nacht arbeiteten, einen kalten Hauch auf den Wangen oder bohrende Blicke im Nacken. Einmal hatte der Oberbibliothekar, Commodius, die Nacht über in der Bibliothek Wache gehalten und zu Garaso gebetet, jenem Heiligen, dem die Einrichtung ihren Namen verdankte. Den Anlaß dazu hatten einige Novizen gegeben. Sie fürchteten sich vor den Schatten, die sich nach Einbruch der Dunkelheit dort scharten, wie die Novizen behaupteten. Doch es hatte sich nichts daraus ergeben; deshalb mußten besagte Novizen wochenlang den Spott ihrer Kameraden über sich ergehen lassen.

Ein leises Scharren ertönte in der tiefschwarzen Finsternis jenseits des Lampenlichtes. Albrec sprang auf und umklammerte das A-förmige Heiligensymbol.

Heiliger Vater, der über mich wacht
in all den finstren Winkeln der Nacht

Er flüsterte das alte Gebet der Reisenden und Pilger.

Sei mein Licht, mein Führer, mein Wächter,
der mich bewahrt vor dem Zorn der Schlächter.

Zwei gelbe Lichter blinkten in der Dunkelheit. Kurz hatte Albrec den Eindruck, daß eine riesige Gestalt in den Schatten lauerte. Der Geruch eines Tieres stieg ihm in die Nase, verharrte kaum einen Lidschlag lang und verschwand.

Jemand nieste. Albrec zuckte zusammen und stieß gegen den Tisch hinter sich. Der Schein der Lampe flakkerte, und der brennende Docht zischte, als flüssiges Öl ihn benetzte. Schatten wirbelten im flimmernden Licht um Albrec herum. Er fühlte, wie das harte Eichenholz des Symbols unter seinen weißknöcheligen Fingern knarrte. Er brachte keinen Laut hervor.

Neuerlich das Geräusch einer Tür, gefolgt von den klatschenden Schritten nackter Füße auf dem kahlen Steinboden. Eine Gestalt erschien in der Düsternis.

»Du hast schon wieder das Abendmahl versäumt, Bruder Albrec«, stellte eine Stimme fest.

Die Gestalt trat ins Licht. Ein großer, schmaler, fast gänzlich kahler Schädel erschien, mit riesigen Ohren und unglaublich buschigen, überhängenden Augenbrauen zu beiden Seiten einer langen Nase. Die Augen selbst wirkten hell und freundlich.

Erleichtert stieß Albrec den Atem aus. »Bruder Commodius!«

Der Oberbibliothekar zog eine Augenbraue hoch. »Wen sonst hast du erwartet? Bruder Avila bat mich, nach dir zu sehen. Er tut gerade wieder einmal Buße – der Generalvikar gestattet abends keine Brotschlachten. Überdies kann Avila schlecht zielen. Gräbst du im Staub nach Gold, Albrec?«

Der Oberbibliothekar näherte sich dem Tisch. Stets lief er barfuß, ob Winter, ob Sommer; die nach außen gestellten Füße mit den schwarzen Zehennägeln standen der Nase an Größe in nichts nach.

Albrecs Atem beruhigte sich allmählich.

»Ja, Bruder.« Mit einemmal behagte ihm der Gedanke ganz und gar nicht, dem Oberbibliothekar von dem wiederentdeckten Text zu erzählen. Hastig begann er draufloszuplappern.

»Ich hoffe, eines Tages hier unten auf etwas Wunderbares zu stoßen. Wißt Ihr eigentlich, daß kaum die Hälfte der Texte verzeichnet ist, die sich in den unteren Archiven befinden? Wer weiß, was mich dort noch alles erwartet!«

Durch sein Lächeln verwandelte Commodius sich in einen zu groß geratenen, seltsam aussehenden Gnom. »Ich begrüße deinen Fleiß, Albrec. Mit dem geschriebenen Wort verbindet dich wahre Liebe. Doch vergiß dabei nicht, daß Bücher nur die zu Papier gebrachten Gedanken von Menschen darstellen, und nicht alle diese Gedanken dürfen hingenommen werden. Viele der unverzeichneten Werke, die du erwähntest, sind zweifellos ketzerischer Natur. In den Tagen der Religionskriege wurden Tausende Schriftrollen und Bücher aus ganz Normannien hierhergebracht, auf daß die Brüder vom Ersten Tage sie beurteilen sollten. Die meisten Schriften wurden verbrannt, doch es heißt, daß einige an entlegenen Winkeln gelagert und vergessen wurden. Deshalb mußt du sorgsam darauf achten, was du liest, Albrec. Stößt du in einem Text auf den leisesten Anklang von unorthodoxem Gedankengut, bringst du ihn zu mir. Ist das klar?«

Albrec nickte. Er schwitzte heftig. Tief in seinem Innersten überlegte er, ob es wohl als Sünde galt, Tatsachen zu verbergen. Dann dachte er an seine Sammlung von Schriftrollen und Manuskripten, die er hortete, um sie vor dem Feuer zu bewahren, und sein Unbehagen wuchs.

»Du bist ja kalkweiß, Albrec. Ist alles in Ordnung?«

»Ich ... ich dachte, etwas anderes wäre im Raum gewesen, bevor Ihr kamt.«

Diesmal zog Commodius beide Augenbrauen hoch. »Die Bibliothek treibt mal wieder ihre Spielchen, wie? Was war es diesmal – ein Flüstern im Ohr? Eine Hand auf der Schulter?«

»Es war ... nur so ein Gefühl.«

Commodius legte Albrec die schwere, knotige Hand auf die Schulter und drückte sie freundschaftlich. »Du bist von unerschütterlichem Glauben beseelt, Albrec. Es gibt nichts, wovor du dich fürchten müßtest. Die Rüstung wahren Glaubens schützt dich. Dein Gottvertrauen ist gleichsam ein Licht, das die Dunkelheit erhellt, wie auch ein Schwert, das den darin lauernden Dämonen den Schädel spaltet. Das Herz eines treuen Jüngers des Heiligen ist gegen jede Furcht gefeit. Doch komm jetzt. Ich will dich eine Weile vor dem Staub und den umherspukenden Gespenstern in Sicherheit bringen. Avila hat dir Reste vom Abendmahl aufgehoben und besteht darauf, daß du sie ißt.«

Mit einer kräftigen Hand zog er Albrec mit sanftem Nachdruck vom Arbeitstisch fort, mit der anderen ergriff er die Lampe. Bruder Commodius hielt inne, um neuerlich zu niesen. »Ah, der aufgewirbelte Staub der Jahre. Er setzt sich in den Lungen ab.«

Nachdem sie den dunklen Raum verlassen hatten, kramte Commodius einen Schlüssel aus der Kutte hervor und versperrte hinter sich und Albrec die Tür. Dann machten die beiden sich auf den Weg durch die Bibliothek zum Lärm und den Lichtern der Refektorien.

Weit im Westen der Kreuzgänge von Charibon, jenseits der schneebedeckten Gipfel des Malvennor-Gebirges, erstreckt sich ein Land zwischen den Bergen und dem dahinter liegenden See; ein altes Land: die Geburtsstätte eines Imperiums.

Die Stadt Fimbir verfügte über keinerlei Mauern. Die Kurfürsten waren der Überzeugung gewesen, ihre Hauptstadt würde durch die Schilde der fimbrischen Soldaten verteidigt und bedürfte keines weiteren Schutzes.

Und ihr Stolz schien gerechtfertigt. Als nahezu einzige Hauptstadt Normanniens war Fimbir niemals eingenommen worden. Kein fremder Krieger setzte je den Fuß in die starke, feste Stadt der Kurfürsten, es sei denn, um Tribut zu zollen oder Hilfe zu erflehen. Zwar bestand die Hegemonie der Fimbrier seit Jahrhunderten nicht mehr, doch Fimbir erinnerte nach wie vor an das einstige Imperium. Abrusio hatte mehr Einwohner, Vol Ephrir war schöner, Fimbir hingegen war schlichtweg beeindrukkend. Sollte die Stadt je verlassen werden, so mutmaßten die Dichter, mußten spätere Generationen wohl annehmen, sie wäre von Giganten aus dem Boden gestampft worden.

Östlich der Stadt befanden sich die Exerzier- und Übungsplätze der fimbrischen Armee. Hunderte Hektar Land waren gerodet und geebnet worden, um für die Kurfürsten ein Spielbrett zu schaffen, auf dem sie lernen konnten, die Figuren in der Schlacht richtig einzusetzen. Südlich des Geländes erhob sich ein künstlich angelegter Hügel, der den Generälen als Aussichtspunkt diente, von dem aus sie beobachten konnten, welche Ergebnisse ihre Taktiken und Strategien erbrachten. Jeder mögliche Verlauf einer Schlacht, so hieß es, sei bereits auf den Truppenübungsplätzen von Fimbir nachgestellt und studiert worden. Solche und ähnliche Geschichten hatten die Hundertschaften der Eroberer im Laufe der Jahre auf dem ganzen Kontinent entstehen lassen.

Im Augenblick stand eine Gruppe von Männern auf dem Aussichtspunkt des zu den Übungsplätzen hin ausgerichteten Hügels. Ob General oder Nachwuchsoffizier, jeder trug eine schwarze Halbrüstung. Nur eine violette Schärpe unterhalb des Schwertgurtes einiger Männer verriet den Rang. In ihrer Mitte thronte ein steinerner, für die Ewigkeit geschaffener Tisch, auf dem sich Landkarten und Schlachtpläne den Platz teilten. Coprenius Kuln, der erste fimbrische Eroberer, hatte den steinernen Tisch vor achthundert Jahren eigenhändig an dieser Stelle errichtet.

Unweit des Aussichtspunktes standen Pferde mit gefesselten Vorderbeinen, die Kurieren für die Überbringung von Befehlen dienten. Die Fimbrier hielten wenig von der Reiterei, deshalb stellte der Kurierdienst den einzigen Verwendungszweck für die Tiere dar.

Unten auf dem Gelände übten sich Truppenformationen in Angriff und Gegenangriff. Die Füße der etwa fünfzehntausend Soldaten erzeugten auf dem vom ersten Frost hart gewordenen Boden ein tiefes Donnergrollen. Funkelnd spiegelten die Speerspitzen und die Läufe der geschulterten Hakenbüchsen das kalte Licht der aufgehenden Morgensonne. Von hier oben aus betrachtet, wirkten die Männer wie die Zinnsoldaten eines Gottes, die auf dem Boden eines Spielzimmers zurückgelassen worden waren und plötzlich zum Leben erwachten.

Zwei Männer lösten sich aus der Gruppe der Offiziere, stellten sich etwas abseits und bewunderten die Pracht und Größe der Formationen am Fuße des Hügels. Die beiden waren in mittleren Jahren, von durchschnittlicher Größe, breitschultrig und hohlwangig. Abgesehen von dem Umstand, daß im Gesicht des einen anstelle des linken Auges ein dunkles Loch gähnte und das Haar auf dieser Seite des Kopfes silbrig schimmerte, hätten sie Brüder sein können.

»Der Bote, Caehir, starb letzte Nacht durch eigene Hand«, berichtete der Einäugige.

Der andere Mann nickte. »Wegen seiner Beine?«

»Sie mußten unterhalb der Knie abgetrennt werden. Es gab keine Rettung für sie. Der Fäulnisprozeß war schon zu weit fortgeschritten, und als Krüppel wollte Caehir nicht weiterleben.«

»Ein guter Mann. Es ist eine Schande, daß er nur wegen dieser Erfrierungen sein Leben lassen mußte.«

»Er hat seine Pflicht erfüllt und die Botschaft überbracht. Inzwischen dürften Jonakait und Markus ebenfalls zu den Gebirgspässen vorgedrungen sein. Wollen wir hoffen, daß es den beiden besser ergeht.«

»Ganz recht. Demnach hat sich eine Kluft zwischen den fünf Königreichen aufgetan. Es gibt zwei Pontifizes, und ein Religionskrieg steht kurz vor dem Ausbruch. Und all das, während die Merduks gegen die Tore des Westens stürmen.«

»Die Männer in der Feste von Ormann – was für Soldaten!«

»Ja. Sie haben einen beherzten Kampf geliefert. Die Torunnen sind keine schlechten Krieger.«

»Aber auch keine Fimbrier.«

»Nein, sie sind keine Fimbrier. Wie viele unserer Leute schicken wir zu ihrer Unterstützung?«

»Eine Große Hundertschaft, mehr nicht. Wir müssen vorsichtig handeln und abwarten, was sich aus der Spaltung der Königreiche ergibt.«

Der Fimbrier mit dem unversehrten Gesicht nickte beiläufig. Eine Große Hundertschaft umfaßte etwa fünftausend Soldaten: dreitausend Speerschwinger und zweitausend Hakenbüchsenschützen; dazu kamen noch die erforderlichen Büchsenmacher, Rüstungsschmiede, Köche, Maultiertreiber, Pioniere und Stabsoffiziere, die sie begleiteten. Alles in allem um die sechstausend Mann.

»Wird das reichen, um die Feste zu retten?«

»Möglich. Aber vergiß nicht, unser oberstes Anliegen ist weniger, die Feste zu retten, als vielmehr, Truppen nach Torunna zu führen.«

»Ich fürchte, ich denke mehr wie ein General denn wie ein Politiker, Briscus.«

Der Einäugige namens Briscus grinste, wodurch er eine zerklüftete Zahnreihe entblößte. »Kyriel, du bist ein alter Haudegen, der am liebsten Pulverrauch im Wind riecht. Ich bin vom selben Schlag. Zum ersten Mal in der Geschichte unseres Volkes verlassen wir die Grenzen der Kurfürstentümer, um gegen die Heiden in den Krieg zu ziehen. Das ist fürwahr ein erregendes Ereignis, doch unser Urteilsvermögen darf nicht darunter leiden.«

»Es gefällt mir ganz und gar nicht, unsere Männer als Söldner feilzubieten.«

»Mir gefällt's ebensowenig. Doch wenn einem Staat siebzigtausend beschäftigungslose Soldaten zur Verfügung stehen ... was soll er sonst mit ihnen anfangen? Falls Marschall Barbius und seine Mannen die Torunnen beeindrucken können, werden sich schon bald sämtliche ramusischen Königreiche um unsere Hundertschaften reißen. Die Zeit wird kommen, da in jeder Hauptstadt fimbrische Truppen stationiert sind, und dann ...«

»Und dann?«

»Was sich daraus machen läßt, überlegen wir, wenn es soweit ist.«

Die Männer wandten sich um und blickten wieder auf die Übungsplätze hinunter. Die Kleidung der beiden unterschied sich in keiner Weise von jener der übrigen hohen Offiziere auf dem Hügel, dennoch waren sie fimbrische Kurfürsten und repräsentierten die halbe Regierung dieses sonderbaren Landes. Ein Wort von ihnen, und die Armee – Tausende von Soldaten stark – würde auf der Stelle losziehen, um einen erbarmungslosen Krieg anzuzetteln, wo immer ihre Herrscher es wünschten.

»Wir leben in einem Zeitalter einschneidender Veränderungen«, meinte der einäugige Briscus leise. »Die Welt unserer Vorväter steht vor dem Zusammenbruch. Ich spüre es in allen Gliedern.«

»Es ist auch ein Zeitalter günstiger Gelegenheiten«, erinnerte ihn Kyriel.

»Selbstverständlich. Aber ich glaube, zuerst müssen alle Politiker wie Soldaten und alle Soldaten wie Politiker zu denken lernen. Dabei fällt mir die letzte Schlacht am Fluß Habrir ein. Die Armee wußte, daß die Kurfürsten das Herzogtum Imerdon bereits abgetreten hatten, dennoch marschierten wir am Morgen los und kämpften. Wir haben gesiegt, und die Hebrionen mußten sich überstürzt hinter die Furt zurückziehen. Dann sammelten wir unsere Toten ein und zogen für immer von Imerdon ab. Genau dieses Gefühl habe ich jetzt: daß unsere Armeen zwar jede Schlacht gewinnen können, zu der sie antreten, dadurch aber den Lauf der Dinge in keiner Weise zu beeinflussen vermögen.«

»Du klingst heute morgen richtig philosophisch, Briscus. So kenne ich dich ja gar nicht.«

»Verzeih. Muß wohl am Alter liegen.«

Rauch stieg von den Formationen am Fuße des Hügels auf, und nur Sekunden später drang das Krachen von Hakenbüchsenschüssen zu den Offizieren herauf. Die Regimenter der Hakenbüchsenschützen lieferten sich einen Wettstreit, um herauszufinden, wer am schnellsten nachladen konnte. Es wurde auf eine Reihe von Strohpuppen geschossen, die im flachen Gelände aufgestellt worden waren. Salve folgte auf Salve, bis sich der Eindruck aufdrängte, die Erde selbst würde den ohrenbetäubenden Donner erzeugen, der empor zum Himmel grollte. Pulverrauchschwaden verschleierten die Ebene

– der Nebel des Krieges im wahrsten Sinne des Wortes. Der beißende Gestank des Rauchs kroch den Hügel hinauf bis zu den beiden Kurfürsten, die ihn einsogen, wie Jagdhunde die Witterung eines Hasen an einem Wintermorgen aufnahmen.

Eine dritte Gestalt löste sich aus der Gruppe der Offiziere, die um den Steintisch stand, und nahm neben den Kurfürsten Habachtstellung ein, bis sie ihn bemerkten. Es handelte sich um einen vierschrötigen Mann; was ihm an Größe mangelte, machte er durch Wucht und Breite wett. Selbst das Kinn war kantig wie ein Schaufelblatt. Der Mund glich einer lippenlosen Kerbe, über der ein buschiger, roter Schnurrbart wucherte. Das Haar war so kurz geschoren, daß es emporragte wie die gestutzte Mähne eines Pferdes – das Markenzeichen eines Mannes, der oft einen Helm trug.

»Nun, Barbius?« sprach Briscus ihn an. »Wie machen sich unsere Leute?«

Barbius blickte stur geradeaus. »Sie sind so heiß auf den Kampf wie eine Horde Seeleute auf Landurlaub aufs Freudenhaus, Herr.«

Briscus lachte auf. »Aber werden sie im Kampf auch bestehen?«

»Bevor wir losziehen, bringe ich sie noch ein wenig auf Vordermann, Herr. Drei Kugeln pro Minute ist unser Ziel.«

»Die Torunnen halten sich für gut ausgebildet, wenn sie zwei Kugeln in derselben Zeit schaffen«, warf Kyriel leise ein.

»Bei allem Respekt, Herr – diese Männer sind keine Torunnen.«

»Bei Gott, verdammt richtig!« rief Briscus leidenschaftlich. Sein eines Auge funkelte. »Ich wünsche, daß du alles aus der Truppe herausholst, Barbius. Seit fünfundzwanzig Jahren haben die anderen Königreiche keine fimbrische Armee in Aktion erlebt. Wir wollen sie beeindrucken.«

»Ja, Herr.« Barbius' Gesicht zeigte kaum mehr Regung als ein geschlossenes Helmvisier.

»Wie sieht der Gepäckzug aus?«

»Fünfzig Karren, achthundert Maultiere. Wir reisen mit leichtem Gepäck, Herr.«

»Und bist du zufrieden mit dem Marschweg?«

Bei dieser Frage erlaubte Barbius sich den Anflug eines Lächelns. »Ja. Durch die Hügel von Naria an Tulm vorbei und weiter nach Charibon, um den Segen des Pontifex einzuholen. Am südöstlichen Ufer des Tor-Sees entlang und durch die Schlucht von Torrin hinab nach Torunna.«

»Um einen weiteren Segen von dem anderen Pontifex entgegenzunehmen«, fügte Kyriel mit leuchtenden Augen hinzu.

»Hat man dir gesagt, wie du und deine Leute euch zu gebaren habt?« erkundigte sich Briscus, nunmehr in ernstem Tonfall.

»Ja, Herr. Wir sollen uns gegenüber dem Pontifex und den kirchlichen Behörden so respektvoll wie möglich verhalten, dürfen uns aber keinesfalls von unserem Marschplan abbringen lassen.«

»Entlang der Reiseroute gibt es nichts und niemanden, der auch nur den Funken einer Chance hätte, eine fimbrische Große Hundertschaft aufzuhalten«, meinte Briscus und verengte die Lider zu Schlitzen. »Trotzdem ist jedwede Reiberei zu vermeiden, besonders mit den Almarkanern. Ist das klar, Marschall? Du bist ein namenloser Befehlsempfänger, nicht mehr und nicht weniger. Jede Klage, Beschwerde oder ähnliches ist an Fimbir zu richten, und dein Marsch darf sich unter keinen Umständen verzögern.«

»Jawohl, Herr.«

»Laß sie in dem Glauben, du seist ein stumpfsinniger Soldat, der nur Befehle ausführt. Läßt du dich auch nur ein einziges Mal auf eine Diskussion ein, umgarnen sie dich mit den Gesetzen der Brüder vom Ersten Tage und machen dich handlungsunfähig. Aber diese Armee *muß* durchkommen, Marschall.«

Zum ersten Mal blickte Barbius dem Kurfürsten in die Augen. »Ich weiß, Herr.«

»Sehr gut. Viel Glück. Du kannst gehen.«

Barbius schlug sich mit dem Unterarm auf den Brustharnisch und verließ die beiden Herrscher. Kyriel beobachtete, wie er davonstapfte, und zupfte unentwegt an seiner Unterlippe.

»Das wird eine Gratwanderung, Briscus.«

»Als ob ich das nicht wüßte. Himerius muß zur Kenntnis nehmen, daß wir Torunna beistehen, ob der König des Reichs nun ein Ketzer ist oder nicht. Aber wir können nicht erlauben, ihn allzusehr vor den Kopf zu stoßen.«

»Allmählich begreife ich, wie du das mit den Politikern und Soldaten gemeint hast.«

»Ja. Wir leben in einer schwierigen Welt, Kyriel, aber in letzter Zeit wird sie auch zunehmend interessanter.«

Kapitel 2

Der König war außer Landes, und es gab Leute, die behaupteten, er käme nie zurück.

Abrusio.

Hauptstadt des Königreichs Hebrion, größter Hafen der Westlichen Welt – manche meinten, gar der ganzen Welt. Nur die traditionsreiche Stadt Nalbeni konnte Abrusio den Titel vielleicht streitig machen.

Seit Jahrhunderten herrschte das Haus der Hibrusids

in Hebrion, deren Palast auf den verruchten alten Hafen hinabblickte. Natürlich hatte es Streitigkeiten zwischen Dynastien gegeben, blutige Kriege und undurchsichtige, eheliche Verbandelungen, doch in all der Zeit hatte das königliche Haus nicht einmal den Griff um den Thron gelockert.

Vieles hatte sich verändert.

Auf den Schwingen des Krieges hatte der Winter Einzug gehalten. Die Armeen, die sich an den Ostgrenzen des Kontinents bekämpften, hatten sich in die jeweiligen Winterquartiere zurückgezogen; die Schiffe, die das Westliche Meer befuhren, schienen dem Beispiel der Soldaten gefolgt zu sein. Je kälter das sich zu Ende neigende Jahr wurde, desto verlassener wurden die Handelsrouten zwischen den Nationen.

In Abrusio peitschten tosende Wogen mit weißen Schaumkronen gegen den Großen Hafen sowie die Innen- und Außenstraßen, wie die übrigen Häfen genannt wurden. Donnernd und unablässig spülte die Brandung gegen die von Menschenhand errichteten Molen, die den Hafen vor der schlimmsten Wucht der Winterstürme schützen sollten. Auf der gesamten Länge dieser Molen hatte man die Feuer in den Leuchttürmen entfacht; knisternd kämpften die Flammen gegen den Wind an, um herannahende Schiffe vor Untiefen zu warnen und die Einfahrt in den Hafen kenntlich zu machen.

Der Wind hatte sich gedreht, als er auffrischte. Die Zeit für den hebrionischen Passat war längst vorüber, nun heulte der Wind von Südwest herein, drückte die auf Hebrion zusteuernden Schiffe landwärts und zwang die Kapitäne, verbissen gegen den schlimmsten Alptraum eines Seefahrers anzukämpfen – ein Leeufer.

Dies war nicht die Blütezeit von Abrusio. Der Winter stand der Stadt nicht zu Gesicht, denn sie beherbergte zu viele Straßentavernen, offene Marktbuden und ähnliches. Dieser Ort brauchte Sonne. Wohl fluchten die

Bewohner mitunter auf die unerträgliche Hitze, in der die Häuser in der flirrenden Luft waberten und die den Gestank der Kloaken und Gerbereien beinahe zu einer Kunstform erhob, doch die Stadt wirkte lebendiger und bevölkerter – wie ein aufgebrochener Termitenhügel. Im Winter igelte Abrusio sich ein; das Handelsaufkommen im Hafen ging auf kaum ein Zehntel des gewohnten Umfanges zurück, worunter die Wirtshäuser und Bordelle an der Küste ebenso litten wie die Schiffe. In der kalten Jahreszeit schnallte die Stadt den Gürtel enger, wandte sich vom Meer ab und wartete mürrisch auf den Frühling.

Diesmal vielleicht auf einen Frühling ohne Monarchen. Schon vor Monaten hatte König Abeleyn von Hebrion die Hauptstadt verlassen und weilte bei dem Konklave der Könige in Perigraine. In seiner Abwesenheit hatte der neue Pontifex Maximus des Westens, Himerius – einstiger Prälat von Hebrion – eine Armee des weltlichen Arms der Kirche, der Glaubensritter, nach Abrusio befohlen, auf daß sie der Flut an Hexerei und Ketzerei in der alten Stadt Einhalt gebieten sollte. Der König regierte nicht mehr in Hebrion. Manche meinten, er würde die Herrschaft wieder an sich reißen, sobald er von seiner Reise zurückkäme. Andere hielten dem entgegen, daß es recht schwierig wäre, die Kirche aus den Hallen der Macht zu verdrängen, hatte sie sich erst einmal darin eingenistet.

Sastro di Carrera ließ sich vom Wind das Wasser in die Augen treiben und stand mit wallendem Wams auf dem großen Balkon. Der hochgewachsene Mann trug den Schnurrbart spitz zusammengezwirbelt, und an einem Ohr steckte ein Rubin von der Größe einer Kaper. Er besaß die Hände eines Lautenspielers und die überhebliche Ausstrahlung eines Menschen, der daran gewöhnt ist, seinen Willen durchzusetzen – was durchaus verständlich schien, denn Sastro di Carrera stand einem der bedeutendsten Häuser Hebrions vor und repräsentierte derzeit einen der tatsächlichen Herrscher des Königreichs.

Er schaute hinaus auf die Stadt. Unten breiteten sich die gepflegten Viertel der Händler und Vertreter des niederen Adels aus, die Liegenschaften der angeseheneren Gilden und die Gärten der gutbetuchten Bewohner der Oberstadt. Noch weiter unten am Hügel folgten die überbevölkerten Elendsviertel und Mietskasernen der ärmeren Einwohner von niederer Geburt: Tausende von ockerfarbenen Schindeldächern, zwischen denen sich kaum eine Lücke fand. Ein wahres Meer armseliger Behausungen, das sich im Nieselregen und Wind des Tages bis zur Küste hinunter erstreckte und von manchen als die Eingeweide Abrusios bezeichnet wurde. Im westlichen Teil der Unterstadt konnte er die bedrohlichen Umrisse der aus Stein errichteten Arsenale und Kasernen ausmachen. Dort lagerte die geballte Kriegsmacht: Kulverinen, Pulver sowie die Hakenbüchsen und Schwerter der Krone. Und die Männer; jene Soldaten, aus denen sich die ebrionischen Hundertschaften zusammensetzten, etwa achttausend Krieger. Die gepanzerte Faust Abrusios.

Er richtete den Blick in noch weitere Ferne und verharrte dort, wo die Stadt in einem Labyrinth aus Anlegestellen, Piers, Lagerhäusern und einem undurchdringlichen Wald aus Schiffsmasten endete. Drei gewaltige Häfen, jeder mit Liegeplätzen, die sich über viele Meilen erstreckten, vollgestopft mit unzähligen Schiffen aus jedem Hafen und Königreich der bekannten Welt. Das Lebensblut des Handels, das Abrusios altes, ledriges Herz weiterschlagen ließ.

Und dort, mehr als eine halbe Wegstunde entfernt, stand der Admiralsturm mit dem scharlachroten, im

Wind flatternden und schlagenden Wimpel, der ohne das goldene Funkeln darauf kaum zu erkennen gewesen wäre. In den Werften Abrusios befanden sich Hunderte Galeeren, Galeassen, Karavellen und Kriegskaracken; die Flotte der größten Seefahrernation westlich der Berge von Cimbric. So sah Macht aus: Macht war das metallische Schimmern eines Kanonenlaufs; das stählerne Glitzern einer Lanzenspitze; das Eichenholz des Rumpfes eines Kriegsschiffes. Dies alles stellte kein Beiwerk der Macht dar, es war die schiere Macht selbst. Menschen, die sich in Machtpositionen wähnten, vergaßen dies oft – und mußten es mitunter bitter bereuen. Heutzutage ruhte die Macht in Kanonenmündungen.

»Sastro, um Himmels willen, schließt doch die Balkontür! Wir werden hier drinnen erfrieren, ehe wir unsere Ziele verwirklichen können.«

Der große Adelige lächelte auf die winterliche Stadt hinunter und wandte den Blick nach links, gen Osten, wo er etwas erspähte, das grell aus der Trübheit des Tages hervorstach. Auf einem gerodeten, etwa vier Morgen großen Flecken Erde nahe dem Gipfel des Stadthügels schien eine Feuersbrunst zu lodern – ein Flammenteppich, der den Nachmittag erhellte. Doch bei genauerer Betrachtung war zu erkennen, daß es sich um kein einzelnes, sondern um mehrere kleine, dicht nebeneinander brennende Feuer handelte. Zu hören war nichts, denn der Wind trug das hungrige Brüllen der Flammen von ihm weg. Doch er konnte gerade noch die verkohlten, dürren Gestalten im Herzen jedes winzigen Flammenherdes ausmachen. Allesamt Ketzer, denen unter unvorstellbaren Qualen die Seele aus dem Leib gebrannt wurde. Insgesamt über sechshundert Menschen.

Auch das, dachte Sastro, bedeutet Macht: über Leben und Tod entscheiden zu können.

Er verließ den Balkon und schloß die aufwendig beschnitzte Tür hinter sich. Sastro befand sich in einem großen steinernen Raum. An den Wänden hingen Bildteppiche, die Episoden aus dem Leben verschiedener Heiliger zeigten. Überall knisterten Kohlenfeuer und verströmten einen warmen, nach Holzkohle riechenden Duft. Nur über dem Tisch, an dem die anderen Männer saßen, brannten Öllampen, die an Silberketten von der Decke hingen. Draußen war es so trüb, daß man im Zimmer bei geschlossener Balkontür glauben konnte, es sei bereits Nacht. Doch die drei Männer, die um den Tisch weilten, die Ellbogen zwischen Papier und Karaffen, schienen dies nicht zu bemerken. Sastro setzte sich wieder zu ihnen. Die Kopfschmerzen, die er mit der frischen Luft auf dem Balkon hatte vertreiben wollen, plagten ihn noch immer; während er schweigend die anderen beobachtete, rieb er sich die pochenden Schläfen.

Der höchste Adel hatte sich um den Tisch versammelt: die Herrscher des Königreiches. Erst heute nachmittag hatte das Postschiff angelegt, eine schneidige Galeasse, die in ihrer Eile, nach Abrusio zu gelangen, beinahe gekentert wäre. Kaum neunzehn Tage zuvor hatte sie in Touron abgelegt; zwei Wochen lang mußte sie gegen den Wind ankämpfen, um aus dem Golf von Tulm herauszukommen, dann aber preschte sie mit vollen Segeln vor dem Wind entlang der hebrionischen Küste nach Süden und legte manchmal gar achtzig Wegstunden am Tag zurück. An Bord befand sich ein Bote aus Vol Ephrir, der mittlerweile seit einem Monat zu Pferd unterwegs war. Zunächst preschte er in nördlicher Richtung durch Perigraine und ritt dabei ein Dutzend Tiere zuschanden. In Charibon blieb er über Nacht, dann eilte er weiter, bis er sich in Touron auf der Galeasse einschiffte. Der Bote brachte die Neuigkeit, daß der hebrionische Monarch exkommuniziert worden war.

Quirion von Fulk, Presbyterianer der Glaubensritter, ein kriegerischer Geistlicher des Ordens vom Ersten Tage, der ein Schwert trug, lehnte sich seufzend vom

Tisch zurück. Der Stuhl knarrte unter seinem Gewicht. Quirion war ein beleibter Mann; nach und nach verwandelten sich die Muskeln der Jugend in Fett, geboten aber immer noch Ehrfurcht. Der Kopf war nach Art der Glaubensritter geschoren, die Fingernägel vom jahrelangen Tragen der Panzerhandschuhe abgebrochen. Die Augen glichen denen eines Luchses und saßen tief in den zerfurchten Höhlen, und die Wangenknochen standen weiter vor als die mehrmals gebrochene Nase. Sastro hatte schon Preisboxer gesehen, die zierlichere Züge besaßen.

Mit der großen Hand deutete der Presbyterianer auf das Dokument, über dem sie gerade brüteten.

»Da haben wir es nun. Abeleyn ist am Ende. Der Brief ist vom Pontifex Maximus persönlich unterzeichnet.«

»Er wurde in Eile geschrieben, und das Siegel ist verwischt«, entgegnete einer der anderen Männer; es war jener, der sich zuvor über die Kälte beschwert hatte. Astolvo di Sequero stellte – nach König Abeleyn – den vielleicht edelsten Mann des Reiches dar. Vor langer Zeit, in der finsteren Epoche, die auf den Untergang der fimbrischen Hegemonie folgte, galten die Sequeros als Thronanwärter, doch die Schlacht um die Herrschaft konnten die Hibrusids für sich entscheiden. Astolvo war ein greiser Mann, dessen Lungen wie ein löchriger Weinschlauch pfiffen. Alter und Gebrechlichkeit hatten ihn jeden Ehrgeizes beraubt. Er wollte keine Figur in dem Spiel werden, nicht in diesem Abschnitt seines Lebens. Alles, was er sich ersehnte, waren noch ein paar ruhige Jahre und ein schöner Tod.

Was hervorragend in Sastros Pläne paßte.

Der dritte Mann am Tisch war aus demselben Holz geschnitzt wie der Presbyterianer Quirion, wenngleich er jünger war, und die Grausamkeit stand ihm weniger offensichtlich ins Gesicht geschrieben. Oberst Jochen Freiss war Adjutant der städtischen Hundertschaften von Abrusio. Er stammte aus Finnmark, jenem Land im hohen Norden, dessen Herrscher, Skarpathin, sich König nannte, jedoch nicht zu den fünf Monarchen des Westens zählte. Seit dreißig Jahren lebte Freiss in Hebrion. Sein Akzent unterschied sich in keiner Weise von dem Sastros, dennoch brandmarkte ihn sein strohblonder Haarschopf zeitlebens als Fremden.

»Seine Heiligkeit, der Pontifex Maximus, stand offenbar unter Zeitdruck«, sagte der Presbyterianer Quirion. Seine Stimme schnarrte wie ein Sägeblatt. »Wichtig ist nur, daß Siegel und Unterschrift echt sind. Was meint Ihr dazu, Sastro?«

»Zweifellos«, bekräftigte Sastro, der mit dem gezwirbelten Ende seines Bartes spielte. Ein gräßliches Pochen hämmerte in seinen Schläfen, was er sich jedoch in keiner Weise anmerken ließ. »Abeleyn ist nicht mehr König; die Gesetze der Kirche und des Staates bestätigen dies. Meine Herren, wir wurden soeben als rechtmäßige Herrscher von Hebrion anerkannt. Nun lastet eine schwere Bürde auf uns, und wir müssen danach trachten, sie so gut wie möglich zu tragen.«

»So ist es«, stimmte Quirion zu. »Dieses Schreiben bedeutet eine grundlegende Veränderung. Wir müssen es unverzüglich General Mercado und Admiral Rovero vorlegen, damit sie die Rechtmäßigkeit unseres Tuns und die Unhaltbarkeit ihres Verhaltens einsehen. Letztlich werden die Armee und die Marine ihre närrische Sturheit bereuen, diese unangebrachte Treue zu einem König, der keiner mehr ist. Schließt Ihr Euch meiner Meinung an, Freiss?«

Oberst Freiss verzog das Gesicht. »Im Grunde schon. Doch diese beiden, Mercado und Rovero, sind noch vom alten Schlag. Freilich, es sind gottesfürchtige Männer, aber sie empfinden die Ergebenheit eines Soldaten gegenüber ihrem Monarchen, ebenso wie die gemeinen Truppen. Ich glaube, es wird sich trotz des päpstlichen

Dekrets als schwierig erweisen, diese Hingabe umzukehren.«

»Und was ist mit Eurer Treue geschehen, Freiss?« erkundigte sich Sastro, hämisch grinsend.

Der Mann aus Finnmark errötete. »Mein Glaube und meine unsterbliche Seele sind mir wichtiger. Zwar schwor ich dem König von Hebrion einen Eid, doch nun ist dieser König ebensowenig mein Herrscher wie ein Shahr der Merduks. Ich habe ein reines Gewissen, Fürst Carrera.«

Nach wie vor lächelnd, verbeugte Sastro sich leicht auf dem Stuhl. Ungeduldig schlug Quirion mit der Faust auf den Tisch.

»Wir sind nicht hier, um einander in die Haare zu geraten. Oberst Freiss, Eure Überzeugung gereicht Euch zur Ehre. Fürst Carrera, ich schlage vor, daß Ihr Euren Verstand in Anbetracht der geänderten Umstände nutzbringender gebraucht.«

Sastro zog die Augenbrauen hoch. »Die Umstände haben sich geändert? Ich dachte, das Dekret bestätige lediglich, was längst in die Tat umgesetzt wurde. Dieser Rat herrscht über Hebrion.«

»Vorerst trifft das zu, doch die rechtliche Lage ist noch unklar.«

»Was soll das bedeuten?« erkundigte sich Astolvo keuchend. Er wirkte leicht beunruhigt.

»Das soll bedeuten«, erwiderte Quirion mit Bedacht, »daß diese Angelegenheit einen Präzedenzfall darstellt. Zwar herrschen wir hier, im Namen des Heiligen und des Pontifex Maximus, doch kann es auf Dauer so bleiben? Wer wird nun die hebrionische Krone tragen, da Abeleyn am Ende ist und keine Nachkommen hat? Sollen wir weiterregieren wie in den vergangenen Wochen? Sollten wir uns nicht besser nach einem rechtmäßigen Anwärter auf den Thron umsehen, der dem königlichen Geschlecht am nächsten steht?«

Der Mann hat ja Gewissen! staunte Sastro insgeheim. Nie zuvor hatte er einen Bruder vom Ersten Tage über Rechtmäßigkeit schwafeln gehört, sofern sie möglicherweise seine eigene Befehlsgewalt in Frage stellte. Es war eine Offenbarung, die Sastros Kopfschmerzen verfliegen ließ und seine grauen Zellen in rege Tätigkeit versetzte.

»Also gehört es zu unseren Aufgaben, einen Nachfolger für unseren ketzerischen König ausfindig zu machen?« platzte er ungläubig heraus.

»Vielleicht«, brummte Quirion. »Das hängt davon ab, was die mir übergeordneten Vertreter des Ordens dazu meinen. Zweifellos hat der Pontifex Maximus bereits ein Schreiben mit ausführlicheren Anweisungen an uns abgeschickt.«

»Wenn wir so vorgehen, wäre es für die Soldaten bestimmt leichter, die Herrschaft der Kirche anzuerkennen«, warf Freiss ein. »Die Männer können sich nicht mit dem Gedanken anfreunden, von Priestern regiert zu werden.«

Quirions raubtiergleiche Augen blitzten in den Tiefen der Höhlen. »Die Soldaten werden tun, was man ihnen sagt. Andernfalls enden sie gemeinsam mit den *Dweomern* auf den Scheiterhaufen auf dem Hügel von Abrusio.«

»Gewiß«, fuhr Freiss hastig fort. »Ich wollte nur darauf hinweisen, daß Krieger lieber für einen König in die Schlacht ziehen. Daran sind sie nun mal gewöhnt, und Soldaten denken alles andere als fortschrittlich.«

Quirion schlug auf den Tisch, wodurch er die Karaffen zum Erzittern brachte. »Also gut«, brüllte er. »Zweierlei. Zum einen legen wir dieses päpstliche Dekret dem Admiral und dem General vor. Sollten sie sich weigern, es anzuerkennen, machen sie sich selbst der Ketzerei schuldig. Als Presbyterianer bin ich in diesem Staat mit der Befehlsgewalt eines Prälaten ausgestattet, da dieses Amt zur Zeit unbesetzt ist. Somit kann ich die beiden nötigenfalls exkommunizieren. Charibon wird dabei hinter mir stehen.

Zum anderen stellen wir Nachforschungen unter den Adelshäusern des Königreiches an. Wer besitzt das edelste Blut und weist keinerlei ketzerische Makel auf? Wer steht an nächster Stelle in der Thronfolge?«

Soweit Sastro wußte, stand dieses Vorrecht dem alten Astolvo zu, doch das Familienoberhaupt der Sequeros schwieg, obschon ihm die Tatsache vermutlich durchaus bekannt war. Wer auch immer die Herrschaft erlangen sollte, würde eine Marionette der Kirche sein. Auf wen die Wahl auch fiel, der neue König von Hebrion würde keinerlei Macht besitzen, ungeachtet des äußeren Anscheins – nicht mit zweitausend Glaubensrittern in der Stadt und weltlichen Hundertschaften, die aufgrund des zartbesaiteten Gewissens ihrer Befehlshaber nutzlos waren. Zumindest besäße der Monarch keine Macht, wie Sastro sie sich vorstellte. Trotz des Ansehens, das der Thron verhieß, erschien er im Augenblick wenig erstrebenswert. Es sei denn, der Anwärter wäre ein Mann mit herausragenden Fähigkeiten. Denn der Pontifex Maximus wollte unverkennbar, daß die Kirche über Hebrion herrschte.

»Die Lage erfordert reifliche Überlegung«, verkündete Sastro laut und durchaus glaubwürdig. »Die königlichen Schriftgelehrten müssen die Ahnenarchive durchforsten, um die verschiedensten Stammbäume zu ergründen. Das wird einige Zeit in Anspruch nehmen.«

Astolvo starrte ihn an. Die Augen des alten Edelmannes wirkten wäßrig. Er wollte nicht König werden, deshalb schwieg er; doch gewiß gab es in seiner Familie Jungsporne zuhauf, die sich wie Geier auf die Gelegenheit stürzen würden. Konnte Astolvo sie im Zaum halten? Wohl kaum. Sastro blieb wenig Zeit. Er mußte ein

Treffen unter vier Augen mit Freiss vereinbaren, diesem Söldner aus Finnmark. Sastro brauchte Macht. Er brauchte Kanonenmündungen.

Ein strammer Nordwind von der Art, die alte Seebären als *candelanischen Seufzer* zu bezeichnen pflegten, hatte beständig und kraftvoll hereingeweht und sie aus dem Golf der Mündung des Flusses Ephron hinaus in die Levangore geschoben. Sie waren Kurs Süd-Südwest gefahren, mit eingerolltem Besan und mit Bonnets an den Untersegeln, die sich im steifen Wind aus achtern bauschten.

Nachdem sie die Höhe von Azbakir erreicht hatten, drehten sie nach Westen, mit dem Wind aus steuerbord. Danach ging es langsamer voran, als sie durch die Meerenge von Malacar segelten, die Kanonen ausgefahren, die Soldaten kampfbereit an den Relings postiert – für den Fall, daß die Macassianer die Absicht hatten, ein wenig Piraterie zu betreiben. Doch die Meerenge erwies sich als ruhig, da die Korsaren ihre flachbäuchigen Galeeren und Feluken für den Winter an den Strand geschleppt hatten. Danach hatte der Nordwind sich gedreht; seither wehte er von steuerbord achtern herein, was dem günstigsten Winkel für ein Vollschiff wie eine Karacke entsprach. Ohne Zwischenfall erreichten sie die hebrionische See, fuhren an den Fischerjollen aus Astarak vorbei, die zu winterlichen Fischzügen unterwegs waren, und lenkten den Bug in Richtung des fimbrischen Golfs und der dahinter liegenden Küste von Hebrion. Drei Viertel der Reise hatten sie unbeschadet überstanden. Danach ließ der Nordwind sie im Stich. An seine Stelle traten mehrere schwächere Brisen, allesamt aus Ost-Südost, somit unmittelbar von achtern. Nun schickte der Wind sich an, abermals zu drehen, und die

Besatzung versuchte eifrig, seinen nächsten Zug vorauszuahnen.

Der Forgist hatte begonnen, jener triste Monat, der das Ende des Jahres ankündigte. Noch ein Monat, gefolgt von den Fünf Tagen des Heiligen, in denen das alte Jahr verabschiedet und das neue begrüßt würde; dann würde das Jahr 551 unwiderruflich in die Annalen der Geschichte eingehen. Die unumkehrbare Vergangenheit würde es verschlingen.

König Abeleyn von Hebrion, seit kurzem exkommuniziert, stand an der Wetterseite des Achterdecks und beobachtete, wie die Gischt sich auf dem Fellkragen seines Mantels in Rauhreif verwandelte. Dietl, der Kapitän der schneidigen Karacke, die unter seinen Füßen schwankte, lehnte an der seeseitigen Reling, beobachtete die Matrosen beim Brassen der Rahen und brüllte gelegentlich einen Befehl, den die Maate weitergaben. Jetzt schien der Nordwind zurückkehren zu wollen, denn die Brise drehte sich neuerlich. Bald würde sie von steuerbord hereinwehen.

Der hebrionische König war ein junger Mann, dessen lockiges, schwarzes Haar noch keine graue Strähnen aufwies. Seit fünf Jahren saß er auf dem Thron. In diesen fünf Jahren war die Stadt Aekir gefallen, die Eroberung des Westens durch die Horden der Merduks hing drohend über Normannien, und die Heilige Kirche hatte sich gespalten. Abeleyn selbst galt als Ketzer; nach seinem Tod würde seine Seele bis in alle Ewigkeit in den finstersten Winkeln der Hölle schmoren. Er war genauso verdammt wie die heidnischen Merduks, doch er hatte ausschließlich zum Wohle seines Landes gehandelt – eigentlich zum Wohle aller westlichen Königreiche.

Abeleyn war zwar kein Einfaltspinsel, doch der Glaube seines bedingungslos frommen Vaters war tief in ihm verwurzelt; wie ein Wurm wand sich die Angst vor den Folgen seines Tuns in den Eingeweiden des jungen Monarchen. Keine Angst um sein Königreich, ebensowenig um den Westen. Er würde immer nur zum Wohle Normanniens handeln und erst gar keine Zweifel an seinem Gewissen nagen lassen. Nein, er fürchtete um sich selbst. Der Gedanke an sein Totenbett erfüllte ihn mit unaussprechlichem Entsetzen. Dämonen würden sich um den verbrauchten Leib scharen, um seine kreischende Seele zu verschleppen, wenn es an der Zeit war, der Welt Lebewohl zu sagen ...

»Trübsinnige Gedanken, Majestät?«

Abeleyn wandte sich um und erblickte die glitzernden Wogen der hebrionischen See, fühlte das Wanken des wackeren Schiffes unter den Füßen. In seiner Nähe befand sich niemand, außer einem zerzausten Gerfalken, der auf dem Schanzkleid hockte und ihn mit einem gelb schimmernden, unmenschlichen Auge betrachtete.

»Sehr trübsinnig, Golophin.«

»Du verspürst doch kein Bedauern, hoffe ich.«

»Kaum.«

»Wie geht es Fürstin Jemilla?«

Abeleyns Miene verfinsterte sich. Seine Mätresse war schwanger, entsetzlich seekrank und schmiedete Ränke. Sein frühes Scheiden von dem Konklave der Könige ermöglichte ihr, sich mit ihm nach Hebrion einzuschiffen, statt auf eigenen Wegen heimzureisen.

»Sie ist unter Deck. Ich bin sicher, sie übergibt sich noch immer.«

»Gut. Die Seekrankheit wird sie eine Weile beschäftigen.«

»So ist es. Gibt es Neuigkeiten, alter Freund? Dein Vogel sieht jammervoll aus, Golophin. Die Botenflüge zehren an seinen Kräften.«

»Ich weiß. Bald werde ich einen neuen erschaffen. Aber vorerst kann ich dir berichten, daß deine ketzerischen Mitstreiter gesund und munter sind und sich auf der Heimreise in ihre Königreiche befinden. Mark reist südwärts, um das Malvennor-Gebirge in Astarak zu überqueren, sofern es passierbar ist. Lofantyr befindet sich gerade in den Bergen von Cimbric und hat offenbar schwer zu kämpfen, um voranzukommen. Ich fürchte, uns steht ein rauher Winter bevor, Majestät.«

»Das war zu erwarten, Golophin.«

»Wahrscheinlich. Die fimbrischen Marschalls sind aus härterem Holz geschnitzt. Sie quälen sich über die narboskischen Pässe des Malvennor-Gebirges. Dort liegt bereits hüfthoch Schnee, aber ich glaube, sie werden es schaffen. Sie haben keine Pferde dabei.«

Abeleyn schnaubte. »Die Fimbrier waren nie ein Reitervolk. Ich nehme an, das ist der Grund dafür, daß sie keinen Adelsstand hervorgebracht haben. Jede Reise unternehmen sie zu Fuß. Sogar die fimbrischen Eroberer stapften wie gewöhnliche Infanteristen durch die Provinzen. Was hast du sonst noch zu berichten? Gibt es etwas Neues aus der Heimat?«

Eine Pause entstand. Eine ganze Weile putzte sich der Vogel einen Flügel, bevor die Stimme des alten Zauberers wieder auf schaurige Weise aus dem Schnabel drang.

»Heute wurden sechshundert Ketzer verbrannt, mein Junge. In Abrusio haben die Glaubensritter die *Dweomer* mittlerweile mehr oder weniger ausgemerzt. Nun werden Truppen ins Umland geschickt, um weitere Opfer zu suchen.«

Abeleyn wurde sehr still.

»Wer herrscht in Abrusio?« fragte er nach längerem Schweigen.

»Der Presbyterianer Quirion, ehemaliger Bischof von Fulk.«

»Und die weltlichen Vertreter?«

»Zum einen ist da Sastro di Carrera. Dann natürlich die Sequeros. Sie haben das Königreich brüderlich untereinander aufgeteilt, wobei die Kirche selbstverständlich die oberste Befehlsgewalt ausübt.«

»Was ist mit den Diözesanbischöfen? Lembian von Feramuno hielt ich immer für einen vernünftigen Mann.«

»Er mag wohl ein vernünftiger Mann sein, doch er ist nichtsdestoweniger ein Geistlicher. Nein, mein Junge, von dieser Seite hast du keinerlei Unterstützung zu erwarten.«

»Und die Armee, die Flotte?«

»Ah, jetzt hast du das Licht im Dunkel der Nacht entdeckt. General Mercado weigert sich, seine Männer dem ›Rat‹ zur Verfügung zu stellen, wie diese Usurpatoren sich schimpfen. Die Hundertschaften wurden allesamt in die Kasernen befohlen, und Admiral Rovero hat die Flotte fest im Griff. Die Unterstadt von Abrusio, die Kasernen und die Häfen sind für die Glaubensritter tabu.«

Erleichtert stieß Abeleyn die Luft aus. »Also können wir wenigstens an Land gehen. Es besteht noch Hoffnung, Golophin.«

»Ja, Majestät. Aber Mercado ist ein alter und zutiefst gläubiger Mann. Die Brüder vom Ersten Tage bearbeiten ihn unablässig. Er ist zwar treu wie ein Hund, doch er duldet keine Ketzerei. Wir dürfen keine Zeit verlieren, sonst könnte die Armee sich schon gegen uns gewandt haben, sobald wir Hebrion erreichen.«

»Glaubst du, daß bereits ein päpstliches Dekret in Abrusio eingetroffen ist?«

»O ja. Himerius wird keine Zeit verlieren, sobald er die Neuigkeiten aus Vol Ephrir erfährt. Und darin besteht die große Gefahr, Majestät. Es ist eine Sache, ein paar selbsternannten Möchtegernprinzen den Gehorsam zu verweigern, aber eine ganz andere, einem abwesenden Ketzer die Treue zu halten. Das Dekret könnte bewirken, daß die Armee und die Flotte die Fronten wechseln. Darauf solltest du gefaßt sein.«

»Wenn das geschieht, bin ich am Ende, Golophin.«

»Fast, aber nicht ganz. Dir bleiben immer noch deine Ländereien und die persönlichen Gefolgsmänner. Mit Astaraks Hilfe könntest du den Thron zurückerobern.«

»Und dadurch Hebrion in einen Bürgerkrieg stürzen.«

»Niemand hat je behauptet, es würde ein Spaziergang werden, Majestät. Ich wünschte nur, die Reise ginge schneller voran.«

»Ich brauche eine Vorhut, Golophin – getreue Männer, die vor mir die Stadt betreten und die Wahrheit verkünden. Abrusio ist nicht dafür geschaffen, von Priestern regiert zu werden. Wenn das Volk erfährt, daß Macrobius lebt und sich bester Gesundheit erfreut, Himerius also ein Hochstapler ist und Astarak und Torunna mich in dieser Angelegenheit unterstützen, sieht alles ganz anders aus.«

»Ich werde sehen, was ich tun kann. Aber die Zahl meiner Vertrauensmänner in der Stadt wird von Tag zu Tag geringer. Die meisten sind mittlerweile Rauch und Asche – Freunde, die ich seit fünfzig Jahren kannte. Möge der Herr sich ihrer Seelen erbarmen. Sie starben als gute Menschen, egal, was die Raben denken.«

»Und du, Golophin? Bist du in Sicherheit?«

Irgend etwas in dem gelb leuchtenden Auge ließ Abeleyn erschaudern, als die Stimme des alten Magiers antwortete.

»Mir passiert schon nichts, Abeleyn. An den Tag, an dem sie mich holen, wird man sich lange erinnern, das verspreche ich dir.«

Abeleyn wandte sich um und starrte nach hinten über die Heckreling. Astarak war bereits hinter dem Horizont verschwunden, doch vorn, im Nordwesten, konnte er bereits den weißen Schimmer der Berge von Hebros erkennen.

Weit hinter ihnen lag Astarak, das Reich von König Mark, der schon bald Abeleyns Schwager werden sollte. Sofern es nach all den Geschehnissen je wieder Zeit zum

Heiraten geben würde. Was mochte Mark wohl in Astarak erwarten? Vermutlich ebenfalls machthungrige Geistliche und Adelige, die sich auf jede Gelegenheit stürzten, Macht in die Hand zu bekommen. Mit einem Wort: Krieg.

Eine Seemeile hinter Abeleyns Schiff mühten sich zwei breitbäuchige *Nefs,* jene altmodischen Handelsschiffe der Levangore, durch den heftigen Seegang. Sie beförderten den Großteil von Abeleyns Gefolge, gut vierhundert Mann. Diese Leute waren der Grund dafür, daß er für die Heimreise den längeren Seeweg gewählt hatte, statt sich über die verschneiten Bergpässe zu wagen. In den bevorstehenden Monaten würde er jede treue Klinge brauchen; er konnte es sich nicht leisten, die Leute zurückzulassen.

»Golophin, ich möchte, daß du etwas für mich tust.«

Der Gerfalke legte den Kopf schief. »Verfüge über mich, mein Junge.«

»Du mußt ein Treffen mit Rovero und Mercado vereinbaren. Die Armee und die Flotte müssen die Wahrheit über all das erfahren. Wenn die hebrionische Marine sich gegen mich wendet, kommen wir nicht einmal auf fünfzig Wegstunden an Abrusio heran.«

»Das wird nicht einfach, Majestät.«

»Das ist es nie, mein Freund. Das ist es nie.«

»Ich werde mein Bestes tun. Da Rovero Seefahrer ist, war er immer schon offener als Mercado.«

»Wenn du wählen mußt, entscheide dich für Rovero. Die Flotte ist das Wichtigste.«

»Zu Befehl , Majestät.«

»Segel ahoi!« rief der Ausguck vom Großmars. »Ich sehe fünf – nein, sechs Segel steuerbord achtern.«

Dietl, der Kapitän, blinzelte zum Großmars hinauf.

»Was für Segel, Tasso?«

»Lateinersegel, Käpt'n. Galeassen, würde ich meinen. Vielleicht Korsaren.«

»Korsaren, Majestät. Womöglich eine ganze Schwadron. Soll ich beidrehen lassen?«

»Das will ich selbst sehen«, gab Abeleyn schroff zurück. Dann stieg er auf die Reling und erklomm die Wanten. Wenig später stand er oben bei Tasso im Großmars. Der Seemann wirkte gleichermaßen verblüfft und erschrocken, plötzlich auf Tuchfühlung mit einem König zu sein.

»Zeig sie mir«, befahl Abeleyn.

»Da, Majestät. Jetzt sieht man fast schon den ganzen Rumpf. Sie haben den Wind von steuerbord, aber auch die Riemen sind draußen. Rund um die Schiffsrümpfe spritzt Wasser auf, so gleichmäßig wie ein Uhrwerk.«

Abeleyn spähte über die unendlichen Weiten des weiß schäumenden Ozeans, während der Großmars durch das Stampfen und Rollen der Karacke sanfte Bögen unter ihm beschrieb. Da: sechs Segel, wie die Schwingen riesiger Wasservögel, und das regelmäßige Eintauchen der Ruder.

»Woher weißt du, daß es Korsaren sind?« wollte Abeleyn von Tasso wissen.

»Lateinersegel an allen drei Masten, Majestät, wie bei einer Schebecke. Astaranische und perigrainische Galeassen haben am Fock- und am Hauptmast Rahsegel. Das dort sind Korsaren, Herr, daran besteht kein Zweifel, und sie sind auf Enterkurs.«

Schweigend betrachtete Abeleyn die herannahenden Kähne. Es konnte kein Zufall sein. Diese Schiffe wußten, hinter was sie her waren.

Er klopfte Tasso auf die Schulter und kletterte über die Pardune zurück auf Deck hinunter. Die gesamte Besatzung starrte ihn mit großen Augen an, selbst die hebrionischen Soldaten und Marineinfanteristen seines eigenen Gefolges. Lächelnd gesellte er sich auf dem Achterdeck zu Dietl.

»Ihr solltet Eure Männer auf die Posten schicken, Kapitän. Ich glaube, uns steht ein Kampf bevor.«

Kapitel 3

Bisweilen hatte es den Anschein, als wäre die ganze Welt auf den Beinen.

Hinter der Senke von Ormann beschrieb die Straße eine Kurve und verlief danach fast geradewegs nach Süden durch die niedrigen Hügel des nördlichen Torunna. Eine gut befestigte Straße, die einst die Fimbrier errichtet hatten, damals, als Aekir noch den östlichsten Handelsposten ihres Imperiums darstellte. Die torunnischen Könige hatten die Straße in gutem Zustand erhalten, doch ihnen selbst mangelte es beim Bau von Straßen an der störrischen Rücksichtslosigkeit der Fimbrier natürlichen Hindernissen gegenüber. Deshalb wanden sich die Nebenwege, die von der Straße nach Süden abzweigten, in Serpentinen und Kurven über die Hügelkuppen – wie schmale Bäche, die den Weg des geringsten Widerstandes suchen.

Alle Straßen waren mit Menschen verstopft.

Corfe kannte den Anblick bereits von seiner Flucht aus Aekir. Die anderen Soldaten der Eskorte hingegen hatten etwas Derartiges noch nie erlebt. Das Ausmaß der Flüchtlingsströme verschlug ihnen den Atem.

Unterwegs kam die Gruppe an menschenleeren Dörfern und verlassenen Weilern vorbei, ja, sogar an ein paar Städten, in denen die fliehenden Bewohner die Türen der Häuser offengelassen hatten. Und nun schienen die Einwohner des nördlichen Torunna allesamt auf der Flucht.

Die meisten stammten aus Aekir. Bei Winteranbruch befahl Martellus, General der Feste von Ormann, die Flüchtlingslager rund um die Festung abzubrechen. Die Menschen, die darin Unterschlupf suchten, wurden aufgefordert, weiter nach Süden, nach Torunn zu ziehen. Die kargen Vorräte der Verteidiger der Feste vermochten die Flüchtlinge unmöglich zu ernähren.

Da sich zudem der Winter über das Land senkte – allem Anschein nach ein harter Winter –, würden sie in den Zeltstädten im Schatten der Feste nicht lange überleben. Hunderttausende wanderten im beißenden Wind über die Straße nach Süden. Auf die Einwohner der Gegend wirkte sich der Strom verheerend aus. Es war zu Plünderungen, Morden, ja, sogar offenen Schlachten zwischen Torunnen und Flüchtlingen aus Aekir gekommen. Panik breitete sich aus, und so zogen nun auch die Bewohner des Landes gen Süden. Ein Gerücht hatte sich verbreitet, dem zufolge die Merduks nicht lange in den Winterquartieren ausharren würden, sondern einen plötzlichen Angriff auf die Feste und einen raschen Weitermarsch auf die torunnische Hauptstadt planten, bevor die wirklich schweren Schneefälle einsetzten. Kein Wort davon entsprach der Wahrheit. Corfe selbst hatte das Winterlager der Merduks ausgekundschaftet, und er wußte, daß der Feind sich neu gruppierte und seine Vorräte aufstockte, was Monate in Anspruch nehmen würde. Doch mit Vernunft war einer verängstigten Menschenmasse kaum beizukommen – daher der Exodus.

Dreißig Mann der schweren torunnischen Reiterei eskortierten die schmucklose, ungefederte Kutsche über die verstopften Straßen und bedienten sich der geharnischten Leiber der Pferde und zahlreicher Warnschüsse aus den Luntenschloßpistolen, um sich einen Weg durch die Menge zu bahnen. In der Kutsche saß Macrobius III, Pontifex Maximus der Westlichen Welt, und umklammerte mit der Geduld, wie sie blinden Menschen eigen ist, das Heiligensymbol aus Silber und Lapislazuli, das General Martellus ihm geschenkt hatte. Nirgends in der Feste von Ormann konnte man Stoffe auftreiben, deren Farbe einem Pontifex geziemten, und so trug Macrobius statt dessen schwarze Gewänder. Vielleicht ist es ein Omen, dachte Corfe. Vielleicht würde man ihn nicht mehr als Pontifex anerkennen, nun, da Himerius von den Prälaten und dem Bischofskollegium in Charibon in dieses Amt gewählt worden war. Macrobius selbst schien es wenig zu kümmern, ob er noch als Pontifex galt. Als ihm die Merduks in Aekir die Augen ausstachen, rissen sie gleichzeitig einen großen Teil aus seiner Seele.

Unweigerlich hatte Corfe wieder Herias Gesicht vor Augen, deutlich wie das Licht einer Lampe in der Dunkelheit; das rabenschwarze Haar, den leicht schiefen Mundwinkel, wenn sie lächelte. Seine Heria war tot, ein verkohlter Leichnam in Aekir. Auch jener Teil von ihm, der sie geliebt hatte, war nur noch ein Häufchen Asche. Wahrscheinlich hatten die Merduks auch seiner Seele etwas entrissen, als sie die Heilige Stadt einnahmen: die Fähigkeit zu lachen und zu lieben. Inzwischen spielte es keine Rolle mehr.

Und dennoch ... Corfe ertappte sich dabei, das Gesicht jeder Frau in der wimmelnden Menge zu betrachten, betend und trotz besseren Wissens darauf hoffend, daß er Heria erblicken möge, daß sie durch ein Wunder überlebt hatte. Er wußte, daß er ein Narr war; die jüngsten und schönsten Frauen von Aekir hatten die Merduks in ihre Feldbordelle verschleppt. Corfes Heria war in der großen Feuersbrunst umgekommen, die über die besiegte Stadt herfiel.

Er hoffte beim Blut des gütigen Heiligen, daß sie tot war.

Der Kundschafter, den Corfe vor einer Stunde losgeschickt hatte, kehrte in leichtem Galopp an der Seite der Straße zurück und ließ die vor sich hintrottenden Flüchtlinge auseinanderstieben wie ein Wolf eine Schafherde. Nachdem der Mann das erschöpfte Roß gezügelt hatte, salutierte er hastig; klirrenden schlug die Armrüstung in der uralten Geste gegen den Brustharnisch.

»Torunn liegt gleich hinter dem Hügel, Oberst. Bis zu den Toren der Stadt ist es kaum noch eine Wegstunde.«

»Werden wir erwartet?« erkundigte sich Corfe.

»Ja. Vor den Mauern steht ein kleiner Empfangstrupp, obwohl sie mit den Flüchtlingen alle Hände voll zu tun haben.«

»Sehr gut«, erwiderte Corfe kurz angebunden. »Zurück in die Reihe, Surian, und geh das nächste Mal sanfter mit deinem Pferd um.«

»Ja, Herr.« Beschämt trabte der junge Reiter zurück an das Ende des Trosses. Corfe folgte ihm, bis er die holpernde Kutsche erreichte.

»Heiligkeit.«

Der Vorhang wurde zurückgezogen. »Ja, mein Sohn?«

»Wir werden noch zur Stunde Torunn erreichen. Ich dachte mir, es würde Euch interessieren.«

Blicklos starrte Macrobius' entstelltes Gesicht zu Corfe empor. Die Nachricht schien ihn wenig zu erfreuen.

»Dann beginnt es aufs neue«, sagte er. Über das Knarren und Rumpeln der Kutsche und das Hufgeklapper der Pferde auf dem gepflasterten Pfad hinweg war die Stimme kaum zu vernehmen.

»Was meint Ihr damit?«

Macrobius lächelte. »Das große Spiel, Corfe. Eine Zeitlang stand ich abseits des Brettes, doch nun werde ich wieder darauf herumgeschoben.«

»Gott will es so, Vater.«

»Nein. Gott bewegt die Figuren nicht; dieses Spiel ist eine Erfindung der Menschen.«

Corfe richtete sich im Sattel auf. »Wir tun, was wir tun müssen, Ehrwürdiger Vater. Wir erfüllen unsere Pflicht.«

»Mit anderen Worten, wir tun, was man uns sagt, mein Sohn.«

Abermals der Ansatz eines Lächelns. Dann fiel der Vorhang zurück.

Torunna war eine der später gegründeten Provinzen des fimbrischen Imperiums. Vor sechs Jahrhunderten bestand das Reich lediglich aus einer Reihe befestigter Städte entlang der Westküste der kardischen See, die von den wilden felimbrischen Stämmen aus dem Landesinneren voneinander abgeschnitten wurden. Nachdem die Stämme befriedet waren, wuchs die quer über den Fluß Torrin errichtete Stadt Torunn zu einem wichtigen Hafen und bedeutenden Bollwerk gegen die Steppennomaden heran, die das Gebiet um den kardischen Golf heimsuchten. Schließlich siedelten die Fimbrier zwischen den Flüssen Torinn und Searil achtzig Hundertschaften in den Ruhestand getretener Soldaten samt deren Familien an, wodurch sie eine widerstandsfähige Pufferzone zwischen der aufblühenden Provinz im Süden und den Barbaren schufen.

Marschall Kaile Ormann, Kommandeur der Östlichen Feldarmee, ließ an der einzig passierbaren Stelle des mächtigen, durch Felsen schneidenden Stromes Searil eine gewaltige Senke ausheben. Vierzig Jahre lang galt diese Senke als östlichster Punkt des fimbrischen Machtbereichs, bis noch weiter östlich, am Fluß Ostian, die Stadt Aekir gegründet wurde. Folglich waren die Torunnen direkte Nachfahren der ersten fimbrischen Siedler. Die Ursprünge der einflußreichsten Familien des Königreiches gingen allesamt auf die ranghöchsten Offiziere jener ersten Hundertschaften zurück. Das königliche Haus Torunn entstammte dem Haus des Kaile Ormann, dem Erbauer der Feste von Ormann.

Ironischerweise erhob sich Torunna als erste Provinz gegen Fimbrien und erklärte seine Unabhängigkeit von den Kurfürsten. Die Torunnen nahmen Aekir in ihren Besitz und wurden von Ammianus, dem damaligen Pontifex Maximus, als rechtmäßiger Staat anerkannt. Im Gegenzug mußten die Torunnen der Kirche unentgeltlich viertausend Soldaten zur Verfügung stellen, aus denen später die Glaubensritter hervorgingen.

Somit schrieb Torunna einige bedeutende Kapitel der Geschichte des Westens. In den langen Jahren, während derer Fimbrien sich nach dem Zerfall des Imperiums völlig abkapselte, reifte Torunna zur stärksten Militärmacht der neuen Königreiche heran und wurde gleichermaßen Beschützerstaat des Pontifex und der östlichen Grenze.

Wer sich Torunn zum ersten Mal näherte, vor allem aus nördlicher Richtung, erkannte unweigerlich die Ähnlichkeiten mit Fimbir, was Anlage und Aufbau der Stadt betraf. Die alten Stadtmauern waren längst erweitert und verändert worden, so daß sie nunmehr vor Außen-, Horn- und Kronwerken strotzten, allesamt für ein neues Zeitalter der Kriegskunst vorgesehen, in dem nicht mehr Schwertklingen, sondern Schießpulver und Kanonen den Verlauf einer Schlacht bestimmten. Dennoch blieb der Stadt eine derbe Grobschlächtigkeit erhalten, die durch und durch fimbrisch war.

Erinnerungen durchfluteten Corfe, als er und seine Reiter mitsamt der hinter ihnen her rumpelnden Kutsche über die letzten Hügel vor der Stadt kamen. Ein Durcheinander planlos aneinandergereihter, neuerer Bauwerke stellte die unbefestigten Vorstädte von Torunn dar. Zwischen den Dächern und Türmen der Außenstadt konnte man die graue Stadtmauer erspähen, die sich wie eine riesige Schlange dahinter entlangwand. Hier war Corfe den Hundertschaften beigetreten, ausgebildet und auf derbe Weise von einem Jungen zu einem Mann geformt worden. Geboren war er in Staed, einer der südlichen Küstenstädte des Reiches. Als er Torunn zum ersten Mal erblickt hatte, glaubte er, ein Wunder vor sich zu sehen. Doch mittlerweile kannte er auch Aekir und wußte, was er sich unter einer wahrhaft gewaltigen Stadt vorzustellen hatte. In Torunn lebten etwa zweihunderttausend Menschen; ebenso viele waren zur Zeit auf den Straßen unterwegs hierher, auf der Suche nach Zuflucht. Das gewaltige Ausmaß des Problems überstieg Corfes Vorstellungskraft.

In den Vorstädten erwies sich der Menschenstrom als noch schlimmer. Rundum bemühten sich Soldaten der torunnischen Reiterei, die Ordnung aufrechtzuerhalten. Überall auf den Marktplätzen hatte man Freiluftküchen aufgestellt. Der Lärm und der Gestank waren unglaublich. Torunn wies sämtliche Merkmale jener apokalyptischen, religiösen Malereien auf, die den Untergang der Welt zeigten. Obwohl Aekirs Untergang der Apokalypse noch näher kam, ging es Corfe verbittert durch den Kopf.

Vor den neuen, niedrigen Stadttoren hatte eine Hundertschaft Speerschwinger in Rängen Stellung bezogen, flankiert von einem Paar Leichtkulverinen. Träge stiegen bläuliche Schwaden von den Lunten auf. Corfe war nicht sicher, ob diese Zurschaustellung der Macht dem Empfang des Pontifex Maximus gewidmet war oder dazu diente, die herandrängenden Flüchtlinge aus der Innenstadt fernzuhalten. Als aber die Soldaten seinen Troß erblickten, brüllten die Kulverinen zur Begrüßung auf und feuerten flammenspeiend Blindschüsse ab; Pulverrauch stieg zum Himmel empor. Oben auf den Türmen fielen andere Kanonen in die Salve ein, bis die Mauern hinter einem Rauchschleier verschwammen. Das donnernde Getöse erinnerte Corfe an das Bombardement der Merduks vor der Feste von Ormann.

Die Torunnen präsentierten die Waffen, ein Offizier zückte den Säbel, und der Pontifex Maximus wurde durch die Tore von Torunna willkommen geheißen.

König Lofantyr vernahm die Bergrüßungssalve, die durch die Stadt hallte, und hielt inne, um aus einem der Turmfenster zu schauen. Er schob das Eisengitter beiseite und trat hinaus auf den breiten Balkon. Die Stadt erstreckte sich als ein Meer dicht aneinandergereihter Dächer nach Norden hin, doch aus den Kasematten an den Mauern sah er Rauchwolken aufsteigen.

»Endlich«, seufzte er. Die Erleichterung in seiner Stimme schien fast greifbar.

»Vielleicht setzt du dich erst einmal hin«, meinte eine Frauenstimme.

»Setzen! Wie kann ich mich setzen? Wie soll ich mich jemals wieder ruhig zurücklehnen können, Mutter? Niemals hätte ich auf Abeleyn hören dürfen! Er ist bekannt für seine Überredungskunst. Das Königreich steht am Rande des Ruins, und ich habe es dorthin gebracht.«

»Pah! Du hast deines Vaters Sinn für Dramatik geerbt, Lofantyr. Warst du es, der die Merduks vor die Tore von Aekir gerufen hat?« erwiderte die Frau hinter ihm scharf. »Erst vor kurzem haben wir eine große Schlacht gewonnen und die Stellung im Osten gehalten. Du bist Torunne, und du bist König. Es geziemt sich nicht, deine Zweifel so offen auszusprechen.«

Mit einem matten Lächeln auf den Lippen wandte Lofantyr sich um. »Wenn ich meine Zweifel dir gegenüber nicht äußern darf, wem gegenüber dann?«

Die Frau trug Gewänder, die üppig mit Spitzen und Brokat verziert waren; sie saß am gegenüberliegenden Ende des großen Turmgemachs. Auf einem Ständer vor ihr befand sich ein Stickrahmen, den die behenden Finger eifrig und ohne Unterlaß mit der Nadel bearbeiteten. Abwechselnd schauten die Augen auf zu ihrem Sohn, dem König, dann nieder zur Arbeit; auf und nieder. Keine Sekunde hielten ihre Finger inne.

Ihr Gesicht war von einem aufwendig geflochtenen Haarkranz umrahmt, den perlenbesetzte Nadeln und Juwelen schmückten. Das Haar war golden mit silbrigen Strähnen, die Ohrringe aus feinstem Lapislazuli. Ihre Züge waren fein geschnitten, doch ein wenig ausgezehrt; man konnte durchaus erkennen, daß sie in jungen Jahren eine wunderschöne Frau gewesen sein mußte, und selbst jetzt besaß sie noch beachtliche Reize. Doch ihre Haut war von einem Netz feiner Furchen überzogen, das trotz der betörenden grünen Augen ihr Alter verriet.

»Du hast die Schlacht gewonnen, mein König – die

Schlacht gegen die Zeit. Nun kannst du dem Rat einen Pontifex vorführen und das Gerede von Ketzerei zum Verstummen bringen.« Einen Augenblick klemmte sie die Zunge zwischen die Zähne, als die Nadel einen besonders heiklen Stich vollführte. »Im Gegensatz zu den anderen Monarchen kannst du deinem Volk beweisen, daß Macrobius tatsächlich lebt. Das und der Sturm, der aus dem Osten naht, sollte reichen, um den Großteil des Volkes unter deiner Herrschaft zu vereinen.«

Schließlich legte sie die Nadel beiseite. »Genug für heute. Ich bin müde.« Sie bedachte Lofantyr mit einem strengen Blick. »Auch du siehst müde aus, mein Sohn. Die Reise von Vol Ephrir war gewiß beschwerlich.«

Lofantyr zuckte mit den Schultern. »Schnee und räuberische Stammeskrieger – die üblichen Ärgernisse. Meine Müdigkeit rührt nicht allein von der Reise her, Mutter. Zwar ist Macrobius hier, ja; aber jenseits der Stadtmauern brüllen Tausende von Flüchtlingen aus Aekir und Nord-Torunna um Beistand, den ich ihnen nicht gewähren kann. Martellus möchte die Stadtgarnisonen an der Senke haben, und die mir versprochenen Glaubensritter werden nunmehr überhaupt nicht kommen. Ich brauche jeden im Reich verfügbaren Mann, um die Adeligen im Zaum zu halten. Obwohl ich ihnen den wahren Pontifex versprochen habe, werden sie aufsässig. Es liegen bereits Berichte über kleinere Aufstände in Rone und Gebrar vor. Ich brauche zuverlässige Kommandeure, die in den Schwierigkeiten des Regenten keine Gelegenheit für sich selbst sehen.«

»Ergebenheit und Ehrgeiz, die beiden unvereinbaren Eigenschaften, ohne die ein Mann nichts wert ist. Nur wenige vermögen beides ausgewogen in sich zu vereinen«, meinte die Frau.

»John Mogen hat es vermochte.«

»John Mogen ist tot, möge Gott seiner Seele gnädig sein. Du brauchst eine neue Leitfigur, Lofantyr, jemanden, der die Männer so führen kann wie einst Mogen. Martellus mag ein guter General sein, doch er vermag seine Männer nicht zu begeistern und zur Kampfbereitschaft anzuspornen.«

»Ebensowenig wie ich«, fügte Lofantyr säuerlich hinzu.

»Ja, wie du. Du wirst nie ein General sein, mein Sohn, aber das ist auch nicht nötig. König zu sein ist Herausforderung genug.«

Mit einem nach wie vor freudlosen Lächeln auf den Lippen nickte Lofantyr. Wie seine beiden ketzerischen Verbündeten, Abeleyn von Hebrion und Mark von Astarak, war auch er ein junger Mann. Seine Gattin, eine perigrainische Prinzessin und Nichte von König Cadamost, war bereits nach Vol Ephrir abgereist, da sie gelobte, unter keinen Umständen mit einem Ketzer das Bett zu teilen. Aber schließlich war sie erst dreizehn Jahre alt. Kinder gab es noch keine, und im Augenblick war der Bruch einer Verbindung zweier Dynastien angesichts des durch religiöse Spaltung entzweiten Westens nahezu bedeutungslos.

Lofantyrs Mutter, die Königin Dowager Odelia, schob den Stickrahmen beiseite und erhob sich, wobei sie auf Lofantyrs Arm verzichtete, den er ihr rasch entgegenstreckte.

»Sobald ich nicht mehr in der Lage bin, mich ohne fremde Hilfe aus einem Stuhl zu erheben, kannst du mich mitsamt dem Stuhl begraben«, fuhr sie ihn an, dann rief sie: »Arach!«

Lofantyr zuckte zurück, als eine schwarze Spinne an einem seidig glänzenden Faden von den Dachsparren herabschwebte und auf der Schulter seiner Mutter landete. Sie war dicht behaart und größer als die Hand des Königs. Ihre rubinroten Augen funkelten. Odelia liebkoste sie kurz, woraufhin die Kreatur ein Geräusch von sich gab, das dem Schnurren einer Katze glich.

»Verbirg dich, Arach. Wir treffen uns mit einem Pontifex«, sagte die Frau.

Sogleich verschwand die Spinne in dem Gewirr aus Spitzenborten, die an Odelias Nacken aufragten. In den Borten war das Tier kaum auszumachen; es glich einem dunklen Klumpen, der sich an den Stoff schmiegte, was der aufrechten Haltung der Monarchin ein leicht buckliges Aussehen verlieh. Das Schnurren verwandelte sich in ein stetes Summen.

»Er wird alt«, meinte Königin Dowager lächelnd. »Er liebt die Wärme.« Nun ergriff sie den Arm ihres Sohnes, und gemeinsam schritten sie auf die Türen an der gegenüberliegenden Seite des Gemachs zu.

»Eigentlich ist es ganz gut, daß ich jetzt ein Ketzer bin«, sinnierte Lofantyr.

»Wieso das, mein Sohn?«

»Weil ich sonst meine eigene Mutter als Hexe verbrennen müßte.«

Rasch füllten sich die Audienzsäle. Vor Ungeduld, Macrobius der Welt lebend zu präsentieren, gestattete Lofantyr Seiner Heiligkeit nur ein paar Stunden Erholung von der Reise, bevor er ihn demütig bat, er möge einer Runde der höchsten Adeligen des Reiches seinen Segen zuteil werden lassen. Hunderte Menschen versammelten sich im Palast; alle waren in den feinsten Gewändern gekleidet, die sie besaßen. Die Hofdamen eiferten seit der Hochzeit des Königs mit der jungen Balsia von Vol Ephrir der perigrainischen Mode nach und wirkten wie eine Schar bezaubernder Schmetterlinge, mit Flügeln aus gediegenen Spitzenborten und funkelnden Juwelen, geschminkten Gesichtern und wackelnden Fächern – denn wegen der Menschenmasse und der großen Holzscheite, die knisternd in den Kaminen brannten, war es heiß in den Audienzsälen. Alles in allem unterschied die Gesellschaft sich grundlegend von jener aus der asketischen Zeit von Lofantyrs Vater, als Adelige nur militärisches Schwarz und Blutrot trugen und die Damen schlichte, eng anliegende Kleider und keinen Haarschmuck.

Corfe und seine Truppe hatten die Rösser in den Stallungen des Palastes untergestellt und versucht, sich bestmöglich herauszuputzen. Dennoch waren sie schlammverschmiert und ausgezehrt von der Reise; viele von ihnen trugen noch die Rüstung, in der sie wochenlang an der Senke gekämpft hatten. Corfe mußte sich eingestehen, daß seine Männer einen armseligen Anblick boten, doch jeder einzelne von ihnen war ein Veteran, ein Überlebender. Und das war tausendmal wichtiger als jede Äußerlichkeit.

Der Hofkammerherr hatte in aller Eile purpurne Gewänder für Macrobius aufgetrieben, die der alte Mann jedoch zurückwies. Ebenso weigerte er sich, in einer Sänfte in den Audienzsaal getragen zu werden, und er wollte niemandem außer Corfe gestatten, ihn am Arm durch die menschenüberfüllte Halle zu geleiten.

»Du hast mich über beschwerlichere Pfade als diesen geführt«, meinte Macrobius, als sie im Vorzimmer auf das Fanfarengeschmetter warteten, das ihr Eintreten ankündigen sollte. »Ein letztes Mal bitte ich dich, als meine Augen zu dienen, Corfe.«

Livrierte Diener schwangen die Türen auf, und vor den beiden erstreckte sich der glänzende Marmorboden des Audienzsaals. Zu beiden Seiten reckten Hunderte von Leuten – Adelige, Lehnsmänner, Höflinge, Gefolgsleute – die Köpfe, um einen Blick auf den Pontifex zu erhaschen, den sie für tot gehalten hatten. Am gegenüberliegenden Ende der Halle, in Corfes Augen scheinbar Hunderte von Metern entfernt, funkelten die versilberten und vergoldeten Thronstühle von Torunna. König Lofantyr und seine Mutter, Königin Dowager, saßen darauf. Ein dritter Thron – jener der jungen Königin – war leer.

Die Fanfaren verstummten. Macrobius lächelte. »Komm, Corfe. Unser Publikum wartet.«

Nur das Klappern der Stiefel Corfes und das Klatschen von Macrobius' Sandalen war zu vernehmen. Leises Gemurmel erhob sich, als die Menge den Soldaten in der schäbigen Rüstung und den gräßlich entstellten Greis betrachtete. Aus dem Augenwinkel erspähte Corfe, daß einige der Anwesenden hoffnungsvoll zum Eingang schielten, als erwarteten sie dort den prunkvollen Auftritt des echten Pontifex und seines Begleiters.

Die beiden schritten weiter. Corfe schwitzte. Er starrte empor zur unglaublich hohen Decke des Raumes, den Steinpfeilern und den Dachsparren aus schwarzem Zedernholz, den riesigen Hängelampen ... da erblickte er die Galerien, vollbesetzt mit gaffenden Menschen in Kleidern, die sämtliche Farbnuancen eines Regenbogens aufwiesen. Innerlich fluchte er. Dieses erhabene Zeremoniell, dieses Schauspiel von Etikette und Politik behagte ihm ganz und gar nicht.

Macrobius drückte Corfes Arm. Der alte Mann schien über irgend etwas belustigt zu sein, und das beunruhigte Corfe noch mehr. Er schloß die Hand um das Heft seines Säbels, den er auf der Straße nach Westen einem toten Soldaten abgenommen hatte.

Und dann erinnerte er sich. Er erinnerte sich an das Inferno in Aekir, ein grollendes Flammenmeer wie der Weltuntergang. Er erinnerte sich an die langen Nächte voller Greuel und Gewalt auf der Flucht in den Westen. Er erinnerte sich an die Schlachten an der Senke von Ormann, an die verzweifelte Wut bei den Angriffen der Merduks, an den ohrenbetäubenden Donner der feindlichen Kanonen. Er erinnerte sich an das endlose Töten, an die Tausenden von Leichen, die den Fluß Searil verstopften.

Er erinnerte sich an das Gesicht seiner Frau, als er sie zum letzten Mal sah.

Mittlerweile hatten Corfe und Macrobius das andere Ende des Saales erreicht. Vor ihnen, auf dem Podium, betrachtete der König von Torunna sie mit milder Verwunderung, während im Blick seiner Mutter berechnende Abschätzung lag. Corfe salutierte. Macrobius verharrte reglos.

Irgendwo wurde gehustet, dann schlug der Kammerherr dreimal mit dem Stab auf den Boden und rief mit geübter, schallender Stimme, die den gesamten Saal erfüllte:

»Seine Heiligkeit, der Pontifex Maximus der Westlichen Königreiche und Prälat von Aekir, Kopf der Heiligen Kirche, Macrobius der Dritte ...« Dann betrachtete er Corfe mit aufkeimender Panik. Offenbar hatte er keine Ahnung, wer der zerlumpte Gefährte des Pontifex sein mochte.

»Corfe Cear-Inaf, Oberst der Garnison in der Feste von Ormann, vormals unter dem Kommando von John Mogen in Aekir.« Die Worte kamen von Macrobius. Nie zuvor hatte Corfe ihn lauter und deutlicher sprechen gehört, nicht einmal, als er in der Feste gepredigt hatte.

»Ich begrüße Euch, mein Sohn«, sagte Macrobius, diesmal an Lofantyr gewandt.

Einen Augenblick zögerte der torunnische Monarch, dann stieg er vom Podium herunter. Violett und schwarz wallten seine Gewänder, golden fing sich das Licht der Hängelampen im Reif auf dem Haupt des Königs. Er kniete vor Macrobius nieder und küßte den Ring des alten Mannes – ein weiteres Geschenk von Martellus; der päpstliche Ring war lange zuvor verlorengegangen.

»Ich heiße Euch in Torunna willkommen, Heiligkeit«, sagte er, für Corfes Geschmack ein wenig zu steif. Dann besann er sich der eigenen Manieren und verbeugte sich, als Lofantyr sich aufrichtete. »Majestät.«

Flüchtig nickte Lofantyr ihm zu und ergriff Macrobius' Arm. Er führte den blinden Greis aufs Podium und ließ ihn auf dem leeren Thron der Königin Platz nehmen. Allein und unsicher verharrte Corfe, bis er des Kammerherrn gewahr wurde, der ihm verstohlen winkte. Corfe ging hinüber und mischte sich in die flüsternden Reihen der Versammelten, die sich zu beiden Seiten des Podiums scharten.

»Bleib aus dem Weg«, zischte der Kammerherr Corfe ins Ohr, ehe er neuerlich mit dem Stab auf den Boden schlug.

Lofantyr hatte sich vom Thron erhoben, um eine Ansprache zu halten. Abermals kehrte Stille ein. Die Stimme des Königs war zwar weniger beeindruckend als die seines Kammerherrn, dennoch erschallte sie klar und deutlich.

»Wir heißen heute hier am Hofe die lebende Verkörperung des Glaubens willkommen – jenes Glaubens, der uns alle stützt. Durch ein Wunder wurde der rechtmäßige Pontifex Maximus der Welt aus dem Hexenkessel des Krieges im Osten errettet. Macrobius der Dritte weilt lebendig und bei bester Gesundheit hier bei uns in Torunn. Durch seine Anwesenheit erhebt er diese unsere Stadt zur Festung der Kirche – der wahren Kirche Gottes. Mit den Gebeten des Heiligen Vaters und dem Wissen, daß wir das Recht auf unserer Seite haben und daß Gott über uns wacht, können wir darauf vertrauen, daß die Armeen von Torunna, die mächtigsten und tüchtigsten Heere der Welt, das Werk vollenden werden, das in den letzten Wochen in der Feste von Ormann begonnen wurde. Unsere Hundertschaften werden sich weitere Siege auf die Schlachtflaggen heften, und schon bald wird unsere Standarte wieder auf den Zinnen von Aekir wehen. Wir werden unsere heidnischen Feinde zurück über den Fluß Ostian schleudern, zurück in die Wildnis des Unglaubens und der Barbarei, aus der sie kamen ...«

Und so ging es weiter. Corfe bekam wenig davon mit. Er war erschöpft; der Adrenalinfluß, der ihn auf dem

Weg durch den Saal getragen hatte, war versiegt und ließ ihn schlaff wie einen leeren Weinbeutel zurück. Warum nur hatte Macrobius darauf bestanden, daß er hierherkam?

»Und so sage ich dem Usurpator in Charibon ins Gesicht«, fuhr Lofantyr fort, »daß es keine Ketzerei ist, den wahren geistlichen Führer der Kirche anzuerkennen und zu kämpfen, um die Grenze im Osten für die Königreiche hinter uns zu sichern. Torunna, Hebrion und Astarak sind die Königreiche des wahren Glaubens und keineswegs Diözesen eines Hochstaplers, der sich ebenfalls der Ketzerei schuldig macht.«

Endlich war die Rede vorbei. Stimmengewirr erhob sich im Saal. Die Leute schwärmten aus und fanden sich zu aufgeregt diskutierenden Gruppen zusammen, während zahlreiche Diener durch die Seitentüren des Saals Silbertablette hereintrugen, mit funkelnden Karaffen voll Wein und anderen geistigen Getränken. Der König schenkte Macrobius ein, und wiederum senkte sich Stille herab, als der Pontifex sich mit dem Weinglas erhob, das blutrot in seiner Hand schimmerte.

»Ich bin blind.«

Und die Stille verwandelte sich in Totenstille.

»Ja, ich bin Macrobius. Ich entkam aus den Ruinen von Aekir, was so vielen nicht gelang. Doch ich bin nicht mehr der, der ich einst war. Ich stehe heute vor euch ...« Er hielt inne und schaute blicklos zur Seite, wo die Königin Dowager sich vom Thron erhoben hatte und Macrobius' Arm ergriff.

»In unserem Übereifer, den Heiligen Vater in der Stadt willkommen zu heißen, haben wir seine Erschöpfung nicht bedacht«, rief Dowager. »Der Heilige Vater braucht Ruhe. Doch bevor er uns verläßt, um sich in die Gemächer zurückzuziehen, die wir für ihn vorbereitet haben, wollen wir um seinen Segen bitten, den Segen des wahren Führers der Kirche.«

Einige der Anwesenden neben dem Podium stimmten in die Aufforderung mit ein.

»Segnet uns! Segnet uns, Ehrwürdiger Vater!«

Unentschlossen stand Macrobius da, und Corfe überkam das seltsame Gefühl, daß der alte Mann irgendwie in Gefahr schwebte. Er drängte sich durch die Menschenmasse zum Podium, doch als er dessen Fuß erreichte, versperrte ihm eine Reihe mit Hellebarden bewaffneter Wachen den Weg. Wie durch Zauberei tauchte der Kammerherr an Corfes Seite auf. »Bis hierher und nicht weiter, Soldat.«

Corfe schaute hinauf zu den Gestalten auf dem Podium. Eine Weile verharrte Macrobius stocksteif, und das Lächeln auf den Lippen der Königin Dowager wurde zunehmend matter. Schließlich erhob Macrobius die Hand zur wohlbekannten Geste, und alle im Saal neigten die Köpfe.

Mit Ausnahme der grimmigen Wachen vor Corfe.

Die Segnung dauerte wenige Sekunden. Danach geleiteten Diener in scharlachroten Wämsen den Pontifex vom Podium durch eine Tür hinter den Thronen. Lofantyr und Odelia nahmen wieder Platz, woraufhin sich die Spannung im Saal löste. Gespräche entflammten, begleitet von Gläserklirren. Von den Galerien schwebten die sanften Klänge von Lauten und Mandolinen herab. Die Altstimme einer Frau sang ein Lied über die Levangore, riesige Schiffe, einsame Inseln und ähnlich romantischen Schmalz.

Ein Diener mit einem Tablett bot Corfe Wein an, doch er schüttelte den Kopf. Die Luft war erfüllt von durchdringendem Parfümgeruch; wie Weihrauch schien der Duft von den Körpern der Damen aufzusteigen. Alle unterhielten sich außergewöhnlich angeregt. Offenbar sorgte Macrobius' Auftritt für mehr Aufsehen, als Corfe erwartet hatte.

»Was soll ich tun?« fragte er den Kammerherrn barsch.

Rotglühender Zorn loderte in Corfe auf, ohne daß er den Grund dafür kannte.

Der Kammerherr blickte ihn an, als wunderte er sich, daß Corfe immer noch hier war. Der Mann war groß, aber dürr wie ein Schilfrohr. Corfe hätte ihn über dem Knie entzweibrechen können.

»Trink Wein und unterhalte dich mit den Damen. Genieße den Hauch der feinen Gesellschaft, Soldat.«

»Für Euch bin ich Oberst.«

Der Kammerherr blinzelte; dann lächelte er freudlos. Mit starrem Blick musterte er Corfe und schien sich dessen Züge einzuprägen. Schließlich wandte er sich um und verschwand in der wuselnden Menschenmenge. Corfe stieß einen leisen Fluch aus.

»Habt Ihr Euch eigens für die Audienz so herausgeputzt, oder lauft Ihr immer so gepflegt umher?« erkundigte sich eine Frauenstimme.

Corfe drehte sich um und erblickte ein Quartett an seiner Seite, zwei junge Männer in einer geckenhaften Abart der torunnischen Uniform und zwei Damen, die sich bei ihnen eingehängt hatten. Die Männer strahlten eine merkwürdige Mischung aus Überheblichkeit und Argwohn aus, die Damen hingegen wirkten lediglich belustigt.

»Wir mußten in Eile reisen«, erwiderte Corfe, von einem Rest Höflichkeit zu der Antwort bewegt.

»Ich finde, es war eine rührende Szene«, kicherte die andere Frau. »Der alternde Pontifex in den Gewändern eines Bettlers und sein zerlumpter Leibwächter. Und keiner wußte, wer wen stützte.«

»Oder wer wen führte«, fügte die erste Frau hinzu, woraufhin die vier in Gelächter ausbrachen.

»Aber es ist schon eine Erleichterung zu wissen, daß unser König kein Ketzer mehr ist«, fuhr die erste Frau fort. »Ich könnte mir vorstellen, daß der Adel des Königreichs im Augenblick Gott dankt.« Auch auf diese Bemerkung folgte glockenhelles Lachen.

»Wir vergessen unsere guten Manieren«, sagte einer der Männer. Er verneigte sich. »Ich bin Fähnrich Ebro von der Palastwache Seiner Majestät, und das ist Fähnrich Callan. Unsere liebreizenden Gefährtinnen sind die Hofdamen Moriale und Brienne.«

»Oberst Corfe Cear-Inaf«, schnarrte Corfe. »Ihr dürft mich ›Herr‹ nennen.«

Sein Tonfall ließ den Frohsinn verpuffen. Die beiden jungen Offiziere nahmen Haltung an. »Ich bitte um Verzeihung, Herr«, meinte Callan. »Wir wollten Euch keineswegs beleidigen. Es ist nur so, daß wir innerhalb des Hofstabs einen recht zwanglosen Umgang pflegen.«

»Ich gehöre nicht zum Hofstab«, klärte Corfe ihn frostig auf.

Eine sechste Person gesellte sich zu der Gruppe, ein älterer Mann mit dem Abzeichen eines Obersts auf dem Brustharnisch und einem prächtigen Schnurrbart, dessen Enden bis unters Kinn herabhingen. Sein Schädel war kahl wie eine Kanonenkugel, und unter dem Arm trug er einen Kommandostab.

»Gerade aus der Feste von Ormann angekommen, was?« dröhnte er mit einer Stimme, die eher einem Exerzierplatz als einem Palast angemessen war. »Dort weht mitunter ein recht rauher Wind, was? Erzählt uns davon, Mann. Nur immer raus damit. Wird Zeit, daß diese Palasthelden mal hören, wie's in einem wirklichen Krieg zugeht.«

»Oberst Menin, ebenfalls von der Palastwache«, verkündete Ebro und deutete mit dem Kopf auf den Neuankömmling.

Plötzlich schien Corfe von einer Menge Gesichtern umgeben, von einer Vielzahl erwartungsvoller Augen, aus denen neugierige Blicke sprachen. Schweiß näßte Corfes Achselhöhlen, und mit einemmal wurde er sich unangenehm der schlammverschmierten Kleidung, der Dellen und Kratzer in der Rüstung bewußt. Die Zehenspitzen der Stiefel waren dunkel von geronnenem Blut, in dem er auf dem Höhepunkt der Schlacht gewatet war.

»Und es heißt, Ihr wart auch in Aekir«, fuhr Menin fort. »Wie kommt's? Ich dachte, keiner von Mogens Leuten hätte überlebt. Recht merkwürdig, meint Ihr nicht?«

Allesamt warteten sie gespannt. Corfe vermeinte fast zu spüren, wie ihre Blicke über sein Gesicht krochen.

»Entschuldigt mich«, krächzte er, wandte sich um und ließ die Gaffer stehen. Mit den Ellbogen bahnte er sich einen Weg durch die Menschenmasse und fühlte, wie ihre erstaunten Blicke sich auf seinen Rücken hefteten. Dann verließ er den Saal.

Und fand sich in den Küchenräumen wieder, in denen es vor aufgeschreckten, mit üppig beladenen Tabletts umherschwirrenden Dienern wimmelte. Ein Höfling versuchte, Corfe hinaus zu scheuchen, und wurde beiseite geschoben. Dann umhüllten ihn die frische Luft eines klaren Abends und die tiefblaue Dunkelheit eines sternenübersäten Himmels im Dämmerlicht. Corfe stand auf einer der beeindruckenden, langen Balkonreihen rings um den Mittelturm des Palastes. Hinter sich vernahm er das Geklirr in den Küchen und den vieltönigen Lärm einer Menschenansammlung. Unter ihm erstreckte sich fächerförmig, wie ein Teppich aus Lichtern, die Stadt Torunn gen Norden. Im Osten erblickte er eine gewaltige schwarze Fläche: die undurchbrochene Finsternis der kardischen See. Irgendwo im fernen Norden lag die Feste von Ormann mitsamt ihrer erschöpften Garnison, und dahinter das riesige Winterlager des Feindes.

Die sternenbeleuchtete Welt wirkte unendlich und kalt und irgendwie fremd. Die einzige Heimat, die Corfe je gekannt hatte, verweste irgendwo in den Weiten der Dunkelheit als verkohlte, leere Hülle. Für immer verloren. Merkwürdigerweise hatte er das Gefühl, nur mit Macrobius darüber reden zu können. Auch der alte Mann hatte Verluste, Leid und Schande erfahren.

»Gütiger Gott«, flüsterte Corfe. Heiße Tränen brannten ihm in der Kehle und in den Augen, doch er würde sie nicht fließen lassen. »Gütiger Gott, ich wünschte, ich wäre in Aekir gestorben.«

Drinnen ertönte wieder die Musik. Provenzalische Trommeln und Flöten mischten sich zu den Mandolinen und stimmten einen zackigen Marsch von der Art an, zu der Soldaten gern die Arme schwangen.

Corfe lehnte den Kopf auf das kalte Eisen des Balkongeländers und verschloß die brennenden Augen vor der Erinnerung.

Kapitel 4

Der erste Schuß ließ die Seevögel des Golfs rund um das Schiff kreischend auseinanderstieben; kaum ein Kabel vor dem Backbordbug spritzte eine Wasserfontäne empor.

»Guter Schuß«, mußte Dietl, der Kapitän der Karacke, mürrisch zugeben, »aber schließlich kehren wir ihnen die Breitseite zu und sind somit ein leichtes Ziel. Außerdem besitzen die Galeassen der Korsaren nur Bug- und Heckgeschütze. Seht – wegen der Riemen haben sie keine Kanonen an der Breitseite. Würde mich nicht wundern, wenn sie bald näher kämen und enterten.«

»Abschütteln können wir sie nicht?« fragte Abeleyn. Zwar galt er als höchst fähiger Seemann, wie es sich für einen hebrionischen König geziemte, doch dies war Dietls Schiff, und keiner würde es je besser kennen als der Kapitän.

»Nein, Majestät. Mit diesen Rudern sind sie uns gegenüber eindeutig im Vorteil. Sie können jederzeit näher kommen, sogar gegen den Wind, wenn es sein muß. Und die schneckenlangsamen *Nefs*, in denen Eure Männer reisen, könnte selbst ein Einarmiger in einem Ruderboot überholen. Nein, die sind auf einen Kampf aus. Nun, den sollen sie haben.« Mit der Aussicht auf ein Gefecht schien Dietls frühere Zurückhaltung gegenüber dem König zu schwinden. Nun unterhielt er sich mit ihm von Fachmann zu Fachmann.

Über die gesamte Länge des Decks waren die Geschütze ausgefahren worden. Daneben standen die Kanoniere mit Wischkolben, Pfropfen, Krätzern und Zündruten bereit – dem A und O der Schießkunst, ob zu Lande oder zu Wasser. Die spärliche Besatzung der Handelskaracke, die Abeleyn in Candelaria angeheuert hatte, wurde durch Soldaten seines Gefolges ergänzt. Die meisten hatten durchaus Erfahrung im Umgang mit der einen oder anderen Geschützart vorzuweisen. Auf dem Deck war Sand ausgestreut worden, damit die Männer nicht im eigenen Blut ausrutschten, sobald der Kampf begann, und die gewundenen Lunten glommen in den Eimern neben jeder Kanone munter vor sich hin. Die pflichtbewußteren Kanoniere richteten bereits die Läufe der metallenen Ungetüme aus und zielten auf die schlanken Gestalten der herannahenden Kähne: sechs elegante Galeassen mit Lateinersegeln, die sich wie Schwanenflügel voll und weiß im Wind bauschten.

Die Karacke war schwer bewaffnet – einer der Gründe, weshalb Abeleyn sie geheuert hatte. Auf dem Hauptdeck befand sich ein Dutzend Halbkulverinen, bronzene Kanonen mit über drei Meter langen Läufen, die neun Pfund schwere Geschosse abfeuerten. Das Poopdeck war mit sechs Feldschlangen bestückt, Geschütze für Fünf-Pfund-Munition mit fast drei Meter langen Läufen, und entlang des Vorschiffs sowie oben in den Marsen verfügte das Schiff über eine Reihe von Falkonets und Drehbrassen für Zwei-Pfund-Geschosse, die gegen Enterkommandos eingesetzt wurden.

Die schwerfälligen *Nefs*, die eine Meile hinter ihnen auf der kabbeligen See trieben, waren zwar weniger gut bewaffnet, dafür beförderten sie den Großteil von Abeleyns Männern: In jeder segelten über hundertfünfzig ausgebildete hebrionische Soldaten. Nur ein sehr entschlossener und wagemutiger Feind durfte auf ein erfolgreiches Entern der Schiffe hoffen. Abeleyn wußte, daß die Galeasse über eine Besatzung von etwa dreihundert Mann verfügte, doch sie waren nicht vom selben Kaliber wie seine Soldaten. Zudem wußte er, daß *er* das Ziel der feindlichen Schiffe darstellte. An diesem strahlenden Morgen im fimbrischen Golf waren die Korsaren zur Königsjagd unterwegs, soviel stand fest. Abeleyn hätte wer weiß was gegeben, um zu erfahren, wer sie gedungen hatte.

Ein weiteres Geschoß jagte knapp neben der Karacke ins Wasser, dann noch eines. Augenblicke später schnitt eine Kugel durch die Wellen wie ein Stein, den ein Junge beim Spielen über das Wasser schleudert, und krachte in die Seite des Schiffes, daß die Planken nur so stöhnten. Dietl lief rot an. Er wandte sich an Abeleyn.

»Wenn Ihr gestattet, Majestät, ich glaube, es ist an der Zeit, die Kanonen sprechen zu lassen.«

Abeleyn grinste. »Ganz meine Meinung, Käpt'n.«

Dietl lehnte sich über die Achterdeckreling. »Feuer aus allen Rohren!« brüllte er.

Rauch und Flammen schossen aus den Mündungen der Kulverinen hervor, als sie auf den Lafetten zurückstießen. Ein Pulverrauchschleier legte sich über das Hauptdeck, doch der Nordwind blies ihn sogleich über das Vorschiff. Schon lud die Besatzung nach, ohne innezuhalten, um zu sehen, wohin die Salve ging. Einige der erfahreneren Kanoniere kletterten über die Reling, um das Ziel besser ins Auge zu fassen. Abeleyn starrte nach Osten. Die sechs Galeassen schienen nicht getroffen. Er beobachtete, wie kleine Rauchwölkchen an ihren Bügen aufstiegen, als die Verfolger erneut feuerten. Einen Lidschlag später kam die Erwiderung; zischend sausten die Kugeln durch die Luft. Der König sah, wie Löcher in Großsegel und Vor-Marssegel gerissen wurden. Einige Trümmerstücke der getroffenen Takelung fielen auf Deck.

»Sie haben uns eingegabelt«, meinte Dietl grimmig. »Das wird eine heiße Schlacht, Majestät.«

Abeleyns Antwort ging im Donner der zweiten Breitseite der Karacke unter. Er sah, wie rings um die feindlichen Schiffe Wasser aufstob und die Segel wild durcheinanderwirbelten, als der Toppmast einer Galeasse kippte und auf den Bug hinabstürzte. Die Besatzung der Karacke brach in heisere Jubelrufe aus, hielt jedoch keinen Augenblick mit dem Nachladen inne.

Der Ausguck brüllte aus dem Großmars herab: »Ihr da unten! Die nördliche Schwadron dreht bei. Sie verfolgt die *Nefs*!«

Abeleyn stürzte an die Heckreling. Tatsächlich drehte die weiter hinten segelnde Schwadron in den Wind. Die Segel waren bereits eingeholt. Ausschließlich unter Rudern änderten die Schiffe den Kurs nach West-Nordwest, um den beiden *Nefs* den Weg abzuschneiden. Gleichzeitig erhöhten die übrigen drei Galeassen die Geschwindigkeit; in schier unglaublich rascher Folge tauchten die Ruder ins Wasser und wieder auf. Die Büge der drei Schiffe wiesen unmittelbar auf die Karacke.

Eine weitere Breitseite. Die Galeassen befanden sich eine halbe Meile vor dem Backbordbug und kamen schnell näher. Abeleyn sah, wie eine Ruderbank in tausend Stücke zersplitterte, als mehrere Schüsse der Karacke einschlugen. Sofort drehte sich die getroffene Galeasse vor den Wind. Wie Ameisen mühten sich auf den Lateinerrahen Männer ab, um sie zu brassen.

Abermals das Zischen von Geschossen. Einige trafen ihr Ziel. Binnen Minuten schien das Gefecht an Verbissenheit zuzunehmen. Wie Ministranten im Dienste grausamer Götter schufteten die Besatzungsmitglieder der Karacke an den Kanonen. Breitseite um Breitseite krachte vom Rumpf des gewaltigen Schiffes los, bis der Lärm, die Flammen und der beißende Rauch eine fremdartige Atmosphäre zu bilden schienen, einen unheilvollen Sturm, in den sie blindlings hineingeraten waren. Das Deck zitterte und neigte sich unter Abeleyns Füßen, während die Geschütze zurücksprangen, nachgeladen und wieder ausgefahren wurden. Als die einzelnen Kanonenbesatzungen ihren eigenen Rhythmus fanden, zerbrach die Regelmäßigkeit der Breitseiten, und die Schlacht verwandelte sich in einen endlosen Orkan aus Licht und Lärm, während die Schiffe der Korsaren zunächst auf Hakenbüchsen-, bald auf Pistolenreichweite herankamen.

Dann aber schlugen in rascher Folge mehrere feindliche Geschosse ein. Krachen und Schreien ertönten aus dem Mittelteil der Karacke, und inmitten des rauchschwangeren Gewirrs erblickte Abeleyn, wie sich eine der riesigen Kulverinen hochkant aufstellte und von der Schiffsseite weggeschleudert wurde. Sie polterte über das Deck, daß die gesamte Karacke erzitterte. Das Ächzen überlasteten Holzes erfüllte die Luft, dann gab ein Teil des Decks nach, und das metallene Ungetüm verschwand außer Sicht und riß mehrere kreischende Männer mit sich. Das Deck ähnelte einem zerschmetterten Wrack, auf dem Blut glitzerte. Überall lagen Holztrümmer und Hanfteile verstreut. Dennoch schoben die Kanonenbesatzungen unablässig die Geschütze in Stellung und steckten die glimmenden Lunten in die Pulverpfannen. Ein ohrenbetäubender Donnerschlag, ein höllengleiches Blitzezucken. Irgendein Narr hatte seine Kulverine abgefeuert, ohne sie zuvor am Schanzkleid zu verzurren, und die Detonation der Kanone hatte die Wanten in Brand gesetzt. Sogleich stürmten Löschmannschaften los, machten sich an die Arbeit und schütteten aus hölzernen Eimern Meerwasser auf die Flammen.

Der Schiffszimmermann kam auf das Achterdeck getaumelt.

»Wie schlimm ist es, Burian?« fragte Dietl mit rußverschmierten Gesicht.

»Wir haben zwei Löcher unter der Wasserlinie geflickt und die wildgewordene Kanone gesichert, aber unter Deck steht das Wasser vier Fuß hoch und steigt ständig an. Im Rumpf muß ein Leck sein; aber ich komme nicht ran. Ich brauche Männer, Käpt'n, um die Ladung beiseite zu räumen, sonst sinkt unser Schiff binnen einer halben Wache.«

Dietl nickte. »Sollst du bekommen. Nimm dir die halbe Besatzung der Poopkanonen – aber mach schnell, Burian! Wir brauchen diese Männer nur allzu rasch wieder an Deck. Ich glaube, die Korsaren kommen näher, um zu entern.«

»Seid Ihr sicher, daß sie nicht versuchen werden, uns zu rammen?« fragte Abeleyn erstaunt.

Eine weitere Breitseite. Sie mußten einander in die Ohren brüllen, um sich Gehör zu verschaffen.

»Nein, Majestät. Wenn Ihr die Beute seid, hinter der sie her sind, dann werden sie versuchen, Euch lebendig gefangenzunehmen, und ein gerammtes Schiff kann in Blitzesschnelle sinken. Außerdem sind sie schon ein wenig zu nah, um noch genug Schwung für ein Rammanöver zu holen. Sie werden entern, ganz bestimmt! Genug Männer dafür haben sie ja. In den drei Galeassen haben fast tausend dieser Bastarde Platz – wir dagegen bringen vielleicht ein Zehntel davon auf. Nein, sie werden entern, bei Gott.«

»Dann brauche ich meine Leute aus den Kanonenbesatzungen, Käpt'n.«

»Majestät, ich ...«

»Sofort, Käpt'n. Wir haben keine Zeit zu verlieren.«

Abeleyn klapperte die Kanonen persönlich ab und sammelte die Soldaten ein, die mit ihm an Bord gegangen waren. Die Männer ließen das Kanonenwerkzeug fallen, ergriffen die Hakenbüchsen und machten sie schußfertig, um das feindliche Enterkommando zurückzuschlagen. Über die Schiffsseite hinweg erblickte Abeleyn die mittlerweile unglaublich nahen feindlichen Galeassen; ihre Decks waren schwarz vor Männern, die Segel waren eingeholt, die Bug- und Heckgeschütze brüllten. Auch einige der Seeleute verließen die Kulverinen und nahmen sich Hakenbüchsen, Entermesser und Enterpiken. Aus den Marsen eröffneten die Falkonets und Drehbrassen das Feuer und schossen Gestalten von den Bügen der Galeassen.

Dann riß ein Zusammenstoß achtern Abeleyn von den Beinen. Eine der Galeassen hatte sich breitseits festgehakt, und die Korsaren kletterten aus den niedrigeren Schiffen über die Seite der Karacke; ganze Scharen hingen an den Planken und schwangen brüllend die Entermesser, während sie heraufkletterten. Abeleyn sprang auf und lief zu einer unbemannten Kulverine.

»Hierher!« gellte er. »Zu mir! Helft mir hier drüben!«

Ein Dutzend Männer eilte ihm zu Hilfe, teils in Segeltuch gekleidete Matrosen, teils seine eigenen Soldaten.

»Hebt sie hoch und drückt den Lauf nieder! Schnell! Krätzt sie gar nicht erst aus – ladet sie!«

Eine Reihe Gesichter erschien an der Geschützpforte; eines davon schlitzte die Hellebarde eines Soldaten auf. Ungezählte Männer kletterten über die Seite des Schiffes, kamen wie eine Woge heran und wurden von einer Mauer aus schwingenden Klingen begrüßt. Die Besatzung der Karacke verteidigte ihr Schiff wie die Garnison einer belagerten Burg. Ein weiterer Zusammenstoß ließ das Deck erzittern, als die nächste Galeasse sich an dem großen Schiff festhakte. Männer in den Rahen der feindlichen Galeassen warfen Seile und Enterhaken und vertäuten die Takelungen der beiden miteinander ringenden Schiffe, banden sie zusammen, während die Falkonets in den Marsen der Karacke einen Leichtgeschoßhagel entfachten und versuchten, die Verbindungstaue zu kappen.

»Hebt sie an – nun hebt sie schon an, ihr verdammten Kerle!« brüllte Abeleyn, und die Männer hoben den hinteren Teil des Kulverinenlaufs, während Abeleyn das Geschütz mit Holztrümmern und weggeworfenen Entermessern aus der Lafette hebelte.

Eine weitere Horde feindlicher Korsaren fiel über die Verteidiger der Karacke her. Rund um die Männer, die bei Abeleyn standen, entbrannte ein erbittertes Handgemenge; es gab kaum Platz genug, die Schwerter zu schwingen. Wer stürzte, wurde auf dem Deck zertrampelt, erschlagen oder erstochen. Einige Hakenbüchsenschüsse krachten, doch überwiegend wurde die Schlacht mit Stahl ausgefochten. Abeleyn kümmerte sich nicht darum. Er packte eine glimmend auf dem Deck liegende Lunte, dann wurde er in dem Gemetzel auf die Knie gestoßen. Kraftvoll stieß er den Rapier in ein brüllendes Antlitz. Die Waffe wurde ihm aus der Hand gerissen, als der Getroffene nach hinten stürzte. Abeleyn steckte die Lunte in die Pulverpfanne der Kulverine.

Ein Blitz zuckte auf, ein ohrenbetäubendes Donnern ertönte, als das Geschütz feuerte. Dann kippte es aus der unsteten Lage, fiel hintüber und zerquetschte dabei gut ein halbes Dutzend Korsaren. Abeleyns Männer stürmten heiser jubelnd vor. Eine höllengleiche Kakophonie aus Brüllen und Kreischen drang über die Schiffsseite herauf. Abeleyn kämpfte sich zur Backbordreling der Karacke durch und blickte hinab.

Die Galeasse schwamm unmittelbar darunter; das schwere Geschoß hatte sie mit voller Wucht getroffen. Schon befand sich das Deck nahe der Wasserlinie, und die Männer sprangen in die schäumenden Fluten. Das

Schiff war vernichtet; die Kanonenkugel mußte den Rumpf glatt durchschlagen haben.

Doch das Enterkommando der zweiten Galeasse strömte nach wie vor in Scharen in den Mittelteil der Karacke. Abeleyns Verteidiger waren zahlenmäßig fünf zu eins unterlegen. Er packte eine zerbrochene Lanze und reckte sie in die Höhe.

»Auf Vorschiff und Achterdeck!« brüllte er und winkte mit der Lanze. »Zurückfallen auf Vorschiff und Achterdeck! Raus aus dem Mittelteil!«

Seine Männer begriffen. Zentimeter um Zentimeter kämpften sie sich zum hohen Vorschiff und Achterdeck der Karacke, die wie die Türme einer Festung über dem Mittelteil aufragten. Auf den Leitern entwickelte sich ein blutiges Rückzugsgefecht, als die Korsaren dem Gegner zu folgen versuchten, doch die Soldaten konnten die Angreifer in Schach halten. Dann gelangte Abeleyn aufs Achterdeck. Dietl erschien neben ihm. Er hielt sich eine Aderpresse um den Ellbogen, die aus einem Seil gefertigt war. Die Hand war ihm am Gelenk abgehackt worden.

»Hakenbüchsenschützen – Aufstellung!« brüllte Abeleyn. Da er keinen seiner Offiziere erblickte, scheuchte er die Männer selbst umher, als wäre er schlichter Feldwebel. »Los doch, ihr gottverdammten Hurensöhne! Präsentiert die Waffen! Ihr Seeleute – zielt mit ein paar Kanonen in den Mittelteil; ladet sie mit Kartätschen. Schnell!«

Die hebrionischen Soldaten stellten sich am Rand des Achterdecks in zwei unregelmäßigen Reihen auf und richteten die Hakenbüchsen auf das tobende Menschenmeer im Mittelteil.

»Feuer!«

Eine Reihe grell aufleuchtender Blitze schlug in die vordersten Reihen der Korsaren ein. Männer stürzten von den Leitern und fielen auf jene hinter ihnen. Der Mittelteil glich einer wimmelnden Masse aus Gliedmaßen und Gesichtern.

»Feuer!« brüllte Dietl, und sogleich heulten die beiden mit Kartätschen geladenen Feldschlangen auf, die Dietls Leute in aller Eile umgedreht hatten. Zwei Gruppen brüllender Korsaren wurden an Ort und Stelle zerfetzt; Blut und Gehirnmasse spritzte auf die Schanzkleider der Karacke, als der Kugelschrot aus der Kartätsche ihre Leiber durchschlug. Auf dem Vorschiff feuerte ebenfalls eine Reihe Hakenbüchsenschützen und fügte dem Feind weitere Verluste hinzu, während die Männer in den Marsen mit den kleinen Falkonets beinahe senkrecht hinabschossen. Somit prasselte auf die an Bord gekommenen Korsaren von allen Seiten ein mörderischer Kugelhagel ein. Einige verschwanden in den zerschmetterten Luken der Karacke und suchten im Laderaum Schutz, doch die meisten sprangen über Bord. Unzählige Leichen – oder was davon übrig war – blieben auf dem stinkenden Deck verstreut liegen.

Nach und nach erstarb das Kanonenfeuer. Weiter nördlich, wo die *Nefs* gegen die andere Schwadron um ihr Leben kämpften, vernahmen sie donnernde Breitseiten, doch hier zogen die Korsaren ab. Eine Galeasse war bereits versenkt; die See reichte ihr bereits bis an die Speigatts, und der Bug stand halb unter Wasser. Die zweite Galeasse trieb langsam von der Karacke weg, nachdem die Männer in den Marsen die Dragtaue gekappt hatten. Die dritte hielt sich gerade außerhalb der Reichweite der Hakenbüchsen, wie ein erschöpfter Jagdhund, der lauernd um einen gestellten Hirsch kreist. Das Wasser, das die vier Schiffe umgab, war voller schwimmender Menschen, schlaff dahintreibender Leichen, Wrackteile und Segelfetzen.

»Jetzt werden sie uns rammen, wenn sie können«, keuchte Dietl; unter all dem Blut und Dreck war sein Antlitz kalkweiß. Mit der heilen Hand hielt er den Armstumpf hoch, an dem blanker Knochen funkelte, und trotz der Aderpresse spritzten dünne Blutschwälle aus den abgetrennten Arterien. »Sie werden abdrehen, um Schwung zu holen und ihre Männer einzusammeln. Wir müssen sie treffen, solange sie noch in Schußweite sind.«

»An die Steuerbordkanonen!« brüllte Abeleyn. »Feldwebel Orsini, greift Euch sechs Männer und nehmt alle noch an Bord befindlichen Feinde gefangen. Ladet die Steuerbordkanonen, Leute, dann verpassen wir ihnen einen Schlag, den sie so schnell nicht vergessen werden.« Er beugte sich zur Verbindungsluke, um mit den Steuermännern zu sprechen, die während der ganzen Zeit auf dem Posten geblieben waren und die Karacke durch den Sturm der Schlacht auf Kurs gehalten hatten. »Dreht sie auf Kurs hart Süd.«

»Aye, Herr! Ich meine ... Majestät.«

Abeleyn lachte. Er fühlte sich auf seltsame Weise glücklich – glücklich, am Leben zu sein und Männer zu befehligen, sein Leben in eigenen Händen zu halten und Probleme in Angriff zu nehmen, die dringend, sichtbar, greifbar waren.

Die Kanonenmannschaften waren wieder zurück zum Mittelteil gelaufen und luden die Steuerbordbatterien, die bisher noch nicht zum Einsatz gekommen waren. Die Besatzung der feindlichen Galeasse versuchte verzweifelt, die riesigen Lateinersegel zu brassen; beide Schiffe hatten den Wind nun von achtern, doch die vollgetakelte Karacke konnte ihn weit besser nützen als die Galeasse mit ihren Schratrahen. Sie überholte den gegnerischen Kahn.

»Steuerhaus da unten!« brüllte Dietl, dem es irgendwie gelang, seiner brechenden Stimme Kraft zu verleihen. »Wartet auf mein Kommando, und dreht sie dann nach Südwest.«

»Aye, Käpt'n!«

Dietl wollte um den Bug der Galeasse segeln, um sie dann von vorn bis hinten mit der vollen Breitseite unter schweren Beschuß zu nehmen. Abeleyn hielt Ausschau nach den übrigen Feindschiffen. Von einem sah man nur noch einen einsamen Mast, der aus der aufgewühlten See ragte. Das andere Schiff nahm Überlebende des mißglückten Enterversuchs auf und holte gleichzeitig Segel ein. Immer noch trieben zahlreiche Köpfe in den wogenden Fluten.

Die Karacke überholte das Feindschiff und zog voraus. Der Rest der Kanonenmannschaften hockte wie versteinert neben den Geschützen; von den glimmenden Lunten in den Händen der Kanoniere stiegen dünne Rauchfahnen auf, während sie auf den Feuerbefehl warteten.

»Wenn wir sie vom Bug her unter Beschuß nehmen, kann sie uns dann nicht mittschiffs rammen?« fragte Abeleyn den Kapitän.

»Aye, Majestät, aber sie hat noch nicht genug Anlauf, um uns wirklichen Schaden zuzufügen. Die Ruderbänke der Galeasse sind zum Teufel, und dieser Wind von achtern behagt ihr nicht besonders. Bevor sie uns treffen kann, haben wir sie längst unter Beschuß.«

Mittlerweile befand sich die Galeasse am Steuerbordheck. Zwar krachten ein paar Hakenbüchsenschüsse von ihr herüber, doch das Hauptaugenmerk schien darauf gerichtet zu sein, wieder Ordnung in die Ruderbesatzungen und die Rahen zu bringen.

»Dreht sie auf Kurs Südwest!« brüllte Dietl durch die Verbindungsluke ins Steuerhaus.

Die Karacke beschrieb einen sanften Bogen nach rechts, so daß die Steuerbordbreitseite auf den Bugspriet der herankommenden Galeasse wies. Abeleyn erblickte gerade noch die teuflische, dicht unter der Wasseroberfläche liegende Ramme des feindlichen Schiffes, bevor Dietl mit offenbar letzter Kraft »Feuer!« brüllte.

Die Luft erzitterte, als der ohrenbetäubende Lärm von neuem losbrach und die Kulverinen ihren tödlichen Tanz wiederaufnahmen. Die Mannschaften hatten die Läufe der Kanonen so weit wie möglich nach unten gedrückt, um die Backbordneigung der sich drehenden Karacke auszugleichen. Aus dieser Entfernung und diesem Winkel würden die schweren Geschosse den Bug zerschmettern, die gesamte Länge des feindlichen Schiffes durchschlagen und dabei ein schier unglaubliches Blutbad anrichten. Abeleyn beobachtete, wie schwere Planken vom Rumpf gefetzt und hoch in die Luft geschleudert wurden. Der Großmast wankte, als die Kugel den Mastfuß zerstörte, dann kippte er ins Meer und riß dabei eine klaffende Lücke in die Seite der Galeasse. Das Schiff krängte nach backbord, kam aber trotzdem immer näher; die Ramme funkelte wie eine Speerspitze.

Und schlug ein. Mittschiffs stieß sie mit der Karacke zusammen; die Erschütterung ließ Abeleyn taumeln und warf Dietl von den Beinen. Immer noch luden die Kanonenmannschaften der Karacke nach und feuerten aus kürzester Entfernung Kugel um Kugel in den Rumpf der hilflosen Galeasse. Die Decks des Feindschiffes quollen über vor Blut; in scharlachroten Strömen schoß es aus den Speigatts. Männer sprangen über Bord, um dem erbarmungslosen Kugelhagel zu entfliehen, und einige verzweifelte Korsaren versuchten, die Seite der Karacke zu erklimmen, wurden aber zurückgeschlagen und ins Meer geschleudert.

»Dreht nach backbord!« brüllte Abeleyn zum Steuermann hinunter. Dietl lag bewußtlos in einer Lache seines eigenen Blutes auf dem Deck.

Ein knirschendes Geräusch ertönte, ein tiefes, hohles Beben, als der Wind an der Karacke zerrte und sie von der schwer getroffenen Galeasse losriß. Sie verhielt sich schwerfällig wie ein Preisboxer, der weiß, daß er seinen besten Schlag gelandet hat, doch letztlich löste sie sich vom verwüsteten Feindschiff. Ein halbes Dutzend Flammenherde wütete auf der Galeasse der Korsaren, die nun nicht mehr befehligt wurde. Lodernd trieb sie mit dem

Wind davon, während die Karacke langsam von ihr weg segelte.

Die dritte Galeasse befand sich bereits auf Fluchtkurs, nachdem sie so viele Korsaren wie möglich aufgelesen hatte. Sie setzte die Segel, preschte wie ein aufgescheuchter Vogel gen Südosten davon und ließ unzählige, hilflos im Wasser strampelnde Männer hinter sich zurück.

Eine Explosion auf der zerstörten, lichterloh in Flammen stehenden Galeasse schleuderte Holz und Rahenfetzen zig Meter hoch in die Luft. Abeleyn brüllte sich die Seele aus dem Leib, als brennende Trümmer in der Takelung der Karacke landeten und kleinere Feuer entfachten. Die erschöpfte Besatzung erklomm die Wanten und löschte die Gluten. Der Zimmermann, Burian, erschien auf dem Achterdeck. Er war naß bis auf die Knochen.

»Majestät, wo ist der Kapitän?«

»Nicht verfügbar«, krächzte Abeleyn heiser. »Erstatte mir Bericht.«

»Im Laderaum steht das Wasser sechs Fuß hoch und steigt immer noch. In einer oder zwei Wachen wird sie unweigerlich sinken. Das Leck, das die Ramme geschlagen hat, ist zu groß, um es abzudichten.«

Abeleyn nickte. »Na gut. Geh wieder hinunter und tu, was du kannst. Ich lasse Kurs auf die hebrionische Küste nehmen. Wir könnten es gerade noch schaffen.«

Plötzlich war Dietl neben ihm, wankend wie ein Betrunkener, aber aufrecht. Abeleyn stützte ihn.

»Nehmt Kurs auf den Fluß Habrir. West-Südwest. In einer halben Wache sind wir dort. Bei Gott, das Schiff wird uns an Land bringen. Noch ist es nicht am Ende, ebensowenig wie ich.«

»Bring ihn hinunter«, befahl Abeleyn dem Zimmermann, als der Kapitän die Augen verdrehte und das Bewußtsein verlor. Burian warf sich Dietl wie einen Sack über die Schulter und verschwand im Niedergang, um sich wieder seiner Aufgabe zu widmen, das Schiff über Wasser zu halten.

»Majestät«, sagte eine Stimme. Es war Feldwebel Orsini, der einem blutverschmierten Kriegsherold glich.

»Ja, Feldwebel?«

»Die *Nefs*, Majestät – diese dreckigen Bastarde haben alle beide versenkt.«

»*Was?*« Abeleyn rannte zur Steuerbordreling. Weiter nördlich erblickte er den Rauch und Qualm des anderen Gefechts. Er sah zwei Galeassen und zwei lodernde Rümpfe. Einer davon war unkenntlich, der andere eindeutig jener der breitbauchigen *Nef* seines Gefolges. Während Abeleyn hinüberspähte, stieg eine Flammensäule auf dem Schiff empor, und Sekunden später trug der Wind das Donnern der Explosion zu ihm herüber.

»Also sind sie verloren«, flüsterte er, und Erschöpfung und Trauer durchfluteten ihn. Das Hochgefühl, das er während der Schlacht empfunden hatte, war verflogen. Dreihundert seiner besten Männer waren tot. Selbst wenn die Karacke unbeschädigt geblieben wäre, hätte es Stunden gedauert, gegen den Wind anzusegeln und nach Überlebenden zu suchen, und die beiden verbliebenen Galeassen fänden eine leichte Beute vor. Es war an der Zeit, die Flucht anzutreten. Der Monarch in Abeleyns Inneren fand sich damit ab, der Soldat in ihm verabscheute es.

»Dafür wird jemand bezahlen«, sagte er mit leiser, ruhiger Stimme, doch der Tonfall jagte Orsini einen kalten Schauer über den Rücken. Dann wandte der König sich der bevorstehenden Aufgabe zu.

»Kommt«, meinte er mit einer Stimme, die nun wieder menschlicher klang. »Wir müssen ein Schiff ans Ufer bringen.«

Kapitel 5

Abermals hustete Bruder Columbar und wischte sich mit dem Ärmel der Kutte den Mund ab. »Bei allen Heiligen, Albrec, wenn ich mir vorstelle, daß du seit dreizehn Jahren in diesem Labyrinth hier unten umherirrst! Wie hältst du das nur aus?«

Albrec schenkte ihm keine Beachtung und hielt die gezogene Kerze höher, so daß sie den grob gehauenen Naturstein der Wand beleuchtete. Wie Albrec war auch Bruder Columbar Antillianer und somit in Braun gekleidet. Für gewöhnlich arbeitete er bei Bruder Philip in den Kräutergärten, doch letzte Woche hatte eine Erkältung ihn ans Bett gefesselt; deshalb hatte man ihm vorübergehend einfachere Pflichten im Skriptorium zugeteilt. Vor zwei Tagen hatte er sich hier herunterbegeben, um nach alten Manuskripten oder Pergamenten zu suchen, die den Schriftgelehrten als Löschpapier dienen konnten. Und dabei war er auf das unschätzbare Dokument gestoßen, das seither Albrecs meiste Zeit beanspruchte.

»Hier standen einst Regale«, meinte Albrec, während er mit den Fingern die dicken Rillen in der Wand nachfuhr. »Und der Stein ist grob gehauen, als wäre es in aller Eile oder ohne Bedacht auf das Erscheinungsbild errichtet worden.«

»Wer sollte es hier unten schon sehen?« fragte Columbar. Er hatte eine nach unten gebogene Nase, die sich zur Zeit rot und triefend präsentierte, und durch die Tonsur war er völlig kahl, von ein paar schwarzen Büscheln rund um die Ohren abgesehen. Er betrachtete sich als bodenständigen Mann, wie er stets voller Stolz zu sagen pflegte; er war der Sohn eines Bauern aus dem kleinen Herzogtum Touron. Stellte man ihm das richtige Ackerland zur Verfügung, vermochte er alles anzupflanzen.

Und so war er in Charibon gelandet und zog Thymian, Minze und Petersilie für den Tisch des Generalvikars sowie zur Herstellung der Salben in der Krankenstation. Albrec hegte den Verdacht, daß Columbar wenig mehr als ein paar abgedroschene Phrasen aus dem Kirchenkatechismus und seinen eigenen Namen lesen konnte, was in den niedrigeren Orden der Kirche jedoch keineswegs ungewöhnlich war.

»Und wo ist nun die Spalte, in der du es gefunden hast?« erkundigte sich Albrec.

»Hier – nein, hier drüben, wo der Mörtel abbröckelt. Ein Wunder, daß die Bibliothek noch nicht in sich zusammengestürzt ist, wo doch die Fundamente in einem solchen Zustand sind.«

»Wir befinden uns tief unter den Fundamenten«, klärte Albrec ihn auf und wühlte in der Spalte wie ein Kaninchen, das versucht, seinen Bau zu vergrößern. »Diese Räume wurden aus solidem Fels gehauen. Die Pfeiler ließ man stehen, während alles um sie herum abgetragen wurde. Der ganze Ort besteht aus einem Stück. Warum also sind hier gemörtelte Steinblöcke?«

»Es waren die Fimbrier, die Charibon gebaut haben, wie alles andere auch«, sagte Columbar, als wollte er beweisen, daß er nicht völlig unwissend war.

»Ja. Und es war ursprünglich eine weltliche Festung. Sehr wahrscheinlich dienten diese Katakomben als Lagerräume für die Garnison.«

»Ich wünschte, du würdest sie nicht als Katakomben bezeichnen, Albrec. Sie sind so schon furchteinflößend genug.« Columbars Atem bildete beim Sprechen einen fahlen Nebel vor seinem Gesicht.

Albrec richtete sich auf. »Was war das?«

»Was? Ich habe nichts gehört.«

Beide verstummten, um in dem schmalen Lichtkegel, den die Kerze warf, zu lauschen.

Die Bezeichnung ›Katakomben‹ stellte eine keineswegs unpassende Beschreibung der Räumlichkeiten dar, in denen sie sich befanden. Die Decke war niedrig und uneben; ebenso wie den Boden und die Wände hatte man sie in unvorstellbarer Schwerstarbeit während der Zeit eines längst untergegangenen Imperiums aus dem harten Granit gehauen. Eine Treppe führte von den darüberliegenden Geschossen der Bibliothek in die Tiefe; auch diese Treppe war aus dem gewachsenen Fels gehauen. Charibon war aus den Knochen des Bergs errichtet worden, hieß es.

Diese unterirdischen Räume schienen als Lagerstätte für den Müll mehrerer Jahrhunderte zu dienen. Alte Möbel, verschimmelnde Vorhänge und Wandteppiche, ja, sogar rostige Waffen und Rüstungen verrotteten geräuschlos in der Dunkelheit. Nur wenige Bewohner der Klosterstadt kamen je hier herunter. Über den Katakomben befanden sich zwei Geschosse, darüber wiederum lagen die Säle der Bibliothek von St. Garaso in ihrer glanzlosen Pracht. Seit den Tagen der Eroberer waren die untersten Ebenen des Klosters nicht mehr vollständig erforscht worden. Womöglich gab es sogar noch weitere Stockwerke unter jenem, in dem sich die beiden Männer gerade aufhielten.

»Wenn du die Dunkelheit so haßt, würde mich doch sehr interessieren, wieso du dich überhaupt hier heruntergewagt hast«, flüsterte Albrec, den Kopf nach wie vor lauschend zur Seite geneigt.

»Wenn Monsignore Gambio etwas haben will, dann sollte man es lieber schnell finden – egal, wo man danach suchen muß«, erwiderte Columbar im selben leisen Tonfall. »Im ganzen Skriptorium gab es keinen Fetzen Löschpapier mehr, und Gambio sagte, ich bräuchte meinen scharlachroten Zinken gar nicht erst wieder zur Tür hineinzustecken, ehe ich welches gefunden hätte.«

Albrec lächelte. Monsignore Gambio stammte aus Finnmark und war ein schroffer, bärtiger alter Mann, der besser auf das Deck eines Wikingerbootes als in die stille, betriebsame Umgebung eines Skriptoriums zu passen schien. Doch bevor der gnadenlose Lauf der Jahre seine Hände in verkrüppelte Klauen verwandelt hatte, galt er als einer der besten Schriftgelehrten, die Charibon je besaß.

»Ich bin wirklich froh, daß du wissenschaftliche Neugier über deinen unmittelbaren Auftrag gestellt hast«, meinte Albrec.

»Glaub mir, dafür habe ich schon gelitten.«

»Da! Da ist es wieder. Hörst du es?«

Abermals verstummten und horchten sie. Irgendwo in dem finsteren Durcheinander ertönte ein Krachen, das Geräusch von Gegenständen, die auf Stein polterten, ein metallisches Klirren. Dann vernahmen sie, wie jemand leise, verärgert und alles andere als geistlich fluchte.

»Avila«, entfuhr es Albrec erleichtert. Er bildete mit der Hand einen Trichter um den Mund. »Avila! Wir sind hier drüben, an der Nordmauer!«

»Und wo ist in dieser stockfinsteren Grube Norden? Ich schwöre dir, Albrec ...«

Ein Licht erschien und warf einen flackernden Schein über die Müllhaufen. Langsam näherte es sich Albrec und Columbar, bis Bruder Avila vor ihnen stand, das Gesicht staubverschmiert, die schwarze Kutte des Ordens vom Ersten Tage mit Schimmel befleckt.

»Ich hoffe, es handelt sich um etwas Wichtiges, Albrec. Eigentlich sollte ich mit der Nase auf dem Boden der Bußkapelle kauern, so wie gestern den ganzen Tag. Wirf nie ein Brötchen nach dem Generalvikar, wenn du es zuvor mit Butter bestrichen hast. Hallo, Columbar. Erledigst du immer noch Besorgungen für Gambio?«

Avila war groß, schlank und hatte helles Haar – ein Aristokrat durch und durch. Selbstverständlich gehörte er dem Orden vom Ersten Tage an, und sofern er sich verkneifen konnte, weiterhin mit Brötchen um sich zu werfen, war ihm früher oder später ein hoher Rang im Orden gewiß. Außerdem war er der beste, vielleicht der einzige Freund, den Albrec je gehabt hatte.

»Hat dich irgend jemand herunterkommen sehen?« fragte Albrec.

»Wieso? Ist hier eine Verschwörung im Gange?«

»Wir wollen nur unauffällig bleiben, Avila.«

»Unauffällig bleiben? Das ist natürlich etwas ganz anderes. Warum hast du mich hier herunterbestellt, mein kleinwüchsiger Freund? Der arme Columbar scheint kurz vor einem Nervenzusammenbruch zu stehen. Haben ihm Gespenster in den Nacken gehaucht?«

»Sag so etwas nicht, Avila«, wimmerte Columbar und erschauderte.

»Wie du sehr genau weißt, suchen wir nach weiteren Teilen des Dokuments, das Columbar entdeckt hat«, warf Avila ein.

»Ah, *das* Dokument! Die unschätzbaren Seiten, aus denen du so ein Geheimnis machst.«

»Ich muß gehen«, sagte Columbar. Sein Unbehagen schien von Minute zu Minute zu wachsen. »Gambio wird gewiß nach mir suchen. Albrec, du weißt, wenn ...«

»Wenn das Dokument sich als ketzerisches Werk erweist, hattest du nichts mit der Sache zu tun. Sollte es hingegen tatsächlich so rar und kostbar sein, wie Albrec hofft, willst du selbstverständlich etwas von dem Ruhm abhaben«, vollendete Avila den Satz mit honigsüßem Lächeln.

Bruder Columbar funkelte ihn an. *»Brüder vom Ersten Tage«*, stieß er verächtlich aus. Dann stapfte er in die Dunkelheit davon und nahm eine der gezogenen Kerzen mit. Sie hörten ihn durch den kreuz und quer umherliegenden Müll tappen, während das Licht immer schwächer wurde und schließlich ganz verschwand.

»Du hattest kein Recht, so hart mit ihm umzuspringen«, meinte Albrec.

»Er ist ein unwissender Bauerntrampel, der keine Ahnung hat, was den Wert von Literatur betrifft. Mich wundert geradezu, daß er seine Entdeckung nicht mit auf die Latrine genommen hat, um sich damit den Hintern abzuwischen.«

»Columbar hat ein gutes Herz. Er hat meinetwegen ein großes Risiko auf sich genommen.«

»Tatsächlich? Also, was ist es nun, das dich so in Aufregung versetzt hat, Albrec?«

»Das sage ich dir später. Zuerst will ich sehen, ob wir hier unten nicht noch mehr davon finden.«

»Man könnte fast glauben, du wärst auf Gold gestoßen.«

»Vielleicht stimmt das. Halt die Lampe.«

Albrec begann, in der Spalte herumzutasten, in der Columbar das Dokument gefunden hatte. Er spürte ein paar Pergamentfetzen darin, trocken und brüchig wie Herbstlaub. Fast ebenso brüchig war der Mörtel, der die grob gehauenen Steinblöcke rings um den Spalt zusammenhielt. Es gelang Albrec, ein wenig davon abzukratzen und die Spalte zu vergrößern. Dann schob er die Hand weiter hinein und versuchte, das hintere Ende des Hohlraums zu ertasten. Er schien tief in den Fels zu reichen. Nachdem er den Arm bis zum Ellbogen hineingezwängt hatte, stellte er bestürzt fest, daß seine Hand in leerem Raum tastete. Er ließ die Finger suchend umherwandern; der Raum schien sehr groß zu sein. Eine weitere Kammer?

»Avila!«

Doch Avila legte ihm die kräftige Hand auf den Mund und brachte ihn zum Schweigen; gleichzeitig blies er die Kerze aus, so daß sie in undurchdringlicher Finsternis verharrten.

Am anderen Ende der unterirdischen Kammer bewegte sich etwas.

Die beiden Geistlichen erstarrten. Albrec hielt immer noch den Arm in die Mauerspalte.

Ein Licht flackerte, als es in die Höhe gehalten wurde, und im Schein der Lampe erspähten Albrec und Avila die absonderlichen, schattengetünchten Züge von Bruder Commodius, dessen Blicke prüfend durch den Raum schweiften. Die Knöchel der Hand, mit der er die Lampe hielt, kratzten über die Decke; der ständige Wechsel zwischen hell und dunkel ließ seine Gestalt riesenhaft und verzerrt erscheinen, die Ohren wirkten beinahe spitz, und in den Augen war ein seltsames Leuchten, als besäßen sie ihr eigenes Licht. Seit über zwölf Jahren arbeitete Albrec unter Commodius' Leitung, doch in dieser Nacht erkannte er ihn kaum. Irgend etwas an Commodius' Erscheinungsbild erfüllte Albrec mit Schrecken. Plötzlich wußte er, daß es für Avila und ihn lebenswichtig war, nicht entdeckt zu werden.

Der Oberbibliothekar blickte sich noch eine Weile um, dann senkte er die Lampe. Die beiden zitternden Geistlichen an der Nordmauer hörten, wie die Schritte der nackten Füße auf dem Steinboden in der Ferne verhallten. Avila und Albrec blieben in pechschwarzer Dunkelheit zurück.

»Bei allen Heiligen!« keuchte Avila. Da wußte Albrec, daß auch er die Veränderung an Commodius wahrgenommen und die Bedrohung gespürt hatte, die mit seiner Anwesenheit einhergegangen war.

»Hast du das gesehen? Hast du es gefühlt?« flüsterte Albrec seinem Gefährten zu.

»Ich ... Was wollte er hier unten? Albrec, er sah aus wie ... .«

»Es heißt, daß man das Böse spüren kann, genauso, wie man den Gestank des Todes wahrzunehmen vermag«, platzte Albrec hastig hervor.

»Ich ... ich weiß nicht, Albrec. Commodius ist *Priester*, um Himmels willen! Es war das Licht der Lampe. Die Schatten haben unseren Augen einen Streich gespielt.«

»Es waren nicht nur die Schatten«, erwiderte Albrec.

Er zog die Hand aus der Mauerspalte zurück. Dabei kam etwas mit heraus und fiel klirrend auf den Steinboden.

»Kannst du das Licht wieder anmachen, Avila? Sonst hocken wir die ganze Nacht hier unten, und Columbar ist ja fort. Die Umgebung fühlt sich anders an.«

»Ich weiß. Warte.«

Das Rascheln einer Kutte, gefolgt von einem Klicken, dann stoben Funken auf, als Avila auf dem Boden Feuerstein und Stahl aneinanderschlug. Fast auf Anhieb entzündeten die Funken die trockene Zunderflechte. Mit größter Sorgfalt hob Avila die winzige Flamme an den Docht der Kerze. Dann ergriff er den Gegenstand, der zu Boden gefallen war, und richtete sich auf.

»Was ist das?«

Das schwarze, seltsam geschmiedete Metall sog das Licht förmlich auf. Avila wischte Staub und Dreck davon ab; glänzendes Silber kam zum Vorschein.

»Was, in aller Welt ...?« murmelte der junge Mönch, während er den Gegenstand in den langgliedrigen Fingern drehte.

Es war ein kaum sechs Zoll langer Silberdolch. Unten an dem kleinen Griff befand sich ein geschmiedetes Pentagramm, umgeben von einem Kreis.

»Beim Blut des Heiligen, Albrec, sieh dir dieses Ding an!«

»Zeig her.« Auf der Klinge prangten für Albrec unverständliche Runen. Innerhalb des Pentagramms befand sich ein Bildnis: das Antlitz eines Tieres. Die Ohren füllten die beiden Ecken des Sterns, die lange Schnauze die Mitte.

»Das ist ein Werkzeug des Bösen«, meinte Avila leise. »Wir sollten es zum Generalvikar bringen.«

»Was mag es hier unten verloren haben?« murmelte Albrec.

Avila hielt die Lampe an das schwarze Loch in der Wand. »Das hier wurde zugemauert. Hinter diesen Steinen befindet sich ein Raum, Albrec, und nur die Heiligen wissen, welche Schrecken darin eingeschlossen wurden.«

»Avila, das Dokument, das ich gefunden habe!«

»Was ist damit? Ist es eine Abhandlung über Hexerei?«

»Nein, nichts dergleichen.« Kurz klärte Albrec seinen Freund über das wertvolle Manuskript auf, das wahrscheinlich einzige Exemplar der Welt eines Berichts über das Leben des Heiligen, verfaßt von einem Zeitgenossen.

»*Das* war *hier unten?*« fragte Avila ungläubig.

»Ja. Und wahrscheinlich gibt es noch mehr davon, vielleicht auch andere Manuskripte – alles hinter dieser Mauer, Avila.«

»Warum lag es zusammen mit diesem Ding hier unten versteckt?« Avila hielt den Dolch an der Klinge hoch. Das Antlitz des Tieres wirkte auf unheimliche Weise lebensecht; der in den Vertiefungen der Gesichtszüge eingebettete Schmutz verlieh dem Abbild zusätzliche Ausdruckskraft.

»Ich weiß es nicht, aber ich werde es herausfinden. Das hier kann ich nicht zum Generalvikar bringen, Avila, jedenfalls noch nicht. Ich habe das Dokument noch gar nicht zu Ende gelesen. Was, wenn es als ketzerisch betrachtet und verbrannt wird?«

»Dann *ist* es eben ketzerisch, und es zu verbrennen ist nur recht. Deine Neugier blendet deine Vernunft, Albrec.«

»Nein! Ich habe schon zu viele Bücher verbrennen sehen. Dieses hier will ich retten, Avila, koste es, was es wolle.«

»Du bist ein verdammter Narr. Am Ende wirst du noch mitsamt dem Buch verbrannt.«

»Ich bitte dich als Freund, erzähl niemandem etwas davon.«

»Was ist mit Commodius? Offensichtlich hegt er einen Verdacht, andernfalls wäre er nicht hier gewesen.«

Beide schwiegen und dachten an die beängstigenden Begleiterscheinungen der erst wenige Minuten zurückliegenden Anwesenheit des Oberbibliothekars. Der seltsame Auftritt des Commodius und das Artefakt, das sie gefunden hatten, reichten aus, um die Grundfesten ihrer Vorstellung vom alltäglichen Lauf der Dinge zu erschüttern.

»Irgend etwas stimmt hier nicht«, murmelte Avila. »Irgend etwas in Charibon ist eindeutig faul. Ich glaube, du hast recht. Es waren nicht bloß Schatten, die uns vor Angst erstarren ließen, Albrec. Ich glaube, Commodius war ... irgendwie verändert.«

»Das glaube ich auch. Also laß mich versuchen, der Sache auf den Grund zu gehen. Wenn tatsächlich etwas faul ist, und Commodius hat damit zu tun, dann verbirgt sich ein Teil des Geheimnisses hier, hinter dieser Mauer.«

»Was hast du vor? Willst du sie niederreißen?«

»Wenn es sein muß.«

»Und ich hielt dich für einen Hasenfuß, als ich dich zum ersten Mal traf. Dabei hast du den Mut eines Löwen und bist störrisch wie ein Esel. Und ich bin ein Narr, weil ich dir überhaupt zuhöre.«

»Aber Avila, du bist doch kein richtiger Bruder vom Ersten Tage – jedenfalls noch nicht.«

»Allmählich teile ich die Furcht der Brüder vom Ersten Tage vor dem Unbekannten. Wenn man uns erwischt, erwarten uns eine Menge Fragen, und eine falsche Antwort könnte für uns beide den Scheiterhaufen bedeuten.«

»Dann gib mir den Dolch. Ich will dich nicht in meine Narreteien verwickeln.«

»Narreteien! Brötchen auf den Tisch des Generalvikars zu werfen – das sind Narreteien. Du wandelst am Rande von Ketzerei, Albrec. Vielleicht sogar am Rande von etwas Schlimmerem.«

»Ich strebe lediglich nach Wissen und möchte es mehren.«

»Wie du meinst. Auf jeden Fall stehe ich als Bruder vom Ersten Tage, noch dazu von adeliger Geburt, ungern einem häßlichen, kleinwüchsigen Antillianer nach. Ich werde dich bei deinem persönlichen Kreuzzug begleiten, mein verschwörerischer Freund. Aber was ist mit Columbar?«

»Er weiß nur, daß er ein Manuskript entdeckt hat, für das ich mich interessiere. Ich werde mit ihm reden und uns seine Verschwiegenheit sichern.«

»Die Rüben, die er züchtet, besitzen mehr Verstand als er. Hoffentlich kennt er die Bedeutung des Wortes Verschwiegenheit.«

»Die werde ich ihm einbleuen.«

Als hätten sie sich abgesprochen, verstummten beide, um neuerlich zu lauschen. Doch da waren nur die Stille des unterirdischen Erdreichs und das Tropfen von Wasser aus uraltem Grundgestein.

»Dieser Ort ist älter als der Glaube«, sagte Avila mit gedämpfter Stimme. »Es heißt, es hätte einen Schrein des Gehörnten in Charibon gegeben, bis die Fimbrier ihn niederrissen.«

»Zeit zu gehen«, meinte Albrec. »Man wird uns vermissen. Du mußt noch deine Buße beenden. Wir kommen ein andermal wieder. Dann wird diese Mauer fallen, und wenn ich sie mit einem Löffel abtragen muß.«

Wortlos steckte Avila den Pentagrammdolch in die Kuttentasche. Gemeinsam steuerten sie durch die Dunkelheit auf die Treppe zu, der großgewachsene Bruder vom Ersten Tage und der gedrungene Antillianer. Binnen weniger Minuten hatte sich die ihnen bekannte Welt in einen geheimnisvollen Ort voller Schatten verwandelt.

Schweigend entschwanden sie den finsteren Kammern der Katakomben.

Zwölftausend Glaubensritter hatten bei der Schlacht um Aekir ihr Leben gelassen, was nahezu der Hälfte ihrer Truppenstärke in ganz Normannien entsprach. Der Ritterorden war eine merkwürdige Einrichtung. Manche hielten ihn für unheilvoll, andere für unzeitgemäß. Die Glaubensritter galten als weltlicher Arm der Kirche, zumindest grundsätzlich, doch die ranghohen Offiziere waren Geistliche und allesamt Brüder vom Ersten Tage. Man nannte sie mitunter die ›Rabenschnäbel‹.

Das gewöhnliche Volk eines jeden Königreichs auf dem Kontinent fürchtete sie, da ihr Tun vom Pontifex gutgeheißen wurde und ihre Befugnisse nur vage festgelegt, jedoch unumstritten waren. Könige haßten sie für das, was sie repräsentierten: die allumfassende Macht und Einflußnahme der Kirche. Der Adel betrachtete die Glaubensritter als Bedrohung der eigenen Befehlsgewalt, denn niemand, der rangmäßig unter einem Herzog stand, durfte dem Wort eines Presbyterianers der Glaubensritter widersprechen. Überall auf dem Kontinent klagten Männer, wenn sie in den Schänken über ihren Bierkrügen saßen, scherzhaft darüber, daß Macrobius in Aekir nur die Hälfte der Glaubensritter um sich scharte, ehe die Stadt fiel, doch dabei schielten sie ständig mit einem Auge zur Tür und sprachen mit gedämpfter Stimme.

Golophin haßte die Glaubensritter aus tiefster Seele. Er haßte schon den Anblick ihrer düsteren Reitertruppen, wenn sie auf Wallachen durch die Straßen von Abrusio patrouillierten. Sie trugen Dreiviertelrüstungen, darüber lange, schwarze Wappenröcke, an Brust und Rükken mit einem malachitgrünen, dreieckigen Heiligensymbol bestickt. Bewaffnet waren sie mit Dolchen, Langschwertern und Lanzen; die neue Technologie des Schießpulvers hatten sie verschmäht. Im Volksmund hieß es, daß meist die Fackel die einzige Waffe darstellte, die von den Glaubensrittern benutzt wurde.

Die Scheiterhaufen auf dem Hügel standen immer noch in Flammen. Heute waren nur zweihundert Menschen verbrannt worden, denn allmählich gingen den Glaubensrittern die Opfer aus. Alle *Dweomer* der Stadt und der umliegenden Gebiete waren geflohen – zumindest diejenigen, die lange genug überlebt hatten. Die meisten froren nun in den schneebedeckten Höhen der Berge von Hebros. Einigen hatten Golophin und seine Freunde Kojen auf ablegenden Schiffen verschafft. Die Scheiterhaufen hatten auch die Gilde der Magier schrumpfen lassen, denn die meisten Mitglieder waren in der Stadt allzu bekannt, um unerkannt fliehen zu können. Doch einige wenige überlebten, darunter Golophin. Sie verkrochen sich wie Würmer in Abrusios Bauch und taten für ihr Volk alles, was in ihrer Macht stand.

Sein Gesicht unter dem breitkrempigen Hut glich einem verschwommenen Schatten. Jedem, der ihn anblickte, würde es auf seltsame Weise schwerfallen, sich an Golophins Züge zu erinnern. Ein einfacher Zauber, doch im geschäftigen Treiben der Unterstadt war es schwierig, ihn aufrechtzuerhalten. Das Sprechen hob den Zauber auf, und jemand, der lange und eindringlich genug schaute, vermochte unter Umständen durch den magischen Schleier hindurchzusehen. Daher bewegte Golophin sich schnell – eine große, unglaublich dürre Gestalt in einem langen Wintermantel, die eiligen Schrittes mit einem Beutel über der knochigen Schulter die Straße entlanglief. Er wirkte wie ein Pilger, der in großer Hast zu einer Kultstätte reiste.

Die Unterstadt war für die Glaubensritter praktisch tabu, da der Widerstand General Mercados und Admiral Roveros das gemeine Volk in seiner Aufsässigkeit bestärkte. Doch es kursierte bereits das Gerücht, daß ein Bote dem neu geschaffenen Theokratischen Rat, der Abrusio de facto regierte, Kunde von der Exkommunizierung des Königs überbracht hätte.

Abeleyn war zum Ketzer erklärt und seines Amtes enthoben worden, hieß es. Der General und der Admiral müßten die Herrschaft des Rates anerkennen, sonst blühte ihnen dasselbe Schicksal. Und danach wären die Scheiterhaufen auf Jahre versorgt, da die Glaubensritter durch die Unterstadt streifen und sie von all jenen säubern würden, die ihnen getrotzt hatten.

Der Admiralsturm thronte wie ein bedrohliches, riesiges Steindenkmal über den Häuserdächern. Er diente als Hauptquartier der Seestreitkräfte Hebrions, beherbergte die Verwaltungsbüros der staatlichen Werften und die hehren Hallen der Admiralität. Golophin kannte das Bauwerk gut: eine veraltete, verschlungene Festung, die an die Ufer der Innenstraßen grenzte. Wie ein Wald ragten die Masten der Flotte in den Docks am Fuße des Admiralsturms auf, dessen Mauern vom Guano Hunderter Generationen Seevögel ausgebleicht waren.

Hier unten herrschte reges Treiben. Die Schiffe der Flotte mußten ständig überholt werden, und gestrenge Offiziere sorgten dafür, daß den Besatzungen die Arbeit nie ausging. Alles in allem umfaßten die Seestreitkräfte zwischen acht- und zehntausend Marineinfanteristen, bis auf den letzten Mann Freiwillige. Im Augenblick jedoch befand sich weniger als die Hälfte der Flotte im Hafen.

Ununterbrochen wachten Schiffe der hebrionischen Marine über die Seerouten, die selbst im Winter Abrusios Lebensadern darstellten. In der Meerenge von Malacar, den Hebrionesen, im Norden sogar bis hinauf zum Golf von Tulm standen Schwadrone im Einsatz. Sie hielten die Handelsrouten frei von den Korsaren und den Freibeutern aus dem Norden, wofür sie vorbeisegelnden Händlern mitunter einen diskreten Wegezoll abknöpften.

Die Wachen an den Toren des Admiralsturms bemerkten den graubraun gewandeten Mann mit dem breitkrempigen Hut überhaupt nicht; statt dessen betrachteten sie den Flug einer Möwe, die über ihnen kreiste. Als die Wachen blinzelten und einander leicht verwundert anschauten, war Golophin längst an ihnen vorbei und machte sich auf den Weg durch die düsteren Gänge der alten Festung.

»Also bist du doch gekommen«, meinte Admiral Jaime Rovero. »Ich war nicht sicher, ob es dir möglich sein würde, vor allem am hellichten Tag. Aber ich vermute, ein Mann wie du hat Mittel und Wege.«

Golophin nahm den Hut ab und rieb sich den gänzlich kahlen Schädel, der trotz der bitteren Kälte des Tages vor Schweiß glänzte.

»Ich bin gekommen, Admiral, wie ich es versprochen habe. Ist Mercado schon da?«

»Er wartet drinnen auf uns. Mercado ist alles andere als glücklich, Golophin, und das gilt auch für mich.« Admiral Rovero war ein kräftiger Mann mit dichtem Bart, auf dessen Antlitz die vielen Jahre, denen es den Elementen ausgesetzt war, ihre Spuren hinterlassen hatten. Die Lider waren zusammengekniffen, als würde ihm ein unsichtbarer Wind ins Gesicht wehen, und wenn er sprach, öffnete sich nur eine Seite des Mundes, auf der anderen Seitrre blieben die Lippen beharrlich verschlossen, als würde er einem unsichtbaren Zuhörer neben ihm irgendeine Bemerkung zuflüstern. Die Stimme, die aus dem schiefen Mund ertönte, war tief genug, um Glas zum Klirren zu bringen.

»Wer ist in Zeiten wie diesen schon glücklich, Jaime? sagte Golophin. »Komm, laß uns hineingehen.«

Sie verließen die kleine Vorhalle und schritten durch dicke Doppeltüren, die zu den Prunksälen des Flottenadmirals führten. Der kurze Tag wich bereits einem winterlichen Zwielicht, grau und eintönig wie die Nordsee, doch in einem riesigen, offenen Kamin, der eine ganze Wand beanspruchte, knisterte ein heimeliges Feuer. Es ließ das Tageslicht hinter den Balkontüren blau erscheinen und tauchte die entfernten Winkel des langgezogenen Gemachs in Schatten.

Wie die Trophäen eines Jägers waren die Rammen von vierzehn astaranischen Galeeren knapp unter der Decke in die Mauer eingelassen und legten Zeugnis vom jahrelangen Seekrieg gegen Astarak ab. Gekreuzte Krummschwerter von Korsaren und See-Merduks überzogen in Mustern aus funkelndem Stahl die Wände, und auf Steinsockeln darunter standen mit akribischer Genauigkeit angefertigte Schiffsmodelle. Überdies hingen Pergamentkarten der hebrionischen Küste, der Meerenge von Malacar und der Hebrionesen wie fahle Wandteppiche zwischen den Waffen. Der Raum glich einem Museum der hebrionischen Seefahrtsgeschichte.

Ein anderer Mann stand mit dem Rücken zum Feuer, so daß die Flammen seinen Schatten wie eine Pelerine auf den gekachelten Boden warfen. Als Admiral Rovero und der alte Magier eintraten, wandte der Mann den Kopf, und Golophin erblickte den vertrauten, silbrigen Glanz in dem gezeichneten Antlitz.

»Schön, dich wiederzusehen, General«, sagte er.

General Mercado verbeugte sich. Sein Gesicht stellte ein wahres Wunderwerk dar, das Golophin persönlich erschaffen hatte. Als er noch Oberst in der Leibgarde Bleyns des Frommen gewesen war, hatte ihn ein Krummschwert im Gesicht getroffen. Der Hieb riß Mercado Nase, Wangenknochen und einen Teil der Schläfe ab. Golophin vermochte es, sein Augenlicht und sein Leben zu retten, und über der Wunde pflanzte er eine silberne Maske ein. Daher bestand die eine Hälfte von Mercados Antlitz aus den bärtigen Zügen eines altgedienten Soldaten, die andere aus einer unmenschlichen, funkelnden Metallfassade, aus der ein blutunterlaufenes, lidloses Auge hervorstarrte, das nur durch Theurgie bestehen konnte – durch einen Dauerzauber, der Golophin den letzten Rest seiner spärlichen Haarpracht gekostet hatte. Das war vor zwanzig Jahren gewesen.

»Nimm Platz, Golophin«, forderte der General ihn auf. Die metallische Gesichtshälfte ließ seine Stimme widerhallen, als spräche er durch eine Blechbüchse.

»Ich nehme an, ihr habt die Gerüchte gehört«, meinte der alte Magier, während er es sich in der Nähe des Feuers gemütlich machte und in den Gewändern nach seinem Tabakbeutel kramte.

»Es sind keine Gerüchte mehr. Das päpstliche Dekret über die Exkommunizierung traf vor zwei Tagen ein. Rovero und ich wurden für morgen in den Palast bestellt, auf daß wir es begutachten und unseren Standpunkt überdenken.«

»Also werdet ihr zwei unterwürfig in den Palast traben.«

In den menschlichen Teil der Züge Mercados trat ein Lächeln. »Nicht unterwürfig, nein. Ich habe vor, mit einer Ehrengarde von zweihundert Hakenbüchsenschützen aufzumarschieren. Rovero erscheint mit hundert Marineinfanteristen. Es wird ein öffentlicher Auftritt, so daß keine Gefahr besteht, daß jemand uns einen Dolch in den Rücken rammt.«

Golophin stopfte Tabak in den Kopf seiner langhalsigen Pfeife. »Es ist nicht meine Aufgabe, euch über Sicherheit zu belehren«, räumte er ein. »Was gedenkt ihr zu tun, nachdem ihr euch von der Echtheit des Dekrets überzeugt habt?«

Mercado schwieg. Er und Rovero warfen einander einen Blick zu. »Erzähl uns erst, was du zu der Angelegenheit zu sagen hast.«

»Also habt ihr euch noch für keine Vorgehensweise entschieden?«

»Verdammt, Golophin, hör mit diesen Spielchen auf!« stieß Admiral Rovero hervor. »Was ist mit Abeleyn? Wo steckt er, und wie geht es ihm?«

Mit einem Span, den er aus dem Kaminfeuer genommen hatte, zündete der alte Zauberer die Pfeife an. Eine Zeitlang paffte er stumm vor sich hin und erfüllte den Raum mit Düften aus Calmar und Ridawan; dann verkündete er mit ruhiger Stimme: »Abeleyn hat soeben eine Schlacht geschlagen.«

»*Was?*« rief Mercado entsetzt aus. »Wo? Gegen wen?«

»Zwei Korsarenschwadrone haben seine Schiffe überfallen, als sie südwärts durch den fimbrischen Golf segelten. Zwar konnte er die Freibeuter zurückschlagen, doch er hat drei Viertel seiner Leute und zwei seiner Schiffe verloren. Das verbleibende Schiff mußte er vor der Küste von Imerdon an Land setzen. Nun hat er die Absicht, den Rest des Weges nach Hebrion über Land zurückzulegen.«

Rovero drehte die Faust in der Handfläche und lief rastlos auf und ab, während er Worte aus dem Mundwinkel spuckte, als widerstrebte es ihm, sie auszusprechen.

»Korsaren! So weit im Norden! Im Golf! Zwei Schwadrone, sagst du? Das ist schon ein merkwürdiger Zufall, geradezu ein Wink des Schicksals. Jemand wollte den König gefangennehmen, soviel steht fest. Aber wer? Wer hat die Freibeuter gedungen?«

»Du meine Güte, Admiral«, entgegnete Golophin überrascht, »du hörst dich fast so an, als würde dir das Schicksal unseres ketzerischen Ex-Monarchen am Herzen liegen.«

Rovero hielt inne und starrte Golophin an. »Er hat sie zurückgeschlagen, sagst du? Dann hat er offenbar nicht alles verlernt, was ich ihm beigebracht habe. Ex-Monarch, du lieber Himmel! Haben diese gottverdammten, heidnischen Bastarde doch tatsächlich den *König* angegriffen ...«

»Drei ihrer Schiffe hat er versenkt«, fuhr Golophin fort. »Es waren Galeassen der älteren Bauart, ohne Breitseiten, nur mit Bug- und Heckgeschützen.«

»Wie waren die Schiffe des Königs bewaffnet?« erkundigte sich Rovero, dessen Gesicht das rege Interesse eines Fachmanns verriet.

»Mit Kulverinen und Feldschlangen. Aber nur die Karacke verfügte über diese Waffen. Die beiden *Nefs* besaßen lediglich Falkaunen. Eine haben die Korsaren versenkt, die andere bis zur Wasserlinie niedergebrannt.«

»Was ist mit Abeleyns Leibgarde?« fragte Mercado abrupt.

»Fast alle tot. Die meisten Soldaten befanden sich in den *Nefs*. Aber sie haben ihre Haut teuer verkauft. Jetzt hat Abeleyn kaum noch hundert Mann übrig.«

»Es waren gute Männer«, murmelte Mercado. »Die besten aus der Garnison von Abrusio.«

»Wo ist er an Land gegangen? Wie lange wird er bis hierher brauchen?« fragte Admiral Rovero, die Lider zu Schlitzen verengt, die dünn wie eine Messerklinge waren.

»Das weiß ich leider nicht genau. Auch der König wußte es nicht, als ich ... das letzte Mal Verbindung mit ihm hatte. Er befindet sich im Sumpfgebiet an der Küste nahe der Grenze zu Imerdon, südwestlich der Mündung des Flusses Habrir. Mehr weiß ich auch nicht.«

Der Admiral und der General schwiegen, während die widersprüchlichsten Empfindungen über ihre Züge huschten. »Ist Abeleyn noch euer Lehnsherr?« fragte Golophin. »Er braucht euch jetzt dringender als je zuvor.«

Rovero verzog das Gesicht, als hätte er in eine Zitrone gebissen. »Gott sei mir gnädig, falls ich das Falsche tue, aber der König kann auf mich zählen, Golophin. Der Junge ist ein Kämpfer, ist er immer schon gewesen. Er ist ein würdiger Nachfolger seines Vaters, ganz gleich, was die Raben behaupten.«

Nur jemandem, der Golophin mit größter Aufmerksamkeit beobachtet hätte, wäre der schwache Atemstoß aufgefallen, der seinen Lippen entwich, und das unscheinbare Herabsinken der bis dahin verkrampften Schulterblätter.

»General«, wandte er sich leise an Mercado, »anscheinend hat Admiral Rovero noch einen König. Was meinst du dazu?«

Mercado wandte das Gesicht von Golophin ab, so daß der Magier nur die ausdruckslose metallene Hälfte sah.

»Gott weiß, daß Abeleyn auch *mein* König ist, Golophin. Aber kann ein König herrschen, wenn seine Seele verdammt ist? Wer würde dem Wort des Pontifex Maximus widersprechen, dem Nachfolger Ramusios? Vielleicht haben die Brüder vom Ersten Tage ja recht. Der Krieg gegen die Merduks ist Gottes Strafe. Wir alle müssen Buße tun, bevor die Weltordnung wiederhergestellt werden kann.«

»Unschuldige werden verbrannt, Albio«, sagte Golophin und sprach den General mit Vornamen an. »Ein Ketzer sitzt auf dem Thron des Pontifex, während sein rechtmäßiger Inhaber im Osten weilt. Macrobius lebt, und er unterstützt die Torunnen in ihren Bemühungen, die Grenzen zu halten. Zuvor half er, die Feste von Ormann zu retten, als alle Welt glaubte, sie wäre hoffnungslos verloren. Er verkörpert den Glauben; er ist unser spiritueller Führer, nicht dieser Usurpator in Charibon.«

Mercado drehte sich um und sah Golophin in die Augen. »Bist du da so sicher?«

Golophin zog eine Augenbraue hoch. »Ich habe meine Mittel und Wege. Wie sonst, glaubst du, könnte ich ständig über Abeleyns Abenteuer auf dem laufenden sein?«

Das Feuer knisterte und knackte. Irgendwo auf den Zinnen der Festung feuerte eine Kanone zum Abendsalut. Bald würden die Leuchtfeuer entlang der Hafenmauern der Stadt entzündet werden. Auf den Schiffen würde die Wachablösung stattfinden, und die Hälfte der Männer würde sich zum abendlichen Mahl in die Messen begeben.

Leise vermeinte Golophin zwischen den näheren Geräuschen die fernen Klänge der Glocken der Kathedrale zu vernehmen, die fast zwei Meilen entfernt auf dem Hügel von Abrusio zur Vesper läuteten. Er wußte, würde er hinaustreten und in diese Richtung schauen, könnte er die verglimmenden Scheiterhaufen erblicken, die endlich verloschen – das schwindende Mahnmal des Völkermords eines weiteren Tages. Mühsam unterdrückte er den Zorn, der jedesmal in ihm aufstieg, wenn er daran dachte.

»Wir müssen Zeit schinden«, meinte Mercado schließlich. »Rovero und ich dürfen uns dieses Dekret nicht ansehen. Wir müssen sie so lange wie möglich hinhalten und Abeleyn wohlbehalten in die Stadt bekommen. Sobald er wieder in Abrusio ist, wird die Aufgabe viel einfacher.«

Golophin stand auf und ergriff die Hand des Generals. »Danke, Albio. Du hast die richtige Entscheidung getroffen. Mit deiner und Roveros Unterstützung kann Abeleyn Abrusio mühelos zurückerobern.«

Mercado schien Golophins Zuversicht nicht zu teilen.

»Da ist noch etwas«, meinte er, wobei er sich besorgt, ja, beinahe verlegen anhörte.

»Was?«

»Ich kann nicht auf alle meine Männer zählen.«

Golophin zeigte sich bestürzt. »Was soll das heißen?«

»Mein Adjutant, Oberst Jochen Freiss, führt geheime Verhandlungen mit Sastro di Carrera, einem Mitglied des Rates. Ich fürchte, er hat einen beträchtlichen Teil der Garnison beeinflußt.«

»Kannst du ihn seines Ranges entheben?« erkundigte sich Golophin.

»Dadurch würden wir unsere Karten zu früh offenlegen. Ich muß erst ausloten, wieviel Unterstützung Freiss tatsächlich hat. Aber ich glaube, einige der jungen Offiziere sind an der Verschwörung beteiligt.«

»Das bedeutet Krieg«, meinte Rovero in unheilverkündendem Tonfall. Seine Stimme klang wie das Tosen der Brandung an einem fernen Strand.

»Wie kannst du die Treue deiner Männer überprüfen?« fragte Golophin scharf.

»Ich habe Mittel und Wege, Magier, so wie du die deinen«, gab Mercado zurück. »Aber ich brauche Zeit. Vorerst werden wir weiterhin die Unterstadt halten. Einige der niedrigeren Gilden stehen auf unserer Seite, aber die Gilde der Händler will erst abwarten, wohin der Wind sich dreht, bevor sie sich entscheidet.«

»Händler«, sagte Rovero mit all der Verachtung, die ein Adeliger für die Kaufleute empfand.

»Wir brauchen die Händler auf unserer Seite«, erklärte Golophin. »Der Rat sitzt auf dem Staatsschatz. Wenn wir einen Krieg finanzieren müssen, stellen die Händler unsere beste Geldquelle dar. Abeleyn wird ihnen als Gegenleistung für einen regelmäßigen Goldfluß jedwede Vergünstigung gewähren, solange sie sich in vernünftigem Rahmen bewegt.«

»Gewiß wird der Rat ihnen denselben Vorschlag unterbreiten«, warf Mercado ein.

»Dann müssen wir eben dafür sorgen, daß die Händler *unser* Angebot annehmen!« herrschte Golophin ihn an. Er starrte auf die Asche im Pfeifenkopf. »Ich bitte um Vergebung, meine Herren, ich bin ein wenig müde.«

»Schon gut«, erwiderte Rovero besänftigend. »Meine Schiffe könnten das Zünglein an der Waage sein. Wenn es hart auf hart geht, kann ich mit einer Seeblockade der Stadt drohen. Das wird die Goldbeutel der Kaufleute schon öffnen.«

Golophin nickte. Dann steckte er die Pfeife zurück in eine Tasche, die vom heißen Pfeifenkopf bereits angekohlt war. »Ich möchte mich verabschieden. Ich muß mich noch mit einigen Leuten treffen.«

»Wenn du das nächste Mal mit dem König sprichst, dann sag ihm, daß wir hinter ihm stehen – daß wir immer hinter ihm gestanden haben«, meinte Mercado stokkend.

»Das werde ich«, antwortete der Zauberer lächelnd, »obwohl er es ohnehin weiß.«

Kapitel 6

Die Kammer war klein und rund, die Decke gewölbt, und in der Kuppel befand sich ein unglaubliches Gewirr schmaler Balken, die zu dünn waren, um irgendeine stützende Wirkung zu erzielen. Sofern sie nicht bloß als schmückendes Zierwerk dienten, blieb Corfe ihr Zweck verborgen. Die Balken waren dick mit Spinnweben behangen.

Riesige Fenster nahmen die Hälfte der Wände ein, von denen einige aus Buntglas bestanden. Die vorherrschende Farbe stellte das torunnische Scharlachrot dar, was dem Raum trotz des grauen Tages draußen einen rosigen Schimmer verlieh. Die Einrichtung wirkte teuer und behaglich: samtgepolsterte, an die Rundungen der Wände angepaßte Diwans; aufwendig bestickte Kissen; eine Miniaturbibliothek mit unordentlichen Fächern voller Schriftrollen und Papierbögen; ein winziges Schreibpult mit einem Federkiel in einem Tintenfaß; die Bronzefigurine einer jungen, nackten Frau mit zart lächelndem Antlitz. Am Fuße der Figurine lag ein Stickrahmen samt Garnrollen auf dem Boden. Das Gemach einer gebildeten, wohlhabenden Dame.

Corfe hatte keine Ahnung, weshalb er hier war.

Ein Palastlakai in Brokathosen und Schnallenschuhen hatte ihm den Weg gezeigt, kurz nachdem Corfe die Einladung erhalten hatte. Nun stand er mutterseelenallein im Privatturm der Königin Dowager und fühlte sich entsetzlich verloren.

Ein Klicken ertönte, ein Teil der Wand öffnete sich, und Königin Dowager Odelia trat ein. Während sie dastand und Corfe gleichmütig von Kopf bis Fuß musterte, ein leichtes Lächeln auf den Lippen, glitt die Wand hinter ihr wieder zu.

Corfe besann sich seiner Manieren und verbeugte sich hastig. Sein Rang war zu gering, um der Königin die Hand zu küssen. Als Erwiderung neigte Odelia anmutig den Kopf.

»Setzt Euch, Oberst.«

Corfe suchte sich einen Stuhl. Als er Platz nahm, wurde er sich auf unangenehme Weise des Kontrasts zwischen dem Erscheinungsbild der Königin und dem seinen bewußt. Noch immer sah er aus, als käme er gerade vom Schlachtfeld, obwohl er sich bereits seit zwei Tagen in Torunn aufhielt. Er hatte kein Geld und somit keine Möglichkeit, seine Garderobe aufzubessern, und niemand hatte ihm in dieser Hinsicht Rat oder Hilfe angeboten. Macrobius war auf den Schwingen von Staat und Politik hinfortgetragen worden, und Corfe hatte deutlich zu spüren bekommen, wie unbedeutend er war. Er sehnte sich danach, zur Senke zurückzukehren und mit seinen Männern die einzige Aufgabe zu erfüllen, auf die er sich je verstanden hatte. Doch ohne Erlaubnis des Königs durfte er nicht abreisen, und eine Audienz beim König schien nahezu ein Ding der Unmöglichkeit. Deshalb hatte ihn der Ruf Königin Dowagers erstaunt; Corfe hatte sich schon gänzlich vergessen gefühlt.

Geduldig beobachtete sie ihn. Ein Funkeln, das Belustigung sein mochte, lag in den faszinierenden grünen

Augen. Karneolnadeln hielten ihr Haar zusammen, das zu einer kunstvollen Säule frisiert war, wodurch der schlanke Hals noch besser zur Geltung kam. Corfe kannte die Gerüchte, denen zufolge Königin Dowager eine Zauberin war, die sich ihre Schönheit durch umsichtigen Einsatz von Thaumaturgie bewahrte, indem sie neugeborene Säuglinge opferte und ähnliches mehr. Tatsächlilch wirkte sie wesentlich jünger, als sie war; man mochte sie eher für Lofantyrs ältere Schwester denn für seine Mutter halten. Doch Corfe bemerkte die blauen Venen auf ihren Handrücken, die leicht geschwollenen Knöchel, die feinen Fältchen um die Augenwinkel und auf der Stirn. Dowager war zwar attraktiv, dennoch waren die Spuren des Alters nicht zu übersehen.

»Haltet Ihr mich für eine Hexe, Oberst?« fragte sie und schreckte Corfe aus seiner Grübelei. Es schien beinahe so, als hätte sie seine Gedanken gelesen.

»Nein«, antwortete er. »Zumindest nicht so, wie die Gerüchte Euch schildern. Ich glaube nicht, daß Ihr um Mitternacht junge Hähne schlachtet und ähnlichen Unfug ... Majestät.« Er wußte nicht genau, wie er sie ansprechen sollte.

Irgend etwas Schwarzes trippelte so schnell über einen der Balken über ihm, daß Corfe nur einen flüchtigen Blick darauf erhaschte. *Also gibt es auch in Palästen Ratten*, dachte er.

»Lofantyr ist die ›Majestät‹«, erwiderte die Königin Dowager. »Ihr dürft mich einfach ›Herrin‹ nennen, sofern Ihr keine andere Bezeichnung vorzieht.«

Sie schien absichtlich zu versuchen, ihn aus der Ruhe zu bringen. Diese Erkenntnis verärgerte ihn. Er hatte keine Zeit für die Spielchen des torunnischen Hofs.

»Warum habt Ihr mich rufen lassen?« fragte er geradeheraus.

Sie legte den Kopf schief. »Ah, Geradlinigkeit. Das gefällt mir. Ihr wärt erstaunt, wie wenig davon es in

Torunn gibt. Oder vielleicht gar nicht. Schließlich seid Ihr mit Leib und Seele Soldat, Oberst, nicht wahr? Die Etikette bei Hof behagt Euch wenig. Lieber würdet Ihr in der Feste von Ormann hüfttief in Blut waten.«

»Ja«, sagte er, »so ist es.« Etwas anderes konnte er nicht erwidern. Heuchelei hatte ihm schon immer widerstrebt, und er fühlte, daß er sich auch hier und jetzt nichts Gutes damit tun würde.

»Möchtet Ihr Wein?«

Verwirrt nickte er.

Sie klatschte in die Hände, woraufhin sich die Tür öffnete, durch die Corfe den Raum betreten hatte. Ein gertenschlankes Mädchen mit den mandelförmigen Augen und den hohen Wangenknochen der Steppenvölker – eine Haushaltssklavin – trug ein Tablett herein. Schweigend stellte sie eine Karaffe und zwei Gläser ab, danach verschwand sie so lautlos, wie sie gekommen war. Die Königin Dowager füllte die zwei Gläser mit dem rubinroten Rebensaft.

»Ronischer Wein«, erklärte sie. »Kaum bekannt, aber genauso gut wie gaderischer, sofern er richtig gelagert wird. Unsere südlichen Lehen verfügen über hervorragende Weingüter, aber sie führen wenig aus.«

Corfe nippte an dem Glas. Dem Geschmack nach hätte es sich bei dem Wein ebensogut um Kanonenöl handeln können.

»General Pieter Martellus hält große Stücke auf Euch, Oberst. In seinen Depeschen berichtet er, daß Ihr die östliche Bastion der Feste von Ormann ausgezeichnet verteidigt habt, ehe sie fiel. Ferner fügt er hinzu, daß Ihr als unabhängiger Kommandeur offenbar am besten arbeitet.«

»Der General schmeichelt mir«, erwiderte Corfe. Er hatte nicht gewußt, daß die Depeschen, die er von der Senke mitbrachte, auch einen Bericht über ihn enthielten.

»Außerdem seid Ihr der einzige torunnische Offizier, der Aekirs Untergang überlebt hat. Ihr müßt ein Glückspilz sein.«

Corfes Züge wurden hart. »Ich glaube nicht an das Glück, Herrin.«

»Aber es existiert. Glück ist jenes undefinierbare Element, das einen Mann im Krieg und im Frieden – besonders aber im Krieg – von seinen Kameraden unterscheidet.«

»Wenn Ihr meint.«

Sie lächelte. »Aekir hat Euch gezeichnet, Corfe. Vor der Belagerung wart Ihr Fähnrich, ein junger Offizier. In den Monaten, die seither vergangen sind, seid Ihr einzig durch eigene Verdienste zum Oberst aufgestiegen. Vielleicht war Aekirs Untergang gewissermaßen das Gegengewicht bei Eurem Aufstieg.«

»Ich würde jeden Rang und noch viel mehr opfern, um Aekir zurückzuerlangen«, erwiderte Corfe hitzig. *Und um meine Heria wiederzubekommen,* brüllte seine Seele.

»Gewiß«, sagte sie besänftigend. »Aber jetzt seid Ihr hier in Torunn, habt keine Freunde und kein Geld, ein Offizier ohne Kommando. Verdienste allein reichen in dieser Welt nicht immer aus. Ihr braucht noch etwas anderes.«

»Was?«

»Einen … Gönner vielleicht. Einen Schutzpatron.«

Corfe runzelte die Stirn. Nach einer Weile meinte er: »Bin ich deshalb hier? Um Euer Schützling zu werden, Herrin?«

Sie trank einen Schluck Wein. »Bei Hof ist Treue wertvoller als Gold, denn wenn sie echt sein soll, darf sie nicht käuflich sein. Ich brauche jemanden, der sich für Gold nicht kaufen läßt.«

»Weshalb? Wofür?«

»Für meine eigenen Zwecke – und für die des Königreiches. Wie Ihr wißt, wurde Lofantyr vom unrechtmäßigen Pontifex Himerius exkommuniziert. Die Adeligen des Königs wissen, daß Macrobius noch lebt – sie haben ihn mit eigenen Augen gesehen. Dennoch ziehen einige es vor, nicht zu *glauben*, was sie sahen, weil es besser in ihre Pläne paßt. Die Rebellion brodelt in Torunna. Männer von Rang suchen nicht selten lange nach Entschuldigungen, um ihren Lehnsherrn zu stürzen. Ob es Euch gefällt oder nicht: Euch, Corfe, haben Aekir und die Feste von Ormann Treue gelehrt, davon bin ich überzeugt. Und eine solche Treue, gepaart mit Können, ist ein sehr seltenes Juwel.«

»Es muß doch auch königstreue Soldaten im Reich geben«, erwiderte Corfe.

»Die meisten Männer haben Familie; der gilt in erster Linie ihre Treue. Wenn sie der Krone getreulich dienen, dann nur deshalb, weil sie auf Förderung der eigenen Person und ihrer Familie hoffen. So sind die großen Adelsgeschlechter entstanden. Es ist ein notwendiger, aber gefährlicher Handel.«

»Was wollt Ihr von mir, Herrin?« fragte Corfe müde.

»Ich habe mich mit dem Pontifex über Euch unterhalten, Corfe. Auch er hat eine hohe Meinung von Euch. Er erzählte mir, daß Ihr keine Familie, keine Wurzeln mehr habt, nun, da die Heilige Stadt nicht mehr existiert.«

Corfe schlug die Augen nieder. »Vielleicht.«

Königin Dowager erhob sich aus dem Stuhl, kam zu ihm herüber und legte ihm die Hände ums Gesicht, so daß die Fingerspitzen hauchzart seine Wangen berührten. Corfe roch das Lavendelaroma, das ihrem Gewand entströmte, und den noch zarteren Duft, der von ihrer Haut ausging. Ihre leuchtenden Augen fesselten ihn.

»In Euch ist Schmerz, Corfe, eine Wunde, die womöglich nie verheilt«, sprach sie leise. »Und dieser Schmerz ist Euer Antrieb. Ihr seid ein Mann ohne inneren Frieden, ja, ohne Hoffnung auf inneren Frieden. Liegt es an Aekir?«

»Meine Frau«, brachte er mit erstickter Stimme hervor. »Sie starb.«

Sanft wie die Berührung einer Feder strichen ihre Finger über sein Gesicht. Ihre Augen wirkten riesig: grünliche Kugeln mit tiefschwarzen Kernen.

»Ich will Euch helfen«, sagte sie.

»Weshalb?«

Sie beugte sich hinab. Ihr Antlitz schien zu glühen, ihr Atem ließ die Haarsträhnen erzittern, die ihm in die Stirn hingen.

»Weil ich nur eine Frau bin und weil ich einen Soldaten brauche, der für mich tötet.« Ihre Stimme war tief wie der Baß einer Orgel und dunkel wie Heidekrauthonig. Als ihre Lippen seine Stirn berührten, richteten Corfes Nackenhaare sich auf wie das Fell einer Katze in einem Wirbelsturm. Eine schier endlose Sekunde verharrten sie und atmeten den Odem des anderen.

Dann richtete Königin Dowager sich auf und ließ von ihm ab.

»Ich werde Euch ein Kommando verschaffen«, meinte sie, plötzlich forsch. »Ein Streifkorps. Ihr werdet es führen, wohin auch immer ich Euch entsende. Ihr werdet tun, was auch immer ich von Euch verlange. Als Gegenleistung …« Sie zögerte und lächelte, wodurch sie viel jünger wirkte. »Als Gegenleistung gewähre ich Euch meinen Schutz, und ich werde dafür sorgen, daß Euch bei Eurem Tun nicht ständig höfische Intrigen in die Quere kommen.«

Corfe blickte vom Stuhl aus zu ihr empor. Er war nicht groß; selbst stehend, hätte er ihr gerade in gleicher Höhe in die Augen blicken können.

»Ich begreife immer noch nicht.«

»Das werdet Ihr noch. Eines Tages werdet Ihr begreifen. Geht zum Hofkammerherrn. Sagt ihm, daß Ihr Geld benötigt. Bereitet er Euch Schwierigkeiten, so schickt ihn zu mir. Besorgt Euch eine passendere Garderobe.«

»Was ist mit dem König?« wollte Corfe wissen.

»Der König wird tun, was man ihm sagt«, fuhr sie ihn an, und Corfe erkannte den Stahl in ihr, die verborgene Härte. »Das ist alles, Oberst. Ihr dürft gehen.«

Corfe war vollkommen verwirrt. Als er sich erhob, trat sie keinen Schritt beiseite, und er berührte sie. Dann wandte sie sich von ihm ab.

Er verbeugte sich vor dem schlanken Rücken der Königin und verließ wortlos das Gemach.

Es war ein eintöniges, windgebeuteltes Land. Meilenweit erstreckten sich in jede Richtung flache Salzsümpfe, außer zur See hin. Das Gezwitscher der Sumpfvögel und das Rauschen des Windes im Schilf waren die einzigen Geräusche. Fern im Nordwesten thronten die bereits schneebedeckten Gipfel der Berge von Hebros.

Die großen Beiboote brachten die letzten Vorräte vom Schiff herüber. Auf den festeren Schilfinseln hatten die Soldaten Feuer entfacht und waren eifrig dabei, Unterkünfte zu errichten, die den erbarmungslosen Wind abhalten sollten. Abeleyn befand sich an einem der Feuer und starrte hinaus auf den beschädigten Rumpf der gestrandeten Karacke. Neben ihm stand Dietl, die Augen vor Kummer und Schmerz rotgerändert. Der verkrüppelte Armstumpf war mit kochendem Pech versiegelt worden, doch der Anblick des bedauernswerten Zustandes seines Schiffes schien ihn schwerer zu treffen als der Verlust seiner Hand.

»Wenn ich zurück in meinem Königreich bin, bekommt Ihr die beste Karacke der ganzen Flotte«, versprach Abeleyn ihm mitfühlend.

Dietl schüttelte den Kopf. »Ein solches Schiff gibt es kein zweites Mal. Sie hat mir das Herz gebrochen. Sie war treu bis zum bitteren Ende.«

Als das Wasser in der Karacke immer höher gestiegen

war, hatten sie zuerst die Kanonen über Bord geworfen, danach die schwereren Teile der Fracht und zum Schluß die Trinkwasserfässer. Das Schiff lief auf eine Sandbank auf, die Luken von der See umspült, und blieb liegen. Als die Tide einsetzte, neigte es sich zur Seite. Die Sandbank war schmal, und als das stützende Wasser sich zurückzog, zerbrach der Rumpf des Schiffes unter qualvollem Ächzen und Stöhnen, so daß es beinahe lebendig wirkte.

Abeleyn klopfte Dietl auf die heile Schulter und ging vom Feuer weg. »Orsini!«

»Ja, Majestät.« Sofort war Feldwebel Orsini zur Stelle, der einzige Soldat von Rang, der Abeleyn noch blieb; alle anderen Offiziere waren mit den beiden *Nefs* im Kampf gefallen.

»Wie viele Männer haben wir noch, Feldwebel?«

Orsini blinzelte, während er nachdachte.

»Ungefähr sechzig Soldaten, Majestät, vielleicht ein Dutzend Eurer Leibdiener, außerdem etwa die neunzig Mann von der Besatzung der Karacke. Überdies haben wir an die zwanzig Verwundete. Zwei oder drei werden die Nacht nicht überleben.«

»Pferde?« erkundigte Abeleyn sich kurz angebunden.

»Die meisten ertranken im Laderaum oder wurden während der Schlacht durch Holzsplitter getötet. Euren Wallach und drei Maultiere konnten wir retten, mehr nicht.«

»Proviant?«

Orsini blickte zu den Haufen und Stapeln triefnasser Säcke, Kisten und Fässer hinüber, die sich auf den kleinen Inseln befanden, halb verborgen im gelben Schilf.

»Nicht viel, Majestät, nicht für hundert Männer. Die Vorräte reichen eine Woche, wenn wir sparsam damit umgehen. Zur Not vielleicht zehn Tage.«

»Danke, Feldwebel. Selbstverständlich müßt Ihr einen Wachdienstplan erstellen.«

»Jawohl, Majestät. Fast jeder Soldat konnte seine

Hakenbüchse retten, obwohl es eine Weile dauern wird, bis das Pulver trocken ist.«

»Gute Arbeit, Orsini. Das ist alles.«

Der Feldwebel wandte sich wieder seinen Aufgaben zu. Abeleyns Züge verhärteten sich, als er beobachtete, wie die völlig durchnäßten, blutigen, erschöpften Männer auf den matschigen Schilfinseln ein behelfsmäßiges Lager errichteten. Sie hatten eine Schlacht geschlagen, mit Mühe und Not ein sterbendes Schiff an Land gebracht, und nun würden sie an dieser abgeschiedenen Küste ums Überleben kämpfen müssen. Dennoch hatten sie kein Wort des Widerspruchs oder der Klage geäußert. Abeleyn fühlte sich beschämt.

Er wußte, daß sie irgendwo südlich des Flusses Habrir gestrandet waren. Offiziell befanden sie sich in Hebrion, da der Fluß die Grenze zwischen dem Königreich und dem angegliederten Herzogtum darstellte. Doch dies war ein öder Landstrich in Abeleyns Herrschaftsgebiet, eine weitläufige Sumpfgegend, die sich bis tief ins Landesinnere erstreckte und nur von einer oder zwei in Dammform gebauten königlichen Straßen durchkreuzt wurde. Nur einen Tagesmarsch entfernt gab es zwar kleinere Dörfer, doch von der nächsten größeren Stadt – Pontifidad, nordöstlich ihres derzeitigen Aufenthaltsortes gelegen – trennten sie fünfzehn Wegstunden. Bis Abrusio waren es mehr als fünfzig Wegstunden, und um die Stadt über den Landweg zu erreichen, mußten sie die niedrigeren Pässe der Berge von Hebros, jenes Gebirgszuges, der Hebrions Rückgrat bildete, dort überqueren, wo sie steil zum Meer hin abfielen.

Das Flattern von Schwingen ertönte, und als Abeleyn sich umdrehte, sah er Golophins Gerfalken auf einem dicken Schilfrohr hinter sich hocken.

»Wo bist du gewesen?« fragte Abeleyn knapp.

»Der Vogel oder ich, Majestät? Der Falke hat sich ausgeruht, und er hatte es sich redlich verdient. Ich hingegen war fleißig.«

»Und was hast du herausgefunden?«

»Rovero und Mercado stehen hinter uns, den Heiligen sei Dank.«

Auch Abeleyn schickte ein stummes Dankgebet gen Himmel. »Dann kann ich es schaffen.«

»Ja. Aber es gibt noch andere Entwicklungen ...«

»Sprecht Ihr wieder mit Vögeln, Majestät?« fragte eine Frauenstimme. Sogleich stob Golophins Hausgeist davon und ließ eine gestreifte Feder in der Luft schwebend zurück.

Fürstin Jemilla trug einen langen, pelzgefütterten Wollmantel in der Farbe abkühlender Kohlenglut. Die dichte Mähne ebenholzschwarzen Haares umrahmte ihr Gesicht, wodurch die Blässe ihrer Haut um so deutlicher zur Geltung kam. Ihre Lippen waren gerötet. Von der mittlerweile etwa drei Monate währenden Schwangerschaft gab es noch keine sichtbaren Zeichen.

Kurz flackerte Zorn in Abeleyn auf, den er jedoch sogleich zurückdrängte. »Ihr seht gut aus, Fürstin.«

»Als Ihr mich das letzte Mal gesehen habt, war ich am Boden zerstört, würgte mir die Seele aus dem Leib und fühlte mich hundeelend. Im Vergleich zu damals dürfte ich in der Tat gut aussehen.« Sie kam näher.

»Haben es Euch meine Männer gemütlich gemacht?«

»O ja«, antwortete sie lächelnd. »Im Grunde ihres Herzens sind Eure Soldaten wahre Galane. Sie haben mir ein entzückendes Zelt aus Segeltuch und Treibholz erbaut und darin ein Feuer entfacht, um das Zelt zu wärmen. Ich fühle mich wie die Königin der Strandgutsammler.«

»Und das ... das Kind?«

Sofort ließ sie eine Hand auf den noch immer flachen Leib sinken.

»Soweit ich es beurteilen kann, trage ich es noch in mir.

Meine Zofe war überzeugt, die Seekrankheit würde es umbringen, doch es scheint ein Kämpfer zu sein. Wie es sich für das Kind eines Königs geziemt.«

Jemilla wandelte am Rande der Unverschämtheit, und Abeleyn wußte es, doch in jüngster Zeit hatte er ihr wenig Beachtung geschenkt. Zudem mußten die letzten Tage ausgesprochen hart für sie gewesen sein. Also nickte er nur anerkennend, da er nicht sicher war, ob er eine höfliche Antwort zustande brächte.

Ihre Stimme veränderte sich und verlor ihre Schärfe. »Majestät, es tut mir leid, wenn ich Euch beim ... Nachdenken gestört habe. Es ist nur so, daß ich Eure Gesellschaft in letzer Zeit vermisse. Meine Zofe hat einen Topf voll Wein über das Feuer gestellt. Wollt Ihr nicht ein Glas mit mir trinken?«

Tausenderlei Dinge harrten seiner Aufmerksamkeit, zudem brannte er darauf, Golophins Neuigkeiten zu erfahren; doch der heiße Wein war verlockend – wie auch das zweite, unausgesprochene Angebot in ihren Augen. Abeleyn fühlte sich zu Tode erschöpft. Die Aussicht auf ein wenig Entspannung gab letztlich den Ausschlag. Seine Männer würden eine Stunde auch ohne ihn zurechtkommen.

»Also gut«, meinte er, ergriff die ihm entgegengestreckte, zierliche Hand und ließ sich fortführen.

Der Gerfalke, der ganz in der Nähe im Schilfrohr hockte, beobachtete die Szene mit kalten, starren Augen.

Das Zelt erwies sich tatsächlich als gemütlich, soweit man eine Segeltuchhütte mit Holzrahmen als gemütlich bezeichnen konnte. Jemilla hatte ein paar Kisten und einige Umhänge aus dem Wrack gerettet, die nunmehr als Möbel dienten.

Sie entließ die Zofe und zog Abeleyn eigenhändig die

blutverschmierten, salzverkrusteten Stiefel aus; kleine Rinnsale Meerwasser strömten aus jedem heraus. Dann füllte Jemilla einen Zinnhumpen mit dampfendem Wein. Abeleyn saß da und beobachtete, wie in der zunehmenden Dunkelheit die Farbe der Flammen von einem blassen Gelb in ein sattes Orange umschlug. Um diese Jahreszeit währte das Tageslicht ausgesprochen kurz – eine Mahnung, daß dies nicht die rechte Zeit für Feldzüge war, für Krieg.

Der Wein schmeckte köstlich. Abeleyn vermeinte beinahe zu spüren, wie das heiße Getränk durch seine Adern strömte und das kalte Fleisch erwärmte. Er rief Jemillas Zofe wieder ins Zelt und befahl ihr, den Rest des Weins in die Zelte der Verwundeten zu bringen. Als er sah, wie Jemilla bei diesem Befehl den Mund verzog, lächelte er. Die Fürstin schien ihre eigenen Vorstellungen von würdig und unwürdig, entbehrlich und unentbehrlich zu hegen.

»Seid Ihr verletzt, Majestät?« fragte sie. »Euer Wams ist blutbespritzt.«

»Es ist das Blut anderer Männer, nicht das meine«, erwiderte er zwischen zwei Schlucken Wein.

»Es war ein großartiger Kampf – darin sind die Soldaten sich einig. Eine Schlacht, die des großen Myrnius Kuln würdig gewesen wäre. Natürlich weiß ich es nur vom Hörensagen. Consuella und ich verbargen uns im Moder des unteren Laderaums hinter Säcken – kein guter Ort, um das glorreiche Hin und Her des Gefechts zu beobachten.«

»Es war ein Geplänkel, mehr nicht«, entgegnete Abeleyn. »Ich war der Meinung, wir kämen so einfach aus Perigraine davon. Das war unvorsichtig von mir.«

»Also steckten die Korsaren mit den anderen Königen unter einer Decke?« erkundigte Jemilla sich bestürzt.

»Ja, Fürstin. Ich bin ein Ketzer. Sie wollen mich tot sehen – so einfach ist das. Indem sie sich Korsaren statt der eigenen Truppen bedienten, um mich zu entführen oder zu meucheln, haben sie lediglich eine gewisse Diskretion bewiesen.«

»Diskretion!«

»Diplomatie ist seit jeher eine Mischung aus Verschlagenheit, Höflichkeit und Mord.«

Scheinbar unbewußt legte sie die Hand auf den Bauch. »Was ist mit König Mark und König Lofantyr? Sind auch auf sie Anschläge verübt worden?«

»Ich weiß es nicht. Möglich. Auf jeden Fall müssen sie sich nach ihrer Rückkehr mächtigen Männern stellen, die sich die Lage zunutze machen wollen. Das steht auch mir bevor.«

»Es kursieren Gerüchte, daß Abrusio in der Hand der Kirche und der Adeligen sei«, sagte Jemilla.

»Tatsächlich? Nun ja, auf Gerüchte kann man nicht vertrauen.«

»Ist Abrusio immer noch das Ziel unserer Reise, Majestät?«

»Natürlich. Was sonst?«

»Ich ... ich dachte ...« Sie riß sich zusammen und straffte die Schultern wie eine Frau, die sich auf schlechte Kunde gefaßt macht. »Wollt Ihr heiraten, Majestät?«

Abeleyn rieb sich die Augen. »Ich hoffe, eines Tages schon, ja.«

»König Marks Schwester?«

»Ist das auch ein Gerücht?«

»Man sprach in Vol Ephrir davon, als wir abreisten.«

Abeleyn starrte sie an. »*Dieses* Gerücht entspricht der Wahrheit.«

Sie schlug die Augen nieder. Es kursierten auch Gerüchte, daß Fürstin Jemilla einen Liebhaber von gewöhnlicher Geburt gehabt hatte, ehe Abeleyn sie zu sich ins Bett rief. Sie wußte nicht genau, ob der König diese Gerüchte kannte.

»Was wird dann aus ... aus meinem Kind?« fragte sie in mitleiderregendem Tonfall.

Abeleyn wußte, daß seine Geliebte zu den berechnendsten und gerissensten Frauen am Hofe zählte. Sie war die Witwe eines der besten Generäle seines Vaters. Doch seit seinem Tod besaß sie keinerlei verwandtschaftliche Bindungen mehr zu den mächtigen Familien Hebrions. Was mit ein Grund dafür war, daß er sich von ihr verführen ließ: Sie war mutterseelenallein auf der Welt und gehörte keinem der Machtblöcke an, die im Schatten des Throns ihre Ränke schmiedeten. Jemilla war voll und ganz Abeleyns Laune ausgeliefert. Hier und jetzt konnte er Orsini herbeirufen, auf daß er sie mit dem Schwert durchbohre, und niemand würde einen Finger rühren, um sie zu verteidigen.

»Für das Kind wird gesorgt«, erwiderte er. »Wenn es ein Junge wird und er sich entsprechend entwickelt, soll es ihm nie an etwas mangeln, das schwöre ich.«

Ihre Augen, gleich schwarzen Perlen in dem elfenbeinblassen Antlitz, hefteten sich auf Abeleyns Gesicht. Ihre Hand wanderte auf sein Knie.

»Danke, Majestät. Nie zuvor wurde ich mit einem Kind gesegnet. Ich hoffe inbrünstig, daß er heranwächst, um Euch zu dienen.«

»Oder sie«, fügte Abeleyn hinzu.

»Es ist ein Junge.« Sie lächelte, und es war das erste echte Lächeln, das Abeleyn seit der Abreise aus Hebrion von ihr sah. »Es fühlt sich an wie ein Junge. Ich spüre förmlich, wie er in meinem Bauch die Fäuste ballt und heranwächst.«

Abeleyn erwiderte nichts. Statt dessen starrte er ins Feuer und dachte an die Flammen und die Zerstörung der kürzlich gefochtenen Schlacht. Als Geplänkel hatte er sie bezeichnet – und nichts anderes war es gewesen. In Abrusio erwartete ihn weit Schlimmeres. Die Glaubensritter würden keinesfalls kampflos aus der Stadt verschwinden, und zweifellos würden ihnen die Gefolgsmänner der Sequeros und der Carreras zur Seite stehen. Aber letzten Endes würde Abeleyn siegen. Schließlich standen die Armee und die Flotte hinter ihm.

Langsam glitt Jemillas Hand vom Knie des Königs aufwärts und riß ihn aus seiner Grübelei. Sie begann, eine höchst empfindliche Stelle zu streicheln.

»Ich dachte, in Eurem Zustand ...«, begann er.

Jemilla lächelte. »Es gibt so vieles, Majestät, das ein Mann und eine Frau miteinander tun können, selbst in meinem Zustand. Und davon habe ich Euch noch kein Zehntel beigebracht.«

Es war jene Eigenschaft, die gleichermaßen Abeleyns Stolz verletzte und ihn faszinierte. Jemilla war älter und erfahrener, seine Lehrmeisterin im Bett. Doch er war zu erschöpft. Sanft schob er ihre Hand weg.

»Wichtige Dinge stehen an, Fürstin. Wohl ist der Wille vorhanden, allein, mir fehlt die Zeit.«

Für eine Sekunde blitzten ihre Augen – ein weiteres Merkmal ihrer Persönlichkeit, das ihn erregte: Sie war daran gewöhnt, ihren Kopf durchzusetzen; selbst bei einem König, wie es schien. Nur mit einiger Überwindung konnte Abeleyn sich zum Aufstehen durchringen. Ihre Hand liebkoste die weiße Haut seines Knöchels, die seit Tagen nicht mehr richtig trocken gewesen war.

»Vielleicht später«, meinte sie.

»Vielleicht. Obwohl in den kommenden Tagen wenig Zeit dafür bleiben wird.«

Er schlüpfte in die feucht-nassen Stiefel und küßte sie.

Dabei wandte sie die Wange ab, so daß seine Lippen ihren Mund berührten, und ihre Zunge wand sich wie eine Schlange über seine Zähne. Schelmisch lächelnd ließ sie von ihm ab. Als Abeleyn aus der Hütte in die von Feuerschein durchbrochene Dunkelheit stapfte, beschlich ihn das Gefühl, daß sie irgendwie schon wieder das letzte Wort behalten hatte.

Kapitel 7

Die Barrikaden waren über Nacht errichtet worden.

Als der Diakon im trüben Morgengrauen seinen Halbtrupp zur regelmäßigen Patrouille führte, fand er die Straßen besetzt vor. Karren waren umgeworfen, Säcke und Kisten von den Docks herbeigeschleppt, gestapelt und verzurrt worden. Jede noch so enge Gasse wies ein Hindernis auf. Die Sperren wurden von Bürgern bemannt, die der Kälte wegen Kohlenfeuer entfacht hatten und nun rings um die Glut standen, sich die Hände rieben und munter miteinander plauderten. Jede Straße, jede Gasse, jeder Pfad, jeder Weg, der hinab in die Westhälfte der Unterstadt von Abrusio führte, war versperrt. Das ganze Gebiet schien unzugänglich wie der Hals einer verstöpselten Flasche.

Der Diakon der Glaubensritter und seine neun Ordensbrüder saßen auf den Rössern und betrachteten die abrusischen Bürger und ihre behelfsmäßig gezimmerten Bollwerke mit einer Mischung aus Zorn und Unbehagen. Gewiß, während der letzten Wochen hatte die Unterstadt sich als feindseliger Ort erwiesen, und jeder Glaubensritter, der sich hierherwagte, mußte damit rechnen, daß sich aus einem höhergelegenen Fenster der Inhalt eines Nachttopfs über ihn ergoß. Der Presbyterianer, Quirion, hatte seinen Männern befohlen, sich aus dem Gebiet fernzuhalten, solange die heiklen Verhandlungen mit den Kommandeuren der Garnison von Abrusio im Gange waren. Doch dies hier war etwas anderes. Diese Straßensperren kamen einer offenen Rebellion gegen jene Mächte gleich, denen der Pontifex Maximus die Herrschaft über die Stadt anvertraut hatte.

Stumm und reglos verharrten die Pferde mit ihrer schweren Last aus Stahl und Fleisch auf dem Kopfsteinpflaster der Straßen; ihr heißer Atem bildete aufwallende Dampfwolken in der kalten Morgenluft. Die Straßen hier waren eng; die dicht aneinandergereihten Fachwerkhäuser dieses Stadtteils reichten oben so nah zusammen, daß die Terrakottaziegel der Dächer sich fast berührten, als wollten sie eine Art Bogen über die darunter befindliche Straße spannen. Die Bürger hinter den Barrikaden wandten sich vom Kohlenfeuer ab und starrten die Glaubensritter an. Die Gruppe umfaßte junge und alte Menschen, Männer und Frauen. Bewaffnet hatten sie sich mit umgebauten landwirtschaftlichen Geräten oder mit den Werkzeugen ihres jeweiligen Handwerks: Hämmer und Pickel, Sensen, Mistgabeln, Fleischerbeile. Eine Bewaffnung, die der farbenfrohen Vielfalt der Bevölkerung von Abrusio entsprach.

Die Form der Stadt glich einem Hufeisen mit einem dreiblättrigen Kleeblatt in der Mitte. Das Hufeisen stellten die Außenmauern dar, die sich von der nördlichen bis zur südlichen Küste des Südgolfs spannten – des Golfs von Hebrion, wie er mitunter genannt wurde. Das Kleeblatt stand für die drei Häfen innerhalb der Mauern. Das nördlichste Blatt waren die Innenstraßen, die sich bis ins Herz der Stadt hinein erstreckten, wo die Kais und Docks bis an den Fuß des Hügels von Abrusio reichten. Links und rechts davon und weiter seeseits befanden sich die Außenstraßen, zwei später errichtete Häfen, die man durch künstlich geschaffene Molen vergrößert hatte. Die westlichen Innenstraßen beherbergten die Werften und Trockendocks der hebrionischen Seestreitmacht; aus ihrer Mitte ragte der gewaltige Admiralsturm empor. Auf einem nördlich davon gelegenen Kap stand eine weitere, uralte Festung, in der das Arsenal, die Kasernen und das Lager der Garnison von Abrusio untergebracht waren. Somit hatten sowohl die Flotte als auch die Armee ihr Hauptquartier im westlichen Teil der Unterstadt, und genau dieses Gebiet wurde von den Barrikaden der Bürger abgeriegelt.

Doch dem jungen Diakon gingen ganz andere Gedanken durch den Kopf, während er am frühen Morgen auf dem Roß saß und überlegte, was nun zu tun sei. Er wußte nur, daß ein Haufen Abschaum es wagte, sich einem Halbtrupp der Glaubensritter in den Weg zu stellen, den weltlichen Verteidigern der Heiligen Kirche. Es war ein Angriff auf die Befehlsgewalt des Pontifex selbst.

»Zieht die Schwerter!« befahl er seinen Mannen. Unverzüglich gehorchten sie. Die Lanzen hatten sie in den Unterkünften gelassen, da sie aufgrund ihrer Länge beim Reiten durch die engen Straßen des unteren Abrusio nur hinderlich waren.

»Angriff!«

Die zehn Reiter verfielen in Trab; dann steigerten sie das Tempo ihrer Tiere zum Handgalopp. Unter den Hufen der Pferde stoben Funken vom Kopfsteinpflaster auf. Wie Racheengel donnerten sie in Zweierreihen die schmale Gasse hinab – sofern Engel je so viel Eisen am Leib trugen und auf heißblütigen, schnaubenden Schlachtrössern ritten.

Für einen Augenblick starrten die Bürger auf das herannahende Verderben, dann rannten sie auseinander. Die Barrikaden wurden achtlos stehengelassen; die Leute nahmen die Beine in die Hand und flohen die Straße hinunter oder brachen die verschlossenen Türen der Häuser zu beiden Seiten auf.

Das Pferd des Diakons erreichte das gestapelte Allerlei, das die Straße versperrte. Samt Reiter und Rüstung bäumte das Tier sich auf, quälte sich über die Barrikade und riß sie dabei halb nieder. Die anderen Glaubensritter folgten dem Diakon auf dem Fuße. Die Luft war erfüllt vom Lärm wiehernder Gäule und klirrenden Metalls. Der aufgestellte Karren fiel krachend zurück auf die Räder. Die Glaubensritter hatten die Hürde überwunden, zwangen die nach Luft ringenden Pferde neuerlich in den Trab und brüllten aus voller Kehle: »Ramusio!«

Der Halbtrupp preschte weiter. Die Leute versuchten, den tödlichen Schwertern und den Hufen der Pferde auszuweichen. Der Diakon erwischte einen Flüchtenden am Hinterkopf und hieb ihm einen Teil des Schädels ab. Als der Mann zu Boden stürzte, zertrampelten ihn die Pferde zu einem dampfenden Brei.

Andere, die zu langsam waren, um sich zu verstecken oder zu entkommen, wurden von den Beinen gerissen und erlitten dasselbe Schicksal. Es gab keine Seitengassen, keinen Ausweg. Mehrere Männer und Frauen wurden erschlagen, während sie verzweifelt mit den Fäusten gegen verschlossene Türen hämmerten und Schutz in den angrenzenden Häusern suchten. Die Pferde bäumten sich auf, wie man es ihnen beigebracht hatte, auf daß sie mit den eisenbeschlagenen Vorderhufen Knochen zersplitterten und Fleisch zerquetschten. Die Straße verwandelte sich in ein Schlachthaus.

Doch dann endete sie. Der Strom der Überlebenden verlief sich, als die Straße in eine Kreuzung dreier Wege mündete, die einen kleinen Platz bildete.

Der Diakon war bereits heiser vom Schreien des Schlachtrufs der Glaubensritter; grinsend hieb und schwang er das Schwert nach dem fliehenden Pöbel. Schweiß troff ihm von der Nase und klebte ihm unter der Rüstung am jungen Leib. Es war ein wahres Vergnügen.

Doch plötzlich lag irgend etwas in der Luft. Ein seltsamer Geruch. Verwirrt hielt der Diakon mit dem Morden inne. Keuchend versammelten sich seine Männer um ihn; in zähflüssigen Rinnsalen tropfte Blut von ihren Schwertern. Das polternde Getöse verstummte.

Pulverrauch lag in der Luft.

Die Leute waren allesamt vom Ende der Straße verschwunden. Statt dessen standen da nun zwei Reihen hebrionischer Soldaten mit Hakenbüchsen, von deren glimmenden Lunten zarte Rauchfahnen aufstiegen.

Noch immer begriff der Diakon nicht, was vor sich ging. Er trieb das Pferd an, um ein deutliches Wort mit den Kerlen zu reden, denn sie verstellten ihm den Weg.

Ein Offizier neben der vorderen Reihe hob das Schwert. Fahl stieg die Wintersonne über den Dächern der Häuser auf, erfaßte den Stahl des Rapiers und spiegelte sich gleißend darauf.

»Gewehre schußbereit machen!«

Die Hakenbüchsenschützen spannten die Radschlösser mit den glimmenden Lunten.

»Vordere Reihe – niederknien.«

Die Männer taten, wie ihnen befohlen.

»Wartet!« brüllte der Diakon wütend. Was glaubten diese Kerle eigentlich, was sie da trieben? Seine Ritterbrüder hinter ihm beobachteten die Szene mit wachsender Bestürzung.

»Vordere Reihe – Feuer!«

»Nein!« gellte der Diakon.

Flammen und Rauch brachen los. Ein peitschendes, hohles Krachen ertönte. Der Diakon wurde vom Pferd gerissen. Seine Männer taumelten im Sattel. Die Gäule brüllten auf, als die Kugeln ihre eisernen Rüstungen durchschlugen und ins Fleisch drangen. Die kräftigen Tiere stürzten zu Boden und begruben die Reiter unter sich. Ein Rauchschleier wirbelte in der Luft und breitete sich über die Straße aus.

Durch den Qualm hindurch vernahmen die überlebenden Glaubensritter neuerlich die Stimme des Offiziers.

»Hintere Reihe – legt an.«

Zugleich wandten sich die restlichen Glaubensritter dem Feind zu und trieben die verstörten Pferde brutal zum Galopp. Kreischend wie Dämonen donnerten sie durch den Rauch die Straße hinab, fest entschlossen, ihre gefallenen Brüder zu rächen.

Ein zweiter Kugelhagel nahm sie in Empfang.

Allesamt gingen sie zu Boden. Ihr Schwung trug die beiden vordersten Reiter mitten hinein in die Ränge der Hakenbüchsenschützen, und die zusammenbrechenden Pferde zerschlugen die Formation der hebrionischen Soldaten wie Kegel. Einer der päpstlichen Ritter wurde aus dem Sattel geschleudert und schlitterte scheppernd über das Kopfsteinpflaster. Nachdem er sich in der schweren Rüstung auf die Beine gekämpft hatte, schleuderten ihn zwei hebrionische Soldaten nach hinten auf den Rücken, als handelte es sich um einen riesigen Käfer. Mit den Füßen traten sie ihm auf die Handgelenke, um ihn am Boden zu halten, dann rissen sie ihm den Helm vom Kopf und schnitten ihm die Kehle durch.

Ein letzter Schuß ertönte und erlöste ein vor Schmerzen brüllendes Pferd von seinem Leid. Aus den Türen der Häuser kamen Leute hervor. Heiserer Jubel brach los, als sie die blutigen Leichen erblickten, die verstreut auf der Straße lagen; einige sanken auf die Knie, um den Kopf eines hingemetzelten Freundes oder Verwandten auf den Schoß zu betten. Das klagende Schluchzen von Frauen verdrängte den Jubel.

Während die hebrionischen Soldaten fachmännisch die Waffen nachluden und sich wieder zurück auf ihre versteckten Posten begaben, bauten die Bürger von Abrusio die Barrikaden wieder auf.

»Das ist doch unglaublich!« rief der Presbyterianer Quirion. Nebelverhangen lag Abrusio im goldenen Licht der Morgensonne. Er blinzelte, als abermals Hakenbüchsenschüsse ertönten und über die dicht aneinanderliegenden Häuserdächer zum Klosterturm heraufhallten, in dem er sich befand.

»Bisher wurden drei Patrouillen in einen Hinterhalt gelockt«, erklärte der Abt der Glaubensritter. »Und noch immer kommt es zu bewaffneten Zusammenstößen. Unsere Verluste sind beträchtlich. Wir besitzen nur Reiterei ohne Feuerwaffen. Unsere Männer sind nicht für Straßenschlachten gegen Feinde mit Hakenbüchsen ausgerüstet.«

»Und Ihr seid sicher, daß es hebrionische Soldaten sind, die sich daran beteiligen, und keine Zivilisten mit Büchsen?«

»Ja, Exzellenz. Alle unsere Brüder berichten dasselbe: Sobald sie versuchen, die Barrikaden zu durchbrechen, sehen sie sich geübten Feuerwaffenschützen gegenüber. Es müssen die Truppen der Garnison sein; eine andere Erklärung gibt es nicht.«

Quirions Augen glichen zwei kalten Feuern.

»Ruft unsere Brüder zurück. Es ist niemandem damit gedient, wenn sie im Kugelhagel von Rebellen und Ketzern fallen.«

»Jawohl, Exzellenz.«

»Und beruft für heute mittag alle höheren Offiziere ins Auditorium. Ich will persönlich mit ihnen reden.«

»Sofort, Eure Exzellenz.« Der Abt der Glaubensritter schlug das Zeichen des Heiligen vor dem Brustharnisch und verließ die Kammer.

»Was hat das zu bedeuten?« fragte der Presbyterianer.

»Soll ich es für Euch herausfinden?« erbot sich Sastro di Carrera, während er mit den Fingern den Rubin in seinem Ohrläppchen betastete.

Quirion wandte sich um und blickte seinem Gefährten fest ins Gesicht. Die beiden Männer befanden sich allein in dem hochwandigen Raum.

»Nein.«

»Ihr scheint mich nicht sonderlich zu mögen, Exzellenz. Weshalb?«

»Ihr seid ein Mann ohne Glauben, Fürst Carrera. Ihr seid ausschließlich auf Euren Vorteil bedacht.«

»Ist das nicht jeder?« fragte Sastro lächelnd.

»Nein, nicht jeder. Nicht meine Brüder ... *Wißt* Ihr denn etwas über diese Entwicklung?«

Sastro gähnte und streckte die langen Arme. »Ich kann ebensogut Schlüsse ziehen wie jeder andere, vielleicht sogar besser. Meiner Meinung nach hatten Rovero und Mercado in irgendeiner Form eine Unterhaltung mit unserem ehemaligen König Abeleyn. Sie haben sich letztlich auf seine Seite geschlagen – ein weiterer Grund, weshalb sie die für gestern angesetzte Überprüfung des päpstlichen Dekrets hinauszögerten. Die Armee und die Flotte sollen die Unterstadt so lange gegen uns halten, bis Abeleyn persönlich eintrifft – dann werden sie zum Angriff übergehen. Außerdem glaube ich, daß Eure Ritter gar nicht getötet werden sollten; sie waren einfach ... übereifrig. Offenbar legen der General und der Admiral es darauf an, daß die Sache wie ein Volksaufstand aussieht, doch als Eure Brüder in ihr Hoheitsgebiet eindrangen, mußten sie die nationalen Truppen einsetzen, um es zu verteidigen.«

»Dann wissen wir, wo wir stehen«, knurrte Quirion. Sein Gesicht sah aus, als würden unsichtbare Fäden Stirn und Kinn zusammenziehen; wie eine geballte Faust verkrampfte er die Züge. »Sie werden exkommuniziert«, fuhr er fort. »Ich will sie brennen sehen. Aber erst müssen wir diesen Aufstand niederschlagen.«

»Das dürfte nicht so einfach werden.«

»Was ist mit Eurem Freund Freiss?« Als Sastro ihn ehrlich überrascht anschaute, stimmte Quirions Baß ein rauhes Lachen an. »Habt Ihr gedacht, ich wüßte nichts von Euren Treffen mit Freiss? Ich werde unter keinen Umständen zulassen, daß Ihr in dieser Stadt Euer eigenes Süppchen kocht, Fürst Carrera. Entweder zieht Ihr mit uns anderen an einem Strang, oder Ihr werdet des Spiels verwiesen.«

Sastro erlangte die Fassung wieder, zuckte die Schultern und spielte mit der glänzenden, parfümierten Spitze seines Bartes. Quirion hatte den Eindruck, der Adelige mußte ständig sein Gesicht betasten. Eine lästige Angewohnheit. Vermutlich war der Mann ein Kinderschänder; er roch wie der Harem eines Sultans. Doch er stellte den nützlichsten aller Adligen dar und somit einen notwendigen Verbündeten.

»Also gut«, meinte Sastro gelassen. »Mein Freund Freiss, wie Ihr ihn bezeichnet, erzählte mir, er hätte einige Hundert Mann der Garnison für sich gewonnen – Soldaten, die Ketzerei verabscheuen und eine Belohnung für ihre Treue erwarten, sobald die Kirche die vollständige Kontrolle über Abrusio wiedererlangt hat.«

»Wo sind diese Männer?«

»In den Kasernen. Mercado hegt einen bestimmten Verdacht und hat sie von den übrigen Hundertschaften abgesondert. Wahrscheinlich läßt er sie auch beobachten.«

»Dann nützen sie uns wenig.«

»Sie könnten ein Ablenkungsmanöver vornehmen, während Eure Brüder diese lächerlichen Barrikaden stürmen.«

»Meine Brüder sind nicht für Straßenschlachten ausgerüstet, wie Ihr bereits gehört habt. Nein, es muß einen anderen Weg geben.«

Sastro betrachtete interessiert die Gipsverzierungen an der Decke. »Natürlich sind da noch meine Gefolgsmänner ...«

»Wie viele?«

»Ich könnte an die achthundert Mann auftreiben, wenn ich mich auch an einige meiner niedrigeren Lehnshäuser wende.«

»Wie wären die Männer bewaffnet?«

»Hakenbüchsenschützen und Schwertkämpfer. Keine Speere. Aber Speere eignen sich für Straßenschlachten ebensowenig wie Reiterei.«

»Das wäre hervorragend. Die Männer könnten einen

Sturmangriff meiner Brüder decken. Wie lange würde es dauern, sie zusammenzutreiben?«

»Ein paar Tage.«

Die beiden Männer musterten einander wie Preisboxer, die sich im Ring gegenüberstehen und die Stärken und Schwächen des Gegners abzuwägen versuchen.

»Ich hoffe, Euch ist bewußt, daß ich dadurch mein Haus, meine Gefolgschaft, letztlich sogar mein Vermögen aufs Spiel setze«, meinte Sastro schließlich gedehnt.

»Der Rat ist im Besitz der hebrionischen Schatzkammer. Ihr würdet angemessen dafür entschädigt«, erwiderte Quirion.

»Eigentlich schwebte mir etwas anderes vor«, entgegnete Sastro. »Geld ist nicht meine Hauptsorge. Es ist nun mal so, daß meine Männer ebenso gern für den Vorteil ihres Fürsten wie für ihren eigenen kämpfen.«

»Sie würden den wahren Glauben der ramusischen Königreiche verteidigen. Ist das nicht Belohnung genug?«

»Ich weiß, mein lieber Presbyterianer, daß es so sein sollte. Doch nicht jeder denkt so … einseitig, könnte man sagen, wie Eure Brüder.«

»Was wollt Ihr, Fürst Carrera?« fragte Quirion, obwohl er es bereits zu wissen glaubte.

»Ihr laßt doch gerade die Archive durchforsten, um herauszufinden, wer nun, nach dem Ende der hibrusidischen Linie, den Thron besteigen sollte, nicht wahr?«

»Ich habe Archivare vom Orden des Ersten Tages damit beauftragt, ja.«

»Dann werdet Ihr feststellen, daß Astolvo di Sequero der würdigste Kandidat wäre. Aber er ist ein alter Mann. Er will den Thron nicht. Er wird die Krone ablehnen.«

»Seid Ihr da so sicher?«

»O ja. Und seine Söhne sind ungestüme, zügellose junge Burschen. Kaum das Holz, aus dem Monarchen geschnitzt sind. Ihr braucht einen reifen Mann als nächsten König von Hebrion. Einen Mann mit Fähigkeiten. Einen Mann, der bereitwillig mit der Heiligen Kirche Hand in Hand arbeitet. Andernfalls könnten die Adelsgeschlechter unruhig, möglicherweise sogar aufsässig werden.«

»Wo wäre ein solcher Mann denn zu finden?« erkundigte Quirion sich zurückhaltend. Die unterschwellige Drohung in Sastros Worten war ihm nicht entgangen.

»Ich bin zwar nicht sicher, aber wenn Eure Archivare tief genug graben, dürften sie das Geschlecht der Carreras näher am Thron finden, als Ihr vielleicht glaubt.«

Quirion brach in sein derbes Gelächter aus – das schallende Prusten des Fußvolks, dachte Sastro verächtlich, ließ sich sein Empfinden jedoch in keiner Weise anmerken.

»Die Krone im Gegenzug für Eure Männer, Fürst?« sagte der Presbyterianer.

Sastro zog die sorgfältig gestutzten Augenbrauen hoch. »Warum nicht? Ein vergleichbares Angebot wird Euch niemand unterbreiten, dafür verbürge ich mich.«

»Nicht einmal die Sequeros?«

»Astolvo gewiß nicht. Andernfalls würde sein Leben an einem seidenen Faden hängen, und das weiß er genau. Seine Söhne harren voller Ungeduld hinter ihm; er würde kein Jahr überstehen. Wie würde es enden? Mit tödlichen Intrigen, vielleicht sogar Vatermord in der kirchlich dominierten Monarchie von Hebrion, und das bereits wenige Monate nach ihrer Einsetzung.«

Quirion wirkte gedankenverloren, abwägend. »Derart schwerwiegende Entscheidungen müssen Himerius in Charibon vorgetragen werden. Das letzte Wort liegt beim Pontifex.«

»Zweifellos wird sich der Pontifex, mögen die Heiligen ihn segnen, von den Empfehlungen seines Vertreters vor Ort leiten lassen.«

Quirion trat an den Tisch, auf dem mehrere Karaffen

standen. Er schenkte sich Wein ein, trank den Kelch in einem Zug leer und verzog das Gesicht. Zwar galt er nicht als Trinker, doch im Augenblick brauchte er die wärmende Flüssigkeit; Kälte erfüllte den Raum.

»Laßt Eurem Mitverschwörer Freiss eine Nachricht zukommen«, meinte er. »Sagt ihm, er soll seine Männer in Bereitschaft bringen. Und macht Euch daran, Eure eigenen Leute zusammenzutrommeln, Fürst Carrera. Wir müssen einen gemeinsamen Plan ausarbeiten.«

»Also entsendet Ihr einen Boten mit Euren Empfehlungen nach Charibon?« fragte Sastro.

»Das werde ich. Und ich werde meinen Archivaren ... nahelegen, einen Blick auf den Stammbaum Eures Geschlechts zu werfen.«

»Eine weise Entscheidung, Presbyterianer. Offensichtlich seid Ihr ein kluger Mann.«

»Wahrscheinlich. Können wir uns nun, da der Handel unter Dach und Fach ist, praktischen Dingen zuwenden? Ich will Dienstpläne und Ausrüstungslisten sehen.«

Der Mann hat keinen Stil, dachte Sastro, kein Gespür für den richtigen Zeitpunkt. Doch das war nebensächlich. Er hatte sich die Krone gesichert, das war die Hauptsache. Er hatte sich einen Weg zu den Toren der Macht ausgehandelt. Aber die Schwelle war noch nicht erreicht. Es gab noch viel zu tun.

»Heute nachmittag steht Euch alles zur Überprüfung zur Verfügung«, meinte er gelassen. »Und ich schicke Kuriere zu meinen Besitztümern und zu denen meiner Vasallen. Die Männer werden unverzüglich zusammengerufen.«

»Gut. Wir müssen die Angelegenheit schnell über die Bühne bringen. Wenn wir die Unterstadt nicht erstürmen, bevor Abeleyn eintrifft, werden mehrere Feldzüge nötig sein, um Abrusio in unsere Gewalt zu bringen – mit all der Zerstörung, die ein solcher Feldzug bedeuten würde.«

»Allerdings. Und ich habe keine Lust, über einen riesigen Aschehügel zu herrschen.«

Quirion starrte seinen aristokratischen Gefährten an. »Der neue König wird gemeinsam mit der Kirche herrschen. Für mich besteht kein Zweifel, daß der Pontifex eine Garnison der Glaubensritter in der Straße belassen wird, auch nachdem die Rebellen vernichtet sind.«

»Sie werden sich als unschätzbare Hilfe und wertvolle Unterstützung für die königliche Befehlsgewalt erweisen.«

Quirion nickte. »Nur, damit wir einander richtig verstehen. Und nun entschuldigt mich bitte, Fürst Carrera. Ich muß mich auf die Ansprache vor meinen Brüdern vorbereiten. Außerdem habe ich Verwundete zu besuchen.«

»Selbstverständlich. Wollt Ihr mich segnen, bevor ich gehe, Exzellenz?«

Sastro erhob sich, kniete vor dem Presbyterianer nieder und neigte das Haupt. In Quirions Gesicht zuckte es. Wie einen Fluch stieß er die Worte des Segens hervor. Der Adelige richtete sich wieder auf, schlug mit höhnischer Überschwenglichkeit das Zeichen des Heiligen vor der Brust und verließ den Raum.

Über fünfhundert Wegstunden entfernt präsentierten die Berge von Thurian sich tiefwinterlich verschneit. Die letzten Pässe waren unpassierbar geworden. Somit riegelte der Gebirgszug das Sultanat Ostrabar im Westen und im Süden völlig ab, wenngleich die Thurians nur einen Ausläufer der furchterregenden Jafrar-Berge darstellten.

Der Turm war einst Teil der Hochlandburg eines ramusischen Adeligen gewesen, eine der vielen hundert Festungsanlagen, die in den üppigen Tälern von Ostiber verstreut lagen, als es noch ein ramusisches Königreich gewesen war. Nun war alles anders. Seit sechzig Jahren nannten die Oberherrn der Merduks das reiche Gebiet im Osten ihr eigen. Aurungzeb der Goldene, Erstürmer von Aekir, regierte das Land, und die Menschen, über die er herrschte, hatten sich an das Joch der Merduks gewöhnt, wie es im Westen genannt wurde. Sie bestellten ihre Felder, wie sie es immer getan hatten, und alles in allem erging es ihnen unter den Fürsten der Merduks nicht schlechter, als es ihnen unter den ramusischen Fürsten ergangen war.

Gewiß, ihre Söhne mußten in den Armeen des Sultans dienen, doch wer Ehrgeiz und Talent besaß, dem waren keine Schranken gesetzt. Stellte ein Mann Können unter Beweis, vermochte er ohne weiteres sehr hoch im Ansehen des Sultans aufzusteigen, egal, wie niedrig er von Geburt sein mochte. Auf diese und ähnliche Weise hatten die Merduks dem Volk ihre Herrschaft geschickt versüßt, und so strömte ständig neues Blut in das Heer und die Verwaltung. Zwei Generationen zuvor waren die Großväter der Männer, die unter dem Banner von Ahrimuz, dem Propheten, bei Aekir und Ormann kämpften, noch gegen dieselben Banner in die Schlacht gezogen. Für die Bauern hatte sich ohnehin nichts geändert. Sie waren an ihr Land gebunden; wechselte dessen Besitzer, bekamen sie einen neuen Lehnsherrn.

Der Großteil der Hochlandburg glich einer Ruine, doch ein Flügel mit einem hohen Turm war erhalten geblieben und bot einen wunderbaren Ausblick auf die Täler in der Tiefe. An einem klaren Tag konnte man Orkhan erspähen, die Hauptstadt des Sultans, deren Minarette in der Ferne glitzerten. Doch die Burg lag abgeschieden. Sie war so hoch in den Hügeln der Berge von Thurian errichtet worden, daß man sie schon vor dem Einmarsch der Merduks aufgegeben hatte, da die Besitzer die strengen Hochlandwinter nicht mehr ertrugen.

Manchmal tuschelten die Bewohner des tiefer gelegenen Tals über den dunklen Turm, der einsam auf den winterlichen Höhen thronte. Ein Gerücht besagte, daß nach Einbruch der Dunkelheit seltsame Lichter in den Fenstern aufblitzten, außerdem kursierten Geschichten über unmenschliche Bestien, die in Vollmondnächten die umliegenden Hügel durchstreiften. Mitunter verschwanden Schafe von den Weiden, auch ein junger Hirte galt als vermißt. Dennoch wagte niemand, sich der alten Ruine zu nähern, und so blieb sie Gegenstand des ängstlichen Geredes in den Tälern.

Die Bestie wandte sich ab vom Fenster und der eintönigen Welt weißen Schnees, schwarzer Bäume und ferner Lichter. Sie schlurfte durch das runde Turmgemach und ließ sich seufzend auf einen gepolsterten Stuhl vor dem Feuer sinken. Unablässig heulte der Wind durch die Ritzen des Daches; dann und wann verirrten sich ein paar Schneeflocken durch das glaslose Fenster ins Innere.

Die Bestie trug Kleidung, und ihr Kopf glich einer abartigen Kreuzung aus Mensch und Reptil. Der Leib wirkte plump und buckelig, und statt Zehen schabten Krallen über den gekachelten Fußboden. Nur die Hände zeigten menschliche Merkmale, wenngleich sie lediglich drei Finger besaßen und Schuppen aufwiesen, die im Schein des Feuers grünlich schimmerten.

Auch andere Dinge warfen das Licht des Feuers zurück. Ringsum an den Wänden standen große Korbflaschen voller Flüssigkeit in Regalen, und der Schein der Flammen entlockte ihren Tiefen ein düsteres Leuchten. In einigen Flaschen trieben die winzigen, grauen Leichen von Neugeborenen, die Augen fest verschlossen, als befänden sie sich immer noch träumend im Mutterleib. In anderen Behältnissen befanden sich die gewundenen Körper von Schlangen, deren Flanken flach gegen das Glas drückten. Und in drei der breitbauchigen Flaschen standen dunkle, zweibeinige Gestalten und starrten den Betrachter mit grell leuchtenden, blutroten Raubtieraugen an. Rastlos bewegten sie sich in der Flüssigkeit, als wollten sie ihrem Kerker entfliehen.

Ein säuerlicher Geruch hing in der Kammer, ähnlich dem von Wäsche, die man im Regen liegenläßt. Auf einem kleinen Tisch vor dem Kamin befand sich ein Silbertablett, auf dem sich die verlöschende Glut eines winzigen Feuers befand, von der Rauch aufstieg. In der Asche lagen kleine Knochen und die Überreste eines eigroßen Schädels mit Fangzähnen.

Das Wesen auf dem Stuhl beugte sich vor und stocherte mit dem langen Zeigefinger in der Asche. Seine Augen funkelten. Zornig schleuderte es das Tablett samt der Asche und allem anderen ins Feuer. Dann lehnte es sich zischend auf dem Stuhl zurück.

Aus einer Nische nahe der Decke flatterte die geflügelte Gestalt eines Homunkulus gleich einem kleinen Wasserspeier herab. Er ließ sich auf der Schulter der Bestie nieder und schmiegte sich an den schuppigen Hals.

»Schon gut, Olov. Alles in Ordnung«, sagte die Bestie und streichelte das verängstigte kleine Wesen. Dann rief sie: »Batak!«

Eine Tür am hinteren Ende der Kammer öffnete sich, und ein Mann in pelzgefüttertem Mantel und hohen Stiefeln trat herein. Er war jung und besaß pechschwarze Augen; die Ohrläppchen waren mit goldenen Ringen gespickt. Sein Gesicht war kalkweiß, und trotz der kalten Jahreszeit schwitzte er.

»Meister?«

»Wieder ein Fehlschlag – wie du siehst. Ich habe nur einen weiteren Homunkulus zerstört.«

Der junge Mann kam näher. »Das tut mir leid.«

»Ja. Schenk mir bitte Wein ein, Batak.«

Schweigend tat der junge Mann, wie ihm geheißen. Seine Hände zitterten, und mit dem Ärmel wischte er einige verschüttete Tropfen weg. Dabei warf er ängstliche Blicke auf das Ungetüm im Stuhl.

Die Bestie ergriff den ihm dargebotenen Becher und stürzte den Wein die Kehle hinunter; wie ein Huhn neigte das Wesen den Kopf zum Trinken. Der kristallene Kelch zerbarst in seinen Klauen. Flüchtig betrachtete die Kreatur das gesprungene Glas, dann warf sie es wütend ins Feuer, wo es zerschellte.

»Meine ganze Welt hat sich verändert«, murmelte das Ungeheuer.

»Was wollt Ihr jetzt tun, Meister? Werdet Ihr die Reise antreten?«

Die Bestie blickte den jungen Mann mit leuchtenden, rotgelben Augen an. Kurz schien die Luft um das Wesen zu verschwimmen, und der Homunkulus flatterte quiekend zurück auf die Dachsparren. Als die Luft sich wieder beruhigte, saß an der Stelle der Bestie ein hagerer, dunkelhäutiger Mann mit so fein geschnittenen Zügen wie die einer Frau. Nur die Augen erinnerten an das Monster und funkelten grell und gelb aus dem makellosen Antlitz.

»Fühlst du dich so besser, Batak?«

»Es tut gut, Euer Gesicht wiederzusehen, Meister.«

»Ich kann diese Gestalt immer nur ein paar Stunden beibehalten, und die Augen lassen sich überhaupt nicht verändern. Vielleicht, weil sie die Fenster zur Seele sind, wie es so schön heißt.« Trist und freudlos lächelte der Mann. »Aber um deine Frage zu beantworten: Ja, ich werde die Reise antreten. Die Spione des Sultans sind bereits in Alcaras, um Schiffe anzuheuern – große, hochseetaugliche Schiffe, nicht die Galeeren der Levangore. Im Dorf stehen eine Eskorte und eine Kutsche für mich bereit; der Sultan will sichergehen, daß ich mich auch tatsächlich dorthin begebe.«

»In den äußersten Westen, Meister, ich weiß. Weshalb?«

Der Mann stand auf, stellte sich mit dem Rücken zum Feuer und streckte die Hände der Hitze entgegen. Um ihn herum wirkte die Luft verschwommen, wie ein wabernder Schatten, denn in hellem Licht erwiesen sich mit *Dweomer* erschaffene Trugbilder stets als unbeständig.

»Weil da draußen im Westen irgend etwas ist. Ich weiß es. Im Zuge meiner Nachforschungen bin ich auf Legenden gestoßen, Mythen, Gerüchte. Alle deuten auf denselben Schluß hin: Es gibt Land im Westen und noch etwas anderes. Vielleicht *jemand* anderes. Außerdem bin ich dem Sultan in dieser Gestalt ohnehin keine große Hilfe. Als Shahr Baraz – möge er in einer ramusischen Hölle schmoren! – den Homunkulus zerstörte, der mir als Leiter diente, entstellte er nicht nur meinen Körper, auch das *Dweomer* in mir hat gelitten. Zwar bin ich nach wie vor der mächtige Meistermagier Orkh, doch meine Kräfte sind nicht mehr das, was sie früher waren. Es wäre mir lieb, wenn niemand davon erführe, Batak.«

»Natürlich. Ich …«

»Du wirst Stillschweigen bewahren. Ich weiß. Du bist ein guter Lehrling. In ein paar Jahren wirst du die vierte Disziplin meistern, dann darfst du dich selbst Magier nennen. Ich lasse dir genug aus meiner Bibliothek und meiner Zubehörsammlung hier, damit du deine Studien auch ohne meine Anleitung weiterführen kannst.«

»Es sind der Hof und der Harem, Meister, die mir Sorge bereiten. *Dweomer* allein reicht nicht aus, um der Hexer des Sultans zu sein.«

Orkh lächelte, und diesmal war es ein warmes Lächeln. »Ich weiß, aber auch das mußt du lernen. Lege dich nicht mit Akran an, dem Wesir. Und stelle dich gut mit den Eunuchen des Harems. Sie erfahren alles, was vor sich geht. Offenbare dem Sultan niemals die Grenzen deiner Macht – sag nie, du könntest etwas nicht. Erfinde Ausflüchte, verwirre ihn, aber gestehe niemals eine

Schwäche ein. Die Menschen glauben, Magier wären allmächtig, und dabei wollen wir es belassen.«

»Ja, Meister. Ich werde Euch vermissen. Ihr wart ein wundervoller Lehrer.«

»Und du ein guter Schüler.«

»Hofft Ihr, im Westen Heilung zu finden? Oder wollt Ihr Euch nur den Augen der Menschen entziehen?«

»Aurungzeb hat mir dieselbe Frage gestellt. Ich weiß es nicht, Batak. Auf jeden Fall bin ich es leid, ein Monster zu sein, soviel ist sicher. Selbst einem Aussätzigen sind das Einsiedlerdasein und die Einsamkeit unbekannt, wie ich sie ertragen muß. Olov ist mein einziger Gefährte. Er ist die einzige Kreatur, die mich ohne Angst oder Abscheu anschauen kann.«

»Meister, ich ...«

»Schon gut, Batak. Du brauchst mir nichts vorzumachen. Durch meine Forschungen habe ich herausgefunden, daß in den vergangenen Jahrhunderten mehrmals Schiffe in den Westen segelten und nie zurückkehrten. Sie beförderten Fahrgäste – Hexer, die der Verfolgung in den ramusischen Königreichen entflohen. Ich glaube kaum, daß alle diese Schiffe gesunken sind. Nein – ich bin sicher, daß es da draußen Überlebende oder Abkömmlinge von Überlebenden geben könnte.«

Bataks Augen weiteten sich. »Und Ihr meint, sie vermögen Euch zu heilen?«

»Ich weiß es nicht. Aber ich bin der Ränke am Hof überdrüssig. Ich will an einem neuen Horizont Sonnenaufgänge erleben. Und es paßt in Aurungzebs Pläne. Die Ramusier haben bereits eine Flottille in den Westen entsandt. Sie hat Abrusio schon vor Monaten unter dem Kommando eines gabrionesischen Kapitäns namens Richard Hawkwood verlassen. Mittlerweile müßte sie im Westen angelangt sein. Die Sultanate der Merduks dürfen nicht zulassen, daß diese neue Welt von unseren Feinden beansprucht wird. Darin stimme ich mit Aurungzeb überein.«

»Ihr wißt doch, daß Shahr Baraz nicht tot ist, oder? Er verschwand zusammen mit seinem Pascha, Mughal. Es heißt, sie ritten gen Osten, zurück in die Steppen.«

»Ich weiß. Meine Rache bleibt mir wohl verwehrt. Wahrscheinlich wird er seine frömmlerischen alten Knochen im Jafrar-Gebirge oder in den endlosen Weiten von Kambaksk zur ewigen Ruhe betten. Es spielt keine Rolle. Im Augenblick beschäftigen mich andere Dinge.«

Orkh verließ das Feuer und ging zu einem Tisch, auf dem eine stahlgefaßte Kiste stand. Er öffnete den Deckel, schaute hinein und nickte, dann wandte er sich wieder seinem Lehrling zu.

»Hier drinnen findest du alle Einzelheiten über meinen geheimen Nachrichtendienst. Namen von Spitzeln, Angaben über verschlüsselte Schriften, Zahlungsdaten – alles. Jetzt ist es deine Aufgabe, dieses Netz zusammenzuhalten, Batak. Ich habe Männer in jedem Königreich des Westens, die meisten setzten tagtäglich ihr Leben aufs Spiel. Es fällt mir nicht leicht, diese Verantwortung aus den Händen zu geben. Niemand darf je den Inhalt dieser Kiste zu Gesicht bekommen. Du mußt sie mit deinen stärksten Zaubersprüchen schützen. Sollte je die Gefahr bestehen, daß sie jemand anderem als dir in die Hände fällt, mußt du sie zerstören – das gilt auch für Aurungzeb. Hast du verstanden?«

Batak nickte stumm.

»Außerdem gibt es ein noch erleseneres Netz aus Homunkuli. Einige warten auf Anweisungen, andere sind bereits aktiv. Ich habe sie überall postiert, sogar im Harem. Sie sind die Augen und Ohren, denen du uneingeschränkt vertrauen kannst, denn sie kennen weder Vorlieben noch Eigennutz. Jedenfalls dann nicht, wenn ihre Bäuche gefüllt sind. Setze sie mit Bedacht ein – und äußerst unauffällig. Mitunter erweisen sie sich als nützlich für die Überprüfung der Berichte unserer Spitzel. Wenn du so weit bist, dir einen eigenen Hausgeist zu erschaffen, empfehle ich dir, einen Homunkulus zu wählen. Sie sind mitunter zwar recht eigenwillig, dafür ist ihre Fähigkeit zu fliegen ungemein hilfreich, und ihre Nachtsicht ist von unschätzbarem Wert.« Orkh verzog die Lippen zu einem Lächeln. »Bei seinen nächtlichen Streifzügen durch den Harem hat Olov mir einige interessante Einblicke gewährt. Die neueste ramusische Konkubine ist eine wahre Augenweide. Aurungzeb nimmt sie zweimal jede Nacht, unersättlich wie ein junger Bock. Doch von den Feinheiten der körperlichen Vereinigung hat er keine Ahnung.«

Der Magier straffte ebenfalls die Schultern.

»Wie auch immer, auf jeden Fall kann es auch Vergnügen bereiten, die Quellen auszuschöpfen. Aber solltest du Wissen erlangen, das du besser nicht erlangt hättest, dann versteht sich von selbst, daß du es für dich behältst, ganz gleich, wie nützlich es erscheinen mag. Das Spitzelnetz muß um jeden Preis geschützt werden.«

»Ja, Meister.«

»Dann ist die Truhe dein«, sagte Orkh und trat vom Tisch zurück. »Nutze sie weise.«

Batak nahm die Truhe in die Hände, als wäre sie aus Glas.

»Du kannst gehen. Es ermüdet mich allmählich, diese Gestalt beizubehalten. Wenn du durchs Dorf reitest, dann sag dem *Rissaldar* der Eskorte bitte, daß ich morgen bei Mondaufgang bereit sein werde. Zuvor muß ich noch einiges zusammenpacken.«

Batak verbeugte sich schwerfällig. Bevor er zur Tür hinausging, drehte er sich noch einmal um. »Danke, Meister.«

»Wenn du mich das nächste Mal siehst – wenn und falls –, bist du bereits Magier, Meister in vier der Sieben

Disziplinen. An jenem Tage darfst du mir die Hand schütteln und mich Orkh nennen.«

Batak lächelte unsicher. »Darauf freue ich mich schon jetzt.«

Damit verschwand er.

Der Schnee war harsch wie trockenes Brot. Die mit Klauen bewehrten Füße der Bestie ließen die Kruste an der Oberfläche bersten, doch die Zehen verhinderten, daß die Füße tiefer einsanken. Nackt und schuppig, mit hin- und herpeitschendem Schwanz durchstreifte das Ungetüm die Straßen der schlafenden Stadt. Der Mond spiegelte sich auf der Haut und erweckte den Anschein, daß sie aus unzähligen, silbrigen Facetten bestand. Die leuchtenden Augen funkelten, als das Ungeheuer mit stummer, übermenschlicher Kraft den Fensterladen einer Hütte aufstemmte. Dahinter, in einer dunklen Kammer, lag in einer Krippe eine in Decken gehüllte, winzige Gestalt.

Die Bestie trug das Bündel hinaus in die Hügel, und dort stillte sie ihren Hunger; tief grub sie die Schnauze in den dampfenden, aufgerissenen Leib. Nachdem sie satt war, hob sie den Kopf und starrte empor zu den steilen, schneebedeckten Gipfeln der umliegenden Berge. Westen, wo die Sonne unterging. Wo vielleicht ein neues Leben wartete.

Das Monster säuberte die Schnauze im Schnee. Mit der Gestalt des Tieres kam auch dessen Appetit. Doch ein Stück von der Kinderleiche hatte die Bestie für Olov aufgehoben.

Kapitel 8

Sie stimmten den Lobgesang auf Gott an, jenen *Terdiel*, der den Abschluß der Matutin darstellte. Seit Jahrhunderten sangen die Mönche und Geistlichen von Charibon das Lied täglich in den frühen Morgenstunden, und über fünfhundert Stimmen fielen in die einfache und dennoch unendlich schöne Melodie mit ein, daß sie in den Balken und Dachsparren der Kathedrale widerhallte.

Die Bänke der Mönche befanden sich an den Wänden der dreieckigen Grundfläche des Gotteshauses. Für Monsignori, Presbyterianer und Bischöfe standen im hinteren Teil eigene Sitze zur Verfügung, mit kunstvoll geschnitzten Armlehnen und Knielatten. Der Orden vom Ersten Tage saß geschlossen an der rechten Seite, die übrigen Orden – überwiegend Antillianer, jedoch auch einige Mercurianer – saßen zur Linken. Während die Mönche sangen, schlurfte ein alter Mönch des Ordens vom Ersten Tage mit einer Kerze durch die Reihen und stieß diejenigen Brüder an, die eingenickt waren. Sofern sie das Pech hatten, die weiße Kapuze eines Novizen zu tragen, erhielten sie einen Tritt und einen bösen Blick, anstatt lediglich an der Schulter geschüttelt zu werden.

Heute morgen wohnte auch Himerius, der Pontifex Maximus, der Matutin bei, was höchst selten vorkam. Er saß seinen Brüdern gegenüber. Das Heiligensymbol um seine Brust funkelte im Licht Tausender Bienenwachskerzen, das seine adlergleichen Züge deutlich hervorhob, während er sang.

Auch die Tausende von anderen Geistlichen in Charibon waren längst wach und huldigten ihrem Gott. Um diese Zeit am Morgen galt Charibon als die Stadt der Stimmen, und sogar draußen auf dem Tor-See vernahmen die Fischer in ihren Booten die geisterhaften

Gesänge, die vom Ufer herüberdrangen. Legenden zufolge glätteten sie die Wellen und trieben die Fische an die Oberfläche, auf daß sie den Liedern lauschten.

Nachdem die Matutin zu Ende war, ertönte das Scharren von Bänken und das Tappen von Füßen, als die Sänger sich Reihe um Reihe erhoben. Der Pontifex Maximus verließ die Kathedrale als erster, in Begleitung des Generalvikars Betanza, der ebenfalls dem Orden vom Ersten Tage angehörte. Als nächste folgten die Kirchenältesten, danach die Brüder vom Ersten Tage. Als letzte reihten sich die Novizen mit knurrenden Mägen und von der frühmorgendlichen Kälte geröteten Nasen in den geordneten Strom. Bald löste die Menge sich auf, da die Geistlichen den Weg zu den Refektorien ihres jeweiligen Ordens einschlugen, um Brot und Buttermilch einzunehmen, das ewig gleiche Frühstück der Bewohner Charibons.

Himerius und Betanza hatten es nicht weit zu den päpstlichen Gemächern, doch sie zogen einen Umweg über die Kreuzgänge vor. Die Hände hatten sie in den Kutten vergraben, die Kapuzen über die Köpfe gezogen. Da um diese Zeit alles zum Frühstück in die Refektorien strömte, waren die Kreuzgänge still und verlassen.

Es war noch dunkel; bis zum Aufgang der winterlichen Morgensonne würde noch einige Zeit verstreichen. Doch der Mond stand am Himmel, und die Sterne funkelten klar wie Brillanten am ungetrübten, aquamarinblauen Firmament. Der Atem der beiden hohen Würdenträger bildete einen weißen Nebel um ihre Kapuzen, während sie den sauberen, gewundenen Pfaden der Kreuzgänge folgten. Schnee lag in der Luft. In den Bergen türmte er sich bereits meterhoch, über Charibon hingegen war bisher erst ein Bruchteil der üblichen Menge niedergegangen. Doch in wenigen Tagen würden heftige

Schneefälle einsetzen, und an den Ufern des Tor-Sees würden Eisschollen entstehen, auf denen die Novizen in ihrer spärlichen Freizeit Schlittschuh laufen und umhertollen konnten. Dieses Ritual schien so alt wie die Klosterstadt selbst zu sein, und die beiden Männer, die nun schweigend und gemächlich durch die verlassenen Kreuzgänge schlenderten, empfanden es als ungemein beglückend.

Betanza, der rauhe, aber aufrichtige ehemalige Herzog aus Astarak, warf die Kapuze zurück und hielt inne, um die sternenbeleuchteten Gärten innerhalb der Kreuzgänge zu betrachten. Bäume standen darin, knorrige Eichen, die angeblich noch vor dem Fall des Imperiums gepflanzt worden waren. Im Frühling würden Schneeglöckchen inmitten des braunen Grases sprießen, später, wenn die Jahreszeiten wechselten, Narzissen und Schlüsselblumen. Vorerst jedoch schliefen sie unter dem gefrorenen Erdboden und ließen den Winter an sich vorüberziehen.

»Die Säuberungsaktionen haben überall auf dem Kontinent begonnen«, sagte Betanza leise. »In Almark, Perigraine und Finnmark. Auch in den Fürstentümern werden die Ketzer zu Tausenden zusammengetrieben.«

»Ein neuer Anfang«, meinte der Pontifex Maximus, dessen Nase wie der Schnabel eines Raubvogels unter der Kapuze hervorlugte. »Der Glaube hatte dies bitter nötig. Eine Verjüngung. Manchmal bedarf es einer Umwälzung, einer Krise, um unserem Glauben neues Leben einzuhauchen. Nie sind wir tiefer von unserem Glauben überzeugt, wenn er bedroht wird.«

Betanza lächelte verbittert. »An Krisen mangelt es uns nicht. Eine religiöse Spaltung gewaltigen Ausmaßes, dazu ein Krieg gegen die Heiden aus dem Osten, der die Existenz der ramusischen Königreiche gefährdet.«

»Torunna ist nicht mehr ramusisch«, verbesserte Himerius ihn sogleich. »Ebensowenig Astarak. In beiden

Reichen sitzen Ketzer auf dem Thron. Danken wir Gott, daß wenigstens Hebrion bald wieder unter dem Einfluß der wahren Kirche steht. Inzwischen muß das Dekret in Abrusio eingetroffen sein – im Gegensatz zum ketzerischen König der Stadt. Abeleyn ist am Ende. Hebrion gehört uns.«

»Und Fimbrien?« fragte Betanza.

»Was ist damit?«

»Diese Gerüchte. Es heißt, eine fimbrische Armee sei unterwegs nach Osten, um die Feste von Ormann zu verstärken.«

Himerius winkte ab. »Billiges Geschwätz. Gibt es etwas Neues über den Zustand des Königs von Almark?«

Haukir, der betagte und jähzornige Herrscher von Almark, war von einem Fieber befallen, das er sich auf der winterlichen Rückreise von dem Konklave der Könige in sein Heimatreich zugezogen hatte. Nun war er bettlägerig, ohne Nachkommenschaft und übler gelaunt als je zuvor.

»Der Kommandeur der bei uns stationierten almarkanischen Garnison erhielt gestern eine Nachricht. Haukir liegt im Sterben. Inzwischen könnte er schon tot sein.«

»Haben wir Leute vor Ort?«

»Prälat Marat wacht an Haukirs Bett. Man sagt, die beiden seien Brüder väterlicherseits.«

»Unwichtig. Entscheidend ist nur, daß Marat anwesend ist, wenn Haukir verscheidet, und daß er seinen Letzten Willen empfängt.«

»Glaubt Ihr tatsächlich, Haukir wird sein Königreich der Kirche hinterlassen?«

»Abgesehen von ein paar bedeutungslosen Neffen hat er keine Familie. Und er war stets ein überzeugter Verbündeter des Ordens vom Ersten Tage. Wäre er nicht königlicher Geburt gewesen, wäre er dem Orden beigetreten. Das hat er Marat vor dem Konklave anvertraut.«

In Gedanken verloren, schwieg Betanza. Sollte die Kirche die Besitztümer von Almark erben, einem der mächtigsten Königreiche des Westens, wäre sie unantastbar. Der zweite Pontifex – oder besser der Betrüger Macrobius und die Monarchen, die ihn anerkannten – sähen sich einer Kirche gegenüber, die über Nacht zu einer bedeutenden weltlichen Macht wurde.

»Ein beachtliches Imperium, das wir uns da aufbauen«, meinte Betanza vorsichtig.

»Das irdische Imperium Ramusios. Wir werden Zeugen einer Symmetrie der Geschichte, Betanza. Das fimbrische Imperium war weltlich und fiel den Religionskriegen zum Opfer, die den wahren Glauben auf dem Kontinent durchsetzten. Nun bricht die Zeit des zweiten Imperiums an, einer geistlichen Hegemonie, die Gottes Reich auf Erden darstellen wird. Das ist meine Mission. Deshalb wurde ich Pontifex.«

Himerius' Augen leuchteten in den Tiefen der Kapuze. Betanza dachte zurück an das Feilschen und Handeln, an die Absprachen, durch die Himerius das Amt des Pontifex Maximus erlangt hatte. Wahrscheinlich war er, Betanza, naiv gewesen. Zwar war er nun der Führer des Ordens vom Ersten Tage, doch zuvor war er ein weltlicher Adeliger gewesen, der erst spät im Leben seine Berufung erfahren hatte. Dadurch sah er gewisse Dinge mit anderen Augen, was sich mitunter als höchst unangenehm erwies.

»Der Morgen graut«, sagte er, während er im Osten den Schimmer der aufgehenden Sonne betrachtete. Er verspürte das seltsame Verlangen, sich auf den Boden zu werfen und zu beten; eine dunkle, unergründliche Vorahnung, wie er sie nie zuvor erlebt hatte, ergriff Besitz von ihm.

»Erinnert Ihr Euch an *Das Buch des Honorius*, Heiliger Vater? Wie heißt es doch darin? ›Und in den Tagen des zweiten Weltreiches wird die Bestie die Erde heimsuchen. Und sie wird kommen aus dem Westen, und das

Licht in ihren Augen ist schrecklich anzuschauen. Mit ihr wird das Zeitalter des Wolfes anbrechen, und Brüder werden Brüder metzeln. Und alle Menschen werden niedersinken und ihm huldigen.‹«

»Honorius war ein verrückter Eremit, ein Bettelmönch. Seine Hirngespinste grenzen an Ketzerei.«

»Und doch kannte er Ramusio und galt als einer seiner treuesten Jünger.«

»Der Heilige hatte zahlreiche Jünger, Betanza, darunter auch Wahnsinnige und Mystiker. Haltet Euch an die Gegenwart. Heute morgen treffen wir den Erz-Presbyterianer der Glaubensritter, um mit ihm über die Rekrutierung neuer Soldaten zu reden. Die Kirche braucht einen starken weltlichen Arm, keine philosophischen Betrachtungen uralter, apokalyptischer Wahnvorstellungen.«

»Ja, Heiliger Vater«, erwiderte Betanza.

Damit schlenderten sie weiter über die stillen Kreuzgänge von Charibon, während am Himmel über ihnen die Sonne aufging.

Albrec hatte die Matutin verpaßt und ging nicht zum Frühstück. Sein Magen war verschlossen wie eine Muschel. Tief ins Gebet versunken, kniete er auf dem harten Steinboden seiner frostigen, kleinen Zelle. Das Licht der Morgendämmerung fiel durch die schmalen Fenster und ließ den Schein der Kerze, mit deren Hilfe Albrec gelesen hatte, düster und gelblich aussehen. Auf dem Tisch vor ihm lagen in ordentlichen Stapeln die Seiten des alten Dokuments.

Endlich erhob er sich mit tiefen Sorgenfalten im schmalen Gesicht und setzte sich an den Tisch, an dem er den Großteil der Nacht verbracht hatte. Als das Licht der aufgehenden Sonne zunehmend den Raum erhellte, löschte er mit einer Hand die Kerze; graue Rauchfäden kräuselten vor seinen blutrot geränderten Augen empor.

Neuerlich blätterte Albrec die Seiten des Dokuments um, so behutsam, als würde er jeden Moment damit rechnen, daß sie in Flammen aufgehen könnten.

»Der Winter im Leben eines Mannes«, sagte der Heilige, »ist die Zeit, wenn alle ihn an dem messen, was er getan und versucht hat, wie auch an dem, was ihm mißlungen ist. Meine Brüder, ich habe in diesem Boden einen Garten gepflanzt, eine Augenweide vor dem Antlitz Gottes. Nun liegt es an euch, ihn zu pflegen. Nichts kann ihn entwurzeln, denn er gedeiht in den Herzen der Menschen, dem einzigen Ort, den die Faust eines Tyrannen niemals erreichen kann. Das Imperium zerfällt, und eine neue Ordnung entsteht, eine Ordnung auf dem Fundament von Wahrheit und Gottes Erbarmen.

Meine Arbeit ist getan. Andere werden das Lehren und Predigen übernehmen. Ich bin nur ein Mensch, zudem schon ein recht alter.«

»Was hast du vor?« fragten wir ihn.

Der Heilige hob den Kopf ins Sonnenlicht, das über den Hügeln der Provinz Ostiber aufstieg; denn wir hatten die Nacht hindurch gebetet und geredet.

»Ich will den Garten andernorts pflanzen.«

»Aber der Glaube ist über ganz Normannien verbreitet«, entgegneten wir. »Selbst der Imperator begreift allmählich, daß der wahre Glaube nicht mehr unterdrückt werden kann. Wohin willst du noch gehen?« Und wir flehten ihn an, bei uns zu bleiben, um in Friede und Ehre bei seinen Jüngern zu leben, die ihn den Rest seiner Tage verehren würden.

»Das ist der Weg des Stolzes«, erwiderte er und schüttelte den Kopf. Dann lachte er. »Wollt ihr ein runzliges Götzenbild von mir erschaffen, dem ihr huldigt, so wie einst die Stämme der Antike ihren Göttern huldigten? Nein, meine Freunde. Ich muß gehen. Ich sah die Straße, die sich vor mir erstreckt. Sie führt noch ein gutes Stück weiter.«

»Es gibt keinen Ort mehr, an den du gehen könntest«, beharrten wir, denn uns war bange, sein Geleit angesichts der großen

Herausforderungen zu verlieren, die uns noch bevorstanden. Überdies liebten wir diesen alten Mann. Ramusio war uns ein Vater geworden, und eine Welt ohne ihn erschien uns eine triste, ein leere Welt.

»In weiter Ferne gibt es ein Land, das der Glaube noch nicht erreicht hat«, erklärte er uns. Dann wies er nach Osten, wo der Fluß Ostian funkelnd im Sonnenlicht zwischen den Ufern schäumte, und noch weiter, wo die schwarzen Steilwände der Jafrar-Berge aufragten, die den Beginn der Wildnis kennzeichneten, die dahinter lag. »Dort draußen herrscht immer noch Nacht, und vielleicht kann ich in den mir verbleibenden Jahren auch jenem Land dort drüben den Morgen bringen.«

Eine Träne tropfte von Albrecs Nasenspitze und landete auf der kostbaren Seite. Wütend über sich selbst, wischte er sie rasch weg.

Vor sich sah er den Sonnenschein jenes längst vergangenen Morgens, als der Heilige auf einem Hügel in Ostiber – dem nunmehrigen Ostrabar – am Scheideweg seines Lebens stand und zu seinen Jüngern sprach, die während der Reise, auf der sie ihn begleitet hatten, selbst alt geworden waren. St. Bonneval befand sich unter ihnen, der erster Pontifex Maximus der Heiligen Kirche wurde, und St. Ubaldius von Neyr, den man zum ersten Generalvikar des Ordens vom Ersten Tage erkor. Die Männer, die damals beobachteten, wie die Sonne über den Bergen im Osten aufging, sollten die Gründerväter des ramusischen Glaubens werden. Spätere Generationen sprachen sie heilig und verehrten sie, das gemeine Volk betete zu ihnen, und man verewigte sie in Tausenden von Statuen und Wandteppichen überall auf der Welt.

Doch an jenem Morgen, im frühen Licht eines Tages, der mehr als fünf Jahrhunderte zurücklag, waren sie nur eine Gruppe von Männern, die der Gedanke ängstigte und bekümmerte, Ramusio zu verlieren, der ihr Mentor, ihr Führer, die Stütze ihres Lebens gewesen war.

Und wer war der geheimnisvolle Erzähler? Wer hatte dieses unschätzbare Dokument verfaßt? War er tatsächlich dabeigewesen? Einer jener Auserwählten, die den Heiligen durch die Provinzen des Imperiums begleitet hatten, um den Glauben zu verbreiten?

Albrec blätterte die brüchigen Seiten durch und trauerte um die fehlenden Abschnitte und unlesbaren Passagen.

Jener Morgen in Ostrabar galt für die Kirche und alle Ramusier als geheiligter Tag. Es war der letzte Tag im Leben des Heiligen, den er auf Erden zubrachte. Von jenem Hügel war er in den Himmel aufgefahren; vor den Augen seiner Jünger rief Gott den treuesten seiner Diener zu sich. Bevor Ostiber von den Merduks eingenommen und zu Ostrabar wurde, galt der Hügel für die Ramusier des Kontinents als heilige Pilgerstätte, an der wenige Jahre nach dem wundersamen Ereignis eine Kirche errichtet worden war.

So jedenfalls lehrte man es Albrec und alle anderen Anhänger des ramusischen Glaubens. Das Dokument jedoch erzählte eine ganz andere Geschichte.

Er weigerte sich beharrlich, einen Gefährten mitzunehmen, und er verbot denjenigen, die er zurückließ, ihm jemals zu folgen. Auf einem Maultier verließ er uns in Richtung Osten, ritt dem Sonnenaufgang entgegen. Zuletzt erblickten wir ihn an den niedrigeren Gebirgspässen, wo das Maultier ihn höher und höher trug. Und so zog er für immer aus dem Westen fort.

Diese und die folgenden Seiten hatten Albrec letzte Nacht den Schlaf geraubt und ihn bewogen, zu lesen und zu beten, bis seine Augen brannten und die Knie vom Kauern auf den Steinplatten kalt und wund waren. Da stand kein Wort von einer Himmelfahrt, von einem glorreichen Eintritt des Heiligen in das Königreich Gottes.

Zuletzt hatte man Ramusio als winzige Gestalt auf einem Maultier in das furchterregendste Gebirge der Welt reiten sehen. Die Bedeutung dieser Erkenntnis ließ Albrec erschaudern.

Doch die Geschichte ging noch weiter.

Unter dem fahrenden Volk, das häufig die damaligen Grenzen des Imperiums überquerte, befand sich ein Händler namens Ochali, ein Merduk, der jedes Jahr mit seiner Kamelkarawane die Pässe des Jafrar-Gebirges überwand, um jenseits der Berge mit Seide, Fellen und Elfenbein aus Kurasan und Kambaksk zu handeln. Er huldigte dem Gehörnten, wie alle, die hinter dem Fluß Ostian lebten. Kerunnos *lautete der geheime Name, den er und sein Volk ihrem Gott gegeben hatten. Wenn Ochali im Sommer die Provinzen des Imperiums besuchte, ließ er an den Schreinen, die von den Stämmen entlang der Straßen errichtet worden waren, jedesmal ein Opfer zurück, durch das er sich eine behütete Reise durch das Jafrar-Gebirge erhoffte. Doch eines Sommers, etwa acht Jahre, nachdem Ramusio in den Osten gezogen war, verzichtete er auf die üblichen Opfergaben an den Gehörnten.*

Einige Menschen, die ihn kannten, fragten ihn nach dem Grund, und Ochali antwortete, er hätte einen neuen Glauben gefunden, einen wahren Glauben, der weder Opfer noch Götzen kannte. Ein alter Mann, so berichtete er, predigte schon seit einigen Jahren in den Lagern der Steppenvölker, und durch seine Worte hatte er zahlreiche Anhänger gewonnen. Eine neue Religion wurzelte in den fernen Ländern der Merduks, und selbst die rauhbeinigen Stammeshäuptlinge nahmen sie sich zu Herzen.

Als Ochalis Bekannte aus der Provinz Ostiber ihn weiter bedrängten, verschloß er sich. Er sagte nur, daß die Völker der Merduks einen Propheten gefunden hätten, einen Heiligen, der sie aus der Dunkelheit führte und den endlosen Stammeskriegen ein Ende bereitete, unter denen sein Volk seit jeher zu leiden hatte. Die Merduks der fernen Steppen jenseits der Jafrar-Berge metzelten einander nicht länger hin, und die Menschen lebten in Harmonie und Brüderlichkeit. Der Prophet Ahrimuz hatte seinem Volk den einzig wahren Weg zur Erlösung gezeigt.

Ein Klopfen ertönte an Albrecs Tür, und er sprang auf wie ein erschrockener Hase. Er hatte gerade noch Zeit, das uralte Dokument unter dem Katechismus zu verbergen, ehe die Tür sich öffnete und Bruder Commodius hereintrat, dessen große, nackte Füße auf dem Steinboden klatschten.

»Albrec! Du hast die Matutin verpaßt. Ist alles in Ordnung?«

Der Oberbibliothekar präsentierte sich in gewohnter Häßlichkeit; das Gesicht, das Albrec besorgt und neugierig musterte, war dasselbe, an dessen Seite er seit fast dreizehn Jahren arbeitete. Derselbe riesige Zinken, dieselben abstehenden Ohren, derselbe zerzauste Haarsaum um die kahle Tonsur. Doch Albrec würde es nie wieder als gewöhnliches Gesicht betrachten können – nicht nach jener Nacht in den untersten Geschossen der Bibliothek.

»Alles ... alles in Ordnung«, stammelte er. »Ich habe mich nicht wohl gefühlt, Bruder. Mich plagt ein leichter Durchfall, deshalb hielt ich es für besser hierzubleiben. Alle paar Minuten renne ich auf den Abort.« Lügen, Lügen, nichts als Lügen. Sünde? Doch es ließ sich nicht verhindern. Hier ging es um eine bedeutendere Sache.

»Dann solltest du die Krankenstube aufsuchen, Albrec. Du tust dir nichts Gutes, wenn du hier sitzt und liest und wartest, daß es von allein verschwindet. Komm, ich begleite dich.«

»Nein, Bruder ... schon gut. Geht nur und öffnet die Bibliothek. Ihr seid wegen mir ohnehin spät dran.«

»Unsinn.«

»Nein, wirklich, Bruder Commodius, ich will Euch nicht von Euren Pflichten abhalten. Ich werde die Krankenstube allein aufsuchen. Vielleicht komme ich nach dem Komplet in die Bibliothek. Ich bin sicher, ein Pfeilwurztee bringt mich wieder auf die Beine.«

Der Oberbibliothekar zuckte mit den breiten, knochigen Schultern. »Also gut, Albrec, ganz wie du willst.« Er wandte sich zum Gehen, dann zögerte er auf der Schwelle. »Bruder Columbar hat mir erzählt, ihr beide wärt in den Katakomben unter der Bibliothek gewesen.«

Albrec öffnete den Mund, brachte jedoch keinen Laut hervor.

»Angeblich habt ihr Löschpapier für das Skriptorium gesucht. Doch ich wage zu behaupten, daß du wohl auch ein bißchen aus eigenem Interesse herumgestöbert hast, nicht wahr, Albrec?« Commodius zwinkerte ihm zu. »Du solltest dort unten vorsichtig sein. Bei all dem angehäuften Unrat könnte allzu leicht ein Unfall passieren. Dort drunten befindet sich ein wahres Labyrinth aus Gängen und Kammern, die seit den Tagen des Imperiums niemand mehr betreten hat. Und so sollte es am besten auch bleiben, ja?«

Nach wie vor sprachlos, nickte Albrec.

»Ich kenne dich, Albrec. Du gräbst nach Wissen wie andere nach Gold. Doch der Besitz von Wissen ist nicht immer gut; manche Dinge bleiben besser unentdeckt … Habt ihr Löschpapier für Gambio gefunden?«

»Ein wenig, Bruder. Ja … wir haben ein wenig Löschpapier gefunden.«

»Gut. Also müßt ihr nicht noch einmal dort hinunter, nicht wahr? Tja, ich muß gehen. Wie du sagst, ich bin spät dran. Bestimmt schart sich schon eine Gruppe wißbegieriger Mönche um die Pforten von St. Garaso und schimpft in Gedanken auf mich. Ich hoffe, deine Eingeweide beruhigen sich bald wieder, Albrec. Auf dich wartet jede Menge Arbeit.« Damit zog Commodius von dannen und schloß Albrecs Zellentür hinter sich.

Albrec zitterte; kalter Schweiß stand ihm auf der Stirn.

Also konnte Columbar den Mund nicht halten. Gewiß hatte Commodius ihn ausgefragt; vielleicht hatte er Albrec und Avila in jener Nacht sogar gesehen.

Albrec war dem Orden der Antillianer aus mehreren Gründen beigetreten: Zum einen haßte er die offene See, die seines vom Fischen lebenden Vaters täglich Brot darstellte. Zum anderen liebte er Bücher. Überdies aber sehnte er sich nach Sicherheit, nach Frieden. Und den fand er in Charibon, und er hatte die dreizehn Jahre in der Bibliothek von St. Garaso nie bereut. Nun aber fühlte er, wie die Erde unter seinen Füßen einbrach. Seine behütete Welt wirkte plötzlich alles andere als friedlich. Ein altes Sprichwort unter Charibons Geistlichen besagte, daß es von der Kanzel zum Scheiterhaufen nur ein kleiner Schritt sei. Zum ersten Mal erkannte Albrec die Wahrheit hinter diesen Worten.

Der kleine Antillianer holte das Dokument hervor. Dabei blickte er ängstlich zur Tür, als fürchte er, Commodius könnte jeden Augenblick hereinspringen, sein Gesicht neuerlich zur dämonischen Fratze verzerrt.

Ich sollte das Werk zerstören, sagte sich Albrec. Ich sollte es verbrennen oder irgendwo verstecken. Soll es doch jemand anders finden, vielleicht in hundert Jahren! Weshalb sollte ich mir diese Bürde auf die Schultern laden?

Ich bin der festen Überzeugung, ging die Erzählung weiter, *daß es dem Heiligen tatsächlich gelungen ist, die Jafrar-Berge zu überqueren. Zwar war er ein Mann jenseits der Siebzig, doch immer noch stark und voller Tatendrang, und die Flamme der Berufung brannte nach wie vor lichterloh in seinem Herzen. Er glich dem Kapitän eines Schiffes, der nicht ruhen kann, bis er ein unbekanntes Ufer entdeckt, und dann ein weiteres, und wieder ein weiteres. Ihn erfüllte eine Rastlosigkeit, die ich und andere für den Geist Gottes hielten.*

So wie die großen Eroberer sich nie zur Ruhe setzen und ihrer vergangenen Siege gedenken können, sondern ständig weiterziehen, neue Schlachten schlagen, ihr Leben und ihr Vermögen aufs Spiel setzen, bis sie am Ende ihrer Kräfte sind, so konnte Ramusio nicht aufhören, zu bekehren und den wahren Glauben zu verbreiten. Das Feuer in ihm loderte viel zu heiß, als daß er eine bereits fest errichtete Kirche hätte führen können. So zog er weiter und überließ es seinen Jüngern, Regeln und Katechismen zu verfassen und für die Grundsätze seines Glaubens Formeln und Gebote aufzustellen.

Er war der freundlichste Mensch, dem ich je begegnet bin, und doch unglaublich hartnäckig. Seine Entschlossenheit zeugte von einer Kraft, die nicht von dieser Welt stammte und die allen, die ihn kannten, Ehrfurcht einflößte.

Ich hege keinen Zweifel, daß er die Steppen jenseits der Berge erreicht hat und den Merduks ebensoviel Ehrfurcht abrang wie den Menschen im Westen. Ramusio, der Heilige, wurde zu Ahrimuz, dem Propheten, und der Glaube, der uns hier im Westen stützt, ist derselbe, der die Merduks beseelt, die zu unseren Todfeinden geworden sind. Das ist das Bedauerliche an der Geschichte.

Da war es also. Nachdem Albrec diese Zeilen gelesen hatte, änderte seine Welt sich unwiderruflich. Er wußte, daß dieses Dokument echt war, daß der Autor in derselben, längst verlorenen Welt gelebt und geatmet hatte, auf der auch der Heilige gewandelt war, einer Welt, die seit fünfhundert Jahren versunken war. Er beschrieb Ramusio als Menschen, als Lehrmeister und als Freund. Die Echtheit der Erinnerungen überzeugte Albrec von der Wahrheit dessen, was er soeben gelesen hatte. Ramusio und Ahrimuz waren ein und derselbe, und die Kirche, die Königreiche, die Grundfesten zweier Zivilisationen, die sich über die bekannte Welt spannten, waren aus einem Irrtum entstanden. Aus einer Lüge.

Albrec neigte das Haupt und betete, bis ihm kalter Schweiß in dicken Tropfen über die Schläfen rann. Er betete um Mut, um Stärke, um einen winzigen Teil jener Entschlossenheit, die einst den Heiligen beseelt hatte.

Der letzte Abschnitt des Dokuments fehlte gänzlich, da der verrottete Textilstreifen, der das Werk zusammenhielt, sich der Zeit und den Folgen der falschen Lagerung gebeugt hatte. Albrec kannte weder den Namen des Autors noch das Datum der Schriften, doch zumindest stand außer Frage, weshalb sie versteckt worden waren.

Er mußte mehr herausfinden. Er mußte zurück in die Katakomben.

Kapitel 9

Corfe haßte die neuen Gewänder, doch der Schneider hatte ihm versichert, daß sie durchaus dem entsprachen, was Offiziere der torunnischen Armee bei Hofe trugen. Eine enge Halskrause umgab Corfes Nacken; darunter glitzerte ein winziger, silberner Zierbrustpanzer, der mit einer Kette um den Hals befestigt und mit den drei Säbeln graviert war, die Corfes Rang gebührten. Das Wams war schwarz und golden bestickt und an den Schultern dick gepolstert. Aus den breiten Schlitzen an den Ärmeln flatterte der dünne Stoff des Hemdes hervor. Darunter trug er eine enge, schwarze Hose und Schnallenschuhe. Schuhe! Seit Jahren war er in keine Schuhe mehr geschlüpft. Er kam sich lächerlich vor.

»Ihr werdet einen ausgezeichneten Eindruck hinterlassen«, meinte die Königin Dowager, als sie ihn begutachtete, während der Schneider sich unablässig verbeugte und wie eine Schmeißfliege hinter Corfe herumschwirrte.

»Ich fühle mich wie die Kleiderpuppe eines Damenschneiders«, gab Corfe zurück.

Sie lächelte über diese Bemerkung, faltete den Fächer und verpaßte ihm damit einen Kinnstüber.

»Gemach, gemach, Oberst. Wir dürfen nicht vergessen, wo wir uns befinden. Der König hat den Wunsch geäußert, Euch in Gesellschaft seiner ranghöchsten Offiziere zu sehen. Ihr könnt unmöglich dem Kriegsrat beiwohnen, wenn Ihr wie ein Leibeigener ausseht, der gerade vom Acker kommt. Außerdem steht Euch die Tracht. Ihr seid dafür gebaut, wenngleich Eure Beine ein wenig kurz geraten sind. Muß wohl ein Leiden der Reiterei sein.«

Corfe erwiderte nichts. Königin Dowager Odelia umrundete ihn, als würde sie eine Statue bewundern. Raschelnd glitt ihr langer Rock über den Marmorfußboden.

»Aber dieses Ding« – sie klopfte mit dem Fächer auf Corfes in der Scheide steckenden Säbel – »ist völlig unangebracht. Wir müssen eine passendere Waffe für Euch aussuchen. Etwas Elegantes. Das hier ist das Werkzeug eines Schlächters.«

Corfes Faust ballte sich um den Griff des Schwertes. »Wenn Ihr gestattet, Herrin, würde ich es lieber behalten.«

»Weshalb?«

Sie war vor ihn hingetreten. Ihre Blicke trafen sich, und sie schauten einander fest in die Augen.

»Es hilft mir, mich zu erinnern, wer ich bin.«

Die Königin schwieg. Hinter sich spürte Corfe die Anwesenheit des zugleich besorgten und faszinierten Schneiders.

»Ihr werdet Euch zur fünften Stunde in den Gemächern des Kriegsrates einfinden«, sagte Odelia schließlich, ehe sie sich jäh umwandte. »Kommt nicht zu spät. Ich glaube, der König hat Euch etwas mitzuteilen.«

Dann verschwand sie, und die Enden ihres Rockes krochen wie der Schwanz einer Schlange zur Tür hinaus.

Als die Palastglocken zur fünften Stunde läuteten, wurde Corfe von einem hochnäsigen Lakaien in die Ratsgemächer geführt. Es erinnerte ihn ein wenig an seine Ankunft in der Feste von Ormann, als er vor General Pieter Martellus' Kriegsrat salutierte. Nein, das war anders gewesen. Die Offiziere in der Feste waren wie Soldaten im Krieg gekleidet, und sie planten eine Schlacht, die unmittelbar bevorstand. Was Corfe jetzt im Palast von Torunn erblickte, glich eher einer Parodie, einem Kriegsspiel.

Eine Gruppe farbenprächtig gewandeter Offiziere stand vor ihm. Die Infanterie in Schwarz, die Reiterei in Burgund, die Artillerie in Dunkelblau. Überall funkelten Silber und Gold neben blassem Brokat und den wackelnden, prächtigen Federn auf den Käppis einiger Männer. König Lofantyr präsentierte sich in einer prunkvollen, schwarzen und silbernen Schlitzhose und der scharlachroten Schärpe eines Generals. Das Licht von einem Dutzend Lampen spiegelte sich in den Silberschnallen von Schuhen, in Ringen, juwelenbesetzten Rangabzeichen und Ritterorden. Corfe verbeugte sich, so tief er konnte. Das Burgund der Reiterei hatte er abgelehnt und sich statt dessen für das Schwarz der Infanterie entschieden, obwohl er eigentlich der reitenden Zunft angehörte. Er war froh über seinen Entschluß.

»Ah, Oberst«, sagte der König und winkte ihm mit der Hand. »Nur herein, nur herein. Bei uns geht es recht unförmlich zu. Meine Herren, Oberst Corfe Cear-Inaf, bis vor kurzem Angehöriger der Feldarmee John Mogens und der Garnison der Feste von Ormann.«

Gemurmelte Begrüßungen. Ein Dutzend unverhohlen abwägender Blicke richteten sich auf Corfe. Er bekam eine Gänsehaut.

Die anderen Offiziere wandten sich wieder dem langen Tisch zu, der den Raum beherrschte. Er war übersät mit Papieren, doch den überwiegenden Teil der Fläche beanspruchte eine große Karte von Torunna und Umgebung. Corfe trat näher, doch ihm wurde der Weg verstellt. Verärgert blickte er auf und sah einen der Gecken von der Audienz im Palast vor sich.

»Fähnrich Ebro, Herr«, sagte der Offizier lächelnd. »Ich glaube, wir haben uns schon getroffen, obwohl man Euch ohne Kampfrüstung kaum wiedererkennt.«

Corfe nickte frostig. Eine unangenehme Pause entstand, dann trat Ebro beiseite. »Verzeiht, Herr.«

Corfes Säbel war sperrig und schwieriger zu handhaben als die eleganten Rapiers der anderen Offiziere. Er mußte über Schultern lugen, um die ausgerollte Karte zu erspähen. Auf die vier Ecken hatte man aus Silber gegossene, torunnische Lanzenkämpfer gestellt, damit das steife Papier nicht einrollte. Auch Karaffen, Kristallgläser und ein stumpfer Dolch befanden sich auf dem Tisch. Letzteren ergriff König Lofantyr, um ihn als Zeiger zu verwenden.

»Im Augenblick sind sie hier«, erklärte er und kennzeichnete auf der Karte einen Punkt etwa achtzig Wegstunden westlich von Charibon. »In den Hügeln von Naria.«

»Wie viele, Majestät?« erkundigte sich eine Stimme. Es war der rauhbeinige Oberst Menin mit dem prächtigen Schnurrbart, dem Corfe ebenfalls am Abend der Audienz begegnet war.

»Eine Große Hundertschaft sowie die entsprechenden Handwerker. Fünftausend Krieger.«

Geflüster erhob sich im Raum.

»Gewiß werden sie uns eine große Hilfe sein«, meinte Menin, doch sein Tonfall verriet erhebliche Zweifel.

»Die Fimbrier neuerlich auf dem Marsch durch Normannien«, brummte jemand. »Wer hätte das gedacht?«

»Weiß Martellus es bereits, Majestät?« fragte ein anderer Offizier.

»Gestern wurden Kuriere zur Senke entsandt«, antwortete König Lofantyr. »Ich bin sicher, Martellus wird froh über eine Verstärkung von fünftausend Mann sein, egal, woher sie kommen. Marschall Barbius und seine Truppe reisen mit leichtem Gepäck. Wenn alles gutgeht, wollen sie in sechs Wochen am Fluß Searil sein. Somit bliebe seinen Männern genug Zeit, sich einzurichten, bevor die nächste Feldzugsaison anbricht.«

Lofantyr drehte sich zur Seite, damit ihm ein älterer Mann in der Livree eines Hofbeamten etwas ins Ohr flüstern konnte. Er trug ein Bündel Papier unter dem Arm.

»Wir haben General Martellus angewiesen, Spähpatrouillen auszuschicken, damit wir jederzeit über den Bereitschaftszustand der Merduks Bescheid wissen. Im Augenblick scheinen sie sich in die Sicherheit ihrer Winterlager zurückgezogen zu haben. Es wurden sogar starke Truppenverbände gen Osten geschickt, um die Versorgungslinien zu verstärken. Auch die Elefanten und die Reiterei wurden weiter östlich untergebracht, damit sie sich näher an den Versorgungslagern am Fluß Ostian befinden. Es besteht kein Grund, einen Winterangriff zu befürchten.«

Corfe erkannte die Papiere in den Händen des Hofbeamten; es handelte sich um die Depeschen, die er aus der Feste mitgebracht hatte.

»Was ist mit dem päpstlichen Dekret, in dem Martellus' Absetzung gefordert wird, Majestät?« fragte Menin brüsk.

»Wir schenken ihm keine Beachtung. Wir erkennen den Hochstapler Himerius nicht als Pontifex an. Macrobius, das rechtmäßige Oberhaupt der Kirche, weilt hier in Torunn; ihr alle habt ihn gesehen. Edikte aus Charibon betrachten wir als null und nichtig.«

»Und was ist mit dem Süden, Majestät?« wollte ein gut und gern siebzigjähriger Offizier mit Generalsschärpe wissen.

»Ah, Ihr meint diese Berichte über Aufstände in den Küstenstädten im Süden des Reiches«, sagte Lofantyr. »Die haben wenig zu bedeuten. Ehrgeizige Adelige wie der Herzog von Rone und der Landgraf von Staed sind der Ansicht, Himerius als Pontifex und meine königliche Wenigkeit als Ketzer betrachten zu müssen. Wir werden uns ihrer entsprechend annehmen.«

Das Gerede ging weiter. Militärische Gespräche, derb und zuversichtlich. Soldaten am Hof lieben Gerede, hatte John Mogen einst gesagt, aber sie hassen Kämpfe. Der Großteil der Wortmeldungen drehte sich in Corfes Augen weniger um Taktiken und Strategien als vielmehr darum, sich in ein möglichst gutes Licht zu rücken und die Aufmerksamkeit des Königs zu erregen.

Corfe hatte vergessen, wie sehr das Militär der Hauptstadt und der Lehen sich von den Feldarmeen unterschied, die Torunnas Grenzen verteidigten. Der gewaltige Unterschied bekümmerte ihn. Diese Männer wirkten völlig anders als jene, mit denen Corfe in Aekir und in der Feste von Ormann gekämpft hatte. Sie waren nicht vom Kaliber der Soldaten John Mogens. Vielleicht aber war das auch nur ein falscher Eindruck; bisher hatte Corfe noch wenig mit den Rängen und Reihen der Hauptstadt zu tun gehabt. Zudem, tadelte er sich, stand es ihm kaum zu, ein Urteil zu fällen. Er hatte sein Regiment im Endstadium von Aekirs Todeskampf im Stich gelassen, und während seine Kameraden bei einem heldenhaften Rückzugsgefecht entlang der Straße nach Westen starben, hatte er sich inmitten der zivilen Flüchtlinge mit eingezogenem Schwanz aus dem Staube gemacht. Das durfte er nie vergessen.

Das Flüchtlingsproblem jedoch wurde bei dem Treffen mit keiner Silbe erwähnt, was Corfe in höchstem Maße verwunderte. Die Lager rund um die Hauptstadt schwollen tagtäglich an. Immer mehr verzweifelte Überlebende aus Aekir trafen ein, die zunächst aus der Heiligen Stadt geflohen und später aus der Senke von Ormann weitergezogen waren, als die Kampfhandlungen dort einsetzten. Wäre er König, würde ihm die Versorgung und Unterbringung dieser jeder Hoffnung beraubten Menschen Kopfzerbrechen bereiten. Noch waren sie zufrieden damit, im Winter zu Hunderttausenden vor den Stadtmauern zu lagern, doch sobald es wärmer war, würden sich mit größter Wahrscheinlichkeit Krankheiten verbreiten, die für eine Armee einen tödlicheren Feind darstellten als jedes Heer der Merduks.

Abermals besprach man die vereinzelten Aufstände der Adeligen im Süden des Königreiches. Anscheinend gewährte Perigraine den entfremdeten Aristokraten insgeheim Unterstützung, und unbestätigten Gerüchten zufolge brachten nalbenische Galeeren Waffen für die Rebellen. Vorerst beschränkten sich die einzelnen Aufstände auf kleine Gebiete, doch sobald sich ein Führer fand, der die Aufwiegler unter sich zu vereinen vermochte, würden sie eine ernsthafte Bedrohung darstellen. Rasches und hartes Durchgreifen war erforderlich. Einige Ratsoffiziere meldeten sich freiwillig, um in den Süden zu ziehen und dem König die Köpfe der Rebellen auf einem goldenen Tablett zu servieren; sie beteuerten ihm ihre tiefe Ergebenheit, was Lofantyr wohlwollend zur Kenntnis nahm. Corfe schwieg. Ihm mißfiel die Sorglosigkeit, die der König und sein Stab angesichts der Lage an der Senke von Ormann zeigten. Sie schienen der Meinung zu sein, der Hauptangriff der Merduks sei vorüber, und abgesehen von kleineren Geplänkeln, die im Sommer folgen würden, sei die Gefahr gebannt. Doch Corfe war dort gewesen; er hatte die brodelnden Tausendschaften der Merduks gesehen, die unzähligen Batterien der Artillerie, die lebenden Mauern der Kriegselefanten. Er wußte, daß der Hauptangriff noch bevorstand, und zwar im Frühling. Fünftausend Fimbrier stellten zwar eine willkommene Verstärkung für die Verteidiger der Feste dar – sofern sie gewillt waren, Seite an Seite mit ihren alten Feinden, den Torunnen, zu kämpfen –, doch sie würden nicht ausreichen. Ob Lofantyr und seine Berater sich dessen bewußt waren?

Das Gerede langweilte Corfe, da es sich um Personen drehte, deren Namen keine Bedeutung für ihn hatten und die in den Städten im Süden lebten, fernab des Krieges gegen die Merduks. Als Soldaten in John Mogens Regiment hatten Corfe und seine Kameraden stets um den Ernst der Lage im Osten gewußt. Die Merduks stellten den einzig wahren Feind dar, der den Westen bedrohte. Alles andere waren Nebensächlichkeiten. Hier aber verhielt es sich anders. In Torunn galt die östliche Grenze nur als eines von vielen Problemen und Anliegen. Die Erkenntnis schürte Corfes Ungeduld. Er wollte zurück zur Senke, zurück zu den wahren Schlachtfeldern.

»Wir müssen ein Heer entsenden, das diese verräterischen Hunde an die Kandare nimmt, soviel steht fest«, schnarrte Oberst Menin. »Mit Eurer Erlaubnis, Majestät, würde ich diesen Rebellen gern mit ein paar Hundertschaften etwas Königstreue einbleuen.«

»Gewiß meint Ihr es gut, Oberst Menin«, sagte Lofantyr behäbig. »Aber ich brauche Eure Fähigkeiten hier, in der Hauptstadt. Nein, mir schwebt ein anderer Offizier für diese Aufgabe vor.«

Die jüngeren Männer rings um den Tisch beäugten einander mißtrauisch, während sie sich fragten, wer wohl der Glückliche sein mochte.

»Oberst Cear-Inaf, ich habe beschlossen, Euch mit dieser Mission zu betrauen«, verkündete der König brüsk.

Corfe schreckte aus seinen Gedanken hoch. »Was?«

Der König setzte ab, dann wiederholte er in schärferem Tonfall: »Ich sagte, Oberst, daß ich Euch mit dieser Mission betraue.«

Alle Blicke hefteten sich auf Corfe. Er war gleichermaßen erstaunt und entsetzt. Eine Mission, die ihn in den Süden führte, fort von der Senke von Ormann? Das wollte er nicht.

Doch er konnte nicht ablehnen. Dies also hatte Königin Dowager zuvor gemeint. Dies war ihr Werk.

Während Corfe versuchte, seine Gedanken zu ordnen, verneigte er sich tief.

»Eure Majestät zeigen sich überaus gnädig. Ich hoffe nur, ich kann Euer Vertrauen in meine Fähigkeiten rechtfertigen.«

Lofantyr wirkte beschwichtigt, doch in seinen Zügen lag etwas, das Corfe mißfiel, möglicherweise war es unterdrückte Belustigung.

»Eure Truppe erwartet Euch an den nördlichen Umschlagplätzen, Oberst. Selbstverständlich bekommt Ihr einen Adjutanten. Fähnrich Ebro wird Euch begleiten ...«

Sogleich trat Ebro an Corfes Seite, um sich steif, mit ausdruckslosen Zügen zu verbeugen. Zweifellos hatte er sich einen anderen Posten gewünscht.

»... und ich will versuchen, ein paar weitere Offiziere für Euch abzustellen.«

»Ich danke Euch, Majestät. Wenn Ihr gestattet – wie lauten meine Marschbefehle?«

»Die werdet Ihr zu gegebener Zeit erhalten. Vorerst empfehle ich Euch und Eurem neuen Adjutanten, daß Ihr Euch mit Eurem Kommando vertraut macht, Oberst.«

Eine weitere Pause. Abermals verneigte sich Corfe,

dann wandte er sich um und verließ den Saal, dicht gefolgt von Ebro.

Als sie draußen über die Gänge des Palastes marschierten, riß Corfe sich zornig die Brokathalskrause vom Kragen und schleuderte sie beiseite.

»Führe mich zu diesen nördlichen Umschlagplätzen«, herrschte er seinen Adjutanten an. »Ich habe noch nie davon gehört.«

Wie es schien, hatte noch niemand davon gehört. Gemeinsam klapperten sie die Kasernen und Waffenlager des nördlichen Stadtteils ab, doch keiner der Quartiermeister, Feldwebel und Fähnriche, mit denen sie sprachen, kannte die nördlichen Umschlagplätze. Allmählich beschlich Corfe der Verdacht, daß es sich lediglich um einen grausamen Scherz handelte; dann aber stießen sie in einem der Stadtarsenale auf einen duckmäuserischen Beamten, der ihnen von einem Sonderkommando erzählte, das erst am Tag zuvor eingetroffen und an einem der Plätze der Stadt untergebracht worden war, in der Nähe der Nordmauer; dies könnte ihr Ziel sein.

Zu Fuß machten sie sich auf den Weg. Der Schmutz der winterlichen Straßen spritzte auf Corfes glänzende Schnallenschuhe. Schweigend und trübsinnig trottete Ebro hinter ihm her und wich den Pfützen auf dem schlammverschmierten Kopfsteinpflaster aus. Es fing zu regnen an, wodurch Ebros Hofgewand Ähnlichkeit mit dem triefnassen Gefieder eines farbenprächtigen Vogels bekam. Die Verwandlung erfüllte Corfe mit einer grimmigen Zufriedenheit.

Endlich gelangten sie vom Gestank der menschenüberfüllten Straßen auf einen großen, offenen, von Fachwerkhäusern umstandenen Platz. Dahinter ragten düster die Zinnen der Stadtmauer auf, die im Regenschleier wie dunkle Hügel wirkten. Corfe wischte sich Wasser aus den Augen. Er konnte kaum glauben, was er sah.

»Das kann nicht sein – das können nicht unsere Männer sein!« platzte Ebro hervor. Corfe aber war mit einemmal überzeugt, daß dem doch so war, und er erkannte, daß sie tatsächlich Opfer eines Scherzes geworden waren.

Torunnische Wachen mit geschulterten Hellebarden schritten die Ränder des Platzes ab. Überall standen gähnende Hakenbüchsenschützen in den Türen der Läden, wo sie Waffen und Pulver vor dem Regen in Sicherheit gebracht hatten. Als Corfe und Ebro näher traten, kam ein junger Fähnrich auf sie zu, der einen schlammbefleckten Mantel um die Schultern trug. Als er das Abzeichen auf Corfes lächerlichem kleinem Brustpanzer erblickte, salutierte er.

»Guten Tag, Herr. Seid Ihr Oberst Cear-Inaf?«

Corfe verzog das Gesicht. Also lag kein Irrtum vor.

»Der bin ich, Fähnrich. Was soll denn das hier sein?«

Der Offizier ließ den Blick über den Platz schweifen, der sich voller Männer präsentierte, etwa fünfhundert an der Zahl. In kleinen Gruppen saßen sie auf dem dreckigen Kopfsteinpflaster, als hätte der kalte Regen sie zu Boden gedrückt. Allesamt trugen sie Lumpen und stanken erbärmlich. An jedem Knöchel prangten Fußfesseln. Unbändige Strähnen verfilzten Haares verdeckten die Gesichter.

»Fünfhundert Galeerensklaven von der königlichen Flotte«, erwiderte der Fähnrich leichthin. »Die meisten sind vom Stamm der Felimbri und huldigen dem Gehörnten. Es sind Teufel mit schwarzer Seele, allesamt. Ihr solltet ihnen keinesfalls den Rücken zukehren, Herr, wenn Ihr Euch in ihrer Nähe befindet. Letzte Nacht haben sie versucht, einem meiner Männer den Schädel einzuschlagen, und wir mußten ein paar erschießen.«

In Corfe stieg stummer Zorn auf.

»Das kann nicht stimmen, Herr. Hier muß ein Irrtum vorliegen. Gewiß war es ein Scherz des Königs«, beklagte sich Ebro.

»Das glaube ich kaum«, murmelte Corfe. Eingehend betrachtete er das dicht gedrängte Elend in Menschengestalt, das sich auf dem Platz scharte. Viele der Männer starrten zurück und funkelten ihn unter dem von Ungeziefer verseuchten Haar hervor an. Die Männer waren kräftig gebaut und muskelbepackt, wie man es von Galeerensklaven erwarten durfte, doch die Haut wirkte aufgedunsen und blaß, und viele husteten. Einige lagen zur Seite gedreht auf dem Boden, ohne sich um die kalten Kopfsteine und den prasselnden Regen zu kümmern.

Dies also sollte sein erstes eigenes Kommando sein. Ein Haufen ungehorsamer Sklaven von den wilden Stämmen aus dem Landesinneren. Einen Augenblick überlegte Corfe, zum Palast zurückzukehren und das Kommando abzulehnen. Die Königin Dowager hatte ihm zu der Mission verholfen, doch offensichtlich mißfiel Lofantyr die Einmischung seiner Mutter. Corfe erkannte, daß man von ihm die Zurückweisung des Kommandos erwartete. Und wenn er es tat, würde er nie wieder eines bekommen. Diese Erkenntnis trieb ihn zu einem Entschluß. .

Er trat vor. »Gibt es unter euch jemanden, der auf Normannisch für die anderen sprechen kann?«

Die Männer tuschelten miteinander. Schließlich erhob sich einer und schlurfte mit klirrenden Ketten vor.

»Ich spreche deine Sprache, Torunne.«

Der Kerl war riesig. Er hatte tellergroße Hände, und sein Körper war mit den Narben von Prügelstrafen übersät. Ein gelbbrauner Bart reichte bis auf die Brust, doch aus dem tiergleichen Antlitz glitzerten zwei strahlend blaue Augen hervor und erwiderten Corfes Blick.

»Wie lautet dein Name?« fragte Corfe ihn.

»In meiner Sprache nennt man mich den Adler. Für euch würde ich wohl Marsch heißen.«

»Kannst du für deine Gefährten sprechen, Marsch?«

Der Sklave zuckte mit den kräftigen Schultern. »Vielleicht.«

»Weißt du, weshalb man euch von den Galeeren hierher gebracht hat?«

»Nein.«

»Dann will ich es dir verraten. Und du wirst deinen Kamerad übersetzen, was ich sage, und zwar Wort für Wort. Ist das klar?«

Marsch starrte ihn finster an, doch offenbar hatte Corfe seine Neugier geweckt. »Gut.«

»Gut, *Herr*«, zischte Ebro ihm zu, doch Corfe hob die Hand. Er sprach mit lauter Stimme, auf daß man ihn überall auf dem Platz hörte.

»Ihr seid keine Sklaven des Staates Torunna mehr«, rief Corfe. »Von nun an seid ihr freie Menschen.« Nachdem Marsch die Worte übersetzt hatte, kam Bewegung in die Menge und verdrängte die allgemeine Teilnahmslosigkeit. Das Mißtrauen in den auf Corfe gerichteten Augen jedoch blieb. Er fuhr fort.

»Das bedeutet aber nicht, daß ihr tun und lassen könnt, was ihr wollt. Ich bin Corfe. Von nun an werdet ihr mir gehorchen, wie ihr einem eurer Stammeshäuptlinge gehorchen würdet. Denn ich war es, der eure Freiheit erwirkt hat. Ihr seid die Angehörigen eines Stammes aus den Bergen von Cimbric. Einst wart ihr Krieger, und jetzt habt ihr Gelegenheit, wieder Krieger zu sein, aber nur unter meinem Befehl.«

Nach Corfes Stimme erklang die von Marsch in der kehligen Sprache der Stämme aus den Bergen. Die Augen des Sklaven verharrten auf Corfes Gesicht.

»Ich brauche Soldaten, und ihr seid, was man mir gab. Ihr sollt nicht gegen euer Volk kämpfen, sondern gegen Torunnen und Merduks, darauf gebe ich euch mein

Wort. Dient ihr mir treu, sind euch Ehre und Einsatz gewiß. Hintergeht ihr mich, lasse ich euch auf der Stelle töten. Mir ist gleich, welchem Gott ihr huldigt oder welche Sprache ihr sprecht, solange ihr für mich kämpft. Gehorcht meinen Befehlen, und ich sorge dafür, daß ihr wie Krieger behandelt werdet. Wer mir nicht gehorcht, wird zurück auf die Galeeren geschickt.«

Nachdem Marsch mit der Übersetzung fertig war, erfüllte leises Gemurmel den Platz.

»Herr«, flüsterte Ebro aufgeregt, »niemand hat Euch das Recht gegeben, diesen Männern die Freiheit zu versprechen!«

»Es sind *meine* Männer«, knurrte Corfe. »Ich werde kein Sklavengeneral sein.«

Marsch hörte den Wortwechsel. Klirrend kam er näher, bis er unmittelbar vor Corfe stehenblieb.

»Meinst du es ernst, was du sagst, Torunne?«

»Sonst hätte ich es nicht gesagt.«

»Und du gibst uns unsere Freiheit als Gegenleistung für unsere Schwerter?«

»Ja.«

»Warum wählst du uns als deine Soldaten? Deinem Volk gelten wir als Wilde und Ungläubige.«

»Weil ihr alles seid, was ich bekomme«, antwortete Corfe wahrheitsgemäß. »Ich wähle euch nicht, weil ich euch möchte, sondern weil ich muß. Doch wenn ihr gut unter mir dient, so schwöre ich, daß ich in jeder Angelegenheit für euch sprechen werde, als spräche ich für mich selbst.«

Der riesenhafte Wilde ließ sich Corfes Worte einen Augenblick durch den Kopf gehen.

»Dann bin ich dein Mann.« Und Marsch hob die Faust zum Gruß seines Volkes an die Stirn.

Andere auf dem Platz beobachteten die Geste. Die Männer rappelten sich auf und folgten Marschs Beispiel.

»Brechen wir dir die Treue«, erklärte Marsch, »so möge

die See sich erheben und uns ertränken, mögen die grünen Hügel sich auftun und uns verschlingen, mögen die Sterne vom Himmel stürzen und uns zermalmen.«

Es war der alte Eid der wilden Stämme, der heidnische Treueschwur. Corfe blinzelte und erwiderte:

»Mit demselben Eid gelobe ich, euch die Treue zu halten.«

Mittlerweile hatten alle Männer auf dem Platz sich erhoben und wiederholten Marschs Schwur in ihrer Muttersprache.

Corfe hörte sie zu Ende an. Ihn beschlich das seltsame Gefühl, daß dies der Beginn von etwas Großem war, das zu begreifen er noch nicht vermochte – etwas Bedeutendes, das seinen weiteren Lebensweg entscheidend beeinflussen würde.

Das Gefühl verflog, und wieder sah er sich fünfhundert Männern gegenüber, die mit Fußfesseln im Regen standen.

Er wandte sich an den jungen Fähnrich, der ihn mit offenem Mund anstarrte. »Nimm diesen Männern die Ketten ab.«

»Herr, ich …«

»*Tu es!*«

Der Fähnrich erblaßte und salutierte rasch; dann eilte er los, um die Schlüssel zu holen. Seine Schritte waren unsicher und schwankend.

»Fähnrich«, brüllte Corfe, und sein Adjutant blieb stehen und nahm Haltung an. »Suche eine warme Unterkunft für diese Männer. Sollte kein Militärquartier verfügbar sein, stöberst du ein privates Lagerhaus auf. Ich will, daß sie aus dem Regen kommen.«

»Ja, Herr.«

Neuerlich wandte Corfe sich an Marsch. »Wann habt ihr zuletzt gegessen?«

Wiederum zuckte der Riese mit den Schultern. »Vor zwei oder drei Tagen, Herr.«

»Fähnrich Ebro, du besorgst außerdem Rationen für fünfhundert Männer aus den Proviantlagern der Stadt, auf meinen Befehl. Sollte irgend jemand Fragen stellen, verweist du ihn an Königin Dowager. Sie wird meine Befehle billigen.«

»Ja, Herr. Herr, ich …«

»Geh. Wir haben genug Zeit verschwendet.«

Ohne ein weiteres Wort rannte Ebro los. Torunnische Wachen streiften bereits durch die Reihen der Stammeskrieger und schlossen die Fußfesseln auf. Die Hakenbüchsenschützen hatten die Lunten angezündet und hielten die Waffen im Anschlag. Nachdem die Barbaren befreit waren, stellten sie sich hinter Marsch auf.

Das also ist mein Kommando, ging es Corfe durch den Kopf.

Die Männer waren ausgehungert und halb nackt; sie hatten weder Waffen, Rüstungen noch sonstiges. Corfe gab sich nicht der Hoffnung hin, über die üblichen militärischen Kanäle auch nur die kleinste Kleinigkeit für diese Männer zu bekommen. Sie waren auf sich allein gestellt. Aber es waren *seine* Männer.

Zweiter Teil

Der Westliche Kontinent

Kapitel 10

Die Luft fühlte sich anders an, irgendwie schwer. Sie rasselte durch ihre Kehlen, drang durch die Ritzen in die Rüstungen und nistete sich dort ein, spürbar und unangenehm. Sie ließ die Lungen der Soldaten anschwellen und die Gesichter rot anlaufen; sie trieb den Schweiß in glitzernden Tropfen auf die Stirnen; sie zwang die Männer, innezuhalten und an den Halsrändern der Brustharnische zu zerren, als versuchten sie, einen zu engen Kragen zu lockern.

Der weiße Sand klebte an ihren Stiefeln. Der grellen Helligkeit wegen kniffen die Männer die Augen zusammen und quälten sich weiter voran. Nach ein paar Schritten verebbte das Tosen der Brandung am Riff draußen zu einem entfernten, bedeutungslosen Geräusch. Die Sonne verschwand, als der Dschungel sie umfing und die Hitze zunehmend feuchter und schwüler wurde.

Der Westliche Kontinent.

Der Sand wich Laubboden. Sie hackten sich den Weg durch Kletterpflanzen, tiefhängende Baumäste, scharfe Palmenwedel, riesige Farne.

Der Klang der See, die so lange ihren Lebensraum dargestellt hatte, blieb hinter ihnen zurück. Es war, als hätten sie ein neues Königreich betreten, einen Ort, der keinerlei Gemeinsamkeiten zu etwas aufwies, das sie kannten, das ihnen vertraut war. Es war eine Welt des Zwielichts, vom Baldachin der gewaltigen Bäume in Schatten getaucht, die überall aufragten. Die Füße der Männer stolperten und verfingen sich an blankliegenden Wurzelgeflechten, die verschlungenen Gliedmaßen auf einem Schlachtfeld voller gefallener Krieger ähnelten. An den Rinden zwei Faden dicker Baumstämme wucherten scheibenförmige Pilze. Ein Gewirr aus summenden, stechenden Mücken erfüllte die Luft, so daß die Männer diese Quälgeister unweigerlich in den Mund sogen, wenn sie atmeten. Und überall lag der übermächtige, durchdringende Gestank von Verfall, Feuchtigkeit, Schimmel.

Sie wateten durch einen Bach, der vermutlich am Strand ins Meer mündete. Hier erwies sich der Pflanzenwuchs als weniger dicht, und sie konnten mit Entermessern und Dolchen eine Art Pfad ins Gestrüpp hauen.

Als sie wieder einmal innehielten, um sich auszuruhen und zu Atem zu kommen – es war ungeheuer anstrengend, die feuchte Luft in die gierigen Lungen zu saugen –, vernahmen sie ringsum die Geräusche dieser neuen Welt: Kreischen, Heulen, Zwitschern, Trällern und Schreie, die menschlichem Gelächter ähnelten, hallten von den Bäumen. Ein Chor unsichtbarer, erschrekkend fremdartiger Wesen veranstaltete ein mißklingendes Konzert, gleichgültig gegenüber den Neuankömmlingen und deren Absichten.

Einige der Soldaten schlugen das Zeichen des Heiligen vor der Brust. Hoch droben, wo es Licht und Farbe und vielleicht sogar frische Luft gab, war Bewegung; verschwommene Schatten sprangen flatternd umher.

»Dieser ganze Ort lebt«, murmelte Hawkwood.

Sie hatten eine winzige Lichtung erreicht, wo der Bach munter vor sich hin plätscherte und kristallklar in einem Sonnenstrahl funkelte, der irgendwie einen Weg bis zum Waldboden gefunden hatte.

»Das ist weit genug«, sagte Murad und wischte sich den Schweiß aus dem Gesicht. »Unteroffizier Mensuardo, die Flagge.«

Das Gesicht halb im Schatten des Helms verborgen, trat Mensuardo vor und steckte die Fahnenstange, die er getragen hatte, neben dem Bach in den weichen Boden.

Murad holte eine Schriftrolle aus dem Gürtelbeutel hervor und entfaltete sie behutsam, während Mensuardos Gebrüll die Soldaten Habachthaltung einnehmen ließ.

»In diesem Jahr, dem Jahre des Heiligen Fünfhundertundeinundfünfzig, an diesem Tag, dem einundzwanzigsten Tag des Endorion, erhebe ich, Fürst Murad von Galiapeno, hiermit Anspruch auf dieses Land, im Namen unseres großen und edlen Herrschers, König Abeleyn dem Vierten von Hebrion und Imerdon. Von nun an soll dieses Land den Namen« – er blickte empor zum lärmenden Dschungel, den hohen Bäumen – »Neu-Hebrion tragen. Ferner nehme ich, meinem Recht gemäß, die Titel Vizekönig und Gouverneur nämlichen Landes an, dem westlichsten der Besitztümer der hebrionischen Krone. – Unteroffizier, den Salut!«

Mensuardos Exerzierplatzgebrüll stellte selbst den Lärm des Dschungels in den Schatten.

»Präsentiert die Waffen! Legt an! Feuer!«

Donnernd krachte aus mehreren Büchsen gleichzeitig eine Salve los. Wirbelnder, grauer Rauch, der wie Baumwolle in der dichten Luft hing, breitete sich über die Lichtung aus.

Totenstille senkte sich über den Wald.

Die Männer schauten empor in die wuselnden Baumkronen, in denen mit einem Schlag alle Geräusche verstummt waren. Unwillkürlich rückten die Männer näher zusammen.

Ein Knacken im Unterholz ertönte, und Fähnrich di Souza erschien; das Gesicht unter dem blonden Haarschopf war hochrot. Ihm folgten schnaufend und keuchend zwei Seeleute und Bardolin, der Magier. Der Kobold saß mit erstauntem Blick auf der Schulter des Zauberers.

»Herr, wir haben Schüsse gehört«, keuchte di Souza.

»Wir haben den Feind verscheucht«, knurrte Murad. Er löste die Kordel um die hebrionische Flagge, so daß sie sich löste – ein schlaffer, goldener und blutroter Fetzen.

»Erstatte Bericht, Fähnrich«, befahl Murad scharf und fächelte sich Pulverrauch aus dem Gesicht.

»Die zweite Abteilung Boote ist gelandet. Die Matrosen laden soeben die Wasserfässer ab. Sequero bittet um Erlaubnis, Herr, die überlebenden Pferde ans Ufer bringen und Futter für sie suchen zu dürfen.«

»Erlaubnis verweigert«, erwiderte Murad kurz angebunden. »Die Pferde sind vorerst nicht wichtig. Zuerst müssen wir ein Lager für den Landetrupp errichten und das umliegende Gebiet erforschen. Wer weiß, was in diesem verteufelten Unterholz alles lauert.«

Einige Soldaten blickten sich unbehaglich um, bis Mensuardo sie mit Schreien und Tritten dazu brachte, die Hakenbüchsen nachzuladen.

Murad betrachtete die kleine Lichtung. Die Geräusche des Waldes hatten wieder eingesetzt. Schon gewöhnten sie sich daran und empfanden sie nur noch als unbedeutendes, lästiges Ärgernis, das man jedoch keinesfalls zu fürchten brauchte.

»Hier werden wir unser Lager errichten«, sagte Murad. »Der Platz ist gut wie jeder andere. Außerdem haben wir hier frisches Wasser. Kapitän Hawkwood, Eure Leute können die Wasserfässer ebenfalls hier auffüllen.«

Hawkwood schaute auf den knietiefen Bach hinunter, den bereits der Dreck von den Stiefeln der Soldaten trübte, und schwieg.

Bardolin gesellte sich zu ihm. Der alte Zauberer wischte sich mit dem Ärmel übers Gesicht und deutete auf den Dschungel ringsum.

»Habt Ihr je so etwas gesehen? Solch gewaltige Bäume!«

Hawkwood schüttelte den Kopf. »Auf der Jagd nach Elfenbein, Fellen und Flußgold war ich in Macassar, den Dschungeln im Landesinneren der Malacar-Inseln, aber hier sieht es völlig anders aus. Hier wurde nie gerodet.

Dies ist ein urtümlicher Wald, ein von Menschenhand unberührtes Gebiet. Womöglich wurzeln diese Bäume schon seit Anbeginn der Zeit hier.«

»Und träumen seltsame Träume«, fügte Bardolin abwesend hinzu, während er mit einer Hand den Kobold streichelte. »Dieser Ort strotzt vor Macht, Hawkwood. *Dweomer* und noch etwas anderes. Vielleicht etwas, das mit der Natur des Landes zu tun hat. Ich glaube, noch hat es uns nicht bemerkt, doch das wird es noch tun, auf die ihm eigene, gemächliche Art und Weise.«

»Wir wußten von Anfang an, daß dieser Ort bewohnt sein könnte.«

»Ich rede nicht von Bewohnern, ich rede von dem Land selbst. Normannien wurde schon zu lange erforscht, ausgebeutet, vergewaltigt. Mittlerweile besitzen wir das Land, haben es unterworfen. Hier aber gehört das Land ausschließlich sich selbst.«

»Ich hätte nie gedacht, daß Ihr ein Mystiker seid, Bardolin«, meinte Hawkwood leicht gereizt. Seine verletzte Schulter schmerzte.

»Ich bin auch keiner.« Der Magier schien aus seiner Grübelei zu erwachen. Er lächelte. »Vielleicht werde ich alt.«

»Alt! Ihr seid gesünder als ich.«

Zwei Seeleute tauchten auf: Mihal und Masudi. Einer der beiden trug eine Holzkassette.

»Velasca will wissen, ob er die Männer an Land lassen darf, Käpt'n«, sagte Masudi. Sein schwarzes Antlitz schimmerte vor Schweiß.

»Noch nicht. Das hier ist keine Vergnügungsreise. Sag Velasca, er soll sich erst um die Wasservorräte auf dem Schiff kümmern.«

»Aye, Käpt'n«, gab Masudi zurück. »Hier ist die Kassette aus Eurer Kabine, die Ihr haben wolltet.«

»Stell sie ab.«

Murad kam herüber und schaute Hawkwood und Bardolin an. »Ich unternehme mit meiner Truppe einen Streifzug durch das Gebiet. Würdet Ihr uns begleiten? Vielleicht könnt Ihr gewisse Dinge für uns erschnuppern, Magier. Und Hawkwood, Ihr habt gesagt ...«

»Ich habe ihn hier«, unterbrach Hawkwood Murads Redefluß.

Der Kapitän bückte sich, um die Kassette zu seinen Füßen zu öffnen. Darin befanden sich eine Kupferschüssel und ein Eisenspan, der an einem Korkbrocken klebte. Hawkwood füllte die Schüssel mit Wasser aus dem Bach. Einige Soldaten scharten sich um ihn, um zuzuschauen. Wütend fuhr er sie an: »Geht beiseite! Ich kann hier kein Metall gebrauchen. Laßt mir ein wenig Platz.«

Die Männer traten zurück, und Hawkwood legte den Korken mit dem Eisen ins Wasser. Dann kauerte er sich nieder und beobachtete ihn eine Zeitlang, ehe er, an Murad gewandt, verkündete: »Der Bach fließt nach Nord-Nordwest. Wenn wir ihm folgen – und das scheint der einfachste Weg zu sein –, kommen wir über Ost-Südost zurück.«

Er schüttete das Wasser aus der Schüssel, legte alles zurück in die Kassette und richtete sich auf.

»Ein tragbarer Kompaß«, rief Bardolin. »So einfach! Aber es ist dasselbe Prinzip. Ich hätte es wissen müssen.«

»Wir gehen los und folgen dem Lauf des Baches«, sagte Murad. Er wandte sich an di Souza. »Wenn wir in Schwierigkeiten geraten, feuern wir drei Schüsse ab. Sobald ihr sie hört, packt ihr alles zusammen und zieht euch aufs Schiff zurück. Versucht nicht, uns zu folgen, Fähnrich. Wir schlagen uns alleine durch. Dasselbe gilt, falls hier irgend etwas geschieht, während wir fort sind. Aber ich möchte ohnehin lange vor Einbruch der Dunkelheit zurück sein.«

Di Souza salutierte.

Die Gruppe zog los: Murad, Hawkwood, Bardolin und zehn Soldaten.

Sie marschierten mitten im Bach, denn er stellte den Weg des geringsten Widerstandes dar. Alle hatten das Gefühl, durch einen grünen Tunnel zu wandern, den von oben ein schwacher Schimmer erhellte. Unten hingegen herrschte Düsternis. Nur gelegentlich brach ein greller Sonnenstrahl durch ein paar Lücken im Baldachin und bildete einen blendenden Kontrast zu dem allgegenwärtigen Halbdunkel.

Die Männer duckten sich unter tiefhängenden Ästen hindurch und wichen hüftdicken, wild wuchernden Wurzeln aus, die sich im Wasser räkelten wie halbverdurstete Tiere, die zur Tränke gekommen waren. Die Männer hackten sich durch Moosschleier und Kriechpflanzen und taumelten erschrocken zurück, wenn sie mitunter das plötzliche, juwelengleiche Glitzern von Schlangen erblickten, die durch den Mulch des Waldbodens krochen.

Es wurde immer heißer. Das Tosen der See erstarb völlig, wie eine einst lebendige Erinnerung, die verblaßt. Sie befanden sich in einer schmucklosen Kathedrale, deren Säulen die gigantischen Baumstämme darstellten und auf deren Dach ein entferntes Licht und Bewegungen flackerten, begleitet von den höhnischen Schreien seltsamer Vögel.

Der Boden stieg unter ihren Füßen an. Steine ragten aus der Erde wie die Knochen des Landes, die durch die verfaulende Haut hervorlugten. Der Marsch wurde zunehmend beschwerlich; mit hängenden Köpfen und geschulterten Hakenbüchsen quälten die Soldaten sich weiter, ächzend und schnaufend wie Blasebälge. Ein Schwarm winziger, schillernder Vögel stob wie ein Schwall fliegender Juwelen durch die Gruppe. Zunächst flatterten sie in die eine, dann in die andere Richtung, wobei sie in völligem Einklang und schier unglaublich schnell wendeten, gleich einem Schwarm glitzernder Fische. Einige Soldaten schlugen halbherzig mit dem Büchsenkolben oder dem Schwert nach ihnen, und abermals löste der Schwarm sich in einen Sprühregen aus Lapislazuli und Amethyst auf, ehe er zum Baldachin emporstieß.

Der Bach verschwand schließlich in einem Gewirr aus Felsblöcken und Buschwerk, der Wald wucherte immer dichter. Der Anstieg wurde zunehmend steil, so daß jeder Schritt eine neuerliche Qual verhieß. Die Männer schöpften mit den Händen und den Helmen Wasser aus dem Bach, tranken es gierig und wuschen sich die heißen, verschwitzten Gesichter. Doch das Wasser war warm wie Muttermilch und schien die Münder kaum zu befeuchten. Murad führte die Gruppe an. Mit dem Entermesser eines Seemanns hackte er auf die Pflanzenbarriere vor sich ein. Seine Füße rutschten und schlitterten auf den moosbewachsenen Steinen, die Stiefel machten schmatzende Geräusche im Schlamm.

Dann stießen die Männer auf Ameisen, welche die Größe eines menschlichen kleinen Fingers besaßen. Sie trugen grüne Blätter auf dem Rücken, so daß sie wie winzige Schoner mit Toppsegeln aussahen. Auch Käfer schimmerten auf dem Urwaldboden; bei manchen besaßen die Flügelschwingen die Breite eines Apfels; andere hatten Hörner auf den dicken Köpfen. Schuppige Eidechsen, deren Hautfarbe von Smaragdgrün bis Türkis reichte, hockten auf Ästen über ihnen und beobachteten sie schweigend.

An der Quelle des Baches zogen die Männer wieder den Kompaß zu Rate, bevor sie weitergingen, nunmehr nach Nordwesten, da dies der leichteste Weg zu sein schien. Murad befahl einem der Soldaten, alle zwanzig Meter einen Baum zu markieren, so dicht war das Unterholz. Schwerfällig stolperten sie hinter dem hageren Adeligen her, wie hinter einem verrückten Propheten, der sie ins Paradies führte. Der mittlerweile fast stimmlose Mensuardo trieb sie mit Stößen, Tritten und geflüsterten Schimpfkanonaden voran.

Der Dschungel lichtete sich ein wenig. Die Bäume standen weiter auseinander; der Boden dazwischen war mit Steinblöcken übersät, von denen manche so groß wie die Kulverine eines Schiffes waren. Auch die Bodenbeschaffenheit veränderte sich und ging in dunklen Schotter über, der beinahe wie schwarzer Sand wirkte. Er drang in ihre Stiefel und rieb zwischen den Zehen.

Plötzlich erstarrte Murad.

Hawkwood und Bardolin befanden sich weiter hinten im Zug. Leise zischend rief er sie nach vorn.

»Was ist?« fragte Hawkwood.

Murad deutete stumm mit dem Zeigefinger auf etwas, ohne den Blick davon abzuwenden.

Es befand sich oben auf einem Baum, etwa vierzig Fuß vom Erdboden entfernt. Der Baldachin war an der Stelle unterbrochen und von grellem, gleißendem Licht erfüllt. Hawkwood blinzelte in die ungewohnte Helligkeit.

»Großer Gott«, entfuhr es Bardolin neben ihm.

Dann erblickte es auch Hawkwood.

Es stand auf einem mächtigen, geraden Ast und umklammerte den Stamm, von dem der Ast ausging. Das Wesen hatte fast dieselbe haselnußbraune Farbe wie der Baum, deshalb konnte Hawkwood es zuerst nicht ausmachen. Dann aber drehte es den Kopf, und er erspähte die Bewegung.

Es handelte sich um eine Art riesigen Vogel. Die Flügel glichen jenen einer Fledermaus, waren aber ledriger. Sie umspannten den Baumstamm. Am Ende der skelettähnlichen Gestalt befanden sich Klauen. Die nahezu perfekte Tarnfarbe des Tieres ließ es kaum erkennen; man konnte nur mühsam ausmachen, wo die Flügel begannen und die Rinde des Baumes endete, aber das Wesen war eindeutig groß. Der runzlige, feder- und fellose Körper entsprach in seiner Länge der eines Menschen, und die Spannweite der Flügel mußte gut drei Faden oder mehr betragen. Auf dem langen Hals saß ein totenschädelähnlicher Kopf mit erstaunlich kleinen Augen, die wie bei einer Eule mitten im Antlitz saßen; dazwischen war ein gefährlich aussehender, schwarzer Schnabel zu erkennen.

Langsam blinzelten die Augen. Sie waren gelb und wiesen die Form von Schlitzen auf. Die Kreatur schien keineswegs erschrocken über die Anwesenheit der Gruppe, sondern betrachtete sie mit trägem Interesse; beinahe, so konnte man meinen, mit intelligentem Blick.

Bardolin trat vor und zauberte mit der rechten Hand ein Schimmern in die Luft. Das Wesen starrte ihn furchtlos und offenbar neugierig an.

Ein lautes Krachen, ein Blitz, aufsteigender Rauch.

»Feuer einstellen, verdammt!« brüllte Murad.

Das vogelähnliche Wesen löste sich vom Baumstamm und ließ sich rücklings fallen. Mitten im Sturz drehte es sich, blitzschnell und anmutig, dann breitete es die großen Schwingen aus und schlug zweimal damit. Der solcherart erzeugte Luftzug ließ den Rauch auseinanderwallen und wehte Hawkwood die verschwitzten Haare aus der Stirn. Die Flügel des Wesens ächzten und knarrten wie Segel. Die Kreatur schwang sich zum Baldachin empor, stieg auf in den blauen Himmel dahinter, schrumpfte zu einen winzigen Punkt zusammen und verschwand schließlich in der Ferne.

»Wer hat geschossen?« fragte Murad. »Wessen Waffe war das?« Er bebte vor Zorn. Ein Soldat, aus dessen Hakenbüchsenmündung Rauch kräuselte, zitterte vor Angst, als Murad auf ihn zukam.

Unteroffizier Mensuardo trat zwischen die beiden.

»Es war mein Fehler, Herr. Ich habe den Männern befohlen, die Hähne gespannt und die Lunten brennen zu lassen. Gabrio hat einfach die Nerven verloren, Herr.

Muß wohl der Anblick dieses Ungeheuers gewesen sein. Es wird nicht wieder vorkommen. Ich werde ihn selbst bestrafen, sobald wir zurück sind.«

Murad funkelte seinen Unteroffizier an, nickte schließlich aber. »Tu das, Mensuardo. Schade, daß der Narr daneben geschossen hat, wo er schon feuern mußte. Ich hätte zu gern einen genaueren Blick auf das Vieh geworfen.«

Verstohlen schlugen einige Soldaten das Zeichen des Heiligen vor der Brust. Offenbar teilten sie den Wunsch ihres Kommandeurs nicht.

»Was war das, Bardolin?« fragte Murad den Zauberer. »Habt Ihr irgendeine Ahnung?«

Die Züge des alten Magiers wirkten ungewöhnlich besorgt.

»Ich habe noch nie etwas gesehen, das diesem Wesen auch nur entfernt ähnelt, außer vielleicht auf den Seiten eines Bestiariums. Das war eine fremdartige, eine unnatürliche Kreatur. Habt Ihr die Augen gesehen? Dahinter verbarg sich ein Verstand, Murad. Und es stank förmlich nach *Dweomer*.«

»Also war es ein magisches Wesen?« fragte Hawkwood.

»Ja. Und mehr als das: Es war eine künstliche Kreatur, nicht von Gottes Hand, sondern von der Magie eines Menschen erschaffen. Aber die Kraft, die man aufwenden muß, um ein solches ... Ding entstehen zu lassen, es ins Leben zu rufen ... es ist überwältigend. Ich hätte nie gedacht, daß ein Magier je über solche Macht verfügen könnte. Würde ich etwas Ähnliches versuchen, ich würde dabei umkommen.«

»Was habt Ihr da in der Luft schimmern lassen?« erkundigte Murad sich.

»Eine Luftglyphe. Seelenlesen ist eine der Disziplinen, die ich beherrsche. Ich habe versucht, im Herzen der Bestie zu lesen.«

»Und ist es Euch gelungen?«

»Nein … nein, ist es nicht.«

»Verflucht sei der zuckende Zeigefinger dieses närrischen Bastards!«

»Nein, daran lag es nicht. Ich konnte deshalb nicht im Herzen dieses Wesens lesen, weil es kein echtes Tier war.«

»Was sagst du da, Magier?«

»Ich bin nicht sicher. Ich glaube, daß Menschlichkeit in diesem Wesen steckte. Eine Seele, wenn Ihr so wollt.«

Stumm musterten Murad und Hawkwood den Zauberer. Der Kobold blickte sich um, dann nahm er vorsichtig die Finger aus den Ohren. Er haßte laute Geräusche.

Murad wurde bewußt, daß die Soldaten sich um ihn scharten und lauschten. Seine Züge verhärteten sich.

»Es geht weiter! Wir unterhalten uns später darüber. Unteroffizier Mensuardo, übernehmt die Vorhut, und sorgt dafür, daß die Männer die Waffen sichern. Ich will keine unbeabsichtigten Schüsse mehr, sonst räumt Fähnrich di Souza noch das Lager.«

Die Bemerkung rief beklommenes Gelächter hervor. Die Männer stellten sich wieder in Reih und Glied auf und marschierten los. Wortlos trottete Bardolin hinterher. Auf seiner Stirn lagen tiefe Falten.

Immer steiler neigte sich der Boden. Offenbar befanden sie sich auf den Ausläufern eines Hügels oder eines kleinen Berges. Das Gehen fiel ihnen schwer, denn der schwarze, sandähnliche Schotter auf dem Waldboden gab unter ihren Füßen nach. Es war, als würden sie eine gewaltige Sanddüne erklimmen und für jeden gewonnenen Meter fast wieder einen Meter zurückrutschen.

»Was ist das für Zeug?« fragte Murad. Er verzog das Gesicht zu einer Grimasse und wischte ein Insekt fort, das an der zernarbten Wange saugte.

»Asche, glaube ich«, erwiderte Hawkwood. »Hier hat ein gewaltiges Feuer gewütet. Die Masse muß einen halben Faden tief sein.«

Außerdem gab es Felsgestein, schwarz und an manchen Stellen fast glasig. Die Bäume durchwuchsen es mit der Zeit und drängten es den Hang hinunter. Und was für Bäume! Nirgends auf der Welt, nicht einmal in Gabrion, gab es solche Bäume, aufrecht und gerade wie Lanzen, hart wie Bronze. Ein Schiffbauer hätte aus einem einzigen Stamm einen Toppmast zimmern können oder aus zweien den Kiel eines Schiffes. Doch der Aufwand – die Arbeit, der es bedürfte, um einen solchen Giganten des Waldes zu fällen! Bei dieser Hitze würde die Anstrengung einen Mann töten.

Schier endlos quälten sie sich weiter, mit hängenden Köpfen. Sie vergaßen alles um sich herum, dachten nur an den nächsten Schritt, der vor ihnen lag. Einige Soldaten hielten inmitten der Plackerei inne, um sich mit vorquellenden Augen zu übergeben. Murad erlaubte ihnen, die Helme abzunehmen und die Brustharnische zu lockern; dennoch vermittelten die Männer den Eindruck, als würden sie in der schweren Rüstung langsam bei lebendigem Leibe gegart.

Endlich erblickten sie ungebrochenes Sonnenlicht vor sich, einen freien Platz. Die Bäume endeten. Vor ihnen erstreckten sich blanker Fels, Asche und Schotter, und über ihnen war nur der blaue, wolkenlose Himmel zu erblicken.

Mit brennenden Lungen beugten die Männer sich vornüber und stützten sich auf die Knie. Der Sonnenschein ließ sie blinzeln und die Augen zusammenkneifen. Einige Soldaten ließen sich entkräftet auf den Rükken fallen und verharrten wie funkelnde, bewegungsunfähige Käfer; sie konnten sich kaum mehr rühren, waren nur noch imstande, gierig die dampfende Luft einzusaugen.

Als Hawkwood sich schließlich aufrichtete, entfuhr ihm ein erstaunter Schrei ob des Anblicks, der sich ihm bot.

Sie befanden sich über dem Dschungel, am höchsten Punkt dieser Welt, wie es schien. Die Gruppe hatte den Gipfel eines scharfkantigen, kreisförmigen Rückens erklommen, wie sich nun zeigte, der eine merkwürdig anmutende, vollkommene Symmetrie aufwies.

Hawkwood konnte viele Wegstunden weit in jede Richtung schauen. Als er sich umwandte, erblickte er den Westlichen Ozean, der bis zum Horizont reichte. In weiter Ferne, klein wie ein Kinderspielzeug, lag die *Osprey* vor Anker. Eine Linie weißer Brandung entlang der Küste kennzeichnete die Riffs, außerdem erspähte er im Norden, etwa acht Wegstunden entfernt, eine Gruppe kleiner, konischer Inseln.

Westlich, im Landesinneren, lag der Dschungel wie ein endloser, grünlicher Teppich – grell, farbenfroh, geheimnisvoll. Weitere Formationen, wie jene, auf der sie standen, ragten daraus hervor, große Kreise aus blankem Fels inmitten des satten Grüns, kahl wie Grabsteine und von unnatürlicher Gestalt. Wie verschorfte Wunden zernarbten sie den Wald. Hinter ihnen, weit entfernt und in der flimmernden Gluthitze kaum erkennbar, thronten hohe Berge, blau wie Tabakrauch.

Im Norden und Westen aber war etwas anderes. Dort bildeten sich Wolken – riesige Massen heißen Dampfes, grau und regenschwanger. Ein Schatten beherrschte diesen Horizont, ein Schatten, der in den Himmel aufragte, bis er sich in den Wolken verlor: ein Berg wie aus einem Märchen, höher als jeder der Granitgiganten in den Bergen von Hebros. Vielleicht fünfzehntausend Fuß war dieser Riese hoch, obwohl es sich schwer schätzen ließ, da der Gipfel im wallenden Dampf verborgen lag.

»Krater«, erklärte Bardolin, der an seine Seite trat.

»Was?«

»Saffarac von Cartigella, ein Freund von mir, besaß einst ein Sehgerät, ein Wunderding, das aus zwei sorgfältig geschliffenen, in einer Lederröhre montierten Linsen bestand. Er hoffte, einen Beweis für seine Theorie zu finden, daß die Erde um die Sonne kreist, nicht umgekehrt. Deshalb betrachtete er den Mond – den der Erde nächsten Himmelskörper. Dort entdeckte er Formationen wie diese Krater. Er hielt zweierlei Ursachen für möglich. Erstens: Heißes Gestein schoß in einer Reihe von Explosionen aus dem Mond ...«

»Wie bei Schießpulver, meint Ihr?«

»Ja. Oder die Krater wurden von riesigen Felsbrocken verursacht, die auf die Oberfläche stürzten, wie der Stein, der vor etwa zehn Jahren auf Fulk niederging. Er war so groß wie ein Pferd und glühend heiß, als er in den Boden einschlug. In klaren Nächten kann man sie am Himmel beobachten – Lichtstreifen, die auf die Erde zurasen; sterbende Sterne, die in einem wunderschönen Lichterspiel ihr Leben aushauchen.«

»Und das hat diese Landschaft geschaffen?« fragte Murad, der hinter ihnen auftauchte.

»Es ist eine Theorie.«

»Ich habe gehört, daß es in südlichen Breiten Berge wie diesen gibt«, erzählte Hawkwood. »Aus einigen steigen Rauch und schwefelige Dämpfe auf.«

»Seemannsgarn«, knurrte Murad. »Ihr seid in keiner abrusischen Spelunke, wo ihr den Pöbel beeindrucken müßt, Hawkwood.«

Der Kapitän erwiderte nichts. Wie gebannt bestaunte er das Panorama vor ihnen.

»Vor kaum fünfzig Jahren wäre man für die Behauptung, die Erde sei rund und nicht flach wie eine Scheibe, auf dem Scheiterhaufen verbrannt worden«, erklärte Bardolin beschwichtigend. »Heute vertritt man selbst in Charibon die Auffassung, daß wir in einer Umlaufbahn kreisen, wie Terenius von Orfor meint.«

»Mir ist es gleich, welche Form die Welt hat, solange meine Beine darauf wandeln können«, herrschte Murad den Magier an.

Sie blickten hinab in den Trog, den der Felsrücken einschloß. Ein vollkommen runder Flecken Dschungel befand sich darin. Hawkwood schätzte, daß sie sich derzeit in etwa dreitausend Fuß Höhe befanden, doch die Luft schien kaum dünner zu sein als im dichtesten Wald.

»Heyeran Spinero«, sagte Murad. »Runder Rücken. Ich werde ihn auf der Karte verzeichnen. Weiter gehen wir heute nicht. Mir scheint, von Norden her zieht Regen auf, und ich will vor Einbruch der Dunkelheit zurück im Lager sein.«

Keiner von ihnen sprach es aus, aber sie alle dachten an den eigenartigen Vogel, der sie so sorglos betrachtet hatte. Der Gedanke an eine Nacht fernab der Kameraden, in einem Wald, den solche Wesen bevölkerten, war unerträglich.

Mensuardos Krächzen erregte ihre Aufmerksamkeit. Der Unteroffizier deutete hinab auf das Land unter ihnen.

»Was ist?« fragte Murad ihn barsch. Er schien die Erschöpfung ausschließlich mit Griesgrämigkeit zu bekämpfen.

Mensuardo konnte nur mit dem Finger zeigen und flüstern; sein Exerzierplatzgebrüll hatte sich in ein heiseres Krächzen verwandelt. »Dort, Herr, rechter Hand von diesem seltsamen Hügel, gleich oberhalb der Flanke. Seht Ihr es?«

Angestrengt spähten sie hinab, während die anderen Soldaten teilnahmslos herumsaßen, den letzten Rest Wasser tranken und die Gesichter damit befeuchteten.

»Bei allen Heiligen!« stieß Murad leise hervor. »Habt Ihr es gesehen, meine Herren?«

Ein freier Platz im Dschungel, eine winzige Lichtung, auf der sie eine Art Trampelpfad erblickten.

»Eine Straße oder ein Weg«, meinte Bardolin, der zur Unterstützung der müden Augen einen Weitsichtzauberspruch flüsterte.

»Hawkwood, holt dieses Ding hervor, und peilt die Richtung der Stelle«, befahl der Adelige gebieterisch.

Stirnrunzelnd tat Hawkwood, wie ihm geheißen, und füllte die Schüssel mit seinem Trinkwasser. Kurz betrachtete er das Eisen abwägend, dann erklärte er: »West-Nordwest von hier aus. Etwa fünfzehn Wegstunden entfernt, würde ich sagen. Es muß eine breite Straße sein, wenn man sie auf diese Entfernung sehen kann.«

»Das, meine Herren, ist unser Ziel«, verkündete Murad. »Sobald wir das Lager aufgeschlagen haben, führe ich einen Erkundungstrupp ins Landesinnere. Selbstverständlich werdet ihr beide mich begleiten. Wir werden zu dieser Straße aufbrechen und denjenigen zu finden versuchen, der sie gebaut hat.«

Unteroffizier Mensuardo stand reglos wie ein Holzpflock da. Murad drehte sich zu ihm um.

»Je weniger Leute davon wissen, desto besser. Vorerst jedenfalls. Ist das klar, Unteroffizier?«

»Ja, Herr.«

»Gut. Bring die Männer auf die Beine. Es ist an der Zeit, den Rückweg anzutreten.«

»Ja, Herr.«

Kurz darauf waren sie bereits wieder unterwegs, diesmal hügelabwärts. Sie folgten den Spuren, die ihre Füße beim Aufstieg hinterlassen hatten. Hawkwood und Bardolin hielten sich eine Weile hinter dem übrigen Zug und beobachteten, wie die Wolken sich rund um den großen Berg im Norden auftürmten.

»Ich bringe ihn noch um, bevor wir dieses Land verlassen«, murmelte Hawkwood. »Irgendwann wird er die Grenze des Erträglichen überschreiten.«

»Das ist seine Art«, entgegnete Bardolin. »Er kennt nichts anderes. Er ist auf Euch und mich angewiesen, und das ist ihm zuwider. Murad ist genauso verloren wie jeder von uns.«

»Verloren! So also schätzt Ihr unsere Lage ein?«

»Wir befinden uns auf einem dunklen Kontinent. Wer auch immer vor uns hier war, wollte verhindern, daß wir ihn je zu Gesicht bekamen. Überall hier ist *Dweomer*, und alles strotzt vor Leben. Nie zuvor habe ich etwas Ähnliches gespürt. Macht, Hawkwood – die Macht, so groteske und grausige Wesen wie jene geflügelte Kreatur zu erschaffen. Früher sprach ich es nicht aus, weil ich unsicher war, jetzt aber bin ich sicher: Der Vogel war einst ein Mensch wie Ihr und ich. Im Schädel des Tieres befand sich der Rest eines menschlichen Verstandes. Nicht wie bei einem Gestaltwandler, sondern anders. Dauerhaft. In diesem Land gibt es jemanden oder etwas, der grauenhafte Dinge anstellt, die den Gesetzen der Natur widersprechen. Murad mag vielleicht erpicht darauf sein, diesen Jemand zu treffen, ich hingegen bin es nicht – und sei es nur deshalb, weil ich die Beweggründe hinter solchen Taten bis zu einem gewissen Grad begreife. Macht, gepaart mit Verantwortungslosigkeit. Die gefährlichste Mischung der Welt, die verführerischste aller Versuchungen. Die Quintessenz des Bösen.«

Wortlos trotteten sie hinter den letzten Soldaten her, während die Lebewesen des Dschungels rings um sie höhnisch schrien.

Kapitel 11

Auf dem Weg zurück regnete es, und wie alles in diesem Land erwies sich auch der Regen als merkwürdig. Binnen weniger Minuten verdunkelte sich der Himmel, und die Düsternis unter den Bäumen verwandelte sich in ein Zwielicht, durch das sie halb blind weitertaumelten, die Augen fest auf den Vordermann gerichtet. Donner grollte über ihnen, und sie blickten gerade noch rechtzeitig empor, um die ersten Tropfen vom Dach der Bäume herabprasseln zu sehen.

Das Grollen wurde immer lauter, bis die Männer einander kaum noch hören konnten. Der Regen ergoß sich wie aus Eimern über sie, sintflutartig, ehrfurchtgebietend. Er war warm wie Badewasser und dick wie Wein. Den Großteil der Wassermassen fing der Baldachin ab, so daß der Regen in kleinen Wasserfällen die Baumstämme herabstürzte und regelrechte Flüsse entstehen ließ, die den Wanderern um die Stiefel spülten. Der Niederschlag riß Pflanzen zu Boden und verwandelte sie in Matsch und Schleim. Die Gruppe hockte sich in den Schutz eines gigantischen Baumes, während der niederpeitschende Regen ihre düstere Welt beherrschte; ein Chaos herabstürzender Wassermassen, in dem sie kaum die Hand vor Augen sahen.

Sie erblickten die dunklen Gestalten winziger, zuckender Tiere, die von ihren Zufluchtsorten oben in den Bäumen herunter gespült wurden und zu Boden purzelten. Der an den Baumstämmen herabrinnende Regen glich einer Suppe aus Rindenbrocken und Insekten, die durch die Halsöffnungen der Rüstungen drang, die Hakenbüchsen durchnäßte und die Pulverhörner mit so viel Wasser füllte, daß sie wohl nie wieder trocknen würden.

Über eine Stunde hockten die Männer da und beobachteten furchtsam und staunend die tobenden Elemente. Und dann hörte der Regen auf. Binnen weniger Herzschläge verstummte der grollende Donner, die Ströme versiegten, und das Licht wurde heller.

Blinzelnd standen sie auf, schütteten Wasser aus Büchsenläufen und Helmen und wischten es sich aus den Gesichtern. Der Wald erwachte wieder zum Leben. Neuerlich stimmten die Vögel und die übrige, unbekannte Tierwelt ihren endlosen Chor an. Das Wasser um die Füße der Männer versiegte im weichen Boden und verschwand. Die letzten Regentropfen ergossen sich in Rinnsalen von den Blättern der hohen Bäume und funkelten im Sonnenlicht wie herabfallende Juwelen. Der Dschungel moderte und dampfte.

Murad wischte sich die strähnigen Haare aus der Stirn und rümpfte die Nase. »Dieser Ort stinkt schlimmer als eine Gerberei im Hochsommer. Bardolin, Ihr seid unser Fachmann für diese Welt. Glaubt Ihr, dieser Regen war für die hiesigen Verhältnisse normal?«

Der triefnasse Zauberer zuckte mit den Schultern.

»In Macassar gibt es plötzliche Regengüsse wie diesen, aber dort kommen sie nur im Monsun vor«, meldete Hawkwood sich zu Wort.

»Also sind wir mitten im Monsun hier angekommen?«

»Ich weiß es nicht«, gab der Seefahrer matt zurück. »Von Händlern aus Calmar habe ich gehört, daß es südlich von Punt Dschungel gibt, in denen es jeden Tag so regnet. Dort gibt es keinen Winter, keinen Sommer, überhaupt keine Jahreszeiten. Ein Monat gleicht dem anderen.«

»Gott stehe uns bei«, murmelte einer der Soldaten.

»Das ist lächerlich«, fuhr Murad Hawkwood an. »In jedem Land der Welt gibt es Jahreszeiten! Es *muß* welche geben! Wie kann eine Welt ohne Frühling und Winter bestehen? Wann soll man sonst die Ernte einholen oder den Samen säen? Wollt Ihr nicht endlich aufhören, mir Euer Seemannsgarn aufzutischen, Hawkwood?«

Die Züge des Kapitäns verfinsterten sich, doch er schwieg.

Stumm zogen sie weiter, und ohne Hawkwoods Kompaß hätten sie sich unweigerlich verlaufen, denn der kleine Bach, dem sie am Morgen gefolgt waren, hatte sich in eines von zahlreichen schmutzigen Flüßchen verwandelt. Wie Seeleute auf dem offenen Meer suchten die Männer nur mit Hilfe des Kompasses den Weg zurück. Als sie endlich die Stimmen der Kameraden aus dem notdürftig errichteten Lager vernahmen, war das Licht schwach und trüb geworden, was erahnen ließ, daß die Sonne bald untergehen würde.

Das Lager glich einem Trümmerhaufen. Die Fäuste in die schmalen Hüften gestemmt, stand Murad da und betrachtete das Chaos mit versteinerter Miene. Der Bach, der mitten durch das Lager floß, war über die feuchten Ufer getreten, so daß die Männer nunmehr durch einen wahren Sumpf aus Schlamm und verrottenden Pflanzenteilen wateten. Nebelgleich stieg Dampf von der gesättigten Erde auf. Die Männer im Lager hatten ein paar junge Bäume gefällt, mit denen sie eine provisorische Palisade errichten wollten, doch das Holz blieb in der weichen Erde einfach nicht stecken; wie faulige Zähne schwankten und wackelten die Pfähle.

Fähnrich di Souza bahnte sich mit schlammverschmierten Stiefeln den Weg zu seinem Vorgesetzten.

»Herr … ich meine, Exzellenz … der Regen. Er hat das Lager weggespült. Ein bißchen Pulver konnten wir trocken halten, aber …« Seine Stimme versagte.

»Schafft alles auf eine Seite, weg vom Bach«, brüllte Murad. »Die Männer sollen sofort damit beginnen. Es wird bald dunkel.«

Eine weitere Gestalt tauchte im zunehmenden Halbdunkel auf: Fähnrich Sequero, di Souzas adeliger Offizierskollege, präsentierte sich verblüffend sauber und ordentlich, da er gerade vom Schiff kam.

»Was tust du an Land, Fähnrich?« fragte Murad. Er wirkte wie ein Mann, den eine unsichtbare Macht langsam krümmte und in eine bebende Gestalt verwandelte, von der eine beinahe spürbare Spannung ausging. Willig machten die Soldaten sich an die Arbeit; sie wußten, daß man Murads Zorn besser mied.

»Eure Exzellenz«, sagte Sequero mit einem Lächeln, das an Unverschämtheit grenzte. »Die Fahrgäste wollen wissen, wann sie an Land gehen dürfen. Außerdem sind Tiere an Bord. Vor allem die Pferde brauchen Auslauf auf festem Boden und frisches Futter.«

»Sie werden warten müssen«, erwiderte Murad gefährlich leise. »Und jetzt sieh zu, daß du zurück aufs Schiff kommst, Fähnrich.«

Noch während er sprach, erstarb das Licht. Es wurde so schnell dunkel, daß einige der Seeleute und Soldaten sich furchtsam umblickten und das Zeichen des Heiligen vor der Brust schlugen. Nach einem kurz währenden Zwielicht trat tiefschwarze Finsternis ein, eine drükkende Dunkelheit, nur vom Gefunkel vereinzelter Sterne durchbrochen, die durch Lücken im Baldachin schienen.

»Heiliger Ramusio!« rief jemand. »Was für ein Land.«

Eine Zeitlang sprach niemand. Wie versteinert verharrten die Männer, während der Dschungel in der Nacht verschwand, mit ihr verschmolz. Die Geräusche des Waldes veränderten sich, nicht aber deren Lautstärke. Ein unsichtbares Chaos umfing die Männer.

»Macht doch irgend jemand ein Feuer an, um Himmels willen«, rief Murad, und seine Stimme durchschnitt die Stille im Lager. Männer tappten in der Dunkelheit umher, schmatzende Geräusche begleiteten die Schritte der Stiefel durch den Schlamm. Funken blitzten auf.

»Der Zunder ist völlig durchnäßt ...«

»Dann nehmt ein bißchen von dem trockenen Pulver«, erklang Hawkwoods Stimme.

Ein schwefeliger Blitz zuckte auf, gleich einer fernen Flammensäule.

»Zündet ein paar Pfeiler an. Die sind das einzige, das einigermaßen trocken blieb.«

Etwa eine halbe Stunde lang scharten sich die Bewohner der neuen, westlichen Kronkolonie um einen Soldaten, der ein Feuer zu entfachen versuchte. Wie ein Volk vor dem Weltuntergang wirkten sie, wie sie so in der entsetzlichen, unbekannten Dunkelheit hockten, während ihre Augen sich nach Licht sehnten, um zu sehen, was womöglich aus der Nacht auf sie zustürzen mochte.

Endlich erwachten die Flammen zum Leben. Die Männer schauten einander an, ein Kreis aus Gesichtern um ein winziges Feuer. Rings um sie thronte der Dschungel, und die Geschöpfe der Nacht schienen ihre Furcht zu verlachen und zu verspotten. Sie waren in einer fremden Welt, verloren und einsam wie verlassene Kinder.

Später in der Nacht saßen Hawkwood und Bardolin an einem der Feuer zusammen. Dreißig Männer befanden sich an Land und lagen um ein Dutzend Lagerfeuer, die im Matsch knisterten und zischten. Zwölf Mann hielten mit Hellebarden und Schwertern Wache, während einige andere planvoll und vorsichtig einen Schießpulverhaufen umrührten und versuchten, ihn zu trocknen, ohne sich dabei geradewegs ins Himmelreich zu sprengen. Im Augenblick waren die Hakenbüchsen nutzlos.

»Wir gehören nicht hierher«, meinte Hawkwood leise, während er Bardolins Kobold unter dem Kinn kraulte. Das kleine Wesen gurrte und lächelte ihn an; seine Augen wirkten im Feuerschein wie zwei winzige Lampen.

»Vielleicht dachten die ersten Fimbrier dasselbe, die

sich in den Osten des Malvennor-Gebirges wagten«, erwiderte Bardolin. »Neue Länder, unerforschte Weiten – zu Beginn erscheinen sie immer seltsam.«

»Nein, Bardolin, es ist mehr als das, und Ihr wißt es. Die ganze Natur dieser Welt ist anders. Feindselig. Fremdartig. Murad dachte, er könnte einfach an Land spazieren und hier sein Königreich errichten, aber so einfach wird es nicht sein.«

»In dieser Hinsicht tut Ihr ihm unrecht«, widersprach der Magier. »Nach allem, was auf dem Schiff geschehen ist, wußte er bestimmt, daß es nicht einfach sein würde. Er tastete sich langsam vor, doch er ist den Konventionen seines Ranges und seiner Ausbildung verhaftet. Murad denkt wie ein Soldat, wie ein Adeliger.«

»Also denkt Fußvolk, wie wir es sind, so viel freier?« fragte Hawkwood und grinste erschöpft.

»Vielleicht. Für uns steht nicht so viel auf dem Spiel.«

»Ich besitze ein Schiff, und auch mein Leben entscheidet sich in dieser Welt«, erinnerte Hawkwood ihn.

»Und ich habe keine andere Heimat mehr. Dieser Kontinent ist vermutlich der einzige Ort auf der Welt, an dem ich und meinesgleichen frei von Vorurteilen leben und einen Neubeginn wagen können«, sagte Bardolin. »So sollte es jedenfalls sein. Dann aber muß ich erkennen, daß ich zu ausgezehrt bin, um auch nur ein Werlicht zu entfachen. Kein gutes Omen für einen Neubeginn.«

Der Zauberer verstummte und lauschte den Geräuschen des Dschungels.

»Was ist da draußen, Bardolin?« beharrte Hawkwood. »Was für Menschen oder Bestien haben Anspruch auf dieses Land erhoben, bevor wir es taten?«

Der alte Magier stocherte im Feuer; dann zuckte er plötzlich zusammen, schlug sich auf die Wange und zog ein dickes, vielbeiniges Insekt aus seinem Gesicht. Einen Augenblick betrachtete er es neugierig, dann warf er es in die Flammen.

»Wie ich schon sagte, hier ist *Dweomer,* und zwar mehr, als ich je an einem anderen Ort gespürt habe«, erklärte er. »Das Land, das wir heute vor uns sahen, strotzt geradezu vor Magie.«

»War das wirklich eine Straße? Werden wir hier auf eine fremde Zivilisation stoßen?«

»Ich glaube schon. Ich habe das Gefühl, auf diesem Kontinent existiert etwas, von dem wir im ramusischen Westen nicht die leiseste Ahnung hatten. Immerzu muß ich an Ortelius denken, unseren unerwünschten Bruder vom Ersten Tage und Werwolf. Er sollte dafür sorgen, daß keines Eurer Schiffe je hierher gelangt, soviel ist sicher. Wahrscheinlich hatte er auf Eurem zweiten Schiff, das letztlich unterging, einen Helfer. Auf jeden Fall bekam er den Auftrag von jemandem aus dieser seltsamen Welt, in der wir an Land gingen. Und durch das alles zieht sich *Dweomer,* das Werk von Magiern. Hawkwood, ich glaube, keiner von uns wird diesen Kontinent je wieder lebend verlassen.«

Der Seefahrer starrte ihn über das Feuer hinweg an. »Ist es nicht ein wenig früh für derart schaurige Vorhersagen?« brachte er schließlich hervor.

»Wahrsagerei ist eine der Sieben Disziplinen. Sie zählt jedoch nicht zu den meinen, ebensowenig wie Wettermacherei und Gestaltwandeln. Dennoch fühle ich, daß wir hier keine Zukunft haben. Ich weiß es, und trotz Murads Gerede und Gehabe glaube ich, daß auch *er* es weiß.«

Bei Sonnenaufgang erwachte der Landetrupp in einem feuchten, schlammigen Lager. Sogleich begann Murad, Befehle zu erteilen, und Unteroffizier Mensuardo trieb den Männern die morgendliche Müdigkeit rasch aus. Die Nacht war ereignislos verstrichen, doch nur wenige der Männer hatten geschlafen. Hawkwood hatte das einlullende Geschaukel seines Schiffes und das sanfte Plätschern der Wellen am Rumpf vermißt. Im Augenblick schien ihm die *Osprey* der sicherste Ort der Welt zu sein.

Die Männer taumelten an den hellen Strand, wo ihnen bereits die Hitze des grellen Sandes entgegenschlug. Jenseits des Riffs lag die Karacke vor Anker, ein für Seeleute und Soldaten gleichermaßen beruhigender Anblick.

Das Frühstück bestand aus Schiffszwieback und steinhartem Pökelfleisch, das sie kalt am Strand aßen. Zwar hingen ringsum verschiedenste Früchte in Reichweite, doch Murad hatte allen verboten, sie anzurühren; deshalb ernährten sie sich weiterhin wie zuvor auf hoher See.

Den ganzen Vormittag über pendelten die Beiboote durch das Riff an Land und brachten Proviant und Ausrüstung vom Schiff. Die überlebenden Pferde waren zu schwach, um hinter den Booten herzuschwimmen; deshalb wurden sie verschnürt und wie leblose Kadaver in die größeren Kähne hinabgelassen. Nachdem man sie auf dem Trockenen losband und die Tiere zum ersten Mal seit Monaten wieder festen Boden unter den Beinen spürten, standen sie wie abgemagerte Zerrbilder der prächtigen Tiere da, die sie einst gewesen waren, und Sequero setzte sofort ein halbes Dutzend Männer auf die Futtersuche an.

Hawkwoods Seeleute füllten die Wasserfässer auf und schleppten sie in wogenden Strängen zur Karacke hinaus. Eine weitere Gruppe, die Hawkwood persönlich führte, ruderte zu jenem Teil des Riffs hinaus, an dem das Wrack der *Gnade Gottes* zerschellt war.

Die Brandung war zu stark, um dichter heranzufahren, doch sie erblickten einen ausgedörrten Leichnam inmitten der Holztrümmer des Bugspriets, von den Seevögeln und den Elementen bis zur Unkenntlichkeit verstümmelt.

Auch weiter oben an der Küste fanden sie Wrackteile, überwiegend kleine Trümmer. Der Aufprall auf das Riff mußte die Karavelle wie bei einer Explosion zerschmettert haben. Eine Meile weiter nördlich stieß Hawkwoods Besatzung auf die verwesenden Überreste einer weiteren Leiche, außerdem auf Kleiderfetzen. Das war alles. Wie es schien, waren Besatzung und Fahrgäste der Karavelle bis auf den letzten Mann umgekommen.

Schließlich wurden die Fahrgäste der Karacke an Land gerudert, über achtzig Personen an der Zahl. Wie Gestrandete scharten sie sich an den Gestaden des neuen Landes. In gewisser Weise waren sie das auch – Gestrandete.

Zu Hause in Hebrion herrschte zur Zeit Winter, und das alte Jahr ging zur Neige. Die Berge von Hebros würden im Schnee ersticken, die Winterstürme das Wasser des fimbrischen Golfs und der hebrionischen See aufpeitschen. Hier hingegen regierte eine unbarmherzige, drückende Hitze, ein Moder feuchten Dschungelgestanks, der wie Rauch in den Kehlen kratzte. Das alles sog die Kraft aus den Männern heraus und lastete wie ein Kettenhemd auf ihnen. Und doch nahm die Arbeit kein Ende; immer neue Befehle wurden erteilt, und ohne Unterlaß werkelten sie weiter.

Sie brachen das Lager der vergangenen Nacht ab und zogen vom Strand etwa eine Viertelmeile ins Landesinnere. Murad ließ die Soldaten, Seeleute und Zivilisten zwischen den Stämmen der gewaltigen Bäume eine Lichtung roden. Die frischgebackenen Kolonisten fällten viele jüngere Bäume und brannten soviel wie möglich von dem üppigen Pflanzenwuchs nieder. Den Rest, der zu feucht war, um Feuer zu fangen, entfernten sie mit Äxten und Messern. Sie errichteten Hütten aus Holz, Segeltuch und Rieddächern und bauten eine mannshohe Palisade mit Schießscharten für die Hakenbüchsen und schmucklosen, hölzernen Wachtürmen an jeder Ecke.

Fast jeden Nachmittag wurde die Arbeit von den sintflutartigen, von Donner begleiteten Regenfällen unterbrochen, die wie der Zorn eines launischen Gottes kamen und gingen. Schon sehr bald erkrankten einige der Kolonisten – überwiegend die älteren – und ein schreiendes Kleinkind. Zwei starben im Fieberwahn; die Anstrengungen der Reise und des neuen Landes waren zuviel für sie gewesen. Und so erhielt die neugegründete Kolonie bereits in der ersten Woche einen Friedhof.

In Anlehnung an den Namen ihres jungen Königs tauften sie die Niederlassung Fort Abeleius. Einhundertsiebenundfünfzig Seelen lebten innerhalb der Palisaden, denn Murad gestattete niemandem loszuziehen, um auf eigene Faust nach brauchbaren Landstrichen zu suchen. Vorerst stellte die jüngste Kolonie Hebrions lediglich ein bewaffnetes Lager dar, ständig darauf vorbereitet, einen möglichen Angriff abzuwehren. Keiner wußte, wer oder gar was die Angreifer sein konnten, doch niemand beklagte sich. Die Geschichte über den bizarren Vogel hatte sich rasch verbreitet, und niemand hatte das Verlangen, sich allein in den Dschungel vorzuwagen.

Titel wurden wie Geschenke verteilt. Nun, da Murad das Amt des Gouverneurs bekleidete, wurde Sequero Hauptmann und somit militärischer Befehlshaber der Kolonie. Zwar befehligte Murad die Soldaten nach wie vor selbst, doch es belustigte ihn, Sequero dabei zu beobachten, wie er seinen untergeordneten Offizier di Souza herumkommandierte.

Hawkwood wurde Vorsitzender der Handelsgilde, die es bislang noch nicht gab, doch Murad hielt Wort und räumte ihm Monopole ein, die der Kapitän in schriftlicher Form bekam, mit Siegel und Ordensband, unterzeichnet von keinem Geringeren als Abeleyn höchstpersönlich. Die feuchte Hitze ließ bereits Schimmel auf der Urkunde wachsen, so daß Hawkwood sie in dickes Ölpapier gewickelt aufbewahrte.

Außerdem wurde Hawkwood geadelt. Aus dem schlichten Richard Hawkwood wurde Fürst Hawkwood, wenn auch Fürst von nichts und niemand. Doch es war ein vererbbarer Titel. Hawkwood hatte seine Familie auf ewig geadelt, sofern es ihm gelang, nach Hebrion zurückzukehren und eine Familie zu gründen. Der alte Johann, sein ehrgeiziger Vater, wäre hocherfreut gewesen, Hawkwood hingegen empfand es inmitten des dampfenden Dschungels als leere, bedeutungslose Geste.

Er saß in seiner schlichten Hütte und ging die Dokumente durch, die er vom Schiff mitgebracht hatte. Velasca und eine notdürftige Besatzung waren auf der Karacke geblieben. Die Trinkwasservorräte an Bord waren erneuert; außerdem hatte man mehrere hundert Kilogramm Kokosnüsse verladen, eine der wenigen hier gedeihenden Früchte, die Hawkwood kannte.

Das ursprüngliche Logbuch war ein Raub der Flammen geworden, die um ein Haar sein Schiff zerstört hätten, ebenso das uralte Schiffstagebuch von Tyrenius Cobrian, die einzige andere Aufzeichnung einer Reise in den Westen. Natürlich hatte Hawkwood ein neues Logbuch begonnen, doch als er es durchblätterte, wurde ihm bewußt, daß er niemals hierher nach Fort Abeleius, ihrem augenblicklichen Ankerplatz, zurückfinden würde, müßte er die Reise ein zweites Mal unternehmen. Der Sturm, der sie vom Kurs abbrachte, hatte seine Berechnungen über den Haufen geworfen. Der Verlust des Logbuches verschlimmerte die Lage, denn Hawkwood konnte sich nicht mehr an jede Kursänderung erinnern. Allenfalls mochte es ihm gelingen, den Westlichen Kontinent auf der ungefähren Höhe zu erreichen, die er mit dem Winkelkreuz ermittelte, und danach so lange auf und ab zu kreuzen, bis er diese Stelle wiederfand.

Er überlegte kurz, ob er Murad dies anvertrauen sollte, entschied sich aber dagegen. Der narbengesichtige Adelige wirkte in den letzten Tagen wie eine überspannte

Sprungfeder und gab sich überheblicher und brutaler als je zuvor. Es hätte alles noch schlimmer gemacht.

Draußen brach die Dämmerung herein. Sogleich zündete Hawkwood eine der wertvollen Kerzen aus dem schwindenden Vorrat an. Kaum war er damit fertig, hielt auch schon die Dunkelheit Einzug – ein herabsinkender, finsterer Schatten, der irgendwann in die stockfinstere Nacht überging.

Hawkwood tauchte einen Federkiel ins Tintenfaß und begann, in das Logbuch zu schreiben.

26. Tag des Endorion, Fort Abeleius, im Jahre des Heiligen 551 – obwohl vom alten Jahr nur noch ein paar Wochen übrig sind und schon bald die Tage des Heiligen anbrechen, die das Jahresende einleiten.

Die Palisade wurde heute fertiggestellt, und wir haben begonnen, einige der riesigen Bäume innerhalb der Umzäunung zu fällen. Murad hat vor, sie nach und nach zu zerhacken, um sie als Bau- und Brennholz zu verwenden. Entwurzeln kann er sie nie und nimmer. Ich glaube, die Wurzeln solcher Bäume müssen bis ins Herz der Erde reichen.

Die Bauarbeiten gehen rasch voran. Wir besitzen bereits einen Gouverneurspalast – das einzige Gebäude mit Fußboden, obwohl die Rückwand aus einem alten Toppsegel besteht. Heute abend werde ich dort speisen. Die Zivilisation hält Einzug in die Wildnis.

Hawkwood las den Eintrag durch. Nun, da er nicht mehr über Winde, Kurse und Segelstellungen zu berichten hatte, wurde er zunehmend redselig. Das Logbuch verwandelte sich in ein Tagebuch.

Wenigstens haben wir trockenes Pulver, obwohl es für die Soldaten kein einfaches Unterfangen ist, das Pulver bei diesem Klima trocken zu halten. Es war Bardolins Idee, die Pulverhörner mit Wachs zu versiegeln. Er ist ein bißchen wunderlich geworden, unser Magier. Murad betrachtet ihn als Sprecher der Kolonisten, als wissenschaftlichen Problemlöser, in gewisser Weise aber auch als Schwindler. Vielleicht bilde ich mir letzteres nur ein, ich weiß es nicht. Seit sich herausstellte, daß Murads bäuerliche Geliebte ein Gestaltwandler war, hat der Adelige sich verändert – mit einem Schlag wirkte er weniger selbstsicher und in sich gekehrter. Aber wen von uns haben diese verrückte Reise und all ihre Schrecken nicht verändert?

Ich wünschte, Billerand und Julius Albak wären hier, meine langjährigen Kameraden zur See. Sie fehlen auf schmerzliche Weise in unserer Mitte, zudem bin ich mit Velasca als Erstem Maat nicht recht glücklich. Seine Navigationskenntnisse lassen sehr zu wünschen übrig.

»Kapitän?« sprach eine Stimme jenseits des Segellappens, der Hawkwood als Tür diente.

»Kommt herein, Bardolin.«

Gebückt trat der Magier ein. Hawkwood fand, daß er älter wirkte. Stets waren sein Gang so aufrecht, sein Gesicht so verbeult, sein Haar so grau gewesen, daß er wie aus hartem Stein gemeißelt schien. Mittlerweile aber machten die Jahre sich bemerkbar. Schweiß glänzte auf seiner Stirn; Insektenstiche prangten an seinem Hals und seinen Armen, wie bei jedem von ihnen. Der Kobold auf seiner Schulter hingegen zeigte sich lebhaft wie eh und je. Er sprang auf die Kiste, die Hawkwood als Schreibpult verwendete, und der Kapitän mußte ihm behutsam das Tintenfaß aus den winzigen Pfoten ziehen.

»Wie ist das werte Befinden, Freund Zauberer?« fragte Hawkwood den alten Magier.

Bardolin sank auf den mit Seemänteln bedeckten Laubhaufen, der Hawkwoods Bett darstellte.

»Ich habe Wasser für unsere Kranken destilliert. Jetzt bin ich erschöpft, Kapitän.«

Hawkwood holte eine runde Flasche hinter der Kiste hervor und hielt sie dem Hexer hin. »Was zu trinken?«

Beide nahmen einen kräftigen Schluck aus der Flasche und stöhnten herzhaft, als der edle Branntwein ihre Kehlen hinabrann.

»Das ist Balsam für die müden Knochen«, meinte Bardolin anerkennend und deutete mit dem Kopf auf das offene Logbuch. »Schreibt Ihr für die Nachwelt?«

»Ja. Die lebenslange Gewohnheit eines Kapitäns zur See, obwohl die Gefahr besteht, daß ich mich in einen Geschichtsschreiber verwandle.« Hawkwood schlug den dicken Band zu und wickelte ihn wieder in das Ölpapier. »Seid Ihr bereit für morgen?«

Bardolin rieb sich die dunklen Ringe unter den Augen. »Ich glaube schon ... Was ist das für ein Gefühl, ein Fürst zu sein?«

»Ich schwitze immer noch, auch die Moskitos tun sich nach wie vor an mir gütlich. So anders fühlt es sich nicht an.«

Bardolin lächelte. »Wie eingebildet wir Menschen doch sind. Wir schlagen ein erbärmliches Lager wie dieses auf und nennen es Kolonie. Wir verleihen einander Titel und erheben Anspruch auf ein Land, das seit Anbeginn der Zeit ohne uns besteht. Wir zwingen einer Welt, von der wir nicht die leiseste Ahnung haben, unsere Regeln auf.«

»So entstehen Gesellschaften«, meinte Hawkwood.

»Ja. Was glaubt Ihr, wie haben sich wohl die Fimbrier gefühlt, als sie vor neun Jahrhunderten ihre Stämme einigten und ein Volk daraus schufen? Ob sie schon damals einen Schatten des künftigen Imperiums erahnen ließen? Geschichte. Läßt man ihr hundert Jahre Zeit, stellt sie uns entweder als Helden oder als Schurken dar – sofern man sich überhaupt an uns erinnert.«

»Die Welt dreht sich immer weiter. Es liegt an uns, das Beste daraus zu machen.«

Der alte Magier streckte sich. »Natürlich. Und morgen werden wir ein wenig mehr davon sehen. Morgen bricht der Gouverneur auf, um das Land zu erkunden, auf das er Anspruch erhebt.«

»Würdet Ihr lieber in Abrusio mit den Brüdern vom Ersten Tage Verstecken spielen?«

»Ja. Ja, das würde ich. Ich habe Angst, Kapitän, wirkliche Angst. Ich fürchte mich vor dem, was wir hier im Westen finden werden. Aber ich bin auch neugierig. Um keinen Preis möchte ich morgen zurückbleiben. Es ist die unersättliche Neugier der Menschen, die sie unbekannte Gewässer durchsegeln läßt. Neugier ist eine mächtigere Kraft als Gier oder Ehrgeiz – ich glaube, das wißt Ihr am besten.«

»Ich bin ebenso ehrgeizig und gierig wie jeder andere.«

»Aber es war Neugier, die Euch hierher trieb.«

»Und Murads Erpressung.«

»Aha! Schon wieder unser adeliger Gouverneur! Er hat uns alle in seine Machenschaften verstrickt. Wir sind Fliegen, die in seinem Netz strampeln. Aber selbst Spinnen haben ihre Jäger. Allmählich begreift er das, ungeachtet seines Geplärrs und seiner Überheblichkeit.«

»Also haßt Ihr ihn?«

»Ich hasse, was er verkörpert, nämlich die blinde Engstirnigkeit und Eitelkeit seines Standes. Aber er ist nicht so schlimm wie manch anderer; er ist weder dumm, noch verweigert er sich wissentlich einer Wahrheit, egal, was er behauptet.«

»Ihr habt zu viele neue Ideen, Bardolin. Selbst ich kann mich mit einigen davon nur schwer anfreunden. Diese flammen- und aschespeienden Hügel – daran glaube ich. Davon habe ich schon einmal gehört. Aber dieser *Geruch* von Magie, der den Bäumen und dem Boden, ja, dem Land selbst anhaften soll; eine Erde, die um die Sonne kreist; ein Mond, auf dem Steine aus dem Himmel einschlagen ... Jeder weiß doch, daß unsere Welt im Zentrum von Gottes Werk steht, selbst die Merduks.«

»Das ist die Ansicht der Kirche.«

»Ich bin kein bedingungsloser Anhänger der Kirche, das wißt Ihr.«

»Ihr seid ein Ergebnis ihrer Kultur.«

Hawkwood schlug die Hände über dem Kopf zusammen. Bardolin trieb ihn an den Rand der Verzweiflung, dennoch mochte er den Mann. »Trinkt noch Branntwein, und hört eine Weile auf, Euch den Kopf über die Übel unserer Gesellschaft zu zerbrechen.«

Lachend stimmte Bardolin zu.

Am Morgen wollten sie neuerlich ins Landesinnere vordringen, und Murads Abendmahl sollte gleichermaßen ein gesellschaftliches Ereignis und eine vorbereitende Besprechung darstellen. Er hatte die letzten Hühner dafür schlachten lassen, und einer der Soldaten hatte ein kleines Wild erlegt, kaum größer als ein Lamm, das nunmehr das Herz der Tafel bildete. Bardolin untersuchte die Knochen des Tieres, als könnte er die Zukunft daraus lesen. Abgesehen von den Fleischgerichten gab es die restlichen Trockenfrüchte, Nüsse, eingelegte Oliven sowie eine Scheibe hebrionischen Seekäse, der mittlerweile hart wie ein Stück Seife geworden war. Dazu tranken sie Wein aus Candelaria, der in der schwülen Nacht warm wie Blut war. Zum Abschluß des Mahls wurde fimbrischer Branntwein serviert.

Hawkwood, Murad, Bardolin, Sequero und di Souza: die Führungsriege der Kolonie. Die exklusive Gästeliste hatte Murad den Ärger eines halben Dutzends angesehener Kolonisten eingebracht, die der Meinung waren, auch sie sollten seinen Branntwein schlürfen.

Die Auserwählten unterhielten sich höflich miteinander, während sich der Schein der wertvollen Schiffskerzen auf ihren glitzernden Gesichtern spielte. Sequero beklagte den Zustand der Pferde. Nach und nach gingen sie in diesem fremdartigen Klima ein; kein Futter, das die Männer auftreiben konnten, schien ihnen zu schmekken. Ein Pferd kann ohnehin niemanden durch den Dschungel tragen, dachte Hawkwood. Von nun an würde der Adel Seite an Seite mit den gemeinen Soldaten marschieren müssen. Wahrscheinlich war es das, was den blaublütigen jungen Offizier am meisten bekümmerte.

Riesige Motten kreisten um die Kerzen; einige waren so groß wie Hawkwoods Hand, und rings um sie herum summten kleinere Insekten, die dafür um so lästiger wirkten. Obwohl Murad versucht hatte, das Zusammentreffen als feierliches Ereignis zu gestalten, und mit ein paar Kolonistinnen als Kammerzofen aufwartete, zeigte sich keiner der Männer um den grob gezimmerten Holztisch und das schimmelbefleckte Leinentischtuch allzu sauber und ordentlich. Leder verrottete in diesem Klima unglaublich schnell. Viele Soldaten schnürten sich die Rüstungen bereits mit geflochtenen Schlingpflanzen oder Schiffstauen. Bald würden sie alle einer Schar lumpenbekleideter Wilder gleichen.

Bardolin erzählte ihnen, daß die Kolonisten erste Versuche mit den Früchten wagten, die in verschwenderischer Fülle von jedem Baum hingen. Einige schmeckten köstlich, aus anderen strömte Fäulnisgeruch, sobald man sie öffnete. Auch ein paar Vögel hatte man mit Leimfallen auf den Ästen gefangen. Hier gab es genug Nahrung für alle, man mußte nur lernen, sie zu verwenden, zuzubereiten und zu erkennen.

»Das ist Essen für Wilde«, knurrte Sequero. »Ich verlasse mich lieber auf Schiffszwieback und Pökelfleisch.«

»Der Schiffsproviant reicht nicht ewig«, entgegnete Hawkwood. »Und den Großteil müssen wir für die Heimreise aufsparen. Meine Männer versuchen, Salz aus den seichteren Pfützen am Strand zu gewinnen, aber wir müssen davon ausgehen, daß wir keine Möglichkeit haben, Nahrung haltbar zu machen. Wir dürfen die Proviantfässer nicht anrühren.«

»Dem stimme ich zu«, mischte Murad sich unerwartet ins Gespräch. »Dies ist unser Land, und wir müssen lernen, damit umzugehen. Von morgen an ernährt sich der Erkundungstrupp von der Natur. Es wäre doch lächerlich, würden wir unser Essen mit uns herumschleppen.«

Sequero hob ein Glas voll rubinrotem Wein aus Candelaria. »Ich nehme an, wir werden auf einiges verzichten müssen. Das ist der Preis, den wir für unser Pionierdasein bezahlen. Wie lange wollt Ihr fortbleiben, Herr?« Sequero sollte während Murads Abwesenheit die Kolonie verwalten.

»Einen Monat oder fünf Wochen, keinesfalls mehr. Ich erwarte, daß Fortschritte erzielt werden, solange ich weg bin. Du kannst mit den kräftigeren Männern beginnen, Grundstücke für Familien zu roden. Außerdem will ich, daß die Küste mehrere Wegstunden in beide Richtungen erforscht und eine genaue Karte davon angefertigt wird. Hawkwoods Leute werden euch dabei helfen.«

Sequero verneigte sich leicht im Stuhl. Seine neue Verantwortung schien ihn kaum zu belasten. Di Souza saß ihm mit ausdruckslosem, gerötetem Gesicht gegenüber. Seinen Adelstitel hatte er nur durch Adoption erworben. Eigentlich hätte er gar nicht auf die Beförderung hoffen dürfen, die Sequero zuteil wurde. Aber er hatte trotzdem darauf gehofft.

Sie schlugen die Segeltuchwand von Murads Unterkunft zur Seite, damit Luft herein- und hinausdringen konnte. Die anderen, behelfsmäßigen Hütten verteilten sich über das Fort. Einige wurden von Lagerfeuern erhellt, andere vom flackernden Schein von Werlichtern, die jene Kolonisten schufen, die sich ein wenig auf Zauberei verstanden.

Gleich übergroßen Glühwürmchen hingen sie in der Dunkelheit und zogen die Waldmotten an. Wie kleine, flatternde Planeten, die in unsteten Flugbahnen um winzige Sonnen kreisten, dachte Hawkwood, der dabei an Bardolins Theorien erinnert wurde.

»Es heißt, Ramusio hätte jede Straße und jeden Pfad in Normannien bereist, als er den Glauben verbreitete«, meinte Bardolin leise. »Auf diesem Boden aber hat der Heilige nie einen Fuß gesetzt. Wir haben einen dunklen Kontinent entdeckt. Ich frage mich, ob wir je ein anderes Licht als Feuer und Werlicht in diese Welt bringen können.«

»Und Büchsenfeuer«, fügte Murad hinzu. »Auch das haben wir dabei. Wo uns der Glaube im Stich läßt, werden uns die Hakenbüchsen helfen. Und die Entschlossenheit der Menschen.«

»Hoffen wir, daß dies reicht«, erwiderte der alte Zauberer und trank den Wein aus.

Kapitel 12

Am Morgen herrschte hüfthoher Bodennebel. Er schien geradewegs aus der Erde aufgestiegen zu sein und vermittelte den Menschen im Fort das Gefühl, durch einen grauen See zu waten.

Der Erkundungstrupp brach kurz nach Sonnenaufgang auf. An der Spitze ging Murad mit Unteroffizier Mensuardo an seiner Seite, gefolgt von Hawkwood, Bardolin und zwei Besatzungsmitgliedern der *Osprey*: dem riesenhaften, schwarzen Steuermann Masudi und dem Kapitänsmaat Mihal, der wie Hawkwood Gabrionese war. Dahinter trotteten zwölf hebrionische Soldaten in

Halbrüstungen, mit Hakenbüchsen und Schwertern bewaffnet. Die Helme hingen an den Hüften und klirrten beim Marschieren. Der Erkundungstrupp hört sich wie ein Troß Hausierer an, dachte Hawkwood verärgert. Bardolin und er hatten versucht, Murad davon zu überzeugen, die schweren Rüstungen zurückzulassen, doch der hagere Adelige weigerte sich beharrlich. Daher trugen die schwitzenden Soldaten fünfundzwanzig Kilogramm zusätzlich auf dem Rücken.

Der Rest der halben Hundertschaft versammelte sich gemeinsam mit den meisten Kolonisten, um dem Aufbruch der Expedition beizuwohnen. Sie feuerten einen Salut ab, der die Vögel in meilenweitem Rund kreischend aufflattern ließ. Bardolin verdrehte die Augen. Dann lag Fort Abeleius hinter ihnen, und die Gruppe befand sich allein im Dschungel.

Sie orientierten sich mit Hilfe von Hawkwoods tragbarem Kompaß und schlugen einen möglichst geraden Weg Richtung Westen ein. Einem der Soldaten wurde aufgetragen, etwa alle dreihundert Meter einen Baum zu kennzeichnen, obwohl ihr Pfad ohnehin kaum zu verfehlen war, da er wie ein Tunnel wirkte, den ein wütender Bulle in die Pflanzenwelt geschlagen hatte.

Nur langsam kamen sie voran, ständig begleitet vom Lärm hackender Entermesser, nach Atem ringender Männer und wüsten Flüchen über das wuchernde Unterholz.

Stunden verstrichen, und als der allnachmittägliche Sturm einsetzte, der die Umgebung in ein triefendes, nasses Dampfbad verwandelte, suchten die Männer im Schatten der Bäume Schutz. Dann kämpften sie sich weiter und hüteten das trockene Schießpulver, als würde es sich um Goldstaub handeln.

Sie fanden die steinige Flanke des Hügels wieder, den sie am ersten Tag erklommen hatten. Auf Murads Drängen quälten sie sich erneut unter größter Anstrengung empor. Auf dem Gipfel angelangt, hielten sie inne, um die kühlere Luft und das Panorama zu genießen. Sie taten sich in Paaren zusammen und befreiten einander von den fetten Blutegeln, die ihnen die Beine hinauf- und den Nacken hinabkrochen. Als sie damit fertig waren, schlugen sie einen Weg parallel zum Umriß des Hügels ein und folgten dem Rücken in nördliche Richtung bis fast hart Nord. Es war ein Umweg; dennoch kamen sie schneller voran, da sie sich keinen Pfad durch den Dschungel hacken mußten.

Als sie endlich mit dem Abstieg begannen, brach die Nacht herein. Deshalb errichteten sie zwischen den Felsen des Hügels ein notdürftiges Lager und schichteten Steine zu Pritschen zusammen, auf denen sie schlafen konnten. Der Nebel senkte sich herab, kratzte in den Kehlen und setzte sich in feinen Tröpfchen auf den Felsen ab. Die Soldaten stritten sich um das Anzünden der Lagerfeuer, bis Mensuardo sie zum Schweigen brachte. Jeweils drei Mann hielten Wache, und etwa zur Mitte der Grabeswache rüttelte Murad Hawkwood unsanft aus dem Schlaf.

»Seht, dort unten im Dschungel. Sie sind gerade aufgetaucht.«

Hawkwood rieb sich die geschwollenen Augen und spähte hinab in die geräuschvolle Dunkelheit. Wenn er sich konzentrierte, vermochte er kaum etwas zu erkennen. Es war besser, den Blick unscharf werden zu lassen. Und siehe da: In weiter Ferne war ein winziger Lichtschimmer zu erblicken.

»Lichter?«

»Ja, und es sind keine Glühwürmchen.«

»Was meint Ihr, wie weit sind sie entfernt?« Die beiden flüsterten. Wohl waren die Wachen putzmunter, sonst aber hatte Murad niemanden geweckt.

»Schwer zu sagen«, meinte der Adelige. »Auf jeden Fall sechs bis acht Wegstunden. Sie müssen oberhalb der

Bäume sein. Vielleicht an der Flanke eines dieser merkwürdigen Hügel.«

»Oberhalb der Bäume, sagt Ihr?«

»Sprecht leise. Ja, wie könnten wir sie sonst sehen? Mir ist beim Abstieg vom Hügel keine Lichtung in Sichtweite aufgefallen.«

»Was machen wir jetzt?« fragte Hawkwood.

»Holt Euren Apparat hervor, und bestimmt die Richtung, in der die Lichter sich befinden. Diesen Weg schlagen wir morgen ein.«

Hawkwood tat, wie ihm geheißen, und hantierte im Schein des Feuers mit Schüssel, Wasser und Nadel.

»Ungefähr Nordwest«, sagte er schließlich.

»Gut. Nun haben wir etwas, an dem wir uns orientieren können. Mir gefiel der Gedanke ohnehin nicht, einfach aufs Geratewohl ins Landesinnere zu marschieren, bis wir auf diese Straße stoßen.«

»Ist Euch nie in den Sinn gekommen, daß wir diese Lichter vielleicht sehen *sollten*, Murad?«

Ein breites Grinsen legte sich auf das Gesicht des Adeligen. »Spielt das eine Rolle? Was immer auf diesem Kontinent lebt, irgendwann müssen wir uns ihm – oder ihnen – stellen. Je früher, desto besser.«

Ein seltsames Funkeln lag in Murads Augen, eine beunruhigende Ungeduld. Hawkwood fühlte sich wie auf einem ruderlosen Schiff mit einem Leeufer vor dem Bug. Es war dasselbe Gefühl der Hilflosigkeit – das Gefühl, Kräften ausgeliefert zu sein, gegen die er machtlos war.

»Legt Euch wieder schlafen«, sagte Murad mit gedämpfter Stimme. »Bis zum Morgengrauen sind es noch einige Stunden. Ich übernehme Eure Wache. Heute nacht finde ich keinen Schlaf mehr.«

Murad wirkte ohnehin wie ein Wesen, das keinen Schlaf mehr benötigte. Es war schon immer hager gewesen, doch mittlerweile wirkte er dürr, geradezu ausgemergelt, ein fahles Geschöpf aus Haut und Knochen, das einzig der Wille zusammenhielt, der aus den seltsam leuchtenden Augen hervorsprühte. Womöglich die ersten Anzeichen eines Fiebers? Hawkwood wollte am nächsten Morgen mit Bardolin darüber reden. Mit ein wenig Glück würde der Bastard vielleicht sogar krepieren.

Hawkwood kehrte zu seiner Steinliege zurück, schloß die Augen und wartete auf den süßen Schlaf, diese segensreiche Ohnmacht.

Bei Tagesanbruch fiel kein Wort über die nächtlichen Lichter. Mit knurrenden Mägen setzte die Gruppe sich in Bewegung. Abgesehen von ein wenig Zwieback hatten sie nichts dabei. Wenn sie sich von dem ernähren wollten, was das Land bot, würden sie bald damit beginnen müssen.

Sie ließen den Kraterhügel hinter sich und drangen neuerlich in dichtes Waldgebiet vor. Es ging immer noch hangabwärts. Erst gegen Mittag bekamen sie waagerechten Boden unter die Füße, und die Erde präsentierte sich sumpfig und naß vom Wasser, das vom Hügel hinunterrann. Überall glitzerten kleine Bäche. Der Boden rings um die Bäume war so tief ausgespült, daß hoch an den Stämmen dicke, blanke Wurzeln wie Dachsparren zum Vorschein traten, die so unglaublich wirkten, daß man fast meinen mochte, ein verrückter Gärtner hätte sie geformt. Masudi und Mensuardo, die an der Spitze der Gruppe einen Pfad in die Wildnis schlugen, wurden über und über mit Wasser bespritzt, das ihnen aus den durchtrennten Kriechpflanzen wie aus Schläuchen entgegenschoß.

Ausgezehrt von Müdigkeit und Hunger, hielten sie schließlich an, um zu rasten. Bardolin und einige Soldaten sammelten in der Umgebung Früchte von den

Ästen; dann kauerten sich alle zusammen, um das Essen gemeinsam zu erforschen. Eine der Früchte sah fast wie Brot aus, wenn man sie aufschnitt, und nach einigen vorsichtigen Bissen verschlangen die Männer sie heißhungrig, ungeachtet der Warnungen des alten Zauberers. Auch eine riesige Birnenart fanden sie und grüne, krumme Früchte, die in Stauden wuchsen und die Hawkwood aus den Dschungeln von Macassar kannte. Er zeigte den Männern, wie man die Außenhaut abschälte und den süßen, gelben Inhalt aß. Doch trotz der reichen Ausbeute gelüstete es die Soldaten nach Fleisch, so daß einige von ihnen mit glimmenden Lunten weitermarschierten, bereit, die Waffen zu zücken und auf jedes Tier zu feuern, das ihnen über den Weg lief.

Ein weiteres nachmittägliches Gewitter brach los. Diesmal stapften die Männer einfach weiter, obwohl sie im prasselnden Regen so gut wie nichts sahen. Die Männer hielten die Trinkwasserflaschen in die Höhe, während sie marschierten, um das kostbare Naß zu sammeln, doch wie sich herausstellte, war es von zuckenden Lebewesen und vom Dreck des Baldachins über ihnen verseucht, deshalb mußten sie angeekelt wegschütten, was sie so mühsam aufgefangen hatten.

Unbewußt paßten sie sich den Gegebenheiten des Dschungels an. Sie banden sich die Hosenbeine mit Leder- oder Seilriemen ab, um zu verhindern, daß Blutegel hineinkriechen konnten. Zudem empfanden sie den täglichen Regen mittlerweile als gewöhnliches Ereignis. Immer geschickter bahnten sie sich den Weg durch das Dickicht. Sie lernten, den tiefhängenden Ästen auszuweichen, von denen gelegentlich Schlangen herabpurzelten. Sie fanden heraus, was genießbar und was ungenießbar war, wenngleich diejenigen Männer, die Früchte verschlungen hatten, schon bald aus dem Glied austraten, um immer häufiger einem bestimmten menschlichen Bedürfnis nachzugeben. Und den ständigen Lärm – das

Krächzen, Schnattern und Zwitschern der Waldbewohner – nahmen sie kaum noch wahr. Nur wenn das Getöse mitunter aus unerfindlichem Grund verstummte, hielten sie schweigend inne und verharrten wie versteinert inmitten der unendlichen, beängstigenden Stille.

In der zweiten Nacht zündeten sie die Lagerfeuer mit Schießpulver an, da sie keinen trockenen Zunder mehr besaßen. Aus Blättern und Farnen errichteten sie Betten, damit sie wenigstens eine Unterlage zwischen den müden Körpern und dem Ungeziefer des Waldbodens hatten. Danach putzten die Soldaten ihre Ausrüstung und trockneten die Hakenbüchsen, während Masudi und Mihal Früchte für das Abendmahl sammelten. Gesprochen wurde wenig. Mittlerweile wußten alle über die Lichter der vergangenen Nacht Bescheid, aber die Soldaten wirkten wenig bekümmert über die Bedeutung der Leuchterscheinung. Wo Licht war, mußte es auch Menschen geben, und die Soldaten hielten es offenbar für ihre Aufgabe, diese Menschen nötigenfalls gewaltsam zu unterwerfen. Bisher jedoch waren sie noch auf keine Anzeichen von Zivilisation gestoßen, wie beispielsweise auf die Straße, die sie vom Hügelrücken aus gesehen hatten.

Masudis Schrei ließ sie aufspringen. Sogleich rannten sie in die Richtung los, aus der er kam, nachdem sie von den Lagerfeuern hastig Reisigbündel ergriffen und damit die Lunten angezündet hatten. Der Dschungel glich einem kreisenden Mosaik aus Licht und Schatten, bedrohlicher Dunkelheit und knisternden Blättern. Im Laufschritt preschten die Männer durch einen seichten Bach. Vor ihnen flackerte fahl die Fackel der beiden Obstsammler.

»Was ist passiert?« fragte Murad.

Masudis schwarzes Antlitz schimmerte vor Schweiß,

wenngleich er kaum verängstigt wirkte. Hinter ihm stand Mihal; sein Hemd war voller Früchte.

»Dort, Herr«, erwiderte der riesenhafte Steuermann und hob die zischende Fackel. »Seht, was wir gefunden haben.«

Die Gruppe starrte in die vom Flammenschein erhellte Nacht. Irgend etwas war da, etwas noch Wuchtigeres als die Bäume. Sie erblickten eine tierähnliche Fratze: eine mit Reißzähnen besetzte Schnauze und zwei lange Ohren, die sich an einem riesigen Schädel nach hinten wölbten. Wie ein Bart schlangen sich Kriechpflanzen um das Antlitz.

»Eine Statue«, meinte Bardolin mit leiser Stimme.

»Als wir darüber stolperten, hab' ich aufgeschrien. Fast hätte ich die Fackel fallen lassen. Es tut mir leid, Herr«, sagte Masudi, an den vor Zorn bebenden Murad gewandt.

»Das ist ein Werwolf«, erklärte Hawkwood, während er auf den Monolithen starrte. Das Ding war fünfzehn Fuß hoch und schien zu knurren, als wollte es die Kletterpflanzen sprengen, die es fesselten. Pikförmige Blätter verdeckten den Körper fast vollständig. Eine klauenbewehrte Pfote lag neben den Füßen der Statue am Boden. Schritt für Schritt bearbeitete der Dschungel den gehauenen Stein, zersetzte ihn und sog ihn in sich auf.

»Sieht ziemlich echt aus«, meinte Murad mit gespielter Lässigkeit, die jedoch niemanden zu täuschen vermochte.

Bardolin hatte ein Werlicht gezaubert, in dessen kaltem Schein er die Statue eingehender untersuchte. Die meisten Soldaten hingegen hielten sich davon fern und richteten die Hakenbüchsen auf die dunkle Umgebung, als fürchteten sie, daß jeden Augenblick lebende, atmende Doppelgänger des Steinbildnisses ins Fackellicht springen könnten.

Ein Knistern ertönte, als der Kobold seinem Meister

half, die wuchernden Blätter und Zweige von der Statue zu entfernen.

»Hier ist eine Inschrift. Ich glaube, ich kann sie entziffern.« Das Werlicht senkte sich, bis es fast die zerfurchte Stirn des Zauberers berührte.

»Es ist Normannisch, aber ein uralter Dialekt.«

»*Normannisch?*« stieß Murad ungläubig hervor. »Was steht da?«

Mit der Hand wischte der Magier Moos weg. Die Geräusche des Dschungels rings um sie waren erstorben. Nahezu vollkommene Stille erfüllte die Nacht.

Geleite uns durch diesen Wechsel von Licht und Leben
auf daß wir an uns reißen der Menschen Herz
und in Hunger, der uns all' verbindet
erneut die weite Welt uns empfängt.

»Wirres Zeug«, knurrte Murad.

Der Zauberer richtete sich auf. »Ich kenne das von irgendwoher.«

»Ihr habt es schon einmal gelesen?« fragte Hawkwood.

»Nein. Aber vielleicht etwas Ähnliches.«

»Wir unterhalten uns später über historische Verwicklungen. Alles zurück ins Lager«, befahl Murad. »Ihr Seeleute, bringt mit, was ihr an Früchten gesammelt habt. Für heute abend wird es reichen.«

Keiner schlief in dieser Nacht besonders viel, denn stundenlang herrschte Totenstille im Dschungel, und diese Geräuschlosigkeit war beängstigender als jeder Laut eines nachtaktiven Vogels oder anderen Tieres. Obwohl den Männern der Schweiß schon von den Fingerspitzen tropfte, ließen sie die Lagerfeuer die ganze Nacht über brennen. Sie brauchten das Licht und die Gewißheit, daß ihre Kameraden in der Nähe waren. Doch die Feuer verursachten auch eine gewisse Platzangst, da die turmhohen Bäume noch dichter und bedrohlicher erschienen und der riesige, rastlose Dschungel um so deutlicher zur Geltung kam, der sein geheimnisvolles Dasein pflegte, wie er es vor ihrer Ankunft äonenlang getan hatte. Die Männer glichen lediglich umherkriechendem Ungeziefer im Pelz einer Kreatur, die so groß war wie eine sich drehende Welt. In dieser Nacht fürchteten sie weder unbekannte Tiere noch unheimliche Eingeborene, sondern das Land selbst, denn es schien von pulsierendem Leben erfüllt und wirkte wie ein flüsterndes Wesen mit pochendem Herzen: fremdartig, unergründlich und den Fremden gegenüber völlig gleichgültig.

Bei Sonnenaufgang warfen die Männer neuerlich einen Blick auf die Statue. Im Tageslicht war sie weniger beeindruckend und viel gröber gehauen, als sie zunächst gedacht hatten. Jahr für Jahr zerstörte der Dschungel die Statue ein wenig mehr. Ihr Alter ließ sich nur erahnen.

Ein weiterer Tag auf den Beinen. Die Männer schlugen die Richtung ein, die Hawkwood am Morgen ermittelt hatte, und hielten einen geraden Weg ein, indem sie die Bäume als Orientierungshilfe heranzogen, die sie unterwegs markierten. Hawkwood konnte unmöglich sicher sein, doch er ging davon aus, daß sie sich mittlerweile etwa sechs Wegstunden westlich jenes ersten Hügels befanden, den Murad *Heyeran Spinero* getauft hatte. Die Soldaten übten herbe Kritik an dieser Neuigkeit, da sie glaubten, die doppelte Strecke zurückgelegt zu haben, doch Hawkwood hatte die durchschnittliche Anzahl seiner Schritte ermittelt und sogar großzügig gerechnet. Dennoch schien es unmöglich, daß all die Tage voller Mühen und Qualen sie tatsächlich nur ein so kurzes Stück vorangebracht hatten.

Einzig Murad zeigte sich unbesorgt darüber, wahrscheinlich deshalb, weil er damit rechnete, nicht mehr allzulange durch den Dschungel hacken und stapfen zu müssen, bis sie den Eingeborenen dieses Landes über den Weg liefen.

Eine weitere schwüle Nacht folgte, ein weiterer Stapel Feuerholz wurde gesammelt, ein weiterer Haufen süßer, weicher Früchte wurde im Licht der gelben Flammen verschlungen. Danach kam der Schlaf. In jener Nacht übermannte er die Männer rasch, ungeachtet der Hitze, der beutesuchenden Insekten und der unbekannten Geschöpfe in der Dunkelheit.

Irgendwann, mitten in der Nacht, erwachte Bardolin und stellte fest, daß die Feuer bis auf rote Gluten zusammengeschrumpft waren und die Wachen schliefen. Der Dschungel zeigte sich still und reglos.

Angestrengt lauschte er, doch das lauteste Geräusch schien das leise Pochen des Herzens in seiner Brust zu sein. Bardolin hatte das höchst seltsame Gefühl, daß ... ihn jemand rief; jemand, den er kannte.

»Griella?« flüsterte er und sog die Nachtluft ein.

Er stand auf, ließ den Kobold leise im Schlaf wimmernd zurück und bahnte sich behutsam einen Weg über die schnarchenden Gestalten seiner Gefährten. Eine eigenartige Ruhe durchdrang ihn.

Finsternis umfing den Magier, schwarz wie das Innere einer Wolfskehle. Die Augen weit offen, dennoch blind, ging er weiter; seine Füße schienen förmlich über das Geröll auf dem Waldboden zu schweben. Atemberaubend hoch ragte der Dschungel rings um ihn auf, die Sterne verbargen sich hinter dem undurchdringlichen Baldachin der Bäume. Blätter strichen über Bardolins Gesicht und benetzten es mit warmem Wasser. Wie haarige Schlangen berührten Kriechpflanzen seinen Körper, gleichermaßen rauh und weich. Er fühlte sich, als hätte er eine dickere Haut abgestreift, so daß die Nervenenden nunmehr freilagen und pulsierten und bei jedem Lufthauch, jedem Wassertropfen erzitterten.

Vor ihm stand ein dunklerer Schatten, eine Gestalt, schwärzer als der stockfinstere Wald. Zwei gelbe Lichter funkelten und blinzelten ihm in vollkommenem Gleichklang entgegen. Immer noch empfand er keine Furcht.

Ich träume, sagte er sich, und dieser gnadenvolle Gedanke hielt die Angst in Schach.

Die Lichter bewegten sich, und Bardolin spürte eine Wärme, die nichts mit der schwülen Nachtluft zu tun hatte. Eine Gänsehaut überzog seinen Körper, als die Gestalt, gleich einer schwarzen Sonne, auf ihn zukam.

Die Lichter waren Augen, safrangelb leuchtende Kugeln mit schwarzen Schlitzen, wie die einer riesigen Katze. Ein Geräusch ertönte, ein tiefes Grollen, ähnlich einem lang anhaltenden Knurren, nur viel dumpfer. Mit seiner neuen Haut spürte Bardolin den Klang fast ebenso, wie er ihn hörte.

Dann fühlte er den Pelz der Kreatur, weich wie zerknitterter Samt. Es war ein sinnliches, durch und durch angenehmes Empfinden, das in ihm den Wunsch aufflammen ließ, die Hände tief in der weichen Masse zu vergraben.

Plötzlich drehte sich die Welt, und die Luft wurde aus ihm herausgepreßt. Er lag mit dem Rücken auf dem Boden; zwei riesige Pranken drückten seine Schultern nieder. Schnurrhaare, spitz wie Nadeln, stachen ihn, und er fühlte den Atem des Wesens im Gesicht.

Es sank auf ihn nieder, als wollte es mit ihm verschmelzen. Die Hände des Zauberers betasteten die harten Rippenmuskeln unter dem Fell und strichen über eine Reihe von Nippeln auf dem straffen Bauch. Bardolin vermeinte, ein Stöhnen zu vernehmen, einen beinahe menschlichen Laut. Eine pulsierende Wärme flutete durch seine Lenden, als die Kreatur den heißen Leib dagegen preßte.

Dann bäumte sie sich auf. Ein plötzlicher Schmerz in der Hüftgegend ließ den Magier aufschreien; die Hose wurde ihm heruntergerissen, und das Geschöpf stürzte auf ihn nieder, nahm ihn in sich auf.

Schier unerträgliche Hitze, feuchte Muskelstränge. Die Kreatur drückte Bardolins Gesäß in den nassen Humus, warf den Kopf zurück und riß das rote Maul weit auf, so daß er die langen, funkelnden Fänge sah. Als der Höhepunkt nahte, vergrub der Magier die Fäuste im Fell der Kreatur und glaubte zu schreien.

Für einen Augenblick sank das Wesen neuerlich auf ihn nieder, und er spürte Zähne an seinem Hals. Gleich darauf hoben sich das erdrückende Gewicht und die Hitze von ihm fort. Zu Tode erschöpft, blieb Bardolin liegen, tief in den Dreck des Dschungelbodens eingesunken.

Er spürte einen Kuß – den Kuß menschlicher, lächelnder Lippen auf den seinen. Und dann erfüllte ihn die Gewißheit, daß er wieder allein war, allein mit seinem alternden Körper. Ein schmerzliches Gefühl der Verlorenheit durchzuckte ihn. Er weinte wie ein geprügeltes Kind.

Und erwachte, als der Morgen graute. Langsam kam wieder Leben ins Lager. Der saure Gestank kalten Rauchs hing in der Luft.

Hawkwood reichte Bardolin eine Wasserflasche. Im fahlen Licht des frühen Morgens und mit Moosflocken im goldbraunen Bart wirkte der Seefahrer zehn Jahre älter.

»Ein neuer Tag, Bardolin. Ihr seht aus, als hättet Ihr eine harte Nacht hinter Euch.«

Bardolin trank einen Schluck Wasser. Sein Mund sog

es auf und blieb dennoch trocken wie Schießpulver. Er trank noch einen Schluck.

»Ich hatte einen unglaublichen Traum«, sagte er. »Einen unglaublichen Traum.«

Schwarze Haare klebten an den verschwitzten Handflächen des Zauberers. Verblüfft starrte er sie an und fragte sich, woher sie stammen mochten.

In verdrießlicher Stille brachen die Männer das Lager ab, wobei sie sich in der zunehmenden Hitze nur langsam bewegten. Anschließend bildeten sie die gewohnte Formation. Einige Männer kauten an Früchten, andere, deren Eingeweide rebellierten, zogen mit verzerrten Mienen die Hosen hoch. Immer mehr von ihnen erlagen der Unzulänglichkeit der ungewohnten Kost. Rund um das Lager stank es nach Ausscheidungen. Mit hohlen Blicken traten die Männer einen neuerlichen Tagesmarsch an.

Am Nachmittag jenes vierten Tages setzte mit nervtötender Regelmäßigkeit der Regen ein. Diesmal wateten sie einfach weiter, wie eine Rinderherde, die den Knüppel des Hirten nicht mehr spürt. Masudi und Cortona, einer der kräftigsten Soldaten, bildeten die Vorhut und schlugen blindlings einen Pfad durch den Dschungel, während sie eine Hand vor die Augen hielten, als müßten sie diese vor zu grellem Sonnenlicht schützen. Hinter ihnen trottete der Rest der Gruppe. Die einst funkelnden Rüstungen waren mittlerweile an mehreren Stellen korallenfarben, an anderen schimmelgrün. Die verrottenden Stiefel sanken tief in den Schlamm und den Blättermorast, und manchmal mußten die Gefährten sich vorbeugen und die Beine mit den Händen aus dem klebrigen Matsch ziehen.

Plötzlich hielten die beiden Männer an der Spitze inne. Das dichte Unterholz öffnete sich gleich einer durchbrochenen Mauer. Vor ihnen erstreckte sich eine Lichtung, deren gegenüberliegendes Ende der prasselnde Regen verschleierte.

»Herr!« brüllte Cortona über das Tosen des Unwetters hinweg, und Murad drängte sich an den anderen vorbei an die Spitze der Gruppe.

Mitten auf der Lichtung saß eine Gestalt im Regen, mit untergeschlagenen Beinen und geneigtem Kopf. Soweit die Gefährten es beurteilen konnten, handelte es sich um eine Frau. Das dunkle Haar war zu einem Pferdeschwanz zusammengebunden. Sie trug Lederkleidung, Arme und Beine aber waren bloß. Weder blickte sie den Erkundungstrupp an, noch ließ sie auf irgendeine andere Weise erkennen, daß sie die Männer bemerkt hatte, doch sie wußten, daß dem so war. Am Rand der Lichtung hinter der Frau erspähten sie schemenhafte Bewegungen.

Wie gelähmt verharrten die Männer. Unbeachtet strömte Wasser über ihre Gesichter und in ihre offenen Münder. Nach einer Weile zog Murad den Rapier, ohne auf Bardolin zu achten, der ihm drängend zuzischte.

Die Frau auf der Lichtung schaute auf, richtete den Blick aber auf den Himmel über ihr statt auf die Männer. Einen flüchtigen Moment wirkten ihre Augen leer und weiß, ohne Netzhaut und Pupille. Dann verebbte der Regen urplötzlich, wie er es in diesem Land stets zu tun pflegte. Die Wolken, die ihre Arbeit getan hatten, stoben auseinander, und die Sonne brach durch die Lücken hindurch.

Die Frau lächelte, als wäre es ihr stolzes Werk. Dann richtete sie den Blick unverwandt auf die Männer, die ihr mit gezogenen Schwertern gegenüberstanden, die Hakenbüchsen im Anschlag.

Abermals lächelte sie. Diesmal entblößte sie dabei weiße, scharfe Zähne wie die einer Katze. Ihre Augen waren ausgesprochen dunkel, das Gesicht spitz zulaufend, die Züge fein geschnitten. Mit einer einzigen anmutigen Bewegung erhob sie sich, so daß den Männern der Atem stockte. Beiderseits des Nabels prangten Muskelstränge an der nackten Taille. Über den bloßen Füßen ragten zierliche, honigfarbene Beine auf.

»Ich bin Kersik«, verkündete sie in Normannisch. Ihre Aussprache war ein wenig verschwommen und altmodisch gedehnt. »Seid gegrüßt und willkommen.«

Murad erlangte als erster die Fassung wieder. Aristokrat vom Scheitel bis zur Sohle, verneigte er sich mit einem eleganten Schwung des funkelnden Rapiers.

»Fürst Murad von Galiapeno. Zu Euren Diensten, schöne Frau.« Forsch stellte Hawkwood fest, daß Murad sich nicht als Seine Exzellenz, der Gouverneur vorstellte.

Die Frau namens Kersik aber schaute an ihm vorbei zu Bardolin, auf dessen Schulter der triefnasse, schmutzige Kobold hockte.

»Und Ihr, Bruder«, sagte sie. »Ihr seid besonders willkommen. Es ist lange her, seit zuletzt ein Meister der Disziplinen an unseren Ufern strandete.«

Bardolin nickte nur steif. Kurz starrten sie einander in die Augen – der abgetakelte alte Zauberer und die schlanke junge Frau. Bardolin runzelte die Stirn. Wie zur Antwort lächelte sie ihn mit leuchtenden Augen an.

Eine Pause entstand. Die Soldaten verschlangen die Frau förmlich mit ihren gierigen Blicken, was Kersik jedoch wenig zu kümmern schien.

»Ich nehme an, ihr wollt in die Stadt«, meinte sie fröhlich.

Murad und Hawkwood tauschten einen Blick; dann verneigte der narbengesichtige Adelige sich aufs neue. »Ja, verehrte Dame, das wollen wir. Bedauerlicherweise haben wir keine Ahnung, wie wir dort hingelangen.«

»Das dachte ich mir. Dann will ich euch führen. Es ist ein Marsch von mehreren Tagen.«

»Habt unseren Dank.«

»Eure Männer haben zuviel falsches Obst gegessen,

Fürst Murad von Galiapeno«, erklärte Kersik. »Die Magenkrämpfe stehen ihnen ins Gesicht geschrieben.«

»Wir haben uns noch nicht an Euer Land und seine Eigentümlichkeiten gewöhnt, geschätzte Dame.«

»Selbstverständlich nicht. Laßt Eure Männer hier auf der Lichtung ein Lager errichten. Ich hole etwas, das ihre Mägen beruhigen wird. Wenn sie die Reise nach Undi in diesem Zustand antreten, werden sie den Marsch vielleicht nicht überleben.«

»*Undi*. Ist das der Name Eurer Stadt?« fragte Hawkwood. »Was für eine Sprache ist das?«

»Ein alte, vergessene Sprache, Kapitän«, antwortete die Frau. »Dies ist ein uralter Kontinent. Die Menschen leben schon seit ewigen Zeiten hier.«

»Ich frage mich, woher sie gekommen sind«, murmelte Hawkwood, den zutiefst beunruhigte, daß die Frau ihn ›Kapitän‹ genannt hatte. Woher wußte sie das?

Kersik warf ihm einen scharfen Blick zu. Sie hatte seine geflüsterte Bemerkung vernommen.

»Ich bin vor Einbruch der Dunkelheit zurück«, sagte sie. Und verschwand.

Die Männer blinzelten. Sie hatten lediglich einen hellbraunen Schemen über die Lichtung huschen gesehen, mehr nicht.

»Bei allen Heiligen, eine Hexe«, knurrte Murad.

»Keine Hexe«, verbesserte ihn Bardolin. »Eine Magierin. Sie strotzt geradezu vor *Dweomer*. Und noch etwas anderem.« Er rieb sich das Gesicht, als könnte er dadurch die Erschöpfung vertreiben.

»Hexerei, immer nur Hexerei«, preßte Murad verbittert zwischen den Zähnen hervor. »Vielleicht ist sie losgezogen, um einige Kohorten ihrer Mitstreiter zu holen. Tja, ich frage mich, was die wohl von hebrionischem Stahl halten.«

»Stahl wird hier wenig nützen, Murad«, warnte Bardolin.

»Mag sein. Aber wir haben auch Eisenkugeln für die Hakenbüchsen. Die könnten sie eine Weile aufhalten. Unteroffizier Mensuardo!«

»Herr?«

»Wir schlagen ein Lager auf, wie uns aufgetragen wurde. Aber ich will, daß die Lunten brennen und jede Waffe geladen ist. Die Männer müssen bereit sein, jederzeit einen Angriff abzuwehren.«

»Ja, Herr.«

Als das Licht erstarb und wieder eine Nacht hereinbrach, scharte die Gruppe sich um drei Lagerfeuer, jedes groß genug, um einen Ochsen darauf zu rösten. Während die Soldaten Wache standen, stieg von den glimmenden Lunten Rauch auf und kräuselte sich um ihre Brustharnische; sie stampften mit den Füßen, pfiffen vor sich hin oder schlugen nach den unablässig stechenden Insekten, um wach zu bleiben.

»Was meint Ihr? Ob sie zurückkommt?« fragte Hawkwood und verzog schmerzhaft das Gesicht, während er den verletzten Arm massierte.

Murad zuckte mit den Schultern. »Warum fragen wir nicht unseren erklärten Fachmann für Okkultes?« Er nickte in Bardolins Richtung.

Der Magier schien kurz vor dem Einschlafen. Der Kobold lag mit großen, aufmerksamen Augen auf seinem Schoß. Bardolins Kopf zuckte, und die silbernen Bartstoppel am Kinn des Zauberers funkelten im Schein des Feuers.

»Sie wird zurückkommen. Und sie wird uns in diese Stadt führen. Man wartet dort auf uns, Murad. Andernfalls wären wir längst tot.«

»Ich dachte, man wollte uns irgendwo im Westlichen Ozean versenken«, warf Hawkwood ein. »Wie die Besatzung der Karavelle.«

»Das wollten sie, ja. Aber ich glaube, jetzt, da wir schon einmal hier sind, interessieren sie sich für uns.« *Oder für mich*, schoß es ihm beängstigend durch den Kopf.

»Und wer genau sind *sie*, Magier?« wollte Murad wissen. »Ihr hört Euch an, als wüßtet Ihr die Antwort.«

»*Sie* sind offenbar eine Art *Dweomer*. Möglicherweise Nachkommen früherer Pioniere. Oder ein einheimisches Volk. Aber das bezweifle ich, denn sie sprechen Normannisch. Irgend etwas geschieht hier im Westen. Und zwar schon seit Jahrhunderten, während wir, die wir nichts davon wußten, unsere Kriege ausfochten und den Glauben verbreiteten. Etwas Seltsames. Ich bin noch nicht sicher, was es ist.«

»Ihr redet so verschwommen wie ein falscher Prophet, Bardolin«, brummte Murad verächtlich.

»Ihr verlangt Antworten; ich kann Euch keine geben. Ihr werdet warten müssen. Und ich fühle, daß wir mehr erfahren werden, als wir je wissen wollten, bevor dies alles vorbei ist.«

Betretenes Schweigen lastete zwischen den dreien in der Luft. Die Feuer fauchten und zischten wie zornige Katzen, und der Dschungel, gleich einer Mauer aus Dunkelheit und Geräuschen, grummelte benommen vor sich hin.

»Was für helle Feuer«, sagte eine Stimme. »Man könnte fast meinen, ihr hättet Angst vor der Dunkelheit.«

Sie rissen die Köpfe herum. Vor ihnen stand Kersik. Sie trug einen ranzig stinkenden Lederbeutel bei sich. Die winzigen Härchen an ihren Hüften schimmerten golden im Schein der Flammen. Als sie lächelte, berührten die Mundwinkel beinahe die Ohren, und die Augen ähnelten zwei leuchtenden Schlitzen.

Murad sprang auf, woraufhin sie zurücktrat und sogleich wieder menschlich wirkte. Mensuardo schalt die Wachen, weil sie die Frau unbemerkt an sich vorbeischleichen ließen.

»Ihr braucht über Nacht keine Wachen aufzustellen«, erklärte Kersik. »Nicht jetzt, da ich hier bin.« Sie warf den Lederbeutel zu Boden. »Das ist für diejenigen von euch, deren Eingeweide brennen. Eßt ein paar von den Blättern. Sie werden euch helfen.«

»Was seid Ihr? Eine Kräuterheilerin?« fragte Murad.

Mit schiefgelegtem Kopf musterte sie ihn. »Der Mann gefällt mir. Er hat Schneid.« Und während Murad über die Bemerkung nachgrübelte, fügte sie hinzu: »Ihr solltet Euch jetzt schlafen legen. Morgen haben wir einen langen Weg vor uns.«

Die Männer stellten Wachen auf, wenngleich Kersik sie deshalb auslachte. Mit untergeschlagenen Beinen hockte sie sich an den Rand des Feuerscheins, so wie sie zuvor auf der Lichtung gesessen hatte, als die Männer sie zuerst erblickten. Einige schlugen das Zeichen des Heiligen vor der Brust, wenn sie glaubten, nicht von ihr beobachtet zu werden. Schweigend aßen sie das spärliche Abendmahl, das wiederum aus gesammeltem Obst bestand. Keiner von ihnen traute der Hexerin genug, um die Blätter aus dem Beutel zu versuchen, die sie mitgebracht hatte. Nach dem Essen legten die Männer sich auf den feuchten Boden und behielten die Schwerter und Hakenbüchsen in Reichweite.

Bardolins Kobold fand keine Ruhe. Er kuschelte sich in der gewohnten Schlafposition an den Zauberer, dann drehte er sich rastlos hin und her und wand sich aus dem Mantel seines Meisters hervor, um ins Lager hinauszuspähen und die schlafenden Gestalten und die aufmerksamen Wachen zu beobachten.

Irgendwann vor Sonnenaufgang weckte er Bardolin, und in seinem schlaftrunkenen, halbwachen Zustand hätte der Magier schwören können, daß rings um das Lager reglose Gestalten zwischen den Bäumen standen. Doch als er sich aufgesetzt hatte und sich die schweren Lider gerieben hatte, waren sie verschwunden. Kersik saß nach wie vor mit untergeschlagenen Beinen da und ließ keine Anzeichen von Müdigkeit erkennen.

Murad kauerte ihr gegenüber, den Rücken an einen Baum gelehnt. In den Händen hielt er eine Hakenbüchse, deren Lunte fast bis auf die Pulverpfanne niedergebrannt war. Aus seinen rotgeränderten Augen sprach unsägliche Erschöpfung. Offenbar hatte er Kersik die ganze Nacht beobachtet. Die Frau erhob und streckte sich, so daß die Muskeln sich unter der goldschimmernden Haut spannten.

»Seid ihr ausgeruht für die Reise, die vor uns liegt?« fragte sie.

Der Adelige starrte sie aus eingesunkenen Augen an.

»Ich bin zu allem bereit.«

Kapitel 13

Achtzehn Tage wanderten sie durch den ewig gleichen Dschungel. Achtzehn Tage Hitze, Regen, Moskitos, Blutegel, Schlamm und Schlangen.

Rückblickend fand Hawkwood es erstaunlich, wie rasch die Männer ausgebrannt waren. Sie waren durchweg hartgesottene Krieger, die schon Schlachten in den staubschwangeren Glutöfen der sommerlichen Täler der Berge von Hebros gefochten hatten. An Bord des Schiffes gaben sie sich als prahlerische Veteranen, rauhe Kerle mit derbem Humor und von eiserner Gesundheit. Hier aber gingen sie ein wie die Primeln.

Sechs Tage, nachdem die Männer auf ihre neue Führerin Kersik stießen, trugen sie den ersten Kameraden zu Grabe.

Glabrio Feridas, Soldat aus Hebrion. Zittrig hatte er sich in den Dschungel gekauert, um die gequälten Eingeweide zu erleichtern. Als man seine Leiche fand, sah es so aus, als hätte er sich des gesamten Blutes entledigt, das die Moskitos und Blutegel ihm noch gelassen hatten.

Danach aßen die Männer die Blätter, die Kersik ihnen gebracht hatte. Sie mieden die Früchte, die zu meiden sie ihnen empfahl, und jeden Abend kochten sie das Wasser in ihren rostenden Helmen. Bald klagte niemand mehr über Durchfall, dennoch fühlten viele sich weiterhin fiebrig. Schon nach kurzer Zeit mußten die kräftigeren Männer die Rüstungen jener tragen, die dem Gewicht nicht mehr gewachsen waren.

Am zehnten Tag ließ Murad sich endlich von Hawkwood und Bardolin erweichen, und er gestattete den Soldaten, die Rüstungen abzulegen und zu verstecken. Die Männer stapelten sie auf einen Haufen, den sie mit umherliegenden Zweigen und Blättern bedeckten. Danach markierten sie rund um die Stapel ein Dutzend Bäume und marschierten in den Lederwämsen weiter, um fünfzig Pfund leichter.

Von nun an kamen sie schneller voran. Hawkwood errechnete, daß sie sich in ungefähre Nord-Nordwest-Richtung bewegten und etwa vier Wegstunden pro Tag zurücklegten.

Am zwölften Tag starb der zweite Soldat, Timo Ferenice. Als er halb dösend Wache hielt, wand sich eine Schlange seinen Knöchel empor und durchbiß blitzschnell Stiefel, Hose und Haut. Ferenice starb von Krämpfen geschüttelt; schaumiger Speichel spritzte von seinen Lippen, während er nach Gott, Ramusio und seiner Mutter rief. Am nächsten Tag stießen die Gefährten auf einen Weg, einen Trampelpfad aus dicht aneinanderliegenden Steinen und festgestampfter Erde, der gerade breit genug war, daß zwei Männer Seite an Seite marschieren konnten. Offenbar wurde der Weg regelmäßig instand gehalten. Er führte weiter nach Norden. Die Männer kamen an der Stelle vorbei, an der Murad vom Spinero aus die Lichterscheinungen erblickt hatte, und wanderten nahezu parallel zur weit entfernten Küste.

Die ganze Zeit lief Kersik mühelos an der Spitze der Gruppe und hielt wiederholt inne, um die keuchenden Männer hinter ihr zu Atem kommen zu lassen. Fast unmerklich stieg das Land an. Bardolin vermutete, daß sie sich den südlichen Hängen des riesigen, kegelförmigen Berges näherten, den sie am ersten Tag nach ihrer Ankunft gesichtet hatten.

Eigentlich hätten sie nach Erreichen des Weges schneller vorankommen müssen, doch die Männer der Gruppe fühlten, wie die Kraft aus ihren Körpern wich. Der Mangel an Schlaf und die unzureichende Ernährung forderten ihren Tribut, ebenso die gnadenlose Hitze. Am siebzehnten Tag, dem einundzwanzigsten seit der Abreise aus Fort Abeleius, wankten die Soldaten in Leinenunterhemden weiter, da die Lederwämse so verrottet und verschimmelt waren, daß sie sich als nutzlos erwiesen. Und trotz aller Heilkräuter schüttelte zwei Soldaten ein derart heftiges Fieber, daß ihre erschöpften Kameraden sie auf behelfsmäßigen Bahren tragen mußten.

»Ich glaube, ich werde diese Frau nie schwitzen sehen«, meinte Hawkwood zu Bardolin, als sie in jener Nacht am Lagerfeuer saßen. Kersik hockte ein Stück entfernt mit untergeschlagenen Beinen und ernster Miene.

Bardolin war eingedöst. Mit einem Ruck erwachte er und streichelte den gurrenden Kobold. Das kleine Wesen aß mit besserem Appetit als die Männer, denn es verschlang genüßlich allerlei kreuchendes Viehzeug, das es im Laub aufstöberte. Gerade war es von der Futtersuche zurückgekommen. Nun kauerte es zufrieden grinsend in Bardolins Schoß, das Bäuchlein voll wie ein aufgeblasener Ballon.

»Selbst Zauberer schwitzen«, meinte der alte Magier leicht verärgert, weil er an der Schwelle zu süßem Schlaf gestanden hatte.

»Ich weiß. Deshalb ist es ja so seltsam. Irgendwie wirkt sie … unecht.«

Seufzend lehnte Bardolin sich zurück. »Nichts scheint echt. Die Träume, die mich nachts überfallen, erscheinen mir echter als das wache Leben.«

»Angenehme Träume?«

»Seltsame Träume, anders als alle, die ich bisher hatte. Und doch bergen sie etwas Vertrautes. Immerzu habe ich das Gefühl, daß alles, worüber ich hier stolpere, irgendwie zusammengehört – daß ich in dem Ganzen ein Muster erkennen würde, könnte ich einen Schritt zurücktreten und es aus der Ferne betrachten. Diese Inschrift an der Statue, die wir entdeckten – sie erinnert mich an etwas, das ich einst wußte. Und das Mädchen: Sie ist eindeutig eine *Dweomer*, aber es ist auch etwas Unbekanntes in ihr … irgend etwas, das ich nicht zu entziffern vermag. Es ist, als würde ich versuchen, bei zu düsterem Licht in einem Buch zu lesen, das ich einst kannte.«

»Vielleicht wird das Licht ja heller, wenn wir die Stadt erreichen. Die Frau sagt, morgen wäre es soweit. Ich wünschte, ich könnte behaupten, daß ich mich darauf freue, aber der Entdecker in mir hat längst die Freude an unserer Expedition verloren.«

»*Er* nicht«, erwiderte Bardolin und deutete auf Murad, der seine nächtlichen Runden um die Lagerfeuer drehte und die Männer überprüfte.

»Lange hält er bestimmt nicht mehr durch«, meinte Hawkwood. »Ich glaube, seit wir die Küste verlassen haben, hat er keine Nacht länger als eine Stunde geschlafen.«

Murad wirkte weniger wie ein Offizier, der seine Männer befehligte, sondern mehr wie ein Gespenst, das einen Haufen Kranker heimsuchte. Das matte Haar hing ihm in schwarzen Strähnen in die Stirn. An der Nase, den Wangen und den Schläfen schälte sich die Haut. Die Narbe ähnelte nunmehr einer sonderbaren Hautfalte, einem zweiten Mund mit dünnen Lippen. Sogar die Finger waren knochig und dürr.

»Wir sind kaum einen Monat an Land«, sagte Hawkwood leise. »In dieser Zeit mußten wir bereits fünf Schiffskameraden beerdigen – vielleicht kamen im Fort sogar noch einige hinzu –, und der Rest von uns steht knapp vor dem Zusammenbruch. Glaubt Ihr wirklich, dieses Land kann je besiedelt werden, Bardolin?«

Der Magier schloß die Augen und wandte sich ab. »Das sage ich Euch, wenn der morgige Tag vorbei ist.«

In jener Nacht hatte Bardolin wieder diesen Traum.

Diesmal aber war es Kersik, die zu ihm kam, splitterfasernackt, die makellose Haut honigfarben. Trotz der Klauen an den Fingerspitzen und der beiden Nippelreihen, die von den Brüsten hinab zum Nabel reichten, war sie von unbeschreiblicher Schönheit. Ihre Augen funkelten wie die Sonne hinter Blättern.

Sie liebten sich auf dem weichen Boden in der Nähe des Lagers. Diesmal lag Bardolin auf ihr und stieß ungestüm wie ein junger Mann auf den straffen und dennoch geschmeidigen Körper nieder. Und rund um das schwitzende Paar tanzte und tollte eine Schar bizarrer Gestalten, spindeldürr, gackernd, mit grünen Schlitzen statt Augen und hornähnlichen Ohren. Leicht wie Federn spürte Bardolin ihre Füße im Rücken, während er rhythmisch in die Frau unter sich stieß.

Doch da war noch etwas anderes. Er schaute auf, und trotz ihrer Hand, die seinen Nacken umschlang, erblickte er eine riesige, dunkle Gestalt, die auf sie hinunterstarrte.

Ein Gestaltwandler im Körper eines Wolfes.

Keiner von ihnen hatte gut geschlafen. Bardolins Körper schmerzte, als hätte ihn die ganze Nacht jemand getreten. Mühsam richteten die Männer sich auf. Einen nach dem anderen zog Feldwebel Mensuardo auf die Beine. Kersik beobachtete sie indes wie eine geduldige Mutter.

Murad kam von den Bäumen herüber. Er hatte sich rasiert. Das Blut an seinem Kinn zeugte von der Anstrengung, die es ihn gekostet hatte. Das unordentliche Haar hatte er zurückgebunden, und er trug ein frisches Hemd, das dennoch Schimmelflecken aufwies. Trotz des matten Glanzes der eingesunkenen Augen wirkte er einigermaßen frisch.

»Heute also werden wir Eure Stadt kennenlernen«, meinte er zu Kersik.

Wie so oft schien die Frau über einen den Männern unverständlichen Scherz zu lächeln. »Aber ja, Fürst Murad. Sofern Eure Kameraden in der Lage sind weiterzumarschieren.«

»Sie sind in der Lage. Sie sind hebrionische Soldaten«, knurrte Murad und wandte sich mit so unverhohlener Verachtung von ihr ab, daß Hawkwood ihn unwillkürlich bewunderte. Für einen flüchtigen Augenblick erstarrte das Lächeln der Frau; dann glich es wieder dem Lächeln der Sonne selbst.

Nach einem kargen Mahl, das wie immer aus Obst bestand, brachen die Gefährten auf. Wochen lag es zurück, daß sie zum letzten Mal Fleisch gegessen hatten, und schon der Gedanke an das Pökelfleisch vom Schiff ließ ihnen das Wasser im Munde zusammenlaufen.

Sie verbrachten einen weiteren Tag voller Anstrengung. Obwohl sie auf einem recht ordentlichen Pfad wanderten, mußten sie die beiden im Fieberwahn liegenden Soldaten abwechselnd tragen. Sogar Murad beteiligte sich daran.

Hier wirkte der Dschungel noch lebendiger, sofern dies überhaupt möglich war. Zu dem gewohnten Quieken und Tapsen mischte sich das Grollen und Stampfen größerer Tiere, die durch den Wald streiften. Kersik schenkte dem keine Beachtung, der Erkundungstrupp hingegen marschierte mit schußbereiten Hakenbüchsen und gezogenen Schwertern weiter. Die Männer bemerkten geringfügige Veränderungen in der Umgebung. Die Bäume wurden zunehmend kleiner, der Baldachin weniger dicht. Hier wirkte der Wald fast wie ein Zweitwuchs, der einst gerodetes Land zurückforderte.

Verstärkt wurde dieser Eindruck von den Ruinen riesiger, aus Stein errichteter Gebäude, die zu beiden Seiten des schmalen Pfades halb verborgen lagen. Bardolin wollte anhalten, um die Bauwerke eingehender zu untersuchen, doch Kersik gestattete es nicht. Als er ihr Fragen über die Bauten zu stellen begann, zeigte sie sich noch verschlossener als während der übrigen Reise.

»Es sind *Undwa-Zantu*«, erklärte sie schließlich, nachdem Bardolin ihr lange genug in den Ohren gelegen hatte.

»Was bedeutet das?« fragte der Magier.

»Sie sind *alt*, aus versunkenen Zeiten, von den ersten Völkern geschaffen, die hier lebten.«

Mit diesem einen Satz löste sie eine wahre Fragenflut Bardolins und Hawkwoods aus, doch sie beantwortete keine einzige.

»Sobald wir in die Stadt kommen, werdet ihr mehr erfahren«, war alles, was sie erwiderte.

Sie hatten den Fuß des Berges nördlich ihres Ankerplatzes erreicht. Sogar durch das Blätterdach über ihnen konnten sie ihn deutlich erkennen. Wie eine graue Wand ragte er über dem Dschungel auf, und wenngleich der Wald verbissen kämpfte, um sich auf dem Vorhügel zu halten, wurde er doch zunehmend lichter.

»Was meint Ihr, wie weit sind wir marschiert?« wollte Bardolin von Hawkwood wissen.

Der Seemann zuckte mit einer Schulter. Zwar hatte er so oft wie möglich den Kurs ermittelt – Kersik zeigte sich ausgesprochen beeindruckt von dem Kompaß – und Masudi sowie den kräftigen Cortona die Schritte zählen lassen, um seine eigene Rechnung zu überprüfen; dennoch hatten sich im Laufe der qualvollen Tage mit großer Wahrscheinlichkeit erhebliche Ungenauigkeiten eingeschlichen.

»Jetzt marschieren wir fast hart Nord«, antwortete er. »Ich würde sagen, wir haben etwa sechzig Wegstunden zurückgelegt, seit wir das Mädchen trafen, dabei aber mehrmals den Kurs geändert.«

Die beiden befanden sich weit hinten in der Formation. Kersik lief gut zwanzig Meter vor ihnen. Murad schritt neben ihr her, als wären die beiden ein Paar. Bardolin senkte die Stimme. Kersik hatte schärfere Ohren als ein Luchs.

»Sie windet sich wie ein Aal an unseren Fragen vorbei. Aber ich bin sicher, daß sie alles weiß – vermutlich kennt sie die gesamte Geschichte dieses Landes, Kapitän. Und es *hat* eine Geschichte, soviel steht fest. Diese Ruinen sehen ebenso alt aus wie die zerfallenden fimbrischen Wachtürme in den Pässen der Berge von Hebros, und die wurden vor mehr als sechs Jahrhunderten errichtet.«

»Vielleicht finden wir einige Antworten in dieser Stadt, von der sie dauernd redet, obwohl mir schleierhaft ist, wo sie sich befinden mag. Aus ihren Worten zu schließen, muß sie irgendwo auf dem Hang dieses verfluchten

Berges liegen; aber wie soll jemand an einem so steilen Hang eine Stadt errichtet haben?«

»Ich weiß es nicht. Womöglich finden wir in dieser Stadt, so es sie denn gibt, mehr Antworten, als wir je finden wollten.«

Die Formation hielt inne. Murad rief Bardolin und Hawkwood zu sich nach vorn. Sogleich drängten der Zauberer und der Seefahrer hastig an den Soldaten vorbei.

Drei so bizarre Gestalten, daß selbst Murad vorübergehend die Fassung verlor, versperrten den Weg.

Zwei präsentierten sich übermenschlich groß, an die zweieinhalb Meter. Ihre Haut war schwarz – so schwarz, daß Masudi im Vergleich dazu gelblich wirkte. Bis auf einen schlichten Lendenschurz waren sie nackt. Anstelle von Köpfen aber trugen sie unglaubliche Masken. Eine der beiden Gestalten glich einem leopardenähnlichen Wesen, nur größer und muskelbepackter. Die andere Gestalt besaß den Kopf eines großen Mandrills, mit hellblauen Flecken zerfurchter Haut zu beiden Seiten der schillernden Nase.

Doch die Masken waren keine Masken. Der Leopardenkopf leckte sich die Lippen und bewegte die Augen. Der Mandrill sog mit bebenden Nasenflügeln schnüffelnd die Luft ein. Die menschlichen Hände der beiden Kreaturen hielten Speere, die doppelt so lang waren wie die eines Menschen, mit bronzenen Klingen und teuflischen Widerhaken.

Im Vergleich dazu wirkte die dritte Gestalt geradezu winzig, sogar kleiner als Hawkwood. Es schien sich um einen waschechten Menschen zu handeln, dessen Haut zwar sonnengebräunt, dennoch aber hell war wie die eines Ramusiers. Der Mann trug einen unförmigen Beutel weichen Leders als Hut und weiße Leinengewänder, die – abgesehen von kleinen Händen mit wulstigen Fingern – den ganzen Leib verhüllten. Das Gesicht wies Tränensäcke und Hängebacken auf. Die schwarzen Augen funkelten düster aus verschwollenen Höhlen. Ohne die seltsame Kleidung hätte man ihn für einen wohlhabenden Händler aus Abrusio halten können, der zu viele üppige Mahle und zuviel guten Wein genossen hatte. Als einziges Schmuckstück trug er einen Anhänger in Form eines fünfzackigen Sterns mit einem Kreis in der Mitte. Er hing an einer Goldkette mit Gliedern von der Dicke eines Kinderfingers um den runzligen Hals des Mannes.

»Gosa«, sprach Kersik und verbeugte sich. »Ich bringe die Altweltler.«

Der Leopardenkopf ließ ein tiefes Knurren vernehmen.

»Gut gemacht«, meinte der Mann in den Leinengewändern. »Ich hielt eine Eskorte nach Undi für angebracht. Außerdem fraß die Neugier mich förmlich auf. Es ist lange her.« Sein Blick strich über die Mitglieder des Erkundungstrupps, der schweigend hinter Kersik verharrte. Selbst Murad fehlten die Worte.

»Seid gegrüßt, Bruder«, sagte Gosa zu Bardolin.

Der Magier blinzelte, erwiderte aber nichts. Der Kobold stieß ein kurzes, beinahe fragendes Quieken aus. Abermals grollte der Leopardenkopf.

Murad trat vor, merklich erzürnt darüber, daß der Mann ihn links liegenließ. Sogleich senkte der Mandrill den Speer, bis er die Brust des Adeligen berührte und ihm Einhalt gebot.

Mehrfaches Klicken ertönte. Unteroffizier Mensuardo, Cortona und die übrigen Soldaten legten die Hakenbüchsen an, spannten die Abzugshähne und richteten die Läufe auf das exotische Trio, das mitten auf dem Pfad stand. Pulverrauch stieg kräuselnd zwischen den Männern der Gruppe empor. Gosa sog ihn schnuppernd ein; dann lächelte er, wobei er gelbe, spitze Zähne und zurückweichendes Zahnfleisch entblößte.

»Ah, der Duft der Alten Welt«, seufzte er, in keiner Weise aufgebracht über die auf seinen feisten Wanst gerichteten Büchsen. »Steckt die Waffen weg, meine Herren, hier werdet ihr sie nicht brauchen. Ilkwa, schäm dich – siehst du denn nicht, daß der Mann sich nur vorstellen will?«

Der lange Speer schwang zurück in senkrechte Stellung. Murad nickte Mensuardo zu, woraufhin die Männer die Büchsen sicherten, wenngleich sie die Lunten glimmen ließen.

»Murad von Galiapeno zu Euren Diensten«, verkündete der Adelige mit scharfer Stimme.

»Gosa von Undi zu den Euren«, entgegnete der plumpe Mann mit den Leinengewändern, wobei er sich leicht verneigte. »Wollt Ihr mir in unsere bescheidene Stadt folgen, Fürst Murad? Erfrischungen erwarten Euch dort, und wer will, kann ein Bad nehmen.«

Nun verbeugte sich Murad. Gosa, Kersik und die beiden sonderbaren Tiermenschen gingen voraus. Die Gruppe folgte ihnen, noch immer mit den zwei Bahren, auf denen die vom Fieber befallenen Soldaten lagen.

Binnen eines Lidschlags veränderte sich die Welt.

Der Dschungel verschwand. Im einen Augenblick wandelten die Gefährten noch im schattigen Schutz des Waldes, im nächsten war er verschwunden. Undurchbrochenes Sonnenlicht blendete die Männer. Die Grenze zwischen dem üppigen Unterholz und der kahlen Öde wirkte so scharf, als hätte ein riesiges Rasiermesser alles Leben vom Berghang geschnitten.

Jetzt erst erkannten sie das wahre Ausmaß des Berges, der über ihnen aufragte. Der Gipfel lag in den Wolken verborgen, und obwohl er aus der Ferne vollkommen symmetrisch gewirkt hatte, offenbarten sich bei näherer Betrachtung Bruchstellen in dem Kegel, gleich schartigen Tränenströmen, außerdem versteinerte Wasserfälle, wo einst Lava hervorsprudelte, die längst erkaltet war.

Der Ort war eine Wildnis, eine farblose Wüste, in der es nur Grau- und Schwarztöne gab. Da waren Dünen aus ebenholzfarbenem, sandähnlichem Material, seltsame Basaltblasen, versteinerte Rinnsale, Spalten und Stummel erstarrter Geysire. Eine Landschaft, dachte Bardolin, wie jene, die ich vor langer Zeit durch Saffaracs Sichtgerät betrachtet habe. Karg, tot, fremdartig.

Das Gehen fiel den Männern immer schwerer; keuchend und schnaufend quälten sie sich den steilen Hang hinauf. Nach wie vor führte eine Art Pfad aus grob aneinandergeschichteten Tuffsteinblöcken in die Höhe. Steinhaufen kennzeichneten die Kehren und Kurven, in denen der Serpentinenweg sich den Berg hinaufrankte. Die Männer rangen in der flimmernden Hitze nach Luft und atmeten hustend Vulkanstaub ein. Ihre Gesichter wurden zunehmend schwarz von einem Staub, der wie Ruß aussah und wie Asche schmeckte. Es ließ die Münder trocken werden und knirschte zwischen der Zunge und den Zähnen.

»Ich sehe keine Stadt«, krächzte Murad zu Kersik und Gosa hinüber. »Wohin bringt ihr uns?«

»Da ist eine Stadt, vertraut uns.« Gosa strahlte ihn an, ein gutmütiger Zwerg mit Augen wie Gagatsplitter. »Undi ist ein Ort, der nicht leicht zu finden ist, es sei denn, man hat einen Bewohner der Stadt als Führer. Und der Berg, über dessen Knie wir gerade wandern, heißt Undabane. Der Geheiligte Berg, der gebändigte Zorn des Feuers.« Er hielt inne. »Habt Geduld, Fürst Murad. Es ist nicht mehr weit.«

Trotz aller Bemühungen seitens Murad und Mensuardo fiel die Gruppe immer weiter zurück. Wie eine Reihe ameisenähnlicher Gestalten quälten die Soldaten sich über den entsetzlich steilen Berghang, rangen alle Ellen lang nach Luft und wechselten einander alle paar hundert Meter an den Bahren ab. Und so erblickten es

Hawkwood und Bardolin zuerst, da sie an der Spitze marschierten.

Eine Spalte in der kegelförmigen Außenfläche des Berges, eine riesige Kluft in der ansonsten so vollkommen ebenmäßigen Form. Der Gipfel lag immer noch zwischen sechs- und siebentausend Fuß über ihnen, doch mittlerweile mühten sie sich langsam über die Westseite des Berges, denn von Norden her war die Spalte unsichtbar. Darin erspähten sie dunkle, in schwindelnde Höhen aufragende Wände. Und noch etwas.

Am Fuß der Kluft stand eine kolossale Statue, von den Elementen fast bis zur Unkenntlichkeit verwittert. Sie mochte an die hundertundzwanzig Fuß hoch sein und zeigte eine ansatzweise menschliche Form. Eine zerfallende Faust hielt den Stumpf eines Speeres. Zwei tiefliegende Augen prangten in einem Gesicht, das statt einer Nase eine Schnauze aufwies. Der vage Eindruck eines gewaltigen Rumpfes. Das Ding war aus Tuffsteinblöcken errichtet, die größer waren als die Beiboote der Karacke und an den Fugen bröckelten, so daß es aussah, als läge ein Gitter darüber.

Während Gosa, Kersik und die beiden Tiermenschen innehielten, schloß der Rest der Gruppe zu ihnen auf. Mit nur noch einer Bahre.

»Forza ist gestorben«, erklärte Murad, als er die fragenden Blicke sah. »Wir wissen nicht, wann – keiner hat es bemerkt. Wir haben einen Steinhügel über ihm aufgeschichtet.« Er schien wütend über sich selbst, als wäre es seine Schuld. »Gott verfluche dieses elende Land.«

Gosa schürzte mißbilligend die Lippen, schwieg aber. Dann setzte die Gruppe sich wieder in Bewegung; die Soldaten waren mißmutig und stumm, und sogar Mensuardo wirkte niedergeschlagen. Der Tod ihres kranken Kameraden schien ein böses Omen zu sein.

Schotter knirschte unter ihren Füßen, und die triefnassen Stiefel waren voller Asche, die an Fersen und Zehen

Blasen verursachte. In den Feldflaschen befand sich nur noch ein letzter Rest Wasser, und Murad erlaubte niemandem, ihn auszutrinken.

Dann traten sie ein in den Schatten der gewaltigen Statue. Die Köpfe der Männer reichten nicht einmal bis zu den Knöcheln hinauf.

Die Welt schrumpfte. Sie trotteten durch eine Engstelle, deren Seiten Hunderte, wahrscheinliche Tausende Fuß emporragten; eine schmale Ritze im Antlitz des Berges, durch die der Wind pfiff und zischte, daß er sich fast wie der Laut eines lebendigen Wesens anhörte. Wasser strömte in glitzernden Rinnsalen von den Seiten der Schlucht, und die Männer stellten sich lechzend, mit gierig ausgestreckten Zungen darunter, um ein paar Tropfen zu erhaschen. Zwar schmeckte das Wasser schal und nach Eisen und war voller Kies, aber wenigstens befeuchtete es die Zungen, so daß sie sich wieder in den Mündern bewegen konnten.

Die Welt öffnete sich wieder, besser gesagt, sie explodierte förmlich. Wie zuvor schon der Übergang vom Dschungel in die Aschewüste auf den Berghängen war der Wechsel jäh und verblüffend.

Sie befanden sich auf einem Felsplateau, etwa tausend Fuß hoch *innerhalb* des Berges. Undabane erwies sich als hohl, ein vergrößertes Ebenbild des Kraters, den Murad Spinero getauft hatte. Als die Männer aufschauten, erblickten sie ringsum die hoch aufragenden Wände des Berges, steil wie Klippen, unbezwingbar. Ganz oben bildete der wolkenlose Himmel einen tiefblauen Halbkreis.

Und unten leuchtete ein Flecken Dschungel, als hätte jemand einen ganzen Brocken davon ausgehoben und auf dem Grund des Berges eingepflanzt, nachdem er die Spitze des hohlen Undabane geköpft hatte. Der Anblick raubte den Gefährten den Atem. Ein dunkler Bogen kroch über den Kraterboden – der Schatten des Bergrandes, der mit dem Weg der Sonne wanderte. Als Bardolin ihn erblickte, begriff er auf einen Schlag das Wesen der Mondphasen.

Unten zwischen den Bäumen befanden sich Bauwerke: gigantische, schwarze Basaltpfeiler, die aber angesichts ihrer Umgebung in Bedeutungslosigkeit versanken; gänzlich aus Stein gebaute Häuser mit Flachdächern; eine Pyramide, so hoch wie die Turmspitzen von Carcasson, mit goldverzierten, grell gleißenden Stufen. Prunkstraßen und Wege. Es war in der Tat eine Stadt. Ein entsetzlich fremdartiger Ort, der nichts gemein hatte mit irgend etwas, das die Männer je gesehen hatten oder sich hätten vorstellen können. Der Anblick verschlug ihnen die Sprache und ließ sie mit staubtrockenen, offenen Mündern hinabstarren. Sogar Murad fehlten die Worte.

»Das ist Undi«, erklärte Gosa in stiller Selbstzufriedenheit. »Die verborgene Stadt der Zantu und Arueyn, das Herz des Feuers, der uralte Ort. Der Anblick ist doch einen Marsch wert, findet ihr nicht?«

»Wer hat das gebaut?« brachte Bardolin schließlich hervor. »Wer sind die Völker, die Ihr genannt habt?«

»Zu gegebener Zeit werden alle Fragen beantwortet. Vorerst haben wir noch einen kleinen Abstieg zu bewältigen. Danach könnt ihr rasten. Die Kunde von eurer Ankunft ist euch vorausgeeilt. Speisen und Getränke warten auf euch, ebenso Beistand für eure Kranken.«

»Dann führt uns hinab«, verlangte Murad barsch. »Keiner meiner Männer soll mehr in dieser Hölle sterben, weil Ihr hier herumsteht und Euch brüstet.«

Ein seltsames Licht blitzte in Gosas Augen auf, wenngleich seine Züge keine Regung verrieten. Er neigte nur leicht den Kopf und führte die Gruppe weiter über einen in die Bergwand gehauenen Pfad nach unten. Kersik hingegen warf dem Adeligen einen unverhohlen haßerfüllten Blick zu.

Fluchend und tastend stolperten die Gefährten den Weg zum Kraterboden hinunter, der mittlerweile fast völlig im Schatten lag. Dunkle Wolken bedeckten den Tausende von Metern über ihnen thronenden Himmelsausschnitt – die Vorboten des täglichen Unwetters. Bald wanderten sie einen breiten, gleichmäßig gepflasterten Pfad mit Regenrinnen zu beiden Seiten entlang. Es mußte sich um eine Art Straße handeln, denn zwischen den Bäumen befanden sich immer mehr Flachdachhäuser. Je weiter sie ins Zentrum der Stadt humpelten, desto spärlicher wuchsen die Bäume und desto dichter reihten sich die Häuser aneinander. Und sie sahen Menschen.

Sie waren groß, schlank, schwarz und trugen leinenähnliche Gewänder. Ihre Züge waren fein geschnitten und wiesen spitze Nasen und schmale Lippen auf. Die Frauen waren groß und anmutig wie Königinnen, mit nackten Brüsten und Goldanhängern als Schmuck. Manchen Bewohner zierten aufwendig gestaltete, rituelle Tätowierungen, die sich in Kreisen und Wellen um den Körper wanden und auf den Wangen prangten. Aufmerksam beobachteten sie die Gruppe; viele deuteten insbesondere auf Masudi, der wie sie war und doch nicht ganz wie sie. Doch sie wirkten allesamt zurückhaltend, geradezu ehrwürdig. Der Troß überquerte eine Art Marktplatz mit Obst- und Fleischständen, doch fehlte hier das für einen Markt typische, rege Treiben. Die Menschen hielten kurz inne und betrachteten die zerlumpten hebrionischen Soldaten; dann widmeten sie sich wieder den eigenen Angelegenheiten. Hawkwood, der die wirren, chaotischen Basare von Ridawan und Calmar kannte, empfand dieses erhabene Gebaren als höchst beunruhigend. Und nirgends waren Kinder zu sehen. Auch keine Tiere – weder streunende Hunde noch Katzen, sofern es in diesem Land so etwas überhaupt gab.

Die Pyramide überragte die anderen Gebäude. Nun, da die Sonne sich hinter den Wolken versteckte und die ersten Tropfen des Nachmittagsregens in den Berg hereinprasselten, wirkte das zuvor gleißende Gold matt.

Gosa und seine nichtmenschlichen Gefährten führten die Gruppe zu einem großen, rechteckigen Haus etwas abseits des Marktplatzes und klopften an eine Tür aus Hartholz. Ein hagerer alter Mann mit schlohweißem Haar und pechschwarzem Gesicht öffnete ihnen.

»Ich habe sie mitgebracht, Faku«, sagte Gosa. »Sorge gut für sie.«

Der alte Mann verneigte sich tief. Seine Züge waren unergründlich wie die eines Großwesirs der Merduks. Dann strömte die Gruppe ins Haus.

»Ruht euch aus, eßt, badet. Tut, was euch beliebt, aber verlaßt nicht dieses Haus«, erklärte Gosa fröhlich. »Ich komme heute abend zurück, und morgen ... morgen werden wir einige der Fragen beantworten, die euch schon so lange auf der Seele brennen.«

Damit verließ er sie. Der alte Mann klatschte in die Hände, woraufhin zwei jüngere Ebenbilder seiner selbst auftauchten, die Türen des Raumes schlossen – den die Gruppe als eine Art Vorhalle erkannte – und erwartungsvoll bereitstanden.

Murad und die Soldaten blickten sich mißtrauisch um, als erwarteten sie, daß jeden Augenblick eine bewaffnete Armee durch die Wände brach. Es war Hawkwood, der als erster das gebratene Fleisch roch. Sogleich lief ihm das Wasser im Munde zusammen.

Kersik flüsterte dem alten Mann, Faku, etwas zu, worauf dieser abermals in die Hände klatschte. Seine Helfer schwangen Seitentüren der riesigen Halle auf. Das Gurgeln von Wasser war zu vernehmen. Marmorne Wannen mit Springbrunnen. Saubere Leinengewänder. Tonschüsseln voller Früchte. Teller voll mit dampfendem Fleisch.

»Bei allen Heiligen des Himmels«, stieß Bardolin hervor. »Ein Bad.«

»Das könnte eine Falle sein«, knurrte Murad, wenngleich er schmerzlich schluckte, als ihn das Aroma der Köstlichkeiten zu verlocken drohte.

»Das ist keine Falle.« Lachend hüpfte Kersik ins Zimmer, ergriff eine geröstete Rippe und biß hinein, daß ihr der Saft übers Kinn lief. Dann kam sie zu Bardolin herüber und stellte sich neben ihn.

»Wollt Ihr nicht davon kosten, Bruder Magier?« fragte sie und hielt ihm die Rippe hin.

Bardolin zögerte, doch Kersik schob ihm die Rippe unter die Nase. Aus ihren Augen sprach verstohlene Belustigung. »Vertraut mir«, meinte sie leise und mit einem diebischen Grinsen auf den Lippen, von denen noch Bratensaft troff. »Vertraut mir, Bruder.«

Bardolin biß in die Rippe und nagte Fleisch vom Knochen. Es schien das Köstlichste zu sein, das er je gegessen hatte.

Kersik wischte ihm das Fett aus dem silbergrauen Bart; dann sprang sie von ihm fort. Für einen Augenblick vermeinte er an der Stelle, an der sie gerade gestanden hatte, ihre Augen wie flimmernde Trugbilder in der Luft zu erblicken.

»Seht Ihr?« rief sie und hielt die Rippe wie eine Trophäe hoch.

Die Männer strömten auseinander und fielen über die Teller und Schüsseln her. Faku und seine Helfer verharrten reglos und beobachteten das Spektakel wie ein erhabenes Publikum ein barbarisches Schauspiel. Bardolin rührte sich nicht von der Stelle. Er schluckte den Fleischbrocken und starrte auf Kersik, die um die gierig schlingenden Soldaten herumtänzelte und Murad ins wutentbrannte Antlitz lachte. Auch Hawkwood hielt sich zurück.

»Was war es?« fragte er Bardolin.

»Was meint Ihr?«

»Was für Fleisch?«

Bardolin wischte sich Fett von den Fingern. »Ich weiß

es nicht«, antwortete er. »Ich weiß es nicht.« Plötzlich machte diese Frage ihm schrecklich zu schaffen.

»Nun, ich bezweifle, daß sie uns so weit geführt haben, um uns jetzt zu vergiften.« Hawkwood zuckte mit den Schultern. »Und, bei Gott, riechen tut das Zeug ausgesprochen gesund.«

Schließlich gaben sie der Versuchung nach und gesellten sich zu den Soldaten, schlemmten Fleisch und stillten ihren Durst mit Krügen klaren Wassers. Mehr als ein halbes Dutzend Bissen aber brachten sie nicht hinunter, bevor ihre Mägen sich verschlossen. Satt von wenig mehr als nichts, hielten sie inne und stellten fest, daß Kersik verschwunden war, ebenso Fakus Helfer. Die schweren Türen waren geschlossen.

Mit einem Schrei sprang Murad auf und warf sich gegen die Pforte. Sie ächzte zwar, gab aber nicht nach.

»Verschlossen. Bei allen Heiligen, sie haben uns eingesperrt!«

Die winzigen Fenster hoch oben an der Wand standen zwar offen, waren aber viel zu schmal, als daß ein Mensch sich hätte hindurchschlängeln können.

»Aus den Gästen sind Gefangene geworden, wie es scheint«, meinte Bardolin. Er wirkte in keiner Weise erbost.

»Ihr hattet eine Ahnung, daß es so kommen würde«, beschuldigte Murad ihn.

»Mag sein.« Bardolin selbst empfand die eigene Ruhe als sonderbar. Insgeheim fragte er sich, ob tatsächlich etwas ins Essen gemischt worden war.

»Dachtet Ihr, sie würden uns wie Pilger nach Herzenslust durch die Stadt schlendern lassen?« fragte Bardolin den Adeligen. Das Fleisch lag ihm wie ein Stein im Magen. An solch schwere Kost war er nicht mehr gewöhnt. Doch da war noch etwas anderes, etwas in seinem Kopf, das ihn beunruhigte und zugleich allen Kummer verzehrte. Der Zustand glich einem Rausch, einem Gefühl der Unverwundbarkeit.

»Geht es Euch gut, Bardolin?« erkundigte Hawkwood sich besorgt.

»Ich ... ich.« Nichts. Es gab nichts, worüber er sich sorgen mußte. Er war nur müde und brauchte ein wenig Schlaf.

»Bardolin!« brüllten die Gefährten. Doch er hörte sie nicht mehr.

Kapitel 14

Wie lautet dein Name?

»Bardolin, Sohn des Carnolan von Carreirida im Königreich Hebrion.« Sprach er? Es spielte keine Rolle. Er fühlte sich wie ein Säugling im Mutterleib. Nichts konnte ihm etwas anhaben.

Richtig. Dir wird nichts geschehen. Du bist ein seltenes Juwel, mein Junge. Wie viele Disziplinen?

»Vier. Zauberei, Hellsehen, Seelenlesen und Wahre Theurgie.«

Nennt man das heute so? Seelenlesen – die Fähigkeit, in die Herzen von Tieren zu blicken, und die Kunst, gegebenenfalls Ebenbilder derselben zu erschaffen. Du hast die anspruchsvollsten der Sieben Künste gemeistert, mein Freund. Ich muß dir gratulieren. Hast wohl so manch lange Stunde in irgendeinem Zauberturm über den Handbüchern des Gramarye gebrütet, wie? Und doch kannst du dich keiner der gefühlsbedingten Disziplinen rühmen – Weissagen, Wettermachen. Gestaltwandeln.

Ein winziges Loch in der Schale des Wohlbefindens,

die Bardolin umfing, wie ein plötzlicher Luftzug in einem festen Haus, ein Atemstoß des Winters.

»Wer seid Ihr?«

Kersik! Sie muß noch viel über Kräuterkunde lernen. Ruhe dich aus, mein Bruder. Letzten Endes wird alles ans Licht gelangen. Ich finde dich interessant. Seit über einem Jahrhundert vermochte kaum etwas meine Aufmerksamkeit zu fesseln. Wußtest du, daß es noch neun Disziplinen gab, als ich Lehrling war? Aber das liegt lange zurück. Gemeine Hexerei und Kräuterkunde. Ich glaube, es war im fünften Jahrhundert, daß man die beiden verschmolz und der Sammeldisziplin ›Wahre Theurgie‹ zuordnete, was der Thaumaturgengilde zum Vorteil, dem niederen Volk der Dweomer zum Nachteil gereichte. Aber so ist der Lauf der Dinge. Du interessierst mich sehr, Bardolin, Sohn des Carnolan. Du hast etwas an dir, das ich kenne. Etwas, das mit der Bestie in dir zu tun hat. Ich finde das höchst faszinierend … Wir sprechen uns wieder. Geh zurück zu deinen Freunden. Sie sind treue Kameraden und sorgen sich gewiß um dich.

Bardolin schlug die Augen auf. Er lag auf dem Boden. Rings um ihn scharten sich die anderen mit bestürzten Mienen, sogar Murad. Der Zauberer verspürte den krankhaften Drang, wie ein Schuljunge zu kichern, der sich bei einem Streich erwischen ließ, kämpfte aber dagegen an.

Eine Woge der Erleichterung. Deutlich spürte Bardolin, wie sie über die Gruppe hinwegschwappte. Gleichzeitig wimmernd und lächelnd, klammerte der Kobold sich an die Schulter des Magiers. Natürlich. Wäre Bardolin vergiftet worden – das kleine Wesen wäre verloren, hilflos gewesen, des Leitlichtes seines Verstandes beraubt. Besänftigend streichelte Bardolin den Kobold. Er hatte viel zuviel in den Hausgeist gesteckt, viel zuviel seiner selbst. Eigentlich sollten solche Wesen entbehrlich sein. Ein Pfeil der Angst durchbohrte ihn, während er die hilflose Kreatur liebkoste, die wie eine Klette an ihm hing. Sehr viel von Bardolins Lebenskraft war in den Kobold geflossen und bescherte ihm ein Dasein als Teil scines Meisters. Nun aber konnte sich dies als Nachteil erweisen.

Vergiftet? Woher war der Gedanke gekommen?

»Was ist passiert?« fragte Hawkwood. »Lag es am Essen?«

Es erforderte gewaltige Anstrengung, zusammenhängend zu denken und zu sprechen.

»Ich ... ich weiß es nicht. Wahrscheinlich. Wie lange war ich weg?«

»Ein paar Minuten«, antwortete Murad stirnrunzelnd. »Ihr wart der einzige, dem dies widerfuhr.«

»Ich glaube, sie spielen mit uns«, meinte Bardolin und rappelte sich zittrig auf. Hawkwood stützte ihn.

»Sie sperren uns ein, vergiften einen von uns – was haben sie noch für uns auf Lager?« wollte der Seefahrer wissen.

Die Soldaten hatten die Waffen wieder ergriffen und die Lunten angezündet. Der Gestank erfüllte den Raum.

»Wir brechen diese Tür auf und schießen uns den Weg frei, wenn es sein muß«, erklärte Murad entschlossen. »Ich werde nicht wie ein Fuchs in der Falle ausharren, bis mein Ende naht.«

»Nein«, widersprach Bardolin. »Wenn sie etwas erwarten, dann genau das. Wir müssen einen anderen Weg finden.«

»Welchen? Sollen wir hier hocken, bis dieser Hexer mit einer Hundertschaft seiner tierschädeligen Wachen anrückt?«

»Es gibt einen anderen Weg.« Noch während er die Worte sprach, wurde Bardolin schwer ums Herz. Er wußte, was zu tun war. »Der Kobold wird für uns losziehen. Er kann durch das Fenster schlüpfen und nachsehen, was draußen vor sich geht. Vielleicht kann er uns sogar die Tür öffnen.«

Einen Augenblick wirkte Murad unentschlossen. Er hatte sich unverkennbar auf eine gewaltsame Flucht eingestellt. Seine Nerven, wie die aller anderen, lagen blank. Ein Funke genügte, und sie alle würden an Ort und Stelle sterben, ohne Antworten auf ihre Fragen zu erhalten. Der Gedanke schien unerträglich.

»Also gut, der Kobold soll gehen«, erklärte Murad schließlich.

Bardolin stieß einen Seufzer aus. Er war zu Tode erschöpft. Bisweilen beschlich ihn das Gefühl, daß dieses Land sich wie ein Sukkubus an ihn geheftet hatte und ihn nun aussaugte, bis nur noch eine vertrocknete Hülle übrigblieb, die der Wind zu Staub zerblasen würde. Wenngleich das Weissagen keine der Disziplinen war, die der Zauberer beherrschte, hatte er seit ihrer Ankunft die dunkle Ahnung, daß über den Schiffsreisenden und der Welt, die sie zurückgelassen hatten, eine tödliche Bedrohung schwebte – und sie ging von hier aus, von diesem Kontinent. Sollten sie entkommen, würden sie das Unheil mit sich nehmen wie eine Seuche, die an ihren Kleidern klebte und in ihrem Blut nistete. Wie die Ratten, die in der Dunkelheit des Schiffsladeraums umherkreuchten.

Der Magier beugte sich zu dem verwirrten Kobold hinab und streichelte ihn.

»Zeit zu gehen, mein kleiner Freund.« *Siehst du den Ausgang, dort oben in der Wand? Da mußt du hinauf. Ja, genau hier. Wo die letzten Strahlen der untergehenden Sonne hineinscheinen*.

Der Kobold spähte durch die enge Öffnung in der Wand. Die gesamte Gruppe beobachtete ihn schweigend.

»Ich bin vielleicht eine Zeitlang fort«, erklärte Bardolin. »Sorgt euch nicht. Ich gehe mit dem Kobold. Aber ich komme zurück. Haltet derweil aus.«

Murad erwiderte irgend etwas, doch der Magier war bereits fort. Binnen eines Lidschlags hatte die Welt größere Ausmaße angenommen, sogar Bardolins Sicht hatte sich verändert. Die Augen des Kobolds verfügten über ein anderes Farbspektrum: Für das kleine Wesen präsentierte sich die Welt in unzähligen Schattierungen von Grün und Gold, mitunter so grell, daß der Anblick schmerzte. Steinwände stellten keine kargen Fassaden dar, sondern zeigten – abhängig von ihrer Wärme und Dicke – unterschiedliche Farbtöne und schimmernde Umrisse.

Einmal blickte der Kobold zurück in die Tiefe, in den stillen Raum voller Männer; dann huschte er durch das hohe, schmale Fenster. Er war hungrig und hätte sich lieber an dem Fleisch gütlich getan, das unten bereitstand, doch der Wille seines Meisters beherrschte ihn. Und so gehorchte er.

In gewisser Weise *verschmolz* Bardolin sogar mit dem Kobold. Er fühlte seine Vorlieben und Ängste, spürte die rauhen Tuffsteinblöcke unter den Händen und Füßen und vernahm die Geräusche der Stadt und des Dschungels durch die überempfindlichen Ohren der Kreatur – so laut, daß sie schier unerträglich schienen, bis er sich daran gewöhnt hatte.

Der Regen hatte aufgehört und die Stadt als nassen, dunstverhangenen Ort zurückgelassen, nebelig wie ein Flußufer am frühen Morgen. Das Licht erwies sich als ungewöhnlich düster, da die Kraterwände am späten Nachmittag den Großteil des Sonnenscheins abhielten.

Was sollte er von dieser verborgenen Stadt halten? Das Vulkangestein, aus dem die Gebäude bestanden, war dunkel und kalt, dazwischen aber liefen die schimmernden, aufrechten Gestalten von Menschen umher – jetzt nicht mehr allzu viele. Oben an der Kraterwand funkelte ein einzelner, halbmondförmiger Sonnenstreifen wie geschmolzenes Silber: der Rest der untergehenden Sonne. Bald würde die Nacht hereinbrechen. Es war am besten, noch ein paar Minuten zu warten.

Einer Fliege gleich kletterte der Kobold mit dem Kopf voran die Seite der hohen Mauer hinab. Sobald er den Boden erreichte, huschte er an ein kühleres Plätzchen voller Schatten, das man in Abrusio wohl als Seitengasse bezeichnet hätte. Dort kauerte er sich nieder und atmete die Luft des sterbenden Tages.

Das Tageslicht schwand, als verhüllte jemand jenseits des Horizonts langsam eine riesige Lampe. Der Einzug der Nacht ließ sich tatsächlich beobachten. Binnen weniger Minuten war die Stadt in Dunkelheit getaucht.

Nicht aber für den Kobold. In der Düsternis der Gasse begannen seine Augen zu leuchten, seine Sicht wurde schärfer.

Und immerzu lag dieser Geruch in der Luft, der ihn an irgend etwas aus der Vergangenheit erinnerte.

An die Arbeit, mein kleinwüchsiger Freund! drängte Bardolins Geist sanft den Kobold, der verwirrt und gefesselt im feuchten Schatten hockte.

Der Hausgeist gehorchte dem Befehl eines Verstandes, der jeden Augenblick ein bißchen mehr mit dem seinen verschmolz. Folgsam tippelte er um das Haus herum, das zum Kerker des Erkundungstrupps geworden war, und suchte nach der Vordertür, einem anderen Fenster oder sonstigen Ein- oder Ausgängen.

Dinge zogen durch die Straßen der Stadt. Für den Kobold stellten sie jäh aufblitzende, grelle Leuchterscheinungen dar, die über sein Sichtfeld schwirrten. Es war ihre Körperwärme, die sie so hell strahlend erscheinen ließ. Der Kobold wimmerte und wollte sich verstecken. Bardolin mußte den Einfluß auf das winzige Geschöpf verstärken, um es unter Kontrolle zu behalten.

Da – die Tür, durch die sie das Haus betreten hatten.

Sie war verschlossen, doch weit und breit erblickte er weder Kersik noch Gosa oder die tierköpfigen Wachen. Der Kobold schlich hinüber, lauschte und vernahm Murads Stimme von drinnen. Kurz kicherte er sich mit einer Belustigung ins Fäustchen, die teilweise von Bardolin ausging; dann richtete er den Blick aus den leuchtenden Augen auf die Ritze unter der Tür. Keine Lichter, keine Wärme eines lauernden Körpers.

Drück an die Tür, befahl Bardolin, doch bevor der Kobold gehorchen konnte, spürte er eine zunehmende Hitze hinter sich, den heißen Atem eines Lebewesens. Erschrocken wirbelte er herum.

Ein Mensch hätte einen großen, massigen Schatten erblickt, der sich bedrohlich über ihm auftürmte, mit zwei gelben Lichtern, die wie Augen funkelten und blinkten. Den Kobold hingegen blendete eine sonnenähnliche Helligkeit, der strahlende Glanz eines riesigen Herzens, das hinter den Rippen eines mächtigen Brustkorbs schlug. Die Wärme ging in schimmernden Wellen von der Gestalt aus. Und als sie den Mund öffnete, schien sie Feuer auszuatmen, einen rauchenden Hitzeschwall, der die feuchtkalte Haut des Kobolds versengte.

»Gut gemacht, Bruder Magier«, sagte eine verzerrte, tierische, nichtsdestotrotz erkennbare Stimme. »Ihr seid einfallsreich, aber berechenbar. Ich nehme an, Ihr hattet keine Wahl. Gewiß zwang Euch diese schwärende Eiterbeule von einem Adeligen dazu.«

Das Wesen erwies sich als riesiger Affe, ein Mandrill, der mit Gosas Stimme sprach.

»Kommt. Wir haben Euch lange genug warten lassen. Es ist an der Zeit, daß Ihr den Meister kennenlernt.«

Eine gewaltige Pranke senkte sich herab und hob den Kobold auf, der gerade fortspringen wollte. Der Weraffe Gosa lachte; das Geräusch glich dem schrillen Schrei eines Affen, in dem aber eine erschreckende Intelligenz mitschwang. Der Kobold wurde an die zottige Brust des

Wesens gedrückt und hustete angesichts der gräßlichen Hitze und des grauenhaften Gestanks des Gestaltwandlers, den er zuvor gerochen, jedoch nicht erkannt hatte. Eine Erinnerung hatte seine Sinne verwirrt, die Erinnerung an Griella, das Mädchen, das ein Werwolf gewesen und gestorben war, ehe sie den Kontinent erreicht hatten. Er hatte die Gefahr nicht erkannt, die in der Nähe lauerte.

Flink hoppelte der Weraffe los. Mit der freien Hand schwang er sich vorwärts, während er sich mit den kurzen Beinen abstieß, so daß eine schaukelnde, immer schnellere Bewegung entstand. Bardolin beobachtete, wie sein Hausgeist zur Stufenpyramide im Herzen der Stadt getragen wurde.

Auf der Straße kamen sie an anderen Kreaturen vorbei: Gestaltwandler jeder Art, alptraumhafte Ungeheuer, die nach *Dweomer* stanken, abartige Tiermenschen. Bei Nacht glich Undi einer Bühne der Verwandlungen, einem bizarren, gottlosen Theater. Unwillkürlich mußte Bardolin an die Malereien in den kleinen Kult hütten oben in den Bergen von Hebros denken, wo die Menschen noch überzeugte Heiden waren: Bilder der Hölle, die den Teufel als König in einer Manege der Ungeheuer zeigten, als Herrn über einen Umzug mißgebildeter, dämonischer Geschöpfe. Die Straßen von Undi waren voll von umhertollenden Ungeheuern.

Er hätte sich zurückziehen und den Kobold seinem Schicksal überlassen sollen, um wieder in den eigenen Körper zu schlüpfen, damit er seine Gefährten warnen konnte vor dem, was draußen vor ihrem Kerker lauerte. Doch irgendwie vermochte er es nicht, jedenfalls noch nicht. Zweierlei Empfindungen ließen ihn weiter durch die Augen des Kobolds blicken und dessen Entsetzen spüren: Zum einen erfüllte ihn eine gräßliche Angst bei dem Gedanken, seinen Hausgeist aufzugeben – und damit einen beträchtlichen Teil des eigenen Geistes und der eigenen Kraft; zum anderen erfüllte ihn eine unersättliche Neugier. Und so ließ er trotz aller Furcht die Eindrücke der Stadt weiter durch die Augen des Kobolds auf sich einwirken. Gosa brachte ihn zu jemandem, der wahrscheinlich alle Antworten kannte, und so, wie Murad nach Macht hungerte, dürstete Bardolin nach Wissen. Er würde noch eine Weile im Bewußtsein des Kobolds bleiben. Er wollte sehen, was sich im Herzen dieses Ortes befand. Er wollte *wissen*.

»Was treibt er bloß?« fragte Murad, während er rastlos auf und ab lief. Nur ein paar Tonlampen, die sie zwischen den Tellern und Schüsseln gefunden hatten, erhellten den Raum. Ringsum schimmerten die brennenden Lunten der Soldaten wie Glühwürmchen, und der beißende Gestank von Pulverrauch erfüllte das Gemach. Mit offenen, blicklosen Augen lag Bardolin auf dem Boden, reglos wie eine Schnitzerei auf dem Sarkophag eines Adeligen.

»Zwei Fuß Lunte haben wir inzwischen verbrannt, Herr«, erklärte Mensuardo. »Das entspricht einer halben Stunde. So lange ist das nicht.«

»Seid versichert, Unteroffizier, daß ich nach Eurer Meinung frage, wenn ich sie hören will«, erwiderte Murad frostig. Mensuardos Augen wurden stumpf wie Schiefer.

»Ja, Herr.«

»Draußen ist es dunkel«, meinte Hawkwood. »Vielleicht paßt er den rechten Augenblick ab. Wahrscheinlich stehen Wachen vor dem Haus, und schließlich ist er nur ein Kobold.«

»Hexer! Kobolde!« platzte Murad heraus. »Ich habe den Kragen voll davon. *Bruder* Magier – fürwahr! Woher wissen wir, daß er sich nicht mit den anderen Geisterbeschwörern zusammengetan hat und uns ihnen ausliefern will?«

»Um Himmels willen, Murad«, stöhnte Hawkwood.

Doch der Adelige schenkte ihm keine Beachtung. »Wir haben lange genug gewartet. Entweder hat der Magier uns verraten, oder seinem Kobold ist etwas zugestoßen. Wir müssen ohne fremde Hilfe ausbrechen, aus eigener Kraft. Unteroffizier Mensuardo!«

»Herr?«

»Weg mit dieser Tür. Zwei Männer tragen unseren schlafenden Zauberer – Hawkwood, das übernehmen Eure Seeleute. Wir brauchen so viele Hakenbüchsen wie möglich.«

»Was ist mit Gerrera, Herr?« wollte einer der Soldaten wissen und deutete auf ihren vom Fieber geplagten Kameraden, der am Boden auf der Bahre lag; das Antlitz des Kranken glich einer elfenbeinfarbenen Maske aus Schweiß und straff gespannter Haut.

»Na schön. Zwei weitere Männer für ihn. Hawkwood, Ihr faßt mit an. Also bleiben noch sieben Hakenbüchsen. Das muß reichen. Unteroffizier, die Tür.«

Mensuardo und Cortona, abgesehen von Masudi die beiden kräftigsten Männer der Gruppe, bauten sich vor der Hartholzdoppeltür auf, als stünden sie einem Gegner im Ring gegenüber. Die beiden Männer blickten einander an, nickten entschlossen und stürmten mit vorgestreckten Schultern los.

Sie prallten wie Bälle von einer Wand zurück und hielten einen Augenblick inne, ehe sie neuerlich Anlauf nahmen.

Die Pforte knarrte und ächzte. Ein leichter Riß erschien nahe den Angeln des einen Türflügels.

Noch dreimal stürmten sie los, wobei sie jedesmal die Schulter wechselten. Beim fünften Versuch gaben die Türen nach und brachen auf. Der Balken, der sie verschlossen hielt, barst entzwei, die Bronzeangeln hingen halb aus der Wand.

Während der Lärm verhallte, zauderte die Gruppe.

Schwer atmend rieben Cortona und Mensuardo sich die geschwollenen Schultern. Schließlich hob Hawkwood eine der Tonlampen und spähte in die Düsternis der Vorhalle hinaus, in der sie dem alten Faku und seinen Helfern begegnet waren. Die Halle präsentierte sich verlassen; die Tür zur Straße war verschlossen. Nach den Geräuschen des Dschungels, an die sie sich so gewöhnt hatten, wirkte die Nacht merkwürdig still.

»Niemand hier, wie es scheint«, sagte Hawkwood zu Murad. Er schwenkte die Lampe von einer Seite zur anderen. Am hinteren Ende der großen Halle befand sich eine Steintreppe. Bis auf vereinzeltes Tröpfeln war das Gurgeln des Badewassers verstummt. Überall flackerten und zuckten Schatten wie unruhige Geister.

»Was nun?«

»Wir durchsuchen die übrigen Gemächer«, erwiderte Murad. »Mensuardo, kümmert Euch darum. Womöglich hat der Kobold sich oben oder sonst irgendwo verirrt. Außerdem könnte diese Kersik noch in der Nähe sein.«

Mensuardo lief mit drei Soldaten hinauf.

»Mir gefällt das nicht«, sagte Hawkwood. »Warum lassen sie uns unbewacht? Sie müssen doch gewußt haben, daß wir diese Tür aufbrechen können.«

»Sie sind allesamt Magier und Hexer«, entgegnete Murad. »Wer weiß schon, wie sie denken?«

Von oben hörten sie das Getrampel der Stiefel Mensuardos und seiner Kameraden, danach Gesprächsfetzen und schließlich einen Schrei – keinen ängstlichen, vielmehr einen überraschten Schrei.

Hawkwood und Murad blickten einander an. Stimmengewirr drang von oben herab, begleitet vom Geräusch rennender Füße und etwas Schwerem, das über den Boden geschleift wurde.

Mensuardo stürmte die Treppe herunter. »Herr – seht Euch das an.« In seinen Händen funkelten Münzen.

Normannische Goldkronen. Auf der einen Seite zeigten sie ein Bild der Turmspitzen der mittlerweile niedergebrannten Kathedrale von Carcasson, auf der anderen eine grobe, symbolische Karte des Kontinents. Bankengeprägtes Geld, das keinem besonderen Königreich zuzuordnen war, sondern großen Geschäften zwischen Monarchen und Regierungen diente. Mit Münzen wie diesen wurden Prinzen bestochen, Söldner und Kanonen gekauft.

»Da oben sind stapelweise Kisten, allesamt voll von dem Zeug, Herr«, berichtete Mensuardo. »Ein Vermögen, die Schätze Dutzender Generationen.«

Murad biß in eine der Münzen. »Bei Gott, sie ist echt. Ganze Kisten davon sind dort oben, sagt Ihr, Unteroffizier?«

»Tonnenweise, Herr. So etwas habe ich noch nie gesehen. Selbst die Schatzkammer eines Königreichs könnte nicht mehr beherbergen.«

Murad warf die Münze beiseite; glockenhell klimpernd landete sie auf dem Steinboden. »Alles hinauf. Gerrera und den Magier lassen wir vorerst hier. Ich will, daß jeder Beutel, jede Tasche gefüllt wird. Seid unbesorgt, jeder soll seinen Anteil bekommen.«

In Murads und Mensuardos Augen lag ein Funkeln, das Hawkwood zuvor nicht bemerkt hatte. Als sie den Raum verließen, kniete er sich neben den reglosen Bardolin und schüttelte ihn.

»Bardolin, um Himmels willen, wacht auf. Wo seid Ihr?«

Keine Antwort. Die Augen des alten Magiers standen weit offen, die Züge blieben starr wie die einer Leiche.

Es hörte sich an, als würden sich oben ganze Schwälle von Münzen über den Fußboden ergießen. Dann folgte ein lautes Krachen, als jemand auf eine Kiste einschlug; das Splittern von Holz ertönte. Hawkwood verspürte keine Lust, sich an dieser Orgie der Gier zu beteiligen. Zwar liebte er Gold so sehr wie jeder andere, doch dafür gab es eine rechte Zeit und einen rechten Ort. Als Mihal von seiner Seite wich, um oben sein Glück zu suchen, rief Hawkwood ihn barsch zurück. Sowohl Mihal als auch Masudi blickten ihn flehentlich an, doch der Kapitän schüttelte energisch den Kopf.

»Glaubt mir, Leute, dieses Gold wird niemandem Glück bringen. Ich bin schon froh, wenn ich mit heiler Haut hier herauskomme. Das ist mir Reichtum genug.«

Masudi grinste reumütig. »Mit den Taschen voller Gold kann man nicht rennen, soviel ist sicher.«

»Und essen kann man es auch nicht«, fügte Mihal kleinlaut hinzu.

Die ersten Soldaten wankten mit prall gefüllten Taschen die Treppe herab. Sogar in die Hemden hatten sie Münzen gestopft, so daß vorn klirrende Wänste hervortraten. Vier von ihnen schleppten zwei Holzkisten. Murad, der eine Lampe hielt und ein wenig benommen wirkte, folgte als letzter.

»Wir kommen wieder«, sagte er mit leiser Stimme. »Eines Tages kommen wir mit einem Dutzend Hundertschaften wieder.«

»Ich wünschte, wir hätten diese Hundertschaften jetzt«, krächzte Hawkwood. »Wenn wir diesen Ort verlassen wollen, sollten wir es besser sofort tun. Wer weiß, wann Gosa und seine seltsamen Geschöpfe zurückkommen.«

»Ich bin mir durchaus bewußt, daß Eile geboten ist, Kapitän«, herrschte Murad ihn an. »Was wir bei uns tragen, würde ausreichen, um eine ganze Flottille von Schiffen auszustatten. Und könnt Ihr Euch die Unterstützung vorstellen, auf die ich zählen könnte, wenn die Welt erführe, daß der Westliche Kontinent vor Gold nur so strotzt? Wir könnten eine ganze Armee herführen und diesen Ungeheuern und Hexern ein für allemal den Garaus machen.«

»Richtig, Murad, es ist Gold, aber als normannische

Kronen geprägt«, entgegnete Hawkwood. »Habt Ihr darüber nachgedacht? Wozu verwenden sie es? Wohl nur, um es in der Alten Welt auszugeben. Wir haben keine Ahnung, was in diesem Land vor sich geht und in welcher Form es die ramusischen Staaten unserer Heimat betrifft.«

»Das finden wir ein andermal heraus«, erwiderte der Adelige. »Vorerst will ich nur weg von hier. Mensuardo, die Tür. Ihr da, tragt Gerrera.«

Vollbepackt bis obenhin, klirrend und klimpernd, traten die Soldaten zusammen und bereiteten sich auf die Flucht vor.

Aber noch bevor Mensuardo die Tür aufbrechen konnte, schwang sie auf. Eine dunkelhäutige Gestalt in weißem Gewand stand vor ihnen. Der alte Mann, Faku. Er öffnete den Mund.

Ein Schuß krachte und hallte unsäglich laut in dem beengten Raum wider. Faku wurde rücklings zur Tür hinausgeschleudert.

»Ein Hexer weniger«, knurrte Mensuardo und lud mit geübten, flinken Handgriffen die Hakenbüchse nach.

»Wir müssen uns beeilen«, zischte Murad. »Der Schuß hat bestimmt die ganze Stadt geweckt. Los! Bringt die Kisten.«

Durch die Kisten und Bardolins und Gerreras schlaffe Körper behindert, die sie tragen mußten, blieben nur Mensuardo und zwei weiteren Soldaten die Hände frei. Die Gruppe strömte hinaus in die schwüle Nacht und stieg über Fakus Leichnam hinweg, als handelte es sich um ein Schlagloch in der Straße. Leise fluchend, schloß Hawkwood die Augen des alten Mannes.

»Da entlang. Schnell«, flüsterte Murad und lief voran. Die anderen trabten hinter ihm her. Nach kaum hundert Metern schwitzten und keuchten sie bereits. Münzen glitten aus den Taschen der Soldaten und rollten klirrend über die Straße.

Die Stadt wirkte verlassen. Nirgends war Licht zu sehen, weit und breit kein lebendes Wesen. Hawkwood aber vermeinte ständig, aus den Augenwinkeln flakkernde Bewegung zu erkennen. Es war so dunkel, daß er unmöglich sicher sein konnte. Der Seefahrer blickte in die Höhe und sah über dem Kraterrand einen Ausschnitt des sternenübersäten Himmels. Hawkwood glaubte, Dinge über das Firmament schweben zu sehen, vorüberschwirrende Schatten, die sich von den Sternen abhoben. Den Kapitän beschlich das unangenehme Gefühl, daß die Stadt ganz und gar nicht still und verlassen, sondern von unsichtbarem, tollendem Leben erfüllt war.

In einer schmalen Seitenstraße hielt die Gruppe inne, um zu verschnaufen. Die Soldaten mit den schweren Kisten massierten sich die blutleeren Hände. Etwa eine halbe Meile hatten sie zwischen ihren Kerker und sich gebracht, und immer noch ließ nichts darauf schließen, daß sie verfolgt wurden. Sogar Murad schien sich unbehaglich zu fühlen.

»Ich hatte damit gerechnet, daß uns längst die ganze Stadt an den Fersen klebt«, sagte er zu Hawkwood.

»Ich weiß«, erwiderte der Seemann. »Alles wirkt so falsch, so sonderbar. Was ist mit Bardolins Kobold und Bardolin selbst geschehen? Warum kehrt er nicht zu uns zurück? Lassen sie uns entkommen, weil ...«

»Weil was?«

»Vielleicht, weil sie haben, was sie wollten.«

Murad schwieg für längere Zeit. Schließlich meinte er: »Für den Magier ist das zwar bedauerlich, aber wenn Ihr recht habt, könnten wir mit heiler Haut davonkommen. Und schließlich nehmen wir ja seinen Körper mit. Sein Geist kann immer noch wiederkehren.« Statt Hawkwood in die Augen zu schauen, ließ er den Blick über die soliden Häuser und die dazwischen aufragenden Bäume schweifen. Sie befanden sich nicht mehr weit von der

Kraterwand und der engen Schlucht entfernt, die den einzigen Weg nach draußen darstellte.

»Wir müssen weiter.«

Wiederum luden die Soldaten sich die Last auf die Schultern, und die Gruppe wankte wieder los. Der Angriff erfolgte so plötzlich, daß sie längst umzingelt waren, ehe sie ihre Häscher überhaupt erblickten. Zornig funkelnde Augen stachen aus der Dunkelheit der Nacht hervor, riesige Gestalten stürzten auf sie zu. Brüllen, Schreien und Grollen aus über hundert Tierkehlen durchbrach die Stille. Die Männer am hinteren Ende der Formation starben, noch bevor sie die Kisten fallen lassen konnten, die sie zu Boden zogen.

Kapitel 15

An der Spitze von Undis Pyramide befand sich ein weiteres Gebäude, dessen Seiten sich nach innen hin zum Dach hinauf wölbten. Der Gestaltwandler Gosa trug den Kobold hinein, dann erklomm er mit wenigen Sprüngen eine schmale Treppe. Sie erreichten das Dach des Bauwerks, eine viereckige Plattform, die von einer Seite zur anderen etwa drei Faden maß. Dort setzte der Weraffe den Kobold sanft auf den Boden und verschwand. Knarrend schloß sich die Öffnung in der Plattform hinter ihm.

Mit den Augen des Kobolds schaute Bardolin empor und erblickte ringsum die pechschwarzen Kraterwände, darüber ein Rund voller Sterne, die sich im endlosen Wirbel des Weltalls drehten. So zahlreich funkelten sie herab, daß sie die Stadt in ein fahles, kaltes Licht hüllten. Viele von ihnen erkannte Bardolin – so erspähte er beispielsweise die Coronadasichel –, doch sie schienen an der falschen Stelle zu strahlen. Während der Zauberer in die Höhe blickte, zuckte ein silberner Blitz über das Himmelszelt – ein Stern, der mit einem letzten, wunderschönen Glanz sein Leben aushauchte.

»Ehrfurchtgebietend, nicht wahr?« sprach eine Stimme, und der Kobold sprang auf. Instinktiv sah er sich nach einem Versteck um, doch die steinerne Plattform erwies sich als karg und kahl, und hinter ihren Rändern lauerte nur ein tiefer Sturz auf die Stufen der Pyramide.

Bardolin unterwarf das Wesen seinem Willen und beruhigte es, hielt es im Zaum.

Ein Mann stand auf der Plattform. Er war aus dem Nichts aufgetaucht, und nun spielte der Schein der Sterne auf seinen Zügen. Der Mann wirkte belustigt.

»Ein hübscher kleiner Hausgeist. Aber in Undi verwenden wir keine mehr. Obwohl sie nützlich sind, stellen sie doch einen Schwachpunkt dar. Sind sie immer noch so schwer zu erschaffen, wie ich es in Erinnerung habe?«

Bardolins Stimme drang aus dem Mund des Kobolds. Die Augen des Geschöpfes verloren ihr Leuchten, als der Magier gänzlich Besitz von ihm ergriff.

»Ziemlich schwer, aber wir kommen zurecht. Darf ich nach Eurem Namen fragen?«

Der Mann verneigte sich. »Ich bin Aruan von Undi, vormals von Garmidalan in Astarak. Du bist Bardolin von Carreirida.«

»Haben wir uns schon einmal getroffen?«

»In gewisser Weise. Aber warte – schonen wir doch deinen zitternden Kobold. Nimm meine Hand.«

Er streckte dem Kobold eine große, langfingrige Hand entgegen. Das Wesen ergriff sie, und Aruan richtete sich auf und zog. Doch nicht der Kobold erhob sich mit ihm. Statt dessen glitt ein schimmernder Halbschatten aus dem winzigen Körper, als hätte Aruan seine Seele herausgezogen. Es war Bardolins Hand, die er hielt. Völlig verblüfft stand Bardolin auf der Plattform; im Sternenlicht funkelte er wie ein Phantom.

»Was habt Ihr getan?« fragte er Aruan. Der Kobold blinzelte und rieb sich die Augen.

»Nur ein Scheinbild. Aber es macht die Unterhaltung ein bißchen einfacher. Hab keine Furcht; dein Wesen, zumindest der größte Teil davon, ruht unten in der Stadt in deinem schlafenden Körper.«

Bardolins strahlendes Ebenbild betastete sich mit zitternden Händen. »Das ist wahre Magie.«

»So schwierig ist es nicht, und es gestaltet die Dinge ein wenig ... zivilisierter.«

Bardolin verschränkte die körperlosen Arme vor der Brust. »Warum bin ich hier?«

»Kannst du diese Frage nicht selbst beantworten? Du bist ein Wesen mit freiem Willen, so wie alle Geschöpfe Gottes.«

»Ihr wißt, was ich meine. Was wollt Ihr von mir?«

Der Mann namens Aruan wandte sich ab, schritt zum Rand der Plattform und starrte hinunter auf die Stadt Undi. Er war groß und in wallende, altmodische Gewänder gekleidet, wie sie in den Tagen der fimbrischen Hegemonie ein Adeliger getragen hätte. Bis auf einen schwarzen Haarsaum, der ganz der Tonsur eines Mönches glich, war sein Schädel kahl. Sein Antlitz wies eine Adlernase auf. Über tief in den Höhlen liegenden Augen wucherten buschige Brauen. Die hohen, vorstehenden Wangenknochen bildeten einen merkwürdigen Kontrast zu den ansonsten aristokratischen Zügen, als hätte jemand das Gesicht eines Kolchuk mit dem eines perigrainischen Landgrafen verschmolzen. Hochmütigkeit und Grausamkeit; beides nahm Bardolin wahr.

»So sah ich einst aus«, erklärte Aruan. »Würde ich dir jetzt meine wahre Gestalt offenbaren, sie würde dich abstoßen. Ich bin alt, Bardolin. Ich erinnere mich noch an die Tage des Imperiums und an die Religionskriege. Ich kannte Männer, deren Väter mit dem Heiligen sprachen. Seit Jahrhunderten beobachte ich den Lauf der Welt.«

»Niemand ist unsterblich«, erwiderte Bardolin, gefesselt und furchtsam zugleich. »Auch nicht der mächtigste Magier.«

Lächelnd wandte Aruan sich von der dunklen Stadt ab. »Das ist wahr, nur allzu wahr. Aber es gibt Mittel und Wege, sich Gevatter Tods Schergen vom Leibe zu halten. Du fragst, was ich von dir will, und ich rede um die Antwort herum. Laß mich dir etwas erklären.

In all den Jahren, die ich hier bin, kamen viele Schiffe aus der Alten Welt hier an – mehr, als du dir vorstellen kannst. Die meisten davon quollen über vor goldhungrigen Aasgeiern, die dieses Land, das Zantu-Land, in Besitz nehmen und vergewaltigen wollten. Es waren Abenteurer und Möchtegern-Eroberer, dann und wann auch fanatische Missionare. Sie alle starben. Aber manchmal kamen auch Flüchtlinge, die der Inquisition in Normannien und den Scheiterhaufen der Brüder vom Ersten Tage entflohen. Die meisten dieser Menschen nahmen wir mit offenen Armen bei uns auf. Aber wir trafen nie zuvor einen Altweltler mit deiner ... Veranlagung, und ...«

»Das verstehe ich nicht«, unterbrach ihn Bardolin. »Ich bin nur ein ganz gewöhnlicher Magier.«

»Oberflächlich betrachtet, bist du das vielleicht. Doch du verfügst über eine Zweischneidigkeit, die kein anderer Magier besaß, der je über den Ozean kam – eine Zweischneidigkeit, die den Schlüssel zu unserer thaumaturgischen Hierarchie hier im Westen darstellt.«

Bardolin schüttelte den Kopf. »Eure Antworten geben mir nur Anlaß zu weiteren Fragen.«

»Das macht nichts. Bald wird dir alles klarwerden.«

»Ich möchte, daß Ihr mir von diesem Ort erzählt – wie

Ihr hierherkamt, wie alles begann. Was hier vor sich geht.«

Aruan lachte. Es war ein grölender Laut, wie ein polternder Grobian ihn von sich geben mochte. »Mit anderen Worten: Du willst, daß ich unsere jahrhundertelange Geschichte wie einen Wandteppich vor dir aufrolle, auf daß du sie in dich aufnehmen kannst?«

»Ich will Erklärungen.«

»Ach – meinst du, es sei so wenig, was du da verlangst? *Erklärungen*. Nun, es ist eine wunderbare Nacht. Reich mir die Hand, Bruder Magier.«

»Eine Geisterhand.«

»Das wird reichen. Siehst du? Ich kann sie ergreifen, als wäre sie aus Fleisch und Blut. In die andere Hand nehme ich deinen Kobold. Es wäre nicht gut, ihn allein zurückzulassen.«

Irgend etwas geschah mit Bardolin, etwas, das er trotz aller Erfahrung im Umgang mit dem *Dweomer* nicht einzuordnen vermochte. Die Plattform verschwand, und sie befanden sich Tausende Fuß hoch in der Luft und stiegen immer höher empor. Die Luft fühlte sich kühler an, eine Brise zerzauste Aruans Haar.

Ich spüre den Wind – ich, ein Scheinbild, dachte Bardolin, von plötzlicher Furcht erfüllt. Dann begriff er, daß es die Empfindungen des Kobolds waren, die er fühlte. Es mußte so sein. Ein Scheinbild konnte unmöglich körperliche Empfindungen haben.

Oder doch? Er fühlte den kräftigen Griff von Aruans warmer Hand. War das die Empfindung des Kobolds oder seine eigene?

Endlich hielten sie inne. Wie ein Gott blickte Bardolin in die Tiefe. Der Mond war aufgegangen; er ähnelte einem angebissenen Apfel, der den Westlichen Ozean beleuchtete. Der Himmel über Bardolin jedoch wirkte seltsamerweise nicht näher. Die Sterne schienen klarer, aber so weit entfernt wie zuvor.

Der Anblick der unglaublichen Weite der nächtlichen, nur vom Mondlicht erhellten Welt war berauschend. Der Himmel präsentierte sich als funkelndes Gewölbe, das sich endlos über die schlafende Erde und den Westlichen Ozean spannte, dessen gekräuselte Oberfläche der fahle Mondschein silbrig glitzern ließ. Und der Westliche Kontinent erstreckte sich als riesige, dunkle Fläche unter ihnen, nur von ein paar vereinzelten Lichtern durchbrochen. An der Küste erblickte Bardolin die Leuchtfeuer von Fort Abeleius, weiter draußen das winzige Schimmern der Heck- und Mastlaternen der *Osprey,* und im Landesinneren sah er rot leuchtende Punkte, wie die verstreute Glut eines niedergebrannten Feuers.

»In den Grundfesten der Erde arbeiten die rastlosen Kräfte der Natur«, sagte Aruan. Es hörte sich an, als zitiere er etwas. »Vulkane, Bardolin. Dieses Land ist alt, zerrissen, aufgewühlt. Unruhig wälzt es sich im Schlaf hin und her.«

»Die Krater«, meinte Bardolin.

»Ja. Einst lebte hier eine bedeutende Zivilisation, ebenso weit entwickelt wie jene in Normannien. Doch die Kräfte, die unsere Welt erschaffen und zerstören – sie erwachten auf diesem Kontinent. Sie vernichteten das Werk der Ureinwohner und ließen Undabane entstehen, den Heiligen Berg, und eine Reihe kleinerer Hügel. Die *Unda-Zantu* starben in einem Inferno aus Flammen und Asche, und die Überlebenden verfielen zurück in die Barbarei.«

»Die dunkelhäutigen, großen Menschen, die in Eurer Stadt leben!«

»Ja. Als ich sie zum ersten Mal traf, im Jahre des Heiligen Einhundertundneun, waren es Wilde. Nur Legenden und Ruinen zeugten von der prächtigen Kultur, die sie einst besaßen. Sie nannten sich *Zantu,* was in ihrer Sprache soviel wie ›der Rest‹ bedeutet. Ihre Magier – denn sie waren ein Volk mächtiger Zauberer – waren zwar zu Stammesschamanen verkommen, doch sie hatten viel Wissenswertes bewahrt. Diese ältere Rasse verkörperte ein unvergleichliches Volk, gesegnet mit einzigartigen Gaben.«

Bardolin starrte ihn mit offenem Mund an. »Ihr seid … wie lange hier? Viereinhalb Jahrhunderte?«

Aruan grinste. »In der Alten Welt war ich Magier am Hofe König Fontinacs des Dritten von Astarak. Ich segelte mit einer lecken, kleinen Karavelle namens *Godspeed* in den Westen, deren Kapitän sich Pinarro Albayero nannte … Möge Gott seiner unglücklichen Seele gnädig sein.«

»Aber wie …«

»Wie ich schon sagte: Die Schamanen der Zantu bewahrten einige der Überlieferungen ihrer Ahnen – Theurgie von einer Macht, neben der sich das, was wir in der Alten Welt *Dweomer* nannten, wie Kinderstreiche ausnahm. Dieses Land ist von Macht beseelt, Bardolin; gewiß hast du es schon bemerkt. Die Feuerberge spien bei ihren Ausbrüchen neben geschmolzenem Gestein auch pure Theurgie. Und Undabane stellt den Brunnen dar, die Quelle. Der ganze Ort ist praktisch lebendig. Und diese Macht läßt sich ausschöpfen. Deshalb bin ich immer noch hier, obwohl mein armer alter Körper längst zu Staub und Asche zerfallen sein sollte.«

Bardolin fehlten die Worte. Sein Verstand war vollauf damit beschäftigt, die Bedeutung von Aruans Aussagen zu verarbeiten.

»Als ich hierherkam, floh ich vor den Scheiterhaufen des Pontifex Maximus Willardius – möge er auf ewig in einer ramusischen Hölle schmoren. Ich schiffte mich mit einigen Kameraden bei einem verzweifelten Mann namens Albayero von Abrusio ein. Im Grunde genommen war er nur ein gewöhnlicher Pirat, deshalb mußte er Normanniens Ufer ebenso dringend verlassen wie wir.« Aruan verstummte für eine Weile. Sein Blick verlor sich in weiter Ferne, als würde er zurück über die vielen Jahrhunderte schauen, die er überdauert hatte.

»Etwa alle hundert Jahre«, fuhr er fort, »gerät der Glaube der Ramusier in eine Krise, und sie müssen ihn erneuern. Dabei veranstalten sie jedesmal ein Gemetzel. Und die Opfer sind immer dieselben. Ich und meinesgleichen sind einem solchen Blutbad entflohen. Die meisten Mitglieder der Thaumaturgengilden von Garmidalan und Cartigella wurden zu Flüchtlingen, denn wie du bestimmt weißt, Bruder: Je höher man in der Ordnung steht, desto geringer ist die Wahrscheinlichkeit, von den Raben übersehen zu werden, wenn sie die Schnäbel wetzen.

Also gingen wir an Bord des schäbigen, kleinen Schiffes von Pinarro Albayero, etliche von uns mit Familie, sofern sie noch eine hatten.

Ursprünglich wollte Albayero die Brenn-Inseln anlaufen, dann aber erfaßte uns ein Nordwind und trieb uns hinunter zum Nordkap der Hebrionesen. Mit Hilfe der Wettermacher in unserer Mitte umrundeten wir das Kap, doch selbst ihr Wirken reichte nicht aus, um auf den alten Kurs zurückzugelangen. Die Stürme, in die wir geraten waren, ließen sich auch von den fähigsten Magiern unter uns nicht beeinflussen. Also trieben wir in unserem kleinen Kahn dahin, und die Wettermacher hatten alle Hände voll zu tun, um uns über Wasser zu halten. So gelangten wir in die endlosen Weiten des Westlichen Ozeans, wo Verzweiflung von uns Besitz ergriff, da wir fürchteten, vom Rand der Erde zu stürzen und zwischen den Sternen hindurchzufallen.

Doch es kam anders. Ursprünglich hatten wir gehofft, irgendwo im Archipel der Brenn-Inseln eine unbewohnte Insel zu finden – denn damals, im zweiten Jahrhundert, gab es so etwas noch. Mittlerweile aber hatten wir keine Ahnung mehr, wo wir landen würden. Der Wind war einfach zu stark. Es schien, als hätte Gott sich gegen uns gewandt und wollte uns vom Antlitz der Erde spülen.

Heute weiß ich es besser. Gott war mit uns und wachte über uns, denn er führte unser Schiff auf den Weg zur einzig wahren Rettung. Siebenundachtzig Tage, nachdem wir das Nordkap umrundet hatten, vierundneunzig Tag nach unserer Abreise aus Cartigella, sichteten wir Land.

Wir legten am Ufer eines Kontinents an, der gemessen an allem, das wir kannten, vollkommen fremdartig wirkte. Ein Ort, der unsere Heimat wurde.«

Aruan hielt inne; das Kinn war ihm auf die Brust gesunken. Bardolin konnte das Erstaunen, die Freude und die Furcht nachempfinden, die jene ersten Auswanderer verspürt haben mußten, als sie den heißen Strand entlangschritten und den dunklen, undurchdringlichen Dschungel dahinter betrachteten. Für sie war eine Umkehr nie in Frage gekommen.

»Die Hälfte von uns starb binnen sechs Monaten«, fuhr Aruan mit tonloser, heiserer Stimme fort. »Albayero ließ uns im Stich. Eines Nachts lichtete er Anker und verschwand am Horizont, bevor wir überhaupt bemerkten, daß er fortgesegelt war. Wie ich später herausfand, verkaufte er sein Wissen an den Adel von Astarak, wodurch er anderen ermöglichte, in Krisenzeiten dieselbe Reise anzutreten. Eine gute Idee, wie sich herausstellte, denn auf diese Weise wurden wir im Lauf der langen, langen Jahre, Jahrzehnte und Jahrhunderte ein- oder zweimal mit frischem Blut versorgt.

Mit Zauberkunststücken zähmten wir die Zantu, und sie kamen, um uns zu dienen und uns zu verehren. Wir erhoben sie aus der Barbarei und machten die kultivierteren Menschen aus ihnen, die du heute siehst. Aber es dauerte lange, bis wir ihre Weisheit zu schätzen und die Vorurteile unserer ramusischen Erziehung zu überwinden lernten. Wir legten Undi frei, das zum damaligen

Zeitpunkt einer überwucherten Ruine im Bauch von Undabane glich, und ernannten es zu unserer Hauptstadt. Wir schufen uns hier in der Wildnis ein Leben, eine Art Königreich, wenn du so willst. Und wir wurden nicht mehr verfolgt. Niemals wird dir in diesem Land der Gestank eines Scheiterhaufens in die Nase steigen, Bardolin.«

»Aber ihr habt irgend etwas getan, nicht wahr? Ich habe hier Geschöpfe gesehen, halb Mensch, halb Tier, Ungeheuer aus *Dweomer* und mißgebildetem Fleisch.«

»Experimente«, antwortete Aruan rasch. »Die neue Macht, die wir entdeckten, mußte erforscht und gehütet werden. Es bedurfte neuer Regeln. Davor ereigneten sich einige bedauerliche ... Unfälle. Manche von uns gingen zu weit, das stimmt.«

»Und so etwas geschieht nicht mehr?«

»Nicht, wenn ich es nicht wünsche«, erwiderte Aruan, ohne Bardolin anzuschauen.

Der runzelte die Stirn. »Eine von *Dweomer* zusammengeschweißte Gesellschaft. Ein Teil in mir freut sich, ein anderer Teil aber erschaudert. Das läßt so viel Raum für Mißbrauch, für ...«

»Für Böses. Ja, ich weiß. Im Laufe der Jahre hatten wir durchaus unsere inneren Streitigkeiten, unsere kleinen Bürgerkriege, sofern sie diese Bezeichnung rechtfertigen. Weshalb sonst, glaubst du, blieb von all den Gründervätern nur ich übrig?«

»Weil Ihr der Stärkste von allen wart«, gab Bardolin zurück.

Abermals ließ Aruan sein grölendes, schallendes Lachen ertönen. »Fürwahr! Ja, ich war der Stärkste. Aber ich glaube, ich war auch der Weiseste. Ich hatte eine Vision, die den anderen fehlte.«

»Und wie sieht diese Vision aus? Was habt Ihr mit der Welt vor?«

Aruan drehte sich um und blickte Bardolin in die

Augen. Der Mondschein erhellte sein Antlitz und spiegelte sich im feuchten Glanz der Augen. Etwas Seltsames lag darin, etwas, das zugleich sonderbar und vertraut wirkte.

»Ich will, daß dein und mein Volk seinen rechtmäßigen Platz in der Welt einnimmt, Bardolin. Ich will, daß sich das Volk der *Dweomer* erhebt und seine Ängste, seine Unterwürfigkeit abschüttelt. Ich will, daß die *Dweomer* ihr Geburtsrecht einfordern.«

»Nicht alle *Dweomer* sind gebildet und mächtig«, hielt Bardolin ihm mißtrauisch entgegen. »Soll jeder Kräuterdoktor, jede Sträucherhexe, jeder Zauberer und jeder verrückte Weissager in einer okkulten Hegemonie etwas zu sagen haben? Ist das Euer Ziel, Aruan?«

»Hör mir einen Augenblick zu, Bardolin. Und hör mir ohne diese beharrliche Starrsinnigkeit zu, die dir innewohnt. Ist die gesellschaftliche Rangordnung, die in Normannien herrscht, so gut und edel, daß es sie zu bewahren lohnt? Ist sie gerecht? Natürlich nicht!«

»Wäre die gesellschaftliche Rangordnung etwa gerechter, die Ihr statt dessen einführen würdet?« entgegnete Bardolin. »Ihr würdet nur die eine Tyrannei durch eine andere ersetzen.«

»Ich würde die Ketten eines mißhandelten Volkes sprengen und das Krebsgeschwür der religiösen Orden aus unserem Leben entfernen.«

»Für jemanden, der seit Jahrhunderten hier in der Wildnis lebt, scheint Ihr recht gut unterrichtet zu sein«, bemerkte Bardolin.

»Wie jeder Magier verfüge ich über gewisse Quellen. Ich behalte die Alte Welt im Auge, Bardolin – das tat ich immer. Sie ist das Land meiner Geburt, meiner Kindheit und Jugend. Noch habe ich sie nicht aufgegeben.«

»Dann sind wohl all Eure Agenten in Normannien Gestaltwandler, richtig?«

»Ah, ich habe mich schon gefragt, wann du darauf

kommen würdest. Ja, Ortelius gehörte zu mir. Ein guter Mann.«

»Wie lautete sein Auftrag?«

»Er sollte euch zur Umkehr bewegen, mehr nicht.«

»Unser Schiff beförderte die *Dweomer*, die ihr erretten wollt; sie flohen vor der Inquisition, und dennoch wolltet ihr sie zurück zu den Scheiterhaufen schicken, die ihrer harrten.«

»Euer Schiff beförderte auch einen offiziellen Vertreter der hebrionischen Krone und eine Abteilung Soldaten«, erwiderte Aruan ungerührt. »Auf die konnte ich durchaus verzichten.«

»Und das andere Schiff, das auf Grund lief und an der Küste dieses Landes zerschellte? Hattet Ihr dabei Eure Hand im Spiel?«

»Nein, bei meiner Ehre, Bardolin. Diese Menschen hatten einfach Pech. Ich nahm an, das kleinere Schiff wäre der Karacke mit den Anführern an Bord gefolgt, wenn diese umgekehrt wäre.«

»Soll ich Euch nun für Eure Menschlichkeit und Zurückhaltung danken, obwohl die Bestie, die Ihr an Bord beordert habt, für die hinterhältigen Morde an meinen Schiffskameraden verantwortlich war?« Bardolin war wütend geworden, doch Aruan antwortete ihm ruhig.

»Die Erfordernisse der Lage ließen keine andere Vorgehensweise zu – außerdem befand sich Ortelius außerhalb meiner Kontrolle. Ich bedauere unnötiges Sterben ebenso wie jeder andere, aber ich mußte beschützen, was wir hier erschaffen haben.«

»Dann müßt Ihr auch dafür sorgen, daß kein Mitglied dieser Expedition den Kontinent jemals lebend verläßt, nicht wahr, Aruan?«

Ein kurze Pause.

»Die Umstände haben sich geändert.«

»Inwiefern?«

»Vielleicht kümmern wir uns nicht mehr so sehr um Geheimhaltung. Vielleicht beschäftigen uns andere Dinge.«

»Und wen meint Ihr mit *wir*? Geschöpfe wie Euren Weraffen Gosa? Warum sind all Eure Günstlinge Gestaltwandler? Gibt es hier im Westen keine anständigen, waschechten Magier mehr?«

»Aber Bardolin, du klingst ja richtiggehend entrüstet. Gerade bei dir überrascht mich das.«

»Was soll das heißen?«

»Das habe ich dir bereits erklärt.«

»Ich habt mir gar nichts erklärt, jedenfalls nichts von Belang. Was habt Ihr all die Jahrhunderte hier getrieben? Habt Ihr für die primitiven Eingeborenen Gott gespielt und Euren Machtquerelen gefrönt?«

Aruan trat dicht an das glitzernde Phantom heran, das Bardolin darstellte.

»Laß mich dir zeigen, was wir all die verlorenen Jahre getan haben, Bruder Magier – welche Kniffe wir hier draußen in der Wildnis des Westens erlernt haben.«

Die Veränderung vollzog sich so schnell wie ein Atemhauch, der eine Glasscheibe beschlägt. Aruan war verschwunden, und an seiner Stelle befand sich die mächtige Gestalt eines Vollblutgestaltwandlers; ein Werwolf mit zitronengelben Augen und einer langen Schnauze, in der scharfe Fänge funkelten. Bardolins Kobold wimmerte und versteckte sich hinter dem durchsichtigen Geistbild seines Meisters.

»Das ist unmöglich«, flüsterte Bardolin.

»Habe ich dir nicht gesagt, Bardolin, daß wir von den Bewohnern dieses Kontinents eine neue und mächtige Weisheit erfuhren?« sprach Aruans Stimme. Die Wolfsschnauze verzerrte sich, als sie die Worte formte; Speichelfäden schimmerten im Mondlicht.

»Das ist eine Illusion«, beharrte Bardolin.

»Dann berühre sie, deine Illusion.«

Natürlich glich Bardolin selbst augenblicklich nur einer Erscheinung, einem Abbild seines wahren Ichs, geschaffen von der unglaublichen Macht dieses Mannes, dieser Bestie vor ihm.

»Sei versichert, daß ich kein Scheinbild bin«, sagte die Stimme.

»Das ist unmöglich. Wer von der schwarzen Krankheit befallen ist, kann keine der sechs übrigen Disziplinen erlernen. Das widerspricht der Natur der Dinge. Gestaltwandler können keine Magier sein.«

Der Werwolf rückte näher. »Hier schon, Freund Bardolin. In diesem Land tragen wir alle die Bestie in uns – und nun auch du.«

Etwas in Bardolin erzitterte angesichts der ruhigen Überzeugung, die der Gestaltwandler ausstrahlte.

»Ich nicht.«

»Aber gewiß. Du hast im Augenblick der Verwandlung in das Herz und den Verstand eines Gestaltwandlers geblickt. Darüber hinaus hast du dich in jemanden unserer Art verliebt. Ich kann es in dir lesen, als stünde es mit Tinte auf deiner Seele geschrieben.« Das Ungeheuer brach in grauenerregendes Lachen aus.

»Griella.«

»Ja – das war ihr Name. Die Erinnerung an jenen Augenblick hat sich dir eingebrannt. Tief in den dunklen Winkeln deines Herzens schlummert ein Teil von dir, der mit Freuden ihr Leid geteilt hätte, wenn sie dich dafür geliebt hätte ... Dein Kobold ist ein schlechter Schutz gegen mein Eindringen, Bardolin. Während du selbst mich vielleicht fernhalten könntest, dient er mir als Geleit ins Zentrum deiner Ängste und Gefühle. Du gleichst einem offenen Buch, in dem ich lesen kann, wann immer ich den Wunsch danach verspüre.«

»Ihr seid ein Ungeheuer!« knurrte Bardolin, doch schon breitete sich eine eisige Decke der Angst über ihn.

Der Werwolf kam näher, bis die Hitze und der Gestank

Bardolin gänzlich umfingen und der große Kopf die Sterne verdeckte. Sie standen wieder auf der Pyramide. Bardolins Geistbild fühlte das Steindach unter den Fußsohlen.

»Willst du wissen, wie wir in diesem Land Gestaltwandler erschaffen, Bardolin?«

»Sagt es mir«, krächzte Bardolin. Unwillkürlich wich er einen Schritt zurück.

»Um einen Menschen mit der schwarzen Krankheit zu infizieren, bedarf es zweierlei. Zum einen muß er, oder sie, eine körperliche Beziehung mit einem Vollblutgestaltwandler haben. Zum zweiten muß er einen Bissen der Beute desselben Gestaltwandlers essen. So einfach ist das. Wir haben noch nicht ergründet, weshalb bestimmte Menschen zu bestimmten Tieren werden – dies ist ein komplizierter Bereich, der eingehender Studien bedürfte. Vielleicht ist es auch nur eine Frage persönlicher Vorlieben. Den Grundvorgang aber kennen wir sehr gut. Wir sind eine Rasse von Gestaltwandlern, Bardolin, und nun bist du einer von uns, wie du es dir einst insgeheim gewünscht hast.«

»Nein«, flüsterte Bardolin entgeistert. Er erinnerte sich an eine Art Geschlechtsverkehr, einen verschwitzten, halb geträumten Kampf bei Nacht. Und er erinnerte sich daran, wie Kersik ihm die Rippe anbot, in deren Fleisch er biß. »Oh, großer Gott, nein!«

Er fühlte eine Hand auf der Schulter, während er mit dem Gesicht in den Händen dastand; Aruan, der Mensch, war zurück, die Bestie verschwunden. Seine Züge verrieten gleichermaßen Mitgefühl und Triumph.

»Du gehörst zu uns, mein Freund. Wir sind wahre Brüder, verbunden durch *Dweomer* und die Krankheit, die in unseren Herzen nistet.«

»Zur Hölle mit dir!« brüllte Bardolin. »Meine Seele gehört mir allein.«

»Nicht mehr«, entgegnete Aruan ungerührt. »Du

gehörst mir und obliegst ebenso meinem Wohlwollen wie Gosa oder Kersik. Du wirst meinen Befehlen gehorchen, ohne überhaupt zu wissen, daß dich ein fremder Wille anstelle deines eigenen lenkt. Ich besitze Hunderte wie dich, über die gesamte Alte Welt verteilt. Aber du bist etwas Besonderes, Bardolin. Du bist ein Mann, der mir in früheren Zeiten vielleicht ein Freund hätte sein können. Deshalb will ich dich eine Weile in Ruhe lassen. Denke zum Abschied darüber nach, daß die Rasse, deren Blut durch deine und meine Adern fließt, durch die Adern der Kräuterdoktoren, der Sträucherhexen und der gemeinen Zauberer von hier stammt, aus dem Westen. Wir sind ein uraltes Volk, die älteste Rasse der Welt, und doch bluten und sterben wir seit Jahrhunderten wegen der Vorurteile niedrigerer Menschen. Das wird sich ändern. Wir sehen uns wieder, du und ich. Und wenn es soweit ist, wirst du mich als deinen Herrn erkennen … und als deinen Freund.«

Die Geisterscheinung, die Bardolin verkörperte, begann zu verblassen. Der Kobold stieß einen leisen Schrei aus und wollte auf das Abbild seines verschwindenden Meister zulaufen, doch Aruan fing ihn ab. Mitleiderregend strampelte die kleine Kreatur in den Händen Aruans, vermochte sich jedoch nicht zu befreien.

»Du brauchst deinen Hausgeist nicht mehr, Bruder Magier. Er ist eine Schwäche, und du kommst ohne ihn aus. Den Weg von seinem Verstand zu dem deinen habe ich bereits verzeichnet. Nimm Abschied.«

Mit einem kurzen Ruck der kräftigen Arme riß Aruan den Kopf des Kobolds auf dem dünnen Hals herum. Ein gräßliches Knacken ertönte, und das kleine Wesen sank leblos zusammen.

Bardolin kreischte auf vor Kummer und Schmerz; er hatte das Gefühl, daß die Dschungelnacht sich in grelles Sonnenlicht auflöste, in ein siedendes Inferno, das seinen Geist und seine Seele versengte. Die Welt sauste an ihm vorbei wie ein herabstürzender Stern, und er sah die Stadt, den Berg, den schwarzen Dschungel des Westlichen Kontinents an sich vorbeischwirren, als würde er auf der Feuerlohe einer Kanonenkugel über den Himmel reiten.

Sein Schrei verwandelte sich in den Schweif des Kometen, der Bardolin geworden war. Dann stürzte er wieder zur Erde, gleich einem rasenden Meteor, der sich ins Herz der Welt graben wollte.

Und er fiel vorbei an einem entsetzlichen Flammen- und Lichtermeer hinein in tiefe Dunkelheit.

Kapitel 16

Es geschah zuviel und gleichzeitig zuwenig, um alles zu erfassen. Auf absurde Weise erinnerte Hawkwood die Szene an einen Umzug, den er einst im südlichen Torunna miterlebt hatte, wo Abbilder der alten Götter zur allgemeinen Belustigung zur Schau gestellt wurden: riesige Machwerke aus Korbgeflecht, Stoff und Holz in den bizarrsten Formen und Gestalten. Die Männer in den farbenfrohen Gerüsten ließen die Figuren wild durcheinandertanzen, bis es unmöglich wurde, die verzerrten Puppen voneinander zu unterscheiden, da sie sich in ein wirbelndes Chaos aus dämonischen Fratzen und Gliedmaßen verwandelten.

Hier war es dunkel. Es gab keine Farben, nur einen grauschwarzen Alptraum. Schatten mit grell blitzenden Augen schienen aus der Erde zu schießen. Die Hitze, die von den tobenden, schwarzen Schemen ausging, fühlte sich selbst in der Schwüle der Nacht fast greifbar an. Der Anblick eines Tierkopfes auf einem zweibeinigen Körper, ein warmer Blutschwall, Geschrei – das alles zog mit der lebendigen Unwirklichkeit eines Traumes vorüber. Eine finstere Wahnvorstellung. Doch es war echt.

Die Männer am hinteren Ende der Gruppe brüllten grauenerregend auf, und die Kiste, die sie trugen, wurde ihnen aus den Händen gerissen. Ein Krachen, gefolgt vom glockenhellen Geklimper von Gold, das wie ein Schauer auf die Straße prasselte. Mehrere Schatten hoben die zwei Männer hoch in die Luft. Dann geschah etwas mit ihnen – so schnell, daß es unmöglich auszumachen war. Im nächsten Augenblick waren sie in Stücke gerissen, und aus ihren Leibern hingen die Eingeweide wie schlaffe Banner heraus. Ihre Körper, die nur noch aus totem Fleisch und zerschmetterten Knochen bestanden, wurden beiseite geschleudert.

Als die Schatten näher kamen, feuerten die Männer an der Spitze die Hakenbüchsen ab. Blitze zuckten auf, Rauch wallte empor. Schmerzensgeheul erklang, ein verzweifeltes Gebrüll, das von den heranstürzenden Gestalten ausging.

Die restlichen Soldaten hatten die zweite Kiste fallen gelassen, ebenso ihren kranken Kameraden Gerrera. Hastig schlossen sie sich zu einer Gruppe zusammen und legten die Waffen an. Gerrera kreischte, als die Schatten auf ihn zustürzten, über ihn herfielen und ihn zerfleischten. Eine Salve aus den Hakenbüchsen krachte. Die Eisenkugeln schlugen in die Reihen der halb erspähten Feinde, und ihr Geheul durchbrach die Stille der Nacht. Riesenhafte Leichen übersäten die Straße; reglos lagen sie da, doch sie veränderten sich in Gestalt und Aussehen.

Die Angreifer zogen sich für einen Augenblick zurück. Fieberhaft luden Murads Soldaten die Feuerwaffen nach.

»Wir müssen versuchen wegzurennen«, keuchte der Adelige, dessen schmale Brust sich heftig hob und senkte; sein Gersicht war schweißüberströmt. »So weit ist es nicht bis zur Schlucht; einige von uns könnten es schaffen. Sonst sterben wir hier alle.«

»Was ist mit Bardolin?« wollte Hawkwood wissen.

»Wir müssen ihn seinem Schicksal überlassen. Tragen können wir ihn auf keinen Fall. Vielleicht betrachten diese Ungeheuer ihn als einen Angehörigen ihres Hexervolks – wer weiß?«

»Bastard!« zischte Hawkwood, doch er war nicht sicher, wen er damit meinte.

Abermals stürmten die Ungeheuer aus der Nacht heran. Sieben Hakenbüchsen feuerten und fällten etwa ein halbes Dutzend Angreifer, doch die anderen preschten weiter vor. Dann fielen sie beißend, kratzend und heulend über die restlichen Soldaten her: Affen und Jaguare und Wölfe. Und eine Schlange, auf deren Arme Hawkwood wild mit der Eisenklinge seines Dolches einhieb, bis die Kreatur leise wimmernd zu Boden sackte, wo ihr Kopf sich in den einer wunderschönen Frau verwandelte, während sie sich im Todeskampf wand.

Ein großer Weraffe schleuderte Cortona zu Boden und riß ihm mit einem einzigen Hieb der gewaltigen Pranke das Gesicht weg. Murad ergriff die Hakenbüchse des toten Mannes, zog den Ladestock heraus und stieß ihn in das stinkende Maul des Ungetüms. Der eiserne Ladestock durchbohrte den Gaumen des Monsters, und es stürzte. Irgend etwas griff den Adeligen von hinten an und schlitzte ihm mit rasiermesserscharfen Klauen den Rücken auf. Er wirbelte herum und sah sich einer riesigen schwarzen Katze gegenüber. Ohne zu zögern, stieß er ihr den Ladestock in eines der funkelnden Augen. Er lachte, als sie kreischend davonstob, den metallenen Spieß in der durchbohrten Pupille.

Zwei der Bestien hievten einen Soldaten in die Luft und zerrissen ihn zwischen sich wie einen verrotteten Sack. Die Eingeweide des Mannes ergossen sich in dampfenden Schwällen über den Boden, zusammen mit dem Gold, das er sich in Hemd und Taschen gesteckt hatte. Ein weiterer Mann ließ sein Leben, als ein Werwolf ihm den Nacken durchbiß; knirschend splitterten die Halswirbel zwischen den gewaltigen Kiefern; der Kopf des Toten baumelte nur noch an einer hauchdünnen Verbindung aus Luftröhre und Haut.

Mensuardo folgte Murads Beispiel und hieb links und rechts mit dem eisernen Ladestock der Hakenbüchse um sich. Er stieß eine Art Kriegsschrei aus, vermischt mit Flüchen und Unflätigkeiten, und die Bestien wichen tatsächlich vor ihm zurück. Schon ein Kratzer mit der groben Waffe reichte, um den Zauber zu brechen, der die Tierform der Gestaltwandler aufrechterhielt. Das Eisen schien sie tödlich zu vergiften, so als hätte eine Kugel ihr Herz durchschlagen.

Hawkwood packte Masudi am Arm. »Nimm Bardolin! Wir müssen versuchen, von hier zu fliehen!«

»Käpt'n!« rief der große Steuermann jämmerlich.

»Tu, was ich dir sage! Mihal, hilf ihm.«

Masudi hievte sich den bewußtlosen Magier auf die breite Schulter, während rings um ihn die rasch schwindende Gruppe um ihr Leben kämpfte. Als Zweitbewaffnung besaßen die drei Seeleute primitive Schiffsmesser aus Eisen, die eher einem Spielzeug als echten Waffen glichen, doch hier, in diesem blutigen Gewühl, waren sie kostbarer als Gold und nützlicher als eine ganze Batterie Kulverinen. Die Männer hackten sich einen Weg frei und schwangen die Eisenklingen hin und her, als würden sie Getreide dreschen. Die Bestien wichen vor ihnen zurück: Sie wußten, daß der geringste Treffer mit dem Messer den sicheren Tod für sie bedeutete.

Hinter den wackeren Seeleuten kämpften die Soldaten mit Ladestöcken, Büchsenkolben und Messern weiter. Doch die Angreifer erwiesen sich als zu zahlreich. Einer nach dem anderen wurde umzingelt, zu Boden gezerrt und in Stücke gerissen. Goldmünzen und Körperteile, die in Lachen aus Blut und Eingeweiden lagen, übersäten die Straße. Murad, Mensuardo und ein paar andere Soldaten unternahmen eine letzte Anstrengung, einen gemeinsamen Ausfallversuch. Kurz blickte Hawkwood zurück, doch er sah nur eine Horde von Ungeheuern, die sich dicht aneinanderdrängten, als fräßen sie aus demselben Trog. Dann aber stoben sie auseinander, als Murad in zerfetztem Hemd und mit aufgeschlitzter Haut ihre Reihen durchbrach, indem er einen Splitter des Radschlosses einer Hakenbüchse schwang. Mit unglaublicher Geschwindigkeit, ein Dutzend Gestaltwandler auf den Fersen, rannte der Adelige davon und verschwand in der Nacht.

Hawkwoods Gruppe schleppte sich weiter, ständig um sich schlagend, um die Angreifer mit den Dolchen in Schach zu halten. Mittlerweile ragten die Vulkanwände über ihnen auf; Bäume und Pflanzen wuchsen um sie herum. Sie hatten das Zentrum der Stadt hinter sich gelassen. Die Spalte in der Kraterwand war als keilförmiger Ausschnitt des Sternenzeltes zu erkennen.

Mihal war zu langsam. Als er den Arm vorstieß, um nach einem Gestaltwandler zu stechen, packte dieser ihn am Handgelenk. Der Seemann wurde hineingerissen in ein Gewühl knurrender Schatten. Ihm blieb nicht einmal Zeit für einen Schrei, bevor die Bestien sein Leben auslöschten. Ein Gestaltwandler schlug Masudi von hinten nieder. Bardolin landete ausgestreckt auf dem Bauch. Hawkwood taumelte, der Dolch segelte ihm aus der Hand.

Auf Händen und Knien kroch er in die Büsche. Er robbte und wand sich durch den Pflanzenwuchs wie ein Fuchs, der sich in der Erde vergraben will. Dann blieb er vollkommen erschöpft liegen. Entsetzliches Geheul erfüllte den Dschungel, Blätter streiften Hawkwoods Gesicht. Er versuchte, ein Gebet zu murmeln, seinem von Grauen gemarterten Hirn einen letzten Gedanken, irgend etwas Zusammenhängendes abzuringen, doch sein Kopf schien völlig leer. Reglos, gefühllos wie ein eingekreistes Tier verharrte er und wartete, daß der Tod aus der Dunkelheit hervorstürzte.

Und er kam. Hawkwood hört die Büsche rascheln; dann fühlte er Hitze neben sich: einen riesigen, massigen Leib.

Nichts geschah.

Er schlug die Augen auf. Sein Herzschlag glich einem roten Licht, das im Kopf blitzte, der Ebbe und Flut einer aufgewühlten See, die durch die Kehle rauschte. Dann erblickte er die gelben Augen der Bestie, die neben ihm lag. Ihr Atem blies auf seine schweißgetränkten Stirnlokken.

»Großer Gott, mach ein Ende«, krächzte er. Angst spülte über ihn hinweg und beraubte ihn jeden Widerstandes.

Das Tier, ein riesiger Werwolf, kicherte.

Trotz allem hörte sich das Geräusch menschlich an.

»Würde ich Euch etwas antun, Kapitän? Dem Navigator, dem Führer von Schiffen? Ich glaube kaum. Ich glaube kaum.«

Dann verschwand das Ungeheuer. Stille kehrte wieder ein, die tiefe Stille des rastlosen Waldes. Als Hawkwood aufschaute, sah er die Sterne durch das Blätterwerk der Bäume herabfunkeln.

Er rechnete damit, daß die Bestie zurückkehren und ihm den Garaus machen würde, doch sie kam nicht. Die Nacht blieb so friedvoll, als hätte er sich das Gemetzel nur eingebildet, gleich einem fiebrigen Alptraum, der nach dem Erwachen noch nachklingt. Behutsam setzte er sich auf, vernahm ein Stöhnen aus der Nähe und quälte sich benommen auf die Beine.

Er wankte. Sein Verstand schien von dem erlebten Grauen wie gelähmt und vermochte kaum, den Körper zu lenken, der ihn beherbergte. Hawkwood taumelte auf die Straße, wo er als erstes Masudis Kopf erblickte, der wie eine herabgefallene Frucht auf dem Boden lag, dunkel und glänzend.

Hustend erbrach Hawkwood eine dünne Suppe dampfender Galle. Auch andere Dinge lagen auf der Straße, doch er ersparte sich den Anblick. Neuerlich vernahm er das Stöhnen und schlurfte auf die Quelle des Geräusches zu.

Es war Bardolin, der sich schwach in einer Lache von Masudis Blut bewegte.

Hawkwood bückte sich und schlug dem alten Mann so heftig ins Gesicht, als wäre er für das nächtliche Gemetzel verantwortlich.

Bardolin schlug die Augen auf.

»Kapitän.«

Hawkwood brachte kein Wort hervor; er zitterte am ganzen Leib wie Espenlaub. Er versuchte, Bardolin aufzuhelfen, und rutschte auf dem glitschigen Blut aus, so daß sie plötzlich beide dalagen wie Zwillinge, die aus einem geschundenen Mutterleib geschlüpft waren.

Nebeneinander verharrten sie. Hawkwood hatte das Gefühl, soeben das Ende der Welt miterlebt zu haben. Er konnte unmöglich am Leben sein; gewiß befand er sich in irgendeiner verschlungenen Hölle.

Bardolin setzte sich auf und rieb sich das Gesicht, dann sank er zurück. Einige Minuten verstrichen, ehe die Männer sich endlich erhoben. Sie glichen zwei Betrunkenen, die durch ein Schlachthaus gewatet waren. Bardolin erblickte Masudis abgetrennten Schädel und starrte Hawkwood mit großen Augen an.

»Was geht hier vor sich?«

Hawkwood brachte noch immer kein Wort heraus. Er zog Bardolin von der Stätte des Kampfes fort und führte ihn den Pfad hinauf zu der sternenbeleuchteten Spalte in der steil aufragenden Vulkanwand.

Während sie gingen, kehrte Hawkwoods Kraft zurück, und er vermochte den wankenden Bardolin zu stützen. Der Magier wirkte völlig verwirrt und schien nicht zu wissen, wo er sich befand. Unablässig faselte er von Pyramiden und Meeresüberquerungen und führte philosophische Selbstgespräche über das *Dweomer*. Immer und immer wieder leierte er die Sieben Disziplinen herunter, bis Hawkwood innehielt und ihn heftig schüttelte, was den Zauberer zwar zum Schweigen brachte, seiner Verwirrung jedoch keinen Abbruch tat.

Schließlich erreichten sie die Schlucht, die nach draußen führte. In der Dunkelheit ähnelte sie dem Eingang zu einer schlichten Gruft, einer gewaltigen Grabstätte. Sie erwies sich als unbewacht und verlassen. Die gesamte Stadt wirkte tot und lichterleer, als wäre alles, was sie dort gesehen hatten, nur der Phantasie ihres erschöpften Geistes entsprungen.

Stolpernd, humpelnd, mühten die beiden sich durch die Schlucht und über das auf dem Boden liegende Geröll. Sie wechselten kein Wort, auch nicht, als sie endlich an der anderen Seite hervorkamen, wo die kahlen Hänge des hohlen Vulkankegels Undabane sich im Mondlicht zu ihren Füßen erstreckten, dahinter lag das mitternächtliche Meer des Dschungels.

Ein Schatten löste sich von einem der Felsen vor ihnen und stapfte knirschend über das Tuffgestein und die Asche auf sie zu, bis er zum Greifen nahe vor ihnen stand.

Murad.

Rohes Fleisch schimmerte auf dem nackten Oberkörper; träge quoll Blut aus den Wunden, schwarz wie Teer. Sein Schädel war zur Hälfte kahl; denn irgend etwas hatte ihm die Kopfhaut von der Stirn bis zum Ohr weggerissen.

»Murad?« brachte Hawkwood schließlich hervor. Er

konnte nicht glauben, daß dieses menschliche Wrack jener Mann war, den er kannte und verabscheute.

»Höchstpersönlich. Also haben sie Euch laufenlassen, nicht wahr? Den Seefahrer und den Magier.«

»Wir sind entkommen«, entgegnete Hawkwood, doch schon als ihm die Worte über die Lippen kamen, wußte er, daß es eine Lüge war. Eine Zeitlang standen die drei Männer einfach da, als hätten sie überhaupt keine Sorgen, als befänden sich in dem hohlen Berg hinter ihnen keine Ungeheuer, die nach ihrem Blut dürsteten.

»Sie haben uns laufenlassen«, widersprach Murad, der seinen knurrenden Tonfall trotz aller Unbilden nicht verloren hatte. »Euch zumindest. Bei mir bin ich nicht so sicher. Vielleicht hatte ich nur Glück. Wie geht es dem Magier?«

»Er lebt.«

»Er lebt.« Plötzlich verließ Murad die Kraft, und er mußte sich niederknien. »Sie haben alle getötet«, flüsterte er, »bis auf den letzten Mann. Und so viel Gold! So viel ... Blut!«

Hawkwood zog ihn auf die Beine. »Kommt. Hier können wir nicht bleiben. Vor uns liegt ein weiter Weg.«

»Wir sind wandelnde Tote, Kapitän.«

»Nein – wir leben. Ich glaube, wir sollten am Leben bleiben, und irgendwann will ich den Grund dafür herausfinden. Und jetzt nehmt Bardolins anderen Arm. Macht schon, Murad.«

Der Adelige tat, wie ihm geheißen. Gemeinsam stolperten die drei den Hang hinab. Die Asche brannte wie Salz in ihren Wunden.

Als der Morgen graute, hatten sie fast den Fuß des Berges erreicht, und der unveränderte Dschungel mit seinem vertrauten Zwitschern und Trällern lag vor ihnen. Abermals tauchten sie hinein und verloren sich in der Welt der träumenden Bäume, im schattigen Zwielicht des Waldes.

Die Bestie beobachtete sie von ihrem Versteck aus, drei gezeichnete Pilger auf der Suche nach einer zerbrochenen, nur ihnen bekannten Vision. Dann erhob sie sich und folgte ihnen, leise wie ein Windhauch.

Dritter Teil

Die Glaubenskriege

… Wann immer er nach Osten zog oder
in sonstiges Feindesland, tötete er
Männer, Frauen und Kinder, und er raubte,
zerstörte, brandschatzte, machte dem Erdboden gleich,
soviel er konnte; kein Feind war vor ihm sicher,
wenn er nur die geringste Mögichkeit fand,
ihn auszulöschen, ihn zu vernichten …

Chronik von Sir Humpfrey Gilbert, 1570

Kapitel 17

Charibon war ein Gefangener des Winters.

Die heftigen Schneefälle hatten letztlich doch eingesetzt. In einer Aufeinanderfolge von Schneestürmen fegten sie von den Höhen der Berge Cimbrics herab und hüllten die Klosterstadt in einen weißen Flockenwirbel. Auf den Hügeln von Naria türmten sich die Schneewehen meterhoch und begruben Straßen und Dörfer unter sich, schnitten ganze Städte von der Außenwelt ab. Längst waren die Fischerboote auf Strand gesetzt, die für gewöhnlich den See Tor befuhren; vom Ufer weg war das Wasser eine halbe Wegstunde weit gefroren, und das Eis war dick genug, um eine Armee in voller Rüstung zu tragen.

In Charibon mühte sich ein kleines Heer von Arbeitern damit ab, die Kreuzgänge schneefrei zu halten. Dabei halfen ihnen Hunderte von Novizen, die gruben und schaufelten, bis sie vor Hitze dampften und rote Wangen bekamen. Doch nach der Arbeit hatten sie immer noch Kraft genug für Schneeballschlachten, Rutschpartien übers Eis und ähnliche Albernheiten. Anders als die arme Bevölkerung der Umgebung brauchten die Novizen sich keine Sorgen darüber machen, ob sie den Winter über genug zu essen hatten. Dies war einer einer der Vorteile des Geistlichendaseins, zumindest wenn man ein Leben wie die Geistlichen von Charibon führte.

Unabhängig vom Wetter ging in der Klosterstadt alles seinen geregelten Lauf; seit eh und je waren die Rituale unveränderlich und so vorhersehbar wie die Jahreszeiten. In den Skriptorien und Refektorien wurden Feuer angezündet, die man mit Holz nährte, das im Sommer und Herbst gefällt und gehortet worden war. Pökel- und Räucherfleisch sorgten für einen stets reichlich gedeckten Tisch, ebenso der Inhalt der riesigen Getränkekeller. Geschäftstüchtige Fischer hackten Löcher in den gefrorenen See, um die Tische des Pontifex Maximus und des Generalvikars gelegentlich mit frischem Fisch zu versorgen. Im großen und ganzen aber glich die Stadt einem Bären im Winterschlaf; sie lebte von den Vorräten, die in den vorangegangenen Monaten gesammelt worden waren, und brummte zufrieden schlummernd vor sich hin. Abgesehen vom tollkühnen Boten des Pontifex, der entschlossen (oder geldgierig) genug war, um den Schneewehen und -stürmen zu trotzen, war Charibon vom Rest Normanniens abgeschnitten. So würde es wochenlang bleiben, bis die Temperaturen noch tiefer sanken, so daß der Schnee hart wurde und sich in einen knirschenden, weißen Pfad für Schlitten mit Maultiergespannen verwandelte.

Wie immer wagten die Wölfe sich von den Bergen herunter. In den Nächten hallte ihr wehklagendes Geheul durch die Kreuzgänge und rings um die Kathedrale. Während der schlimmsten Stürme streunten sie sogar durch die Straßen von Charibon und gestalteten einsame nächtliche Spaziergänge zu einem gefährlichen Unterfangen für die Mönche. In regelmäßigen Abständen zogen Garden der in Charibon stationierten almarkanischen Truppen durch die Stadt, um die Durchzugsstraßen von den Tieren zu befreien.

Es war nach dem Komplet. Die Vesper war vor zwei Stunden gesungen worden. Längst hatten die Mönche das abendliche Mahl zu sich genommen und bereiteten sich in ihren Zellen auf das Zubettgehen vor. In Charibon kehrte die Ruhe einer langen Winternacht ein, während der eisige Wind Schnee von den Bergen Cimbrics herunterwehte und das Geheul der Wölfe übertönte. Die Straßen der Stadt waren verlassen, und sogar die Justitiare der Kathedrale legten sich schlafen, nachdem sie die Votivlampen gelöscht und die großen Tore der wichtigsten Andachtsstätte Charibons verschlossen hatten.

Behutsam wurde an Albrecs Tür geklopft. Leise öffnete er und erzitterte angesichts des kalten Luftstoßes, der hereinwehte.

»Bist du bereit, Albrec?« Avila stand vor der Tür, mit Kapuze und Schal vermummt.

»Hat dich auch niemand weggehen sehen?«

»Alle im Schlafraum haben die Köpfe unter der Decke vergraben. Die Nacht ist bitterkalt.«

»Hast du eine Lampe mitgebracht? Wir werden zwei brauchen.«

»Eine besonders gute. Vor der Matutin wird niemand sie vermissen. Bist du auch sicher, daß du diese Sache hier zu Ende bringen willst?«

»Ja. Und du?«

Avila seufzte. »Nein, aber ich stecke schon bis zum Hals mit drin. Außerdem ist Neugier etwas Entsetzliches – wie eine juckende Stelle, die man nicht kratzen kann.«

»Dann laß uns hoffen, daß wir deine juckende Stelle heute nacht kratzen können, Avila. Hier, nimm das.« Der kleine Mönch reichte seinem Freund einen harten, kantigen, schweren Gegenstand.

»Eine Breithacke! Wo hast du die denn geklaut?«

»Betrachte sie als Leihgabe, zum Ruhme Gottes. Ich habe sie aus den Gärten. Komm – wir müssen uns auf den Weg machen.«

Die beiden verließen Albrecs Zelle und schlichen die breiten Gänge des Kapitels entlang, in dem sich Albrecs Schlafkammer befand. Aufgrund seiner Stelle als Hilfsbibliothekar stand ihm eine eigene Zelle zu, wohingegen Avila zusammen mit einem Dutzend anderer junger Geistlicher des Ordens vom Ersten Tage in einem Schlafsaal nächtigte, denn er hatte die Novizenkapuze erst vor drei Jahren abgelegt.

Ihre Kutten flatterten im schneidenden Wind, als sie den Hof überquerten, der einer Eiswüste glich. Kurze Zeit später standen sie vor den hohen Doppeltoren der Bibliothek von St. Garaso. Doch Albrec führte seinen Freund um das von Rauhreif überzogene Gebäude herum und kämpfte sich mit den in Sandalen steckenden Füßen durch Schneehaufen, bis er vor einer halb vom Schnee vergrabenen Nebenpforte hielt. Er steckte den Schlüssel ins Schloß, drehte ihn mit einem Ruck herum und schob die Tür auf.

»Hier ist es unauffälliger«, ächzte er, denn die Angeln leisteten Widerstand. »Niemand sieht uns kommen und gehen.«

Doch Avila starrte auf den schneebedeckten Boden hinter ihnen. »Himmel, Albrec, was ist mit unseren Spuren? Wir haben jede Menge Fußstapfen hinterlassen, die man weithin sehen kann.«

»Daran können wir nichts ändern. Mit ein bißchen Glück sind die Spuren bis zum Morgen zugeschneit. Komm mit, Avila.«

Kopfschüttelnd folgte der großgewachsene Bruder vom Ersten Tage seinem kleinwüchsigen Freund in die muffige, modrige Dunkelheit der Bibliothek. Albrec verschloß die Tür hinter sich. Eine Weile verharrten die beiden schweigend und lauschten aufmerksam in der Stille des massiven Steinbauwerks und der stummen Bücher; nur der Wind war als leises Stöhnen in den Dachsparren zu vernehmen.

Avila entfachte ein Licht, und als die Lampe entflammte, sprangen ihnen ihre Schatten von der Wand entgegen. Sie warfen die Kapuzen zurück und schüttelten sich Schnee von den Schultern.

»Wir sind allein«, meinte Albrec.

»Woher weißt du das?«

»Ich kenne diesen Ort, ob Winter, ob Sommer. Ich kann es spüren, ob die Bibliothek verlassen ist – zumindest so verlassen, wie sie bei all den Erinnerungen sein kann.«

»Sag so etwas nicht, Albrec. Ich bin ohnehin schon zappelig wie ein gehetztes Kaninchen.«

»Also los. Bleib dicht hinter mir. Und rühr nichts an.«

»Schon gut, schon gut. Geh voraus, du Meisterbibliothekar.«

Schweigend schlichen sie durch die zahlreichen Kammern, Hallen und Gänge, in denen die mit Büchern und Schriftrollen gefüllten Regale wie Wände über ihnen aufragten. Dann stiegen sie über schmale Treppen in die Tiefe. Avila drängte sich der Eindruck auf, die Treppen wären unmittelbar in die Mauern des Bauwerks gehauen. Schließlich zerrten sie eine Falltür aus eisenbeschlagenem Holz auf, die unter einer bestickten Jutefußmatte verdeckt lag. Die steilen Stufen führten in schwärzeste Finsternis hinab. Die Katakomben.

Sie schritten hinunter, und das Gewicht, die Schwere der Bibliothek hing wie eine dunkle Wolke über ihnen. Der Umstand, daß draußen eine finstere Winternacht herrschte, in der Wölfe umherstreiften, hätte angesichts der Düsternis und Abgeschlossenheit, in der sie sich befanden, keine Rolle spielen dürfen, doch aus irgendeinem Grund war es trotzdem der Fall. Das Gefühl, von der Außenwelt abgeschnitten zu sein, ergriff Besitz von den beiden, während sie sich durch die Abfälle tasteten, die sich in den Katakomben angehäuft hatten, wobei sie wegen des Staubes husteten, den sie aufwirbelten. Sie glichen zwei Entdeckern, die zufällig auf die Ruinen einer Geisterstadt gestoßen waren und nun durch ihre Eingeweide krochen wie Maden durch den Bauch eines Kadavers.

»Wo ist die nördliche Wand?« fragte Avila.

»Zu deiner Linken. Sie ist feuchter als die anderen. Halte dich an der Seite, und fall nicht hin.«

Sie tasteten sich den Weg an den Wänden entlang und

hoben die Lampe vor den Gesichtern, um das Gestein zu betrachten. Gemeißelter Granit, der Mutterfels des Berges, zurechtgehauen und geformt wie Lehm.

»Die Fimbrier müssen mindestens zwanzig Jahre gebraucht haben, um diesen Ort aus dem Felsen zu schlagen«, keuchte Avila. »Alles fester Stein, nirgends eine Spur von Mörtel.«

»Die Fimbrier waren ein außergewöhnliches Volk, die Schöpfer eines Imperiums«, erwiderte Albrec. »Offenbar hatten sie das Bedürfnis, der Welt einen bleibenden Stempel aufzudrücken. Wohin immer sie auch gingen, sie haben für die Ewigkeit gebaut. Die Hälfte der öffentlichen Gebäude in den fünf Königreichen stammt noch aus der fimbrischen Hegemonie; seither hat niemand mehr auf diese Weise gebaut. Der alte Gambrio meint, Stolz sei einer der Hauptgründe für den Niedergang des Imperiums gewesen. Gott hat die Fimbrier gedemütigt, weil sie glaubten, die Welt nach ihrem Gutdünken regieren zu können.«

»Was sie ja auch fast drei Jahrhunderte lang getan haben«, bemerkte Avila trocken.

»Still, Avila. Wir sind da.« Albrec schwenkte die Lampe über eine Stelle der Wand, die gemörtelte Ziegelblöcke statt solidem Stein aufwies, der sonst überall vorherrschte. Das Licht offenbarte die Spalte, in der Albrecs wertvolles Dokument gefunden worden war.

»Zünde die andere Lampe an«, meinte der kleine Antillianer und griff so jählings, so furchtlos in die Spalte, daß Avila erschauderte. Alles mögliche konnte sich in dem Loch verbergen.

»Auf der anderen Seite ist eine Kammer, daran besteht kein Zweifel. Oder zumindest ein großer Raum.«

Avila fand in dem Müll und Tand eine eingedrückte Kiste, die er umdrehte. Dann stellte er die beiden Lampen darauf ab. »Was nun? Die Breithacke?«

»Ja. Gib sie mir.«

»Nein, Albrec. Du bist zwar tapfer, dafür aber bist du einfach nicht gebaut. Geh beiseite und halt Wache.«

Avila hob das schwere Werkzeug an und betrachtete die Wand einen Augenblick, dann schwang er die Breithacke in kurzem Bogen mit Wucht gegen das dürftig gemörtelte Mauerwerk.

Ein scharfes Krachen, das scheinbar unsäglich laut widerhallte. Avila hielt inne.

»Bist du sicher, daß niemand uns hören kann?«

»Die Bibliothek ist verlassen. Außerdem befinden sich fünf Geschosse über uns. Vertrau mir.«

»Dir vertrauen«, wiederholte Avila mit klagender Stimme. Dann begann er, mit der Breithacke richtig zuzuschlagen.

Der uralte Mörtel bröckelte und bröselte in einem Sprühregen herab. Avila hackte auf die Wand ein, bis die Ziegel sich lösten, die er dann mit der flachen Seite der Breithacke herauszog. Schon bald klaffte in der Wand ein etwa sechs Zoll tiefes und zwei Fuß breites Loch. Avila hielt inne und wischte sich über die Stirn.

»Albrec, du bist der einzige, der mich mitten im Winter zum Schwitzen bringt.«

»Mach weiter, Avila – du bist fast durch!«

»Schon gut, schon gut. Sklaventreiber.«

Nach ein paar weiteren Hieben prasselte ein Schauer aus Gestein, Mörtelbrocken und Staub zu Boden; hustend standen die Männer in einem wirbelnden Schleier, der im Schein der Lampen wie ein goldener Nebel wirkte.

Albrec ergriff eine Lampe, kniete sich nieder und schob die Lampe in das Loch, das nunmehr in der Wand klaffte.

»Gütiger Himmel, Albrec!« flüsterte Avila entsetzt. »Sieh nur, was wir getan haben. Dieses Loch können wir unmöglich wieder schließen.«

»Wir häufen Schutt davor auf«, entgegnete Albrec

ungeduldig. Dann fügte er mit plötzlich heiserer Stimme hinzu: »Avila, wir sind durch. Ich sehe, was auf der anderen Seite ist.«

»Was ... was ist da?«

Doch Albrec kroch bereits davon und zerrte dabei mit den Schultern weitere Ziegel aus der Wand. Er sah wie ein dicklicher Hase aus, der sich in ein zu enges Loch zwängen will.

Albrec konnte aufrecht stehen. Er nahm die drängenden Fragen Avilas von anderen Seite der Wand kaum wahr, als er sich erhob und die Lampe in die Höhe hielt.

Der Raum – denn genau das war es – erwies sich als hoch. Wie in den Katakomben, aus denen Albrec soeben kam, bestanden die Wände aus solidem Fels. Diese Kammer aber war nicht von Menschenhand geschaffen worden. Stalaktiten wuchsen von der Decke herab, und die Wände waren uneben und rauh. Erschrocken stellte Albrec fest, daß es sich um keine Kammer, sondern um eine Höhle handelte. Ein unterirdischer Hohlraum, den die Menschen vor etlichen Jahrhunderten entdeckt hatten und der irgendwann in jüngerer Geschichte zugemauert worden war.

Die Wände waren mit Malereien übersät.

Einige waren schlicht und primitiv und zeigten Tiere, von denen Albrec zwar gehört, die er aber noch nie gesehen hatte: Marmorills mit geschwungenen Stoßzähnen und stechenden Augen, Einhörner mit gedrungenen Hörnern und Wölfe, von denen manche auf vier, manche auf zwei Beinen liefen.

Die Bilder waren schlicht, aber ausdrucksstark. Die fließenden Linien der Gemälde schienen mit wissender Zuversicht gezeichnet worden zu sein. Eine Natürlichkeit haftete ihnen an, die einen scharfen Kontrast zu den kunstvollen Illustrationen der meisten neueren Manuskripte bildete. Im flackernden Licht der Lampe entstand beinahe der Eindruck, die Tiere würden in Rudeln und Herden auf einer längst vergangenen Wanderung über die Wände ziehen.

Dies alles erfaßte Albrec mit einem Blick. Doch gleich darauf fesselte etwas anderes seine Aufmerksamkeit. Eine Gestalt hob sich von den Schatten ab. Um ein Haar ließ Albrec die Lampe fallen, dann schlug er rasch das Zeichen des Heiligen vor der Brust.

Eine mannshohe Statue stand an der gegenüberliegenden Wand.

Sie verkörperte einen Menschen mit Wolfskopf; die Arme waren erhoben, die Schnauze weit aufgerissen. In die Wand dahinter war ein Fünfeck inmitten eines Kreises eingeritzt und gezeichnet. Im Schein der Lampe waren die Vertiefungen deutlich zu erkennen. Vor der Statue befand sich ein kleiner Altar, in dessen steinerne Oberfläche eine tiefe Rille gemeißelt war; die Oberfläche selbst war verfärbt und befleckt – wie von alten Sünden, die nicht vergeben werden konnten.

Das Poltern loser Steine ließ Albrec einen kurzen Angstschrei ausstoßen; dann stand Avila im Raum, klopfte sich Staub von der Kutte und wirkte gleichermaßen ernst und erstaunt.

»Beim Blut des Heiligen, Albrec, warum hast du mir nicht geantwortet?« Und dann: »Heiliger Vater im Himmel! Was ist das?«

»Eine Kapelle«, krächzte Albrec, heiser wie ein Rabe.

»Was?«

»Eine Kultstätte, Avila. In grauer Vorzeit haben die Menschen hier Rituale abgehalten.«

Avila begutachtete die dämonische Statue und hielt die Lampe dicht an die weit aufgerissene Schnauze.

»Das ist uralter Stein. Grob gehauen. Welcher der alten Götter mag das sein, Albrec? Gewiß nicht der Gehörnte.«

»Ich bin nicht sicher, ob die Statue überhaupt einen

Gott darstellen soll, aber hier wurden auf jeden Fall Opfer dargebracht. Sieh dir den Altar an.«

»Blut, ja. Du lieber Himmel, Albrec, ob dies etwas damit zu tun hat?« Avila holte den mit einem Pentagramm versehenen Dolch aus der Kutte hervor, den sie bei ihrem letzten Besuch in den Katakomben gefunden hatten.

»Wahrscheinlich ist es ein Opfermesser. Weshalb hast du es mitgebracht?«

Avila verzog das Gesicht. »Um ganz ehrlich zu sein, ich hatte vor, es hier unten wieder zu verlieren. Ich will es nicht in meiner Nähe haben.«

»Es könnte sich als wichtig erweisen.«

»Ich halte es eher für etwas Böses. Und kannst du mir sagen, wie ich es dem Hausjustitiar erklären soll, wenn jemand das Messer bei mir findet?«

»Na gut.« Albrec schwenkte die Lampe herum, um die anderen dunklen Winkel der Höhle zu betrachten. »Wir dürfen nicht vergessen, weshalb wir eigentlich herkamen. Hilf mir, nach weiteren Seiten des Dokuments zu suchen, Avila. Und wirf dieses Ding weg, wenn es sein muß.«

Avila schleuderte den Dolch beiseite und half Albrec, durch den Müll zu wühlen, mit dem der Boden der Höhle übersät war. Offenbar hatte jemand vor hundert Jahren die Hälfte der Bestände einer Bibliothek hier unten eingelagert, um sie dem Verfall preiszugeben. Mit den Füßen standen sie auf Manuskriptresten, und an den Wänden stapelten sich Fetzen schimmligen Papiers wie eine Flutmarke. Sie knieten sich in die Haufen und hielten sich die Seiten dicht vor die Nase, um im Schein der Lampen die verblassenden, zerrissenen Schriften zu begutachten.

»Hier drinnen muß es trocken sein, sonst wäre das Papier längst verschimmelt«, meinte Avila und legte ein Blatt beiseite. »Seltsam – die Wand auf der anderen Seite ist feucht, das hast du selbst gesagt. Was ist hier geschehen, Albrec? Was sind das für Dinge, und wieso beherbergen Charibons Eingeweide eine derart gottlose Kapelle?«

Albrec zuckte mit den Schultern. »Seit Tausenden von Jahren leben Menschen an diesem Ort und errichten immer neue Bauten auf den Ruinen ihrer Vorgänger. Gut möglich, daß diese Höhle sich einst näher an der Oberfläche befand.«

Sie stießen auf Textpassagen, die in der Sprache der Merduks verfaßt waren, mit anmutigen Lettern und ohne Illustrationen. Eine Reihe von Seiten enthielt Diagramme, die offenbar den Kurs der Sterne beschrieben. Ein anderes Blatt zeigte die Abbildung eines menschlichen Körpers, ohne Haut, so daß die Muskeln und Venen zu sehen waren. Die beiden Mönche schlugen das Zeichen des Heiligen vor der Brust, als sie die Zeichnung anstarrten.

»Ketzerische Texte«, meinte Avila. »Astrologie, Hexerei. Jetzt begreife ich, weshalb man sie hier unten einmauerte.«

Doch Albrec schüttelte den Kopf. »Wissen, Avila. Hier unten wurde Wissen verborgen. Sie entschieden, was die Menschen wissen durften und was nicht, und sie zerstörten, was ihnen mißfiel.«

»Wer sind ›sie‹, Albrec?«

»Deine Brüder, mein Freund. Die Brüder vom Ersten Tage.«

»Vielleicht war es so am besten.«

»Vielleicht. Wir werden es nie erfahren, denn das Wissen, das sie auslöschten, ist für immer verloren. Uns wird sich niemals die Möglichkeit bieten, ein eigenes Urteil zu fällen.«

»Nicht jeder ist so belesen wie du, Albrec. In den Händen eines Ungebildeten kann Wissen etwas höchst Gefährliches darstellen.«

Albrec lächelte. »Du redest wie einer der Monsignori, Avila.«

Avila blickte den Freund finster an. »Du kannst den Lauf der Welt nicht verändern, Albrec. Niemand kann das. Du kannst nur tun, was man dir sagt, und das Beste daraus machen.«

»Ich frage mich, ob Ramusio dem zugestimmt hätte.«

»Was meinst du wohl, wie viele falsche Ramusios in den letzten fünfhundert Jahren auf den Scheiterhaufen verbrannt wurden?« gab Avila zurück. »Der Versuch, die Welt zu verändern, scheint mir ein sicheres Mittel zu sein, das eigene Wandeln auf dieser Welt zu verkürzen.«

Albrec kicherte; dann versteifte sich sein Körper. »Avila! Ich glaube, ich habe es!«

»Laß sehen.«

Albrec hielt ein paar zerfledderte Seiten in der Hand, die vom Überrest eines Einbandes zusammengehalten wurden.

»Die Schrift ist dieselbe, ebenso der Aufbau. Und da ist die Titelseite!«

»Ja? Was steht darauf?«

Albrec hielt inne; dann las er leise, in ehrfürchtigem Tonfall vor: »›Ein wahrer Bericht über das Leben des Heiligen Ramusio, erzählt von einem Gefährten und Schüler, der ihm von den ersten Tagen an folgte.‹«

»Was für ein Titel«, grunzte Avila. »Aber wer hat den Text geschrieben?«

»Er stammt von Honorius von Neyr, Avila. Vom Heiligen Honorius.«

»Was? Wie in *Das Buch des Honorius*?«

»Genau der. Der Mann, der den Orden der Bettelmönche ins Leben rief, ein Gründervater der Kirche.«

»Gründervater von Wahnvorstellungen«, brummte Avila.

Albrec verbarg die Seiten in der Kutte. »Wie dem auch

sei – sehen wir zu, daß wir von hier verschwinden. Wir haben, wonach wir suchten.«

Sie standen auf und wischten sich den Schmutz des Höhlenbodens von den Knien, als plötzlich das Poltern von Steinen erklang. Zugleich wirbelten sie herum und ließen beinahe die Lampen fallen, als sie sahen, wie Bruder Commodius durch das Loch in der Wand kroch, das hinaus in die Katakomben führte.

Der Oberbibliothekar klopfte sich den Staub von der Kutte wie zuvor Albrec und Avila, während die beiden ihn entsetzt anstarrten. In einer seiner riesigen Pranken baumelte die Breithacke, die sie draußen hatten liegenlassen. Commodius lächelte.

»So trifft man sich wieder, Albrec. Und wie ich sehe, hast du den schönen Avila mitgebracht. Welch Freude.«

»Bruder, wir ... wir wollten nur ...«

»Laß gut sein, Albrec. Es sind keine Erklärungen mehr nötig. Du hast dich selbst übertroffen.«

»Wir haben nichts Unrechtes getan, Commodius«, sagte Avila hitzig. »Es ist nicht verboten, hier unten zu sein. Ihr könnt uns nichts anhaben.«

»Schweig, du junger Narr«, herrschte Commodius ihn an. »Du hast nichts begriffen. Albrec hingegen schon – nicht wahr, mein Freund?« Commodius' belustigtes Antlitz war schrecklich anzusehen; es glich der Miene eines zufriedenen Wasserspeiers, mit übernatürlich langen Ohren und Augen, die das Lampenlicht zurückwarfen wie die eines Hundes.

Albrec blinzelte, als würde er versuchen, Staub aus den Augen zu bekommen. Irgend etwas in seinem Innern schien ihn zu beruhigen, ihn die Lage hinnehmen zu lassen.

»Ihr wußtet von all dem«, meinte er. »Ihr habt es immer gewußt.«

»Ja, ich habe es immer gewußt, wie all die Oberbibliothekare, all die Hüter dieses Ortes. Wir geben dieses Wissen wie die Schlüssel der Türen weiter. Eines Tages, Albrec, hätte ich es vielleicht an dich weitergegeben.«

»Welches Wissen?«

»Stell dich nicht dumm, Albrec. Glaubst du, dies ist die einzige geheime Kammer in diesen Geschossen? Es gibt unzählige davon, und in ihnen verschimmelt in Dunkelheit und Stille das Wissen eines verlorenen Zeitalters, das Vermächtnis ganzer Generationen, das für die Menschheit als zu gefährlich oder ketzerisch befunden wurde. Wie würde es dir gefallen, das alles in die Hände zu bekommen, Albrec?«

Der kleinwüchsige Mönch befeuchtete die trockenen Lippen. »Warum?« fragte er.

»Warum was?«

»Warum fürchtet Ihr Euch so vor Wissen?«

Die Breithacke zuckte in Commodius' Faust. »Die Macht, Bruder. Wissen, aber auch Unwissenheit bedeutet Macht. Der Orden vom Ersten Tage beherrscht die Welt durch das Wissen, das er besitzt, aber auch durch jenes Wissen, das er zurückhält. Man darf der Menschheit nicht gestatten, alles zu erfahren, was ihr beliebt; das verhieße blanke Anarchie. Nimm nur das Buch als Beispiel, das du hier gefunden und so unzulänglich in deiner Zelle versteckt hast – zusammen mit all den anderen ketzerischen Werken. Ein jämmerlicher Versuch, ein Krebsgeschwür vor dem reinigenden Feuer zu bewahren!«

Albrec wurde weiß wie ein Leichentuch. »Auch davon wißt Ihr?«

»Ich habe schon viele Schriften dieser Art gelesen, und ich ließ sie samt und sämtlich vernichten. Weshalb sonst, glaubst du, gibt es keine zeitgenössischen Berichte mehr über das Leben des Heiligen? Dieses eine Dokument besitzt mehr Macht als jeder König. Die alten Seiten, die du entdeckt hast, bergen die Fähigkeit, die Welt förmlich auf den Kopf zu stellen. Aber das wird nicht geschehen. Jedenfalls noch nicht.«

»Aber es ist die *Wahrheit*«, rief Albrec fast weinerlich. »Wir sind Männer Gottes. Es ist unsere Pflicht ...«

»Wir sind der Kirche verpflichtet und unserer Aufgabe als Hirten der Menschheit. Was meinst du, was die Menschen tun würden, wenn sie herausfänden, daß Ahrimuz und Ramusio ein und dieselbe Person waren? Oder daß Ramusio nicht in den Himmel auffuhr, sondern zuletzt gesehen wurde, als er auf einem Maultier in die Vergessenheit ritt? Die Kirche würde in ihren Grundfesten erschüttert. Die Fundamente unseres Glaubens würden in Frage gestellt. Womöglich würden in den Menschen gar Zweifel über die Existenz Gottes aufkeimen.«

»Nun habt Ihr uns erklärt, weshalb Ihr tun wollt, was zu tun Ihr im Begriff seid, Commodius«, meldete Avila sich im gedehnten Tonfall eines Adeligen zu Wort. »Seid so freundlich und langweilt uns nicht länger. Bringen wir es endlich hinter uns.«

Commodius musterte den großen Bruder vom Ersten Tage, der hochmütig wie ein Prinz vor ihm stand. »Ah, Avila, du bist und bleibst ein echter Aristokrat, nicht wahr? Ich hingegen bin nur der Sohn eines Gerbers, trotz der schwarzen Kutte, die ich trage. Ich bin von ebenso niederer Geburt wie Albrec. Was für eine Bereicherung du doch für unseren Orden gewesen wärst. Aber es sollte nicht sein.«

»Was hat das zu bedeuten?« fragte Albrec mit bebender Stimme, nun, da die Angst den Kummer wieder verdrängte.

»Es ist unschwer zu erkennen, was hier vor sich geht. Zwei Geistliche gaben sich dem widernatürlichen Trieb hin, der Männer unserer Berufung bisweilen befällt. Der eine verführte den anderen zu Schwarzer Magie und okkulten Riten« – bei diesen Worten deutete Commodius mit der Breithacke auf die wolfsköpfige Statue – »und es kommt zu einem Zerwürfnis, einem Kampf. Die Liebenden töten einander. Ihre Leichen bleiben vor dem heidnischen Altar zurück, der ihren Verstand vergiftete. Natürlich wird man die Leichen erst in geraumer Zeit entdekken. Ich meine – wer verirrt sich schon hier herunter und kommt auf die Idee, hinter eine halb zerfallene Wand zu blicken?«

»Columbar weiß, daß wir hier sind …«, setzte Avila an.

»Bedauerlicherweise ist Bruder Columbar heute nacht im Schlaf verschieden. Friedlich und in Gottes Gnaden ruht sein Kopf auf dem Kissen, das ihm den Atem verwehrte.«

»Ich glaube Euch nicht«, gab Avila zurück, doch sein Hochmut begann bereits zu bröckeln.

»Mir ist gleich, was du glaubst. Du bist ohnehin schon totes Fleisch, Bruder.«

»So nehmt es denn mit uns beiden auf«, erwiderte Avila, stellte die Lampe auf den Boden und nahm Kampfeshaltung an. »Kommt schon, Commodius! Seid Ihr so kräftig, daß Ihr uns beide töten könnt?«

In Commodius' Züge trat ein Grinsen, das sein Antlitz zu entzweien schien und jeden einzelnen Zahn im Mund entblößte.

»Ich bin stark genug, verlaß dich darauf.«

Die Breithacke fiel klirrend zu Boden.

»Die Welt ist ein seltsamer Ort, Brüder«, verkündete Commodius, doch seine Stimme klang plötzlich verändert, als würde er durch Glas sprechen. »Auf Gottes Erden lauert mehr, als du dir je erträumt hättest, Albrec. Ich hätte einen wandelnden Hort des Wissens aus dir machen können. Ich hätte deinen Hunger stillen und dir jede Frage beantworten können, die zu stellen dir je in den Sinn gekommen wäre. Der Verlust liegt auf deiner Seite. Und Avila – mein liebreizender Avila – ich hätte mich an dir erfreuen und dich fördern können. Nun aber muß alles anders kommen. Seht mich an, Kinder, und erfahrt die letzte und größte Offenbarung von allen …«

Commodius war verschwunden. An seiner Stelle ragte bedrohlich die dunkle Gestalt eines riesigen Wolfsmenschen auf, eines Werwolfs mit leuchtenden Augen, zu dessen Füßen die Gewänder eines Bruders vom Ersten Tage lagen.

»Schließt Frieden mit eurem Schöpfer«, forderte die Bestie sie auf. »Ich werde euch vor Gottes Antlitz schikken.«

Das Ungeheuer sprang vor.

Albrec wurde niedergerissen und schlug mit dem Gesicht auf den Boden. Avila hatte sich zur Seite geworfen und wollte die Breithacke ergreifen. Doch die Bestie war zu schnell. Mitten in der Luft fing sie ihn ab. Die Klauen rissen Avilas Kutte in Fetzen. Ein Ruck der kräftigen Arme beförderte Avila quer durch die Höhle. Mit einem gräßlichen, klatschenden Laut prallte er gegen die Wand. Der Werwolf lachte und wandte sich wieder Albrec zu.

»Es wird schnell gehen, mein kleiner Freund, mein unermüdlicher Bücherwurm.« Das Monster packte Albrec am Hals und hob ihn hoch wie eine Strohpuppe. Die gewaltigen Kiefer öffneten sich. Der stinkende Atem der Bestie schlug dem kleinen Antillianer ins Gesicht.

Doch Avila war bereits wieder auf den Beinen. Sein Gesicht glich einer aufgebrochenen Wunde, in seiner Hand funkelte irgend etwas. Er hieb auf den Rücken der Kreatur ein und versuchte, das dichte Fell zu durchdringen, doch vergebens. Das Ungeheuer wirbelte herum und ließ Albrec fallen.

Benommen beobachtete der kleine Mönch, wie der Werwolf, in den Commodius sich verwandelt hatte, seinen Freund neuerlich quer durch die Kammer schleuderte. Albrecs Lampe war zerbrochen und erloschen, nur Avilas Lampe, die auf dem Boden stand, beleuchtete das Handgemenge, so daß es wie der Kampf zweier in Schatten getauchter Titanen inmitten der von der Decke hinunterragenden Stalaktiten wirkte.

Und das Licht brachte etwas zum Funkeln, das inmitten des Drecks auf dem Boden lag.

Albrec kroch hinüber und ergriff den Pentagrammdolch. Er hörte, wie Avila einen letzten, verzweifelten Schrei der Gegenwehr und des Hasses ausstieß; dann warf er sich auf den Rücken des Werwolfs.

Das Monster bäumte sich auf und griff sich mit den Klauen über die Schulter, wobei sie seitlich über Albrecs Hals kratzten. Doch er fühlte weder Schmerz noch Angst, nur eine kalte Entschlossenheit. Tief rammte er den Pentagrammdolch in den Leib der Bestie; die Klinge schabte über Rückenwirbel, durchtrennte Muskeln und durchbohrte Fleisch, bis sie schließlich bis zum Heft im Körper des Ungeheuers steckte.

Der Werwolf warf den Kopf zurück. Sein Schädel prallte krachend und so wuchtig mit Albrecs Kopf zusammen, daß blutrote Sterne vor den Augen des Mönchs explodierten; benommen lockerte er den Griff und stürzte zu Boden wie eine Marionette, die jemand achtlos fallen gelassen hatte.

Die Bestie gab ein sonderbares gurgelndes Heulen von sich. Mit einem Schlag stand wieder Commodius vor ihnen, gekrümmt, nackt, mit wirrem Blick; unheilverkündend ragte der Pentagrammgriff des Dolches aus seinem Rücken.

Ungläubig starrte der Oberbibliothekar Albrec an und schüttelte den Kopf, von den Ereignissen völlig überrascht. Dann brach er über Albrec zusammen, ein totes Gewicht, das die Luft aus den Lungen des kleinwüchsigen Mönchs preßte. Albrec verlor das Bewußtsein.

Kapitel 18

Der Schneesturm setzte ein, als sie gerade die Gebirgskluft überquerten. Binnen Minuten verschwand der Paß, und die Welt verwandelte sich in ein undurchdringliches Weiß, ebenmäßig wie ein dampfbeschlagenes Fenster.

Überrascht hielt die Gruppe an. Sogleich mühten die Männer sich ab, im peitschenden Wind ihre notdürftigen Segeltuchzelte zu errichten. Die Aufgabe kam einem qualvollen, betäubenden Kampf gleich; rasch wurden die Finger blau und schwollen an, als langsam das Blut in den Händen gefror. Eis knisterte in den Nasen der Männer und setzte sich in ihren Bärten fest. Letztendlich aber schafften es Abeleyn und der Rest seiner Leibgarde, sich ein bißchen Schutz gegen das Unwetter zu verschaffen. Ohrenbetäubend laut heulte der Wind gegen die Segeltuchleinwände der Zelte, und die geschicktesten Feuermacher versuchten fieberhaft, die feuchten Reisigbündel anzuzünden, die sie den ganzen Weg aus den Niederungen mitgeschleppt hatten.

Das Gefolge, das den exkommunizierten König in die Berge von Hebros begleitete, war geschrumpft. Die Seeleute, die Verwundeten und die schwächeren Soldaten hatten sie zurückgelassen, damit die Bewohner der Dörfer in den Gebirgsausläufern sich um die Männer kümmern konnten. Außerdem blieb eine Eskorte unverletzter Veteranen zu ihrem Schutz bei ihnen; denn obwohl die Bewohner dieses Teiles der Welt als Hebrionen galten, waren sie ein rücksichtsloses, habgieriges Volk, und man konnte keineswegs darauf vertrauen, daß sie sich barmherzig hilfloser Menschen annehmen würden. Deshalb erklomm Abeleyn mit weniger als fünfzig Mann jene Berge, die das Rückgrat seines Reiches darstellten.

Wie seine Untertanen ging er zu Fuß, denn das einzige überlebende Pferd stellte er Fürstin Jemilla zur Verfügung, und das Dutzend Maultiere, das er in den Dörfern der Niederungen beschlagnahmt hatte, war mit Feuerholz und den spärlichen Vorräten beladen, die sie der mißmutigen Bevölkerung hatten abringen können.

Seit acht Tagen waren sie unterwegs. Es war der elfte Tag des Forgist, dem dunkelsten Monat im Jahr, und immer noch lagen zwanzig Wegstunden bis Abrusio vor ihnen.

Fürstin Jemilla zog sich den Pelz straffer um den Körper und befahl der einzigen Zofe, die ihr geblieben war, an den Lagerfeuern der Soldaten etwas zu essen aufzutreiben. »Und wenn du wieder dieses verfluchte Pökelfleisch anschleppst, lasse ich dich bei lebendigem Leibe häuten.«

Obwohl Jemilla das beste Zelt von allen besaß und ein Feuer neben dem Eingang knisterte, war ihr kalt. Allmählich bereute sie, darauf bestanden zu haben, Abeleyn nach Abrusio zu begleiten, doch sie hatte nicht gewagt, den König aus den Augen zu lassen. Sie fragte sich, was sie wohl in der derben, alten Stadt erwartete, die nunmehr unter der Herrschaft der Glaubensritter und des Adels stand.

Jemilla trug Abeleyns Kind im Leibe – zumindest würde man das annehmen. Würde sein Versuch fehlschlagen, das Königreich zurückzuerobern, wäre ihr Leben verwirkt. Einen unehelichen Sproß des Königs konnten die derzeitigen Herrscher von Hebrion unmöglich am Leben lassen. Mit Abeleyns Nachkommen trug Jemilla ihr eigenes Todesurteil im Leib.

Falls er versagte.

Er wollte einfach nicht mit ihr reden! Glaubte er etwa, sie sei bloß eine hohlköpfige, edle Kurtisane, deren

Gedanken jenseits des Schlafgemachs nichts wert waren? Sie hatte versucht, ihm die eine oder andere Auskunft abzuschmeicheln, doch er blieb verschlossen wie eine Auster.

Der abgetakelte Raubvogel, der ständig kam und ging, war der Hausgeist des Zauberers Golophin – jeder wußte es. Er hielt den König über die Ereignisse in der Hauptstadt auf dem laufenden. Wie aber sahen diese Ereignisse aus? In vielerlei Hinsicht glich Abeleyn einem kleinen Jungen – am ausgeprägtesten wohl in sexuellen Dingen. Manchmal jedoch wurde er plötzlich still und setzte diesen gewissen Blick auf, als erwartete er eine Erklärung für ein Vergehen. Dann kam der Mann, der König in ihm zum Vorschein, und Jemilla fürchtete sich vor ihm, wenngleich sie all ihr heuchlerisches Können einsetzte, um ihre Angst zu verbergen. Sie scheute sich, Abeleyn noch weiter zu bedrängen, und diese Erkenntnis ärgerte sie maßlos. Sie wußte ebensowenig über seine Absichten wie der gemeinste Soldat seiner Leibgarde.

Ihre Gedanken lösten sich aus den trübsinnigen Bahnen, in die sie geraten waren. Der Schneesturm toste heulend gegen die dünnen Zeltwände. Unwillkürlich dachte Jemilla an Richard Hawkwood, den Seefahrer, ihren einstigen Geliebten, der scheinbar vor einer Ewigkeit fortgesegelt war. Wo mochte er nun wohl sein? Auf der See oder auf dem Meeresgrund? Dachte er an sie, wenn er über das Achterdeck schritt oder sich den ungewissen Gefahren stellte, die seiner in den unbekannten Regionen harrten, in die ihn seine Schiffe getragen hatten?

Es war sein Kind, das in Jemillas Leib schlummerte, sein Sohn. Er wäre entzückt darüber gewesen: ein Sohn, der seinen Namen weiterführte; ein Sohn, den ihm seine Frau, diese weinerliche Schlampe, nie geschenkt hatte. Jemilla aber hatte größere Pläne für ihren Sproß. Er würde nicht als Sohn eines Kapitäns, sondern als Thronanwärter heranwachsen. Eines Tages würde sie die Mutter eines Königs sein.

Falls Abeleyn nicht versagte. Falls seine Verlobung mit der Prinzessin von Astarak irgendwie vereitelt werden konnte. Falls.

So sinnierte Jemilla vor sich hin und schuf im Geiste eine Welt verschlungener Intrigen, während draußen der Schneesturm unvermindert weiterwütete und die Pässe der Berge von Hebros im Schnee versanken.

Zwei Tage hockten Abeleyn und sein Gefolge in den Zelten und warteten darauf, daß der Schneesturm erstarb. Endlich flaute der Wind ab, und der Flockenwirbel versiegte. Als die Männer aus den halb vergrabenen Zelten krochen, fanden sie eine veränderte Welt vor, weiß und blendend, voller Schneewehen, in denen ganze Maultiere versinken konnten, und voller zuckerbestäubter Berggipfel, die sich glitzernd vor dem Hintergrund eines strahlenden, kobaltblauen Himmels abhoben.

Der Trupp schleppte sich weiter. Die stärksten Männer marschierten voran, um den anderen einen Weg zu ebnen. Keuchend stapften sie durch die Schneewehen und trampelten einen Pfad.

Zwei Tage reisten sie so weiter. Das Wetter blieb klar und bitterkalt. Vier Maultiere starben stehend in den frostigen, sternklaren Nächten, und an einem Morgen fand man eine Wache tot, steif und von Rauhreif überzogen auf dem Posten kauern. Die Hakenbüchse war an den grauen Händen festgefroren, die Augen glichen zwei leblosen, glasigen Fenstern ins Leere. Dann aber schienen die Berge endlich zu beiden Seiten zurückzuweichen. Der Paß wurde breiter; der Boden neigte sich unter den Füßen der Gefährten abwärts. Sie hatten das Rückgrat Hebrions überwunden und näherten sich besiedelten

Gebieten, den Lehen der Adeligen und den weiten Ebenen voller Olivenhainen, Weingärten, Obstplantagen und Weiden. Eine freundlichere Welt, wo die Menschen ihren rechtmäßigen König willkommen heißen würden. Abeleyn hoffte es zumindest.

In der letzten Nacht in den Gebirgsausläufern errichteten die Gefährten ihr Lager und brieten die Fleischstreifen, die sie aus den Kadavern der toten Maultiere geschnitten hatten. Immer noch bedeckte Schnee den Boden, doch er war nur ein hauchdünner Überzug, unter dem zähes, braunes Hochlandgras wucherte, das die überlebenden Maultiere gierig verschlangen. Abeleyn erklomm einen Felsen in der Nähe und blickte hinab auf das Biwak, das mehr dem Lager einer Flüchtlingshorde als dem eines Königsgefolges glich. Im kalten Wind saß er da und ließ den Blick über sein rauhes, von der See umgebenes Königreich schweifen, das sich im zunehmenden Zwielicht vor ihm ausbreitete. Unter ihm sprenkelten die funkelnden Lichter der Hochlandbauernhöfe das müde Antlitz der Erde.

Flügelrascheln. Golophins Vogel war in der Nähe gelandet. Er putzte sich und versuchte, ein wenig Ordnung in sein zerzaustes Gefieder zu bringen. Hätte es sich um ein vollkommen natürliches Geschöpf gehandelt, es hätte in diesem Zustand unmöglich fliegen können, doch das *Dweomer* seines Meisters erfüllte es mit Kraft, damit es Botenflüge für ihn erledigen konnte.

»Was bringst du für Kunde, mein Freund?« fragte Abeleyn den Vogel.

»Neuigkeiten, große Neuigkeiten, Majestät. Sastro di Carrera hat eine Abmachung mit dem Presbyterianer Quirion getroffen. Man munkelt, er soll zum nächsten König von Hebrion ernannt werden.«

Abeleyn stieß einen leisen Pfiff aus. In der abgetragenen Reisekleidung ähnelte er einem jungen Hirten, der sich auf der Suche nach einer Herde verirrter Ziegen hier herauf auf die steinigen Knie des Berges begeben hatte – sah man von den dunklen Ringen unter den Augen ab, die seinen Kummer verrieten. Auch die Furchen, die zu beiden Seiten der Nase bis zu den Mundwinkeln verliefen, zeigten eine zunehmende Härte.

»Rovero und Mercado. Was tun die beiden?«

»Sie haben den westlichen Arm der Unterstadt abgeriegelt, wie du es befohlen hast. Außerdem gab es Zusammenstöße mit den Glaubensrittern, aber noch keinen offenen Kampf. Die Truppen, die Mercado als unzuverlässig befand, wurden vom Rest getrennt, doch Freiss ist uns leider entwischt. Er war zu schnell für uns. Jetzt ist er bei seinen Hundertschaften.«

»Die sind ohnehin nicht zahlreich«, brummte Abeleyn.

»Dafür kamen weitere Truppen in die Stadt, Majestät. Fast tausend Mann, die meisten tragen carreridische Uniformen.«

»Sastros persönliche Gefolgsmänner. Ich wage zu behaupten, daß ihre Bereitstellung der Preis für den Thron war. Ist seine Ernennung schon öffentlich bekannt?«

»Nein, mein Junge. Es handelt sich lediglich um ein Hofgerücht. Die Sequeros sind natürlich außer sich. Der alte Astolvo vermag kaum noch, seine jungen Sprößlinge im Zaum zu halten. Eigentlich hätte die Krone ihm gebührt, da er hinter den Hibrusids an nächster Stelle der Thronfolge steht, doch er wollte sie nicht. Es heißt, Sastros Gold regne auf die Stadt herab wie Reis bei einer Hochzeit.«

»Er bringt sich an den Bettelstab, um die Krone zu erlangen. Aber was spielt es für eine Rolle, wenn ihm später die Schatzkammer gehört? Gibt es etwas Neues von meinen Lehen?«

»Sie verhalten sich ruhig. Deine Gefolgsmänner wagen derzeit nicht, irgend etwas zu versuchen. Die Ritter und die bewaffneten Handlanger der großen Adelshäuser beobachten sie mit Argusaugen. Der geringste Anlaß, und sie werden vernichtet.«

Abeleyn hatte ein paar ältliche Tanten und einen klapprigen Großonkel. In den letzten Jahren hatten sich die Reihen der Hibrusids gelichtet. Diese Relikte aus der Vergangenheit seines Geschlechts hatten genug von all den Intrigen und zogen es vor, sich vom Hof fernzuhalten und ein ereignisloses Leben in der Friedlichkeit der riesigen königlichen Anwesen nördlich von Abrusio zu führen.

»Dann lassen wir sie aus dem Spiel. Wir können es auch mit dem schaffen, was wir haben. Geh zurück nach Abrusio, Golophin. Berichte Rovero und Mercado, daß ich die Stadt in vier Tagen erreiche, so Gott will. Ich wünsche, daß mich an der Küste ein Schiff erwartet, zehn Meilen vor den Außenstraßen. Es gibt dort eine Bucht: *Penderos Landestelle*. Wir gehen an Bord und segeln öffentlich, in allen Ehren nach Abrusio. Das sollte der Bevölkerung zu denken geben.«

»Wegen des gemeinen Volkes brauchst du dir keine Sorgen zu machen, Abeleyn«, entgegnete Golophins Gerfalke. »Nur die Adeligen wollen deinen Kopf auf einer Lanze sehen.«

»Um so besser«, meinte der junge König entschlossen. »Geh jetzt, Golophin. Ich will, daß dies alles so rasch wie möglich in die Wege geleitet wird.«

Sogleich sprang der Vogel los und erhob sich in die Lüfte. Federn stoben auf, als er heftig mit den Flügeln schlug.

»Gehab dich wohl, mein König«, rief Golophins Stimme. »Das nächste Mal begegnen wir uns im Hafen deiner Hauptstadt.«

Dann flatterte der Vogel über die Gebirgsausläufer davon und verlor sich am sternenüberzogenen Nachthimmel.

Die Gruppe legte sich schlafen, dankbar, daß die schlimmste Kälte in den Bergen hinter ihnen lag. Abeleyn wickelte sich in eine Bootsdecke und döste an einem der Lagerfeuer der Soldaten ein. Er verspürte keine Lust, die Nacht in Jemillas Zelt zu verbringen. Irgendwie schien es gesünder, draußen unter den Sternen zu nächtigen, wo das Licht der Flammen orangefarbene Schatten hinter seinen müden Augenlidern tanzen ließ.

Doch er schlummerte nur kurz. Dem Stand der Mondsichel nach zu schließen, war Mitternacht bereits vorüber, als Feldwebel Orsini ihn behutsam wachrüttelte.

»Verzeiht, Majestät, aber da ist etwas, das Ihr Euch ansehen solltet.«

Blinzelnd, die Stirn in tiefe Falten gelegt, ließ Abeleyn sich aus dem Lager und zu dem Felsen führen, auf dem er zuvor gesessen hatte. Als umsichtiger Soldat hatte Orsini dort eine Wache postiert, denn die Stelle bot einen guten Ausblick auf die umliegenden Gebiete. Rasch erhob sich der Posten und salutierte, dann blies er sich in die kalten Hände.

»Nun?« fragte Abeleyn ein wenig verärgert.

Orsini deutete zum südwestlichen Horizont. »Dort, Majestät. Wofür haltet Ihr das?«

Dunkel schlummerte die Welt unter dem endlosen Sternenzelt. Doch an ihrem Rand leuchtete etwas. Man hätte es für einen verfrühten Sonnenaufgang halten können: Der Himmel dort war rot, die Wolken schimmerten in scharlachrotem Licht. Ein Viertel des Horizonts schien zu lodern.

»Was ist das Eurer Meinung nach, Majestät?« fragte Orsini.

Abeleyn betrachtete das entfernte Flackern eine Weile. Schließlich rieb er sich die Augen und klemmte den Nasenansatz zwischen Daumen und Zeigefinger, als versuchte er, einen bösen Traum zu vertreiben.

»Abrusio brennt«, antwortete er.

An der gegenüberliegenden Seite Normanniens, jenseits der gewaltigen Berge von Malvennor und Cimbric, an der Küste der kardischen See: Torunn, die Hauptstadt des Reiches von König Lofantyr.

Hier graute bereits der Morgen. Die Sonne, die Hebrions Ufer erst in Stunden erhellen würde, stand bereits hoch über den Dächern der Stadt, und auf den Straßen herrschte das rege allmorgendliche Treiben der Märkte. Karren und Wagen verstopften die Wege, auf denen die Bauern ihre Güter zu den Verkaufsständen brachten. Ganze Schaf- und Rinderherden wurden zu den Pferchen getrieben, die sich unterhalb der Stadtmauer im Westen befanden. Und jenseits der nördlichen Mauern stiegen der Dunst und der Gestank der riesigen Flüchtlingslager auf, die das Land wie ein Ausschlag überzogen. Torunnische Soldaten bemannten die Tore in diese Richtung und überprüften jeden, der in die Stadt wollte. Die einst wohlhabenden Bürger von Aekir hatten sich in den letzten Wochen in ein Volk von Bettlern und Räubern verwandelt, und den anrüchigeren Flüchtlingen wurde der Zugang zum ummauerten Herzen Torunns verwehrt. Mit Lebensmittel beladene Wagenzüge der Krone standen bereit, um hinaus in die Lager gezogen zu werden, damit die dringendsten Bedürfnisse der vom Schicksal geschlagenen Menschen befriedigt werden konnten, doch Torunna befand sich im Kriegszustand und vermochte somit nur wenig zu entbehren.

Der Morgen hatte für Corfe schlecht begonnen. Zackig marschierte er über die Steinflure von Torunnas Hauptarsenal. Fähnrich Ebro lief an seiner Seite und hatte Mühe, mit ihm Schritt zu halten. Widerwillig hatte man den Männern seines neuen Kommandos ein paar Kasernenblöcke als Unterkunft zur Verfügung gestellt, in denen sie zusammengepfercht wie Sardinen in einem Faß steckten. Ebro hatte dafür gesorgt, daß sie Proviantrationen und Kleidung aus den Lagerhäusern der Stadt bekamen, doch weder Schwerter noch Hakenbüchsen, noch Kettenpanzer wurden bisher ausgefolgt. Und dann, letzte Nacht, wurde Corfe von einer Hofdame eine Nachricht von Königin Dowager überbracht.

Ich habe getan, was ich konnte, stand dort geschrieben. *Nun liegt es an Euch.*

Also war er auf sich allein gestellt.

Corfe hatte darum ersucht, daß man ihm weitere Offiziere zuteilte. Nur mit Ebro konnte er unmöglich fünfhundert Mann angemessen befehligen. Außerdem ließ er Ebro dreimal Rüstungen und Waffen anfordern, damit er seine Truppe ausrüsten konnte – jedesmal vergeblich. Am schlimmsten war ein Gerücht, das in den Garnisonsquartieren kursierte. Demnach wollte Lofantyr zwanzig Hundertschaften der regulären Armee zur Unterwerfung der rebellischen Adeligen im Süden abstellen – also für jene Mission, mit der Corfe betraut worden war. Der König erwartete unverkennbar, daß der Schützling seiner Mutter höchstens Schande über den eigenen Ruf bringen würde.

Corfe hämmerte an die Tür der Quartiermeisterabteilung. Mittlerweile trug er wieder die zerlumpte Uniform aus Aekir.

Die Quartiermeisterabteilung der dritten torunnischen Feldarmee war in einer Reihe von Lagerhäusern unweit der Küste im Osten der Stadt untergebracht. Darin fand sich alles, von Stiefeln über Wagenräder und Kanonenläufe bis hin zu Gürteln – alles, was man brauchte, um eine Armee auszurüsten und zu unterhalten. Doch Corfes Männer hatten bislang nur die Kleider bekommen, die sie am Leibe trugen, und er wollte den Grund dafür erfahren.

Der Generalquartiermeister war Oberst Passifal, ein Veteran mit kurzem, schlohweißem Bart und einem hölzernen Stumpen als Ersatz für das Bein, das er im Kampf gegen die Merduks am Fluß Ostian verloren hatte, lange bevor Corfe das Licht der Welt erblickt hatte. Passifals Schreibstube erwies sich als so karg wie die Zelle eines Mönchs. Die Papiere auf dem Schreibpult bildeten ordentliche Stapel: Anforderungsscheine, Überprüfungsblätter, Bestandslisten. Die torunnische Armee verfügte über ein höchst ausgeklügeltes Formularsystem, das sie von den Fimbriern übernommen hatte, ihren einstigen Oberherren.

»Was willst du?« fragte Passifal schroff, ohne von dem kratzenden Federkiel aufzublicken.

»Ich habe vor Tagen fünfhundert Halbrüstungen, fünfhundert Hakenbüchsen, fünfhundert Säbel und das gesamte nötige Zubehör geordert. Ich möchte wissen, weshalb die Anforderung noch nicht erfüllt wurde«, erklärte Corfe.

Passifal schaute auf. Der Federkiel erstarrte mitten in der ruckenden Bewegung.

»Ah. Oberst Corfe Cear-Inaf, nehme ich an.«

Corfe nickte kurz.

»Tja, ich kann nichts für dich tun, Sohn. Meine Befehle lauten, Ausrüstung und anderes vorerst nur an reguläre torunnische Truppen auszugeben – wie du weißt, brüllt Martellus an der Senke um Nachschub. Der jämmerliche Haufen, den der König dir als Spielzeug überlassen hat, gilt offiziell nur als Hilfsmiliz – und das bedeutet, daß die torunnische Armee nicht für die Ausstattung verantwortlich ist. Ich habe ohnehin schon mehr als erlaubt getan, indem ich dir Uniformen und einen Platz zum Schlafen für die Kerle gab. Also belästige mich nicht länger.«

Corfe lehnte sich über das breite Schreibpult und stützte sich mit den Knöcheln auf den Rand. »Und wie soll ich meine Männer bewaffnen, Oberst?«

Passifal zuckte mit den Schultern. »Hilfseinheiten werden für gewöhnlich von der Privatperson ausgerüstet, die sie zusammengestellt hat. Bist du reich, Cear-Inaf?«

Corfe lachte kurz auf. »Alles, was ich besitze, trage ich am Leib.«

Passifal musterte die zerlumpte Uniform. »Wie ich höre, stammen all die Kratzer und Beulen aus Aekir.«

»Und aus der Feste von Ormann.«

»Also hast du schon Pulverrauch geschnuppert.« Eine Zeitlang kratzte sich Passifal den weißen Bart; dann meinte er plötzlich unwirsch: »Um Himmels willen, nun setz dich schon, und hör auf, so verflucht würdevoll dazustehen.«

Corfe zog sich einen Stuhl heran. Ebro blieb an der Tür stehen.

»Ich habe gehört, der König hat sich einen Scherz mit dir erlaubt«, meinte Passifal, nunmehr grinsend. »Gelegentlich tut er so etwas. Die alte Dame setzt ihm heftig zu, und ab und an schlägt er über die Stränge.«

»Die Königin Dowager?«

»Ja. Was für eine Schönheit diese Frau in der Blüte ihrer Jahre doch war. Eigentlich sieht sie auch heute noch recht gut aus. Man munkelt, sie hält sich mit Hilfe von Hexerei jung. Aber Lofantyr ist es leid, sich vorschreiben zu lassen, in welchen Topf er pinkeln darf. Er bereitet einen Feldzug vor, der den Süden in die Knie zwingen soll – einen richtigen Feldzug, mit Infanterie, Reiterei und Pferdeartillerie. Zuvor aber will er dich in den Süden ziehen und die Sache vermasseln lassen, um seiner Mutter zu zeigen, daß sie ihm keine Günstlinge mehr aufzwingen sollte.«

»Das dachte ich mir schon«, erwiderte Corfe ruhig, wenngleich er die Hände auf den Knien zu Fäusten ballte.

»Ja. Mein Befehl lautet, dir nicht einmal einen Messingknopf aus unseren Lagern zu geben. Diese Wilden, die du als Kommando bezeichnest, werden nur mit Fäusten und Zähnen kämpfen müssen. Es tut mir leid, Oberst, aber so ist es nun mal.«

»Danke für die Erklärung«, sagte Corfe mit tonloser Stimme. Dann stand er auf und wandte sich zum Gehen.

Passifal streckte die Hand aus. »Nicht so schnell! Es ist doch keine Eile geboten, oder? Ich nehme an, du hast unter Mogen gedient?«

»Das habe ich.«

»Ich ebenfalls. Damals, als wir noch auszogen, um nach Merduks zu suchen, anstatt zu warten, bis sie vor unseren Mauern heulten, war ich berittener Soldat in einer seiner fliegenden Kolonnen.«

»Ich war auch bei der Reiterei«, erwiderte Corfe und entspannte sich ein wenig. »Aber als die Belagerung begann, wurden in Aekir keine berittenen Soldaten mehr benötigt.«

»Ja, ja, das glaube ich ... Der alte Mogen pflegte zu sagen, die Reiterei sei der Arm des Edelmanns, die Artillerie der Arm des Technikers. Was haben wir ihn geliebt, diesen mürrischen alten Bastard! Er war der Beste, den wir jemals hatten ...«

Eine Weile starrte der Quartiermeister Corfe an, so als wöge er ihn ab.

»Es gibt da eine Möglichkeit, deine Männer auszurüsten ... in gewisser Weise«, meinte er schließlich.

»Wie?«

Passifal erhob sich. »Komm mit.« Das Holzbein klapperte hohl auf dem Fußboden, als er hinter dem Schreibpult hervorkam und einen von Hunderten Schlüsselbünden ergriff, die in langen Reihen an einer Wand der Schreibstube hingen. »Es wird dir allerdings kaum gefallen, und ich bin nicht sicher, ob es rechtens ist. Andererseits ... du befehligst Barbaren. Ich bezweifle, daß sie sich daran stören. Außerdem ist das Zeug dort, wo es jetzt liegt, ohnehin zu nichts nütze, und offiziell gilt es nicht als Bestandteil der ordentlichen Militärlager ...«

Vollkommen verwirrt, folgten Corfe und Ebro dem einbeinigen Quartiermeister aus dem Büro.

Dieser Abschnitt des Hauptarsenals erinnerte stark an die großen Marktplätze im Herzen von Torunn. Überall waren Karren, Wagen und Protzen. Männer lagerten verschiedene Güter ein und aus, Ochsengespanne zogen Kulverinen umher, und über allem tönte der Lärm quietschender Flaschenzüge und fluchender, schuftender Männer. Unten am Ufer hatten drei tiefbäuchige *Nefs* aus dem breiten Delta von Torrin angelegt und löschten an den Kais ihre aus Pulver und Roheisen bestehenden Ladungen. Zudem war soeben ein schlankes Postschiff eingelaufen, das zweifellos Kunde aus dem Osten brachte.

Passifal führte Corfe und Ebro von dem hektischen Treiben weg zu einem älteren Gebäude, das ein wenig abseits der Küste stand. Es handelte sich um einen heruntergekommenen Steinbau ohne Fenster, der verlassen wirkte, als wäre er vor geraumer Zeit in Vergessenheit geraten.

Der Quartiermeister drehte einen Schlüssel im knarrenden Schloß und schob angestrengt grunzend mit der Schulter die Tür auf.

»Haltet euch dicht hinter mir«, riet er Corfe und Ebro. »Hier drinnen ist es dunkel wie im Schoß einer Hexe. Ich werde ein Licht anmachen.«

Das Klicken von Feuerstein auf Stahl ertönte, dann blies Passifal behutsam auf den zunderbedeckten Docht einer Öllampe. Die Flamme schwoll an, und er schloß die Glasabdeckung darum. Dann hielt er die Lampe in die Höhe, so daß ihr Schein das Innere des Gebäudes erhellte.

»Was, in aller Welt ...?« stieß Corfe unwillkürlich hervor.

Das Bauwerk erwies sich als ausgesprochen lang. Es erstreckte sich über den Lichtkegel der Lampe in die Dunkelheit hinein. Und es war vollgestopft.

Überall lagen Rüstungen gestapelt, an manchen Stellen so hoch, daß sie fast bis zu den Dachsparren emporragten. Helme, Panzerhandschuhe, Brust- und Rückenplatten, Kettenhemden, Armschienen, Visiere – allesamt rostig, voller Spinnweben und von Schlägen eingedellt oder von Kugeln durchlöchert. Zwischen den Rüstungen befanden sich auch Waffen: Krummschwerter, Säbel, Lanzen mit verrotteten Schäften und mit Seidenfetzen, die immer noch an den Spitzen baumelten. Seltsame Waffen, die sich ganz und gar von allem unterschieden, was die Torunnen verwendeten – oder jede andere Armee des Westens.

Corfe bückte sich und hob einen Helm auf, drehte ihn in den Händen und wischte den Staub davon ab. Der Helm besaß einen hohen Aufbau, einen langen, geschwungenen Nackenschutz und breite Wangenteile. Es war der Helm eines Soldaten der *Ferinai*, der Elitekürassiere der Merduks.

»Merduk-Rüstungen«, sagte er, als ihn die Erkenntnis traf. »Was haben die hier zu suchen?«

»Das sind Kriegstrophäen«, erklärte Passifal. »Sie liegen seit sechzig Jahren hier, seit wir die Merduks aus Ostrabar zurückschlugen, nachdem sie Ostiber überrannten. Gallican von Rone hat das damals vollbracht, wenn du dich noch an deinen Geschichtsunterricht erinnerst. Ein guter General. Er besiegte die Merduks, als sie sich den Pässen von Thurian näherten, und schickte zwanzigtausend dieser gottlosen Bastarde zu ihrem gepriesenen Propheten. Der König veranstaltete hier in Torunn einen Triumphzug für Gallican, mit Gefangenenparade und allem Drum und Dran. Und er ließ per Schiff tausend

Rüstungssätze herbringen, die bei diesem Anlaß zur Schau gestellt wurden. Nachdem alles vorbei war, lagerte man sie hier, wo sie in Vergessenheit gerieten. Seither liegt das Zeug hier rum. Ich wollte es schon beiseite schaffen, denn wir brauchen Lagerplatz …«

Corfe ließ den alten Helm fallen; scheppernd schlug er auf dem Boden auf. »Du erwartest von mir, daß ich meine Männer wie Merduks einkleide?«

»So wie ich das sehe, hast du keine große Wahl, Sohn. Ich kann nun mal nicht mehr für dich tun. In der ganzen Garnison wirst du kein besseres Angebot finden – es sei denn, du überredest die Königin Dowager, das nötige Kleingeld lockerzumachen.«

Nachdenklich schüttelte Corfe den Kopf.

»Herr, es ist unehrenhaft, sich wie ein Heide zu kleiden«, meinte Ebro hitzig. »Ihr solltet das Kommando niederlegen. Genau das erwartet man von Euch.«

»Und ist es auch das, was du von mir erwartest, Fähnrich?« fragte Corfe, ohne sich umzudrehen.

»Herr, ich …«

»Wir nehmen die Rüstungen«, sagte er entschlossen zu Passifal. »Aber so können wir sie nicht tragen; die Leute würden uns für den Feind halten. Hast du Farbe, Quartiermeister?«

Passifal zog die weißen Augenbrauen hoch. »Farbe. Ja, tonnenweise. Aber wofür?«

Corfe hob den Helm wieder auf, den er kurz zuvor beiseite geschleudert hatte. »Wir werden diesen Kram anmalen, damit wir uns vom Feind unterscheiden. Ich würde sagen, in Rot. Ja – einen satten, scharlachroten Farbton, damit man das Blut nicht sieht. Hervorragend.« Er lächelte, doch seine Züge verrieten wenig Freude. »Meine Männer besitzen keine Transportvorrichtungen. Ich schicke sie noch zur Stunde her, damit sie ihre Ausrüstung selbst abholen. Kannst du die Farbe bis dahin bereitstellen, Quartiermeister?«

Passifal sah aus, als hätte ihm soeben jemand einen unglaublichen Witz erzählt. »Warum nicht? Ja, Oberst, die Farbe wird bereitstehen. Der Anblick deiner fünfhundert Wilden in blutrot beschmierten Rüstungen ist es allemal wert.«

Abermals trat ein freudloses Lächeln in Corfes Züge. »Nicht nur die Wilden, Quartiermeister. Auch Ebro und ich legen Merduk-Rüstungen an.«

»Aber Herr, wir besitzen eigene Rüstungen«, begehrte Ebro auf. »Es ist keineswegs nötig ...«

»Wir tragen, was die Männer tragen«, unterbrach ihn Corfe. »Und ich muß mir eine Art Schlachtstandarte ausdenken, da uns die regulären torunnischen Banner wohl kaum zugebilligt werden. Also gut. Jetzt muß ich nur noch beim Stabsgeneral vorsprechen, um meine genauen Befehle entgegenzunehmen. Danach können wir mit der Planung beginnen.«

»Keine Karren, keine Maultiere, keinerlei Transportmittel für unsere Ausrüstung«, jammerte Fähnrich Ebro in einem letzten Versuch.

Wider Erwarten grinste Corfe ihn fröhlich an. »Du vergißt, Ebro, daß unser Kommando aus Angehörigen der wilden Bergstämme besteht. Wozu brauchen sie einen Gepäckzug? Sie können sich vom Land ernähren – und Gott erbarme sich des Landes!«

Passifal musterte Corfe, als hätte er ihn just in diesem Augenblick von irgendwoher wiedererkannt. »Wie ich sehe, hast du vor, den Fehdehandschuh des Königs aufzunehmen, Oberst.«

»So ich kann, Quartiermeister, habe ich sogar vor, ihm das gute Stück ins Gesicht zurückzuschleudern«, erwiderte Corfe unverblümt.

Kapitel 19

»Was für einen hübschen Anblick eine brennende Stadt doch bietet«, meinte Sastro die Carrera und lehnte sich auf das eiserne Balkongeländer des königlichen Palastes. Unter ihm erstreckte sich Abrusio in einem Meer aus Häusern und endete fast zwei Meilen hügelabwärts in einem Gewirr aus Schiffen, Gebäuden und Docks, die unmittelbar an die See grenzten, an den Westlichen Ozean, in dem sich der Rand der bekannten Welt verbarg. Zwielicht herrschte, was jedoch nicht daran lag, daß der Tag in eine lange Winternacht überging, sondern wegen der Rauchschwaden, die vor der Sonne hingen. Sastros Antlitz war in das flackernde Licht der Flammen getaucht, und er hörte das Feuer als fernen Donner, wie das Gemurmel uralter, längst vergessener Götter.

»Möge Gott uns verzeihen«, sagte der Presbyterianer Quirion neben ihm und schlug das Zeichen des Heiligen vor dem Brustpanzer. Im Gegensatz zu Sastro, der sich tadellos herausgeputzt präsentierte, war Quirion rußverschmiert und dreckig. Erst vor kurzem war er aus dem Inferno unten in der Stadt zurückgekommen. Zu Tausenden kämpften und starben die Menschen dort, und das hungrige Brüllen der Feuersbrunst sowie krachende Salven übertönten die vereinten Schreie der Opfer.

»Und nun«, sprach er leise, »hält die Hölle auf Erden Einzug, und die Gier der Menschen wird untergehen in der Asche ihres Feuers. Wie Zunder werden brennen ihre Träume, wenn die Bestie endlich kommt.«

»Wovon, in aller Welt, sprecht Ihr, Quirion?« fragte Sastro.

»Ich habe einen alten Text zitiert, der das Ende der uns bekannten Welt und den Beginn einer neuen verkündet.«

»Jedenfalls das Ende der Welt der Hibrusids«, erwiderte Sastro zufrieden. »Und denkt nur an das erstklassige Bauland, das uns vom Feuer verschafft wird. Es wird ein Vermögen wert sein.«

Quirion bedachte seinen aristokratischen Gefährten mit einem Blick, aus dem unverhohlene Verachtung sprach. »Noch seid Ihr nicht König, verehrter Fürst Carrera.«

»Aber bald. Nichts kann mich oder Euch noch aufhalten, Presbyterianer. Schon sehr bald gehört Abrusio uns.«

»Sofern etwas davon übrigbleibt.«

»Die wichtigen Teile werden übrigbleiben«, entgegnete Sastro grinsend. »Was für eine segensreiche Gabe doch ein Wind ist, der die Flammen aufs Meer hinausbläst und dabei die ketzerischen Verräter und rebellischen Bauern mit sich reißt, die sich uns in der Unterstadt widersetzen. Gewiß ist Gottes Hand im Spiel. Seht Ihr das nicht auch so?«

»Ich bitte Gott ungern, für mich einzuschreiten. Es käme einer Anmaßung gleich, würde ich annehmen, daß der Erschaffer des Universums von all seinen Schöpfungen ausgerechnet mich seiner Aufmerksamkeit für wert erachtet. Ich versuche nur durchzusetzen, was ich für seinen göttlichen Willen halte. In diesem Fall brauchte ich dafür zweihundert Fässer Pech, um die Unterstadt in Brand zu setzen.«

»Ein praktischer Glaube, zu dem Ihr und Eure Glaubensritter Euch bekennt«, meinte Sastro und hob ein parfümiertes Taschentuch ans Gesicht, so daß es den Mund verdeckte.

»Ich finde ihn durchaus erfüllend.«

Das Taschentuch verschwand wieder in einem schneeweißen Ärmel. »Und wie gestaltet sich der Kampf, geschätzter Presbyterianer?«

Quirion fuhr sich mit der Handfläche kratzend über

den stoppeligen Schädel. »Mitunter recht hart. Eure Gefolgsmänner schlagen sich gut, seit ich ihre Hundertschaften mit einem Kontingent der Ritter verstärkt habe. Die geübten hebrionischen Truppen sind natürlich besser, aber Freiss' Männer lenken sie von hinten ab. Er hat sich mit drei- oder vierhundert Hakenbüchsenschützen im westlichen Arm der Unterstadt verschanzt, unmittelbar neben dem Arsenal, und Mercado mußte fast tausend Mann abstellen, um ihn in seinem Schlupfwinkel einzuschließen.«

»Was ist mit den Seestreitkräften? Heute morgen herrschte reges Treiben in den Innenstraßen.«

»Sie haben bloß die Schiffe von den Docks geschleppt. Inzwischen ist das Feuer bestimmt bis an die Ufer vorgedrungen. Heute nachmittag haben sie ein paar Schüsse auf den Palast abgegeben, um die Reichweite auszuloten, aber die Entfernung ist zu groß. Wir haben quer durch den Großen Hafen eine Sperre errichtet, die wir von den Molenforts aus schützen. Das sollte genügen, um die Seestreitkräfte fern und ihre Kanonen außerhalb der Reichweite der Oberstadt zu halten. Abrusio wurde so gebaut, daß die Stadt gleichermaßen gegen seewärtige wie gegen landwärtige Angriffe verteidigt werden kann. Das gereicht uns zum Vorteil. Und durch das begrenzte Schlachtfeld wird unsere zahlenmäßige Unterlegenheit weniger augenscheinlich.«

»Wie weit ist das Feuer fortgeschritten?«

»Bis zu den Kronwerften in den Innenstraßen. Mittlerweile dürften die Flammen bereits an den Mauern des Arsenals züngeln. Mercado mußte mehr als dreitausend Mann als Feuerwehrleute einsetzen. Ein weiteres Dutzend Hundertschaften ist damit beschäftigt, die Bevölkerung der Unterstadt in Sicherheit zu bringen. Er ist bewegungsunfähig wie ein lahmer Ackergaul.«

»Seine Sorge um die Menschen ist zwar lobenswert, wird ihn aber ins Verderben reißen«, meinte Sastro.

»Das gemeine Volk kämpft Seite an Seite mit der Garnison der Stadt, Fürst Carrera«, erinnerte Quirion ihn. »Die Bevölkerung der Oberstadt ist neutral geblieben, aber in die Adeligen würde ich kein allzu großes Vertrauen setzen.«

»Oh, die werden die Fahne nach dem Wind hängen, wie sie es immer tun. In ganz Hebrion gibt es kein großes Haus, das uns jetzt noch Schwierigkeiten bereiten wird, nicht einmal die Sequeros. Und auch die Handelsgilde werden wir bald auf unsere Seite ziehen. Meiner Erfahrung nach sind Gold und die Zugeständnisse eines künftigen Königs ein hervorragendes Trostpflaster.«

»Ja …«

Das beständige Gebrüll der Flammen und die krachenden Feuergefechte der Hakenbüchsen vereinigten sich zu einem Tosen, das aus der Ferne so klang, als würde Abrusio selbst vor Schmerz über das Inferno kreischen, das die Eingeweide der Stadt zerfraß. Seit zwanzig Jahren hatte man westlich der Berge von Cimbric keine Kriegshandlungen dieses Ausmaßes mehr erlebt, nun aber zerrissen innere Streitigkeiten und eine religiöse Spaltung den Westen. Ein gnadenloser Bürgerkrieg reinsten Wassers tobte.

Gerüchten zufolge ging es in Astarak ebenso zu wie in Hebrion: Die Adeligen kämpften, um König Mark abzusetzen und einen der ihren auf den Thron zu wählen, natürlich mit Unterstützung des Ordens der Brüder vom Ersten Tage und der Glaubensritter. Auch Torunna mußte sich neben der Bedrohung durch die gewaltigen Heerscharen der Merduks, die erst vor kurzem an der Feste von Ormann aufgehalten werden konnten, mit Aufständen herumschlagen. Zudem lag der König von Almark im Sterben – wahrscheinlich war er bereits tot – und beabsichtigte dem Hörensagen nach, sein Reich der Kirche zu hinterlassen.

Quirion seufzte. Er war ein zutiefst frommer und

höchst altmodischer Mann. Wenngleich er durch und durch überzeugt davon war, daß die Kirche richtig handelte und Ketzerei ausgelöscht werden mußte, wo immer sie Wurzeln faßte – und sei es in Königspalästen –, so widerstrebte ihm doch, mit ansehen zu müssen, wie die aus seiner Sicht natürliche Ordnung der Dinge auf den Kopf gestellt und zerstört wurde. Sastro hingegen ... ihm war jede Anarchie recht, sofern sie seinen Zielen diente. Der Presbyterianer der Glaubensritter in Abrusio hätte lieber an den Grenzen im Osten gegen die Heiden gekämpft, als hier Menschen abzuschlachten, die abends zu demselben Gott beteten wie er.

Es war ein Gefühl, das er für sich behielt und für das er sich bei jeder Gelegenheit tadelte, denn es stand im Widerspruch zu den Anweisungen des Pontifex Maximus aus Charibon, Gottes unmittelbarem Vertreter auf Erden. Er war hier, um Befehlen zu gehorchen, die letzten Endes dem Willen Gottes gleichzusetzen waren. Einer solchen Bürde durfte man sich nicht entziehen.

Wie eine Woge fegte das Feuer durch die engen Straßen der Unterstadt von Abrusio, gleich einer grellen Springflut, die sämtliche Holzhäuser dieses Stadtteils in lodernde Ruinen verwandelte und sich durch die Innenräume und hölzernen Dachsparren der aus gelbem hebrionischem Stein errichteten Gebäude fraß, bis auch diese einstürzten. Ein Dutzend Batterien schwerer Kulverinen hätte kaum mehr Zerstörung anrichten können, und die Bemühungen der zu Feuerwehrleuten degradierten Soldaten von General Mercados Kommando, der Ausbreitung des Infernos Einhalt zu gebieten, erwiesen sich als sinnlos – nicht mehr als Wassertropfen, die in einem Flammenmeer verdampften.

Derzeit versuchten die Männer, eine breite Häuserzeile südwestlich der Front der Feuersbrunst zu zerstören, da sie hofften, auf diese Weise eine Schneise zu schaffen, die den züngelnden Flammen die Nahrung raubte. Techniker hatten an allen Ecksteinen der Gebäude Sprengladungen angebracht, die sie soeben eifrig zündeten, so daß eine Reihe von Explosionen die Luft erbeben und den Rauch in kreisförmigen Ringen aufwallen ließ, ähnlich den Wellen eines Sees, in den man einen Stein wirft.

Währenddessen gingen die Kämpfe weiter. Die Straßen waren voll von fanatischen, mordlüsternen Gruppen bewaffneter Männer, auf die Zunder und brennendes Holz herabregneten. Hier und da fanden Kompanien und Halbhundertschaften von Hakenbüchsenschützen genug Platz, um in Reihen Aufstellung zu nehmen. Dann feuerten die gegnerischen Streitkräfte aufeinander, luden nach und feuerten erneut, nur wenige Meter voneinander entfernt, so daß die Formationen in dem vernichtenden Kugelhagel dahinschmolzen wie Zinn in einem Verbrennungsofen. Doch sie erhielten ständig Verstärkung von hinten, bis letztlich eine Seite den Kampf abbrach und die Flucht ergriff.

Wo die regulären hebrionischen Truppen Widerstand leisteten, gab es kein Durchkommen für die Gefolgsmänner der Carreras und die Glaubensritter, die sie begleiteten. Zwar bildeten die Ritter, deren schwere Rüstungen einen gewissen Schutz gegen Kugeln boten, sofern diese nicht gerade aus nächster Nähe abgefeuert wurden, Keile aus Fleisch und Stahl und versuchten, die feindlichen Linien mit brutaler Gewalt zu durchbrechen, aber sie waren nicht zahlreich genug. Die Ränge der Schützen traten auseinander, um sie vorbeizulassen, dann feuerten sie Salven aus unmittelbarer Nähe ab. Jene Glaubensritter, die noch auf den Beinen blieben, wurden von ungezählten Schwertkämpfern aus den hinteren Reihen überrannt.

Und doch war es mehr als eine bloße Schlacht. Oft legten die Gegner inmitten des Gemetzels die Waffen nieder und suchten gemeinsam Schutz vor dem herannahenden Inferno. Bei lebendigem Leibe zu verbrennen fürchteten die Menschen mehr als jeden anderen Tod, und so rannten sie lieber blindlings in die feindlichen Linien und ließen sich kurz und schmerzlos erschlagen, als auszuharren und ein Opfer der unaufhaltsam voranschreitenden Flammen zu werden.

Und auch Zivilisten irrten zwischen den kämpfenden Hundertschaften, Kompanien und Zügen umher. Als das züngelnde Flammenmeer heranwogte, flohen sie aus ihren Häusern. Sie starben zu Hunderten, als sie durch tödliche Kreuzfeuer liefen oder von einstürzenden Gebäuden erfaßt wurden. Wäre jemand in Aekir gewesen, der sich nun in Abrusio befand, er hätte letzteres als grauenhafter empfunden, denn in Aekir hatten die Menschen einzig die Flucht vor dem Feind und dem Feuer im Sinn. Hier aber bekriegten sie einander inmitten des Infernos, während die Flammen bereits um ihre Köpfe leckten. Lichterloh brennende Straßen, die strategisch wichtige Punkte darstellten, wurden bis zuletzt gehalten. Die Soldaten von Hebrion wußten, daß sie sich als Ketzer, als Gefolgsmänner eines exkommunizierten Königs brandmarkten, indem sie sich den Glaubensrittern widersetzten, und daß sie ohnehin der Scheiterhaufen erwartete, sollte man sie gefangennehmen. Deshalb wurde weder um Gnade gefleht noch Gnade gewährt. Die Schlacht wurde verbitterter als jeder Krieg gegen die Heiden gefochten, denn die Merduks nahmen zumindest Gefangene, um die Reihen ihrer Sklaven aufzustokken.

Golophin stand auf der höchsten Zinne des Admiralsturms, einer ummauerten Plattform, die das eiserne Gestell des Leuchtfeuers beherbergte. Bei ihm war

General Mercado. Blutrot und flackernd spiegelte sich das Flammenmeer der brennenden Stadt auf der silbernen Gesichtshälfte wider. Auf den Stufen unter ihnen stand eine Gruppe Adjutanten bereit, um Befehle an die verschiedenen Einheiten zu überbringen, die sich über die Unterstadt verteilten.

Eine Flammenmauer hatte sich vor den Hügel von Abrusio geschoben, ja, sogar vor die Gipfel der Berge von Hebros dahinter – ein Vorhang, dessen oberer Rand sich in wallenden Rauchwirbeln verschiedenster Formen auflöste.

Zuerst haben sie Bücher verbrannt, dachte Golophin. Dann waren es Menschen, und nun sind es die Städte der Königreiche selbst. Sie werden keine Ruhe geben, bevor die Welt zerstört ist. Und alles im Namen Gottes.

»Ich würde sie ja mit einem Fluch belegen, aber in mir ist kein *Dweomer* übrig«, erklärte er Mercado. »Alles, was ich hatte, habe ich verwendet, um das Feuer von der Küste fernzuhalten. Ich bin trocken wie die Wüste, General.«

Mercado nickte. »Wir wissen dein Werk zu schätzen, Golophin. Du hast zwanzig der größten Schiffe der Flotte gerettet.«

»Obwohl sie uns im Augenblick herzlich wenig nützen. Wann will Rovero die Sperre angreifen?«

»Heute nacht. Er schickt Brander voraus, um die Kanonenboote zu decken, zuletzt die Truppenschiffe. Mit ein wenig Glück kann er morgen mit der Beschießung der Oberstadt beginnen.«

»Mit der Beschießung unserer eigenen Stadt«, meinte Golophin verbittert. Seine Augen lagen so tief in den Höhlen, daß sie nur noch glitzernden Punkten glichen, in denen sich der blutrote Schein des Feuers fing. Das Antlitz unter dem kahlen Schädel wirkte wie ein Totenkopf. Er hatte sich völlig dabei verausgabt, die Schiffe der Flotte zu retten, von denen sich noch zwei Dutzend im

Dock befanden, als die Flammen um die Kais zu lecken begannen. Sechs von ihnen wurden zerstört und loderten immer noch von der Reling bis zur Wasserlinie – schwarze, von safrangelbem Licht umgebene Geisterschiffe, deren Kanonen in unregelmäßiger Reihenfolge feuerten. Sechs große Karacken mit fast tausend Mann an Bord. Tausend Mann, die keine Fluchtmöglichkeit mehr hatten und deshalb ins Wasser der Innenstraßen sprangen, wo sie wie Ratten ertranken. Seeleute konnten nicht schwimmen. Es schien lächerlich, possenhaft. Zu Hunderten trieben ihre Leichen, manche sogar brennend, in den Innenstraßen. Hunderte andere lebten noch und klammerten sich an Ersatzmasten oder sonstige Dinge, die sie geistesgegenwärtig über Bord geworfen hatten, als die Flammen auf die Schiffe zurollten. Niemand konnte sich ihnen nähern. Das Feuer hatte sie vom Land abgeschnitten.

Ein unerträglich greller Blitz, auf den nur wenige Augenblicke später der Donner einer gewaltigen Explosion folgte. Das Pulverlager einer der Karacken war in die Luft gegangen. Hunderte Tonnen Holz und Metall, die in die Höhe geschleudert wurden, prasselten in zerfetzten Trümmern auf den Hafen herab und entfachten Feuer auf den anderen Schiffen, die noch früh genug von den lodernden Kais ablegen konnten, um sich ein ähnliches Schicksal zu ersparen.

»Wäre die Hölle eine Schöpfung der Menschen, sie sähe dem Bild sehr ähnlich, das sich uns hier bietet«, meinte Golophin, zutiefst erschüttert von dem Anblick.

»Gott hat gewiß keine Hand im Spiel«, meinte Mercado.

Ein Kurier brachte eine dreckverschmierte Botschaft herbei. Während Mercado sie durchlas, bildeten seine Lippen die Worte.

»Freiss' Männer haben einen Ausbruch versucht. Das

Feuer hat inzwischen die Mauern des Arsenals erreicht. Er ist tot, ebenso wie die meisten anderen Verräter.«

»Das Arsenal?« fragte Golophin. »Was ist mit den Vorräten darin? Mein Gott, General – das Pulver und die Munition!«

»Etwa ein Viertel davon haben wir verlagert, aber an den Rest kommen wir nicht heran. Zuerst hat uns Freiss den Weg versperrt, jetzt ist es das Feuer.«

»Und wenn das Feuer die Pulvervorräte entzündet?«

»Das Hauptlager befindet sich dreißig Fuß unter der Erde in Steinkellern, in die Rohrleitungen eingebaut sind, die hinaus in den Hafen führen. Im schlimmsten Fall kann ich die Schleusen öffnen und die Pulverlager fluten lassen. Wenn sie in die Luft gehen, reißen sie die halbe Stadt mit sich. Sei unbesorgt, Golophin – das werde ich verhindern. Aber wir zerstören dadurch unsere Pulver- und Munitionsreserven und sind auf die Vorräte der Marine angewiesen, die hier im Turm lagern.«

»Tu es«, forderte Golophin ihn grimmig auf. »Abrusio ist auch so schon schlimm genug verwundet. Wir müssen etwas bewahren, das Abeleyn zurückerobern kann.«

»Einverstanden.« Mercado rief einen Adjutanten herbei und begann, die erforderlichen Befehle zu diktieren.

»Rovero segelt mit einer Schwadron zu *Penderos Landestelle*«, fuhr der General fort, nachdem der Adjutant verschwunden war. »Zwei Karacken, ein paar Karavellen und drei *Nefs* mit dreitausend Marineinfanteristen und Hakenbüchsenschützen der Garnison. Rovero will den König davon überzeugen, daß ein landwärtiger Angriff über die Stadtmauern sinnvoller ist als ein Versuch, den Großen Hafen einzunehmen. Wenn wir heute nacht die Sperre durchbrechen können, greifen wir in ein paar Tagen zu Wasser und zu Lande an, und eine weitere Schwadron kann den Landstreitkräften Deckung geben, wenn sie die Mauern in der Nähe der Küste angreifen.

Ich glaube, das ist Abeleyns aussichtsreichste Möglichkeit. Hier haben sie uns festgenagelt – zum einen durch das Feuer, zum anderen durch die Kanonen, mit denen sie uns vom Hügel von Abrusio aus unter Beschuß nehmen werden. Außerdem sind ihre Männer dünn gesät, also dürfte es ihnen schwerfallen, mit zwei gleichzeitigen Angriffen fertig zu werden.«

»Wenn es dir so am besten erscheint – gut«, meinte Golophin. »Ich bin weder General noch Admiral. Aber ich will es Abeleyn mitteilen.«

»Kann dein Vogel auch Lasten befördern, Golophin?«

»Eine leichte Last vielleicht. Worum handelt es sich?«

Mercado holte eine versiegelte Schriftrolle aus dem Wams hervor. Deutlich erkennbar hob sich das astaranische Emblem in Form eines Galeerenbugs von dem scharlachroten Wachs ab, das die Rolle verschlossen hielt.

»Dies wurde heute von einem Sonderkurier aus Cartigella überbracht. Da es König Marks persönliches Siegel trägt, darf es nur von einem anderen Monarchen geöffnet werden. Es könnte eine dringende Nachricht sein.«

Golophin nahm die Schriftrolle entgegen. Er war versucht, sie selbst zu öffnen. »Hoffen wir, daß sie gute Neuigkeiten enthält.«

»Das bezweifle ich. Seit Tagen kursieren Gerüchte über einen Putschversuch in Cartigella und über Kämpfe in den Straßen der Stadt.«

»Die Welt ist verrückt geworden«, murmelte Golophin und steckte die Schriftrolle in eine Tasche seiner übergroßen Gewänder.

»Die uns bekannte Welt gibt es nicht mehr«, erwiderte Mercado knapp. »Jetzt kann sie nichts mehr zurückbringen. Wenn wir eine neue Welt schaffen wollen, müssen wir sie auf Blut und Kanonenpulver gründen. Und auf den Glauben.«

»Nein«, gab Golophin aufgebracht zurück. »Der Glaube darf nichts damit zu tun haben. Wenn wir schon etwas Neues erschaffen, müssen wir es auf die Vernunft gründen und die Geistlichkeit und Pontifizes aus dem Spiel lassen. Sie haben sich viel zu lange eingemischt. Genau darum geht es in diesem Krieg.«

»Ein Mensch *muß* an etwas glauben, Golophin.«

»Dann soll er gefälligst an sich selbst glauben! Laß mir bloß Gott aus dem Spiel!«

In jenem blut- und kriegsschwangeren Winter gab es auch einige Königreiche, die von dem Chaos verschont blieben, das sich über ganz Normannien ausbreitete. In Alstadt, der an den eisigen Ufern der hardischen See gelegenen Hauptstadt des mächtigen Staates Almark, nahmen Handel und Geschäftsleben im großen und ganzen den gewohnten Lauf – mit einer Ausnahme: Die Banner des Königspalastes wehten auf halbmast, und auf den Straßen rings um den Palast war der Karrenverkehr verboten. Alstadt galt als betriebsame, ungeordnete Stadt; sie war die jüngste der ramusischen Hauptstädte. Abgesehen von der Zitadelle, die den Palast und die Arsenale beherbergte, war sie unbefestigt. Almark selbst war ein weitläufiges Königreich, ein Land offener Steppen und sanfter Hügel, das sich vom Golf von Tulm im Westen bis zum Fluß Saeroth erstreckte, der im Osten die Grenze zu Finnmark kennzeichnete. Im Süden reichte der Staat bis zu den verschneiten Hügel von Naria und zum Tor-See, an dessen Ufer sich die Klosterstadt Charibon schmiegte. Deshalb unterhielt Almark eine kleine Garnison in Charibon, die zur Unterstützung der üblicherweise dort stationierten Glaubensritter diente. Almark galt als unzertrennlicher Verbündeter der Kirche, die Charibon und seine Bewohner verkörperten, und der kränkliche Monarch des Reiches, Haukir VII, war stets ein treuer Sohn dieser Kirche gewesen.

Nun aber lag Haukir auf dem Sterbebett. Er hatte keine

Nachkommen, von einem Haufen ausschweifender Neffen abgesehen, denen das Volk von Almark kaum zugetraut hätte, eine Bäckerei zu führen, geschweige denn das mächtigste Königreich der Berge von Malvennor und Cimbric. Deshalb wehten die Fahnen auf halbmast. Nur ein paar Möwen von der hardischen See, die sich landeinwärts auf Futtersuche begeben hatten, zogen kreischend ihre Kreise, ansonsten lagen die Straßen rings um den Palast still da. Der sterbende König lag in den letzten Atemzügen. Bei ihm waren seine Berater und der Prälat seines Reiches, Marat, ein Bruder vom Ersten Tage, der Haukirs Abschied aus dieser Welt beiwohnen und die müden, alten Augen schließen sollte, nachdem sein Geist aus dem Körper entwichen war.

Das Schlafgemach des Königs erwies sich als dunkel und stickig, erfüllt vom Gestank nach Schweiß und altem Fleisch. Wie ein Schiffbrüchiger an einem hellen Strand lag der König auf dem riesigen Himmelbett; eine Reise war so gut wie zu Ende, die nächste stand unmittelbar bevor. Der Prälat, den mancher für Haukirs Bruder väterlicherseits hielt, wischte den Speichel weg, der in einem Rinnsal vom Mundwinkel des Königs in den schlohweißen Bart troff. Einige meinten, es wäre das Fieber, das Haukir sich auf der Rückreise vom Konklave der Könige in Vol Ephrir zugezogen hatte; andere munkelten, es wäre eine Herzattacke, verursacht durch Haukirs Wutanfall über seine ketzerischen jungen Kollegen. Was auch immer der Wahrheit entsprach, auf jeden Fall lag Haukir nun abgemagert und bewegungsunfähig in den sauberen Leinenlaken, während der Atem pfeifend durch seine Kehle rasselte.

Der König gab den versammelten Anwälten, Höflingen und Geistlichen ein Zeichen und entließ sie aus der Kammer. Zurück blieben nur Prälat Marat, der Oberste Ratgeber des Königs, und ein mit Tinte und Papier beladener königlicher Schreiber, der sich, ganz allein in derart erhabener Gesellschaft, sichtlich unwohl fühlte.

Draußen kreischten die Möwen, und aus der Ferne war das Gemurmel der Stadt zu vernehmen, die Geräusche einer anderen Welt, die wie durch einen Filter an die Ohren der Versammelten drangen. Haukir bedeutete ihnen, näher zu kommen.

»So steht nun also mein Ende bevor«, krächzte er mit einem armseligen Abklatsch seiner früheren Herrscherstimme. »Und ich fürchte mich nicht. Ich werde meinem Schöpfer gegenübertreten und der Gemeinschaft der Heiligen begegnen, allen voran dem Heiligen Ramusio. Doch etwas muß noch getan werden, bevor ich diese Welt verlasse. Ich muß Vorkehrungen für das künftige Wohlergehen meines Reiches treffen und sicherstellen, daß es sich auch weiterhin dem Schutz des wahren Glaubens anvertraut, zu dem ich mich stets bekannt habe. Almark muß in diesem Zeitalter der Ketzerei und des Krieges stark bleiben. Ich möchte meinen Letzten Willen ändern ...«

Er schloß die Augen und schluckte schmerzerfüllt. Der Oberste Ratgeber des Königs stupste den Schreiber, woraufhin dieser hastig den Federkiel in das Tintenfaß tauchte, das von einem Knopfloch hing.

»Die Hauptbestimmungen, die ich zuvor formulierte, setze ich außer Kraft. Nur die Nebenbestimmungen meines vorherigen Testaments sind einzuhalten. Ich ernenne Prälat Marat, meinen Obersten Ratgeber Erland und ...« Er verstummte und blickte den Schreiber an. »Wie lautet dein Name, Mann?«

»F-Finnson von Gebir, wenn Ihr gestattet, Majestät.«

»Und Finnson von Gebir zu meinen Zeugen, an diesem, dem fünfzehnten Tag des Forgist, im Jahre des Heiligen Fünfhundertundeinundfünfzig.«

Der röchelnde Atem ging immer schneller. Der König

hustete Schleim, den Marat behutsam wie eine Amme fortwischte.

»Da ich keine leiblichen Nachkommen besitze, die mir der Bürde der Krone gewachsen erscheinen, und da ich sehe, wie die Welt um mich herum immer tiefer in Anarchie und Ketzerei versinkt, vertraue ich hiermit die almarkanische Krone der Obhut der Heiligen Kirche an. Meinen geschätzten Beichtvater, Prälat Marat, ernenne ich zum Herrscher des Reiches, bis der Pontifex Maximus, Seine Heiligkeit Himerius von Hebrion, eigene Vorkehrungen für die Regentschaft des Königreiches treffen mag. So wie ich meine Seele Gott überantworte, überantworte ich mein Land dem Schoß der irdischen Vertreter Gottes, und ich vertraue darauf, daß sie über Almark wachen werden, wie der Heilige über meine pilgernde Seele auf dem Weg in die Herrlichkeit des Himmels wachen wird ...«

Erschöpft sank Haukirs Kopf tief in das Kissen zurück. Schweiß glitzerte auf seinem Antlitz, seine Lippen waren blau.

»Sag mich von meinen Sünden los, Marat. Bereite mich auf die Reise vor«, flüsterte er, und während der Prälat ihm den letzten Segen erteilte, wandte der Oberste Ratgeber sich dem Schreiber zu und zischte mit gedämpfter Stimme: »Hast du alles?«

Immer noch vor sich hin kritzelnd, nickte der Schreiber. Marat schloß den Segen ab und hielt inne.

»Leb wohl, Bruder«, sagte er leise. Dann schloß er die blicklosen Augen und faltete die Hände über der reglosen Brust.

»Der König ist tot«, verkündete er.

»Seid Ihr sicher?« erkundigte sich der Oberste Ratgeber.

»Selbstverständlich bin ich sicher! Ich kenne den Anblick von Toten! Und jetzt laßt diesen Narren eine Abschrift des geänderten Testaments anfertigen. Ich will, daß weitere Abschriften erstellt und auf dem Marktplatz angeschlagen werden. Und hißt die schwarze Flagge. Ihr wißt, was zu tun ist.«

Einen Augenblick starrte der Oberste Ratgeber den Geistlichen an. Eine ungewisse Spannung knisterte in der Luft zwischen ihnen. Dann sank er auf ein Knie und küßte den Ring des Prälaten. »Ich grüße den neuen Herrscher von Almark.«

»Schickt mir einen Kurier und einen anderen Schreiber. Ich muß sofort eine Nachricht nach Charibon senden.«

»Die Schneefälle ...«, setzte der Oberste Ratgeber an.

»Kümmert Euch nicht um die Schneefälle, sondern tut, was ich Euch sage. Und scheucht diesen tintenbekleckssten Dummkopf hinaus. In einer Stunde haben sich der Adel und der Garnisonskommandeur im Audienzsaal einzufinden.«

»Wie Ihr befehlt«, erwiderte der Oberste Ratgeber mit tonloser Stimme.

Er und der Schreiber verließen den Raum. Der Prälat blieb alleine bei dem toten König zurück. Schon vernahm er aus den Kammern unter sich das Gemurmel der dort versammelten Würdenträger, das vom Erscheinen der beiden Männer ausgelöst wurde.

Marat neigte den Kopf und versank eine Zeitlang schweigend im Gebet. Ungebrochen drangen die trostlosen Schreie der Möwen durch die geschlossenen Fenster des Gemachs. Dann erhob er sich, trat an eines der Fenster und öffnete die Läden, auf daß die klare Seeluft ins Zimmer strömen und den Gestank des Todes vertreiben konnte.

Alstadt, der große, derbe, betriebsame und bedeutendste Hafen des Nordens. In einem trüben Nieselregen, vom Rauchschleier Dutzender Holzfeuer verhangen, erfüllt vom Leben Zehntausender Menschen, lag die Stadt vor ihm. Und dahinter erstreckte sich das

Königreich Almark, mit seinen pferdereichen Ebenen und seinen Armeen von Kürassieren. Himerius würde hochzufrieden sein; besser hätten die Dinge sich kaum entwickeln können. Auch andere würden sehr zufrieden sein.

Marat wandte sich vom kalten Fenster ab und starrte auf den Leichnam des Königs hinunter. Ein gelbes Leuchten trat in seine Augen, das ganz und gar nichts Menschliches an sich hatte.

Kapitel 20

Sie stellten einen merkwürdigen Haufen dar, das mußte Corfe sich eingestehen. Keiner von ihnen hatte je gelernt, wie man in Reih und Glied stand, Waffen präsentierte oder Habachtstellung einnahm. So glichen die Männer einer wuselnden, unförmigen Menge, einer Formation, wie sie unmilitärischer kaum sein konnte.

Gekleidet waren sie in verbeulte, durchlöcherte und rostige Merduk-Rüstungen jeder Form und Art. Die meisten aber hatten sich die Kriegsharnische der *Ferinai* ausgesucht, der schwer bewaffneten Kürassiere des Ostens, da diese die beste Qualität aufwiesen. Vielleicht rührte es auch irgendeine Saite im Innern dieser ungebändigten Männer, denn die *Ferinai*-Rüstungen waren die von Reitern, und auch sie waren einst Reiter gewesen. Vor langer Zeit hatten ihre Väter und Großväter die Küstensiedlungen der Torunnen überfallen; auf ihren langgliedrigen, schwarzen Pferden waren sie aus den Gebirgsausläufern heruntergesprescht – Pferde, die das Ergebnis geheimer Züchtungen hoch droben in abgeschiedenen Dörfern gewesen waren. Diese Männer sollten berittene Soldaten sein. Doch Corfe vermochte ihnen ebensowenig Pferde zu verschaffen, wie er ihnen Flügel zaubern konnte, deshalb mußten sie zu Fuß in den fremdländischen Rüstungen in die Schlacht ziehen.

Rüstungen, die durch die freiwillig aufgemalte, rote Farbe noch seltsamer wirkten. Mit kindlichem Vergnügen spritzten die Stammeskrieger sie auf die Rüstungen und bewarfen einander mit blutähnlichen Klumpen. Eine Schar schwarz gekleideter torunnischer Soldaten hatte sich auf dem Hof der Quartiermeisterei versammelt und schüttete sich aus vor Lachen, während sie beobachtete, wie die Wilden aus den Bergen, diese ehemaligen Galeerensklaven, sich ankleideten.

Als sie das torunnische Gelächter vernahmen, wurden die Stammeskrieger stumm wie Fische. Ein Säbel wurde aus der schmalen Scheide gezogen, und Corfe mußte dazwischengehen, um einen Streit zu vermeiden, der sich rasch in eine Schlacht reinsten Wassers verwandelt hätte. Er befahl Marsch, seine Kameraden zu beruhigen, woraufhin der riesenhafte Wilde ihnen in ihrer Muttersprache eine Standpauke hielt. Marsch war eine furchteinflößende Gestalt: Irgendwo hatte er den Helm eines Offiziers der Merduks gefunden, den ein Paar nach hinten gekrümmter Hörner und ein schnabelähnlicher Nasenschutz schmückten. Mit der roten Farbe wirkte er wie die Verkörperung eines primitiven Kriegsgottes auf der Suche nach Jüngern.

»Da ist jemand, der Euch sehen möchte, Herr«, sagte Fähnrich Ebro zu Corfe, als dieser den schweren Merduk-Helm abnahm und sich den Schweiß aus dem Gesicht wischte. Auch Ebro trug den fremdländischen Harnisch und fühlte sich darin sichtlich unwohl.

»Wer ist es?« fuhr Corfe ihn an, während er sich den salzigen Schweiß aus den Augen rieb.

»Jemand, der mit dir Pulverrauch geschnuppert hat, Oberst«, antwortete eine andere, vertraute Stimme.

Corfe wirbelte herum und erblickte Andruw, der ihm grinsend die Hand entgegenstreckte. Überschwenglich ergriff und schüttelte er sie und rief erfreut aus: »Andruw! Was, um alles in der Welt, tust du denn hier?«

»Dieselbe Frage habe ich mir auch schon gestellt. Womit habe ich das nur verdient? Aber wie dem auch sei – offenbar bin ich dein neuer Adjutant. Für welche Untat ich damit bestraft werden soll, weiß ich nicht.«

Die beiden Männer lachten, während Ebro stocksteif und vergessen daneben stand. Corfe besann sich seiner Manieren.

»Fähnrich Ebro, darf ich vorstellen ... Welchen Rang haben sie dir denn verpaßt, Andruw?«

»Hauptmann, für meine Sünden.«

»Da haben wir's. Hauptmann Andruw Cear-Adurhal, vormals Artillerieoffizier und Kommandeur der Wachturmbatterien der Feste von Ormann.«

Ebro musterte Andruw mit neuem Respekt und verbeugte sich. »Es ist mir eine Ehre.«

»Gleichfalls.«

»Aber was tust du denn so weit von der Senke weg?« fragte Corfe seinen alten Freund. »Ich dachte, dort bräuchte man jeden verfügbaren Kanonier.«

»Ich wurde mit Depeschen nach Torunn gesandt. Wie ich höre, hast du um Offiziere ersucht und die Musterungsbeamten mit deinen Forderungen fast in den Wahnsinn getrieben. Die Burschen waren offenbar der Meinung, du würdest sie endlich in Ruhe lassen, wenn sie mich dir zuteilten.«

»Und wie ist die Lage in der Feste? Kann man dich dort überhaupt entbehren?«

Andruws Frohsinn wirkte ein wenig getrübt. »Dort mangelt es an allem und jedem, Corfe. Martellus verliert vor Sorge fast den Verstand, obwohl er es wie immer gut zu verbergen versteht. Wir erhielten keine Verstärkung, um unsere Verluste auszugleichen, und die Versorgung liegt seit Wochen lahm. Wir sind eine vergessene Armee.«

Während er sprach, schielte Andruw zu den sonderbar gekleideten Wilden, die Corfes Kommando darstellten. Corfe bemerkte den Blick und meinte sarkastisch: »Und wir sind die Armee, die man am liebsten vergessen würde.«

Eine Pause entstand. Schließlich fragte Andruw: »Hast du schon deinen Marschbefehl? Wohin ziehen wir mit unserer knalligen Herde?«

»Nach Süden«, erwiderte Corfe mit verächtlichem Unterton. »Ich sollte dich besser warnen, Andruw: Der König erwartet, daß wir im Kampf gegen die Rebellen im Süden eine vernichtende Niederlage erleiden. Wir spielen in seinen Plänen eine höchst geringe Rolle.«

»Daher die eigenartige Aufmachung.«

»Etwas anderes wollte man mir nicht geben.«

Andruw rang sich ein Grinsen ab. »Wie heißt es doch so schön? Je schlechter die Aussichten, desto größer der Ruhm. Das haben wir in der Feste von Ormann bewiesen, Corfe. Und wir werden es wieder tun, beim Barte Ramusios!«

Später am Nachmittag meldete Corfe sich im Stabshauptquartier, um die genauen Befehle entgegenzunehmen, mit denen er sein Kommando in die erste Schlacht führen sollte. Überall irrten Offiziere mit prächtigen Schärpen und geschäftige Adjutanten umher. Kuriere kamen und gingen, und der König hatte sich mit seinen ranghöchsten Beratern zu einer Besprechung zurückgezogen. Niemand schien sich an irgendwelche Befehle für Oberst Cear-Inaf und sein Kommando zu erinnern; eine endlose halbe Stunde verstrich, ehe einer der Beamten sie schließlich fand: eine unversiegelte Schriftrolle mit einer gekritzelten, unleserlichen Unterschrift und einem hastig aufgedrückten königlichen Signet auf rotem Wachs. Verfaßt waren die Befehle im gestelzten Stil des Militärs fern der Front.

Hiermit seid Ihr angewiesen und verpflichtet, die Eurem Kommando unterstehenden Truppen nach Süden in die Stadt Hedeby an der kardischen See zu führen und dort die Gefolgsmänner des Verräters Herzog Ordinac im offenen Kampfe zu stellen, sie zu vernichten und in den Lehen die Treue zum rechtmäßigen Monarchen wiederherzustellen. Ihr habt in angemessener Eile und Sorgfalt zu marschieren und nach Erfüllung Eurer Mission die Stadt Hedeby zu besetzen und weitere Befehle zu erwarten.

Auf Befehl des torunnischen Kriegsstabs, für Seine Hoheit, König Lofantyr.

Das war alles. Kein Wort über Zusatztruppen, Zeitpläne, Vorräte – all die hundert Kleinigkeiten, die man wissen mußte, um ein militärisches Unternehmen ordnungsgemäß durchzuführen. Das Schreiben enthielt noch nicht einmal Angaben über die Stärke und Zusammensetzung des Feindes. Corfe zerknüllte das Schreiben zu einem Ball und stopfte ihn unter die Brustplatte. Sein Blick ließ das leise Gekicher der Beamten verstummen. Zweifellos hatten sie von seinen merkwürdigen Soldaten und ihren noch merkwürdigeren Rüstungen gehört.

»Ich bestätige hiermit den Empfang meiner Befehle«, erklärte Corfe mit grabeskalter Stimme. »Teilt dem Stab bitte mit, daß mein Kommando beim Morgengrauen aufbricht.«

Er wandte sich zum Gehen, und erst als er die Tür erreichte, meinte einer der Beamten: »Herr … Oberst? Hier habe ich eine weitere Nachricht für Euch. Keine offiziellen Befehle, Ihr versteht. Eine Hofdame brachte sie heute nachmittag.«

Wortlos nahm Corfe die zweite Nachricht entgegen,

umklammerte das Schreiben mit der Faust und verließ den Raum. Kaum hatte er die Tür hinter sich geschlossen, hörte er drinnen das Gemurmel und Gelächter der Beamten, und sein Gesicht verwandelte sich in eine Grimasse des Zorns.

Die Mitteilung stammte von Königin Dowager, die ihn für diesen Abend um die achte Stunde in ihre Gemächer befahl. Also mußte er auch noch bei einer ränkeschmiedenden Frau antanzen, während er sich darauf vorbereitete, eine unerprobte und jämmerlich ausgerüstete Truppe in die Schlacht zu führen. Sein erstes unabhängiges Kommando. Großer Gott!

Es wäre besser gewesen, wenn ich in Aekir gestorben wäre, ging es Corfe durch den Kopf. In Ehre und Kameradschaft mit meinen Landsleuten. In der Gesellschaft der Heiligen hätte ich meine Heria getroffen, und wir könnten die Ewigkeit miteinander teilen.

Oh, großer Gott.

Aus einem plötzlichen Antrieb heraus schweifte er vom Weg zurück in die Kasernen ab, wo seine Männer untergebracht waren. Corfe fühlte sich müde und verbraucht, empfand jeden Schritt als kleinen Kampf. Er war zu erschöpft, um weiterzumachen.

Ohne bestimmtes Ziel vor Augen schlenderte er eine Zeitlang durch die Stadt, doch ein Teil von ihm mußte eine sehr genaue Vorstellung davon gehabt haben, wohin er sich wenden sollte, denn unvermittelt stand er vor der Ordensabtei, wie sie nunmehr genannt wurde, wenngleich sie einst ausschließlicher Hauptsitz des Ordens vom Ersten Tage gewesen war. Doch das war zu der Zeit gewesen, bevor Macrobius in die Stadt kam und die schwarzkuttigen Raben nach Charibon davongeflogen waren, statt den Ring eines Mannes zu küssen, den sie als Hochstapler betrachteten, als Häresiarchen. Nun galt die Abtei als Palast des Pontifex Maximus, besser gesagt als Palast eines der beiden Pontifizes.

Corfe wurde von einem jungen Antillianer-Novizen mit weißer Kapuze und graubrauner Kutte empfangen. Als dieser ihn nach seinem Begehr fragte, antwortete Corfe, er sei hier, um den Pontifex zu sprechen. Der Antillianer trippelte davon.

Kurz darauf kam ein älterer Mönch desselben Ordens aus einer nahen Tür, ein großer, schlanker Mann mit einem schmalen Bärtchen und schmutzigen Füßen, die unter der Kutte auf dem Boden klatschten.

»Ich höre, Ihr wünscht den Pontifex zu sprechen«, meinte er übertrieben höflich. »Darf ich fragen, was Ihr von ihm wollt, Soldat?«

Corfe hätte mit dieser Frage rechnen müssen. Er durfte wohl kaum erwarten, den Führer der Kirche sprechen zu dürfen, ohne daß er ein Anliegen hatte. Viel Wasser war unter so mancher Brücke hindurchgeflossen, seit Macrobius und er auf der alptraumhaften Flucht aus Aekir eine Rübe geteilt hatten. Seither war Macrobius zu einer der Galionsfiguren der Welt aufgestiegen.

»Mein Name ist Corfe«, antwortete er. »Wenn Ihr Seiner Heiligkeit sagt, daß ich hier bin, wird er mich empfangen, dessen bin ich gewiß.«

Der Mönch wirkte gleichermaßen erstaunt und belustigt. »Ich will sehen, was ich tun kann«, meinte er. »Wartet hier.« Damit verschwand er.

So stand Corfe im Vorhof der Abtei und drehte Däumchen, während er wie ein Bettler auf eine milde Gabe wartete. Ein dumpfer Groll stieg in ihm auf, ein träger Zorn, der sich zu seinem ständigen Begleiter zu entwikkeln schien.

Der Mönch kam mit einem Bruder vom Ersten Tage zurück, einer dicklichen Gestalt in wallenden Gewändern. Offenbar war der Mann in der Stadt geblieben, um sein Glück beim neuen Pontifex zu versuchen, während seine Brüder sich aus dem Staube gemacht hatten. Sein Mund ähnelte einer feuchten Rose, über der eine fleischige Nase hing. Die Augen saßen tief in den Höhlen, darunter prangten dunkle Ringe. Das Gesicht eines Wüstlings, dachte Corfe säuerlich.

»Seine Heiligkeit ist im Augenblick zu beschäftigt, um jemanden zu empfangen«, erklärte der Bruder vom Ersten Tage. »Ich bin Monsignor Alembord, Leiter des päpstlichen Stabes. Wenn Ihr ein Anliegen habt, das Ihr dem Heiligen Vater vorbringen wollt, so könnt Ihr dies durch mich tun. Also, was ist Euer Begehr?«

Corfe besann sich eines blinden alten Mannes, aus dessen leeren Augenhöhlen Schlamm tropfte. Ein Mann, den er unter Einsatz des eigenen Lebens vor dem Tod gerettet hatte. Er erinnerte sich daran, wie er und Macrobius unter einem kaputten Karren Schutz gesucht und beobachtet hatten, wie der Regen auf die Zehntausenden von Heimatlosen herunterprasselte, die auf der Straße nach Westen durch den Schlamm wateten.

»Sagt Seiner Heiligkeit, ich hoffe, er hat die Rübe nicht vergessen.«

Die beiden Geistlichen starrten Corfe an, dann schlossen sie die Münder und bedachten ihn mit finsteren Blikken.

»Verlaßt diesen Ort auf der Stelle«, forderte Alembord ihn mit bebendem Unterkiefer auf. »Niemand macht sich über den Führer der Heiligen Kirche lustig. Geht, oder ich lasse Euch von unseren Rittern vor die Tür setzen.«

»Ritter? Also schart ihr sie neuerlich um euch, nicht wahr? Alles fängt wieder von vorne an. Bestellt Macrobius, daß Corfe nichts vergessen wird – und daß auch er nichts vergessen sollte.«

Der abtrünnige Bruder vom Ersten Tage klatschte in die Hände und rief nach den Rittern, doch Corfe hatte bereits auf dem Absatz kehrtgemacht und marschierte durch das Tor. Ein seltsames Gefühl der Trauer regte sich in seiner Brust. Es war zwar lächerlich, doch es fühlte sich an, als hätte er einen guten Freund verloren.

Den Rest des Tages verbrachte Corfe im verschlungenen Labyrinth von Verwaltungsangelegenheiten und befaßte sich mit Problemen, in die er sich verbeißen konnte, bis sie gelöst waren. Das half, denn dadurch verging die Zeit schneller, außerdem lenkte es ihn von anderen Dingen ab.

Durch Drängen und Schmeicheln gelang es Corfe, der Intendantur eine Wochenration für den Marsch seiner Männer nach Süden abzuringen. Dann unterteilte er sein Kommando in fünf unterbesetzte Hundertschaften, für die er je einen von Marsch empfohlenen Mann zum Anführer ernannte, oder *Rimarc*, wie es in ihrer Sprache hieß. Marsch beförderte er zu einer Art Fähnrich, was Ebro zur Weißglut trieb. Als Adjutant wurde Andruw mit der Dienstplanerstellung und der Organisation des Kommandos beauftragt.

Zwölf Mann mußten als untauglich ausgemustert werden. Der Dienst auf den Galeeren hatte sie so vollständig zerbrochen, daß sie nie wieder aktiven Dienst leisten konnten. Diese Männer ließ Corfe ziehen. Er händigte ihnen ihre Rationen aus und riet ihnen, nach Hause zu gehen, zurück in die Berge. Doch sie zögerten, denn – wie Marsch Corfe erklärte – sie hatten gemeinsam mit dem Rest den Eid geschworen und würden bis zu ihrem Tod daran gebunden bleiben. Also bat Corfe die Männer, in ihren Dörfern als Rekrutierungsvermittler für ihn zu arbeiten und ihm eine Nachricht zu übermitteln, wie viele weitere Stammeskrieger bereit wären, im Frühjahr unter Corfes Banner zu dienen. Mittlerweile wußte er, daß Lofantyr ihm niemals reguläre torunnische Truppen überlassen würde. Er mußte sein Kommando selbst erhalten.

Es bedurfte einiger Überlegungen, wie das Banner aussehen sollte, unter dem sie kämpfen würden. Die Stammeskrieger waren Heiden und hätten sich dagegen gewehrt, unter den Heiligenbildern zu kämpfen, die bevorzugt die Banner der ramusischen Armeen zierten, selbst wenn man ihnen ein solches Banner zugestanden hätte. Schließlich löste Corfe das Problem auf seine Weise und ließ eine Näherin der Garnison eine geeignete Fahne auftreiben. Das Banner wurde hastig angefertigt und wirkte folglich ziemlich grob entworfen, machte sich aber durchaus gut an der Spitze des zwölf Fuß langen Flaggenstabs. Helles, scharlachrot gefärbtes Leinen, die Farbe des Sonnenunterganges, und in der Mitte schwarz der gezackte Umriß der Kathedrale von Carcasson in Aekir. So hatte Corfe das Gotteshaus zuletzt gesehen, als dunklen Schatten vor einem lodernden Himmel, und auch die Stammesangehörigen zeigten sich zufrieden damit, denn in ihren Augen glich das Symbol einer Darstellung Kerunnos', jenes gehörnten Gottes, dem sie vor allen anderen huldigten. Torunnische Soldaten, die das Banner träge in der Brise wallen sahen, erkannten nur den Umriß der Kathedrale, nicht aber die andere, ketzerische Bedeutung. Bald sollten Corfes Männer wegen jener Standarte einen Namen erhalten: die ›Kathedraler‹.

Mittlerweile neigte Corfes letzter Tag in Torunn sich dem Ende zu. Die Sonne war hinter den weißen Gipfeln der Berge von Cimbric im Westen verschwunden. Andruw kümmerte sich um die letzten Einzelheiten, was die Organisation der Truppe betraf. Corfe machte sich auf den Weg in den Königspalast zu seiner Audienz bei Königin Dowager. Dabei war er in Gedanken so sehr in die Ereignisse des vergangenen Tages und in die Planung des bevorstehenden versunken, daß er vergaß, die scharlachrote Merduk-Rüstung abzulegen, und so stapfte er damit durch die Gänge der königlichen Gemächer, sehr zur Verblüffung und Bestürzung der Lakaien und Höflinge.

»Laß uns allein«, befahl Königin Dowager Odelia scharf, nachdem ein erstaunter Türhüter Corfe in ihre Kemenate geleitet hatte.

Diesmal befanden sie sich nicht in der kreisrunden Kammer, sondern in einem großen, saalähnlichen Gemach, in dem ein riesiger Kamin eine Wand für sich beanspruchte. Holzscheite, so dick wie Corfes Hüften, brannten darin, und eiserne Kaminböcke zeichneten sich als Silhouetten vor dem Hintergrund der Flammen ab. Das Feuer stellte das einzige Licht im Raum dar. Corfe vernahm das leise Knarren der Dachsparren, die sich zu hoch an der Decke befanden, als daß man sie zu sehen vermochte. Schwere Vorhänge verschleierten die Wände und das gegenüberliegende Ende des Zimmers. Auf dem Boden lagen Teppiche, die sich nach dem Marsch über die Steinböden der Palastkorridore besonders weich unter den Stiefeln anfühlten. Von dampfenden Räuchergefäßen, die an langen Ketten von der Decke hingen, ging ein süßlicher Duft aus. Funkelnd fing sich der Schein des Feuers in Kristall, das sich auf dem Tisch befand, und dicht am Kamin standen bequeme Diwans. Der Raum entsprach durch und durch Corfes Vorstellung von den Gemächern eines Sultans – voller Polster, mit Wandvorhängen überladen; kaum irgendwo war kahler Stein zu sehen. Er nahm den barbarischen Helm ab und verbeugte sich vor der Frau mit dem goldenen Haar, deren Haut im Kaminlicht zu glänzen schien.

»Ihr seht aus wie ein Schreckgespenst, das Kindern Angst einjagen soll, Corfe«, meinte Odelia in dem ihr eigenen, tiefen Tonfall. Ihre Stimme war dunkel wie Heidekrauthonig, konnte jedoch auch schneidend wie ein Messer sein.

»Um Himmels willen, so nehmt doch diese Rüstung ab. Hier braucht Ihr keinen Angriff zu befürchten. Woher, um alles in der Welt, habt Ihr diese Rüstung überhaupt?«

»Wir müssen mit dem auskommen, was wir uns beschaffen können, Herrin«, erwiderte Corfe und legte die Stirn in Falten, während er mit den Fingern nach den Haltebändern und Schnallen suchte. Er hatte sich noch nicht an die Eigenheiten dieser Rüstung gewöhnt, und so wand und krümmte er sich in dem Bemühen, sie abzulegen.

Königin Dowager lachte, als sie ihn beobachtete. »Letzten Frühling hatten wir einen Schlangenmenschen hier, der den Hof mit seinen Possen unterhalten sollte. Ich versichere Euch, Oberst, Ihr stellt ihn mühelos in den Schatten. Wartet, laßt mich Euch helfen.«

Begleitet vom leisen Geraschel ihres Kleids, stand sie auf, und Corfe hätte schwören können, etwas Schwarzes darunter hindurchhuschen und in den Schatten jenseits des Feuerscheins verschwinden gesehen zu haben. Er hielt spähend inne; dann aber stand Odelia bereits vor ihm, und die behenden Finger der Königin tasteten die Rüstung nach den Bändern ab, um sie zu lösen. Einen Lidschlag später hatte sie Corfe Rücken- und Brustpanzer abgenommen. Mit dumpfem Poltern fiel beides auf den Teppich. Dann geschah in rascher Folge das gleiche mit den Wämsen, dem Wehrgehenk, an dem Corfes Säbel hing, dem Harnischkragen, den Schulterplatten, dem Hüftschutz und den Panzerhandschuhen. Bald stand Corfe inmitten eines funkelnden Metallhaufens und fühlte sich merkwürdig bloßgestellt. Unvermittelt wurde ihm bewußt, daß er die an seinem Körper tastenden Hände der Königin durchaus genossen hatte, und er verspürte fast Enttäuschung, als sie von ihm zurücktrat.

»So! Nun könnt Ihr Euch wie ein normaler, wenngleich jämmerlich gekleideter Mensch setzen und ein Gläschen mit mir trinken. Was ist mit den feinen Gewändern geschehen, die ich vom Schneider für Euch anfertigen ließ?«

»Dies hier ist meine Feldkleidung«, antwortete Corfe

verlegen. »Beim Morgengrauen marschiere ich mit meinem Kommando los.«

»Ah, ich verstehe. Aber jetzt setzt Euch erst einmal, und nehmt Euch Wein. Steht nicht da wie ein Grabmahl.«

Diesmal verhielt Odelia sich anders, geradezu kokett, während sie beim letzten Zusammentreffen angespannt, ja, gefährlich gewirkt hatte. Im sanften Licht des Feuers mochte man sie fast für eine junge Frau halten, einzig die Venen, die deutlich an den Handrücken hervortraten, wiesen verräterisch auf ihr Alter hin.

Corfe nippte am Becher, schmeckte den Wein aber kaum. Das Feuer knisterte und fauchte wie eine Katze. Corfe überlegte, ob er es wagen sollte, die Königin zu fragen, weshalb sie ihn herbestellt hatte.

»Der König weiß, daß ich Euer ... Schützling bin«, sagte er, als sie ihm gegenüber Platz nahm, so als erwartete sie, daß er begann. Sie blickte ihn beängstigend offen an. Ihre Augen schienen die Worte aus ihm herauszusaugen. »Ich bezweifle, daß es ihm gefällt.«

»Natürlich gefällt es ihm nicht. Er ärgert sich darüber, was er als Einmischung meinerseits in seine Angelegenheiten betrachtet, obwohl es meine Angelegenheiten waren, bevor er geboren wurde. Wie Ihr mittlerweile wissen solltet, gelte ich in diesem Königreich weder als Galionsfigur noch als bedeutende Persönlichkeit. Doch ebensowenig bin ich die verborgene Macht hinter dem Thron. Endlich wächst Lofantyr in die Krone hinein, und das ist durchaus gut so. Aber gelegentlich braucht er dennoch jemanden, der ihm über die Schulter blickt. Das ist die Bürde, die ich auf mich nahm.«

»Ihr hättet damit meine Laufbahn zerstören können, Herrin.«

»Unsinn. Ich wußte, daß Ihr Eure Männer auf die eine oder andere Weise ausstatten würdet. Ebenso bin ich überzeugt, daß Ihr und Euer Kommando Euch in der bevorstehenden Schlacht bewundernswert schlagen werdet. Und falls nicht, so seid Ihr meiner Aufmerksamkeit ohnehin unwürdig, und ich muß mich nach einem neuen, vielversprechenden Soldaten umsehen, den ich in meine Obhut nehme.«

»Ich verstehe«, meinte Corfe steif.

»Wir alle sind ersetzbar, Corfe, selbst diejenigen von uns, die eine Krone tragen. Das Wohl Torunnas, des gesamten Westens, muß an erster Stelle kommen. Dieses Königreich braucht fähige Offiziere, keine Speichellekker, die zu jedem von Lofantyrs Vorschlägen ja und amen sagen.«

»Ich bin nicht sicher, wieviel ich mit meinen fünfhundert Wilden im Süden erreichen kann.«

»Ihr werdet tun, was man Euch auftrug. Hört zu: Lofantyr hat damit begonnen, den in seinen Augen wirklichen Feldzug vorzubereiten, mit dem er die aufständischen südlichen Lehen in die Knie zwingen will. Befehlshaber wird ein gewisser Oberst Aras sein, der in einer Woche oder zehn Tagen aufbricht. Mit zweitausend Infanteristen, fünfhundert berittenen Soldaten und einem Zug von sechs Kanonen.«

Corfe blickte sie grimmig an. »Eine beachtliche Streitmacht.«

»Ja. Ihr werdet ausgesandt, um Euch bei Hedeby um Ordinac zu kümmern – keiner der bedeutendsten Rebellen, aber der König ist der Meinung, Ordinac würde mehr als ausreichen, um Euren kunterbunten Haufen zu besiegen; immerhin kann der Herzog gut tausend Mann in die Schlacht schicken. Sobald Ihr vernichtend von ihm geschlagen wurdet, soll Oberst Aras mit seinem Kommando an der Front erscheinen, den Kampf weiterführen, Euch in Schimpf und Schande in die Hauptstadt zurückschicken und mit dem eigentlichen Feldzug beginnen, dessen Ziel die Unterwerfung von Herzog Narfintyr von Staed ist.«

»Wie ich sehe, hat der König alles im voraus geplant«, meinte Corfe. »Gibt es denn überhaupt Hoffnung für meine Männer?«

»Ich kann Euch nur soviel raten: Ihr müßt Ordinac rasch besiegen und nach Staed weiterziehen. Oberst Aras hat denselben Rang wie Ihr, also kann er Euch keine Befehle erteilen. Wenn Ihr gleichzeitig mit ihm in Staed eintrefft, muß er die Leitung des Feldzuges mit Euch teilen, wodurch sich die Erfolgsaussichten für Euch und Eure Männer erhöhen.«

»Wie schätzt Ihr meine Erfolgsaussichten denn ein, Herrin?«

Sie lächelte. »Ich habe es Euch schon einmal gesagt, Corfe: Ihr seid ein Günstling des Glücks. Und um Euch bei diesem Wagnis auszuzeichnen, werdet Ihr all Euer Glück brauchen.«

»Ist dies eine Prüfung, die Ihr mir durch den König habt auferlegen lassen?«

Sie beugte sich dichter an ihn heran. Der Schein der Flammen verwandelte ihre Züge in ein Schattenlabyrinth und entfachte grüne Feuer in ihren Augen. Corfe fühlte ihren Atem auf der Haut.

»Es ist eine Prüfung, ja. Aber ich verspreche Euch, Corfe, wenn Ihr sie besteht, erwarten Euch größere Aufgaben.«

Unvermittelt ergriff sie Corfes abgetragenen Kasack und zog ihn an sich. Sie küßte ihn auf die Lippen, sanft zuerst, dann immer leidenschaftlicher. Ihre Augen standen offen und schienen über sein Erschrecken zu spotten, was ihn plötzlich in Rage versetzte. Er grub die Fäuste in Odelias Haar, das um ihren Nacken wallte, und preßte ihren Mund auf den seinen.

Und dann wälzten sie sich auf dem mit dicken Teppichen ausgelegten Boden, und Corfe riß den Brustteil ihres Kleides auf, während ihr Gelächter in seinen Ohren dröhnte. Knöpfe flogen wie aufgescheuchte Grillen durch die Luft. Der schwere Brokat widerstand sogar Corfes kräftigen Fäusten, und Odelia zuckte in seinem Griff hin und her, während er versuchte, ihr das Gewand vom Leib zu reißen.

Plötzlich wurde ihm die wahnwitzige Unglaublichkeit seiner Lage bewußt, und er ließ von ihr ab. Die beiden verharrten auf dem Teppichboden und blickten einander an. Odelias Brüste lagen frei – die runden Brüste einer Frau, die einst ein Kind gesäugt hatte. Ihr Kleid war bis zum Nabel aufgerissen, ihr Haar ergoß sich wallend um die Schultern, glänzend wie gesponnenes Gold. Schelmisch grinste sie ihn an. Sie wirkte unglaublich jung, energiegeladen, lebendig. Corfe sehnte sich danach, sie neuerlich zu spüren.

Diesmal kam sie auf ihn zu und streifte das Kleid so mühelos ab, als handelte es sich um einen seidenen Umhang. Odelia besaß überraschend breite Hüften, doch ihr Bauch war straff; ihre Hände fühlten sich wie Samt an, als sie die seinen berührten. In vollen Zügen genoß Corfe die Empfindung – eine Empfindung, die er in dem lodernden Gewirr, das sein Leben seit einiger Zeit darstellte, nahezu vergessen hatte.

Behutsam erforschte er ihren Leib, das weiche Fleisch, die samtene Haut, und als sie sich schließlich vereinigten, geschah es überaus zärtlich. Danach lag er mit dem Kopf an ihrem Busen und weinte, während Erinnerung um Erinnerung über ihn herfiel.

Wortlos streichelte sie sein Haar, und er empfand ihr Schweigen als ungemein angenehm, als Insel der Stille inmitten der tosenden Fluten der Welt.

Ihr Schweigen dauerte an, als Corfe sich erhob und anzog, in den Kasack schlüpfte und die seltsame Rüstung festzurrte. Das Morgengrauen hatte eingesetzt, obwohl die Sonne noch nicht aufgegangen war. Seine Männer erwarteten ihn.

Als er das Wehrgehenk über den Kopf streifte, erhob sich Odelia, nackt wie sie war, preßte sich gegen das harte Eisen der Rüstung und küßte ihn. Nun aber wirkte sie wieder alt; Furchen waren auf ihrer Stirn zu sehen, winzige Fältchen erstreckten sich fächerförmig rund um die Augenwinkel, und das Fleisch hing schlaff von den Unterarmen. Corfe fragte sich, welcher Zauber die Nacht wohl erfüllt haben mochte, daß diese Frau ihm so jung erschienen war. Offenbar erfaßte sie den Gedanken, denn sie setzte ihr katzengleiches Grinsen auf.

»Dann und wann braucht jeder ein wenig Zärtlichkeit, die Wärme eines anderen Körpers, Corfe. Sogar Königinnen. Sogar alte Königinnen.«

»So alt seid Ihr nicht«, sagte er und meinte es auch so.

Sie tätschelte ihm die Wange, wie eine Tante ihrem Lieblingsneffen. »Geht. Zieht in den Krieg, und macht Euch einen Namen.«

Als Corfe ihre Gemächer verließ, fühlte er sich eigenartig erholt und gesund. So, als hätte sie vorübergehend die blutenden Wunden verschlossen, die ihn peinigten. Er begab sich zu den Exerzierplätzen, wo seine fünfhundert Mannen bereits unter ihrem düsteren Banner warteten. Schweigend standen sie im frühmorgendlichen Licht, gleich Reihen von Statuen. Nur die Atemwölkchen um ihre Münder verliehen ihnen Leben in der kalten Luft.

»Abmarsch«, sagte Corfe zu Andruw, und die Truppe machte sich auf den Weg zu den Schlachtfeldern im Süden.

Kapitel 21

Die Schwadron bot einen verwegenen Anblick, als sie um die Landspitze segelte und in Sicht kam. Kriegskaracken voller Kanonenbänke, vor Soldaten und Marineinfanteristen strotzende *Nefs*, pfeilschnelle Karavellen mit flügelgleichen Lateinersegeln – und an sämtlichen Toppmasten wehten scharlachrote hebrionische Flaggen, an den Besanmasten die dunkleren, burgunderroten Wimpel Admiral Roveros. Als sie die Gruppe am Ufer erblickten, feuerten sie einen Salut ab. Sechsundzwanzig Kanonen begrüßten donnernd ihren König; Pulverrauch stieg von jedem Schiff der Schwadron auf, als die Breitseiten loskrachten. Abeleyn fühlte bei dem Anblick und dem Geschützdonner einen Kloß im Hals. Er war wieder König, kein wandernder Vagabund oder gehetzter Flüchtling mehr. Immer noch hatte er Untertanen, und sein Wort vermochte den donnernden Zorn von Kanonen zu entfachen.

Gleich nachdem die Beiboote das Gefolge des Monarchen an Bord der Schiffe gebracht hatten, verschwanden Abeleyn und Rovero unter Deck. Unverzüglich machte die Schwadron kehrt. Wie anmutig auf dem Wasser treibende Paläste wendete eine der schwerfälligen Karacken nach der anderen. Die kleineren Schiffe folgten ihnen wie eine Schar ängstlicher Sprößlinge.

Sobald Rovero sich mit Abeleyn allein in der Kapitänskabine des Flaggschiffes befand, sank er auf die Knie. Abeleyn aber zog ihn hoch.

»Laßt gut sein, Rovero. Wenn ich in den vergangenen Wochen etwas gelernt habe, dann den Verzicht auf jegliches Zeremoniell. Wie lange werden wir brauchen, um Abrusio zu erreichen?«

»Zwei Tage, Majestät, wenn der Südoster uns erhalten bleibt.«

»Ich verstehe. Und wie stand es um die Stadt, als Ihr abgelegt habt? Wie schlimm ist es?«

»Majestät, möchtet Ihr Euch nicht umziehen und baden? Außerdem habe ich einen Imbiß vorbereiten lassen …«

»Nein. Berichte mir von meinem Königreich, Rovero. Was geht dort vor sich?«

Die Züge des Admirals verfinsterten sich, und er preßte die Worte zischend aus dem schiefen Mund hervor, als schleuderte er einen Fluch auf jemanden hinter ihm.

»Gestern hat Golophins Vogel mir einen Besuch abgestattet. Das Wesen ist fast am Ende seiner Kraft. Wir haben es unten im Laderaum, weil es nicht mehr fliegen kann. Es brachte Neuigkeiten aus Abrusio und dies hier.« Der Admiral reichte Abeleyn eine Schriftrolle, die mit Astaraks königlichem Siegel versehen war. »Selbstverständlich war dies für Euch bestimmt, Majestät, doch der Vogel schaffte es nicht weiter.«

Abeleyn hielt die Schriftrolle so behutsam in den Händen, als könnte sie jeden Augenblick in Flammen aufgehen. »Und Abrusio?«

»Das Arsenal steht in Flammen. Die Pulverlager wurden geflutet, somit droht von dieser Seite keine Gefahr. Und Freiss ist tot. Seine Männer wurden gefangengenommen, kamen im Feuer um oder flohen in die carreridischen Reihen.«

»Das ist wenigstens etwas. Fahrt fort, Rovero.«

»Zwar halten wir uns gut gegen die Verräter und die Glaubensritter, aber wegen des Feuers und der Menschenmassen können wir unsere volle Stärke nicht zum Einsatz bringen. Zwei Drittel unserer Männer bekämpfen die Flammen anstatt der Verräter, oder sie kümmern sich um die Evakuierung der Unterstadt. Wahrscheinlich gelingt es uns, einen Teil des westlichen Arms Abrusios zu retten – die Techniker haben eine saubere Schneise quer durch die Stadt gesprengt –, aber Tausende von Gebäuden liegen bereits in Schutt und Asche, darunter die Trockendocks der Flotte, des Arsenals, der Vorratslager der Marine und der Notsilos, die im Falle einer Belagerung die Bevölkerung ernähren sollten. Abrusio hat sich in zwei Städte geteilt, Majestät: in die Unterstadt, die fast gänzlich zerstört und in unserer Hand ist, und in die Oberstadt, die unversehrt ist, sich aber in den Händen der Verräter befindet.«

Abeleyn dachte an das pulsierende Leben seiner Hauptstadt im Sommer. Das menschenüberfüllte, lärmende, stinkende Treiben in den Straßen, die Häuser und engen Gassen, die Winkel und Ecken, die Tavernen und Geschäfte und Marktplätze der Unterstadt. Als junger Mann – zumindest jünger als heute – hatte er auf der Suche nach Abenteuern Abrusios verrufene Viertel durchstreift, in der Maske eines gewöhnlichen, schmukken Burschen mit reichlich Geld in der Tasche. Nun war alles vernichtet, alles zerstört. Es fühlte sich an, als wäre ein Teil seines Lebens ausgelöscht worden, und nur die Erinnerungen hielten das Bild dessen aufrecht, was einmal gewesen war.

»Wir besprechen unser Vorgehen später, Admiral«, meinte er mit stumpfem Blick. Die Augen brannten in den Höhlen, als spürten sie die Hitze des Infernos, das seine Stadt zerstörte. »Seid so gut und laßt mich eine Weile allein.«

Rovero verbeugte sich und ging.

Er wirkt älter, dachte der Admiral, als er die Kabinentür hinter sich schloß. *In zehn Wochen ist er um ebenso viele Jahre gealtert. Der Junge in ihm ist verschwunden. Irgendwas in seinem Blick erinnert mich an seinen Vater. Um nichts in der Welt würde ich mich jetzt noch gegen ihn stellen.*

Er stapfte hinaus in den Mittelteil. Der Mund bildete

eine verzerrte Narbe im Gesicht. Diese verfluchte Frau, die Geliebte des Königs, befand sich an Deck und beschwerte sich über ihre Unterkunft. Sie verlangte nach mehr Platz, einem Fenster, frischer Luft. Um die Nase wirkte sie bereits ein bißchen blaß, diese neugierige Schlampe. Nun, reifere Dame hin, reifere Dame her – sie würde den König nicht mehr so einfach um den Finger wickeln können, wie sie es dem Hörensagen nach in der Vergangenheit vermocht hatte. Aber wurde sie nicht ein wenig füllig?

Der König von Hebrion trat aus der Kabine auf die Heckgalerie der Flaggkaracke hinaus, die wie ein langgestreckter Balkon über dem schäumenden Fahrwasser des Schiffes thronte. Kaum zwei Kabel vor sich erblickte er die übrigen Kähne der Schwadron in Reih und Glied, mit vollen Segeln, auf- und abtauchenden Bügen und beiderseits der Schotten aufpeitschender Gischt. Der Anblick beflügelte seine Seele: Kraft und Schönheit in schrecklicher Gewalt vereint. Kriegsmaschinen, so ehrfurchtgebietend und ruhmreich, wie sie von Menschenhand nur geschaffen werden konnten.

Von Menschenhand, nicht von Gottes Hand.

Er öffnete den Brief von König Mark und las ihn auf der stampfenden Galerie.

Mein lieber Vetter, begann das Schreiben. *Diese Zeilen schreibe ich in Hast und ohne jegliches Zeremoniell – das Postschiff wartet bereits mit gelichtetem Anker im Hafen. Sein Ziel ist Abrusio, denn ich weiß nicht, wo ich Dich sonst erreichen kann. Trotz all der grauenhaften Geschichten, die wir über Hebrion hören, bin ich festen Glaubens, daß Du letztlich in Deine Hauptstadt gelangen und die Verräter und Raben vertreiben wirst, die den Westen in den Untergang stürzen wollen.*

Doch ich habe Dir Neuigkeiten zu berichten. Mein Gefolge

wurde in den Ausläufern des südlichen Malvennor-Gebirges von einer beachtlichen Streitmacht unbekannter Herkunft überfallen; mit Müh und Not kamen wir mit dem Leben davon. Selbstverständlich handelte es sich um einen Mordversuch, um die Welt von einem weiteren Ketzer zu befreien. Nur Cadamost von Perigraine und der Prälat seines Reiches, der dem Orden vom Ersten Tage angehört, können den Hinterhalt vorbereitet haben. Ich befürchte, daß auf Dich und Lofantyr ähnliche Anschläge verübt wurden, doch wenn Du diese Zeilen überfliegst, hast Du offensichtlich überlebt.

Die alten Gesetze, die unser Leben regelten und das Handeln der Menschen bestimmten, sind null und nichtig. Ich mußte mich mit einem Aufstand des astaranischen Adels herumschlagen, und erst in den letzten Tagen konnte ich Cartigella als Hauptstadt zurückerobern. Die Verräter wurden jämmerlich angeführt und waren armselig ausgestattet, zudem standen ihnen keine Glaubensritter als Unterstützung zur Verfügung. Die Armee, die mir, Gott sei's gedankt, überwiegend treu blieb, durchkämmt Astarak derzeit nach den restlichen Rebellen. Doch es kursieren Gerüchte über eine perigrainische Mobilmachung; deshalb muß ich meine östliche Grenze schützen, andernfalls hätte ich Dir astaranische Verstärkung geschickt, um Dir bei der traurigen Aufgabe zu helfen, Dein Königreich zurückzuerobern.

Meine Schwester hat sich bereit erklärt, Dich zu ehelichen, und wenngleich sie häßlich wie eine Kröte ist, so ist sie doch eine Frau von Geist und Verstand. Wir ketzerischen Könige müssen stärker denn je zusammenhalten, Abeleyn. Hebrion und Astarak müssen sich verbünden, denn bleibt jeder für sich, werden wir unweigerlich untergehen. Ich will keine Zeit für Prunk und Zeremoniell verschwenden. Sobald ich erfahre, daß Du Dich wohlbehalten in Abrusio befindest, sende ich Dir meine Schwester, auf daß sie als lebender Beweis unseres Bündnisses an Deiner Seite weilt.

(Erinnerst Du Dich an sie, Abeleyn? Isolla. Als Junge hast

Du sie an den Zöpfen gezogen und Dich über ihre schiefe Nase lustig gemacht.)

Aus Torunna hört man ähnliche Neuigkeiten. Macrobius wurde standesgemäß als der wahre Pontifex aufgenommen, doch meinen Quellen zufolge zeigt er sich dem Volk nur selten und könnte womöglich krank sein, was Gott verhüten möge. Macrobius ist das letzte Bollwerk, das uns von der völligen Anarchie trennt. Lofantyr leitet den Krieg gegen die Merduks persönlich; dennoch wird die Senke von Ormann offenbar vernachlässigt, und Hunderttausende Flüchtlinge scharen sich um Torunn. Er ist kein General, unser Vetter aus Torunna. Mitunter plagen mich Zweifel, ob er überhaupt ein Soldat ist.

Immer eiliger muß ich die Feder schwingen, denn bald wird die Tide sich drehen. Es heißt, eine fimbrische Armee sei auf dem Marsch. Man berichtet, ihr Ziel sei die Senke, was Lofantyrs Versäumnis erklären, wenngleich nicht entschuldigen würde. Er hat die einstigen Eroberer angeheuert, um seine Schlachten für ihn zu schlagen, und meint, er könne es dabei belassen. Doch der Hund, den wir uns über die Schwelle holen, könnte sich als Wolf erweisen, wenn wir ihn aus den Augen lassen und ihn keine Disziplin lehren. Ich jedenfalls vertraue den Fimbriern keineswegs blind.

Hier enden meine Zeilen. Ein jämmerliches Schreiben, form- und schmucklos. Bestimmt dreht sich mein alter Redekunstlehrmeister im Grab herum. Vielleicht haben die Philosophen eines Tages wieder Zeit, sich in kunstvollen Wortschwällen zu ergehen; vorerst aber braucht die Welt weit dringender Soldaten, und so muß die Feder dem Schwert weichen.
Gehab Dich wohl, Vetter.
Mark

Abeleyn lächelte, als er zu Ende gelesen hatte. Mark war nie ein akribischer Wortkünstler gewesen. Es tat gut zu wissen, daß Hebrion nicht allein auf weiter Flur stand und daß in Astarak nach und nach wieder die alte Ordnung einkehrte. Die Neuigkeiten über die Fimbrier jedoch erwiesen sich als höchst interessant. Glaubte Lofantyr tatsächlich, sie würden für Torunna im Osten kämpfen und sterben, ohne dafür etwas anders als Geld zu erwarten?

Isolla. Als Kinder hatten sie zusammen gespielt, während ihre Väter bei Konferenzen und Konklaven den Lauf der Welt veränderten. Isolla war dürr und hatte rotbraunes Haar mit gelblichem Schimmer, ein sommersprossiges Gesicht und eine krumme Nase, die sich schon zeigte, als sie gerade ihren zehnten Geburtstag vor sich hatte. Isolla war nur ein oder zwei Jahre jünger als Abeleyn – ziemlich alt für die erste Hochzeit. Er hatte sie als stilles, schwer geprüftes Kind in Erinnerung, das gern für sich allein war.

Doch solche Erinnerungen spielten keine Rolle. Wichtig war, daß das hebro-astaranische Bündnis durch diese Ehe gefestigt wurde, und dabei hatten persönliche Gefühle nichts zu suchen.

(Er dachte an Jemilla und ihren anschwellenden Leib, und aus einem ihm unverständlichen Grund beschlich ihn eine seltsame Furcht.)

Das Gefühl verflog. Abeleyn verließ die Galerie, ging auf die Kabine und rief nach Dienern, die ihm beim Entkleiden und Waschen helfen sollten. Aus den Doppelkaraffen auf dem Kabinentisch goß er sich einen Krug Wein ein, trank einen Schluck, biß in eine Scheibe Kräuterbrot und trank einen weiteren Schluck.

Die Kabinentür öffnete sich, und sein Haushofmeister sowie sein Kammerdiener standen da, nach wie vor in schmutzige Lumpen gehüllt. Einer der beiden kaute etwas.

»Majestät?«

Abeleyn schämte sich. Er hatte vergessen, daß diese Männer dasselbe durchzustehen hatten wie er und ebenso hungrig, durstig und erschöpft waren.

»Schon gut. Ihr seid entlassen. Wascht euch und eßt

und trinkt, soviel ihr könnt. Und ersucht Admiral Rovero höflich, noch einmal zu mir zu kommen, sobald er einen Augenblick Zeit hat.«

»Ja, Majestät. Die Seeleute haben in der Kombüse einen Kupferkessel voll heißem Wasser vorbereitet. Sollen wir Euch ein Bad richten lassen?«

Ein Bad! Gütiger Gott in der Höhe! Doch Abeleyn schüttelte den Kopf. »Gebt Fürstin Jemilla das Wasser. Ich komme schon zurecht.«

Die Männer verneigten sich und gingen. Zwar stieg Abeleyn neben dem üblichen Gestank eines Schiffes nach Pech, Holz und abgestandenem Wasser bereits der eigene Geruch in die Nase, doch es spielte keine Rolle. Jemilla trug sein Kind im Leibe, und im Augenblick würde sie ein Bad über alle Maßen zu schätzen wissen. Sollte sie es nehmen – es würde sie eine Weile von ihm fernhalten.

Plötzlich wurde ihm bewußt, daß er keine besondere Liebe für seine Mätresse hegte. Zwar war sie eine hervorragende Bettgespielin und obendrein so klug und geistreich, wie ein Mann es sich nur wünschen konnte, doch er traute ihr ebensowenig über den Weg wie einer Natter, die im Wald über seine Stiefel kroch. Diese Erkenntnis überraschte ihn ein wenig. Abeleyn begriff, daß sich etwas in ihm verändert hatte, doch was es war, vermochte er noch nicht genau zu sagen.

Ein Klopfen an der Tür. Admiral Rovero. Mit hochgezogenen Augenbrauen blickte der alte Seebär ihn an. »Ihr wünscht mich zu sehen, Majestät?«

»Ja, Admiral. Gehen wir den Plan durch, den Ihr und Mercado für die Rückeroberung Abrusios entworfen habt. Jetzt ist ein ebenso guter Zeitpunkt dafür wie jeder andere.«

Für Abeleyn gab es keine Rast, keine Gelegenheit, in das schäumende Fahrwasser hinauszustarren und die mächtigen Schiffe zu betrachten, die achtern hinter der

Flaggkaracke herkreuzten, riesige Pyramiden aus Segeltuch, Holz und funkelnden Kanonen. Abeleyn hatte keine Zeit, sich von Sorge und Verantwortung abzuwenden. Und es störte ihn nicht.

Vielleicht ist es das, was sich verändert hat, dachte er. Endlich wachse ich in die Krone hinein.

Kapitel 22

Albrecs Kopf war blutverschmiert, geschwollen und pochte wie ein überlastetes Herz. Irgend etwas rieb an seinem Gesicht, eine Art Stoff oder etwas Ähnliches, und die Hände fühlten sich geschwollen und rauh an.

Albrec erkannte, daß er mit dem Kopf nach unten hing und das eigene Gewicht ihm den Bauch zusammenpreßte.

»Laß mich runter«, keuchte er und vermeinte, sich übergeben zu müssen, wenn er sich nicht unverzüglich aufrichtete.

Behutsam setzte Avila ihn ab. Der junge Bruder vom Ersten Tage hatte Albrec über der kräftigen Schulter getragen. Beide atmeten sie heftig. Für einen Augenblick verschwamm und drehte sich alles vor Albrecs Augen, als die Körperflüssigkeiten zurückströmten und wieder ihren geregelten Fluß aufnahmen. Die Lampe, die Avila in der freien Hand gehalten hatte, stand flackernd auf dem Boden. Das Öl darin ging zur Neige.

»Was tust du?« brachte Albrec schließlich hervor. »Wo sind wir?«

»In den Katakomben. Ich bekam dich einfach nicht wach, Albrec. Du warst in tiefer Ohnmacht versunken.

Also habe ich einen Steinhaufen vor das Loch geschichtet und versucht, einen Weg hinaus zu finden.«

»Commodius!«

»Er ist tot. Möge seine häßliche Seele auf ewig in der Glut der Hölle schmoren.«

»Sein Leichnam, Avila. Wir können ihn doch nicht einfach hierlassen.«

»Warum nicht? Er war eine Kreatur schwärzester Finsternis, ein Gestaltwandler, und er wollte uns töten, um seine eigene Version der Wahrheit zu beschützen. Soll sein Leib hier unten unbestattet verrotten.«

Albrec hielt sich den schmerzenden Kopf. »Wo sind wir?«

»Ich bin der Nordmauer gefolgt – der feuchten Wand, wie du gesagt hast – und habe versucht, die Treppe zu finden, aber irgendwie muß ich daran vorbeigegangen sein.«

»Kein Wunder; man übersieht sie rasch. Aber keine Sorge, ich werde sie finden. Wie lange ist es her, seit ...?«

»Etwa eine halbe Stunde, länger nicht.«

»Großer Gott, Avila, was sollen wir nur tun?«

»Was wir tun sollen? Ich ... ich weiß es nicht, Albrec. Bisher habe ich nur darüber nachgedacht, wie wir aus diesem Verlies kommen.«

»Wir haben den Oberbibliothekar ermordet.«

»Wir haben einen Werwolf getötet.«

»Aber er hat sich in Commodius, den Bibliothekar, zurückverwandelt. Das habe ich noch gesehen, bevor ich das Bewußtsein verlor. Wer wird uns glauben? Welche Male trägt sein Leichnam, die verraten könnten, was er tatsächlich war?«

»Was willst du damit sagen, Albrec? Daß wir in Schwierigkeiten stecken, weil wir unser Leben verteidigt und diese niederträchtige Bestie vernichtet haben?«

»Ich weiß es nicht. Ich weiß überhaupt nicht, was ich denken soll. Wie konnte das geschehen, Avila? Wie konnte ein Priester über all die Jahre hinweg ein solches Wesen sein – all die Jahre, die ich mit ihm zusammengearbeitet habe? Er war es, der durch die Bibliothek spukte; jetzt wird es mir klar. Es war Commodius' unreine Anwesenheit, die diese düstere Atmosphäre schuf. Oh, großer Gott, was geht hier vor?«

Die beiden verstummten und starrten auf die winzige Flamme der Lampe, die nur noch kurze Zeit brennen würde. Doch es schien unbedeutend, daß sie bald von undurchdringlicher Dunkelheit umgeben sein würden. Der Ort hatte sich irgendwie verändert. Sie hatten das wahre Antlitz des Bösen geschaut, nun konnte sie nichts mehr erschüttern.

»Sie wissen es«, fuhr Albrec heiser flüsternd fort. »Hast du seine Worte gehört? Sie kannten die Wahrheit. Sie kannten die wahre Geschichte des Heiligen und des Propheten, und sie haben sie geheimgehalten. Seit Jahrhunderten sitzt die Kirche auf der Wahrheit, Avila, und verbirgt sie vor der Welt, um den eigenen Einfluß zu schützen. Wo sind nur Frömmigkeit und Demut geblieben? Sie gebaren sich wie Prinzen, die entschlossen sind, ihre Macht um jeden Preis zu verteidigen.«

Gedankenverloren betastete Avila seine schwarze Kutte des Ordens vom Ersten Tage.

»Du hast Klauenkratzer auf der Wange«, sagte er zu Albrec, als hätte er sie eben erst bemerkt.

»Auch in deinem Gesicht ist Blut.«

»Wir können unsere Verletzungen unmöglich verbergen, Albrec. Denk nach, Mann! Was sollen wir tun? Columbar starb durch Commodius' Hände und Commodius durch die unseren. Wie wird das aussehen? Wir können nicht erzählen, daß wir versucht haben, die Wahrheit aufzuspüren und ans Licht zu bringen. Man wird uns so schnell beseitigen, wie Commodius es vorhatte.«

»Es gibt doch auch gute Menschen in der Kirche – es muß sie einfach geben.«

»Aber wir wissen nicht, wer diese Menschen sind. Wer wird uns zuhören oder uns glauben? Beim Blut des Heiligen, Albrec, wir sind am Ende.«

Die Lampe flackerte, blitzte ein letztes Mal auf und erlosch. Dunkelheit umhüllte sie und raubte ihnen die Sicht.

Gramerfüllt drang Avilas Stimme durch die Finsternis. »Wir müssen aus Charibon fliehen.«

»Nein! Wohin sollen wir gehen? Wie sollen wir mitten im Winter, in all dem Schnee reisen? Wir würden keinen Tag überleben.«

»Wenn das herauskommt, überleben wir hier auch nicht viel länger. Sobald man Commodius vermißt, wird man die Bibliothek durchsuchen. Früher oder später wird man ihn finden. Und wer außer ihm ist der einzige, der die Schlüssel zur Bibliothek besitzt? Du, Albrec.«

Der kleine Mönch betastete die aufgerissene Haut im Gesicht und am Hals, die Beule auf der Stirn, die ihm der Werwolf zugefügt hatte. Avila hatte recht. Ihn würden sie zuerst befragen, denn er galt als Commodius' engster Mitarbeiter, und sobald sie seine Wunden erblickten, würde das Verhör beginnen.

»Was sollen wir nur tun, Avila?« fragte er, den Tränen nahe. Er wußte es, mußte es aber jemand anderen aussprechen lassen.

»Wir erlauben uns einen Tag Gnadenfrist. In dieser Zeit lassen wir uns nirgends blicken und sammeln alles ein, was unserer Reise dienlich sein kann.«

»Reise wohin? Wohin sollen wir gehen? Die Kirche beherrscht ganz Normannien! Ihre Glaubensritter und Geistlichen sind über jede Stadt, jedes Dorf im Westen verstreut. Wohin sollen wir fliehen?«

»Sobald diese Sache hier ans Licht kommt, gelten wir als Ketzer«, erwiderte Avila. »Wenn man den Leichnam in dieser gottlosen Kapelle entdeckt und unser Verschwinden bemerkt, wird man uns exkommunizieren. Aber es gibt noch andere Ketzer auf der Welt, Albrec, und es gibt einen Häresiarchen an ihrer Spitze. Der Mann, den einige für Macrobius halten, wurde in Torunn als Gegenpontifex eingesetzt. In Torunna besitzen Charibons Verfügungen keine Gültigkeit, und dort wird man jeden Gegner der himerischen Kirche mit offenen Armen aufnehmen. Die macrobischen Könige werden uns Gehör schenken. Wir könnten uns als mächtige Waffe für sie erweisen. Außerdem erscheint mir Charibon mittlerweile wie ein Sündenpfuhl. Wenn Commodius ein Werwolf war, könnte es durchaus noch andere wie ihn in meinem Orden geben.«

»Ich wage kaum daran zu denken.«

»Wir müssen aber darüber nachdenken, Albrec, wenn wir eine Möglichkeit finden wollen, unser Leben zu retten.«

Eine Weile standen sie schweigend da und lauschten dem Tropfen von Wasser, der beharrlichen Stille des Felsgesteins, der Eingeweide des Berges. Schließlich regte sich Avila. Albrec hörte, wie ihn die Schmerzen der Verletzungen aufstöhnen ließen.

»Meine Kutte ist in Fetzen gerissen, und ich glaube, ich habe mir einige Rippen gebrochen. Bei jedem Atemzug habe ich das Gefühl, als würde jemand mir ein Messer in die Seite stoßen. Wir müssen vor der Matutin zurück in unseren Betten sein.«

»Du schläfst im Dormitorium, Avila. Werden deine Kameraden es denn nicht bemerken?«

»Unter meinen Laken liegt eine Nackenrolle, die mich als schlafenden Mönch vertritt. Außerdem hab' ich mich mucksmäuschenstill hinausgeschlichen. Bei der Rückkehr hingegen werde ich weniger still sein. Heilige Verdammnis!«

»Du kannst nicht zurückgehen. Du kommst mit in

meine Zelle. Wir holen ein paar Dinge und verschanzen uns morgen irgendwo – oder heute, da es wohl schon nach Mitternacht ist. Und morgen nacht verschwinden wir.«

Avila atmete in kurzen, schmerzvollen Zügen. »Ich fürchte, ich werde ein lahmer Reisegefährte sein, mein kleiner antillianischer Freund. Albrec, müssen wir wirklich fort? Gibt es keine Möglichkeit, einfach alles mit eiserner Stirn zu leugnen?«

Die Entscheidung war gefallen, doch sie erfüllte alle beide mit Schrecken. Es wäre viel leichter gewesen, einfach weiterzuleben, als wäre nichts geschehen, und in den uralten Rhythmus der Klosterstadt zurückzuverfallen. Albrec hätte es vielleicht versucht, doch Avila hatte ihm die Folgen allzu deutlich vor Augen geführt. Der Antillianer wußte, daß ihrer beider Leben sich unumkehrbar verändert hatten. Sie hatten den Fuß vor die Kirche gesetzt, nun standen sie draußen und spähten hinein.

»Komm«, sagte Albrec und versuchte, den Nacken nicht zu bewegen. »Wir haben noch viel zu tun vor Sonnenaufgang. Diese Sache wurde uns auferlegt, wie Honorius seine Visionen auferlegt wurden, jenem armen, verrückten Wahrheitssuchenden. Gott hat uns eine ebenso schwere Bürde wie ihm zu tragen gegeben. Wir dürfen uns nicht davor drücken.«

Er ergriff Avilas Arm und führte ihn die Wand der Katakomben entlang, wobei er gelegentlich mit der zitternden Handfläche über die rauhe Felsoberfläche strich.

»Du mußt wissen, er starb allein in den Bergen, als verrufener Einsiedler, dem keiner zuhörte – ein heiliger Wahnsinniger. Jetzt frage ich mich, ob nicht die Kirche wahnsinnig ist. Wahnsinnig vor Stolz und Gier nach Macht. Wer weiß, wie viele heilige Wahrheitssuchende sie im Laufe der Jahrhunderte schon unterdrückt hat?

Wie viele Menschen die Wahrheit über Ramusios Schicksal herausfanden und dafür mit dem Leben bezahlten? Es ist eine Schande. Nimm eine Lüge und laß sie glaubhaft erscheinen, dann steckt sie den Rest des Glaubens mit Fäulnis an, wie ein schimmliger Apfel in einem Faß. Niemand weiß mehr, was er noch glauben soll. Die Kirche wird in ihren Grundfesten erschüttert, egal, wie stabil ihr Gerüst auch sein mag, und die braven Menschen in ihren Diensten werden von den Lügen befleckt.«

Prustend stieß Avila ein abgehacktes Lachen aus. »Du änderst dich wirklich nie, Albrec. Selbst in Zeiten wie diesen philosophierst du noch.«

»Unser Schicksal ist ebenso bedeutsam geworden wie der Zerfall ganzer Nationen«, gab Albrec todernst zurück. »Unser Wissen gleicht einer apokalyptischen Waffe, Avila. Wir sind mächtiger als jede Armee.«

»Ich wünschte, ich würde mich auch so fühlen«, seufzte Avila. »Aber ich fühle mich eher wie eine verwundete Ratte.«

Schließlich fanden sie die Treppe und stiegen sie hinauf, quälend langsam wie zwei Greise. Bei jedem Schritt ächzten sie und verzogen schmerzerfüllt die Gesichter. Es dauerte scheinbar eine Ewigkeit, bis sie die eigentliche Bibliothek erreichten. Zum letzten Mal in seinem Leben wandelte Albrec durch die Regale voller Bücher und Schriftrollen und nahm den Duft trockenen Pergaments in sich auf. Die Titelseite des alten Dokuments knisterte wie ein quengelndes Kleinkind in der Brusttasche seiner Kutte.

Die Luft der verrinnenden Nacht erwies sich als bitterkalt, als sie die Bibliothek verließen, hinter sich abschlossen und durch die vom Wind aufgewühlten Schneewehen zu den Kreuzgängen stapften. Einige andere Mönche waren bereits unterwegs und bereiteten sich für die Matutin vor. Eine vormorgendliche Ruhe lag über Charibon, den dunklen Gebäuden und fahlen Schneehügeln.

In einigen Fenstern schimmerte warmes Kerzenlicht. Mit einem Schlag war alles anders. Dieser Ort fühlte sich nicht mehr wie ein Zuhause an. Innerlich weinte Albrec, als er Avila zu seiner Zelle half. Er wußte, daß jedweder Friede, jedwedes Glück seines erfüllten Lebens in dieser Nacht zerstört worden war. Vor ihnen lagen Kampf, Gefahr und schwere Zeiten und ein Tod außerhalb des fürsorglichen Schoßes der Kirche. Vielleicht ein Tod auf dem Scheiterhaufen oder im Schnee oder in einem fremden Land jenseits der ihnen bekannten Welt.

Der Antillianer betete zu Ramusio, zu Honorius, dem verrückten Heiligen und zu Gott selbst, doch kein Licht tauchte vor ihm auf, keine Stimme sprach im Geiste zu ihm. Sein Flehen verhallte in stiller Leere, und sosehr er sich dagegen wehrte, auch sein Glaube stürzte in diese Schlucht des Verlustes. Alles, was ihm blieb, war das Wissen um die Wahrheit. Plötzlich reifte in ihm die Entschlossenheit heran, diese Wahrheit zu säen und zu beobachten, wie sie sich ausbreitete, gleich einer qualvollen Seuche. Die ganze Welt wollte er damit anstecken, ehe er die Augen für immer schloß. Und sollte der Glaube deshalb ins Wanken geraten, sollte es eben so sein.

Bevor die Sonne aufging und den schwarzen Himmel in eine schiefergraue Wolkendecke verwandelte, erwachte Charibon zum Leben. Die Matutin wurde gesungen, und die Mönche begaben sich zum Frühstück. Die Frühmette folgte, später die Tertie. Der über Nacht angehäufte Schnee wurde weggeschaufelt, und die Stadt erwachte, ebenso wie die Fischerdörfer unten am gefrorenen Ufer des Sees Tor.

Nach der Tertie kam eine Gruppe Schüler zu einem der Justitiare und beschwerte sich, weil die Bibliothek immer noch geschlossen war. Die Angelegenheit wurde überprüft, und man stellte fest, daß die Tore verriegelt und drinnen keine Lichter zu sehen waren. Der Oberbibliothekar erwies sich als unauffindbar, ebenso wie sein Gehilfe. Die Sache wurde eingehender untersucht, und trotz der eisigen Kälte fand sich eine Schar Mönche am Hauptportal der Bibliothek von St. Garaso ein, als die Tore zur Sexte von einem Dekan der Glaubensritter und seinen Männern aufgebrochen wurden, indem sie einen Holzpfahl als Rammbock benutzten. Betanza, der Generalvikar höchstpersönlich, beobachtete sie dabei. Danach durchsuchten mehrere Gruppen dienstälterer Mönche die Bibliothek. Inzwischen hatte man Columbars Leichnam entdeckt, die beiden Bibliothekare hingegen blieben verschwunden, trotz gründlicher Suche in den Dormitorien und Kreuzgängen. In Charibon begann die Gerüchteküche zu brodeln.

Nachdem die oberen Bereiche der Bibliothek völlig auf den Kopf gestellt worden waren, fand man Commodius' toten Leib schließlich kurz vor der Vesper. Beim Durchsuchen der unteren Geschosse stießen die Mönche auf eine weggeworfene Öllampe und einen Schutthaufen, der vor einer Wand der Katakomben aufgeschichtet war. Bei der ersten Berührung stürzte er in sich zusammen. Gemeinsam mit zwei Glaubensrittern betrat ein Monsignor den kleinen Tempel, wo er den steifen, blicklos starrenden Leichnam des Oberbibliothekars fand, aus dessen Rükken noch der silberne Pentagrammdolch ragte.

Zwar hielt man die Umstände der Entdeckung geheim, dennoch verbreitete sich in der Klosterstadt die Geschichte, der Oberbibliothekar wäre in schrecklicher Umgebung, irgendwo tief unten in den Grundmauern seiner eigenen Bibliothek, hinterhältig ermordet worden, und sein Gehilfe sowie ein junger Bruder vom Ersten Tage, der als sein Freund galt, würden vermißt.

Patrouillen der Glaubensritter und Korporalschaften der almarkanischen Garnisonssoldaten durchkämmten die Straßen von Charibon, und bei der Vesper flüsterten sich die Mönche auf den langen Kirchenbänken aufgeregt zu, sofern sie nicht gerade zu Gottes Ehren sangen. Ein Mörder, vielleicht sogar mehrere Mörder liefen frei in Charibon herum. Wahrscheinlich Ketzer, die auf Geheiß des Häresiarchen Macrobius, der in Torunn zur Rechten des Teufels saß, Angst in der Stadt verbreiten sollten. Um der Angelegenheit auf den Grund zu gehen, bildeten die ranghöheren Justitiare einen Untersuchungsausschuß, den der Pontifex persönlich beaufsichtigte.

Spät abends aber, im weißen Wirbel eines weiteren Schneesturms, entging den Patrouillen, die Charibons Umgebung im Auge behalten sollten, zweierlei: zum einen die Ankunft einer kleinen Gruppe von Männern, die sich zu Fuß, mit rauhreifüberzogenen schwarzen Rüstungen durch die Schneehügel quälten. Zum anderen die Abreise zweier gebückt laufender, keuchender Mönche mit schweren Säcken auf den Rücken, die sich mit dicken Pilgerstäben einen Weg durch den Schneesturm ertasteten. Stöhnend vor Kummer und Schmerz stapften sie die gefrorenen Ufer des Sees Tor entlang und umgingen die Signalfeuer der Wachtposten, indem sie so weit hinaus aufs Eis liefen, daß ihnen der peitschende Wind nadelspitze Kristalle um die Ohren fegte und die weiße Landschaft in einen brodelnden Kessel verwandelte. Albrec und Avila schleppten sich weiter. Eis gefror in ihren geschwollenen Gesichtern; das Blut in den Händen und Beinen verfestigte sich allmählich in der klirrenden Kälte. Der Schneesturm hüllte sie so vollständig ein, daß niemand ihren Marsch bemerkte und sie aufhielt. Doch das Unwetter schien auch auf dem besten Wege, die beiden umzubringen, ehe ihre Flucht erst richtig begonnen hatte.

Die Gruppe schwarz gekleideter Männer begehrte Einlaß in die Gemächer des heiligen Pontifex Maximus Himerius. Ihr unerwartetes Auftauchen löste bei den erschrockenen Wachen und den geistlichen Kammerherren eine wahre Panik aus. Schließlich geleitete man die Männer in eine warme, wenngleich karge Vorhalle, während man den Pontifex von ihrer Anwesenheit unterrichtete. Zum ersten Mal seit vier Jahrhunderten waren fimbrische Soldaten nach Charibon gekommen.

Zwei alternde Mönche kleideten den Pontifex in dessen Privatgemächern ein, als der Generalvikar des Ordens vom Ersten Tage eintrat. Die Mönche wurden entlassen, und die beiden Kirchenvertreter blickten einander an, während Himerius die Schärpe um den dickliche Leib anlegte.

»Nun?« fragte der Pontifex.

Betanza nahm Platz und konnte ein Gähnen nicht unterdrücken, denn es war bereits sehr spät, und er hatte einen anstrengenden Tag hinter sich.

»Kein Glück. Die beiden Mönche sind nach wie vor unauffindbar. Entweder, falls unschuldig, sind sie tot, oder, falls schuldig, geflohen.«

Himerius grunzte und betrachtete sich in dem Ganzkörperspiegel, der die düstere, üppig ausgestattete Ankleidekammer zierte.

»Sie sind schuldig, Betanza. Ich fühle es. Commodius wollte sie davon abhalten, Ketzerei zu begehen, und er ist dafür gestorben.« Eine ungewisse Gefühlsregung zuckte über die adlergleichen Züge des Pontifex; im nächsten Augenblick war sie wieder verschwunden. »Möge Gott sich seiner Seele gnädig erweisen. Er war ein treuer Diener der Kirche.«

»Weshalb seid Ihr so sicher, daß es auf diese Weise geschehen ist, Heiligkeit?« fragte Betanza, offensichtlich neugierig. Sein großes Soldatenantlitz war von den

Mühen des Tages gerötet, und purpurne Linien durchzogen das Weiß seiner Augen.

»Ich weiß es einfach!« fuhr Himerius ihn an. »Sobald das Wetter es erlaubt, schickt Ihr Suchmannschaften der Glaubensritter aus, um die beiden Abtrünnigen einzufangen. Ich will, daß sie nach Charibon zurückgebracht und einem Verhör unterzogen werden.«

Betanza zuckte mit den Schultern. »Wie Ihr wünscht, Ehrwürdiger Vater. Was ist mit diesen Fimbriern, die unten warten? Wollt Ihr sie heute nacht noch treffen?«

»Ja. Wir müssen herausfinden, ob ihre Ankunft hier – zu just dieser Zeit – ein Zufall oder Teil eines größeren Planes ist. Ich brauche Euch wohl nicht zu sagen, Betanza, daß kein Wort von den heutigen Ereignissen aus der Stadt dringen darf. Es dürfen keine Geschichten über Mord in Charibon in die Königreiche gelangen. Dieser Ort muß unbefleckt, rein, frei von Skandalen und Gerüchten bleiben.«

»Selbstverständlich, Heiligkeit«, erwiderte Betanza, fragte sich aber gleichzeitig, wie er das Stillschweigen einer Stadt mit Tausenden von Einwohnern wahren sollte. Mönche waren geschwätziger als Waschweiber. Aber immerhin hatte er vorerst das Wetter auf seiner Seite.

»Heute nachmittag, während Ihr mit anderen Dingen beschäftigt wart, traf ein Bote ein«, berichtete Himerius beiläufig, und mit einemmal trat ein anderer Ausdruck in seine Züge, ein plötzliches Hochgefühl, das sich in den glitzernden Augen widerspiegelte. Der Pontifex drehte sich um und blickte dem Generalvikar fest ins Gesicht, wobei er die Hände vor der Brust gefaltet hielt. Ein wildes Grinsen schien sich auf dem Antlitz des Heiligen Vaters ausbreiten zu wollen. Eine Augenblick fand Betanza, daß er beinahe wahnsinnig wirkte.

»Gute Neuigkeiten, mein Freund«, verkündete Himerius, der sich wieder gefaßt hatte; nun glich er wieder dem nüchternen Geistlichen, den Würde und Erhabenheit kennzeichneten. »Der Bote kam aus Alstadt. Offenbar ist unser hingebungsvoller Sohn der Kirche, König Haukir von Almark, nach längerem Leiden verschieden – mögen die Heiligen seine Seele in Gnaden bei sich aufnehmen. Dieser fromme Monarch, diese Verkörperung pflichtbewußten Glaubens, hat sein Königreich der Kirche hinterlassen.«

Betanza starrte ihn mit offenem Mund an. »Seid Ihr sicher?«

»Der Kurier überbrachte ein Schreiben von Prälat Marat von Almark. Er wurde zum Herrscher des Reichs ernannt, bis es mir beliebt, die Regierung umzugestalten. Almark gehört uns, Betanza.«

»Was ist mit den Adeligen? Haben sie sich dazu geäußert?«

»Sie werden sich fügen. Das müssen sie. In Almarks Hauptstadt weilt ein großes Kontingent der Glaubensritter. Zudem sind die königlichen Armeen größtenteils weiter östlich stationiert, entlang des Flusses Saeroth. Almark ist in der Tat unser.«

»Es heißt, bedeutungsvolle Ereignisse wären wie Knoten in der Geschichte«, sinnierte Betanza. »Wenn eines auftritt, treten häufig zur selben Zeit auch andere auf, manchmal am selben Ort. Ihr könnt diesen Fimbriern mit neuem Selbstvertrauen gegenübertreten, Heiligkeit. Der Zeitpunkt könnte kaum günstiger sein.«

»So ist es. Deshalb empfange ich sie jetzt, obwohl es schon recht spät ist. Ich will sie mit der Neuigkeit vor den Kopf stoßen.«

»Was, glaubt Ihr, wollen sie?«

»Was heutzutage jeder will. Die Kirche besitzt Almark und herrscht über Hebrion. Sie ist zu einem Imperium geworden. Man muß Übereinkünfte mit ihr anstreben. Ich hege keinen Zweifel, daß diese Fimbrier hier sind, um diplomatische Beziehungen anzubahnen. Die alte

Imperialmacht beugt sich dem frischen Wind. Kommt, wir wollen hinuntergehen und sie gemeinsam empfangen.«

Der päpstliche Audienzsaal präsentierte sich voll von Schatten. Fackeln brannten in Stocklaternen entlang der Wand, und man hatte glimmende Kohlenpfannen herbeigeholt und neben das Podium gestellt, auf dem der Thron des Pontifex stand. Jeweils zehn Schritt voneinander entfernt, säumten Glaubensritter wie in Stein gehauene Monumente die Wände. Müde blinzelnd, hielten sie sich wach. Als der Pontifex eintrat und sich setzte, strafften sich ihre Körper. Betanza blieb rechter Hand des Heiligen Vaters stehen. Am Fuße des Podiums fanden sich mit gezückten Federkielen einige Schreiber ein, die in den dunklen Gewändern wie pechschwarze Pudel wirkten. An einer Seite hielt sich Rogien bereit, der alte Bruder vom Ersten Tage, der als Verwalter des päpstlichen Hofes fungierte. Sein kahler Schädel schimmerte im Fackellicht.

Die Fimbrier mußten im Spiel von Licht und Schatten die ganze Länge der Halle durchschreiten. Polternd stapften ihre Stiefel über den Basaltboden. Vier Mann waren es, alle in Schwarz, nur einer trug eine scharlachrote Schärpe um die Hüfte.

Hartgesichtige Männer, deren Wangen und Stirn der eisige Wind gerötet hatte. Das Haar trugen sie kurz geschoren wie eine gestutzte Pferdemähne. Zwar hatten sie keine Waffen bei sich, dennoch beobachteten die Glaubensritter entlang der Wände zu beiden Seiten sie höchst aufmerksam und wachsam und krampften die Fäuste um die Griffe der Schwerter.

»Barbius von Neyr, Marschall und Kommandeur der fimbrischen Armee«, verkündete Rogien mit blecherner Stimme.

Barbius verneigte den Kopf vor Himerius. Fimbrier sanken vor niemandem auf die Knie, außer vor ihrem

Imperator. Himerius wußte dies; dennoch lag in dem flüchtigen Nicken so viel Mißachtung, daß er auf dem Thron hin- und herrutschte und mit den leberfleckigen Händen die Armlehnen umklammerte.

»Barbius aus dem Kurfürstentum Neyr, ich heiße Euch in Charibon willkommen«, verkündete der Pontifex ruhig. »Die Dringlichkeit Eures Anliegens steht Euch und Euren Kameraden ins Gesicht geschrieben. Deshalb sind wir gewillt, Euch trotz der späten Stunde eine Audienz zu gewähren. Wir haben Eurem Rang angemessene Gemächer für Euch und Eure Mannen vorbereitet, und sobald die Audienz beendet ist, werden Speisen und Getränke aufgetragen, damit Ihr Eure erschöpften Geister stärken könnt.«

Abermals verneigte Barbius in Anerkennung dieser Großzügigkeit leicht den Kopf. Als er das Wort ergriff, glich seine Stimme im Vergleich zu Himerius' melodischen Tönen dem Knirschen sich verschiebender Felsbrocken.

»Ich danke Eurer Heiligkeit für die Gastfreundschaft, muß Euch aber mit Bedauern mitteilen, daß wir keinen Gebrauch davon machen können. Meine Männer und ich sind in Eile. Die Hauptstreitmacht unserer Armeen lagert etwa fünf Wegstunden von hier. Wir hoffen, vor dem Morgengrauen wieder bei den anderen zu sein.«

»Hauptstreitmacht?« wiederholte Himerius fragend.

»Ja, Heiligkeit. Ich bin hier, um Euch zu versichern, daß die Truppen unter meinem Kommando der Klosterstadt nur Wohlwollen entgegenbringen. Weder Ihr noch Almark habt Böses von uns zu fürchten. Wir sind lediglich auf der Durchreise, auf Befehl der Kurfürsten.«

»Ich verstehe nicht recht. Seid Ihr denn kein Botschafter der Kurfürsten?« fragte Himerius.

»Nein, Heiligkeit. Ich bin nur Kommandeur einer fimbrischen Armee auf dem Weg nach Osten und kam, um Euch meine Achtung zu erweisen.«

Die Aussage hallte wie ein Donnerschlag im Raum wider.

»Eine *fimbrische Armee* lagert fünf Wegstunden vor Charibon?« stieß Betanza ungläubig hervor.

»Ja, Exzellenz.«

»Wohin führt Euer Marsch?« erkundigte sich Himerius. Der melodische Klang seiner Stimme war verschwunden. Er hörte sich heiser wie eine alte Krähe an.

»Wir sind zur Verstärkung der Feste von Ormann unterwegs.«

»Auf wessen Geheiß?«

»Meine Befehle stammen von meinen Vorgesetzten, den Kurfürsten von Fimbrien.«

»Aber wer hat um Eure Hilfe gebeten? Lofantyr, der Ketzer? Es muß so sein.«

Barbius zuckte mit den Schultern. Sein rotgoldener Schnurrbart verbarg jede Gefühlsregung, die der Mund womöglich verraten hätte. Seine Augen blieben stumpf und ausdruckslos wie Packeis. »Ich befolge nur Befehle, Heiligkeit. Es steht mir nicht zu, die politischen Beweggründe zu hinterfragen.«

»Seid Ihr Euch bewußt, daß Ihr Eure unsterbliche Seele in Gefahr bringt, indem Ihr einem Ketzer Beistand leistet, der sich weigert, die Rechtmäßigkeit der Heiligen Kirche anzuerkennen?« herrschte Himerius ihn an.

»Wie ich schon sagte, Heiligkeit, ich bin nur ein Soldat, der Befehlen gehorcht. Verweigere ich sie, ist mein Leben verwirkt. Meine Anwesenheit hier stellt einen reinen Höflichkeitsbesuch dar, um Euren Segen zu erbitten.«

»Ihr eilt demjenigen zu Hilfe, der den Häresiarchen des Westens beschützt, und bittet mich um meinen Segen?« fragte Himerius.

»Meine Armee zieht nach Osten, um dem Vormarsch der Merduks Einhalt zu gebieten. Dadurch erweisen wir jedem Königreich des Westens einen Dienst, ob himerisch oder macrobisch«, entgegnete Barbius. »Ich ersuche Euch, Heiligkeit, es in diesem Licht zu betrachten. Ohne Verstärkung durch meine Truppen wird die Feste im Frühling fallen, und in weniger als einem Jahr würden die Merduks vor den Toren Charibons heulen. Mag sein, daß König Lofantyr unseren Sold bezahlt, unser Einsatz aber dient dem Wohle aller freien Menschen in Normannien.«

Himerius versank in nachdenkliches Schweigen. Betanza ergriff das Wort.

»Also seid ihr Söldner, ihr Fimbrier. Ihr verkauft euch an Könige in Not und kämpft für das Gold ihrer Schatzkammern. Was wäre, wenn die Sultane der Merduks euch einen höheren Sold als die westlichen Monarchen böten, Marschall? Würdet Ihr und die Euren dann unter den Bannern des Propheten in die Schlacht ziehen?«

Zum ersten Mal zeigte das Antlitz des fimbrischen Marschalls eine Gefühlsregung. Seine Augen blitzten, und er trat einen Schritt vor, was die Wachen im Saal angespannt auf den Fußballen ausharren ließ.

»Wer hat Charibon geschaffen?« fragte er. »Wer gründete Aekir? Wer stampfte die Feste von Ormann aus dem Boden und errichtete die großen Molen des Hafens von Abrusio? Mein Volk. Jahrhundertelang waren die Fimbrier der Schild, hinter dem die Menschen des Westens Schutz vor den Horden aus den Steppen, den Reiterstämmen und den Massen der Merduks suchten. Die Fimbrier haben die Westliche Welt zu dem *gemacht*, was sie ist. Glaubt Ihr, wir würden das Erbe unserer Vorväter verraten, das Vermächtnis unseres Imperiums? Niemals. Neuerlich stehen wir in den vordersten Reihen jener, die all das verteidigen. Wir bitten Euch lediglich darum« – und an dieser Stelle verfiel der Marschall wieder in einen sanfteren Tonfall – »es nicht als Angriff auf die himerische Kirche zu betrachten, daß wir die Feste verstärken. Wir hegen keine ketzerischen Absichten und möchten, so es möglich ist, freundschaftliche Beziehungen zu Charibon aufrechterhalten.«

Himerius stand auf und hob die Hand. Das Fackellicht verwandelte sein Gesicht in eine Adlerfratze, in der die Augen zu beiden Seiten des schnabelähnlichen Zinkens schwarz funkelten.

»So habt denn unseren Segen, Marschall Barbius von Neyr. Mögen Eure Waffen in Ruhm erstrahlen, und mögt Ihr die heidnischen Merduks von den Toren des Westens zurückschleudern.«

»Warum habt Ihr das getan?« erkundigte sich Betanza. »Warum habt Ihr den Ausverkauf fimbrischer Truppen an Ketzer gutgeheißen? Das ist doch widersinnig.«

Er und der Pontifex schlenderten einen der sternenerhellten Kreuzgänge Charibons entlang, die sich zu dieser späten Stunde einsam und verlassen darboten. Die Hände hatten sie in die Ärmel der Kutten gesteckt, die Kapuzen gegen den beißenden Wind tief ins Gesicht gezogen, doch der Schneesturm hatte aufgehört, und die Nachtluft erwies sich als klar wie der Kern eines Eiszapfens, schneidend wie die Klinge eines Dolches. Novizen hatten die Kreuzgänge vom Schnee befreit, bevor sie zu Bett gingen, und so konnten die beiden Geistlichen ungehindert darüber schlendern.

»Warum nicht? Hätte ich dem Mann den Segen verweigert, hätte ich der Kirche keinen Gefallen erwiesen und ihr womöglich großen Schaden zugefügt. Wir können uns mit keiner Armee der Fimbrier anlegen. Haltet Euch das vor Augen, Betanza! Fimbrier marschieren wieder über den Kontinent. Die Hundertschaften des einstigen Weltreiches sind neuerlich unterwegs. Das allein genügt, einen Mann vor Angst erschaudern zu lassen. Wir wußten, daß nach dem Konklave der Könige eine solche Drohung entstehen konnte – aber so *bald!* Lofantyr ist uns in der Tat einen Schritt voraus.«

»Aber weshalb habt Ihr sein Unterfangen gesegnet? Das kommt doch einer stillschweigenden Anerkennung des torunnischen Königreiches gleich, das nicht mehr im Schoß der Kirche weilt.«

»Nein. Ich habe lediglich die Fimbrier gesegnet. Ketzern erteile ich keinen Segen. Wenn die alte Imperialmacht sich wieder regt und Interesse an der Welt zeigt, kann es nur gut für uns sein, sie auf unserer Seite zu wissen. Bedenkt, die Fimbrier gelten nach wie vor als himerischer Staat. Offiziell haben sie den Gegenpontifex Macrobius nie anerkannt, somit gehören sie theoretisch in unser Lager. Dabei wollen wir es belassen. Offensichtlich möchten auch die Fimbrier die Kirche auf ihrer Seite wissen, andernfalls wäre dieser ungehobelte Marschall schlichtweg an Charibon vorbeimarschiert, und wir wüßten gar nichts davon. Nein – obwohl uns Almark vermacht wurde, sind wir nicht stark genug, uns den Kurfürsten entgegenzustellen.«

Die Sandalen der Männer klatschten auf dem eisigen Steinboden der Kreuzgänge.

»Ich bemitleide sie, daß sie in einer Nacht wie dieser im Freien schlafen müssen«, meinte Betanza.

Himerius schnaubte verächtlich. »Es sind Soldaten, kaum mehr als Tiere. Von den grundlegenden Empfindungen abgesehen, kennen sie keine Gefühle. Sollen sie ruhig zittern.«

Sie drehten eine weitere Runde auf den Kreuzgängen, dann erklärte Betanza, merkwürdig niedergeschlagen: »Ich gehe jetzt zu Bett, Heiligkeit. Bei Tagesanbruch nehme ich die Ermittlungen wieder auf, was den Tod von Bruder Commodius betrifft. Ich möchte ein wenig beten.«

»Gewiß. Gute Nacht, Betanza.«

Dann stand der Pontifex allein in der sternklaren

Nacht; unter der Kapuze funkelten seine Augen. Im Geiste befehligte er Armeen und steckte die Städte der Ketzer in Brand. Ein zweites Imperium würde auf Erden entstehen, und wie der verrückte Honorius vorhergesagt hatte, würde es in einem Zeitalter des Feuers und der Schwerter aus der Asche aufsteigen.

Himerius fühlte sich müde und erschöpft. Seine wirre Begeisterung verblaßte, als der eisige Wind seine Gestalt beutelte. Ich bin alt und des Kampfes überdrüssig, dachte er bei sich. Aber bald ist meine Aufgabe erfüllt, und ich kann ausruhen. Ein anderer wird meinen Platz einnehmen.

Geräuschlos wie eine Katze verschwand er in seinem Schlafgemach.

»Albrec. Wach auf, Albrec!«

Ein Schlag auf Albrecs Wange ließ den Kopf des kleinen Antillianers zur Seite kippen und die Eiskruste von seiner Nase abfallen. Er stöhnte, als ihm die klirrend kalte Luft wie mit tausend Nadeln in die Haut stach. Mühevoll schlug er die Augen auf. Jemand schüttelte ihn, als wäre er eine Maus in den Pfoten einer Katze.

Albrec lag halb im Schnee vergraben. Eine frostweiße Gestalt zerrte an ihm.

»Schon gut, schon gut. Ich bin wach.«

Avila sank in einen Schneehaufen neben ihm. Qualvoll hob und senkte sich die verletzte Brust beim Atmen. »Es hat zu schneien aufgehört«, keuchte er. »Wir sollten versuchen weiterzuziehen.«

Doch sie verharrten beide bäuchlings in der Schneewehe, unter der sie fast schon vergraben lagen. Die Kutten waren so steifgefroren, daß sie sich wie Rüstungen anfühlten. Ihre Gliedmaßen waren längst taub von der strengen Kälte. Schlimmer aber waren die weißen Frostbeulen, die sich in den Gesichtern und an den Ohren gebildet hatten.

»Wir sind am Ende«, stöhnte Albrec. »Gott hat uns verlassen.«

Der Wind hatte sich ein wenig gelegt. Die beiden Mönche drehten sich auf den Rücken und starrten empor zum riesigen, sternenübersäten Gewölbe des nächtlichen Himmels. Wunderschön und unbarmherzig strahlten die Sterne so hell herab, daß sie fahle Schatten warfen, obwohl der Mond noch nicht aufgegangen war.

Aus der Ferne vernahmen die beiden Geistlichen das traurige Geheul eines einsamen Wolfes, der sich auf der Suche nach Nahrung aus den schrecklichen Höhen der winterlichen Berge von Cimbric herabgewagt hatte.

Ein anderer antwortete, und bald stimmten weitere mit ein. Ein ganzes Rudel bekundete einander eine geheimnisvolle, unergründliche Kameradschaft.

Seltsamerweise empfand Albrec keine Furcht. Ich sterbe, dachte er, und es spielt keine Rolle.

»Seeleute glauben, daß Bonitos die verlorenen Seelen von Matrosen beherbergen, die in Sünde starben«, erzählte der kleine Mönch Albrec, als Erinnerungen aus seiner Kindheit an der hardischen See über ihn hinwegspülten.

»Was ist ein Bonito?« fragte Avila. Leise wie ein Atemhauch drangen die Worte von seinen Lippen, als würde ein zu großer Schmerz in seinen Lungen wüten, als daß er seiner Stimme Klang verleihen könnte.

»Ein großer, flachschnäuziger Fisch mit freundlichen Augen, der gerne Schiffen folgt. Ein glückliches Wesen, stets zu Späßen aufgelegt.«

»Dann beneide ich diese verlorenen Seelen«, seufzte Avila.

»Und Waldläufer«, fuhr Albrec fort, wobei auch seine Worte undeutlich und schwach ertönten, »Waldläufer glauben, daß Wölfe die Seelen böser Menschen beherbergen. Manche meinen auch, daß die Seelen verlorener Kinder in Wolfskörpern hausen. Sie glauben, im Herzen eines Wolfes liegt all die Finsternis und Verzweiflung der Menschheit, und daß Gestaltwandler deshalb für gewöhnlich die Form von Wölfen annehmen.«

»Du liest zuviel«, flüsterte Avila. »Viel zuviel. Wölfe sind seelenlose Tiere ohne Verstand. Der Mensch ist die einzig wahre Bestie, denn er besitzt die Fähigkeit, über seine Taten zu entscheiden.«

Während sie reglos verharrten und die funkelnde Schönheit der Sterne bewunderten, kroch langsam, wie ein Geschwür, die Kälte in ihre Knochen. Für die beiden gab es weder Schmerz noch Hoffnung auf Flucht oder Leben, nur den Frieden, der zwischen den Schneewehen im rauhen Land der Hügel von Naria herrschte, wo einst die wilden Stämme umherzogen und ihren dunklen Göttern huldigten.

»Schluß mit dem Philosophieren«, murmelte Albrec. Ein Stern nach dem anderen verlosch vor seinen Augen. »Gute Nacht, Avila.«

Doch sein Freund antwortete nicht mehr.

Die fimbrische Patrouille fand die beiden eine Stunde später, angezogen von den dunklen Gestalten der Wölfe, die sich um die reglosen Körper scharten. Die Soldaten jagten die Biester mit Fußtritten beiseite und entdeckten zwei Mönche aus Charibon, die stocksteif gefroren im Schnee lagen, die Gesichter empor zu den Sternen gewandt, die Hände ineinander verschlungen wie die zweier Kinder. Die Soldaten mußten sie mit den Schwertern aus dem Eis des Schneehügels freihauen. Die Körper der Mönche waren von Sturm und Eis und dem rauhen Marsch durch klirrende Kälte gezeichnet, ihre Gesichter aber wirkten friedvoll und rein wie das Antlitz einer Heiligenbüste.

Der Feldwebel, der die Patrouille führte, erteilte den Befehl, die beiden Körper in Decken zu hüllen und ins Lager zu bringen. Die Soldaten gehorchten, hoben die Körper auf und begaben sich im Laufschritt zu den Lagerfeuern der fimbrischen Armee, die weniger als eine Meile entfernt rot und gelblich im Sternenlicht flackerten.

Schweigend beobachteten die Wölfe, wie die Männer davonmarschierten.

Kapitel 23

Sie kamen rasch voran, sechzig Wegstunden in nur elf Tagen. Nie zuvor hatte Corfe etwas erlebt, das seiner kunterbunten Armee barbarischer Vogelscheuchen gleichkam. Die Männer waren erwartungsvoll, redselig und unglaublich frohgemut. Als sie Torunn hinter sich gelassen hatten, veränderten sie sich von Grund auf, und oft schallten Stammeslieder und derbes Gelächter durch die Reihe. Es war, als hätte die Stadt ihnen zuvor einen trübsinnigen Zwang auferlegt. Nun aber, da sie mit Lanzen in den Händen durch offenes Gelände marschierten, während Schwerter gegen ihre Hüften schlugen, wirkten die Männer wie beflügelt. Gewiß, sie waren ein disziplinloser Haufen, doch sie zeigten sich begeisterungsfähiger als jeder Soldat, den Corfe kannte. Alles vermittelte den Anschein, als zögen sie gen Süden, um dort an einer Art Fest teilzunehmen.

Eines Abends sprach Corfe mit Marsch darüber, als sie am Lagerfeuer saßen, in hauchdünne Decken gehüllt, und zitternd beobachteten, wie in der Dunkelheit hinter ihnen Schneeflocken wie Federn aufstoben und im Feuerschein glitzerten. Fast ein Drittel der Männer marschierte barfuß, und viele besaßen keinen ausreichenden Schutz gegen die Kälte; dennoch ging von den Gruppen, die um die übrigen Lagerfeuer versammelten waren, ein fröhliches Gemurmel aus, gleich einem vor Bienen summenden Sommergarten.

»Warum sind die Männer so glücklich?« fragte Corfe seinen frischgebackenen Fähnrich.

Der riesige Stammeskrieger wischte sich mit der Decke über die Nase und zuckte mit den Schultern. »Sie sind frei. Reicht das nicht, um einen Mann glücklich zu machen?«

»Aber sie ziehen in den Süden, um für Fremde eine Schlacht zu fechten. Warum scheinen sie sich so darauf zu freuen?«

Marsch bedachte seinen Kommandeur mit einem seltsamen Blick. »Ein Mann nimmt oft aus bedeutungslosen Beweggründen einen Kampf auf. Der Krieg ist das Leben meines Volkes, der Felimbri. Er stellt für einen Mann die einzige Möglichkeit dar, im Ansehen seiner Kameraden aufzusteigen. Einen anderen Weg gibt es nicht.«

Fähnrich Ebro, der mit einem Pelzumhang über den Schultern ganz in der Nähe saß, schnaubte verächtlich. »Das sind die Ansichten eines Primitiven«, sagte er.

»Wir alle sind primitiv und werden es immer sein«, erwiderte Marsch ungewöhnlich sanft. »Wären wir kultivierte Menschen, würden wir einander nicht töten. Wir sind Tiere. Etwas in uns muß kämpfen, damit wir spüren, daß wir am Leben sind. Meine Männer wurden nicht wie Menschen, sondern wie Dinge behandelt und wie Arbeitstiere ausgenutzt. Nun aber tragen sie die Waffen freier Männer, und sie dürfen in einem offenen Wettstreit wie freie Männer kämpfen. Es spielt keine Rolle, gegen wen sie antreten oder wo oder weshalb.«

»Der philosophierende Wilde«, spöttelte Ebro.

»Also braucht ihr keinen Grund für den Kampf?« wollte Corfe wissen.

»So ist es. Ein Mann erwirbt sich Ehre, indem er andere Menschen unterwirft – entweder, indem er sie tötet, oder indem er sie so beherrscht, daß sie es nicht wagen, seinem Wort zu widersprechen. Aus diesem Holz sind Könige geschnitzt – zumindest bei meinem Volk.«

»Und was warst du, bevor du auf die Galeeren mußtest, Marsch?« fragte Corfe leise.

Der riesige Wilde lächelte. »Was ich immer noch bin, ein Prinz meines Volkes.«

Ebro brach in schallendes Gelächter aus, doch Marsch schenkte ihm keinerlei Beachtung.

»Du könntest hier und jetzt deine torunnischen Offiziere töten und nach Hause ziehen. Keiner könnte dich aufhalten«, meinte Corfe.

Marsch schüttelte den Kopf. »Wir haben einen Eid geschworen, den wir niemals brechen werden. Die Ehre bindet uns daran. Und außerdem« – dabei grinste er Corfe an und entblößte ein kantiges, gelbliches Gebiß mit spitzen Eckzähnen – »sind wir neugierig, wie sich unser forscher torunnischer Oberst in einer offenen Schlacht verhält.«

Diesmal war es Corfe, der lachte.

Das Herannahen der Truppe ließ sich unmöglich verheimlichen. Ihr Erscheinungsbild war so fremdartig, daß sich ganze Dörfer an den Rändern der schlammigen Straßen einfanden und die Soldaten anstarrten, während sie vorbeimarschierten. Die letzten paar Tage waren die Männer mit halber Ration ausgekommen, denn die Lebensmittel, die der Quartiermeister ausgegeben hatte, wurden knapp, und sie mußten sich von dem ernähren, was sie der Umgebung abringen konnten. Sie beschlagnahmten einige Rinder von schreckensbleichen Besitzern, doch Corfe verhinderte größere Plünderungen; schließlich marschierten sie durch Torunna, sein Heimatland. Außerdem wollte er so rasch wie möglich vorankommen.

Die Männer erwiesen sich als unglaublich schnell auf dem Marsch. Obwohl ihnen die Zeit auf den Galeeren den Feinschliff ihrer Ausdauer geraubt hatte und rohe Kraft anstelle von Stehvermögen gedeihen ließ, trabten sie mit atemberaubender Geschwindigkeit dahin, da weder Geschütze noch jegliches Gepäck sie behinderten. Die drei torunnischen Offiziere in den Reihen hatten alle Mühe, mit ihren Untergebenen Schritt zu halten, die mit den Helmen an den Hüften und den Lanzen auf den kräftigen Schultern voraneilten. Insgeheim war Corfe erstaunt. Er war in dem Glauben aufgewachsen, daß die Stämme aus den Bergen von Cimbric primitive Wilde wären, kaum der Aufmerksamkeit zivilisierter Menschen wert, außer, ihre Raub- und Beutezüge wurden zu einem Ärgernis. Nun aber offenbarte sich ihm eine andere Wahrheit: Diese Männer waren geborene Soldaten. Corfe war überzeugt, daß sie sich mit ein wenig Disziplin und Führung gegen jeden Feind der Welt tapfer schlagen würden.

Andruw schien ähnlich beeindruckt. »Das sind gute Soldaten«, meinte er, während sie durch den zerfurchten Schlamm der winterlichen Straßen gen Hedeby wateten. »Noch nie habe ich Männer gesehen, die einem Kampf so freudig entgegenblickten. Trotzdem gäbe ich meinen linken Arm für eine Batterie Kulverinen.«

Corfe kicherte. Unerklärlicherweise fiel es ihm in letzter Zeit zunehmend leichter, guter Dinge zu sein. Vielleicht hing es damit zusammen, daß er sich in freier Natur befand und sein eigener Herr war. Vielleicht war es auch die Aussicht auf die bevorstehende Schlacht. Wie dem auch sein mochte – er machte sich nicht die Mühe, eingehender darüber nachzudenken.

»In diesem Matsch kämen wir mit deinen Kulverinen nicht weit. Ebensowenig mit Reiterei. So langsam finde ich Gefallen daran, daß unsere Streitmacht einzig aus Infanterie besteht. Dadurch sind wir wahrscheinlich beweglicher, als wir dachten.«

»Sie marschieren wirklich schnell, keine Frage«, stimmte Andruw reuevoll zu. »Wenn wir in Hedeby eintreffen, bin ich ein kleiner Mann. Ich habe bestimmt schon einen Zoll von jedem Absatz abgelaufen.«

Sie befanden sich noch einen halben Tagesmarsch von Hedeby entfernt, als sie eine kleine Gruppe bewaffneter Reiterei am Horizont erspähten, die sie beobachtete. Die Banner der Fremden flatterten im kalten Wind, der von den Hügeln zu beiden Seiten der Straße herabwehte.

»Ich möchte wetten, das ist Ordinac«, meinte Corfe, als er die Reiter erblickte. »Er will wohl begutachten, gegen wen er antreten muß. Roll das Banner auf, Andruw.«

Andruw ließ den Standartenträger, einen großgewachsenen Stammeskrieger namens Kyrn, das Kathedralenbanner entrollen, so daß es als farbiger Fleck in der grauen Landschaft des Winternachmittages an der Spitze des zwölf Zoll langen Flaggenstabes flatterte. Der Rest der Männer stimmte bei dem Anblick einen bedeutungsleeren Schrei an, ein heiseres Gebrüll aus fünfhundert Kehlen, daß die Pferde am Horizont zusammenzuckten und unruhig die Köpfe hin und her warfen.

»Schlachtaufstellung«, befahl Corfe ruhig. »Er will einen Blick auf uns werfen, also soll er ruhig etwas zu sehen bekommen. Andruw, rück mit der fünften Hundertschaft vor, und verjag diese Reiter, sobald der Rest ausgeschwärmt ist.«

Andruws jungenhafte Züge hellten sich auf. »Mit Vergnügen, Herr Oberst.«

Die fünf Hundertschaften unter Corfes Kommando formierten sich. Die fünf Mann tiefe Reihe erstreckte sich über etwa hundert Meter. Sobald die Aufstellung abgeschlossen war und das Fahnenträgerkommando mit der flatternden Standarte sich in der Mitte befand, führte Andruw eine Hundertschaft den Hügel empor auf die herabblickenden Reiter zu.

Zwar trugen sie die schwere Dreiviertelrüstung des alten Adels, doch die Gruppe bestand aus weniger als zwanzig Mann. Sobald die Hundertschaft auf knapp fünfzig Schritte herangekommen war, wendeten die Reiter ihre Pferde und trabten davon. Offenbar mißfiel ihnen das Kräfteverhältnis. Andruw ließ seine Mannen auf dem Hügel Stellung beziehen, und bald kam ein keuchender Bote den Hang herunter gerannt. Er überreichte Corfe eine Mitteilung.

Feindlager befindet sich eine halbe Wegstunde voraus, etwa drei Wegstunden vor der Stadt, stand da. *Sieht so aus, als machen sie mobil.*

»Wie lauten Eure Befehle, Herr?« fragte Fähnrich Ebro. Wie die Rüstungen aller anderen Soldaten war auch die seine dermaßen mit Schlamm verschmiert, daß sie mittlerweile rostbraun wirkte.

»Wir schließen uns Andruws Hundertschaft an«, erwiderte Corfe. »Danach sehen wir weiter.«

»Ja, Herr.« Ebros Stimme zitterte wie der Flügelschlag eines gefangenen Vogels, und unter den Dreckspritzern schien sein Antlitz blaß.

»Ist irgend etwas nicht in Ordnung, Fähnrich?« erkundigte sich Corfe.

»Nein, Herr. Es ... es ist nur so, daß ich noch nie in den Kampf gezogen bin, Herr.«

Einen Augenblick starrte Corfe ihn an und mochte ihn plötzlich ob seiner Offenheit. »Du wirst dich wacker schlagen, Fähnrich.«

Die restliche Formation schloß zu Andruws Männern

auf, die oben auf dem Hügel warteten. Dann blickten sie hinab auf die Lederzelte des feindlichen Lagers, die das Land sprenkelten. Linker Hand, ungefähr eine Meile entfernt, war die See zu erkennen, grau und unverwüstlich wie ein Felsen. In der Ferne erspähten sie Ordinacs Schloß bei Hedeby als dunkle Spitze. Corfe ließ den fachmännischen Blick über das Heer des Herzogs schweifen.

»An die tausend Mann, wie man uns sagte. Vielleicht hundert berittene Soldaten, die Leibgarde des Herzogs, ansonsten überwiegend Speerschwinger. Das sind zweitklassige Truppen, kein Gegner für eine ordentliche Armee. Siehst du die Kanonen? Er hat zwei, leichte Falkaune, und sie sind noch nicht einmal abgeprotzt. Bei allen Heiligen, ich glaube, er will gleich angreifen.«

»Ihr meint ... noch heute, Herr?« fragte Ebro.

»Ich meine sofort, Fähnrich.«

Andruw kam herüber. »Zeit für den Kampf, glaube ich. Er wird uns angreifen. Andererseits ... sieh dir den Haufen dort unten an. Bevor daraus eine Formation wird, verstreicht ein halber Tag.«

Scharen von Männern sammelten ihre aufeinandergestapelten Waffen ein und rannten durcheinander, während wild mit den Armen fuchtelnde Offiziere versuchten, ein wenig Ordnung in das Gewirr zu bringen. Die einzig disziplinierte Gruppe schien die Leibgarde des Herzogs zu sein, die auf den schweren Pferden in Zweierreihen vor den übrigen Truppen Stellung bezogen hatte und somit als Schutzschild diente, bis die Kameraden kampfbereit waren.

Corfe erfaßte die Lage mit einem Blick. Sein Kommando war zahlenmäßig unterlegen; deshalb würde man eine Defensivschlacht von ihm erwarten. Da seine Truppe sich auf höher gelegenem Gelände befand, hatte Corfe eine gute Ausgangsposition. Aber seine Männer besaßen keine Feuerwaffen. Der Feind konnte bis auf Schußweite heranrücken und das Feuer eröffnen, während die Reiterei die Flanken sicherte, um einem Ausfall von Corfes Truppen vorzubeugen.

»Wir greifen an«, befahl er kurz angebunden. »Andruw, Ebro, zu euren Hundertschaften. Marsch, sag den Männern, daß wir unverzüglich über den Feind herfallen und ihn verwirren müssen, bevor er Zeit hat, sich zu formieren.«

»Aber die Reiterei ...«, setzte Ebro an.

»Befolge deine Befehle, Fähnrich. Marsch, laß den hintersten Rang ausscheren, und halte ihn als taktische Reserve zurück. Ich rufe dich, wenn ich die Männer brauche. Verstanden?«

Der riesenhafte Stammeskrieger nickte und drängte sich durch die Reihen nach hinten.

»Bist du sicher, das du das Richtige tust, Corfe?« erkundigte sich Andruw.

»Ich werde keinesfalls hier herumsitzen und auf den Feind warten, Andruw. Angriff ist unsere einzige Hoffnung. Wir müssen schnell handeln. Ich will, daß alles im Laufschritt vonstatten geht. Wir müssen sie erwischen, während sie sich zu formieren versuchen.«

»Eine halbe Wegstunde im Laufschritt, in voller Rüstung?« meinte Andruw zweifelnd.

»Die Männer können es schaffen. Komm, an die Arbeit.«

Das Fahnenträgerkommando schwärmte als erstes aus, während die Ränge dahinter die Helme sicherten und die Schwerter aus den Scheiden zogen. Dann marschierte die Formation los. Corfe hatte ihnen ein paar Befehle auf Normannisch beigebracht. Nun brüllte er einen davon, den er mit einem Schwung des Säbels unterstrich.

»Laufschritt!«

Die Männer verfielen in einen leichten Trab. Das Klirren und Rasseln hörte sich wie der Wanderladen eines Eisenwarenhändlers an. Die Ränge begannen zu verschmelzen, während sie über den weichen Boden liefen und ihn dabei in Morast verwandelten. Hinter der Hauptgruppe folgte Marsch mit der hundert Mann starken Reserve, die eine geschlossenere Formation bildete.

Zuerst gestaltete sich der Lauf wegen der Abwärtsneigung des Hügels ziemlich einfach, wurde dann aber zu einer schweißtreibenden Anstrengung, da die Füße immer schwerer wurden, die Lungen nach Luft lechzten und die schweren Rüstungen die Schultern niederdrückten. Zwar würden die Männer müde sein, wenn sie das gegnerische Heer erreichten, dafür würden beim Feind Unordnung und Verwirrung herrschen. Corfe war bereit, dieses Wagnis einzugehen.

Eine halbe Meile lag hinter ihnen; stumm rannten die Soldaten weiter. Nur das schmatzende Geräusch der Stiefel oder bloßen Füße im Schlamm, das Klirren und Scheppern von Stahl und das angestrengte, schnaufende Keuchen der Männer durchbrachen die Stille. Für Kriegsschreie blieb ihnen keine Kraft.

Es war schwierig, den Kopf aufrecht und den Verstand wach zu halten. Andererseits ließ das rege Überlegen und Planen den körperlichen Schmerz vergessen.

Die schwer bewaffneten Reiter, die den Schutzschild des Feindes bildeten, wirkten vollkommen ratlos. Offenbar hatten sie diesen Schachzug nicht erwartet. Ein Hornsignal ertönte, und die Reiter trieben ihre Rösser den Hügel hinauf. Die Tiere waren schwer beladen und mußten zudem auf weichem, schlammigem Boden eine Steigung überwinden. Mehr als einen schnellen Trab brachten sie nicht zustande. So mußten die Reiter sich auf ihr Gewicht und ihren Schwung verlassen, um Corfes Formation zu durchbrechen – und auf die Angst, in Reichweite der Speerschwinger zu geraten.

Als die beiden Gruppen – die emportrabende Reiterei und die hinabstürmenden Fußsoldaten – krachend aufeinanderprallten, stimmten die Stammeskrieger ein heiseres, wildes Geheul an. Die Formation löste sich auf, und die Reihen zerbrachen, als die Reiter Keile aus Eisen und Muskeln in sie hineintrieben. Corfe sah, wie einer seiner Männer trotz der Rüstung von einer Lanze durchbohrt und beiseite geschleudert wurde wie ein ausgenommener Fisch.

Doch die Reiter vermochten den Vorteil nicht zu halten. Corfes Männer ergriffen die Lanzen der Feinde und zogen sie aus den Sätteln, stachen empor in Achselhöhlen oder Lenden und schnitten die Sehnen der Pferde durch, so daß die Tiere kreischend und wild um sich tretend zu Boden gingen und die Reiter unter sich begruben. Und sobald ein Reiter auf dem Rücken landete, hatte er keine Möglichkeit mehr, sich zu erheben. Die schwere Rüstung drückte ihn in den Schlamm, bis ihm ein hämisch grinsender Stammeskrieger den Helm vom Kopf riß und die Kehle durchschnitt.

Es war rasch vorbei. Die feindliche Formation verlor sich in Knäuel planlos umherirrender Reiter, die alsbald umkreist und zu Boden gezerrt waren. Eine Herde vor Schmerz brüllender Rösser galoppierte reiterlos den Hügel hinab, gefolgt von einigen Lanzenstreitern, die sich irgendwie im Sattel halten konnten und davonpreschten.

»Neuformierung!« brüllte Corfe. Sogleich gaben seine Männer die Plünderung der Toten auf, um wieder geordnete Reihen zu bilden.

»Laufschritt!«

Abermals rannte die Formation los. Corfe hatte keine Ahnung, wie groß die Verluste seiner Streitmacht waren, doch es spielte keine Rolle. Wichtig war nur, daß sie den Feind erreichten, bevor dieser sich erneut kampfbereit machen konnte.

Nunmehr fühlte die Rüstung sich leicht an. Corfe hatte während des kurzen, grausamen Gemetzels keinen einzigen Hieb abbekommen, da er zu sehr damit beschäftigt gewesen war, das Gesamtbild im Auge zu behalten und abzuwägen, ob er den Reservetrupp unter Marschs Führung benötigte. Jetzt aber durchströmte ihn Kampfeslust, jene kalte Entschlossenheit, die jeden Mann angesichts des unmittelbar drohenden Todes erfüllt. In gleichmäßigem Laufschritt stürmten die Stammeskrieger den Hügel hinab, und diesmal hörte Corfe sie in ein schrilles, ohrenbetäubendes Geheul ausbrechen, das ihren Schlachtruf darstellte.

Vor ihnen befand sich eine Gruppe Männer, teils in Reihen geordnet, teils eine formlose Menge. Außerdem erblickte er die brodelnden Ränge einer Hundertschaft Speerschwinger, die ihre langen, teuflischen Spieße senkten, um vor den Angreifern einen Zaun aus Spitzen zu errichten. Corfes Armee fiel über den Feind her.

Beinahe unverzüglich verwandelte sich das Heer der Rebellen in ein dicht gedrängtes Gewühl, da sich die Männer aus den vordersten Reihen zurückzogen. Hier und da feuerte eine Gruppe Salven ab, doch die Hakenbüchsenschützen standen zum größten Teil vereinzelt in der Menge, luden die Waffen und schossen ziellos umher. Vielleicht ist der Herzog bei dem Gefecht mit der Reiterei gefallen, überlegte Corfe. Abgesehen von den Offizieren der einzelnen Hundertschaften, schien es keine Befehlshaber zu geben.

Nur die Hundertschaft der Speerschwinger behielt ihre Formation bei. Die Stammeskrieger schlugen die langen Waffen mit den Schwertern nieder und versuchten, die Reihe zu durchbrechen und aufzulösen, doch die hinteren Ränge des Feindes senkten die eigenen Spieße auf die Schultern ihrer Kameraden und durchbohrten die ungestümen Angreifer. An anderen Stellen drängten Corfes Männer die ungeordneten Haufen der Rebellen zurück, gegen die Speerschwinger aber mußten sie schwere Verluste hinnehmen.

Corfe bahnte sich einen Weg durch das Gewühl, bis er

die hinteren Reihen seiner Männer erreichte, wo Marsch mit der Reserve wartete. Ungeduld sprach aus den funkelnden Augen des großen Wilden.

»Kommt mit«, brüllte Corfe ihnen zu und rannte voraus.

Er führte sie hinter der Front und an den Flanken des Feindes vorbei. Unterwegs stießen sie auf eine Kompanie Hakenbüchsenschützen, die einen solchen Zug verhindern sollte, doch bevor der Feind eine Salve abfeuern konnte, hatten Corfes Männer ihn bereits überrannt und hackten und hieben wie scharlachrote Dämonen um sich. Die Hakenbüchsenschützen stoben auseinander und flohen zurück ins Lager. Corfe führte seine Truppe weiter durch die äußeren Zelte des Rebellenlagers. Dabei stapften die Stammeskrieger durch Feuer und zerschnitten Zeltschnüre.

Dann befanden sie sich hinter den feindlichen Linien. Unglaublicherweise war hier keine Reserve postiert. Vor ihnen stand die Phalanx der feindlichen Speerschwinger wie ein riesiges Stachelschwein; immer noch warfen sich Corfes Männer auf die Spieße und versuchten, sie niederzudrücken.

»Angriff!« brüllte Corfe und stürmte mit seiner Hundertschaft von hinten in die Ränge der Speerschwinger.

Der Feind hatte keine Chance. So gefährlich Lanzen in geordneter Formation sein konnten, so nutzlos waren die unhandlichen Waffen, sobald diese zerbrach. Corfes Reservehundertschaft metzelte die Feinde reihenweise nieder und riß die Ränge in Stücke.

Die Schlacht war gewonnen. Corfe wußte es, obwohl noch einzelne Rebellen kämpften, um dem doppelseitigen Angriff zu entrinnen. Die feindliche Armee hatte sich in eine wuselnde Menge verwandelt und jede militärische Ordnung über Bord geworfen. Sie glich nur noch einem Haufen verängstigter Männer, die sich zu retten versuchten, während Corfes scharlachrote Berserker die Flüchtenden wie Stroh niedermähten.

»Ich gratuliere dir zum Sieg, Oberst«, sagte Andruw, der Corfe inmitten des blutigen Gemetzels über den Weg lief. »Ein unvergleichliches Manöver. Und erst unsere Männer!« Er grinste. »In der Wildheit muß wohl eine gewisse Tugend liegen.«

Sieg. Er schmeckte süß, obwohl er über Landsleute errungen wurde. Ein Sieg war besser als Wein oder Weib; ein Hochgefühl, das jedwede Selbstzweifel hinwegbrannte.

»Nützt die Panik«, befahl er Andruw. »Wenn nötig, verfolgen wir den Feind bis Hedeby. Wir dürfen ihnen keine Ruhe gönnen und ihnen keine Möglichkeit zur Neuformierung bieten. Bleibt an ihnen dran, Andruw.«

Andruw deutete auf die heulenden, mordenden Stammeskrieger, die den Fliehenden hinterherstürmten und ihren Rückzug in einen blutschwangeren Alptraum verwandelten.

»Ich glaube kaum, daß ich die Männer aufhalten könnte, selbst wenn ich es wollte, Corfe.«

Bei Einbruch der Dunkelheit war alles vorbei. Die Stadtoberen übergaben Corfe die Zitadelle, da der örtliche Adel in der Schlacht gefallen war. Corfe quartierte sein Heer im Schloß ein. Von Herzog Ordinacs Streitmacht waren nur noch vereinzelte Flüchtlinge übriggeblieben, die sich irgendwo in der Umgebung versteckten. Viele von ihnen ergaben sich auf dem Hauptplatz der Stadt, da sie zu erschöpft waren, um weiterzufliehen. Diese Soldaten wurden im Verlies des Schlosses eingekerkert. Die Bürger der Stadt, denen die blutverschmierten Barbaren mit den seltsamen Rüstungen entsetzliche Angst einjagten, gaben ihnen alles, wonach sie verlangten, ob Speisen, Getränke oder sonstiges, wenngleich Corfe ausdrücklich befohlen hatte, daß die Bevölkerung keinesfalls mißhandelt werden dürfte. In dieser Hinsicht hatte er in Aekir zuviel miterlebt, als daß er es von Männern unter seinem Kommando geduldet hätte.

Vierhundert Soldaten des Herzogs waren auf dem Schlachtfeld gefallen. Weitere zweihundert bluteten sich, vor Schmerz schreiend, die Seele aus dem Leib; die meisten davon würden ihren toten Kameraden in die Ewigkeit folgen. Corfe hingegen hatte weniger als zweihundert Mann verloren. Die meisten Verluste verzeichnete jene Hundertschaft, die als erste den feindlichen Lanzen entgegengestürmt war.

Ordinac unterhielt eine gepflegte Speisekammer, und so gab es in jener Nacht für diejenigen, die sich wohl genug fühlten, ein großes Fest. Trinkend und schmatzend saßen die Stammeskrieger um die langen Tische der Schloßhalle, ließen sich von verschreckten Dienern bewirten – Corfe hatte dafür gesorgt, daß diese ausschließlich männlichen Geschlechts waren – und erzählten einander, was sie in der gestern geschlagenen Schlacht erlebt hatten. Die Szene hätte aus einem früheren, wilderen Zeitalter stammen können, als Kampfesruhm noch höher als alles andere geschätzt wurde. Corfe machte sich wenig daraus, doch er ließ den Männern ihren Spaß. Sie hatten ihn sich verdient. Belustigt betrachtete er Fähnrich Ebro, der mit hochrotem Kopf inmitten der anderen hockte, sich betrank und sich widerstandslos auf die Schulter klopfen ließ. Die Erleichterung, seine erste Schlacht ohne Schimpf und Schande überstanden zu haben, hatte ihn sichtlich entkrampft. Brüllend lachte er über Witze, die in einer ihm unverständlichen Sprache erzählt wurden.

Corfe verließ den stickigen Saal und begab sich auf die altmodischen Zinnen des Schlosses von Hedeby, um auf die Stadt und die Umgebung hinunterzublicken, die sich dunkel unter dem Sternenzelt erstreckte. Droben auf dem Hügel über der Stadt erspähte er ein mattes, rotes Schimmern. Auf Corfes Befehl schleppte die Bevölkerung die Leichen der Gefallenen dort hinauf, um sie zu verbrennen. Dort lagen sie – torunnische Soldaten, ein Herzog und felimbrische Stammeskrieger – und loderten vereint in den Flammen. Corfe war dankbar, daß seine Männer offenbar keinen aufwendigen Bestattungszeremonien frönten. Solange die Leichen mit einem Schwert in der Hand verbrannten, waren die Krieger es zufrieden. Was für seltsame Menschen! Beinahe empfand Corfe so etwas wie Liebe für sie, seit sie ihm ohne Fragen, ohne Zögern in der Schlacht gefolgt waren. Eine solche Treue war kostbarer als alle Schätze eines Königs.

Schritte erklangen in Corfes Rücken, und plötzlich standen Andruw und Marsch neben ihm. Der Stammeskrieger hielt einen schlaffen Weinbeutel in der Hand.

»Bist du schon betrunken?« fragte Andruw ihn, obwohl er sich die Frage ebensogut selbst hätte stellen können.

»Ich brauchte frische Luft«, erwiderte Corfe. »Warum seid ihr beide hier draußen und laßt euch den ganzen Spaß entgehen?«

»Die Männer wollen auf ihren Kommandeur anstoßen«, antwortete Marsch ernst.

Zwar hatte er die ganze Zeit ausgiebig getrunken, dennoch wirkte er unerschütterlich wie ein Fels. Er bot seinem Oberst den Weinbeutel an, und Corfe kostete einen Schluck von dem dünnen, säuerlichen Wein des südlichen Torunna. Der Geschmack rief Erinnerungen an seine Jugend wach. Er stammte aus diesem Teil der Welt, wenngleich er bereits so lange im Osten stationiert war, daß er es fast schon vergessen hatte. Wäre er nicht schon in jungen Jahren der Armee beigetreten, läge er jetzt womöglich brennend drüben am Hügel auf dem Scheiterhaufen, nachdem er für seinen Oberherrn in einem

Krieg gekämpft hätte, über dessen Ursache er wenig gewußt hatte und noch weniger hätte wissen wollen.

»Sind die Feldposten auf ihren Plätzen?« fragte er Andruw.

Der jüngere Offizier blinzelte wie eine Eule. »Ja, Corfe. Eine halbe Meile außerhalb der Stadt, nüchtern wie Mönche und mit den besten Pferden ausgestattet, die des Herzogs Ställe zu bieten hatten. Marsch und ich wollten mit dir reden, Corfe.« Andruw legte Corfe den Arm um die Schultern. »Weißt du, was wir hier gefunden haben?«

»Was?«

»Pferde.« Die Antwort kam von Marsch. »Wir haben viele Pferde gefunden, Oberst, und sie sind groß genug, um als Schlachtrösser zu dienen. Anscheinend war dieser Herzog ein leidenschaftlicher Züchter. In Gestüten, die sich über die Ländereien im Süden verteilen, stehen mehr als tausend Gäule. Einer der Schloßdiener hat es uns erzählt.«

Corfe blickte Marsch in die Augen. »Was willst du damit sagen, Fähnrich?«

»Mein Volk ist ein geborenes Reitervolk. Zu Pferde kämpfen wir am liebsten. Und diese Rüstungen, die wir tragen … die meisten sind Rüstungen der schweren Reiterei …« Marsch ließ den Satz unbeendet in der Luft hängen und zog die Augenbrauen hoch.

»Reiterei«, seufzte Corfe. »Darum also geht es. Auch ich war einst Reitereioffizier.«

Andruw grinste ihn an. »Wie du weißt, sind Besitztümer von Verrätern für die Krone zu beschlagnahmen. Aber ich bezweifle, daß Lofantyr ein paar Klepper vermissen würde. Bisher erwies er sich uns gegenüber ohnehin als äußerst knauserig.«

Corfe starrte in die vom Feuerschein erhellte Nacht. Der Scheiterhaufen der Gefallenen wirkte wie ein trübes Auge, das ihn beobachtete.

»Auf Pferden wären wir wohl mobiler und schlagkräftiger, aber wir bräuchten auch einen Gepäckzug, eine bewegliche Esse, Hufschmiede.«

»Wir haben Männer, die Pferde beschlagen und verarzten können. Die Felimbri schätzen ihre Rösser höher als ihre Frauen«, erklärte Marsch mit todernster Miene. Andruw verschluckte sich am Wein und brach in Gelächter aus.

»Du bist betrunken, Adjutant«, meinte Corfe.

Andruw salutierte. »Jawohl, Oberst, bin ich. Verzeih, Marsch. Hier, trink einen Schluck.«

Der Weinbeutel machte die Runde zwischen den dreien, während sie sich auf die Zinnen lehnten und die Augen im kalten Wind zusammenkniffen, der von der See herüberwehte.

»Also gut, wir statten die Männer mit Pferden aus«, sagte Corfe nach einer Weile. »Das bedeutet acht Reitereischwadrone, außerdem einen Ersatzgaul pro Mann und einen Gepäckzug für Proviant und die Esse. Zudem Maultiere, die das Getreide tragen – rings um die Stadt gibt es genug davon. Und dann ...«

»Und dann?« fragten Andruw und Marsch gleichzeitig.

»Dann ziehen wir gegen Herzog Narfintyr von Staed ins Feld, treffen dort vor Lofantyrs anderem Heer ein und werden sehen, was wir tun können.«

»Die Leute in der Stadt behaupten, Narfintyr hätte dreitausend Mann«, erklärte Andruw, der mit einem Schlag nüchtern wirkte.

»Zahlen besagen gar nichts. Wenn die Soldaten vom gleichen Kaliber sind wie die Truppen, gegen die wir heute kämpften, haben wir nichts zu befürchten.«

Der Mond ging auf – eine schmale Sichel, ein silbernes Horn, vor dem Marsch sich verneigte.

»›Kerrunos' Antlitz‹ nennen wir ihn«, erklärte er als Antwort auf die fragenden Blicke der beiden Torunnen. »Er ist das Licht der Nacht, der Düsternis, eines schwindenden Volkes. Mein Stamm ist nahezu ausgelöscht. Von den einst Tausenden von Kriegern sind außer einigen Knaben und Greisen oben in den Bergen nur noch ein paar hundert übrig. Wir sind die letzten Felimbri.«

»Unser Volk bekämpft euch seit Generationen«, sagte Corfe. »Vor uns haben die Fimbrier euch bekriegt und davor die Pferde-Merduks.«

»Ja. Wir Felimbri haben gegen alle Welt gekämpft, und nun ist unsere Zeit fast gekommen. Dies ist der rechte Weg, es zu beenden. Es war eine gute Schlacht, und es liegen noch andere gute Schlachten vor uns, bis auch der letzte von uns als freier Mann mit dem Schwert in der Hand sein Leben aushaucht. Mehr können wir nicht verlangen.«

»Da irrst du dich«, meldete Andruw sich unerwartet zu Wort. »Dies ist nicht das Ende. Fühlst du es denn nicht? Die Welt verändert sich, Marsch. Wenn wir in Ehren ergrauen, werden wir etwas vollkommen Neues erlebt haben – und was viel wichtiger ist, wir werden ein Teil der Kräfte gewesen sein, die diese Veränderung bewirkten. Wir haben heute den ersten kleinen Schritt auf einem Weg getan, der sich eines Tages als höchst bedeutsam erweisen wird ...« Seine Stimme verlor sich. »Ich bin betrunken, Freunde. Am besten, ihr schenkt mir keine Beachtung.«

Corfe klopfte ihm auf die Schulter. »In gewisser Weise hast du recht. Dies ist erst der Anfang. Vor uns liegt ein weiter Weg, wenn wir stark genug sind, ihn zu beschreiten. Gott allein weiß, wohin er uns führt.«

»Auf den Weg vor uns«, meinte Marsch und erhob den fast leeren Weinbeutel.

»Auf den Weg vor uns.«

Und wie Brüder tranken sie einer nach dem anderen darauf.

Kapitel 24

Der Gestank des Infernos hing wie ein dunkler Nebel über Abrusio und erstreckte sich meilenweit auf die See hinaus. Die großen Feuer waren eingegrenzt und brannten in Gebieten der Stadt aus, die eines Visionärs schlimmsten Vorstellungen der Hölle ähnelten. Inmitten der grellen, tosenden Flammenherde standen noch einige der robusteren Gebäude, ohne Dach und völlig ausgebrannt, doch die kümmerlichen Lehmziegel der restlichen Häuser waren unter der Gewalt des Feuers zusammengebrochen. Was einst geschäftige, dicht bevölkerte Bezirke waren, glich nunmehr einem Ödland aus Geröll und Asche, über das der Wind die Flammen peitschte, die noch im Sterben nach neuer Nahrung suchten, um ihren Hunger zu stillen.

Auch die Kämpfe in der Stadt hatten aufgehört. Die Gegner hatten sich in die jeweiligen Lager zurückgezogen, und die vom Feuer zerstörten Gebiete stellten ein klar abgegrenztes Niemandsland zwischen ihnen dar. Zahlreiche königstreue Truppen waren damit beschäftigt, die Bevölkerung hinter die Stadtmauern in Sicherheit zu bringen, andere zerstörten immer noch Teile der Unterstadt, Straße um Straße, um zu verhindern, daß die Flammen neuerlich aufzüngelten und sich einen Weg zur Küste hinab fraßen.

»Wir halten uns recht gut«, meinte Sastro di Carrera zufrieden. Der Balkon hoch droben im Königspalast, auf dem er sich befand, bot einen hervorragenden Ausblick über die Unterstadt von Abrusio; fast die Hälfte davon war völlig zerstört.

»Ich glaube, wir haben den ersten Schwung des Feindes erschöpft«, pflichtete der Presbyterianer Quirion ihm bei. »Aber einige Schiffe der Flotte, eine starke

Schwadron, sind seit Tagen verschwunden. Rovero könnte sie fortgeschickt haben, um irgendeine Teufelei auszuhecken, und der Großteil der Seestreitkräfte von Hebrion liegt außerhalb des Großen Hafens vor Anker. Ich befürchte, sie werden demnächst die Sperre angreifen.«

»Laßt sie doch«, erwiderte Sastro leichthin. »Die Festungen an den Molen sind mit jeweils zwanzig schweren Kanonen bestückt. Sollte Rovero versuchen, sich die Zufahrt zum Hafen zu erzwingen, werden seine Schiffe von einem tödlichen Kreuzfeuer in Stücke gebombt. Nein, ich glaube, wir haben sie besiegt, Quirion. Jetzt ist der rechte Zeitpunkt herauszufinden, ob sie zu Kapitulationsverhandlungen bereit sind.«

Quirion schüttelte den runden, kurz geschorenen Kopf. »Ich müßte mich schwer täuschen, wenn sie jetzt schon gesprächsbereit wären. Sie haben nach wie vor eine beachtliche Streitmacht zur Verfügung, wohingegen unsere Männer dünn gesät sind. Schon bald werden sie einen neuen Versuch wagen, wahrscheinlich per Schiff. Wir müssen auf der Hut bleiben.«

»Wie Ihr meint. Nun, wie sieht es mit den Vorbereitungen für meine Krönung aus? Sie gehen doch sicher zügig voran?«

Ungläubig starrte Quirion den Adeligen an. »Wir befinden uns inmitten eines erst halb gefochtenen Krieges, Fürst Carrera. Dies ist kaum der rechte Zeitpunkt, sich über Prunk und Zeremoniell den Kopf zu zerbrechen.«

»Die Krönung ist mehr als das, mein geschätzter Presbyterianer. Meint Ihr nicht auch, die Anwesenheit eines gesalbten, von der Kirche gesegneten Königs in Abrusio könnte dazu beitragen, die Rebellen zu überzeugen, die Waffen niederzulegen?«

Quirion schwieg eine Weile. Aus der Stadt ertönte das hohle Krachen von Hakenbüchsenschüssen, da einzelne

Feldposten aufs Geratewohl aufeinander feuerten, doch verglichen mit dem höllengleichen Getöse der vergangenen Tage wirkte Abrusio geradezu totenstill.

»Damit könntet Ihr vielleicht recht haben«, räumte er schließlich ein. »Viel Prunk werden wir aber in nächster Zeit nicht bieten können. Dafür müssen Eure wie meine Männer viel zu hart kämpfen, um zu bewahren, was wir bereits haben.«

»Gewiß, aber ich ersuche Euch, es im Hinterkopf zu behalten. Je früher diese Lücke gefüllt wird, desto besser.«

Quirion nickte und wandte sich um. Er lehnte sich auf das Balkongeländer und blickte hinunter auf die verstümmelte Stadt.

»Es heißt, fünfzigtausend Bürger wären den Flammen zum Opfer gefallen, ganz zu schweigen von den Tausenden, die im Kampf starben«, sagte er. »Ich weiß nicht, wie es Euch geht, Fürst Carrera, doch für mein Gewissen ist das eine schwere Last.«

»Es waren allesamt Ketzer, Abschaum aus der Gosse. Wertlose Kreaturen«, gab Sastro höhnisch zurück. »Laßt Euch nicht zu Mitgefühl für diese Nichtsnutze hinreißen, Quirion. Der Staat ist ohne sie besser dran.«

»Vielleicht.«

»Nun, *vielleicht* wärt Ihr so gut, mich zu begleiten und mir Eure Pläne für die Verteidigung der Oberstadt zu erklären.«

»Ja, Fürst Carrera«, erwiderte Quirion schweren Herzens. Als er sich jedoch vom Balkon abwandte, plagten ihn kurzzeitig nagende Zweifel. Was hatte er getan? Was für eine Bestie wollte er zum König machen?

Das Gefühl verflog, und er folgte Sastro in den Planungssaal des Palastes, wo die ranghohen Offiziere ihrer Streitkräfte sie erwarteten.

Fürstin Jemilla konnte an Schiffen keine Schönheit entdecken. Für sie stellten Schiffe lediglich ausgeklügelte Folterinstrumente dar, die auf einem Element fuhren, das eigens dafür geschaffen schien, ihr Unbehagen zu bereiten.

Mitunter aber vermeinte sie, verschwommen zu erkennen, weshalb die Menschen ihre Schiffe so sehr in Ehren hielten und sie derart schätzten. Sie boten unbestreitbar einen eindrucksvollen Anblick.

Die Fürstin spazierte auf dem Poopdeck der *Vorsehung*, dem Flaggschiff von Roveros und Abeleyns Schwadron. Wenn sie nicht gar zu sehr auf das sanfte Steigen und Sinken des Horizonts achtete und sich statt dessen auf den kalten Wind konzentrierte, der ihre blassen Wangen kühlte, empfand sie die Bewegung beinahe als angenehm. Auf jeden Fall wäre sie lieber gestorben, als sich hier an Deck zu übergeben, vor den Augen von fünfhundert Seeleuten, Marineinfanteristen und Soldaten, die allesamt verstohlene Blicke auf sie warfen, während sie gemächlich von einem Schanzkleid zum anderen schritt.

Das Flaggschiff war ein unvergleichlicher Zweidecker mit etwa fünfzig Geschützen, vier Masten und hoch aufragenden Vor- und Achterdecks. Von achtern her betrachtet, ähnelte die Karacke mit den Goldverzierungen und den langen, überhängenden Galerien einer barocken Kirchenfront. Die Decks hingegen erweckten einen gänzlich anderen Eindruck. Auf ihnen war bereits Sand gestreut worden, damit die Kanoniere und Matrosen später nicht im eigenen Blut ausrutschten. Die Kanonen waren ausgefahren, um die Mastfüße standen Löscheimer, und die Lunten zum Zünden der Geschütze brannten schon und verbreiteten einen beißenden Gestank auf dem Schiff. Alles war kampfbereit. Abrusio lag nur noch wenig mehr als eine Wegstunde entfernt. Der Admiral hatte Jemilla erzählt, daß sie sechs Knoten machten und die Stadt in weniger als einer halben Stunde sichten würden. Wenn es soweit war, würde man die Fürstin in die dunklen Unterdecks verbannen, wo der muffige Moder der Bilge und dicht gedrängter Menschenmengen herrschte, ein Markenzeichen jedes Kriegsschiffes. Also genoß sie die frische Luft in vollen Zügen und wappnete sich für die vor ihr liegende Tortur.

Abeleyn gesellte sich auf dem Poopdeck zu ihr. Er trug eine Halbrüstung aus schwarz lackiertem Stahl mit Silberverzierungen und eine scharlachrote Schärpe um die Taille. Wie er so dastand, eine Hand auf dem Schwertgriff, die andere um den gesichtsschutzlosen Helm geschlungen, mit dem er in die Schlacht ziehen würde, verkörperte er durch und durch den Herrscher, der er war. Unwillkürlich vollzog Jemilla einen Hofknicks vor ihm. Irgendwie wirkte er größer, und zum ersten Mal bemerkte sie die grauen Strähnen im lockigen Haar an den Schläfen.

»Ich hoffe, Ihr genießt Eure letzten Augenblicke in Freiheit, Fürstin«, sagte er, und irgend etwas in seinem Tonfall ließ sie erzittern.

»Ja, Majestät. Ihr wißt, ich bin kein Seemann. Wäre es mir möglich, bliebe ich während der ganzen Schlacht an Deck.«

»Das glaube ich.« Abeleyn lächelte, wodurch die königliche Erhabenheit von ihm abfiel. Er war wieder ein junger Mann. »Ich habe miterlebt, wie seekranke Matrosen beim ersten Brüllen der Kanonen die Köpfe hoben und die Übelkeit vergaßen. Die menschliche Natur ist ein seltsam Ding. Aber ich fühle mich besser, wenn ich weiß, daß Ihr Euch in Sicherheit unterhalb der Wasserlinie befindet.«

Sie verbeugte sich leicht. »Ich bin selbstsüchtig. Immerzu denke ich nur an mich und vergesse dabei manchmal die Verantwortung, die ich mit dem Sproß des Königs in mir trage.« Sie konnte der Versuchung nicht widerstehen, ihn daran zu erinnern, wenngleich sie wußte, daß es ihm mißfallen würde.

Und tatsächlich, seine Züge verhärteten sich. Der Junge verschwand wieder.

»Geht jetzt hinunter, Fürstin. In weniger als einem halben Glas gelangen wir in Reichweite der Batterien der Stadt.«

»Wie Ihr wünscht, Majestät«, erwiderte sie untertänig, doch auf dem Weg zum Niedergang hielt sie inne und legte die Hand auf die seine. »Seid vorsichtig, Abeleyn«, flüsterte sie.

Kurz drückte er ihre Hand und lächelte freudlos. »Bin ich.«

Die Schwadron wendete. Gleichzeitig drehten die Segel auf den anderen Schiffen und gehorchten damit den Signalwimpeln des Flaggschiffs. Sie ließen die letzte Landspitze hinter sich und erblickten in der Ferne den Hügel von Abrusio, die Stadt selbst und die Flotte, die vor den Häfen vor Anker lag.

Obwohl Abeleyn versucht hatte, sich auf den Anblick vorzubereiten, war es ein Schock für ihn. Auf den ersten Blick schien die Hauptstadt völlig in Schutt und Asche zu liegen. Breite Streifen geröllübersäten Ödlandes zogen sich quer durch die Stadt, und mancherorts brannte es noch immer. Nur die westliche Küste und die Oberstadt auf dem Hügelhang wirkten unverändert. Insgesamt aber war das alte Abrusio grausam verstümmelt worden.

Als die Schwadron in Sicht geriet, feuerte die Flotte einen Salut ab. An die vierhundert Schiffe erwachten mit einem Schlag zum Leben, spien Rauchwolken und Flammen aus, begleitet von einem Donnerschlag, der über die Hügel landeinwärts und meilenweit auf die See hinaushallte, als der König begrüßt und die Heimkehr in sein Reich willkommen geheißen wurde. Der Salut stellte zugleich das Signal für den Beginn der Schlacht dar, und noch bevor das letzte Echo erstarb, hatten die hebrionischen Kriegsschiffe bereits die Segel gesetzt und lichteten Anker. Die kurz zuvor abgefeuerten Blindgeschosse wurden durch echte Kanonenkugeln ersetzt. Gleich darauf begann das Bombardement der Molenfestungen, die den Großen Hafen schützten.

Man mußte den ohrenbetäubenden Lärm einer Seeschlacht erlebt haben, um ihn sich vorstellen zu können. Mittlerweile mischte sich zum Donner der Schiffsgeschütze auch jener der Batterien der Stadtmauern und der Hafenfestungen, die das Feuer erwiderten. Während Abeleyns Schwadron auf die östliche Hälfte der Unterstadt zusegelte, wo die Streitkräfte des Königs seine Landung erwarteten, beobachtete er, wie rings um die vordersten Schiffe der Flotte schäumende Geysire aus dem Wasser aufstiegen, als die ersten Kugeln einschlugen. Toppmasten, von hochfliegenden Geschossen getroffen, erzitterten und stürzten in einem Gewirr aus Tauen, Holz und wallenden Segeln in die Tiefe. Tödliche Kettenkugeln prasselten auf die Schanzkleider der vordersten Schiffe hernieder; Eichensplitter durchbohrten die Kanonenbesatzungen wie Kartätschenladungen. Dennoch segelten die großen Schiffe der Vorhut weiter, während ihre Buggeschütze unablässig feuerten und flammenschwangere Geröllwolken an den Kasematten aufsteigen ließen.

Abeleyn sah, wie eine riesige Karacke vollkommen entmastet wurde und die zerschmetterten Rahen über die Reling ins Meer glitten. Sie begann zu gieren, als die herabgefallenen Spieren sie zur Seite drückten, und Augenblicke später stieß sie mit einem ihrer Schwesterschiffe zusammen. Den Kampf um die Molenfestungen aber verhüllten aufsteigende Schwaden fahlen Pulverrauchs. Der gesamte Große Hafen von Abrusio, der von einem Ende zum anderen mehr als eine Meile maß, glich einem brodelnden Hexenkessel, aus dem heiße Dampfsäulen aufstiegen, zwischen denen man Schiffsmasten erspähen konnte, während der Rauch in riesigen Wolken über das aufgerissene Antlitz der See wogte.

Brüllend bombardierten die Geschütze der *Vorsehung* die Küste an jener Stelle, wo die Marineinfanteristen und die Soldaten der Schwadron an Land gehen würden. In ungebrochenen Reihen standen die Männer mittschiffs auf den Kähnen der Formation. Ein stummes Gebet auf den Lippen, überprüften sie ein letztes Mal Rüstung und Waffen. Dreitausend Mann, um die östliche Hälfte Abrusios einzunehmen und einen Weg in den Palast freizukämpfen. Abeleyn erschien dies kläglich wenig, doch er mußte berücksichtigen, daß auch die Flotte im Großen Hafen ihren Teil beitrug. Zudem würden Mercados Männer über das verbrannte Ödland des westlichen Stadtteils angreifen. Mit ein bißchen Glück würden die Truppen des Königs auf nicht allzu viele Feinde stoßen.

Inzwischen erblickte er kaum drei Kabel entfernt die Deiche des östlichen Abrusio. Hier war das Wasser mindestens sieben Faden tief, so daß sogar die Karacken dicht an die Mauern heransegeln konnten, um dem Landetrupp aus nächster Nähe Feuerschutz zu bieten.

Die Beiboote und Kutter der Schwadron befanden sich bereits auf den Schwingbäumen, und gemeinsam legten schwitzende Seeleute und Marineinfanteristen Hand an, um sie über die Schiffsseite zu heben und tief hinab ins Wasser zu lassen. Indes feuerten die Kanonen unablässig Breitseite um Breitseite ab, die von Batterien auf den Mauern ebenso unablässig erwidert wurden. Es kostete Abeleyn alle Mühe, aufrecht stehenzubleiben und nicht zusammenzuzucken, als die ersten Kugeln in die Karacke einschlugen. Ein Beiboot wurde voll getroffen; spitze Holzsplitter und Blut stoben auf, Männer wurden in alle Richtungen geschleudert, Seile rissen. Dennoch ging die Arbeit unvermindert weiter, und ein kleines Boot nach dem anderen wurde über die Seite hinabgelassen. Es gab ungezählte dieser Boote – genug, um in der ersten Angriffswoge mehr als tausend Männer zu befördern.

»Euer Boot ist bereit, Majestät«, brüllte Admiral Rovero über den Lärm hinweg; der schiefe Mund schien eigens dafür geschaffen, die Gewalt seiner Stimme zu bündeln. Abeleyn nickte. Ein Gefühl der Rührung durchströmte ihn, als Feldwebel Orsini sich ihm anschloß, und er nahm sich einen Augenblick Zeit, um dem Mann freundschaftlich die Schulter zu drücken. Dann schwang er ein Bein über das Schanzkleid und kletterte die Hängeleiter hinab, während kaum einen Meter neben ihm die Kulverinen abwechselnd feuerten und nachgeladen wurden, vorstießen und zurückrollten, wie metallene Ungeheuer, die man kurz losließ und sogleich wieder zurückzog.

Als er endlich im Boot saß, hämmerte sein Herz fast so laut wie die Geschütze über ihm. Der Kahn war bereits voll mit Männern, die sich mit Riemen, Hakenbüchsen, Schwertern und Leitern abmühten. Abeleyn trat zwischen ihnen hindurch an den Bug, wo bereits die Leiterträger kauerten. Er gab dem Steuermann einen Wink, woraufhin sie gemeinsam mit einem halben Dutzend weiterer, vollbesetzter Boote von der über ihnen aufragenden Karacke ablegten. Die Riemen der Männer tauchten ins Wasser, und sie bewegten sich über das kugelgepeinigte Wasser.

Es kam einer Qual gleich, einfach nur dazusitzen, während sie auf die Deiche zukrochen. Ungezählte Boote, bis über den Bug voller Männer, sprenkelten den tödlichen Meeresstreifen zwischen den Rümpfen der Kriegsschiffe und den Deichen der Stadt. Dennoch mußten sie auf der gefährlichen Fahrt nur geringe Verluste erleiden. Die Karacken ließen einen wahren Breitseitenhagel auf die Mauerbatterien niederprasseln, wie eine Henne, die ihre Küken beschützt. Abeleyn hatte das Gefühl, er könnte eine Kanonenkugel aus der Luft fangen, würde er die

Hand heben, so laut schwirrten die Geschosse über ihre Köpfe hinweg. Zu seiner Bestürzung überkam ihn plötzlich der Drang, sich zu übergeben, wie es bereits einige Männer im Boot getan hatten. Es war das Warten, diese schier unerträgliche Spannung. Abeleyn schluckte einen Mundvoll Erbrochenes hinunter, das ihm in der Kehle brannte. Könige durften eine derartige Schwäche nicht zeigen.

Endlich erreichten sie den Deich. Polternd stieß der Bug gegen das verwitterte Gestein. Geröll regnete auf die Männer herab, da die Kugeln der Karacken in die Verteidigungsmauer über ihnen einschlugen. Erst im letzten Augenblick würden die Schiffskanoniere höher zielen, um ihren Kameraden in den mörderischen Augenblikken, da sie sich mit den sperrigen Leitern abmühten, so viel Schutz wie möglich zu bieten.

Die Leiterträger erhoben sich mit ihrem unhandlichen Gerät – einer fünfzehn Fuß langen Leiter mit Stahlhaken an der Oberkante, die klirrend gegen die Steinmauer schlug. Sie schwankten und taumelten, während ihre Kameraden sie an den Beinen festhielten, bis die Haken endlich an einer Schießscharte über ihnen einrasteten.

Abeleyn schob die Männer beiseite und kletterte als erster hinauf. Golophin und Mercado hätten ihn für eine solche Narretei gescholten, doch Abeleyn hielt es für die einzig richtige Handlungsweise: Der König mußte die Spitze übernehmen. Diese Männer hatten gezeigt, daß sie bereit waren, für ihn zu sterben. Nun lag es an ihm, dieselbe Bereitschaft an den Tag zu legen.

Er war so gebannt, dermaßen von seinem Ziel besessen, daß er gar keinen Gedanken darauf verschwendete, ob ihm überhaupt jemand folgen würde. Hämisch, boshaft grinste ihm das Schreckgespenst des Todes über die Schulter. Die Füße fühlten sich in den Stiefeln bleiern an. Er malte sich aus, wie sein geliebter Körper in Stücke gerissen, von Kugeln durchsiebt und in das blutige Wasser hinabgeschleudert wurde. Vorbei sein Leben, ausgelöscht seine einzigartige, unwiederbringliche Vision für die Welt. Die Vorstellung war so überwältigend, daß der Deich vor seinen Augen im Gleichklang mit dem rasenden Schlag seines Herzens hellrot zu pulsieren schien.

Die Rüstung fühlte sich unangenehm und schwer an. Er zog das Schwert und kletterte einhändig weiter, während er nach Luft rang, die er gar nicht schnell genug in die Lungen saugen konnte.

Ein Stein prallte von Abeleyns Schulter ab. Um ein Haar stürzte er. Als er hinaufspähte, erblickte er einen Glaubensritter, der mit wirrem Blick über die Zinnen zu ihm herabsah. Der König erstarrte und schaute hilflos in das zornige Antlitz über ihm. Dann aber wurden die Züge des Ritters schlaff, als ihn eine Salve der Hakenbüchsenschützen aus dem Boot traf und ihn nach hinten schleuderte. Abeleyn kletterte weiter.

Endlich war er oben, auf dem Deich. Umherrennende Männer, abmontierte Kanonen, Geröll, klaffende Löcher in den Verteidigungsmauern. Die Schüsse der Karacken pfiffen höher über ihn hinweg, da die Geschützläufe hochgedrückt wurden.

Jemand stürmte auf ihn zu. Ohne nachzudenken, zückte er das Schwert und wehrte die Klinge seines Gegners ab. Ein Stiefeltritt in die Bauchgegend ließ den Mann kreischend vom Katzensteig stürzen.

Inzwischen scharten sich Abeleyns eigene Männer hinter ihm. Sie begannen, einen Abschnitt der Mauer zu sichern, indem sie gegen die Feindgruppen kämpften, die auf sie zustürzten, und sie zurückdrängten. Erst da erkannte Abeleyn, wie schwach die Verteidigung der Deiche eigentlich war.

Ich lebe, dachte er zutiefst erstaunt. Ich bin immer noch da. Wir werden es schaffen.

Irgend etwas in ihm veränderte sich. Bis jetzt hatte er ständig nur überlegt, was zu tun sei. Ununterbrochen hatte ihn die Möglichkeit beschäftigt, selbst getötet oder verstümmelt zu werden. Er hatte wie ein gemeiner Soldat gedacht, der sich um das eigene zerbrechliche Leben sorgte. Aber er war der König. Diese Männer schauten zu ihm auf, erwarteten Befehle von ihm. Er trug die Verantwortung.

Abeleyn besann sich der Seeschlacht an Bord von Dietls Karacke, die scheinbar hundert Jahre zurücklag. Er erinnerte sich an die Freude, die blanke Erregung, die der Kampf in ihm geweckt, an das Gefühl der Unbesiegbarkeit, das ihn durchströmt hatte. Und in einem winzigen, kurzen Augenblick begriff er, daß er in dieser Hinsicht nie wieder so empfinden würde. Dieses Gefühl hatte etwas mit Jugend, Überschwenglichkeit und der Freude am Leben zu tun. Er aber hatte seine Stadt in Schutt und Asche liegen sehen. Er hatte ein Kind gezeugt, das im Leib einer Frau heranwuchs. Seine Krone hatte Tausende von Menschen seines Volkes das Leben gekostet. Nie wieder würde er sich so frei und furchtlos fühlen.

»Folgt mir!« brüllte er seinen Männern zu. Als Hunderte weiterer Soldaten der Landungstrupps die Deiche erklommen, zog der Feind sich von den Zinnen zurück. Abeleyn führte sein Heer von den seewärtigen Befestigungen Abrusios in die Straßen der Stadt und in die blutige Aufgabe, die noch vor ihnen lag.

Golophin beobachtete das ehrfurchteinflößende Spektakel. Eine Stadt in Qualen, verbrannt, zerbombt, zerbrochen. Vielleicht kannte man im Osten, wo der Untergang Aekirs und die Schlacht um die Senke von Ormann stattgefunden hatten, Zerstörung und Blutvergießen dieses Ausmaßes, doch Golophin hatte in seinem langen Leben noch nichts erlebt, das ihn auf einen derartigen Anblick vorbereitet hätte.

Er hatte beobachtet, wie die Schwadron des Königs die östlichen Deiche angriff, während der Hauptkörper der Flotte die Molenfestungen und die Sperre unter Beschuß nahm, die Abrusios größten Hafen schützten. Nun aber sah er selbst mit Hilfe seiner Zaubersprüche nichts mehr, denn die drei Buchten, welche die Küste der Stadt bildeten, waren in dunkle Rauchwolken gehüllt. Drei Meilen von Geschossen aufgewühlten Wassers, von dem ein ständiges Grollen aufstieg, als ginge inmitten dieses Schlachtnebels eine gewaltige, qualvolle Geburt vonstatten.

Golophins Hausgeist lag irgendwo auf dem Flaggschiff des Königs im Sterben. Die ungezählten Botenflüge hatten ihn zugrunde gerichtet, und nur noch ein schwacher Lebenshauch beseelte die Brust des Wesens, ein letzter Funken des *Dweomer*, mit dem Golophin es erschaffen hatte. Er spürte, wie der treue, wilde Verstand erstarb, und mit ihm versiegte auch die Kraft des Magiers. Er war nicht leicht zu verschmerzen, der Tod eines Hausgeistes. Er glich dem Verlust eines Kindes, dessen Nabelschnur nie durchtrennt worden war. Golophin fühlte sich alt und zerbrechlich wie ein verdorrtes Blatt. Das *Dweomer* in seinem Innern war auf einen glanzlosen Schimmer zusammengeschrumpft. Eine lange Zeit würde verstreichen, bevor er wieder Wunder wirken konnte.

Und dennoch erzürnte es ihn, hier zu stehen, auf dem höchsten Punkt des Admiralsturms, während der junge Mann, den er als seinen Herrn und Freund betrachtete, um sein Geburtsrecht und um das Leben der Stadt kämpfte, die sie beide liebten. Die dreckigen Verräter und Glaubensritter hatten der rauhen, alten Unterstadt von Abrusio das Herz aus dem Leibe gerissen. Nie wieder würde die Stadt so wie früher werden, zumindest nicht zu Lebzeiten des alten Magiers.

General Mercado verließ die Adjutanten und Stabsoffiziere, die sich um einen kartenübersäten Tisch an der gegenüberliegenden Seite des Turmes scharten, und gesellte sich zu Golophin.

»Er ist auf dem Deich«, berichtete der General, eine Gesichtshälfte von Sorge gezeichnet, die andere makellos silbrig glänzend.

»Nun, das ist wenigstens etwas. Wie steht es mit dem Angriff auf die Sperre?«

»Es ist noch zu früh, um darüber etwas zu sagen.« Eine besonders heftige Folge von Breitseiten aus dem Hafen zwang ihn, die Stimme zu heben, um sich Gehör zu verschaffen. »Wir haben mindestens vier große Schiffe verloren, und für die Besatzungen gibt es bei diesem Mahlstrom keine Rettung. Wer es überhaupt bis an Land schafft, wird ohne Federlesens von den Lakaien der Carreras getötet. Schon über zweitausend Mann.«

»Was ist mit dem landwärtigen Angriff?«

»Da kommen wir nur langsam voran. Der Feind hat Brustwehren entlang der Front aufgestellt. Außerdem müssen meine Männer sich über die Brandfelder vorkämpfen. Einen plötzlichen Durchbruch wird es jedenfalls nicht geben – nicht in diesem Stadtteil. Wir nageln lediglich die feindlichen Truppen fest.«

»Also hat Abeleyn die Hauptarbeit zu verrichten?«

»Ja. Sein Angriff ist im Augenblick der einzig erfolgversprechende. Aber mit kaum viertausend Mann kann der Presbyterianer seine Linien nur vorübergehend halten. Letzten Endes wird er verlieren. Bleibt nur abzuwarten, wieviel Blut bis dahin vergossen werden muß.«

»Großer Gott, General, das ist der Untergang des Königreiches.«

Golophin fühlte sich schwach, ausgezehrt, nutzlos. Der kräftige Soldat stützte den dürren Arm des Magiers.

»Du solltest dich ausruhen, Golophin. Wir brauchen Männer wie dich – jetzt und auch in Zukunft.«

Der alte Zauberer lächelte matt. »Mein Leben hat keine große Bedeutung mehr. Jeder von uns ist ersetzbar, bis auf einen. Dem König darf nichts geschehen, Albio, andernfalls ist all das umsonst. Das muß der König begreifen.«

»Ich bin sicher, er wird vorsichtig sein. Trotz seiner Jugend ist er kein Narr.«

»So jung ist auch er nicht mehr.«

Die feindlichen Linien waren zerbrochen. Wer konnte, floh westwärts, nachdem die Kanonen vernagelt und die Pulvervorräte angezündet worden waren. Die Gefolgsmänner der Carreras führten den Rückzug an, wohingegen die Glaubensritter die Nachhut bildeten, die den ganzen Weg beharrlich weiterkämpfte. Abeleyns Männer mußten schwere Verluste hinnehmen, als sie ihnen folgten und in ein erbarmungsloses Handgemenge mit den Rittern gerieten, die sich als überaus geübt und hervorragend gerüstet erwiesen. Erst als der König den Vormarsch abbrach und so viele Männer wie möglich neu formierte, wurden die geordneten Reihen der Glaubensritter zerschlagen. Abeleyns Hakenbüchsenschützen und Schwertkämpfer waren zu einem wirren Haufen verschmolzen. Er trennte sie voneinander und führte den Vormarsch ausschließlich mit Rängen der Hakenbüchsenschützen an, die in rascher Folge feuerten, wodurch sie die sonst so widerstandsfähigen Ritter reihenweise fällten und Panik unter den feindlichen Streitkräften säten. Auf den Straßen wimmelte es von Menschen, einige darauf bedacht, ihr Leben zu retten, andere darauf, die Flüchtenden zu töten. Die Schlacht hatte sich in ein einseitiges Gefecht verwandelt, das im Laufschritt ausgetragen wurde.

Ein keuchender Kurier fand Abeleyn unweit des Hügels von Abrusio, wo er vom Fuß der Erhebung aus persönlich die Verfolgung der flüchtenden Verräter leitete und neben den vorschreitenden Truppen herlief, während er nach links und rechts Befehle brüllte. Der Bote mußte den König am Ärmel zupfen, damit dieser ihn überhaupt bemerkte.

»Was ist, verdammt?«

»General Rovero schickt mich, Majestät«, stieß der Mann keuchend hervor. »Er bestellt Euch seine besten Empfehlungen ...«

»Zum Teufel mit seinen Empfehlungen! Was hat er zu sagen?«

»Die Flotte hat die Sperre durchbrochen, Majestät. Sie segelt in den Großen Hafen und beginnt mit dem Bombardement der Oberstadt. In wenigen Minuten werden die Marineinfanteristen landen. Majestät, der General und Golophin flehen Euch an, daß Ihr Euch keiner unnötigen Gefahr aussetzt.«

»Meinen Dank für ihren Rat. Und jetzt lauf hinunter zur Küste und schließ dich den Landungstrupps an. Ich will, daß der Palast umstellt wird, bevor die Verräter entkommen können.«

»Ja, Majestät.« Und schon war Abeleyn wieder inmitten der jubelnden, voranmarschierenden Truppen verschwunden.

»Es ist vorbei«, verkündete Quirion.

Sastros Antlitz war kalkweiß. »Was meint Ihr mit ›vorbei‹?«

Eine Kakophonie von Geräuschen drang bis zu ihnen hinauf in die Gemächer des höchsten Palastturms: das Krachen von Hakenbüchsensalven, das Donnergrollen der schweren Kanonen, in das sich das Knistern und Rumpeln zerbröckelnder Mauerwerks mischte. Die Geschosse schlugen immer näher ein. Inzwischen waren die Stimmen der Menschen bereits als einzelne Schreie zu hören, nicht mehr als das entfernte Schlachtengebrüll, das sie bisher hier oben vernommen hatten. Der Lärm des Gefechts näherte sich unaufhaltsam.

»Unsere Linien sind zerstört, Fürst Carrera. Unsere Streitkräfte – sogar meine Glaubensritter – sind auf dem Rückzug. Die feindlichen Schiffe haben die Sperre durchbrochen. Sie befinden sich im Großen Hafen und stellen soeben die Reichweite der Geschütze ein. In wenigen Minuten wird der Beschuß dieses Gebäudes beginnen. Wir sind besiegt.«

»Aber wie ist das möglich? Noch heute morgen waren wir bereit, mit einem Feind zu verhandeln, der vor dem Ende stand.«

»*Ihr* wart bereit. Ich habe nie geglaubt, daß es dazu kommen würde. Abeleyn ist in der Stadt und stürmt in diesem Augenblick auf den Palast zu. Mit ihm an der Spitze kämpfen seine Männer wie besessene Teufel, während die unseren entmutigt sind. Vielleicht können wir unsere restlichen Truppen zusammenziehen und uns hier verschanzen, um einen Frieden auszuhandeln, statt bedingungslos zu kapitulieren. Ich weiß es nicht. Eure Gefolgsmänner sind in wilder Flucht auf den Straßen, und sogar die Reihen meiner Leute sind fast zerschlagen. Meine besten Offiziere sind unterwegs und versuchen, die Männer noch einmal zu formieren, aber ich setze wenig Hoffnung darauf.«

»Dann müssen wir fliehen«, stieß Sastro mit erstickter Stimme hervor, während all seine Träume und Ziele vor seinen Augen verpufften. Aber sein Leben – wenigstens *das* mußte doch zu retten sein. Etwas anderes war undenkbar.

»Der Palast ist umzingelt. Es gibt keine Hoffnung auf Flucht, ganz besonders nicht für Euch.« Ein Hauch von Befriedigung schlich sich in Quirions Stimme. »Wenn man Euch festnimmt, werdet Ihr auf der Stelle wegen Hochverrats hingerichtet. Meine Ritter und mich wird man wahrscheinlich in Frieden ziehen lassen – schließlich sind wir keine Hebrionesen –, aber Ihr und Eure Männer seid Verräter. Man wird Euch zum Tode verurteilen. Um Euch die öffentliche Demütigung durch Abeleyns Soldaten zu ersparen, Fürst Carrera, schlage ich vor, daß Ihr dies hier verwendet …« Und Quirion hielt ihm ein langes, gräßlich anzusehendes Messer hin.

»Selbstmord?« krächzte Sastro. »Ist das der einzige Ausweg für mich? Durch eigene Hand zu sterben?«

»Es wäre ein besseres Ende als jenes, das Abeleyn Euch zugestehen wird.«

»Und Ihr … Ihr wollt Euch demütig einem ketzerischen König unterwerfen? Was wird der Pontifex davon halten, Presbyterianer?«

»Gewiß, der Pontifex wird wenig erfreut sein. Aber besser, ich bringe ihm gut tausend Ritter aus dieser vernichtenden Niederlage zurück als gar nichts. Auch ich muß an die Zukunft denken. Meine Männer müssen überleben, um neuerlich für die Kirche kämpfen zu können.«

»Die Zukunft«, murmelte Sastro verbittert. Tränen sammelten sich in den Augen des Adeligen. »Ihr müßt mir helfen, von hier wegzukommen, Quirion. Ich bin der künftige König von Hebrion. Entweder Abeleyn oder ich – eine andere Möglichkeit gibt es nicht.«

»Ihr habt Euch die Anwartschaft auf den Thron mit dem Leben Eurer Männer erkauft«, erwiderte Quirion barsch. »Es gibt andere Männer mit blauerem Blut als Ihr. Macht ein anständiges Ende, Fürst Carrera. Laßt sie sehen, daß Ihr als Mann gestorben seid.«

Inzwischen weinte Sastro hemmungslos. »Ich kann nicht! Wie kann ich sterben, ich, Sastro di Carrera? Das darf nicht geschehen. Es muß doch irgend etwas geben, das Ihr tun könnt!« Er klammerte sich an Quirions gepanzerte Schultern wie ein Ertrinkender an seinen Retter. Angewidert verzog der Presbyterianer das Gesicht.

»Helft mir, Quirion! Ich bin reich – ich gebe Euch alles, was Ihr wollt.«

»Ihr weinerliche Ratte!« spie Quirion ihm verächtlich entgegen. »Hunderttausende von Menschen würdet Ihr ins Verderben schicken, ohne mit der Wimper zu zucken, aber bei der Aussicht auf den eigenen Tod krümmt Ihr Euch wie ein Wurm. Großer Gott, was für einen König hättet Ihr für dieses unglückliche Reich abgegeben – Ihr bietet mir alles, was ich will?«

»Alles, um Himmels willen, Mann! Ihr braucht es nur zu verlangen.«

»So nehme ich denn Euer Leben«, knurrte der Presbyterianer und rammte das Messer in den Leib des Adeligen.

Ungläubig riß Sastro die Augen weit auf. Er taumelte rücklings.

»Bei allen Heiligen«, keuchte er. »Ihr habt mich getötet.«

»Aye«, erwiderte Quirion knapp. »So ist es. Und jetzt sterbt gefälligst wie ein Mann. Inzwischen übergebe ich Abrusio dem Ketzer.«

Er machte auf dem Absatz kehrt und verließ die Kammer, ohne sich noch einmal umzublicken.

Sastro sank auf die Knie. Tränen rannen ihm übers Gesicht. »*Quirion!*«

Der Adelige umfaßte den Griff des Messers und versuchte, es aus dem Bauch zu ziehen, brüllte aber nur angesichts der Schmerzen und glitt mit den Fingern von dem glitschigen Blut ab. Kraftlos fiel er seitwärts auf den Steinboden.

»O gütiger Heiliger, hilf mir«, flüsterte er. Dann verstummte er. Eine Blutblase bildete sich vor dem offenen Mund, verharrte und platzte, als der Geist aus dem Körper entwich.

»Überall in der Stadt werden weiße Flaggen gehißt, Majestät«, sagte Feldwebel Orsini zu Abeleyn. »Der Feind streckt die Waffen – sogar die Glaubensritter. Abrusio gehört uns!«

»Uns«, wiederholte Abeleyn. Er war blutverschmiert, rußig und erschöpft. Gemeinsam mit Orsini stapfte er die steile Straße zur Abtei des Ordens vom Ersten Tage hinauf, die sich düster und erhaben gegen den Himmel abzeichnete. Um ihn herum marschierten seine Männer. Immer noch trugen sie die Waffen geschultert, doch die Freude über den Sieg hellte ihre Gesichter auf. Zwar fielen nach wie vor Schüsse, doch sie stammten von den Schiffen im Hafen. Die feindlichen Batterien waren verstummt. Die Männer duckten sich, als ein Geschoß die Wand eines kaum fünfzig Meter entfernten Hauses durchschlug. Rauchfahnen stiegen von der Abtei auf, die nach gut einem Dutzend unmittelbarer Treffer in Flammen stand.

»Kurier«, krächzte Abeleyn. Sein Mund fühlte sich an, als hätte jemand ihn mit Schießpulver gefüllt.

»Majestät?«

»Lauf zur Küste. Überbring Admiral Rovero eine Nachricht. Das Bombardement der Oberstadt ist unverzüglich einzustellen. Der Feind hat sich ergeben.«

»Mit Vergnügen, Majestät.« Der Bote preschte los.

»Ich gratuliere Euch zum Sieg, Majestät«, meinte Orsini grinsend.

Unwillkürlich lächelte Abeleyn, wenngleich er keine Ahnung hatte, weshalb. Er streckte die Hand aus, und nach einem Augenblick der Überraschung schlug Orsini ein. Die beiden schüttelten einander die Hände, als würden sie einen Handel besiegeln. Bei dem Anblick brachen die Männer in Jubel aus.

Als die Neuigkeit sich verbreitete, versammelten sich immer mehr königstreue Soldaten um Abeleyn. Bald zählte die Schar mehrere hundert Mann, die ihre Schwerter und Hakenbüchsen in die Höhe warfen und jubelten, ungeachtet der Kanonenkugeln, die in der Nähe niedergingen. Sie hoben Abeleyn auf die Schultern und trugen ihn in einem überschwenglichen Triumphzug auf die brennende Abtei und den geschoßzernarbten Palast zu, der nun wieder ihm gehörte. Das zerbombte, schwelende Abrusio war seinem rechtmäßigen Herrscher zurückerobert worden.

»Lang lebe der König!« brüllten sie, ein heiserer Ruf des Triumphes und der Freude. Abeleyn, der auf den Schultern und Beifallbekundungen der Männer schwebte, die mit ihm und für ihn gekämpft hatten, schaute auf sie nieder. Die Treue dieser Männer war kostbarer als Gold und schwerer zu verdienen als jede andere Form der Liebe. Sie war das Mark des Herrschertums.

Die jubelnden, feiernden Truppen, die mittlerweile auf Tausende von Soldaten angewachsen waren, hatten beinahe die Mauern der Abtei erreicht, als die letzte Salve der Schiffe aus dem Hafen kreischend zwischen ihnen einschlug.

Die Straße um Abeleyn herum explodierte. Im einen Augenblick befand er sich noch auf den Schultern einer siegreichen Armee, im nächsten verwandelte die Welt sich in einen tosenden Alptraum aus explodierenden Geschossen und kreischenden Männern. Die Träger wurden unter Abeleyn fortgeschleudert, und er stürzte hart auf das Kopfsteinpflaster und schlug mit dem Kopf auf. Jemand – Abeleyn glaubte, daß es Orsini war – hatte sich vor ihn geworfen, doch das wollte Abeleyn nicht. Auf keinen Fall würde er sich hinter anderen verstecken wie ein verängstigtes Weib. Er war ein König.

Und so mühte er sich inmitten des panikartigen Tumults auf die Beine und schob links und rechts Männer beiseite, als das letzte Geschoß der Salve weniger als zwei Meter entfernt explodierte. Abeleyns Welt wurde schwarz.

Kapitel 25

Wunderschön war die Frau im Licht der Wintersonne, groß und schlank wie eine Gebirgsbirke. Selbst die Farben ihrer Haut und ihrer Haare wiesen einen ähnlichen Kontrast auf. Die Offiziere auf dem Achterdeck der Galeere warfen ihr kurze, gierige Blicke zu, als sie an der Steuerbordreling stand. Natürlich war die Frau verschleiert, wie alle Konkubinen des Sultans, doch Aurungzeb war so stolz auf seine ramusische Schönheit, daß ihr Schleier empörend durchsichtig war, ebenso wie ihre Kleidung. Wenn der Wind durch das hauchdünne Gewand wehte, das um ihren Körper wallte, zeichneten sich kurzzeitig ihre Brüste, ihre Hüften und ihre Schenkel unter dem zarten Stoff ab. Den Seeleuten der Merduks würden die verstohlenen Blicke wochenlang süße Träume bescheren, wohingegen die Sklaven, die an den Riemen rackerten und einst freie ramusische Bürger gewesen waren, die Frau voller Mitleid und Zorn betrachteten. Sie versinnbildlichte die Versklavung ihres Volkes deutlicher als die Ketten, die an den Hand- und Fußgelenken der Männer rasselten; sie glich einer höhnischen Zurschaustellung der Macht der Merduks.

Offenbar starrte die Frau auf einen einzigen Punkt und nahm nichts anderes wahr: nur den riesigen Mittelturm der einstigen Kathedrale von Carcasson – spitz, unheilverkündend und schwarz von den Flammen, die er überdauert hatte. Einsam stand er inmitten der Trümmer der einst größten Stadt der Welt, die sich nunmehr als verlassenes Ödland präsentierte, in dem nur noch die Grundmauern robusterer Gebäude an ein verlorenes Volk erinnerten.

Aekir, die Heilige Stadt. Monate waren seit ihrem Untergang verstrichen, dennoch glich sie nach wie vor einer Ruine. Zu Tausenden lagerten die Merduks rings um den Platz der Siege, wo immer noch die Statue des Myrnius Kuln stand, und ihre Zelte bildeten inmitten der Öde ganze Straßen und Dörfer. Trotzdem füllten ihre brodelnden Reihen nicht einmal ein Zehntel des Platzes innerhalb der zerbombten Stadtmauern. Die Merduks glichen Maden, die sich im verwesenden Kadaver eines Einhorns wanden, und Carcasson war das Horn des toten Tieres.

Die Frau, die jetzt von ihrem Herrn und Meister, dem Sultan Aurungzeb, Ahara genannt wurde, war einst jemand anders gewesen. In einem anderen Leben, vor scheinbar tausend alptraumhaften Jahren, hatte sie den Namen Heria getragen und war mit einem Reitereifähnrich namens Corfe verheiratet gewesen. Bis Aekir unterging.

Nun war sie die Bettgespielin des größten Eroberers des Ostens. Ebenso wie die zerstörte Stadt Aekir galt sie als Kriegstrophäe. Und mit ebendiesem Gefühl der Verbundenheit starrte sie nun hinüber auf Carcassons einsame Turmspitze.

Mittlerweile verstand sie die Sprache der Merduks ausgesprochen gut, was der Sultan jedoch nicht wußte. Sorgfältig achtete sie darauf, den Anschein einer schwerfälligen Schülerin zu erwecken, und stellte sich bei Unterhaltungen entsprechend ungeschickt an. Obwohl ohnehin kaum gesprochen wurde, wenn Aurungzeb wie ein Wirbelwind durch den Harem fegte und nach seiner Lieblingsbettgefährtin verlangte. Sie mußte sich einfach willig und unbekümmert geben und über sich ergehen lassen, wonach dem Sultan zumute war.

Sie hegte keine Hoffnung auf Befreiung mehr. Dieser Traum war ihr längst ausgetrieben worden. Und da Corfe tot war – Corfe, der ihr Leben verkörpert hatte –, schien es für sie keine Rolle mehr zu spielen, wie ihr Leben verlief. Sie glich einem Geist, der am Rande des Lebens wandelte, ohne Erwartungen, ohne Aussicht auf Veränderung.

Einen Funken ihrer selbst jedoch hatte sie sich bewahrt. Aus diesem Grunde gab sie vor, die Sprache der Merduks nur langsam zu erlernen. Aurungzeb führte in ihrem Beisein Unterredungen und gab Dinge preis, die Heria seiner Ansicht nach nicht verstand. Dies stellte eine gewisse Macht dar – und ein winziges Anzeichen dafür, daß Heria sich trotz allem einen Rest ihrer Persönlichkeit bewahrt hatte.

Und so stand sie auf dem Deck, während die Galeere des Sultans den breiten Fluß Ostian entlangruderte und Aekir an den Ufern zu beiden Seiten an ihr vorbeizog. Und sie hörte zu.

Der Kommandeur der Hauptfeldarmee von Ostrabar, Shahr Indun Johor, unterhielt sich angeregt mit dem Sultan, während die Stabsoffiziere sich backbord auf dem Achterdeck aufhielten. Heria, oder Ahara, vermochte, die Männer zu belauschen, während die schuftenden Sklaven die Galeere den Strom hinab zu der Ansammlung von Schiffen und Männern ruderten, die flußabwärts warteten.

»Die nalbenischen Transportschiffe haben bereits angelegt, Hoheit«, sagte Shahr Johor. Der große, junge Mann mit den fein geschnittenen Zügen war der Nachfolger von Shahr Baraz, jenem alten Khediven, der Aekir eingenommen und die ersten, fruchtlosen Angriffe auf die Feste von Ormann unternommen hatte.

»Hervorragend.« Aurungzeb grinste strahlend und entblößte dabei weiße Zähne, die aus dem buschigen Bart hervorstachen wie die gebleckten Fänge eines Hundes mit dunklem Fell. »Und wann ist die Flotte zum Lossegeln bereit?«

»In zwei Tagen, Hoheit. Der Prophet hat uns mit günstigen Winden gesegnet. Die Transportschiffe werden den kardischen Golf noch vor Ende der Woche erreichen und drei Tage später die ihnen zugewiesenen Stationen entlang der torunnischen Küste. In weniger als einem Monat haben wir eine Armee auf torunnischem Boden südlich des Flusses Searil. Dann können wir die Feste von Ormann von den Flanken her angreifen.«

»Ah, Shahr Johor, du erfreust mein Herz.« Aurungzebs Grinsen wurde noch breiter. Er war ein kräftiger Mann, etwas dicklich um die Hüften, mit schwarzen, strahlenden Augen, die Gagatsplittern ähnelten. »Eure Exzellenz!« rief er der Gruppe zu, die auf der gegenüberliegenden Seite des Achterdecks stand. »Ich muß Eurem Gebieter zu seinem raschen Handeln gratulieren. Erst vor einer Woche wurde das Bündnis besiegelt, und schon sind seine Galeeren an Ort und Stelle. Ich bin zutiefst beeindruckt.«

Einer der Männer trat vor und verneigte sich. Er war mittelgroß, in reich bestickte Seidengewänder gekleidet und trug eine Goldkette um den Hals: das Merduk-Abzeichen eines Botschafters.

»Mein Sultan – möge ihm ewiges Leben beschieden sein – wird hocherfreut über Euer Vertrauen und Eure Zufriedenheit sein, Hoheit. Nalbeni hatte stets im Sinn, mit Ostrabar brüderlich zusammenzuarbeiten, um den Glauben zu verfechten und die Ungläubigen zu unterwerfen.«

Aurungzeb lachte. Er sprühte vor guter Laune. »Heute abend veranstalte ich ein Bankett, um dieses neue Bündnis zwischen unseren Staaten zu feiern – und die Verwirrung unserer Feinde, die sich der Macht unserer Armeen nun nicht mehr hinter Steinmauern widersetzen können, sondern auf offenem Feld wie Männer kämpfen müssen.«

Niemand schenkte Ahara Beachtung. Der Sultan und sein Stab begaben sich mit dem nalbenischen Botschafter unter Deck, wo sie über den Landkarten brüteten, wie schon seit Tagen, um die letzten Einzelheiten ihres gemeinsamen Vorgehens zu klären.

Ahara blieb an der Reling der Galeere stehen. Aekir zog vorüber. Auf dem Fluß herrschte zunehmend reges Treiben. Hunderte von Schiffen waren an den Überresten alter Kais vertäut – eine mächtige Flotte unter nalbenischer Flagge, und an der Küste dahinter lagerte eine Armee. Es hieß, daß sie hunderttausend Mann zählte. Einige waren von der Senke abgezogen; andere hatte man im Laufe des Winters von Gehöften und aus Städten in Ostrabar und Nalbeni ausgehoben. Schon bald würde Torunna überrannt werden, da die Befestigungsanlage der Senke von Ormann durch den seewärtigen Einfall der Merduks nutzlos werden würde. Die Männer und die Schiffe, die Ahara erblickte, stellten die Totenglocken des ramusischen Westens dar.

Doch es spielte keine Rolle. Die Welt, die Ahara gekannt hatte, war hier in einem Sturm aus Mord, Vergewaltigung und Feuer gestorben. Die Aussicht, daß es dem Rest des Kontinents bald schon ähnlich ergehen könnte, entlockte ihr keine Gefühlsregung. Jener winzige Teil in ihrem Innern, der Heria geblieben war, erfreute sich daran, daß sie hier im Sonnenschein stehen, den Möwen lauschen und die salzige Luft des Deltas von Ostia riechen durfte. Sie sonnte sich in ihrer Einsamkeit.

Doch wie immer gingen jene Augenblicke vorüber, und sie wurde unter Deck gerufen, um den Sultan und seine Gäste zu unterhalten. Ihr tänzerisches Können hatte sich rasch weiterentwickelt, und Aurungzeb genoß es, sie vor einem Publikum auftreten zu lassen. Es regte seinen Appetit an, behauptete er.

Die Galeere trieb weiter, während die Sklaven an den Riemen schufteten und die Armada aus Männern, Schiffen und Munition zu beiden Seiten vorüberzog. Die ganze Welt schien zerlegt und vollkommen neu zusammengefügt worden zu sein. Mittlerweile stellte sie einen anderen Ort dar, unberührt von den Wünschen der Menschen, die sie bevölkerten. Eine schreckliche Maschine war in ihren heißen, dunklen Eingeweiden in Gang geraten und konnte ebensowenig wieder angehalten werden wie der Lauf der Sonne. Ein Philosoph hätte es vielleicht die ›Kraft der Geschichte‹ genannt, ein einfacher denkender Mensch wohl schlicht und einfach ›Krieg‹. Doch wie auch immer man diese Kraft bezeichnete – sie stand unmittelbar davor, die Welt, wie die Menschheit sie kannte, zu zerbrechen und aus den Teilen etwas Neues und Entsetzliches zu formen.

ENDE